JOSEPH HELLER (1923-1999) był jednym z najwybitniejszych współczesnych pisarzy amerykańskich. W trakcie II wojny światowej jako bombardier służył w 488 Dywizjonie stacjonującym na Korsyce; uczestniczył w misjach bojowych nad Francją i Włochami. Po zwolnieniu ze służby ukończył New York University; studiował literaturę amerykańską na Columbia University i literaturę angielską na Oxfordzie. W latach 50. pracował w działach reklamy czasopism *Time*, *Look* i *McCall's*, publikował opowiadania. W 1961 ukazała się jego pierwsza powieść „Paragraf 22", z czasem uznana za literackie arcydzieło. Przełożona na szereg języków doczekała się licznych adaptacji radiowych, telewizyjnych i teatralnych i milionowych nakładów. Głośną filmową wersję książki zrealizował Mike Nichols. Kolejne powieści, m.in. „Coś się stało" (1974), „Gold jak złoto" (1979), „Bóg wie" (1984), „Ostatni rozdział, czyli paragraf 22 bis" (1994) oraz wydany pośmiertnie „Portret artysty", też święciły sukcesy czytelnicze. Na początku 2003 roku ukazał się wybór niepublikowanych wcześniej opowiadań zatytułowany *Catch As Catch Can* („Paragraf 23").

W serii LITERKA m.in.:

ĆPUN
Melvin Burgess

KRÓL SZCZURÓW
James Clavell

NIE MÓW NIKOMU
Harlan Coben

GEJSZA
Liza Dalby

NOC NAD OCEANEM
Ken Follett

ZABÓJCZA PAMIĘĆ
Ken Follett

WETERAN
Frederick Forsyth

WYZNANIA GEJSZY
Arthur Golden

TWIERDZENIE PAPUGI
Denis Guedj

CEDRY POD ŚNIEGIEM
David Guterson

PARAGRAF 22
Joseph Heller

COŚ SIĘ STAŁO
Joseph Heller

KRONIKI ABISYŃSKIE
Moses Isegawa

ZIELONA MILA
Stephen King

CZTERY PORY ROKU
Stephen King

ŚWIAT SUZIE WONG
Richard Mason

UKRADZIONA TWARZ.
MIEĆ 20 LAT W KABULU
Latifa

POKUTA
Ian McEwan

CZERWONA AZALIA
Anchee Min

DZIKI IMBIR
Anchee Min

MĘŻCZYZNA I CHŁOPIEC
Tony Parsons

ZA MOJE DZIECKO
Tony Parsons

CZWARTY K
Mario Puzo

RODZINA BORGIÓW
Mario Puzo

NAGRODY
Erich Segal

AKTY WIARY
Erich Segal

NA RATUNEK
Nicholas Sparks

NA ZAKRĘCIE
Nicholas Sparks

W HOŁDZIE
DOJRZAŁYM KOBIETOM
Stephen Vizinczey

TATUŚ
Owen Whittaker

JOSEPH HELLER

PARAGRAF 22

Z angielskiego przełożył
LECH JĘCZMYK

Seria LITERKA

ALBATROS

Wydawnictwo
A. Kuryłowicz

WARSZAWA 2003

Tytuł oryginału:
CATCH-22

Ilustracja na okładce: Dariusz Miroński
Projekt graficzny okładki i serii: Andrzej Kuryłowicz

Pierwsze polskie wydanie książki ukazało się nakładem
Państwowego Instytutu Wydawniczego

ISBN 83-7359-121-4

Wyłączny dystrybutor:
Firma Księgarska Jacek Olesiejuk
Kolejowa 15/17, 01-217 Warszawa
tel./fax (22)-631-4832, (22)-632-9155, (22)-535-0557
e-mail: hurt@olesiejuk.pl
www.olesiejuk.pl

WYDAWNICTWO ALBATROS
ANDRZEJ KURYŁOWICZ
adres dla korespondencji:
skr. poczt. 55, 02-792 Warszawa 78

Warszawa 2003
Wydanie X (III w tej edycji)
Druk: OpolGraf S.A., Opole

Mojej matce,
mojej żonie Shirley
i moim dzieciom Erice i Tedowi

Był tylko jeden kruczek... paragraf 22.

Wyspa Pianosa znajduje się na Morzu Śródziemnym
o osiem mil na południe od Elby. Jest bardzo
mała i oczywiście nie mogły się na niej pomieścić
wszystkie wydarzenia opisane w książce. Podobnie
jak miejsce akcji, również wszystkie osoby są fikcyjne.

1

Teksańczyk

Była to miłość od pierwszego wejrzenia.

Kiedy Yossarian po raz pierwszy ujrzał kapelana, natychmiast zapałał do niego szalonym uczuciem.

Yossarian leżał w szpitalu z bólami wątroby, które jakoś nie mogły się przerodzić w pospolitą żółtaczkę. Lekarzy zbijało to z tropu. Gdyby to była żółtaczka, mogliby przystąpić do leczenia. Gdyby to nie była żółtaczka i bóle ustąpiłyby same, mogliby go wypisać ze szpitala. Tymczasem fakt, że było to cały czas takie ni to, ni owo, wprawiał ich w zakłopotanie.

Codziennie rano przychodziło trzech energicznych, poważnych dżentelmenów, wygadanych i krótkowzrocznych, w asyście równie energicznej i poważnej siostry Duckett, jednej z pielęgniarek, które nie lubiły Yossariana. Oglądali kartę choroby wiszącą w nogach łóżka i wypytywali go niecierpliwie o bóle. Denerwowało ich, kiedy mówił, że bóle są takie same jak dotychczas.

— Nadal nie ma stolca? — pytał pułkownik.

Potrząsał głową, a lekarze wymieniali spojrzenia.

— Proszę dać mu jeszcze jedną pigułkę.

Siostra Duckett notowała sobie polecenie i cała czwórka przechodziła do następnego łóżka. Żadna z pielęgniarek nie lubiła Yossariana. Właściwie jego bóle wątroby minęły, ale nie przyznawał się do tego, a lekarze nic nie podejrzewali. Podejrzewali go jedynie, że ma wypróżnienia, ale się z tym nie zdradza.

Yossarian miał w szpitalu wszystko, czego potrzebował. Jedzenie było nie najgorsze, posiłki podawano do łóżka. Chorzy otrzymywali dodatkowe porcje świeżego mięsa, w upalne popołudnia roznoszono chłodzone soki owocowe i mrożone kakao. Poza lekarzami i pielęgniarkami nikt go tu nie niepokoił. Musiał wprawdzie rano poświęcać nieco czasu na cenzurowanie listów, ale za to całą resztę dnia miał prawo przeleżeć bezczynnie z czystym sumieniem. W szpitalu było mu bardzo dobrze, a mógł tu pozostawać bez trudu, gdyż od urodzenia miał podwyższoną temperaturę. Był w znacznie lepszej sytuacji niż Dunbar, który, żeby dostawać posiłki do łóżka, musiał padać na twarz.

Kiedy Yossarian postanowił przeczekać tutaj do końca wojny, napisał do wszystkich znajomych, że jest w szpitalu, nie wspominając jednak, z jakiego powodu. Pewnego dnia wpadł na jeszcze lepszy pomysł. Napisał do wszystkich znajomych, że otrzymał bardzo niebezpieczne zadanie. „Pytali, kto się zgłasza na ochotnika. Zadanie jest bardzo niebezpieczne, ale ktoś musi je wykonać. Napiszę do was zaraz po powrocie". I odtąd nie pisał już do nikogo.

Wszyscy oficerowie przebywający w szpitalu mieli obowiązek cenzurowania listów pacjentów-szeregowców, którzy leżeli w innych salach. Było to nudne zajęcie i Yossarian doznał zawodu, przekonawszy się, że życie szeregowców jest niewiele ciekawsze niż życie oficerów. Po pierwszym dniu tej pracy stracił do niej zupełnie serce i, aby się nieco rozerwać, zaczął sobie wymyślać zabawy. Precz z określnikami, oświadczył pewnego razu, i we wszystkich listach, które przeszły przez jego ręce, znikły przysłówki i przymiotniki. Innego dnia wypowiedział wojnę spójnikom. Jeszcze większą inwencję wykazał w dniu, kiedy to powykreślał wszystko oprócz „a", „i", „ale" itp. Stwierdził, że dynamizuje to napięcie międzywierszowe, a poza tym prawie zawsze nadaje listom o wiele bardziej uniwersalny charakter. Potem zamazywał pozdrowienia, pozostawiając tekst listów nietknięty. Pewnego razu zaczernił wszystko z wyjątkiem słów „Kochana Mary" i dopisał pod spodem „Tęsknię za tobą tragicznie. A. T. Tappman, kapelan Armii Stanów Zjednoczonych". A. T. Tappman był ich kapelanem.

Kiedy wyczerpał już wszystkie możliwości w tekście listów, zaczął atakować nazwiska i adresy na kopertach, jednym niedbałym ruchem dłoni unicestwiając całe domy i ulice, niwecząc metropolie, jakby był Bogiem. Paragraf 22 wymagał, aby każdy ocenzurowany list był podpisany przez oficera, który go czytał. Yossarian większości listów nie czytał w ogóle i na tych podpisywał się imieniem i nazwiskiem. Te, które czytał, podpisywał jako Washington Irving. Kiedy stało się to zbyt monotonne, pisał Irving Washington. Cenzurowanie kopert miało poważne następstwa, gdyż wywołało falę zaniepokojenia w pewnej nie lubiącej rozgłosu instytucji wojskowej, która skierowała do szpitala swojego człowieka jako rzekomego pacjenta. Wszyscy wiedzieli, że jest to facet z Wydziału Śledczego, ponieważ wypytywał o oficera nazwiskiem Irving lub Washington i już na drugi dzień odmówił cenzurowania listów. Zbyt go to nudziło.

Dostali tym razem dobrą salę, jedną z lepszych, w jakich Yossarian czy Dunbar mieli kiedykolwiek przyjemność leżeć. Był wśród nich dwudziestoczteroletni pilot w stopniu kapitana, z rzadkim złotawym wąsikiem, który, zestrzelony w środku zimy nad Adriatykiem, nie dostał nawet kataru. Teraz było lato, nikt kapitana nie zestrzelił, a on twierdził, że ma grypę. Po prawej ręce Yossariana leżał wciąż jeszcze w erotycznej pozycji na brzuchu kapitan ze zdziwieniem na twarzy, malarią we krwi i tyłkiem pokąsanym przez komary. Naprzeciwko Yossariana pod drugiej stronie sali leżał Dunbar, a obok niego kapitan artylerii, z którym Yossarian nie grywał już w szachy. Kapitan był dobrym szachistą, więc gra z nim była zawsze interesująca. Yossarian przestał z nim grywać, ponieważ stawało się to tak interesujące, że aż głupie. Mieli też w sali wykształconego Teksańczyka z Teksasu, który wyglądał, jakby wyszedł z filmu w technikolorze, i który jako patriota wierzył, że ludzie zamożni, czyli przyzwoici obywatele, powinni mieć więcej głosów w wyborach niż włóczędzy, kurwy, kryminaliści, degeneraci, ateiści i obywatele nieprzyzwoici, czyli ludzie bez pieniędzy.

W dniu, kiedy pojawił się Teksańczyk, Yossarian tępił w listach rymujące się słowa. Był to któryś z rzędu cichy, upalny, spokojny dzień. Lejący się z nieba żar tłumił dźwięki. Dunbar znowu leżał na wznak, bez ruchu, wpatrzony szklanym wzrokiem w sufit. Pracował nad przedłużeniem sobie życia. Osiągał to przez uprawianie nudy. Dunbar tak gorliwie pracował nad przedłużeniem sobie życia, że można go było wziąć za nieboszczyka. Teksańczyk dostał łóżko pośrodku sali i już wkrótce udostępnił wszystkim swoje poglądy.

Dunbar podskoczył jak ukąszony.

— Otóż to! — krzyknął z zapałem. — Czegoś tu brakowało i teraz już wiem czego. — Uderzył się pięścią w otwartą dłoń. — Brakowało patriotyzmu — oświadczył.

— Masz rację — zawtórował mu Yossarian. — Masz świętą rację. Parówki, drużyna Brooklyn Dodgers, szarlotka upieczona przez mamę. To jest to, o co wszyscy walczymy. Ale czy ktoś walczy o przyzwoitych obywateli? Czy ktoś walczy o większą liczbę głosów dla przyzwoitych obywateli? Nie ma w tym wszystkim patriotyzmu, ot co. Zresztą matriotyzmu również.

Na chorążym, który leżał na lewo od Yossariana, nie zrobiło to żadnego wrażenia.

— Gówno mnie to obchodzi — powiedział zmęczonym głosem i przewrócił się na drugi bok.

Teksańczyk okazał się człowiekiem dobrodusznym, koleżeńskim i miłym. Po trzech dniach wszyscy mieli go po dziurki w nosie. Dostawali na jego widok drgawek i unikali go, jak tylko mogli. Jedynie żołnierz w bieli znajdował się w sytuacji przymusowej. Żołnierz w bieli był od stóp do głów zakuty w gips i spowity bandażami. Miał dwie bezużyteczne ręce i dwie bezużyteczne nogi. Przemycono go na salę w nocy i nikt nie miał pojęcia o jego obecności aż do rana, kiedy to po przebudzeniu ujrzeli dwie dziwne nogi i dwie dziwne ręce wyciągnięte pionowo w górę, zawieszone dziwacznie w powietrzu za pomocą ołowianych ciężarków zwisających złowieszczo nad jego nieruchomym ciałem. W bandażach po wewnętrznej stronie jego łokci mieściły się zasuwane na zamek błyskawiczny usta, do których spływał przezroczysty płyn z przezroczystego naczynia. Z gipsu pokrywającego pachwinę wystawała milcząca metalowa rurka, z podłączonym cienkim elastycznym przewodem, który bardzo sprawnie odprowadzał produkty jego nerek do zakorkowanego przezroczystego naczynia stojącego na podłodze. W miarę tego jak opróżniało się naczynie odżywiające jego łokieć, naczynie na podłodze napełniało się płynem i wówczas po prostu naczynia szybko przestawiano i płyn mógł z powrotem spływać w jego ciało. Właściwie z całego żołnierza w bieli nigdy nie widzieli nic prócz czarnej, strzępiastej dziury nad jego ustami.

Położono go obok Teksańczyka, który siadał bokiem na swoim łóżku i przemawiał do niego rano, po południu i wieczorem przyjemnym basem południowca, rozciągając głoski. Brak odpowiedzi zupełnie mu nie przeszkadzał.

Dwukrotnie w ciągu dnia chorym mierzono temperaturę. Codziennie wczesnym rankiem i drugi raz przed wieczorem wkraczała na salę siostra Cramer ze słojem pełnym termometrów i przechodziła wzdłuż jednego rzędu łóżek, a potem wracała wzdłuż drugiego rzędu, rozdając wszystkim pacjentom termometry. Z żołnierzem w bieli radziła sobie wkładając termometr do dziury nad jego ustami i opierając go na dolnym brzegu otworu. Potem wracała do pierwszego pacjenta, brała jego termometr, notowała temperaturę i tak szła kolejno od łóżka do łóżka. Pewnego popołudnia, gdy zakończyła pierwszą rundę i podeszła powtórnie do żołnierza w bieli, spojrzała na termometr i stwierdziła, że pacjent zmarł.

— Morderca — powiedział spokojnym głosem Dunbar.

Teksańczyk spojrzał na niego z niepewnym uśmiechem.

— Zabójca — dodał Yossarian.

— O czym wy mówicie? — spytał nerwowo Teksańczyk.

— To ty go zamordowałeś — powiedział Dunbar.

— Zabiłeś go — zawtórował Yossarian.

Teksańczyk cofnął się przerażony.

— Czyście powariowali? Nawet go nie dotknąłem.

— Zamordowałeś go — powiedział Dunbar.

— Słyszałem, jak go zabijałeś — powiedział Yossarian.

— Zabiłeś go, bo był Murzynem — powiedział Dunbar.

— Oszaleliście? — krzyknął Teksańczyk. — Tutaj Murzynów nie wpuszczają. Dla czarnych mają osobne miejsce.

— Sierżant go tu przeszmuglował — powiedział Dunbar.

— Sierżant komunista — dodał Yossarian.

— A ty się o tym dowiedziałeś.

Na chorążym, który leżał na lewo od Yossariana, cała sprawa żołnierza w bieli nie zrobiła wrażenia. Na chorążym w ogóle nic nie robiło wrażenia i jeśli się odzywał, to tylko po to, żeby dać upust niezadowoleniu.

Na dzień przed tym, jak Yossarian poznał kapelana, w jadalni wybuchł piec, wskutek czego barak kuchenny stanął w płomieniach. Podmuch gorącego powietrza dało się odczuć w całej bazie. Nawet w sali Yossariana, odległej o prawie trzysta stóp, słychać było huk pożaru i ostre trzaski płonących belek. Za pomarańczowo połyskującymi szybami pędził dym. Po piętnastu minutach nadjechały z lotniska samochody straży pożarnej. Przez pół godziny mimo rozpaczliwych wysiłków strażaków sprawa wyglądała groźnie. Zaledwie strażacy zaczęli brać górę nad ogniem, rozległo się dobrze znane jednostajne buczenie powracających bombowców, musieli więc zwinąć swoje węże i pędzić na lotnisko, na wypadek gdyby któryś z samolotów rozbił się i zapalił przy lądowaniu. Wszystkie wylądowały pomyślnie. Gdy tylko ostatni z bombowców znalazł się na ziemi, strażacy zawrócili swoje ciężarówki i popędzili na złamanie karku, żeby podjąć na nowo walkę z ogniem w szpitalu. Kiedy przybyli na miejsce, ognia już nie było. Zgasł sam, znikł, nie pozostawiając nawet żaru, który można by polać wodą. Zawiedzeni strażacy nie mając nic do roboty popijali letnią kawę i kręcili się koło szpitala w nadziei, że uda im się przerżnąć jakąś pielęgniarkę.

Kapelan zjawił się nazajutrz po pożarze. Yossarian był właśnie zajęty wykreślaniem z listów wszystkiego prócz zaklęć miłosnych, kiedy na krześle koło łóżka usiadł kapelan i spytał go, jak się czuje. Siedział bokiem, Yossarian widział więc jedynie dystynkcje kapitana na jego kołnierzu. Nie wiedząc, kto to jest, uznał, że to jakiś nowy lekarz albo nowy wariat.

— Zupełnie nieźle — odpowiedział. — Mam lekkie bóle wątroby i nie bardzo można na mnie polegać, jeśli chodzi o stolec, ale w sumie muszę przyznać, że czuję się zupełnie nieźle.

— To dobrze — powiedział kapelan.

— Tak — przyznał Yossarian. — Tak, to dobrze.

— Przyszedłbym wcześniej — powiedział kapelan — ale czułem się niezbyt dobrze.

— To niedobrze — powiedział Yossarian.

— Byłem tylko przeziębiony — wyjaśnił pośpiesznie kapelan.

— Mam temperaturę sto jeden stopni* — dorzucił Yossarian równie szybko.

— To niedobrze — powiedział kapelan.

— Tak — zgodził się Yossarian. — To niedobrze.

Kapelan zaczął się wiercić na krześle.

— Czy mógłbym coś dla pana zrobić? — spytał po chwili.

— Nie — westchnął Yossarian. — Lekarze robią chyba wszystko, co w ludzkiej mocy.

— Ależ nie — zarumienił się z lekka kapelan. — Miałem na myśli coś innego. Może papierosy... książki... zabawki...

— Nie, nie — powiedział Yossarian. — Dziękuję. Mam wszystko, czego człowiekowi potrzeba, wszystko prócz zdrowia.

— To niedobrze.

— Tak — westchnął Yossarian. — Tak, to niedobrze.

Kapelan znowu zaczął się wiercić. Zerknął kilka razy na boki, spojrzał na sufit, potem na podłogę. Wreszcie westchnął głęboko.

— Porucznik Nately przesyła panu pozdrowienia — powiedział.

Yossarian z przykrością się dowiedział, że mają wspólnego znajomego. Wyglądało na to, że teraz mają rzeczywiście temat do rozmowy.

— Zna pan porucznika Nately'ego? — spytał z żalem w głosie.

— Tak, znam go dość dobrze.

— Trochę zwariowany, prawda?

---

* Fahrenheita (= 37,2°C).

Kapelan uśmiechnął się z zażenowaniem.

— Na ten temat niestety nic nie mogę powiedzieć. Nie znam go aż tak dobrze.

— Może mi pan wierzyć na słowo — powiedział Yossarian. — Trudno o większego wariata.

Kapelan starannie ważył kolejną chwilę milczenia, aż nagle przerwał je niespodziewanym pytaniem.

— Pan kapitan Yossarian, prawda?

— Nately miał trudne dzieciństwo. Pochodzi z dobrej rodziny.

— Proszę mi wybaczyć — nalegał bojaźliwie kapelan — ale możliwe, że popełniłem poważny błąd. Czy pan jest kapitan Yossarian?

— Tak — wyznał kapitan Yossarian. — Kapitan Yossarian to ja.

— Z dwieście pięćdziesiątej szóstej eskadry?

— Z dwieście pięćdziesiątej szóstej eskadry bojowej. Nie słyszałem, żeby byli jacyś inni kapitanowie Yossarianowie. O ile wiem, jestem jedynym kapitanem Yossarianem, jakiego znam, ale mogę mówić tylko za siebie.

— Rozumiem — powiedział kapelan z nieszczęśliwą miną.

— To jest dwa do ósmej potęgi bojowej — zauważył Yossarian — gdyby chciał pan napisać symboliczny wiersz o naszej eskadrze.

— Nie — mruknął kapelan — nie planuję pisania symbolicznego wiersza o pańskiej eskadrze.

Yossarian poderwał się gwałtownie, gdyż wypatrzył maleńki srebrny krzyżyk po drugiej stronie kołnierza kapelana. Wywarło to na nim piorunujące wrażenie, bo nigdy dotąd nie rozmawiał z kapelanem.

— Pan jest kapelanem! — krzyknął zachwycony. — Nie wiedziałem, że pan jest kapelanem.

— Ależ tak — odpowiedział kapelan. — To pan nie wiedział, że jestem kapelanem?

— Ależ skąd! Nie wiedziałem, że pan jest kapelanem.

Yossarian pożerał go zachwyconymi oczami, z uśmiechem szczęścia na twarzy.

— Nigdy w życiu nie widziałem kapelana — wyznał.

Kapelan znów się zapłonił i spuścił oczy. Był to drobny, może trzydziestodwuletni mężczyzna o kasztanowatych włosach i nieśmiałych piwnych oczach. Twarz miał pociągłą i bladą. Niewinny młodzieńczy trądzik pokrywał jego wpadnięte policzki. Yossarian chciał mu jakoś pomóc.

— Czy mogę coś dla pana zrobić? — spytał kapelan.

Yossarian potrząsnął głową, nadal uśmiechając się od ucha do ucha.

— Nie, dziękuję. Mam wszystko, czego mi potrzeba, i czuję się zupełnie dobrze. Prawdę mówiąc, nie jestem nawet chory.

— To dobrze — powiedział kapelan i natychmiast się zreflektował. Parsknąwszy śmiechem zasłonił dłonią usta, ale Yossarian sprawił mu zawód, gdyż pozostał niewzruszony. — Muszę jeszcze odwiedzić innych żołnierzy z naszej grupy — powiedział kapelan po chwili. — Odwiedzę pana znowu, może jutro.

— Bardzo proszę.

— Przyjdę pod warunkiem, że sam pan sobie tego życzy — powiedział kapelan spuszczając nieśmiało głowę. — Zauważyłem, że wielu moja obecność krępuje.

Yossarian promieniował serdecznością.

— Ależ chcę, żeby mnie pan odwiedził. Wcale nie będę się czuł skrępowany.

Kapelan uśmiechnął się z wdzięcznością i zerknął w dół na skrawek papieru, który przez cały czas ukrywał w dłoni. Poruszając bezgłośnie wargami policzył łóżka i z powątpiewaniem zatrzymał wzrok na Dunbarze.

— Przepraszam — spytał szeptem — czy to jest porucznik Dunbar?

— Tak — odpowiedział Yossarian na cały głos — to jest porucznik Dunbar.

— Dziękuję — szepnął kapelan. — Bardzo panu dziękuję. Jemu też muszę złożyć wizytę. Muszę odwiedzić wszystkich żołnierzy naszej grupy, którzy przebywają w szpitalu.

— Tych w innych salach też? — spytał Yossarian.

— Tych w innych salach też.

— Niech ksiądz będzie ostrożny w innych salach — ostrzegł Yossarian. — Trzymają w nich chorych umysłowo. Pełno tam wariatów.

— Nie trzeba się do mnie zwracać per „ksiądz" — wyjaśnił kapelan. — Jestem anabaptystą.

— Mówię o tych innych salach zupełnie poważnie — ciągnął Yossarian ponuro. — Żandarmi pana nie będą bronić, bo sami są największymi wariatami. Poszedłbym z panem, ale sam jestem w strachu. Obłęd jest zaraźliwy. Z całego szpitala tylko nasza sala jest normalna. Wszyscy oprócz nas to wariaci. Możliwe, że to w ogóle jedyna normalna sala na całym świecie.

Kapelan pospiesznie wstał i odsunął się od łóżka Yossariana, a potem kwinął głową z uspokajającym uśmiechem i obiecał zachować należytą ostrożność.

— A teraz muszę odwiedzić porucznika Dunbara — powiedział. Mimo to ociągał się jeszcze, jakby miał skrupuły. — Chciałbym się o nim czegoś dowiedzieć — powiedział wreszcie.

— To wspaniały człowiek — zapewnił go Yossarian. — Prawdziwy hrabia. Jeden z najlepszych, najmniej skłonnych do poświęceń ludzi na świecie.

— Nie to miałem na myśli — wyjaśnił szeptem kapelan. — Czy on jest bardzo chory?

— Nie, nie jest bardzo chory. Prawdę powiedziawszy, wcale nie jest chory.

— To dobrze — westchnął z ulgą kapelan.

— Tak — zgodził się Yossarian. — Tak, to bardzo dobrze.

— Kapelan! — zawołał Dunbar, kiedy kapelan pożegnał się z nim i wyszedł. — Widziałeś coś takiego? Kapelan.

— Uroczy, prawda? — powiedział Yossarian. — Chyba powinni mu dać ze trzy głosy.

— Kto ma dać mu trzy głosy? — spytał podejrzliwie Dunbar.

Na końcu sali za przepierzeniem z pomalowanej na zielono dykty pracował niestrudzenie w swoim łóżku poważny pułkownik w średnim wieku. Codziennie odwiedzała go łagodna, miła kobieta o kręconych popielatoblond włosach, która nie należała ani do personelu szpitalnego, ani do Kobiecego Korpusu Pomocniczego, ani do Czerwonego Krzyża, a mimo to zjawiała się niezmiennie każdego popołudnia w szpitalu na Pianosie, ubrana w bardzo eleganckie pastelowe letnie sukienki, białe pantofelki na obcasie i nylonowe pończochy o nieskazitelnie prostych szwach. Pułkownik był łącznościowcem i dzień i noc bez przerwy wycharkiwał śluzowate komunikaty ze swego wnętrza do płatków gazy, które następnie starannie składał i odsyłał do białego naczynia z pokrywą, stojącego na jego nocnym stoliku. Pułkownik był wspaniały. Miał wpadnięte usta, wpadnięte policzki, wpadnięte, smutne, zapleśniałe oczy. Jego twarz miała barwę oksydowanego srebra. Kasłał cicho, ostrożnie i powoli przykładał do warg płatki gazy z obrzydzeniem, które stało się już automatyczne.

Wokół pułkownika kłębili się specjaliści, specjalizujący się w próbach ustalenia, co mu jest. Świecili mu w oczy, żeby się przekonać, czy widzi, wbijali mu igły w ośrodki nerwowe, żeby usłyszeć na własne uszy, czy czuje. Był tam urolog od uryny, limfolog od limfy, endokrynolog od endokrynów, psycholog od psychiki, dermatolog od dermy; był patolog zajmujący się jego patosem, cytolog zajmujący się jego cystami oraz łysy i pedantyczny cetolog z wydziału zoologii na Uniwersytecie Harvarda, bezlitośnie porwany w szeregi lekarzy wojskowych na skutek przepalenia się lampy w mózgu elektronowym, usiłujący teraz dyskutować z umierającym pułkownikiem na temat *Moby Dicka*.

Pułkownik został przebadany, co się zowie. Każdy organ jego ciała naszpikowano lekarstwami, sponiewierano, wydrenowano i wydrylowano, obmacano i sfotografowano, wyjęto, splądrowano i wsadzono z powrotem. Schludna, szczupła, prosta jak trzcina kobieta dotykała go i uśmiechała się siedząc przy jego łóżku, jak ucieleśnienie godnego smutku. Pułkownik był wysoki, chudy i zgarbiony. Kiedy wstawał, garbił się jeszcze bardziej, aż cała jego postać stawała się wklęsła. Chodząc stawiał stopy z największą ostrożnością, przesuwając je o kilka cali. Pod oczami miał fioletowe worki. Kobieta mówiła bardzo cicho, ciszej nawet niż pułkownik kasłał, i nikt z leżących na sali nie słyszał jej głosu.

W ciągu niespełna dziesięciu dni Teksańczyk wypłoszył wszystkich. Pierwszy załamał się kapitan artylerii, zapoczątkowując istny exodus. Dunbar, Yossarian i kapitan-pilot zwiali tego samego ranka. Dunbar przestał cierpieć na zawroty głowy, kapitanowi przeszedł katar. Yossarian powiedział lekarzom, że bóle wątroby ustąpiły. Nawet chorąży uciekł. Nie trzeba było niczego więcej. W ciągu niespełna dziesięciu dni Teksańczyk zapędził wszystkich z powrotem do szeregów — wszystkich z wyjątkiem faceta z Wydziału Śledczego, który się zaraził od kapitana-pilota i dostał zapalenia płuc.

2

Clevinger

Pod pewnym względem ten facet z Wydziału Śledczego miał szczęście, gdyż poza ścianami szpitala nadal toczyła się wojna.

Ludzie wpadali w szał i dostawali medale. Na całym świecie chłopcy po obu stronach linii frontu ginęli za coś, co, jak im powiedziano, jest ich ojczyzną, i nikt jakoś nie miał nic przeciwko temu, nawet oni sami. Nie widać było końca temu wszystkiemu. Jedyny koniec, jakiego można się było spodziewać, to był koniec Yossariana, a mógł przecież leżeć sobie w szpitalu do dnia Sądu Ostatecznego, gdyby nie ten patriotyczny Teksańczyk ze swymi lejkokształtnymi policzkami i wymiętoszonym, rozmamłanym, niezniszczalnym uśmiechem, przecinającym niezmiennie jego twarz niczym rondo wielkiego czarnego kowbojskiego kapelusza. Teksańczyk pragnął, aby wszyscy na sali z wyjątkiem Yossariana i Dunbara byli zadowoleni. Był naprawdę bardzo chory.

Ale Yossarian nie potrafił być zadowolony, choćby nawet Teksańczyk życzył mu czegoś wręcz przeciwnego, gdyż poza murami szpitala nadal działy się niewesołe rzeczy. Nadal trwała wojna i wyglądało na to, że oprócz Yossariana i Dunbara nikt tego nie dostrzega. Kiedy zaś Yossarian usiłował ludziom o tym przypominać, odsuwali się od niego jak od wariata. Nawet Clevinger, po którym można było spodziewać się czegoś więcej, nawymyślał mu od wariatów, kiedy się ostatnio widzieli, to znaczy tuż przed ucieczką Yossariana do szpitala.

Clevinger wpatrywał się w niego bliski apopleksji z wściekłości i kurczowo trzymając się stołu krzyczał:

— Jesteś wariat!

— Clevinger, czego ty właściwie chcesz od ludzi? — tonem znużenia odpowiedział Dunbar w rozgwarze klubu oficerskiego.

— Ja nie żartuję — upierał się Clevinger.

— Oni chcą mnie zabić — powiedział spokojnie Yossarian.

— Nikt nie chce cię zabić — krzyknął Clevinger.

— To dlaczego do mnie strzelają? — spytał Yossarian.

— Oni strzelają do wszystkich — odpowiedział Clevinger. — Chcą zabić wszystkich.

— A co to za różnica?

Clevinger podniecony uniósł się z krzesła, oczy mu zaszły łzami, zbielałe wargi drżały. Jak zwykle, kiedy bronił zasad, w które święcie wierzył, zaczynał sapać nerwowo i łykać gorzkie łzy fanatyzmu. Clevinger miał wiele takich zasad, w które święcie wierzył. Clevinger był wariatem.

— Co to znaczy oni? — dopytywał się. — Kto, według ciebie, chce cię zamordować?

— Oni wszyscy — odpowiedział mu Yossarian.

— Jacy oni?

— A jak ci się wydaje?

— Nie mam pojęcia.

— No to skąd wiesz, że nie chcą mnie zamordować?

— Stąd, że... — Clevingera zatkało i umilkł zbity z tropu.

Był przekonany, że ma rację, ale Yossarian rozporządzał niezbitymi dowodami, gdyż zupełnie nie znani mu ludzie strzelali do niego z działek za każdym razem, kiedy leciał zrzucać na nich bomby, co nie było wcale zabawne. A tyle innych rzeczy, jeszcze mniej zabawnych? Nie było też nic zabawnego w tym, że mieszkał jak włóczęga w namiocie na Pianosie, mając za plecami wielkie góry, a przed sobą spokojną, błękitną toń morza, które mogło pochłonąć człowieka w mgnieniu oka i odesłać go po trzech dniach z powrotem na brzeg, *loco* i *franco,* wzdętego, sinego i nadgniłego, z zimną wodą wyciekającą z nozdrzy.

Namiot Yossariana stał pod wąskim bezbarwnym laskiem oddzielającym jego eskadrę od eskadry Dunbara. Tuż obok przebiegał wykop nieczynnej linii kolejowej, w którym ułożono rurociąg doprowadzający benzynę lotniczą do cystern na lotnisku. Dzięki Orrowi był to najbardziej luksusowy namiot na całej eskadrze. Ilekroć Yossarian wracał z wakacji w szpitalu albo z urlopu w Rzymie, zaskakiwało go jakieś nowe udogodnienie, które Orr wprowadził podczas jego nieobecności. Raz była to woda bieżąca, innym razem kominek lub betonowa podłoga. Yossarian wybrał miejsce i wspólnie z Orrem ustawili namiot. Orr, wiecznie uśmiechnięty pigmej z odznaką pilota i gęstą, falującą kasztanowatą czupryną z przedziałkiem pośrodku, wnosił swoją wiedzę, Yossarian zaś, jako wyższy, silniejszy, szerszy w ramionach i szybszy, wykonywał większość prac. Mieszkali tylko we dwóch, chociaż namiot był sześcioosobowy. Kiedy przyszło lato, Orr podwinął boczne ścianki, żeby wpuścić wiatr, który jednak nie chciał jakoś wiać i odświeżać rozpalonego powietrza.

Najbliższym sąsiadem Yossariana był Havermeyer, który uwielbiał sezamki, mieszkał sam w dwuosobowym namiocie i noc w noc strzelał do malutkich polnych myszek wielkimi kulami z czterdziestki piątki skradzionej nieboszczykowi z namiotu Yossariana. W następnym namiocie McWatt nie mieszkał już z Clevingerem, który jeszcze nie wrócił, gdy Yossarian wyszedł ze szpitala. McWatt mieszkał teraz z Natelym, który spędzał urlop w Rzymie, gdzie zakochany po uszy zalecał się do pewnej zaspanej dziwki, śmiertelnie znudzonej i swoim procederem, i jego zalotami. McWattowi brakowało piątej klepki. Był pilotem i przy każdej okazji przelatywał najniżej jak tylko mógł nad namiotem Yossariana, żeby go nastraszyć. Lubił również pikować z szaleńczym rykiem motorów na tratwę z desek i pustych beczek, przy której lotnicy kąpali się nago tuż przy piaszczystej, nieskazitelnie białej plaży. Mieszkanie w jednym namiocie z wariatem nie było łatwe, ale Nately nie miał nic przeciwko temu. On też był wariatem i wszystkie wolne chwile spędzał przy budowie klubu oficerskiego, do której Yossarian nawet nie przyłożył ręki.

Prawdę mówiąc, wiele było klubów oficerskich, do których budowy Yossarian nie przyłożył ręki, ale najbardziej szczycił się tym na Pianosie, był to bowiem trwały i okazały pomnik jego silnej woli. Yossarian ani razu nie przyszedł pomóc przy budowie, za to później, gdy klub już ukończono, przychodził bardzo często, urzeczony tym dużym, pięknym, nieregularnym budynkiem krytym gontem. Była to rzeczywiście wspaniała konstrukcja i Yossariana przepełniało uczucie niekłamanej dumy, ilekroć spojrzał na nią i pomyślał, że nawet nie kiwnął palcem przy jej wznoszeniu.

Ostatnim razem, kiedy nawymyślali sobie z Clevingerem od wariatów, siedzieli we czterech w głębi sali, obok stołu do gry w kości, przy którym niezmiennie wygrywał Appleby. Appleby grał w kości równie dobrze jak w ping-ponga, a w ping-pongu był równie dobry jak we wszystkim innym. Wszystko, co robił, robił dobrze. Był jasnowłosym chłopcem z Iowy, wierzył, nigdy się nad tym nie zastanawiając, w Boga, Macierzyństwo i Amerykański Styl Życia i był przez wszystkich lubiany.

— Jak ja nienawidzę tego skurwysyna — warknął Yossarian.

Kłótnia między nim a Clevingerem wybuchła przed kilkoma minutami, kiedy to Yossarian nie mógł znaleźć karabinu maszynowego. Wieczór był pełen ruchu i gwaru. Rojno było przy barze, przy stole do gry w kości i przy stole do ping-ponga. Ludzie, których Yossarian chciał wykosić z karabinu maszynowego, tłoczyli się przy barze śpiewając stare sentymentalne piosenki, które wszystkim oprócz niego się podobały. Nie mając karabinu maszynowego, Yossarian rozgniótł obcasem piłeczkę pingpongową, gdy potoczyła się w jego stronę odbita rakietką jednego z dwóch grających oficerów.

— Ach, ten Yossarian — dwaj oficerowie ze śmiechem pokręcili głowami i wzięli nową piłeczkę z pudełka na półce.

— Ach, ten Yossarian — odpowiedział im Yossarian.

— Yossarian — szepnął Nately ostrzegawczo.

— Sami widzicie — powiedział Clevinger.

Oficerowie roześmieli się, że Yossarian ich przedrzeźnia.

— Ach, ten Yossarian — powtórzyli głośniej.

— Ach, ten Yossarian — zawtórował im Yossarian.

— Yossarian, proszę cię — błagał Nately.

— Sami widzicie — powtórzył Clevinger — że on jest nieprzystosowany do życia w społeczeństwie.

— Zamknij się — powiedział Dunbar. Dunbar lubił Clevingera, ponieważ Clevinger go drażnił, zwalniając w ten sposób bieg czasu.

— Appleby'ego wcale tu nie ma — obwieścił tryumfalnie Clevinger.

— A kto mówił o Applebym? — spytał Yossarian.

— Pułkownika Cathcarta też nie ma.

— A kto tu mówił coś o pułkowniku Cathcarcie?

— No, to którego skurwysyna tak nienawidzisz?

— A jaki skurwysyn jest na sali?

— Nie będę się z tobą sprzeczał — zdecydował nagle Clevinger. — Sam nie wiesz, kogo nienawidzisz.

— Wszystkich, którzy chcą mnie otruć — powiedział Yossarian.

— Nikt cię nie chce otruć.

— Jak to, przecież już dwa razy zatruli mi jedzenie. Może nie wsypali mi trucizny do jedzenia, raz kiedy bombardowaliśmy Ferrarę, a drugi raz podczas Wielkiego Oblężenia Bolonii?

— Wtedy wszyscy dostali zatrute jedzenie — wyjaśnił Clevinger.

— A co to za różnica?

— A poza tym to wcale nie była trucizna! — krzyknął Clevinger podniecając się coraz bardziej, w miarę jak coraz mniej z tego wszystkiego rozumiał.

Yossarian wyjaśnił mu z cierpliwym uśmiechem, że jak daleko sięga pamięcią, ktoś zawsze czyha na jego życie. Są ludzie, którzy go lubią, i są inni, którzy go nie lubią i chcą go ukatrupić. Nienawidzą go za to, że jest Asyryjczykiem. Ale nie mogą mu nic zrobić, jak tłumaczył Clevingerowi, ponieważ ma zdrowego ducha w zdrowym ciele i jest silny jak byk. Nie mogą mu nic zrobić, ponieważ jest Tarzanem, Mandrakiem i Flash Gordonem z komiksów w jednej osobie. Jest Billem Szekspirem. Jest Kainem, Ulissesem, Latającym Holendrem; jest Lotem z Sodomy, Deirdre z legendy, Sweeneyem wśród słowików, jest tajemniczym Z-247. Jest...

— Wariat! — zapiał Clevinger. — Wiesz, kto ty jesteś? Jesteś wariat!

— ...wspaniały, najprawdziwszy, bombowy, autentyczny cud natury. Jestem *bona fide supraman.*

— *Superman?* — krzyknął Clevinger. — Ty jesteś *superman*?

— *Supraman* — poprawił go Yossarian.

— Panowie, dajcie spokój — uciszał ich zawstydzony Nately. — Wszyscy na nas patrzą.

— Jesteś wariat — krzyczał głośno Clevinger ze łzami w oczach. — Masz kompleks Jehowy.

— Dla mnie wszyscy są Natanielami.

Clevinger przerwał swoją orację wietrząc jakiś podstęp.

— Kto to jest Nataniel? — spytał.

— Jaki Nataniel? — rzucił niewinnie Yossarian.

Clevinger zręcznie ominął pułapkę.

— Według ciebie każdy jest Jehową. Jesteś nie lepszy niż Raskolnikow...

— Niż kto?

— ...tak, Raskolnikow, który...

— Raskolnikow!

— ...który sądził, że można usprawiedliwić morderstwo staruszki...

— Nie lepszy?

— ...tak, usprawiedliwić... siekierą! Mogę ci to udowodnić!

Sapiąc nerwowo Clevinger wyliczał symptomy choroby Yossariana: nieuzasadnione przekonanie, że otaczają go sami wariaci, morderczy popęd do koszenia obcych ludzi z karabinu maszynowego, przekręcanie faktów, wyssane z palca podejrzenia, że ludzie go nienawidzą i spiskują, aby go zgładzić.

Yossarian był jednak pewien swojej racji, gdyż jak wyjaśnił Clevingerowi, o ile wie, nigdy się nie myli. Wszędzie widzi wokół siebie tylko szaleńców i jedyną rzeczą, jaką wśród tego szaleństwa może zrobić rozsądny młody dżentelmen taki jak on, to zachować rozsądek. Jest to tym ważniejsze, że wie, iż jego życie znajduje się w niebezpieczeństwie.

Yossarian po powrocie ze szpitala przyglądał się wszystkim spod oka. Milo wyjechał do Smyrny na zbiór fig, lecz mimo jego nieobecności kuchnia działała sprawnie. Yossarian poczuł przenikliwy zapach ostro przyprawionej baraniny już w karetce, która podskakiwała po wyboistej drodze ciągnącej się jak stare szelki pomiędzy szpitalem a eskadrą. Na obiad były kebabcze, duże smakowite porcje przyprawionego mięsa, marynowanego przez siedemdziesiąt dwie godziny w miksturze, której tajemnicę Milo wykradł jakiemuś chytremu lewantyńskiemu handlarzowi; skwierczały teraz na ruszcie jak diabli. Do tego podano perski ryż i szparagi z parmezanem, a na deser był krem z wiśniami i świeżo parzona kawa z koniakiem lub benedyktynem. Posiłek serwowali w ogromnych porcjach na adamaszkowych obrusach zręczni włoscy kelnerzy, których major... de Coverley porwał i przywiózł na wyspę w darze Milowi.

Yossarian opychał się, dopóki nie poczuł, że zaraz pęknie, i w błogiej ociężałości osunął się na oparcie krzesła, mając usta wypełnione soczystym wspomnieniem uczty. Nikt z oficerów eskadry nie jadał nigdy w życiu tak dobrze jak teraz w stołówce Mila i Yossarian zastanawiał się przez chwilę, czy nie jest to wystarczającą rekompensatą za wszystko inne. Zaraz jednak odbiło mu się i natychmiast przypomniał sobie, że jego życie jest w niebezpieczeństwie, wyskoczył więc jak oparzony ze stołówki, żeby poszukać doktora Daneeki i zażądać zwolnienia ze służby liniowej i odesłania do kraju. Doktor Daneeka siedział na wysokim stołku, wygrzewając się w słońcu przed swoim namiotem.

— Pięćdziesiąt akcji — powiedział kręcąc głową. — Pułkownik żąda pięćdziesięciu lotów bojowych.

— Ale ja mam tylko czterdzieści cztery!

Doktor Daneeka pozostał niewzruszony. Był to smutny, podobny do ptaka człowiek, ze szpatułkowatą twarzą o ostrych rysach przywodzących na myśl dobrze utrzymanego szczura.

— Pięćdziesiąt lotów bojowych — powtórzył kręcąc głową. — Pułkownik żąda pięćdziesięciu lotów.

3

Havermeyer

Kiedy Yossarian wrócił ze szpitala, zastał jedynie Orra i nieboszczyka. Ten nieboszczyk z namiotu Yossariana był niezwykle uciążliwy i Yossarian go nie lubił, mimo że nigdy go nie widział. Fakt, że on tak leży pod bokiem przez cały dzień, drażnił Yossariana do tego stopnia, że kilkakrotnie już chodził na skargę do sierżanta Towsera, który twierdził, że nieboszczyk w ogóle nie istnieje, co zresztą teraz było już prawdą. Jeszcze bardziej beznadziejnie kończyły się próby zwracania się bezpośrednio do majora Majora, wysokiego, kościstego dowódcy eskadry, który wyglądał trochę jak udręczony Henry Fonda i uciekał ze swego pokoju przez okno, ilekroć Yossarianowi udało się sforsować sierżanta Towsera. Nieboszczyk z namiotu Yossariana nie był zbyt przyjemnym współlokatorem. Wyprowadzał z równowagi nawet Orra, też niezbyt przyjemnego współlokatora, majstrującego w dniu powrotu Yossariana przy kraniku do piecyka na ropę, który zaczął budować, kiedy Yossarian leżał w szpitalu.

— Co robisz? — spytał na wszelki wypadek Yossarian wchodząc do namiotu, chociaż od razu zobaczył, o co chodzi.

— Chcę naprawić kranik — odpowiedział Orr. — Trochę przecieka.

— Proszę cię, przestań — powiedział Yossarian. — Denerwujesz mnie.

— Kiedy byłem małym chłopcem — odpowiedział Orr — całymi dniami chodziłem z dzikimi jabłkami w ustach, po jednym z każdej strony.

Yossarian położył worek, z którego zaczął wykładać przybory

toaletowe, i zastygł podejrzliwie w pozie pełnej napięcia. Po minucie nie wytrzymał i spytał:

— Dlaczego?

Orr zachichotał zwycięsko.

— Bo są lepsze niż kasztany — odpowiedział.

Orr klęczał w namiocie na ziemi. Pracując bez wytchnienia rozbierał kranik, układał starannie wszystkie drobniutkie części, liczył je i bez końca badał każdą z osobna, jakby nigdy w życiu nie widział czegoś podobnego, a potem składał malutkie urządzenie z powrotem i znowu zaczynał od początku, nie tracąc cierpliwości ani zainteresowania, nie wykazując najmniejszych oznak zmęczenia, nie zdradzając niczym, że kiedykolwiek skończy. Yossarian patrzył na to jego majsterkowanie i czuł rosnącą pewność, że jeżeli Orr natychmiast nie przestanie, będzie musiał go z zimną krwią zamordować. Jego spojrzenie powędrowało w stronę kordelasa, który nieboszczyk w dniu swego przybycia zawiesił na ramie moskitiery. Nóż wisiał obok pustej kabury nieboszczyka, z której Havermeyer ukradł rewolwer.

— Jak nie było dzikich jabłek — mówił dalej Orr — używałem kasztanów. Kasztany są prawie tej samej wielkości co dzikie jabłka, a kształt mają nawet lepszy, chociaż kształt nie gra tu żadnej roli.

— Pytałem cię, dlaczego chodziłeś z dzikimi jabłkami w ustach — powtórzył Yossarian. — O to pytałem.

— Bo mają lepszy kształt niż kasztany — odpowiedział Orr. — Już ci to mówiłem.

— Dlaczego — zaklął Yossarian z podziwem — w ogóle wypychałeś sobie czymkolwiek policzki, ty diabelski, technicznie uzdolniony, wydziedziczony skurwysynu?

— Wcale nie wypychałem sobie policzków czymkolwiek — odpowiedział Orr — tylko dzikimi jabłkami. A kiedy nie było dzikich jabłek, używałem kasztanów. Do wypychania policzków oczywiście.

Zachichotał. Yossarian postanowił nie odzywać się więcej. Orr czekał, ale Yossarian go przetrzymał.

— Po jednym z każdej strony — powiedział Orr.

— Po co?

Orr natychmiast chwycił go w swoje szpony.

— Co po co? — spytał.

Yossarian roześmiał się i potrząsając głową odmawiał odpowiedzi.

— Ciekawa historia z tym zaworem — zastanawiał się na głos Orr.

— Dlaczego? — spytał Yossarian.

— Bo chciałem mieć...

Yossarian już się domyślał.

— Jezu Chryste! Ale dlaczego chciałeś mieć...

— ...policzki jak jabłuszka.

— ...policzki jak jabłuszka? — spytał Yossarian.

— Chciałem mieć policzki jak jabłuszka — powtórzył Orr. — Od dziecka marzyłem o tym, żeby mieć kiedyś policzki jak jabłuszka, i postanowiłem pracować, dopóki nie osiągnę swojego celu, i Bóg mi świadkiem, że nie spocząłem, dopóki nie osiągnąłem swojego celu, chodząc po całych dniach z dzikimi jabłkami w ustach. Po jednym z każdej strony — dodał chichocząc.

— Ale dlaczego chciałeś mieć policzki jak jabłuszka?

— Wcale nie chciałem mieć policzków jak jabłuszka — powiedział Orr. — Chciałem mieć pucołowate policzki. Nie zależało mi specjalnie na kolorze, chciałem tylko, żeby były pucołowate. Pracowałem nad tym jak ci zwariowani faceci, o których się czasem czyta, że po całych dniach ściskają w dłoni gumową piłeczkę, żeby sobie wzmocnić rękę. Prawdę mówiąc, ja też należałem do tych zwariowanych facetów. Też po całych dniach ściskałem gumową piłeczkę w dłoni.

— Po co?

— Co po co?

— Po co ściskałeś po całych dniach gumową piłeczkę?

— Bo gumowe piłeczki... — zaczął Orr.

— ...są lepsze niż dzikie jabłka?

Orr parsknął śmiechem i pokręcił głową.

— Robiłem to, żeby zachować twarz, w razie gdyby ktoś mnie przyłapał na tym, że noszę dzikie jabłka w ustach. Mając gumową piłeczkę w dłoni mógłbym wyprzeć się dzikich jabłek w ustach. Gdyby mnie ktoś spytał, dlaczego trzymam dzikie jabłka w ustach, mogłem po prostu otworzyć dłoń i pokazać, że trzymam gumową piłeczkę, a nie dzikie jabłka, i nie w ustach, tylko w dłoni. Pomysł był dobry, ale nie wiedziałem, czy ludzie coś z tego rozumieją, bo niełatwo jest coś wytłumaczyć, kiedy się mówi z dzikimi jabłkami w ustach.

Yossarian stwierdził, że on też nie bardzo rozumie, i zastanawiał się, czy Orr nadymając te swoje policzki jak jabłuszka nie robi z niego balona.

W tej sytuacji Yossarian postanowił nie odzywać się już ani słowem. Byłby to daremny trud. Znał Orra i wiedział, że za nic w świecie nie wydobędzie teraz z niego, po co chciał mieć policzki jak jabłuszka. Nie warto było go o to pytać, podobnie jak nie warto było go pytać, dlaczego pewnego ranka w Rzymie pewna dziwka waliła go pantoflem po głowie w zatłoczonym korytarzu przed otwartymi drzwiami pokoju młodszej siostry dziwki Nately'ego. Była to dorodna dziewucha z długimi włosami i z wyraźnie zaznaczającą się siecią błękitnych żyłek, zwłaszcza w miejscach, gdzie ciało jest najdelikatniejsze. Miotała wyzwiska, wrzeszczała i podskakiwała wysoko w górę na swoich bosych stopach, aby móc walić Orra ostrym obcasem pantofla w sam czubek głowy. Byli oboje nadzy i narobili takiego szumu, że wszyscy wyjrzeli na korytarz zobaczyć, co się dzieje, i stali parami w drzwiach swoich pokojów — wszyscy nago, z wyjątkiem starej baby w swetrze i fartuchu, która coś tam gdakała niezadowolona, oraz sprośnego, rozpustnego starucha, który podczas całej sceny zanosił się radosnym chichotem z jakąś chciwą i pełną satysfakcji uciechą. Dziewczyna wrzeszczała, a Orr się zaśmiewał. Na każde uderzenie obcasem w głowę odpowiadał głośniejszym wybuchem śmiechu, czym doprowadzał ją do jeszcze większego szału, więc podskakiwała jeszcze wyżej, żeby walić go po tym łbie, a jej niewiarygodnie pełne piersi fruwały po całym korytarzu jak chorągwie łopoczące na wietrze, zaś potężne pośladki i uda podrygiwały niczym jakieś przerażające Eldorado. Ona wrzeszczała, a Orr zaśmiewał się tak długo, aż po kolejnej porcji wrzasków zwaliła go celnym, tęgim ciosem w skroń, po którym Orr przestał się śmiać i został zabrany na noszach do szpitala z niezbyt głęboką dziurą w głowie i z bardzo łagodnym wstrząsem mózgu, w sumie zaledwie na dwanaście dni zwolnienia lekarskiego.

Nikt nie zdołał ustalić, co się wtedy zdarzyło, nawet chichoczący staruch i gdacząca starucha, którzy wiedzieli o wszystkim, co się działo w tym rozległym, nieogarnionym burdelu, z jego niezliczonymi pokojami po obu stronach wąskich korytarzy, rozchodzących się z przestronnego salonu z zasłoniętymi oknami i jedyną lampą. Zawsze potem na widok Orra dziewczyna zadzierała sukienkę powyżej obcisłych, białych elastycznych majtek i drwiącym, ordynarnym ruchem wypinała na niego swój mocny, krągły brzuch, obrzucając go przy tym wyzwiskami i śmiejąc się ochryple, on zaś chichotał lękliwie i chował się za Yossariana. Cokolwiek zrobił, usiłował zrobić albo nie zdołał zrobić za zamkniętymi drzwiami pokoju młodszej siostry dziwki Nately'ego, pozostawało tajemnicą. Dziewczyna nie chciała nic powiedzieć ani dziwce Nately'ego, ani żadnej innej dziwce, ani Nately'emu, ani Yossarianowi. Orr może by i powiedział, ale Yossarian postanowił nie odzywać się więcej do niego ani słowem.

— Powiedzieć ci, dlaczego chciałem mieć pucołowate policzki? — spytał Orr.

Yossarian jakby nabrał wody w usta.

— Pamiętasz — mówił Orr — jak wtedy w Rzymie ta dziewczyna, co cię nie znosi, waliła mnie po głowie obcasem? Czy chcesz wiedzieć dlaczego?

Nadal nie sposób było wyobrazić sobie, czym mógł ją rozzłościć do tego stopnia, że przez piętnaście czy dwadzieścia minut tłukła go po głowie, nie do tego jednak, żeby chwycić go za nogi i roztrzaskać mu czaszkę. Niewątpliwie miała taką przewagę wzrostu, że mogła to zrobić. Orr oprócz pucołowatych policzków miał wystające zęby, wyłupiaste oczy i był niższy nawet od młodego Huple'a, który mieszkał po gorszej stronie torów kolejowych, czyli tam, gdzie mieściła się administracja i gdzie Joe Głodomór noc w noc krzyczał przez sen.

Strefa administracji, w której Joe Głodomór przez pomyłkę rozbił swój namiot, znajdowała się pośrodku obozu eskadry, między wykopem z zardzewiałymi torami a wyboistą szosą. Na tej szosie żołnierze mogli podrywać dziewczęta, jeżeli tylko obiecali podwieźć je tam, gdzie chciały — piersiaste, młode, proste, roześmiane, szczerbate dziewuchy, z którymi można było zjechać z szosy i rozłożyć je na łące, z czego Yossarian korzystał, kiedy tylko mógł, nie tak często jednak, jak go do tego namawiał Joe Głodomór, który miał dostęp do dżipa, ale nie umiał prowadzić. Namioty szeregowych stały po drugiej stronie drogi tuż obok kina pod gołym niebem, gdzie ku codziennej uciesze umierających ścierały się co wieczór na składanym ekranie armie ciemniaków i gdzie tego właśnie popołudnia zjechała kolejna grupa objazdowego zespołu estradowego.

Zespoły te nasyłał generał P. P. Peckem, który przeniósł swoją kwaterę do Rzymu i nie miał nic lepszego do roboty, gdy nie był zajęty kopaniem dołków pod generałem Dreedle. Generał Peckem nade wszystko cenił sobie porządek. Był to energiczny, gładki w obejściu, pedantyczny generał, który znał obwód równika i zawsze pisał „prolongata", kiedy chodziło o „przedłużenie". Był to kawał kutasa, o czym najlepiej wiedział generał Dreedle, rozwścieczony najnowszym poleceniem generała Peckema, aby wszystkie namioty w rejonie Morza Śródziemnego stały wzdłuż równoległych linii, z wejściami zwróconymi dumnie w stronę pomnika Waszyngtona. Generał Dreedle, który dowodził jednostką liniową, uważał, że jest to wielka bzdura. Co więcej, generał Peckem nie miał nic do tego, jak są ustawione namioty w oddziale generała Dreedle. Wynikł z tego zażarty spór kompetencyjny pomiędzy oboma książętami udzielnymi, który rozstrzygnął na korzyść generała Dreedle były starszy szeregowy Wintergreen, sortujący pocztę w dowództwie Dwudziestej Siódmej Armii Lotniczej. Wintergreen przesądził o wyniku sporu wrzucając do kosza wszystkie pisma od generała Peckema. Uważał, że są zbyt rozwlekłe. Poglądy generała Dreedle, wyrażane mniej pretensjonalnym stylem, znajdowały uznanie w oczach byłego starszego szeregowego Wintergreena, który bezzwłocznie przekazywał je dalej, z niezwykłą gorliwością trzymając się wszelkich przepisów. Generał Dreedle zwyciężył walkowerem.

Aby odbudować swój nadszarpnięty autorytet, generał Peckem zaczął wysyłać więcej zespołów estradowych niż kiedykolwiek przedtem i obciążył samego pułkownika Cargilla odpowiedzialnością za to, aby przyjmowano je z należytym entuzjazmem.

Tymczasem w grupie Yossariana nie było żadnego entuzjazmu. Było za to coraz więcej szeregowych i oficerów, którzy po kilka razy dziennie zjawiali się uroczyście w kancelarii sierżanta Towsera, żeby spytać, czy przyszedł już rozkaz przeniesienia ich do kraju. Wszyscy mieli zaliczone po pięćdziesiąt lotów bojowych. Było ich teraz więcej niż wówczas, kiedy Yossarian poszedł do szpitala, i nadal czekali. Denerwowali się i ogryzali paznokcie. Byli groteskowym obrazem młodych bezrobotnych z lat kryzysu. Poruszali się bokiem, jak kraby. Czekali na rozkaz, który odeśle ich bezpiecznie do kraju, a czekając nie mieli nic lepszego do roboty, jak tylko się denerwować, ogryzać paznokcie i zjawiać się uroczyście po kilka razy dziennie w kancelarii sierżanta Towsera z pytaniem, czy przyszły już rozkazy o wysłaniu ich do kraju.

Zdawali sobie sprawę z tego, że walczą z czasem, gdyż wiedzieli z gorzkiego doświadczenia, że pułkownik Cathcart może w każdej chwili podnieść wymaganą liczbę lotów bojowych. Nie mieli nic innego do roboty, jak tylko czekać. Jedynie Joe Głodomór miał co robić po powrocie z każdego kolejnego lotu. W nocy dręczyły go zmory i odnosił zwycięstwa w walkach na pięści z kotem Huple'a. Siadał z aparatem fotograficznym w pierwszym rzędzie na wszystkich występach artystycznych i usiłował robić zdjęcia, zaglądając pod spódnicę jasnowłosej śpiewaczce z wielkim biustem rozpierającym bluzkę naszytą cekinami. Ani jedno zdjęcie się nie udało.

Pułkownik Cargill, prawa ręka generała Peckema, potężny, rumiany mężczyzna, przed wojną był czujnym, bezwzględnym i energicznym dyrektorem handlowym. Pułkownik Cargill był złym handlowcem. Był tak okropnym handlowcem, że wyrywały go sobie firmy zmuszone ze względów podatkowych wykazać straty. W całym cywilizowanym świecie, od Battery Park do Fulton Street, znano go jako człowieka, na którym można polegać, kiedy chodzi o szybkie obniżenie stopy podatkowej. Jego usługi były drogie, gdyż niepowodzenia są często trudne do osiągnięcia. Musiał zaczynać od szczytu i torować sobie drogę w dół, a kiedy się ma przyjaciół w rządzie, niełatwo jest robić złe interesy. Wymagało to nieraz miesięcy ciężkiej pracy i nieomylnie błędnego planowania. Człowiek dezorganizował, podejmował błędne decyzje, nie doglądał, wszystkie drzwi zostawiał otworem, a kiedy się zdawało, że już zrobił swoje, rząd dawał mu jezioro albo las, albo pole naftowe i psuł całą robotę. Jednak na pułkowniku Cargillu można było polegać. Nawet w tak niesprzyjających okolicznościach potrafił zrujnować najlepiej prosperujące przedsiębiorstwo. Doszedł do tego własną pracą i swoje niepowodzenia zawdzięczał wyłącznie sobie.

— Panowie — zaczął pułkownik Cargill przemówienie w eskadrze Yossariana, starannie odmierzając pauzy. — Jesteście oficerami Armii Stanów Zjednoczonych. Oficerowie żadnej innej armii na świecie nie mogą tego o sobie powiedzieć. Zastanówcie się nad tym.

Sierżant Knight zastanowił się nad tym i poinformował uprzejmie pułkownika, że zwraca się do podoficerów i szeregowych, oficerowie zaś czekają na niego po drugiej stronie placu. Pułkownik Cargill podziękował mu energicznie i odszedł wielce z siebie zadowolony. Dumą napawał go fakt, że dwadzieścia dziewięć miesięcy służby w wojsku nie przytępiło jego niezwykłego talentu do popełniania błędów.

— Panowie — zaczął przemówienie do oficerów, starannie odmierzając pauzy. — Jesteście oficerami Armii Stanów Zjednoczonych. Oficerowie żadnej armii na świecie nie mogą tego o sobie powiedzieć. Zastanówcie się nad tym.

Odczekał chwilę, aby dać im czas na zastanowienie.

— Ci ludzie są waszymi gośćmi! — krzyknął nagle. — Przebyli przeszło trzy tysiące mil, aby dostarczyć wam rozrywki. Jak się będą czuli, jeżeli nikt nie przyjdzie ich oglądać? Jak to wpłynie na ich morale? Słuchajcie, panowie, ja nie mam w tym żadnego interesu, ale ta dziewczyna, która chce dziś dla was zagrać na akordeonie, jest w tym wieku, że mogłaby być matką. Jak byście się czuli, gdyby tak wasza matka przebyła przeszło trzy tysiące mil, żeby zagrać na akordeonie żołnierzom, a oni nie chcieliby jej słuchać? Co będzie czuło to dziecko, którego matką mogłaby już być ta akordeonistka, kiedy dorośnie i dowie się o tym? Odpowiedź na to pytanie może być tylko jedna. Panowie, nie chciałbym zostać źle zrozumiany. Wszystko to jest oczywiście dobrowolne. Jestem ostatnim pułkownikiem na świecie, który by kazał wam iść i bawić się pod przymusem, ale życzę sobie, aby każdy, kto nie jest taki chory, że musi leżeć w szpitalu, poszedł natychmiast na ten występ i bawił się. Proszę to uważać za rozkaz!

Yossarian natychmiast poczuł się tak źle, że mógłby wrócić do szpitala, a jeszcze gorzej poczuł się po trzech następnych lotach, kiedy doktor Daneeka kręcąc melancholijnie głową nadal odmawiał zwolnienia go z lotów.

— Tobie się zdaje, że masz kłopoty? — zganił go ze smutkiem. — To co ja mam powiedzieć? Przez osiem lat żywiłem się fistaszkami, żeby ukończyć studia medyczne. Potem, już w swoim gabinecie, odżywiałem się karmą dla drobiu, dopóki nie rozwinąłem praktyki na tyle, że zacząłem wychodzić na swoje. Wreszcie, kiedy interes zaczął dawać dochód, zgarnęli mnie do wojska. Nie rozumiem, na co ty narzekasz.

Doktor Daneeka był przyjacielem Yossariana, więc nie chciał nawet kiwnąć palcem, żeby mu pomóc. Yossarian słuchał z uwagą opowieści doktora Daneeki o pułkowniku Cathcarcie ze sztabu grupy, który chciał zostać generałem, o generale Dreedle ze sztabu skrzydła i jego pielęgniarce oraz o wszystkich innych generałach Dwudziestej Siódmej Armii Lotniczej, którzy żądali tylko czterdziestu lotów bojowych do zaliczenia służby.

— Uśmiechnij się i ciesz się z tego, co masz — radził ponuro Yossarianowi. — Bierz przykład z Havermeyera.

Yossarian zadrżał na samą myśl o czymś takim. Havermeyer był bombardierem prowadzącego bombowca i nigdy nie usiłował robić uników, kiedy nalatywał na cel, narażając w ten sposób wszystkie załogi lecące za nim.

— Havermeyer, dlaczego, do cholery, nigdy nie robisz uników? — z wściekłością rzucali się na niego po wylądowaniu.

— Zostawcie kapitana Havermeyera w spokoju — rozkazywał pułkownik Cathcart. — To jest najlepszy bombardier w całej cholernej jednostce.

Havermeyer szczerzył zęby, kiwał głową i usiłował wyjaśnić, jak za pomocą kordelasa produkuje pociski dum-dum, którymi potem strzela co noc do myszy polnych. Havermeyer rzeczywiście był najlepszym bombardierem w jednostce, ale leciał prosto i równo przez cały czas, od punktu początkowego do celu, a nawet jeszcze daleko poza cel, dopóki nie zobaczył, że spadające bomby uderzają w ziemię i wybuchają w nagłym pomarańczowym rozbłysku, nad którym wiruje całun dymu, i tryskają w górę wielkimi czarnoszarymi falami drobne szczątki. Havermeyer prowadził prosto i równo jak kaczki po wodzie sześć samolotów ze zdrętwiałymi ze strachu śmiertelnikami, podczas gdy sam z żywym zainteresowaniem obserwował ze swojej pleksiglasowej kabiny spadające bomby, dając niemieckim artylerzystom tam w dole czas na nastawienie celowników, wycelowanie i naciśnięcie cyngli, dźwigni spustowych, guzików czy innych świństw, które oni tam do cholery naciskają, kiedy chcą zabić bliżej sobie nie znanych osobników.

Havermeyer był prowadzącym bombardierem, który nigdy nie chybiał. Yossarian był prowadzącym bombardierem, którego zdegradowano, ponieważ już dawno przestało go interesować, czy trafi, czy nie. Postanowił żyć wiecznie; był to jedyny cel, dla osiągnięcia którego gotów był narażać życie, i w każdej chwili interesowało go wyłącznie to, żeby wrócić cało i zdrowo.

Ludzie lubili latać za Yossarianem, który spadał błyskawicznie na cel z każdego kierunku i z każdej wysokości, wznosząc się, nurkując i skręcając tak gwałtownie, że piloci pozostałych pięciu samolotów z największym trudem utrzymywali się w szyku; wyrównywał tylko na dwie, trzy sekundy niezbędne do zrzucenia bomb i znowu podrywał się w górę z rozdzierającym uszy rykiem silników, wykonując tak raptowne manewry wśród ognia zaporowego dział przeciwlotniczych, że wkrótce szóstka samolotów rozsypywała się po całym niebie jak modlitwy, stając się łakomym kąskiem dla niemieckich myśliwców, czym Yossarian wcale się nie przejmował, gdyż niemieckich myśliwców już nie było, a on nie życzył sobie, żeby mu jakieś samoloty wybuchały przed nosem. Dopiero kiedy cały ten *Sturm und Drang* mieli daleko za sobą, znużony zsuwał hełm ze spoconej głowy i przestawał wyszczekiwać komendy do siedzącego przy sterach McWatta, który w takiej chwili nie miał większych zmartwień jak to, gdzie spadły bomby.

— Komora bombowa pusta! — meldował sierżant Knight z tyłu.

— Czy trafiliśmy w most? — pytał McWatt.

— Nie widziałem. Rzucało mną tak, że nic nie mogłem zobaczyć. Teraz wszystko zasłania dym i też nic nie widzę.

— Hej, Aarfy, czy bomby spadły na cel?

— Na jaki cel? — odzywał się kapitan Aardvaark, pulchny, palący fajkę nawigator, znad chaosu map w kabinie dziobowej obok Yossariana. — Czy jesteśmy już nad celem?

— Yossarian, czy bomby trafiły w cel?

— Jakie bomby? — odpowiadał Yossarian, który myślał wyłącznie o ogniu artylerii przeciwlotniczej.

— A zresztą, było nie było — mruczał McWatt.

Yossariana guzik obchodziło, czy trafił, pod warunkiem że

zrobił to Havermeyer lub ktoś inny z prowadzących bombardierów, bo wtedy nie musieli wracać. Od czasu do czasu Havermeyer doprowadzał kogoś do wściekłości i obrywał w ucho.

— Mówiłem wam już, żebyście dali spokój kapitanowi Havermeyerowi — ostrzegał gniewnie pułkownik Cathcart. — Mówiłem wam już, że to nasz najlepszy bombardier.

Havermeyer szczerzył zęby w odpowiedzi na interwencję pułkownika i wpychał do ust kolejną sezamkę.

Havermeyer nabrał wielkiej wprawy w strzelaniu do myszy z rewolweru ukradzionego nieboszczykowi z namiotu Yossariana. Używał na przynętę cukierka i z wycelowanym rewolwerem siedział w ciemnościach czekając, aż ofiara uszczknie pierwszy kęs, w drugiej ręce trzymając sznurek przeciągnięty od ramy moskitiery do nagiej żarówki pod sufitem. Sznurek był napięty niczym struna od bandżo i najlżejsze dotknięcie zapalało żarówkę, która oślepiała drżącą mysz potokiem światła. Havermeyer chichotał radośnie, gdy zwierzątko zastygało w przerażeniu i łypało oczkami, gorączkowo wypatrując napastnika. Havermeyer czekał, aż mysz go zobaczy, a wtedy wybuchał głośnym śmiechem i naciskał jednocześnie spust, rozbryzgując z głośnym plaśnięciem cuchnące włochate ciałko po całym namiocie i odsyłając jej (czy też jego) nieśmiałą duszyczkę na łono mysiego Abrahama.

Strzeliwszy tak kiedyś w środku nocy do myszy obudził Joego Głodomora, który wyskoczył boso na dwór wrzeszcząc skrzekliwym głosem na całe gardło i popędził do namiotu Havermeyera waląc raz po raz ze swojej czterdziestki piątki. Sforsował już duży wykop oddzielający namioty, ale nagle zniknął w jednym z rowów łącznikowych, które pojawiły się przy każdym namiocie jak za dotknięciem różdżki czarnoksięskiej następnego ranka po tym, jak Milo Minderbinder zbombardował ich eskadrę. Stało się to tuż przed świtem podczas Wielkiego Oblężenia Bolonii, kiedy milczący nieboszczycy zaludniali nocne godziny jak żywe upiory, a Joe Głodomór odchodził od zmysłów ze zdenerwowania, ponieważ znowu odbył przepisaną liczbę lotów i był zwolniony od udziału w akcjach bojowych. Joe Głodomór bełkotał bez związku, kiedy wyciągnięto go z błota na dnie rowu łącznikowego, krzyczał coś o żmijach, szczurach i pająkach. Wszyscy skierowali tam na wszelki wypadek światła swoich latarek. Nie dostrzegli nic oprócz kilku cali wody deszczowej.

— Widzicie? — zawołał Havermeyer. — Mówiłem wam. Mówiłem wam, że to wariat!

4

Doktor Daneeka

Joe Głodomór naprawdę był obłąkany i Yossarian, który poruszył niebo i ziemię, żeby mu pomóc, wiedział o tym najlepiej. Ale Joe Głodomór nie chciał słuchać rad Yossariana. Nie chciał go słuchać, gdyż uważał Yossariana za wariata.

— A dlaczego on miałby cię słuchać? — pytał doktor Daneeka nie patrząc na Yossariana.

— Bo jest w tragicznej sytuacji.

Doktor Daneeka prychnął pogardliwie.

— On jest w tragicznej sytuacji? To co ja mam powiedzieć? — szydził ponuro doktor Daneeka. — Nie mówię po to, żeby się skarżyć. Wiem, że jest wojna. Wiem, że trzeba ponosić ofiary dla zwycięstwa. Ale dlaczego akurat ja? Dlaczego nie wezmą do wojska któregoś z tych starych lekarzy, deklamujących w kółko, że pracownicy służby zdrowia powinni być zawsze gotowi do poświęceń? Ja nie chcę się poświęcać. Ja chcę zarabiać forsę.

Doktor Daneeka, zawsze schludny i czysty, czuł się najlepiej, kiedy był w ponurym nastroju. Miał smagłą cerę i mądrą, posępną twarzyczkę z żałobnymi obwódkami wokół oczu. Bez przerwy zamartwiał się swoim zdrowiem i niemal codziennie chodził do namiotu medycznego, gdzie kazał sobie mierzyć temperaturę jednemu z dwóch szeregowców, którzy praktycznie biorąc sami prowadzili cały interes i tak dobrze dawali sobie radę, że doktor nie miał właściwie nic innego do roboty, jak wygrzewać się w słońcu z tym swoim katarem i zastanawiać się, czym się ci ludzie tak przejmują. Szeregowcy, którzy nazywali się Gus i Wes, podnieśli medycynę do rangi nauk ścisłych. Wszyscy żołnierze zgłaszający się z temperaturą powyżej 102 stopni byli kierowani do szpitala. Wszystkim zgłaszającym się z temperaturą poniżej 102 stopni poza Yossarianem smarowali dziąsła i palce u nóg fioletowym roztworem gencjany i wydawali środki przeczyszczające, które pacjenci natychmiast wyrzucali w krzaki. Zgłaszającym się z temperaturą równo 102 stopnie kazali przychodzić za godzinę celem powtórnego zmierzenia temperatury. Yossarian ze swoją temperaturą 101 stopni mógł iść do szpitala, kiedy tylko zechciał, ponieważ zupełnie się ich nie bał.

System ten działał ku zadowoleniu wszystkich, a zwłaszcza doktora, który miał czas, żeby spokojnie przyglądać się, jak stary major... de Coverley rzuca do celu podkowami na swojej prywatnej rzutni do podków, z jednym okiem nadal przesłoniętym przezroczystą opaską, którą doktor Daneeka wyciął mu z paska celuloidu, ukradzionego z okna namiotu majora Majora kilka miesięcy temu, kiedy to major... de Coverley wrócił z Rzymu ze skaleczoną rogówką, wynająwszy uprzednio dwa apartamenty, jeden dla oficerów i jeden dla szeregowców, do wykorzystania na okres urlopów. Doktor Daneeka zaglądał do ambulatorium tylko wtedy, kiedy czuł, że jest poważnie chory, to znaczy raz dziennie, i zatrzymywał się tam tylko po to, żeby Gus i Wes go zbadali. Nigdy nie mogli dopatrzyć się u niego żadnej choroby. Temperaturę miał niezmiennie 96,8, co ich całkowicie urządzało, jeżeli tylko on nie miał nic przeciwko temu. Ale doktor Daneeka nie był z tego zadowolony. Zaczynał tracić zaufanie do Gusa i Wesa i zastanawiał się, czy nie odesłać ich z powrotem do obsługi samochodów i nie zastąpić kimś, kto potrafi stwierdzić, co u niego jest nie w porządku.

Doktor Daneeka doskonale wiedział o wielu sprawach, które były w najwyższym stopniu nie w porządku. Sen z powiek spędzał mu nie tylko stan jego zdrowia, lecz także Ocean Spokojny i konieczność zaliczenia pewnej liczby godzin w powietrzu. Zdrowie to coś, czego nigdy nie można być pewnym przez dłuższy czas. Ocean Spokojny był obszarem wodnym otoczonym ze wszystkich stron przez elephantiasis i inne przerażające choroby, wśród których mógł się nagle znaleźć, gdyby naraził się pułkownikowi Cathcartowi zwalniając na przykład Yossariana od dalszych lotów. A obowiązkowy czas w powietrzu musiał wylatać każdego miesiąca, żeby otrzymać dodatek lotniczy. Doktor Daneeka bardzo nie lubił latać. W samolocie czuł się jak w więzieniu. Z samolotu nie było wyjścia, można było co najwyżej przejść do innego pomieszczenia. Doktor Daneeka słyszał, że ludzie z przyjemnością wchodzący do wnętrza samolotu ujawniają podświadomą tęsknotę za powrotem do łona matki. Powiedział mu to Yossarian, który umożliwił doktorowi pobieranie dodatku lotniczego bez potrzeby wracania do łona. Yossarian namówił McWatta, żeby wpisywał nazwisko doktora Daneeki do księgi lotów podczas lotów szkoleniowych albo wycieczek do Rzymu.

— Wiesz, jak to jest — podlizywał mu się doktor Daneeka robiąc cwaniackie, porozumiewawcze oko. — Po co mam ryzykować, jeżeli to nie jest konieczne?

— Jasne — godził się Yossarian.

— Co za różnica, czy jestem w samolocie, czy nie?

— Żadnej.

— No właśnie — mówił doktor Daneeka. — Kto smaruje, ten jedzie. Ręka rękę myje. Rozumiesz? Ty mnie podrapiesz w plecy, to i ja ciebie podrapię w plecy.

Yossarian zrozumiał.

— Nie zrozumiałeś mnie — powiedział doktor Daneeka, kiedy Yossarian zaczął go drapać po plecach. — Mam na myśli współpracę. Przysługa za przysługę. Ty zrobisz coś dla mnie, ja zrobię coś dla ciebie. Rozumiesz?

— Zrób coś dla mnie — zażądał Yossarian.

— Nie da rady — odparł doktor Daneeka.

Było coś napawającego lękiem w tym, jak doktor Daneeka zgnębiony siedział całymi dniami na słońcu przed wejściem do swego namiotu, w letnich spodniach koloru khaki i bluzie z krótkimi rękawami, która na skutek codziennego prania przybrała kolor aseptycznie szarawy. Wyglądał jak człowiek, który zastygł kiedyś z przerażenia i nigdy już całkowicie nie odtajał. Siedział skulony, z głową wciśniętą w ramiona, i opalonymi dłońmi o lśniących, jakby srebrnych paznokciach gładził się delikatnie po założonych rękach, jakby mu było zimno. W istocie doktor był człowiekiem pełnym serdeczności i współczucia i ani na chwilę nie przestawał się nad sobą litować.

— Dlaczego właśnie ja? — brzmiała jego niezmienna skarga i było to bardzo dobre pytanie.

Yossarian mógł coś na ten temat powiedzieć, ponieważ kolekcjonował dobre pytania i używał ich do wprowadzania zamętu na zajęciach wychowawczych, jakie Clevinger prowadził kiedyś dwa razy tygodniowo w namiocie kapitana Blacka z kontrwywiadu wraz z kapralem-okularnikiem, o którym wszyscy wiedzieli, że jest najpewniej wywrotowcem. Kapitan Black wiedział, że kapral jest wywrotowcem, ponieważ nosił okulary, używał słów takich, jak utopia i panaceum, i krytykował Adolfa Hitlera, który położył przecież wielkie zasługi w zwalczaniu antyamerykańskiej działalności w Niemczech. Yossarian chodził na te zajęcia wychowawcze, ponieważ chciał się dowiedzieć, dlaczego tyle ludzi uparło się, żeby go pozbawić życia. Inni lotnicy też chcieli się dowiedzieć różnych rzeczy, toteż zadano wiele dobrych pytań, kiedy Clevinger i kapral-wywrotowiec na zakończenie pogadanki mieli nieostrożność zapytać, czy są jakieś pytania.

— Kto to jest Hiszpania?
— Dlaczego jest Hitler?
— Cóż jest prawda?
— Gdzie był ten garbaty blady staruszek, na którego wołałem tata, kiedy popsuła się karuzela?
— Co było atu w Monachium?
— Ho-ho beriberi.

i

— Takiego wała!

Posypało się jak z worka, a potem Yossarian zadał pytanie, na które nie było odpowiedzi:

— Gdzież jest niegdysiejszy Snowden?

Pytanie poruszyło ich do żywego, gdyż Snowden zginął nad Awinionem, kiedy Dobbs dostał ataku szału w samolocie i wyrwał stery Huple'owi.

Kapral udał głupiego.

— Słucham? — spytał.
— Gdzież jest niegdysiejszy Snowden?
— Obawiam się, że nie rozumiem pytania.
— *Ou sont Neigedens d'antan?* — powiedział Yossarian, żeby mu ułatwić sprawę.
— *Parlez en anglais,* jak Boga kocham, *je ne parle pas francais* — poprosił kapral.
— Ja też nie — odpowiedział Yossarian, gotów ścigać go wśród wszystkich słów świata, żeby wydębić z niego odpowiedź, ale przeszkodził mu w tym Clevinger, blady, chudy, z trudem chwytający oddech i już ze łzami błyskającymi w niedożywionych oczach.

Dowództwo grupy było zaniepokojone, bo nigdy nie wiadomo, do czego ludzie się dopytają, skoro raz poczują, że mają prawo zadawać pytania. Pułkownik Cathcart wysłał więc pułkownika Korna, żeby z tym skończył, i pułkownik Korn załatwił sprawę, wydając okólnik odnośnie zadawania pytań. Okólnik był genialny, jak stwierdził sam pułkownik Korn w raporcie do pułkownika

Cathcarta. Zgodnie z okólnikiem prawo do zadawania pytań mieli tylko ci, którzy nigdy nie zadawali pytań. Wkrótce zaczęli przychodzić na zajęcia tylko ci, którzy nie zadają pytań, a potem z zajęć w ogóle zrezygnowano, gdyż Clevinger, kapral i pułkownik Korn zgodnie uznali, że nie ma ani potrzeby, ani możliwości upolityczniania ludzi, którzy nie mają żadnych wątpliwości.

Pułkownik Cathcart i podpułkownik Korn mieszkali i pracowali w budynku dowództwa grupy podobnie jak wszyscy oficerowie sztabowi z wyjątkiem kapelana. Dowództwo mieściło się w ogromnym, pełnym przeciągów, starym budynku wzniesionym z sypiącego się piaskowca i wyposażonym w pohukującą kanalizację. Na tyłach budynku pułkownik Cathcart kazał urządzić nowoczesną strzelnicę do rzutków, aby zapewnić oficerom grupy ekskluzywną rozrywkę. Dzięki generałowi Dreedle każdy oficer i szeregowiec z personelu latającego musiał spędzić na strzelnicy minimum osiem godzin w miesiącu.

Yossarian też strzelał do rzutków, lecz ani razu nie trafił. Appleby strzelał i nigdy nie chybiał. Yossarianowi strzelanie szło podobnie jak gra w karty. W karty też nigdy nie udawało mu się wygrać. Nie wygrywał nawet wtedy, kiedy oszukiwał, bo zawsze trafiał na większych oszustów. Musiał pogodzić się ze świadomością, że nigdy nie zostanie strzelcem do rzutków i nigdy nie dojdzie do majątku.

„Dzisiaj trzeba mieć nie lada głowę, żeby nie zostać bogatym" pisał pułkownik Cargill w jednym ze swoich umoralniających okólników, jakie regularnie puszczał w obieg z podpisem generała Peckema. „Każdy głupiec potrafi dziś zbić majątek i większość z nich to robi. Ale co mają robić ludzie myślący i utalentowani? Wymieńcie na przykład choć jednego poetę, który dobrze zarabia".

— T. S. Eliot — powiedział były starszy szeregowy Wintergreen ze swojego boksu, w którym segregował pocztę, i nie przedstawiając się trzasnął słuchawką.

Pułkownik Cargill w Rzymie był zupełnie zbity z tropu.

— Kto to był? — spytał generał Peckem.

— Nie mam pojęcia — odpowiedział pułkownik Cargill.

— Czego chciał?

— Nie wiem.

— A co powiedział?

— T. S. Eliot — poinformował generała pułkownik Cargill.

— Co to znaczy?

— T. S. Eliot — powtórzył pułkownik Cargill.

— T. S. Eliot i nic więcej?

— Tak jest, panie generale. Powiedział tylko T. S. Eliot.

— Zastanawiam się, co to może znaczyć — powiedział z zadumą generał Peckem.

Pułkownik też się zastanawiał.

— T. S. Eliot — dziwował się generał.

— T. S. Eliot — wtórował mu pułkownik pogrążony w posępnych rozmyślaniach.

Nagle generał Peckem ocknął się z uśmiechem człowieka, który doznał olśnienia. Na jego twarzy odmalował się wyraz chytrej przenikliwości. W oku rozjarzył się złośliwy błysk.

— Niech mnie połączą z generałem Dreedle — powiedział do pułkownika. — Niech mu nie mówią, kto dzwoni.

Po chwili pułkownik Cargill podał mu słuchawkę.

— T. S. Eliot — powiedział generał Peckem i odłożył słuchawkę.

— Kto to był? — spytał pułkownik Moodus.

Generał Dreedle na Korsyce nie odezwał się. Pułkownik Moodus był jego zięciem, któremu na skutek uporczywych nalegań żony i wbrew samemu sobie wyrobił posadę. Generał Dreedle wpatrywał się w pułkownika Moodusa z niezmienną nienawiścią. Już sam widok pułkownika Moodusa, który jako jego adiutant był stale na widoku, budził w nim obrzydzenie. Generał był przeciwny małżeństwu swojej córki z pułkownikiem Moodusem, ponieważ nie lubił chodzić na śluby. Teraz z twarzą groźną i skupioną podszedł do wielkiego ściennego lustra i wpatrywał się w swoje przysadziste odbicie. Miał szpakowatą głowę o szerokim czole, stalowoszare kępki włosów nad oczami i tępą, agresywną szczękę. Generał pogrążył się w ponurych rozmyślaniach na temat zagadkowego telefonu, który przed chwilą otrzymał. Powoli jego twarz rozjaśniła się, a wargi wykrzywił złośliwy uśmiech.

— Połącz mnie z Peckemem — powiedział. — Nie mów bydlakowi, kto dzwoni.

— Kto to był? — pytał pułkownik Cargill w Rzymie.

— Ten sam facet — odpowiedział generał Peckem wyraźnie zaniepokojony. — Uwziął się na mnie.

— Czego chciał?

— Nie mam pojęcia.

— A co powiedział?

— To samo.

— T. S. Eliot?

— T. S. Eliot i nic więcej. Może to jakiś nowy szyfr albo coś w rodzaju hasła? Niech pan każe komuś sprawdzić u łącznościowców, czy to nie jest czasem nowy szyfr albo coś w rodzaju hasła — powiedział generał z nadzieją.

Centrala łączności odpowiedziała, że T. S. Eliot to nie jest nowy szyfr ani żadne hasło.

Pułkownik Cargill wystąpił z nowym pomysłem.

— Może zatelefonować do sztabu Dwudziestej Siódmej Armii i spytać, czy oni coś wiedzą? Pracuje tam niejaki Wintergreen, z którym jestem w dobrych stosunkach. To jemu zawdzięczam wiadomość, że nasza beletrystyka jest zbyt napuszona.

Były starszy szeregowy Wintergreen powiedział pułkownikowi, że w sztabie Dwudziestej Siódmej Armii nie ma żadnych danych na temat T. S. Eliota.

— Co słychać z naszą beletrystyką? — postanowił spytać pułkownik Cargill, skoro już rozmawiał z byłym starszym szeregowym Wintergreenem. — Czy jest jakaś poprawa?

— Nadal jest zbyt napuszona — odpowiedział były starszy szeregowy Wintergreen.

— Nie zdziwiłbym się, gdyby to była robota generała Dreedle — wyznał wreszcie generał Peckem. — Pamięta pan, co było z tą strzelnicą?

Generał Dreedle udostępnił prywatną strzelnicę pułkownika Cathcarta wszystkim oficerom i szeregowcom z personelu latającego grupy. Generał Dreedle życzył sobie, żeby jego żołnierze spędzali na strzelaniu do rzutków tyle czasu, na ile tylko pozwoli przepustowość strzelnicy i rozkład lotów. Strzelanie do rzutków przez osiem godzin miesięcznie było dla nich doskonałym ćwiczeniem. Nabierali dzięki temu wprawy w strzelaniu do rzutków.

Dunbar przepadał za strzelaniem do rzutków, ponieważ zajęcie to było mu wyjątkowo nienawistne i czas okropnie mu się dłużył. Obliczył, że jedna godzina na strzelnicy w towarzystwie takich ludzi, jak Havermeyer i Appleby, odpowiada siedemnastu latom pomnożonym przez jedenaście.

— Myślę, że jesteś po prostu wariat — powiedział Clevinger słysząc o tym odkryciu Dunbara.

— Kogo to obchodzi? — zainteresował się Dunbar.

— Mówię poważnie — obstawał przy swoim Clevinger.

— No i co z tego? — odparł Dunbar.

— Gotów jestem nawet przyznać, że w ten sposób życie wydaje się dłuższe...

— Jest dłuższe...

— Jest dłuższe... Jest dłuższe? No dobrze, jest dłuższe, kiedy wypełniają je okresy nudy i cierpienia, ale...

— Wiesz, jak szybko? — spytał nagle Dunbar.

— Hę?

— Ucieka — wyjaśnił Dunbar.

— Co?

— Czas.

— Czas?

— Czas — powiedział Dunbar. — Czas, czas, czas.

— Clevinger, daj mu spokój — wtrącił się Yossarian. — Czy zdajesz sobie sprawę, jaką on cenę za to płaci?

— Nic nie szkodzi — powiedział Dunbar wspaniałomyślnie. — Mam jeszcze w zapasie kilka wolnych dziesięcioleci. Czy wiesz, jak długo trwa rok?

— A ty też siedź cicho — powiedział Yossarian do Orra, który zaczął obleśnie chichotać.

— Przypomniała mi się pewna dziewczyna — powiedział Orr. — Tamta na Sycylii, łysa.

— Lepiej się zamknij — ostrzegł go Yossarian.

— To twoja własna wina — powiedział Dunbar do Yossariana. — Dlaczego nie pozwoliłeś mu spokojnie chichotać? Lepsze to, niż kiedy gada.

— W porządku, możesz sobie chichotać.

— Czy wiesz, jak długo trwa rok? — powtórzył Dunbar. — O, tyle — i strzelił palcami. — Przed sekundą zaczynałeś studia oddychając pełną piersią. A dzisiaj jesteś starcem.

— Starcem? — spytał zdziwiony Clevinger. — Co ty wygadujesz?

— Starcem.

— Nie jestem starcem.

— Jesteś o cal od śmierci podczas każdego lotu bojowego. Czy można być starszym w twoim wieku? Pół minuty temu zaczynałeś szkołę średnią i rozpięty stanik dziewczyny był dla ciebie bramą raju. O ułamek sekundy wcześniej byłeś dzieciakiem i miałeś dziesięciotygodniowe wakacje, które trwały sto tysięcy lat i jeszcze były za krótkie. Fiut! Tak nam przelatują przed nosem. Czy masz jakiś inny sposób na zatrzymanie czasu? — dokończył Dunbar prawie ze złością.

— Może to i prawda — zgodził się Clevinger niechętnie. — Może długie życie musi być wypełnione przykrościami, jeżeli ma się wydawać długie. Ale komu zależy na takim życiu?

— Mnie — odpowiedział mu Dunbar.

— Dlaczego?

— A masz coś lepszego?

5

Wódz White Halfoat

Doktor Daneeka mieszkał w plamiastym szarym namiocie razem z Wodzem White Halfoatem, który budził w nim lęk i pogardę.

— Wyobrażam sobie jego wątrobę — mruczał doktor.

— Wyobraź sobie lepiej moją wątrobę — radził mu Yossarian.

— Twoja wątroba jest w doskonałym stanie.

— To tylko dowodzi, jak mało wiesz — zablefował Yossarian i powiedział doktorowi o dokuczliwym bólu wątroby, który tak dokuczył siostrze Duckett, siostrze Cramer i wszystkim lekarzom w szpitalu, ponieważ ani nie ustępował, ani nie dawał objawów żółtaczki.

Doktor Daneeka nie zainteresował się tym przypadkiem.

— Tobie się wydaje, że masz kłopoty? — spytał. — To co ja mam mówić? Szkoda, że nie byłeś w moim gabinecie, kiedy przyszło do mnie to młode małżeństwo.

— Jakie znów młode małżeństwo?

— Młode małżeństwo, które zjawiło się pewnego dnia w moim gabinecie. Nigdy ci o tym nie opowiadałem? Ona była urocza.

Gabinet doktora Daneeki też był uroczy. Poczekalnię zdobiło akwarium ze złotymi rybkami oraz najpiękniejszy komplet tanich mebli, jakie znajdowały się na rynku. Co tylko się dało, doktor kupił na raty, nawet złote rybki. Resztę pieniędzy wyciągnął od chciwych krewniaków w zamian za obietnicę udziału w zyskach. Jego gabinet mieścił się na Staten Island w małym domku, który w razie pożaru stałby się pułapką bez wyjścia, zaledwie o cztery przecznice od przystani i o jedną przecznicę od domu towarowego, trzech gabinetów kosmetycznych i dwóch skorumpowanych aptekarzy. Był to nawet dom narożny, ale to nic nie pomagało. Ruch ludności był tu niewielki i mieszkańcy trzymali się lekarzy, do których przywykli od lat. Stos rachunków rósł szybko i wkrótce doktorowi zabrano najcenniejszy sprzęt medyczny, arytmometr i maszynę do pisania. Złote rybki zdechły. Na szczęście, kiedy sytuacja wyglądała już beznadziejnie, wybuchła wojna.

— Sam Bóg mi ją zesłał — wyznał doktor Daneeka z powagą. — Wkrótce większość lekarzy powołano do wojska i sytuacja natychmiast się poprawiła. Narożna lokalizacja ujawniła swoje zalety i ani się obejrzałem, jak obsługiwałem większą liczbę pacjentów, niż mogłem obsłużyć należycie. Zażądałem większej prowizji od obu aptekarzy. Gabinety kosmetyczne dostarczały mi paru skrobanek tygodniowo. Wszystko szło jak najlepiej i nagle zobacz, co się stało. Przysłali faceta z komisji poborowej, żeby mnie zbadał. Miałem kategorię D. Zbadałem się bardzo szczegółowo i stwierdziłem, że nie nadaję się do służby wojskowej. Zdawałoby się, że moje słowo powinno wystarczyć, skoro byłem lekarzem cieszącym się dobrą opinią w okręgowym stowarzyszeniu lekarskim i w innych lokalnych organizacjach. Okazało się jednak, że to nie wystarcza, i nasłali na mnie tego faceta, żeby sprawdzić, czy aby na pewno mam jedną nogę amputowaną w biodrze i jestem beznadziejnie przykuty do łóżka na skutek nieuleczalnego artretyzmu na tle reumatycznym. Yossarian, powiadam ci, żyjemy w epoce podejrzliwości i upadku wartości duchowych. To straszne — oburzał się doktor głosem drżącym z emocji. — To straszne, kiedy twoja umiłowana ojczyzna nie wierzy nawet słowu dyplomowanego lekarza.

Doktor Daneeka został powołany do wojska i wysłany na Pianosę jako lekarz lotnictwa, mimo że latanie napawało go przerażeniem.

— Czy ja muszę kusić los w samolocie? — zauważył, mrugając swymi piwnymi, urażonymi, niedowidzącymi oczkami. — On mnie znajdzie i na ziemi. Jak tę dziewicę, o której ci mówiłem, że nie mogła mieć dziecka.

— Jaką znów dziewicę? — zdziwił się Yossarian. — Zdawało mi się, że opowiadałeś o jakimś młodym małżeństwie.

— To jest właśnie ta dziewica, o której mówię. Byli parą dzieciaków, nieco ponad rok po ślubie, kiedy przyszli do mnie nie zamawiając wizyty. Trzeba ci ją było widzieć! Była piękna, młoda, urocza. Stanęła w pąsach, gdy ją spytałem o miesiączkę. Nie zapomnę jej do końca życia. Zbudowana była jak marzenie, a na szyi miała medalik ze świętym Antonim, zwisający pomiędzy parą najpiękniejszych piersi, jakich nigdy nie oglądałem.

„To musi być okropna pokusa dla świętego Antoniego" — zażartowałem, żeby ją trochę ośmielić, rozumiesz.

„Święty Antoni? — spytał jej mąż. — Kto to jest święty Antoni?"

„Proszę spytać żony — powiedziałem. — Ona panu powie, kto to jest święty Antoni".

„Kto to jest święty Antoni?" — pyta on.

„Kto?" — pyta ona.

„Święty Antoni".

„Święty Antoni? — spytała. — Kto to jest święty Antoni?"

Kiedy obejrzałem ją sobie dokładnie w moim gabinecie, stwierdziłem, że jest jeszcze dziewicą. Podczas gdy ona wciągała pasek i przypinała do niego pończochy, porozmawiałem w cztery oczy z jej mężem.

„Co noc — pochwalił się ten mądrala. — Nie opuszczam ani jednej nocy. — Mówił z wielką pewnością siebie. — Robimy to nawet rano przed śniadaniem" — chwalił się dalej.

Było tylko jedno wyjaśnienie. Poprosiłem ich oboje i zademonstrowałem im stosunek na gumowych modelach. Miałem takie modele wyposażone we wszystkie organa płciowe; celem uniknięcia skandalu trzymałem je w oddzielnych szafkach. Teraz już ich nie mam oczywiście, nie mam nawet swojej praktyki. Jedyne, co mi zostało, to ta za niska temperatura, która mnie zaczyna nie na żarty niepokoić. Te dwa wałkonie, które mi pomagają, są do niczego jako diagności. Potrafią tylko narzekać. Im się wydaje, że mają kłopoty? To co ja mam powiedzieć? Szkoda, że nie byli w moim gabinecie tego dnia, kiedy przyszła ta młoda para i patrzyła na mnie, jakbym im mówił rzeczy, o których nikt na świecie jeszcze nie słyszał. Nigdy nie widziałem, żeby ktoś był równie zaintrygowany.

„Mówił pan, że to trzeba tak?" — spytał mnie i sam przez chwilę poruszał modelami. Wiem, że pewien typ ludzi znajduje w tym szczególną przyjemność.

„Bardzo dobrze — powiedziałem. — Teraz idźcie do domu i spróbujcie robić to przez kilka miesięcy moim sposobem, a wtedy zobaczymy, co będzie. Zgoda?"

„Zgoda" — odpowiedzieli i zapłacili mi gotówką bez żadnej dyskusji.

Życzyłem im dobrej zabawy, a oni podziękowali i wyszli. On obejmował ją w talii, jakby nie mógł się doczekać, kiedy znajdzie się w domu i będzie mógł przystąpić do dzieła. W kilka dni później przyszedł znowu, tym razem sam, i oświadczył siostrze, że musi się ze mną natychmiast widzieć. Jak tylko zostaliśmy sami, wyrżnął mnie w pysk.

— Coś takiego!

— „Myślisz, że można ze mnie robić wariata?" — powiedział i tak mi przysunął, że wylądowałem dupą na podłodze. Bach! Niech skonam, tak było.

— Wierzę, że tak było — powiedział Yossarian. — Ale dlaczego on to zrobił?

— A skąd ja mogę wiedzieć? — odparł zniecierpliwiony doktor Daneeka.

— Może to ma jakiś związek ze świętym Antonim?

Doktor spojrzał na Yossariana nieprzytomnie.

— Święty Antoni? — spytał zdziwiony. — Jaki znów święty Antoni?

— A skąd ja mogę wiedzieć? — odpowiedział Wódz White Halfoat, który właśnie w tym momencie wtoczył się do namiotu z butelką whisky pod pachą i wcisnął się wojowniczo pomiędzy nich.

Doktor Daneeka bez słowa wstał i wyniósł się ze swoim krzesłem przed namiot, uginając się pod ciężarem podręcznego zestawu krzywd, z jakim nigdy się nie rozstawał. Doktor nie wytrzymywał towarzystwa swego współlokatora.

Wódz White Halfoat uważał, że doktor jest niespełna rozumu.

— Nie mam pojęcia, co jest temu facetowi — zauważył z wyrzutem. — Według mnie jest głupi i tyle. Gdyby nie był głupi, chwyciłby za łopatę i zaczął kopać. Tutaj w namiocie, pod moim łóżkiem. Znalazłby ropę w mgnieniu oka. Co to, nie pamięta, jak ten szeregowy dokopał się do ropy w Stanach? Nie wie, co się przytrafiło temu chłopakowi... jak się nazywa ten śmierdziel, ten zafajdany, zarozumiały alfonsiak z Kolorado?

— Wintergreen?

— Tak. Wintergreen.

— On się boi — wyjaśnił Yossarian.

— O nie, nie znasz Wintergreena. — Wódz White Halfoat pokręcił głową z nie ukrywanym podziwem. — Ten zasrany szczeniak, ten przemądrzały skurwiel, nie boi się nikogo.

— Mówię o doktorze. To całe jego nieszczęście.

— Czego on się boi?

— Ciebie — odpowiedział Yossarian. — Boi się, że umrzesz na zapalenie płuc.

— I ma rację — powiedział Wódz White Halfoat. Głęboki, niski śmiech zadudnił w jego potężnej piersi. — Zrobię to przy pierwszej nadarzającej się okazji. Przekonasz się.

Wódz White Halfoat był przystojnym, smagłym półkrwi Indianinem z plemienia Creek z Oklahomy, miał masywną twarz o wystających kościach policzkowych, zmierzwione czarne włosy i z sobie tylko wiadomych tajemniczych powodów postanowił umrzeć na zapalenie płuc. Patrzył zawsze spode łba, dyszał zemstą i nienawidził cudzoziemców o nazwiskach takich jak Cathcart, Korn, Black, Havermeyer, i pragnął, żeby wszyscy wrócili tam, skąd przybyli ich parszywi przodkowie.

— Nie uwierzyłbyś — mówił powoli, specjalnie podnosząc głos, żeby słyszał go doktor Daneeka — ale to był zupełnie niezły kraj, zanim go zapaskudzili swoją cholerną pobożnością.

Wódz White Halfoat postanowił wziąć odwet na bladych twarzach. Ledwo umiał czytać i pisać, toteż przydzielono go do pomocy kapitanowi Blackowi z kontrwywiadu.

— Jak mogłem się nauczyć czytać i pisać? — pytał Wódz White Halfoat z udanym gniewem, znowu podnosząc głos, żeby doktor Daneeka go słyszał. — Gdziekolwiek rozbiliśmy namiot, natychmiast zaczynano wiercenia. Jak tylko zaczynano wiercić, znajdowano ropę. A jak tylko znaleziono ropę, kazano nam zwijać namiot i wynosić się gdzie indziej. Byliśmy żywymi różdżkami. Cała nasza rodzina miała wrodzony pociąg do złóż roponośnych i wkrótce wszystkie towarzystwa naftowe świata delegowały swoich specjalistów do śledzenia nas. Nieustannie przenosiliśmy się z miejsca na miejsce. Możesz mi wierzyć, wychowanie dziecka w takich warunkach jest cholernie trudne. Nie wiem, czy mieszkałem kiedy dłużej niż tydzień w jednym miejscu.

Pierwsze wspomnienie z dzieciństwa wiązało się z pewnym geologiem.

— Przyjście na świat każdego nowego White Halfoata wywoływało zwyżkę na giełdzie — kontynuował swoją opowieść Wódz. — Wkrótce deptały nam po piętach całe ekipy wiertnicze z kompletnym sprzętem, żeby nie dać się wyprzedzić konkurentom. Niektóre towarzystwa łączyły się, dzięki czemu mogły przysłać mniej osób, ale tłum wokół nas i tak rósł nieustannie. Nigdy nie mogliśmy wyspać się jak należy. Kiedy się zatrzymywaliśmy, stawali i oni. Kiedy ruszaliśmy, oni też ruszali ze swoimi kuchniami polowymi, spychaczami, wieżami wiertniczymi i generatorami. Byliśmy koczującym ożywieniem gospodarczym i zaczęliśmy nawet otrzymywać zaproszenia od najlepszych hoteli, ze względu na ruch w interesie związany z naszym przybyciem. Niektóre z tych zaproszeń były bardzo kuszące, ale nie mogliśmy z nich skorzystać, bo byliśmy Indianami, a wszystkie te eleganckie hotele, które nas zapraszały, nie przyjmowały Indian. Powiadam ci, Yossarian, przesądy rasowe to rzecz straszna. Naprawdę. To potworne, kiedy przyzwoitego, lojalnego Indianina traktuje się jak jakiegoś czarnucha, żydłaka, makaroniarza czy portorykańca.

Wódz White Halfoat pokiwał głową ze smutkiem.

— Wreszcie któregoś dnia stało się, był to początek końca. Zaczęli jeździć nie tylko za nami, ale i przed nami. Starali się odgadnąć, gdzie zrobimy następny postój, i zaczynali wiercić jeszcze przed naszym przybyciem, nie mieliśmy więc gdzie się zatrzymać. Ledwo zaczynaliśmy rozwijać koce, już nas wyrzucali. Mieli do nas zaufanie. Wyrzucali nas nie czekając nawet, aż znajdą ropę. Tak nas zmordowali, że przestało nam już zależeć na życiu. Któregoś ranka stwierdziliśmy, że jesteśmy całkowicie okrążeni przez nafciarzy wyczekujących, w którą stronę pójdziemy, żeby nas mogli stamtąd wyrzucić. Na wzgórzach, jak okiem sięgnąć dokoła, tkwili nafciarze, niczym Indianie szykujący się do ataku. To był już koniec. Nie mogliśmy zostać tam, gdzie byliśmy, bo już nas stamtąd wyrzucono, i nie mieliśmy dokąd pójść. Dopiero wojsko mnie uratowało. Na szczęście akurat wybuchła wojna i komisja poborowa wyrwała mnie z okrążenia, przenosząc bezpiecznie do Lowery Field w Kolorado. Z całej rodziny tylko ja uszedłem z życiem.

Yossarian wiedział, że to wszystko łgarstwo, ale nie przerywał, gdy Wódz Halfoat przysięgał, że odtąd nigdy już nie miał wiadomości od rodziców. Zresztą nie przejmował się tym zbytnio, gdyż jedynym dowodem na to, że są jego rodzicami, były ich własne słowa, ponieważ zaś okłamywali go w tylu innych sprawach, mogli kłamać i w tej. Znacznie lepiej Wódz znał losy plemienia swoich kuzynów, którzy dla odwrócenia uwagi pociągnęli na północ i zawędrowali omyłkowo do Kanady. Gdy chcieli wrócić, amerykańskie władze imigracyjne zatrzymały ich na granicy pod zarzutem, że są czerwoni.

Był to okropny dowcip, ale doktor Daneeka nie roześmiał się. Roześmiał się dopiero wtedy, kiedy Yossarian przyszedł do niego po kolejnym locie bojowym, by prosić ponownie, zresztą bez żadnej nadziei na sukces, o zwolnienie od lotów. Doktor zachichotał i natychmiast wrócił do rozpamiętywania swoich własnych kłopotów. Należał do nich między innymi Wódz White Halfoat, który tego dnia od rana wyzywał go na indiańskie zapasy, a także Yossarian, który postanowił natychmiast zwariować.

— Tracisz na próżno czas — poczuł się w obowiązku poinformować go doktor Daneeka.

— Jak to, czyżbyś nie mógł zwolnić od lotów wariata?

— Ależ oczywiście. Nawet muszę. Jest przepis, który mówi, że muszę zwolnić od lotów każdego, kto zwariował.

— Więc dlaczego mnie nie zwalniasz? Jestem wariatem. Spytaj Clevingera.

— Clevingera? A gdzie jest ten Clevinger? Jak mi znajdziesz Clevingera, to go spytam.

— No to spytaj, kogo chcesz. Wszyscy ci powiedzą, że jestem wariat.

— Oni sami są wariaci.

— To dlaczego nie zwalniasz ich od lotów?

— A dlaczego mnie o to nie proszą?

— Bo to wariaci.

— Oczywiście, że to wariaci — zgodził się doktor Daneeka. — Przecież sam ci to przed chwilą mówiłem. A nie chcesz chyba, żeby wariaci decydowali o tym, czy jesteś wariatem, czy nie.

Yossarian spojrzał na niego bacznie i spróbował z innej beczki.

— Czy Orr jest wariatem?

— Jasne, że tak — powiedział doktor Daneeka.

— Czy możesz go zwolnić od lotów?

— Jasne, że mogę. Ale najpierw on sam musi się do mnie zwrócić. Tego wymagają przepisy.

— Więc dlaczego on się do ciebie nie zwraca?

— Bo to wariat — wyjaśnił doktor Daneeka. — Musi być wariatem, żeby nadal brać udział w lotach bojowych, kiedy tyle razy ledwo uszedł z życiem. Jasne, że mogę go zwolnić, tylko najpierw musi się do mnie zwrócić.

— I to wystarczy, żeby go zwolnić?

— Wystarczy. Niech się do mnie zwróci.

— I wtedy będziesz mógł go zwolnić? — upewnił się Yossarian.

— Nie. Wtedy nie będę mógł go zwolnić.

— Chcesz powiedzieć, że jest jakiś kruczek?

— Jasne, że jest kruczek — odpowiedział doktor Daneeka. — Paragraf dwudziesty drugi. „Człowiek, który chce się zwolnić z działań bojowych, nie jest prawdziwym wariatem".

Był więc tylko jeden kruczek — paragraf 22 — który stwierdzał, że troska o własne życie w obliczu realnego i bezpośredniego zagrożenia jest dowodem zdrowia psychicznego. Orr był wariatem i mógł być zwolniony z lotów. Wystarczyło, żeby o to poprosił, ale gdyby to zrobił, nie byłby wariatem i musiałby latać nadal. Orr byłby wariatem, gdyby chciał dalej latać, i byłby normalny, gdyby nie chciał, ale będąc normalny musiałby latać. Skoro latał, był wariatem i mógł nie latać; ale gdyby nie chciał latać, byłby normalny i musiałby latać. Yossarian był wstrząśnięty absolutną prostotą działania paragrafu 22, czemu dał wyraz pełnym podziwu gwizdnięciem.

— Ten paragraf dwudziesty drugi to jest coś — zauważył.

— Bezbłędna rzecz — zgodził się doktor Daneeka.

Yossarian widział ów paragraf jasno w całej jego wirującej racjonalności. Była jakaś eliptyczna precyzja w doskonałej symetrii jego części, pełnej wdzięku i wstrząsającej zarazem, niczym w dobrym nowoczesnym malarstwie, i chwilami Yossarian wątpił, czy widział go rzeczywiście, podobnie jak nigdy nie miał pewności, czy widział kiedyś dobre nowoczesne malarstwo albo te muszki w oczach Appleby'ego, o których mówił Orr. Właściwie, jeżeli chodzi o muszki w oczach Appleby'ego, to zdany był całkowicie na słowo Orra.

— Ma muszki i basta — zapewniał Orr Yossariana po walce na pięści, którą ten stoczył z Applebym w klubie oficerskim — chociaż pewnie sam o tym nie wie. Dlatego wszystko widzi inaczej.

— Jak to możliwe, że on sam o tym nie wie? — dopytywał się Yossarian.

— Nie wie, bo ma muszki w oczach — wyjaśniał Orr z przesadną cierpliwością. — Jak może zobaczyć, że ma muszki w oczach, skoro ma muszki w oczach?

Było to wyjaśnienie równie logiczne jak każde inne, Yossarian zaś godził się tłumaczyć wątpliwe sytuacje na korzyść Orra, ponieważ Orr mieszkając nie w Nowym Jorku, czyli na wsi, wiedział o całe niebo więcej od Yossariana o życiu dzikiej przyrody i ponieważ Orr, w odróżnieniu od matki, ojca, siostry, brata, ciotki, wuja, teścia, nauczyciela, przywódcy duchowego, prawodawcy, sąsiada i gazety Yossariana, nigdy dotychczas nie okłamał go w żadnej naprawdę istotnej kwestii. Yossarian przez kilka dni medytował w cichości ducha nad tą nową informacją na temat Appleby'ego, aż wreszcie postanowił spełnić dobry uczynek i podzielić się nią z Applebym.

— Appleby, czy wiesz, że masz muszki w oczach? — szepnął uczynnie, kiedy mijali się przy wejściu do magazynu spadochronów w dniu cotygodniowego spacerowego lotu do Parmy.

— Co? — zareagował gwałtownie Appleby, zbity z tropu tym, że Yossarian w ogóle się do niego odezwał.

— Masz muszki w oczach — powtórzył Yossarian. — Pewnie dlatego ich nie widzisz.

Appleby odsunął się od Yossariana z wyrazem oszołomienia i wstrętu, po czym zapadł w ponure milczenie aż do chwili, gdy znalazł się w dżipie obok Havermeyera na długiej, prostej drodze do namiotu odpraw, gdzie major Danby, ruchliwy szef sztabu grupy, wezwał na wstępną odprawę wszystkich dowódców kluczy wraz z bombardierami i nawigatorami. Appleby odezwał się cicho, tak żeby nie słyszeli go kierowca i kapitan Black, wyciągnięty z zamkniętymi oczami na przednim siedzeniu dżipa.

— Havermeyer — zaczął Appleby niepewnie — czy ja mam muszki w oczach?

Havermeyer zamrugał zaskoczony.

— Okruszki? — spytał.

— Nie, muszki — usłyszał w odpowiedzi.

Havermeyer znowu zamrugał.

— Muszki?

— W oczach.

— Zwariowałeś?

— To nie ja. To Yossarian zwariował. Powiedz mi tylko, czy mam muszki w oczach, czy nie. Wal śmiało. Potrafię znieść prawdę.

Havermeyer wrzucił do ust kolejną sezamkę i zajrzał z bliska w oczy Appleby'ego.

— Nie widzę żadnych muszek — oświadczył.

Z piersi Appleby'ego wyrwało się potężne westchnienie ulgi. Havermeyer miał okruszki z sezamek na wargach, brodzie i policzkach.

— Masz okruszki z sezamek na twarzy — poinformował go Appleby.

— Wolę mieć okruszki na twarzy niż muszki w oczach — zaripostował Havermeyer.

Oficerowie z pozostałych bombowców przyjechali ciężarówkami na odprawę ogólną, która odbyła się pół godziny później. Szeregowcy i podoficerowie, po trzech w każdej załodze, nie brali udziału w odprawie. Odwożono ich bezpośrednio na lotnisko, gdzie czekali wraz z obsługą naziemną, aż przyjadą oficerowie, odrzucą ze szczękiem klapy ciężarówek i nadejdzie czas, żeby wsiadać do samolotów i startować.

Na stanowiskach w kształcie lizaków zaczynały pracować silniki, początkowo niechętnie, z oporami, potem coraz gładziej, aż wreszcie samoloty ruszały ociężale z miejsca i toczyły się niezgrabnie po żwirowanym podłożu jak ślepe, tępe, kalekie istoty, dopóki nie ustawiły się w kolejce na początku pasa startowego. Tam wzbijały się szybko jeden za drugim z narastającym rykiem, formując się stopniowo w szyk nad pstrymi wierzchołkami drzew i krążąc wokół lotniska ze stałą prędkością, póki nie wystartowały wszystkie klucze po sześć samolotów, i wtedy dopiero ruszały ponad modrymi wodami w pierwszą część swego lotu ku celom gdzieś w północnych Włoszech lub we Francji. Bombowce nieustannie zwiększały wysokość i zanim znalazły się nad terytorium nieprzyjaciela, osiągały pułap dziewięciu tysięcy stóp. Za każdym razem jednakowo zadziwiające było wrażenie spokoju i całkowita cisza, zakłócana tylko przez próbne serie z karabinów maszynowych, czyjąś bezbarwną, suchą uwagę w słuchawkach telefonu pokładowego i wreszcie przez przywracający poczucie rzeczywistości meldunek bombardiera każdego z samolotów, że osiągnęli punkt wyjściowy i biorą kurs na cel. Zawsze świeciło słońce, zawsze czuło się w gardle słaby ucisk spowodowany rozrzedzonym powietrzem.

B-25, na których latali, były to stateczne, solidne, szarozielone okręty powietrzne, szerokoskrzydłe dwusilnikowe maszyny z podwójnym usterzeniem. Jedyną ich wadą z punktu widzenia Yossariana było ciasne przejście ze stanowiska bombardiera w pleksiglasowej kabinie dziobowej do najbliższego luku awaryjnego. Prowadził tam wąski, kwadratowy, zimny tunel wydrążony pod tablicą przyrządów i duży chłop taki jak Yossarian ledwo mógł się tamtędy przecisnąć. Pyzaty nawigator taki jak Aarfy z twarzą jak księżyc, gadzimi oczkami i fajką, miał te same kłopoty i Yossarian wypędzał go zawsze z kabiny, gdy tylko zbliżali się do celu, od którego dzieliły ich teraz już tylko minuty. Następowała chwila napięcia, chwila oczekiwania, w której niczego się nie słuchało, na nic się nie patrzyło i nic się nie robiło; czekało się tylko, aż działa przeciwlotnicze tam w dole nastawią celowniki i zaczną dokładać wszelkich starań, aby ich wszystkich posłać na wieczny odpoczynek.

Tunel był jedyną szansą ucieczki ze spadającego samolotu, ale Yossarian przeklinał go pieniąc się z nienawiści, lżąc go jako pułapkę zastawioną na niego w ramach spisku na jego życie. W kabinie przedniej B-25 było dość miejsca na dodatkowy luk awaryjny, ale luku nie zrobiono. Był natomiast tunel i od awantury, jaka zdarzyła się podczas nalotu na Awinion, Yossarian nauczył się nienawidzić każdy potwornie długi cal korytarzyka, opóźniający o bezcenne sekundy dotarcie do spadochronu, zbyt masywnego, żeby zabrać go ze sobą do kabiny; potem dalsze sekundy dzieliły go jeszcze od awaryjnego luku w podłodze, między tylną częścią podwyższonego pokładu a butami pozbawionego twarzy górnego strzelca. Yossarian pragnął z całego serca być tam, dokąd wypędzał Aarfy'ego; chciałby siedzieć skulony na podłodze, na samej pokrywie awaryjnego luku, wewnątrz zbawczego igloo zbudowanego z dodatkowych kamizelek przeciwodłamkowych, które z radością włókłby ze sobą, już w uprzęży spadochronu, z jedną pięścią zaciśniętą na czerwonej rączce otwierającej spadochron, z drugą na dźwigni luku, który wyplułby go w powietrze w stronę ziemi przy pierwszym sygnale katastrofy. Oto gdzie chciałby się znajdować, jeśli już w ogóle musiał tu być, zamiast wisieć jak jakaś cholerna złota rybka w swoim cholernym eksponowanym akwarium, w czasie gdy ohydne czarne bałwany wybuchów huczały i przewalały się wokół niego, nad nim i pod nim w nad-biegającej z dołu ogłuszającej, rwącej się, fantasmagorycznej, kosmologicznej nawałnicy nienawiści, która osmalała, rzucała, wprawiała w wibrację, grzechotała, dziurawiła i groziła unicest-wieniem ich wszystkich w ułamku sekundy, w jednym wielkim rozbłysku ognia.

Z Aarfy'ego nie było pożytku ani jako z nawigatora, ani żadnego innego, więc Yossarian za każdym razem wypędzał go brutalnie z kabiny, żeby nie tarasowali sobie nawzajem drogi, jeżeli trzeba będzie nagle gramolić się tunelem dla ratowania życia. Wypędzony przez Yossariana Aarfy mógł ukryć się na podłodze w miejscu, o którym tak marzył Yossarian, a tymczasem stał sobie w najlepsze, opierając wygodnie swoje krótkie, grube ręce na fotelach pilotów i z fajką w dłoni zabawiał towarzyską rozmową McWatta i tego, kto był akurat drugim pilotem, wskazując różne zabawne drobiazgi na niebie dwóm ludziom, którzy i tak go nie słuchali, bo mieli pełne ręce roboty. McWatt miał pełne ręce roboty, gdyż musiał reagować na wrzaskliwe komendy Yossariana, który naprowadzał samolot na cel, a potem wyrywał ich wszystkich gwałtownie spomiędzy żarłocznych macek wybuchających pocisków za pomocą krótkich, przenikliwych, przetykanych przekleństwami komend, przypomina-jących pełne udręki, błagalne skowyty Joego Głodomora, nękanego nocnymi koszmarami.

Aarfy podczas całego tego bitewnego zamętu pykał spokojnie fajkę, oglądając z chłodnym zainteresowaniem wojnę przez szybę pilota, jakby to były odległe zamieszki, nie dotyczące go w naj-mniejszym stopniu. Aarfy był oddanym członkiem swojej kor-poracji studenckiej, lubił organizować doping dla swojej drużyny oraz różne zebrania i miał za mało wyobraźni, żeby odczuwać strach. Yossarian miał wyobraźni pod dostatkiem, więc bał się straszliwie i jedynie myśl, że musiałby komuś innemu powierzyć kierowanie ucieczką znad celu, powstrzymywała go od porzucenia stanowiska pod ogniem nieprzyjaciela i zwiewania do tunelu niczym ostatni śmierdzący dezerter. Nie znał na świecie nikogo, w czyje ręce mógłby przekazać tak odpowiedzialne zadanie, gdyż nie znał nikogo, kto byłby równie wielkim tchórzem. Yossarian był w całej grupie najlepszym specjalistą od wyprowadzania samolotu z ognia. Sam nie miał pojęcia, skąd mu się to bierze.

Po zrzuceniu bomb nie obowiązywała żadna ustalona procedura. Trzeba było po prostu kierować się strachem, a tego Yossarianowi nie brakowało. Bał się bardziej niż Orr czy Joe Głodomór, bardziej nawet niż Dunbar, który godził się pokornie z myślą, że kiedyś będzie musiał umrzeć. Yossarian nie godził się z tą myślą i z chwilą gdy tylko uwalniali się od bomb, rzucał się szaleńczo do walki o życie.

— Gazu, gazu, gazu, ty bydlaku, gazu! — wrzeszczał do McWatta z nienawiścią, jakby to McWatt był winien, że są tutaj, gdzie mogą ich ukatrupić jacyś obcy faceci, i w takich chwilach nikt z załogi się nie wtrącał. Wyjątek stanowiła owa nieszczęsna awantura podczas nalotu na Awinion, kiedy to Dobbs zwariował w samolocie i zaczął rozpaczliwie wzywać pomocy.

— Ratujcie go, ratujcie go — wołał łkając. — Ratujcie go, ratujcie go.

— Kogo ratować? — odezwał się Yossarian podłączywszy się z powrotem do telefonu, stracił bowiem połączenie, gdy Dobbs wyrwał stery Huple'owi i rzucił się nagle w dół w ogłuszającą, paraliżującą, przerażającą pikę, która przykleiła bezradnego Yossariana głową do sufitu kabiny.

Huple uratował ich w ostatniej chwili, wyrywając z powrotem stery Dobbsowi i wyprowadzając niemal równie gwałtownie samolot z lotu nurkującego znowu w samym środku rozedrganej kakofonii wybuchów, z której zaledwie przed chwilą udało im się wymknąć. „O Boże! O Boże, o Boże" — modlił się bez słów Yossarian, zwisając z sufitu swojej kabiny i nie mogąc zrobić żadnego ruchu.

— Bombardiera, bombardiera — odkrzyknął Dobbs, kiedy usłyszał Yossariana. — Bombardier nie odpowiada, ratujcie bombardiera.

— Tu bombardier — krzyknął w odpowiedzi Yossarian. — Ja jestem bombardierem. Czuję się dobrze. Czuję się dobrze.

— Więc ratujcie go, ratujcie go — błagał Dobbs. — Ratujcie go, ratujcie go.

A w tylnej części samolotu leżał umierający Snowden.

6

Joe Głodomór

Joe Głodomór zaliczył już pięćdziesiąt lotów bojowych, ale nic mu to nie pomagało. Spakował swoje rzeczy i znów czekał na transport do kraju. Po nocach wydawał niesamowite, przeraźliwe wrzaski, nie dając spać nikomu w eskadrze z wyjątkiem Huple'a, piętnastoletniego pilota, który sfałszował datę urodzenia, żeby dostać się do wojska, i teraz mieszkał wraz ze swoim kotem w tym samym namiocie co Joe Głodomór. Huple miał lekki sen, ale twierdził, że nigdy nie słyszy wrzasków Joego Głodomora. Joe Głodomór był chory.

— No to co? — warknął urażony doktor Daneeka. — Powiadam ci, że byłem bliski zrobienia fortuny. Wyciągałem pięćdziesiąt kawałków rocznie, przy czym prawie wszystko bez podatku, bo kazałem sobie płacić gotówką. Miałem za sobą najpotężniejsze stowarzyszenie zawodowe świata. I patrz, co się dzieje. Akurat kiedy miałem zacząć odkładać na później, musieli wymyślić faszyzm i rozpętać wojnę tak straszliwą, że dotarła nawet do mnie. Śmiać mi się chce, kiedy słyszę, jak ktoś taki jak Joe Głodomór wywrzaskuje swoje strachy po nocach. Naprawdę chce mi się śmiać. On jest chory? A czy pomyślał, jak ja się czuję?

Joe Głodomór zbyt był pochłonięty własnymi nieszczęściami, żeby się troszczyć o samopoczucie doktora Daneeki. Na przykład hałas. Różne dźwięki wyprowadzały go z równowagi i aż do ochrypnięcia wymyślał Aarfy'emu za mokre, ślurgotliwe odgłosy, jakie wydawał ćmiąc swoją fajkę. Orrowi za majsterkowanie, McWattowi za każde głośne plaśnięcie kartami o stół podczas gry w oko lub w pokera, a Dobbsowi za to, że mu zęby szczękały, kiedy snuł się gamoniowato, co chwila na coś wpadając. Joe Głodomór był rozdygotanym kłębkiem poszarpanych nerwów. Miarowe tykanie zegarka w cichym pokoju stawało się dla jego obnażonego mózgu nieznośną torturą.

— Słuchaj, chłopcze — zwrócił się któregoś wieczoru do Huple'a. — Jeżeli chcesz mieszkać w tym namiocie, musisz robić to co ja. Musisz na noc zawijać zegarek w wełniane skarpety i chować na dno szafki w drugim końcu namiotu.

Huple wysunął wojowniczo szczękę, aby zademonstrować Joemu Głodomorowi, że nikt mu nie będzie rozkazywał, po czym zrobił wszystko tak, jak mu kazano.

Joe Głodomór był nerwowym, wynędzniałym chudzielcem o kościstej twarzy obciągniętej ziemistą skórą z pulsującymi żyłkami podrygującymi w czarnych jamach oczodołów jak kawałki pociętego węża. Była to twarz spustoszona, pełna dołów i pokryta nalotem troski niczym opuszczona przez ludzi osada górnicza. Joe Głodomór jadł łapczywie, ogryzał nieustannie końce palców, jąkał się, dławił, drapał, pocił, ślinił i biegał jak fanatyk z miejsca na miejsce z supernowoczesnym czarnym aparatem, usiłując bez przerwy fotografować nagie dziewczyny. Zdjęcia nigdy mu się nie udawały. Stale zapominał założyć film, zapalić światło albo zdjąć pokrywę obiektywu. Niełatwo było namówić dziewczyny do pozowania nago, ale Joe miał swoje sposoby.

— Ja ważny człowiek — krzyczał. — Ja wielki fotograf z tygodnika „Life". Wielkie zdjęcie na pierwsza strona. *Si, si, Gwiazda Hollywood. Multi dinero. Multi* rozwody. *Multi* fiki-fik od rana do wieczora.

Niewiele kobiet na świecie potrafiłoby się oprzeć tak przemyślnym namowom, toteż prostytutki zrywały się natychmiast i ochoczo przybierały wszelkie pozy, jakich Joe od nich zażądał. Kobiety były jego pasją. Jako nosicielki seksu budziły w nim szaleńcze, bałwochwalcze wprost uwielbienie. Były cudownymi, szczęściodajnymi, oszałamiającymi przejawami boskości, narzędziami rozkoszy zbyt potężnych, aby można je zmierzyć, zbyt dojmujących, aby można je wytrzymać, i zbyt wykwintnych, aby mógł z nich korzystać zwykły, niegodny mężczyzna. Ich nagą obecność w swoich rękach mógł interpretować jedynie jako kosmiczne niedopatrzenie, które zostanie lada moment naprawione, i zawsze gnało go, żeby maksymalnie wykorzystać ich ciała w tych krótkich chwilach, jakie mu pozostały, zanim ktoś się połapie i sprzątnie mu je sprzed nosa. Nigdy nie potrafił się zdecydować, czy ma je rżnąć, czy fotografować, gdyż przekonał się, że nie można robić obu tych rzeczy naraz. Prawdę mówiąc, przekonywał się często, że nie potrafi zrobić żadnej z tych rzeczy, do tego stopnia jego możliwości były spętane przez kategoryczny imperatyw nieustannego pośpiechu, który stał się jego obsesją. Zdjęcia okazywały się do niczego, Joe Głodomór również. Najdziwniejsze jednak, że w cywilu Joe Głodomór rzeczywiście był fotoreporterem tygodnika „Life".

Teraz urósł w oczach Yossariana na bohatera, największego bohatera Sił Powietrznych, gdyż miał za sobą więcej lotów bojowych niż wszyscy inni bohaterowie Sił Powietrznych. Zaliczył sześciokrotnie obowiązkową kolejkę lotów. Po raz pierwszy zakończył kolejkę, gdy jeszcze dwadzieścia pięć lotów wystarczało, by móc spakować rzeczy, napisać radosne listy do kraju i zacząć żartobliwie zadręczać sierżanta Towsera pytaniami, czy nadszedł już rozkaz przeniesienia go do Stanów. W oczekiwaniu na ten rozkaz po całych dniach dreptał rytmicznie przed wejściem do namiotu sztabowego, wymieniając dziarskie żarciki z każdym, kto przechodził, i krotochwilnie przezywając sierżanta Towsera sukinsynem, ilekroć ten wyjrzał ze swojej kancelarii.

Joe Głodomór zaliczył swoje dwadzieścia pięć lotów w dniu, kiedy wysadzono desant pod Salerno, a Yossarian poszedł do szpitala leczyć trypra, którego złapał w locie koszącym w krzakach na pewnej damie z Kobiecego Korpusu Pomocniczego, kiedy latał po zaopatrzenie do Marrakeszu. Yossarian robił, co tylko mógł, żeby dorównać Joemu, i prawie mu się to udało dzięki zaliczeniu sześciu lotów w sześciu kolejnych dniach, ale w dwudziestym trzecim locie zginął pułkownik Nevers i Yossarian nigdy nie był już tak bliski powrotu do kraju. Nazajutrz zjawił się pułkownik Cathcart, rozpierany męską dumą ze swego nowego oddziału, i aby uczcić objęcie dowództwa, podniósł liczbę obowiązkowych lotów bojowych z dwudziestu pięciu do trzydziestu. Joe Głodomór rozpakował rzeczy i odwołał radosne listy do domu. Przestał żartobliwie zadręczać sierżanta Towsera. Zaczął nienawidzić sierżanta Towsera, obarczając go złośliwie winą za wszystko, chociaż wiedział, że sierżant Towser nie ponosi najmniejszej odpowiedzialności ani za przybycie pułkownika Cathcarta, ani za opóźnienie rozkazu przeniesienia, który mógł uratować go przed siedmioma dniami i jeszcze pięć razy potem.

Joe Głodomór nie potrafił znieść oczekiwania w ciągłym napięciu rozkazu przeniesienia i w oczach zmieniał się w ruinę za każdym razem, gdy zaliczył obowiązkową liczbę lotów. Ilekroć wyłączano go z personelu bojowego, urządzał wielkie przyjęcie dla ścisłego grona przyjaciół. Otwierał butelki whisky zdobyte podczas któregoś z cotygodniowych lotów samolotem kurierskim i śmiał się, śpiewał, tańczył i wykrzykiwał w pijackiej ekstazie, dopóki spokojnie nie zasnął. Ledwo jednak Yossarian, Nately i Dunbar położyli go do łóżka, zaczynał wrzeszczeć przez sen. Rano wychodził z namiotu z błędnym wzrokiem, przestraszony i dręczony wyrzutami sumienia: wyjedzona skorpuka ludzkiej budowli, która chwieje się niebezpiecznie, grożąc w każdej chwili zawaleniem.

Zmory dręczyły Joego z astronomiczną punktualnością podczas każdej nocy spędzanej w eskadrze, przez cały męczący okres, gdy nie brał udziału w lotach bojowych i wyczekiwał na rozkaz, który miał przenieść go do kraju, a który nigdy nie nadchodził. Co wrażliwsi ludzie w eskadrze, jak Dobbs i kapitan Flume, byli do tego stopnia poruszeni nocnymi krzykami Joego, że sami zaczynali krzyczeć przez sen i wrzaskliwe przekleństwa dobiegające co noc z ich namiotów współbrzmiały romantycznie w ciemnościach niczym pieśni godowe jakichś zdeprawowanych ptaków. Pułkownik Korn podjął zdecydowane kroki, aby zahamować tę niezdrową, jego zdaniem, tendencję w eskadrze majora Majora. Rozwiązał sprawę w ten sposób, że Joe Głodomór miał co tydzień odbywać lot samolotem kurierskim, co usuwało go z eskadry na cztery kolejne noce. Sposób poskutkował, podobnie jak wszystkie sposoby pułkownika Korna.

Za każdym razem, gdy pułkownik Cathcart zwiększał liczbę obowiązkowych lotów bojowych i Joego Głodomora przenoszono z powrotem do służby liniowej, zmory przestawały go dręczyć i Joe z uśmiechem ulgi wracał do normalnego strachu. Yossarian czytał w zmumifikowanej twarzy Joego jak w gazecie. Wiadomości były dobre, jeżeli Joe Głodomór wyglądał źle, i okropne, jeżeli Joe wyglądał dobrze. Jego odwrócone reakcje zadziwiały wszystkich z wyjątkiem samego Joego, który uparcie wszystkiemu zaprzeczał.

— O czym ty mówisz? — zdziwił się, kiedy Yossarian spytał go, co mu się śniło.

— Joe, może byś poszedł do doktora Daneeki — radził mu Yossarian.

— Dlaczego niby mam iść do doktora? Nie jestem chory.

— A twoje nocne zmory?

— Nie mam żadnych zmor — zełgał Joe Głodomór.

— Może doktor coś na to poradzi.

— Zmory to nic strasznego — odpowiedział Joe Głodomór. — Każdy ma zmory.

Yossarian pomyślał, że tu go ma.

— Co noc? — spytał.

— A dlaczego nie? — odpowiedział Joe Głodomór.

Nagle wszystko nabrało sensu. Rzeczywiście, dlaczego nie co noc? To było logiczne, żeby krzyczeć z bólu co noc. Bardziej logiczne niż Appleby, który fanatycznie przestrzegał przepisów i rozkazał Kraftowi, żeby kazał Yossarianowi zażyć atabrynę w locie do Europy, po tym jak Yossarian i Appleby przestali się do siebie odzywać. Joe Głodomór był też bardziej logiczny niż Kraft, który nie żył, strącony bezceremonialnie nad Ferrarą w nicość przez eksplozję silnika, gdy Yossarian powtórnie naprowadził na cel swój klucz złożony z sześciu samolotów. Ich grupa po raz siódmy z rzędu nie trafiła w most w Ferrarze, mimo celowników, które pozwalały z wysokości czterdziestu tysięcy stóp wrzucić bombę do beczki z ogórkami, i minął już cały tydzień od czasu, kiedy pułkownik Cathcart zgłosił w imieniu swoich lotników gotowość zburzenia mostu w ciągu dwudziestu czterech godzin. Kraft był chudym, nieszkodliwym chłopcem z Pensylwanii, który chciał tylko, by go lubiano, i nawet to skromne i poniżające marzenie miało pozostać niespełnione. Zamiast być lubiany był nieżywy, krwawa głownia na barbarzyńskim stosie, i nikt go nie słyszał w tych ostatnich bezcennych minutach, kiedy jego samolot spadał z oderwanym skrzydłem. Żył krótko nie szkodząc nikomu i spadł w płomieniach na Ferrarę dnia siódmego, kiedy Bóg odpoczywał, a McWatt zawrócił i Yossarian powtórnie naprowadzał go na cel, ponieważ za pierwszym razem Aarfy stracił głowę i Yossarian nie mógł zrzucić bomb.

— Wygląda na to, że powinniśmy wracać — rozległ się w słuchawkach ponury głos McWatta.

— Tak wygląda — zgodził się Yossarian.

— Wracamy? — spytał McWatt.

— Wracamy.

— No to było nie było! — zawołał McWatt.

I wrócili, podczas gdy samoloty pozostałych kluczy krążyły w bezpiecznej odległości i wszystkie bluzgające ogniem działka dywizji „Hermann Göring" tam w dole tym razem bluzgały wyłącznie do nich.

Pułkownik Cathcart był człowiekiem odważnym i bez wahania zgłaszał swoich ludzi na ochotnika do ataku na każdy cel. Nie było zadania zbyt niebezpiecznego dla tej grupy, podobnie jak nie było tak trudnej piłki, której Appleby nie przyjąłby na stole pingpongowym. Appleby był dobrym pilotem i nadludzkim wprost pingpongistą, który miał muszki w oczach i nigdy nie stracił punktu. Dwadzieścia jeden serwów wystarczyło Appleby'emu, żeby rozgromić każdego przeciwnika. Jego wyczyny przy stole pingpongowym stały się legendarne i wygrywał wszystkie mecze aż do tego wieczoru, kiedy Orr zalał się dżinem z sokiem i rozwalił mu czoło rakietką, po tym jak Appleby ściął kolejno z pięciu jego serwów. Orr cisnął rakietką, a potem wskoczył na stół, odbił się i po pięknym skoku wylądował obiema nogami na twarzy Appleby'ego. Rozpętało się piekło. Upłynęła chyba cała minuta, zanim Appleby uwolnił się od młócących się na oślep rąk i nóg Orra i stanął wyprostowany, trzymając go w powietrzu jedną ręką za bluzę na piersi, a drugą cofając dla zadania śmiertelnego ciosu, gdy nagle podszedł Yossarian i odebrał mu Orra. Był to wieczór niespodzianek dla Appleby'ego, który, dorównując Yossarianowi siłą i wzrostem, wymierzył mu tak potężny cios, że przepełniony radosnym podnieceniem Wódz White Halfoat odwrócił się i strzelił w pysk pułkownika Moodusa, co sprawiło generałowi Dreedle tak wielką uciechę, że polecił pułkownikowi Cathcartowi wyrzucić kapelana z klubu oficerskiego i przenieść Wodza White Halfoata do namiotu doktora Daneeki. Przebywając dwadzieścia cztery godziny na dobę pod okiem lekarza utrzyma się w dobrej formie fizycznej, dzięki czemu będzie mógł walić pułkownika Moodusa w pysk, kiedy tylko generał Dreedle zapragnie. Od czasu do czasu generał Dreedle specjalnie przyjeżdżał z dowództwa skrzydła w towarzystwie pułkownika Moodusa i swojej pielęgniarki tylko po to, żeby Wódz White Halfoat strzelił jego zięcia w pysk.

Wódz White Halfoat wolałby pozostać w przyczepie samochodowej, gdzie mieszkał dotychczas z kapitanem Flume, cichym, wystraszonym oficerem propagandowym eskadry, który spędzał całe wieczory na wywoływaniu zrobionych w ciągu dnia zdjęć do swojego serwisu prasowego. Kapitan starał się możliwie jak najdłużej przesiadywać w ciemni, a potem kładł się na łóżku polowym z króliczą łapką na szyi, trzymając skrzyżowane od uroku palce i ze wszystkich sił starając się nie zasnąć. Kapitan Flume żył w śmiertelnym strachu przed Wodzem White Halfoatem. Prześladowała go myśl, że którejś nocy, gdy będzie pogrążony we śnie, Wódz White Halfoat podejdzie na palcach do jego łóżka i poderżnie mu gardło od ucha do ucha. Natchnął go tą myślą sam Wódz White Halfoat, który kiedyś, gdy kapitan Flume drzemał na swoim łóżku, podszedł na palcach i szepnął mu złowieszczo do ucha, że którejś nocy poderżnie mu gardło od ucha do ucha. Kapitan Flume oblał się zimnym potem i nagle otworzywszy szeroko oczy ujrzał tuż przed sobą błyszczące alkoholem oczy Wodza.

— Dlaczego? — zdołał wreszcie wydusić z siebie kapitan Flume.

— A dlaczego nie? — brzmiała odpowiedź Wodza White Halfoata.

Odtąd kapitan Flume każdej nocy robił wszystko, co mógł, żeby nie zasnąć. Ogromną pomocą były mu w tym nocne zmory Joego Głodomora. Wsłuchując się z napięciem w conocne opętańcze wrzaski Joego, kapitan Flume czuł, jak wzbiera w nim nienawiść i pragnienie, żeby Wódz White Halfoat podszedł którejś nocy na palcach do łóżka Joego i jemu poderżnął gardło od ucha do ucha. W rzeczywistości kapitan Flume zasypiał co noc jak kłoda i tylko mu się śniło, że nie śpi. Te sny były tak realne, że budził się rano całkowicie wyczerpany i natychmiast znów zasypiał.

Wódz White Halfoat prawie polubił kapitana Flume od czasu jego zadziwiającej metamorfozy. Kapitan Flume położył się owej nocy do łóżka jako pogodny ekstrawertyk, wstał zaś następnego ranka jako ponury introwertyk i Wódz White Halfoat z dumą spoglądał na nowego kapitana Flume jako na swoje dzieło. Wcale nie miał zamiaru podrzynać kapitanowi gardła od ucha do ucha. Był to po prostu jeden z jego żartów, podobnie jak umieranie na zapalenie płuc, walenie pułkownika Moodusa w pysk lub wyzywanie doktora Daneeki na indiańskie zapasy. Jedynym marzeniem Wodza White Halfoata, gdy co wieczór wtaczał się pijany do swojej przyczepy, było natychmiast zasnąć, co Joe Głodomór często uniemożliwiał. Wodza White Halfoata cholera brała na te jego nocne wrzaski i często budziło się w nim pragnienie, żeby ktoś zakradł się na palcach do namiotu Joego Głodomora, spędził kota Huple'a z jego twarzy i poderżnął mu gardło od ucha do ucha, tak żeby cała eskadra z wyjątkiem kapitana Flume mogła się nareszcie porządnie wyspać.

Wódz White Halfoat, mimo że ku radości generała Dreedle walił po pysku pułkownika Moodusa, nadal nie cieszył się względami przełożonych. Podobnie zresztą jak major Major, który przekonał się o tym w tej samej chwili, kiedy się dowiedział, że został dowódcą eskadry. Obie wiadomości przywiózł mu pułkownik Cathcart, który wpadł do eskadry swoim podrasowanym dżipem nazajutrz po śmierci majora Dulutha nad Perugią. Pułkownik zatrzymał się z piskiem hamulców tuż przed wykopem kolejowym, na wprost wyboistego placu do koszykówki, z którego major Major został po tej nominacji wypędzony wśród kopniaków, poszturchiwań, gradu ciosów i kamieni przez ludzi, z którymi prawie się już zaprzyjaźnił.

— Jest pan nowym dowódcą eskadry — ryknął do niego pułkownik Cathcart z drugiej strony wykopu. — Ale niech się panu nie zdaje, że to ma jakieś znaczenie, bo tak nie jest. Znaczy to tylko tyle, że jest pan nowym dowódcą eskadry.

I pułkownik Cathcart z rykiem motoru odjechał równie raptownie, jak przyjechał, zawracając swojego dżipa tak złośliwie, że buksujące koła wyrzuciły strugę drobnego żwiru prosto w twarz majora Majora. Majorowi Majorowi odjęło mowę. Stał bez słowa, chudy, długi, z wyrazem ogłupienia na twarzy i wytartą piłką w rękach, podczas gdy ziarna niechęci, posiane tak błyskawicznie przez pułkownika Cathcarta, zapuszczały korzenie w umysłach otaczających go żołnierzy, z którymi przed chwilą grał w koszykówkę i z którymi był tak bliski zaprzyjaźnienia się, jak mu się to jeszcze nigdy w życiu nie zdarzyło. Białka jego tęsknych oczu powiększyły się i zasnuły mgłą, usta zaś po krótkiej walce ułożyły się w dobrze znany, trwały wyraz samotności, która otoczyła go, jak dusząca mgła.

Pułkownik Cathcart, podobnie jak wszyscy oficerowie ze sztabu grupy poza majorem Danbym, przepojony był duchem demokratyzmu: wierzył święcie, że wszyscy ludzie są równi, traktował więc wszystkich lotników spoza sztabu z jednakową pogardą. Nie znaczyło to wcale, że nie miał zaufania do swoich ludzi. Jak im często powtarzał na odprawach, wierzył, że są co najmniej o dziesięć lotów bojowych lepsi od wszystkich innych, i uważał, że każdy, kto nie podziela jego zaufania, może się wynosić do diabła. Jednak żeby się wynieść do diabła, trzeba było najpierw — jak się dowiedział Yossarian, kiedy poleciał odwiedzić byłego starszego szeregowego Wintergreena — zaliczyć te dodatkowe dziesięć lotów.

— Wciąż jeszcze nie rozumiem — skarżył się Yossarian — czy doktor Daneeka ma rację, czy nie?

— A co on mówi?

— Że czterdzieści.

— Daneeka ma rację — potwierdził były starszy szeregowy Wintergreen. — W Dwudziestej Siódmej Armii wymaga się tylko czterdziestu lotów.

Yossarian tryumfował.

— Więc mogę wracać do kraju, tak? Mam już czterdzieści osiem lotów.

— Nie, nie możesz wracać do kraju — sprostował były starszy szeregowy Wintergreen. — Zwariowałeś czy co?

— Dlaczego?

— A paragraf dwudziesty drugi?

— Paragraf dwudziesty drugi? — zdumiał się Yossarian. — Co tu ma do rzeczy paragraf dwudziesty drugi, do cholery?

— Paragraf dwudziesty drugi — wyjaśniał doktor Daneeka cierpliwie, kiedy Joe Głodomór przywiózł Yossariana z powrotem na Pianosę — mówi, że zawsze musisz robić to, co ci każe twój dowódca.

— Ale dowództwo Dwudziestej Siódmej Armii mówi, że po czterdziestu lotach mogę wracać do kraju.

— Ale nie mówi, że musisz wracać. A regulamin stwierdza, że musisz wykonywać rozkazy. Tu jest właśnie haczyk. Nawet gdyby pułkownik kazał ci latać wbrew wyraźnym rozkazom dowództwa armii, to i tak musiałbyś latać, w przeciwnym razie byłaby to odmowa wykonania rozkazu. A wtedy dowództwo Dwudziestej Siódmej Armii dałoby ci do wiwatu.

Yossarianowi opadły ręce.

— Więc naprawdę muszę zaliczyć te pięćdziesiąt lotów — zmartwił się.

— Pięćdziesiąt pięć — sprostował doktor Daneeka.

— Jakie znów pięćdziesiąt pięć?

— Pułkownik chce teraz, żeby każdy z was zaliczył pięćdziesiąt pięć lotów bojowych.

Słysząc to Joe Głodomór wydał potężne westchnienie ulgi, a twarz mu rozjaśnił uśmiech. Yossarian schwycił go za kark i zaciągnął go z powrotem do byłego starszego szeregowego Wintergreena.

— Co oni mogą mi zrobić — spytał konfidencjonalnie — gdybym odmówił dalszych lotów?

— Prawdopodobnie będziemy cię musieli rozstrzelać — odpowiedział były starszy szeregowy Wintergreen.

— Jak to „będziemy"? — krzyknął zaskoczony Yossarian. — Co to znaczy „będziemy"? Odkąd to jesteś po ich stronie?

— Mam być po twojej stronie, kiedy cię będą rozstrzeliwać? — odparł Wintegreen.

Yossarian skapitulował. Pułkownik Cathcart znowu go wykiwał.

7
McWatt

Zazwyczaj pilotem Yossariana był McWatt, który co rano przed swoim namiotem golił się w jaskrawoczerwonej, czystej piżamie i należał do dziwnych, ironicznych, niezrozumiałych zjawisk otaczających Yossariana. McWatt był prawdopodobnie największym wariatem z nich wszystkich, ponieważ będąc najzupełniej normalny, nie miał jednocześnie nic przeciwko wojnie. Był to krótkonogi, barczysty, uśmiechnięty młodzieniec, który bezustannie pogwizdywał dziarskie melodie i przy grze w oko albo w pokera tak trzaskał kartami, że Joe Głodomór na skutek kumulującego się wpływu tych trzasków zamieniał się w roztrzęsioną galaretę rozpaczy i zaczynał wrzeszczeć na niego, żeby przestał.

— Ty skurwysynu, robisz to tylko po to, żeby mnie denerwować — krzyczał z wściekłością Joe Głodomór, powstrzymywany łagodnie przez Yossariana. — On to robi specjalnie, bo lubi słuchać, jak wrzeszczę... cholerny skurwiel!

McWatt marszczył przepraszająco mały, piegowaty nos i przysięgał, że nie będzie już trzaskał kartami, ale wciąż się zapominał. McWatt miał oprócz czerwonej piżamy ciepłe ranne pantofle i sypiał na świeżo wyprasowanych kolorowych prześcieradłach, takich jak to, którego połowę Milo odzyskał dla niego od uśmiechniętego złodzieja ze słabością do słodyczy, nie dając mu w zamian drylowanych daktyli, które pożyczył od Yossariana. McWatt był pełen podziwu dla Mila, który ku uciesze szefa stołówki kaprala Snarka skupował jajka po siedem centów sztuka i sprzedawał po pięć. Ale podziw McWatta dla Mila nie dorównywał podziwowi, jaki wzbudził w Milu list, który Yossarian dostał od doktora Daneeki w związku ze swoją chorą wątrobą.

— Co to jest? — zawołał przerażony Milo na widok wielkiego kartonowego pudła wypełnionego paczkami suszonych owoców, puszkami soku i słodyczami, które dwaj Włosi, porwani przez majora... de Coverley do pracy w kuchni, mieli właśnie wnieść do namiotu Yossariana.

— To jest kapitan Yossarian, panie poruczniku — odpowiedział kapral Snark z uśmiechem wyższości. Kapral Snark był snobem intelektualnym; uważał, że wyprzedza swoje czasy o dwadzieścia lat, i gotowanie dla szerokich mas nie zaspokajało jego ambicji. — On ma list od doktora Daneeki, upoważniający go do pobierania każdej ilości owoców i soków.

— Co to jest? — zawołał Yossarian, kiedy Milo pobladł i zachwiał się na nogach.

— To jest porucznik Milo Minderbinder, panie kapitanie — powiedział kapral Snark mrugając znacząco. — Jeden z naszych nowych pilotów. Został oficerem żywnościowym, kiedy pan był w szpitalu.

— Co to jest? — zawołał McWatt nieco później tego samego popołudnia, kiedy Milo wręczył mu połówkę jego prześcieradła.

— To jest połowa prześcieradła, które skradziono z twojego namiotu dzisiaj rano — wyjaśnił Milo podniecony i dumny z siebie, poruszając ryżawym wąsem. — Na pewno nawet nie zauważyłeś, że ci je ukradli.

— Dlaczego ktoś miałby kraść pół prześcieradła? — spytał Yossarian.

— Nic nie rozumiesz — zdenerwował się Milo.

Yossarian nie rozumiał również, dlaczego Milo przywiązywał taką wagę do listu doktora Daneeki, który był wzorem zwięzłości.

„Proszę wydawać Yossarianowi tyle suszonych owoców i soków, ile zażąda — napisał doktor Daneeka. — Twierdzi, że ma chorą wątrobę".

— Taki list — mruczał przygnębiony Milo — może zrujnować najlepszego oficera żywnościowego na świecie.

Milo przyszedł do namiotu Yossariana, żeby jeszcze raz przeczytać ten list. Szedł za pudłem ze straconymi dla siebie produktami jak za trumną kogoś bliskiego.

— Muszę dawać ci tyle, ile zażądasz. W tym liście nie jest nawet powiedziane, że masz to wszystko zjeść sam — powiedział.

— Całe szczęście — odparł Yossarian — bo ja tego nie biorę do ust. Mam chorą wątrobę.

— Ach, prawda, zapomniałem. — Milo z szacunkiem zniżył głos. — Czy to coś poważnego?

— Dosyć — odpowiedział Yossarian z zadowoleniem.

— Aha. Co to znaczy?

— To znaczy, że nie może być lepiej...

— Obawiam się, że nie rozumiem.

— ...jeśli się nie pogorszy. Teraz rozumiesz?

— Aha. Nie, obawiam się, że nadal nie rozumiem.

— Nie przejmuj się tym. Wystarczy, że ja się przejmuję. Widzisz, tak naprawdę, to ja nie jestem chory. Mam tylko objawy. Syndrom Garnetta-Fleischakera.

— Aha — powiedział Milo. — A co to jest ten syndrom Garnetta-Fleischakera?

— Choroba wątroby.

— Aha — powiedział Milo i zaczął z wyrazem zmęczenia masować swoje czarne brwi, jakby dręczył go jakiś wewnętrzny ból, jakby chciał się uwolnić od jakiegoś gryzącego niepokoju. — W takim razie — dokończył po chwili — musisz zapewne bardzo uważać na to, co jesz?

— Tak, to prawda — przyznał Yossarian. — Dobry syndrom Garnetta-Fleischakera nie trafia się co dzień i nie mam zamiaru lekkomyślnie się go pozbywać. Dlatego właśnie nie jadam owoców.

— Teraz rozumiem — powiedział Milo. — Owoce szkodzą ci na wątrobę?

— Nie, owoce pomagają mi na wątrobę i dlatego ich nie jadam.

— Więc co z nimi robisz? — spytał Milo, brnąc uparcie przez te narastające nieporozumienia, żeby wreszcie wyrzucić z siebie pytanie, które od początku cisnęło mu się na wargi. — Sprzedajesz?

— Nie, rozdaję.

— Komu? — krzyknął Milo głosem załamującym się z przerażenia.

— Każdemu, kto chce — krzyknął w odpowiedzi Yossarian.

Milo wydał przeciągły, żałosny jęk i zachwiał się na nogach, a na spopielałej twarzy wystąpiły mu krople potu. Drżał na całym ciele i skubał w rozterce swój nieszczęsny wąs.

— Dużo daję Dunbarowi — kontynuował Yossarian.

— Dunbarowi — powtórzył tępo Milo.

— Tak. Dunbar może opychać się owocami do woli, bo to mu w niczym nie pomoże. Po prostu zostawiam pudło tam, gdzie każdy może się częstować. Aarfy przychodzi zawsze po śliwki, bo twierdzi, że w stołówce dostaje za mało śliwek. Możesz się zająć tą sprawą przy okazji, bo to wcale nie jest zabawne, kiedy

Aarfy się tu kręci. Kiedy kończą mi się zapasy, każę je kapralowi Snarkowi uzupełnić. Nately zabiera masę owoców, ile razy jedzie do Rzymu. Zakochał się tam w pewnej dziwce, która mnie nienawidzi, a nim też się wcale nie interesuje. Ona ma młodszą siostrę, która ani na chwilę nie zostawia ich samych w łóżku, a mieszkają razem z parą staruchów i kilkoma innymi zawsze skorymi do figli dziewczynami o pięknych, tłustych udach. Nately, ilekroć przyjeżdża, przywozi im całe pudło owoców.

— Sprzedaje?

— Nie, daje w prezencie.

Milo zmarszczył brwi.

— Tak, myślę, że to bardzo hojnie z jego strony — mruknął bez entuzjazmu.

— Myślę, że tak — zgodził się Yossarian.

— I bez wątpienia jest to całkowicie legalne — powiedział Milo — bo przecież ta żywność jest twoją własnością. Myślę, że wobec trudnej sytuacji ci ludzie są bardzo wdzięczni za pomoc?

— Tak, oczywiście — zapewnił go Yossarian. — Dziewczęta sprzedają wszystko na czarnym rynku i kupują sobie za to sztuczną biżuterię i tanie perfumy.

Milo ożywił się.

— Sztuczna biżuteria! — zawołał. — Nie wiedziałem. Ile one płacą za te tanie perfumy?

— Staruch kupuje za swoją dolę whisky i zdjęcia pornograficzne. To rozpustnik.

— Rozpustnik?

— Jeszcze jaki!

— Czy w Rzymie jest duży popyt na zdjęcia pornograficzne? — spytał Milo.

— Jeszcze jaki! Weź na przykład takiego Aarfy'ego. Znając go nigdy byś nie przypuścił, prawda?

— Że to rozpustnik?

— Nie, że to nawigator. Znasz kapitana Aardvaarka, prawda? To ten sympatyczny facet, który podszedł do ciebie w dniu twojego przyjazdu i przedstawił się: „Nazywam się Aardvaark, nawigacja to mój folwark". Miał fajkę w gębie i na pewno spytał cię, gdzie studiowałeś. Pamiętasz go?

Milo nie słuchał.

— Weź mnie na wspólnika! — zawołał błagalnie.

Yossarian odrzucił jego propozycję, chociaż nie wątpił, że całymi ciężarówkami mogliby upłynniać owoce, które by pobierali z kantyny na podstawie listu doktora Daneeki. Milo był przygnębiony, ale od tej chwili zwierzał się Yossarianowi ze wszystkich swoich sekretów z wyjątkiem jednego, rozumując logicznie, że człowiek, który nie chce okraść nawet ukochanej ojczyzny, nie okradnie nikogo. Milo powierzał Yossarianowi wszystkie swoje sekrety z wyjątkiem tego, gdzie zakopuje pieniądze od dnia, w którym wrócił ze Smyrny z samolotem pełnym fig i dowiedział się od Yossariana, że do szpitala przybył facet z Wydziału Śledczego. Milo, który był tak naiwny, że dobrowolnie zgłosił się na stanowisko oficera żywnościowego, traktował tę funkcję niezwykle poważnie.

— Nie miałem pojęcia, że dajemy za mało śliwek — przyznał pierwszego dnia. — To dlatego, że jestem tu od niedawna. Uczulę na tę sprawę mojego szefa kuchni.

Yossarian spojrzał na niego przenikliwie.

— Jakiego szefa kuchni? — spytał. — Przecież nie masz żadnego szefa kuchni.

— A kapral Snark? — powiedział Milo unikając wzroku Yossariana. — Jako mój jedyny kucharz jest faktycznie szefem kuchni, chociaż obawiam się, że wykazuje nieco zbyt twórcze podejście do pracy. Wyobraził sobie, że sierżant żywnościowy jest kimś w rodzaju artysty, i stale narzeka, że musi prostytuować swój talent. Nikt tego od nigo nie wymaga! Nawiasem mówiąc, czy nie wiesz przypadkiem, za co został swego czasu zdegradowany do szeregowca i dlaczego jest tylko kapralem?

— Wiem — odpowiedział Yossarian. — Za to, że otruł eskadrę.

Milo zbladł znowu.

— Za co?

— Dodał kilkadziesiąt kawałków wojskowego mydła do batatów, żeby dowieść, że ma do czynienia z pozbawionymi smaku filistrami. Cała eskadra pochorowała się. Trzeba było odwołać loty.

— Coś podobnego! — zawołał Milo nie ukrywając oburzenia. — Oczywiście przekonał się, że nie miał racji?

— Wprost przeciwnie — sprostował Yossarian. — Przekonał się, że miał stuprocentową rację. Zmietliśmy pełne talerze i żądaliśmy dokładki. Czuliśmy, że jest nam niedobrze, ale nie podejrzewaliśmy, że nas otruto.

Milo skonsternowany poruszył dwukrotnie nosem jak bury kosmaty zając.

— W takim razie tym bardziej należy go przenieść do pracy administracyjnej. Nie chcę, żeby coś podobnego zdarzyło się przy mnie. Widzisz — wyznał w przypływie szczerości — moim celem jest, żeby lotnicy naszej eskadry otrzymywali najlepsze posiłki na całym świecie. Myślę, że jest to coś, o co warto walczyć. Moim zdaniem oficer żywnościowy, który mierzy niżej, nie zasługuje na to, żeby być oficerem żywnościowym. Chyba mam rację, nie?

Yossarian powoli odwrócił głowę i spojrzał na Mila badawczo, z niedowierzaniem. Miał przed sobą prostą, szczerą twarz człowieka niezdolnego do podstępów i oszustw, uczciwą, otwartą twarz, z szeroko rozstawionymi dużymi oczami, czarnymi brwiami, rudą czupryną i nieszczęsnym rudobrązowym wąsem. Milo miał długi, wąski nos o rozedrganych, wilgotnych nozdrzach, wyraźnie przekrzywiony w prawo i skierowany zawsze w przeciwnym kierunku niż reszta twarzy. Była to twarz człowieka niezłomnego i świadome naruszenie zasad moralnych, na których wspierała się jego uczciwość, było dla niego równie niemożliwe, jak nagła przemiana w odrażającą ropuchę. Jedną z tych zasad moralnych było przekonanie, że należy brać najwyższą cenę, jaką da się uzyskać. Był także zdolny do potężnych wybuchów świętego oburzenia, a jeden z nich wywołała wiadomość, że w okolicy działa facet z Wydziału Śledczego, który go poszukuje.

— On nie szuka ciebie — usiłował go uspokoić Yossarian. — On szuka kogoś, kto cenzurując w szpitalu listy podpisywał się nazwiskiem Washington Irving.

— Nigdy nie podpisywałem się nazwiskiem Washington Irving — oświadczył Milo.

— Oczywiście, że nie.

— To jest po prostu pułapka, żebym się przyznał do robienia interesów na czarnym rynku — powiedział Milo szarpiąc zwichrzoną kępkę pstrokatych włosów pod nosem. — Nie cierpię podobnych facetów. Stale węszą wokół takich ludzi jak my. Jeżeli rząd chce zrobić coś pożytecznego, to dlaczego nie zajmie się byłym starszym szeregowym Wintergreenem? Ten człowiek kpi sobie z wszelkich przepisów i stale psuje mi ceny.

Nieszczęście z wąsami Mila polegało na tym, że każdy wąs był inny. Były podobne do jego rozkojarzonych oczu, które nigdy nie patrzyły w jedno miejsce naraz. Milo widział wprawdzie więcej rzeczy niż przeciętny człowiek, ale za to żadnej z nich nie widział zbyt dokładnie. W przeciwieństwie do swojej reakcji na wieść o facecie z Wydziału Śledczego, nowinę o zwiększeniu liczby obowiązkowych lotów do pięćdziesięciu pięciu przyjął ze spokojną godnością.

— Jest wojna — powiedział — i nie ma co narzekać na liczbę lotów, które musimy zaliczyć. Jeżeli pułkownik mówi, że musimy mieć po pięćdziesiąt pięć lotów, to znaczy, że musimy mieć po pięćdziesiąt pięć lotów.

— Ja tam nie muszę — oświadczył Yossarian. — Pójdę do majora Majora.

— Jakim cudem? Major Major nikogo nie przyjmuje.

— No to wrócę do szpitala.

— Dopiero dziesięć dni temu wyszedłeś ze szpitala — przypomniał mu Milo z naganą w głosie. — Nie możesz uciekać do szpitala za każdym razem, kiedy zdarzy się coś nie po twojej myśli. Trzeba odbyć tyle lotów, ile nam każą. To nasz obowiązek.

Milo miał żelazne zasady, które nie pozwalały mu nawet pożyczyć sobie paczki drylowanych daktyli z kasyna, w dniu kiedy McWattowi ukradziono prześcieradło, jako że produkty w kasynie były własnością państwa.

— Ale mogę je pożyczyć od ciebie — wyjaśniał Yossarianowi — gdyż wszystkie te owoce stają się twoją własnością, z chwilą kiedy ci je wydam na podstawie listu doktora Daneeki. Możesz z nimi robić wszystko, co chcesz, możesz je nawet sprzedać z zyskiem zamiast rozdawać za darmo. Czy nie chciałbyś robić tego do spółki ze mną?

— Nie.

Milo spasował.

— W takim razie pożycz mi jedną paczkę drylowanych daktyli — zażądał. — Oddam ci je. Przysięgam, że oddam i dostaniesz jeszcze premię.

Milo dotrzymał słowa i wręczył Yossarianowi ćwierć żółtego prześcieradła McWatta, wróciwszy z nienaruszoną paczką daktyli i z uśmiechniętym złodziejem, który miał słabość do słodyczy i który ukradł to prześcieradło z namiotu McWatta. Ćwiartka prześcieradła była teraz własnością Yossariana. Zarobił ją, sam o tym nie wiedząc, w czasie poobiedniej drzemki.

— Co to jest? — krzyknął zdumiony McWatt widząc oddartą połówkę swojego prześcieradła.

— To jest pół prześcieradła, które dziś rano ukradziono z twojego namiotu — wyjaśnił Milo. — Pewnie nawet nie zauważyłeś, że ci je skradziono.

— Dlaczego ktoś miałby kraść pół prześcieradła? — spytał Yossarian.

— Nic nie rozumiesz — obruszył się Milo. — On ukradł całe prześcieradło, a ja je odzyskałem wraz z paczką daktyli stanowiącą twój wkład w przedsięwzięcie. Z tego tytułu otrzymujesz ćwierć prześcieradła. Jest to bardzo ładny zarobek, uwzględniając fakt, że daktyle, które mi dałeś, zwracam ci w stanie nienaruszonym.

Następnie Milo zwrócił się do McWatta.

— Połowa prześcieradła jest twoja, ponieważ było twoją własnością, i doprawdy nie rozumiem, dlaczego narzekasz, bo gdyby nie interwencja moja i kapitana Yossariana nie miałbyś ani kawałka.

— Czy ja narzekam? — zawołał McWatt. — Usiłuję tylko wyobrazić sobie, co można zrobić z połówką prześcieradła.

— Jest mnóstwo rzeczy, które można zrobić z połówką prześcieradła — zapewnił go Milo. — Pozostałą ćwiartkę prześcieradła zatrzymałem sobie jako nagrodę za moją inicjatywę i wysiłek organizacyjny. Zaznaczam, że nie biorę jej dla siebie, tylko dla syndykatu. I to jest coś, co możesz zrobić ze swoją połówką prześcieradła. Powierzyć ją syndykatowi i patrzeć, jak będzie rosła.

— Jakiemu syndykatowi?

— Syndykatowi, który chcę zorganizować, żeby dawać wam jeść tak, jak na to zasługujecie.

— Chcesz zorganizować syndykat?

— Tak. To jest raczej supermarket. Czy wiecie, co to jest supermarket?

— Miejsce, gdzie się kupuje różne rzeczy.

— I sprzedaje — skorygował Milo.

— I sprzedaje.

— Przez całe życie marzyłem o supermarkecie. Można zrobić masę rzeczy, kiedy się ma coś takiego. Ale najpierw trzeba to mieć.

— Chcesz zorganizować supermarket?

— Wszyscy będą udziałowcami.

Yossarian nadal nie bardzo rozumiał, gdyż sprawa dotyczyła handlu, czyli dziedziny, która zawsze wprawiała go w zakłopotanie.

— Pozwólcie, że wyjaśnię to jeszcze raz — zaproponował Milo nieco już zniecierpliwiony, wskazując kciukiem złodzieja mającego słabość do słodyczy, który stał za nim ani na chwilę nie przestając się uśmiechać. — Wiedziałem, że on woli daktyle od prześcieradła. Ponieważ nie rozumie ani słowa po angielsku, zażądałem, żeby całą transakcję prowadzić w języku angielskim.

— Dlaczego nie dałeś mu zwyczajnie w łeb i nie zabrałeś prześcieradła? — spytał Yossarian.

Zaciskając z godnością wargi Milo potrząsnął głową.

— Byłoby to wysoce niewłaściwe — powiedział surowo. — Przemoc to zło, zła nigdy nie uda się zwalczyć złem. Mój sposób był znacznie lepszy. Kiedy pokazałem mu daktyle i wyciągnąłem rękę po prześcieradło, pomyślał, że proponuję mu handel wymienny.

— A tobie o co chodziło?

— Prawdę mówiąc, rzeczywiście proponowałem mu wymianę,

ale ponieważ on nie rozumie po angielsku, zawsze mogę temu zaprzeczyć.

— No, a jeśli on się zdenerwuje i weźmie te daktyle?

— Wtedy damy mu w łeb i odbierzemy daktyle — odpowiedział Milo bez chwili namysłu. Przeniósł wzrok z Yossariana na McWatta i z powrotem. — Naprawdę nie rozumiem, na co narzekacie. Wszyscy na tym zyskali. Wszyscy mają powody do zadowolenia prócz tego złodziejaszka, który nie rozumie nawet naszego języka i na nic lepszego nie zasłużył, więc nie ma się co nim przejmować. Nie rozumiecie tego?

Ale Yossarian nadal nie rozumiał, jak Milo może kupować na Malcie jajka po siedem centów sztuka i sprzedawać je z zyskiem na Pianosie po pięć centów.

8

Porucznik Scheisskopf

Nawet Clevinger nie rozumiał, jak Milo to robi, a Clevinger wiedział wszystko. Clevinger wiedział o wojnie wszystko, nie wiedział tylko, dlaczego Yossarian musi umrzeć, podczas gdy pozwala się żyć kapralowi Snarkowi, albo dlaczego musi umrzeć kapral Snark, a pozwala się żyć Yossarianowi. Była to podła i brudna wojna i Yossarian mógłby doskonale żyć bez niej — może nawet wiecznie. Tylko niewielka część jego rodaków gotowa była poświęcić życie dla zwycięstwa i znalezienie się w ich liczbie zupełnie Yossariana nie pociągało. Umierać albo nie umierać, oto było pytanie i Clevinger zupełnie opadł z sił usiłując znaleźć na nie odpowiedź. Historia nie wymagała przedwczesnego zgonu Yossariana, sprawiedliwości mogło się stać zadość bez tego, postępu to nie hamowało, zwycięstwo od tego nie zależało. To, że ludzie ginęli, było koniecznością, jednak o tym, kto zginie, decydował przypadek, Yossarian zaś za nic w świecie nie chciał być ofiarą przypadku. Ale wojna to wojna. Jedyne, co przemawiało na jej korzyść, to fakt, że płacili tu dobrze, a dzieci uwalniały się od zgubnego wpływu rodziców.

Clevinger wiedział tak dużo, ponieważ był geniuszem z gorącym sercem i bladym obliczem. Był tykowatym, gamoniowatym, rozgorączkowanym, zachłannym umysłem. Już od pierwszych lat studiów na Uniwersytecie Harvarda zdobywał prawie wszystkie możliwe nagrody, a nie zdobył wszystkich możliwych nagród jedynie dlatego, że zbyt dużo czasu zajmowało mu podpisywanie petycji, zbieranie podpisów pod petycjami i kontrpetycjami, zapisywanie się do kółek dyskusyjnych i wypisywanie się z nich, uczestniczenie w kongresach młodzieży i pikietowanie innych kongresów młodzieży oraz organizowanie komitetów w obronie zwolnionych z pracy wykładowców. Wszyscy byli zgodni co do tego, że Clevinger daleko zajdzie w świecie akademickim. Krótko mówiąc, Clevinger był facetem wybitnie inteligentnym, a zupełnie przy tym głupim, i ludzie dzielili się na takich, którzy o tym wiedzieli, i na takich, którzy dopiero mieli się o tym przekonać.

Jednym słowem, był kretynem. Przypominał Yossarianowi jednego z tych ludzi, którzy wiszą w muzeach sztuki nowoczesnej i mają dwoje oczu po tej samej stronie twarzy. Było to oczywiście złudzenie spowodowane skłonnością Clevingera do koncentrowania się na jednej stronie sprawy i niedostrzegania drugiej strony. W kwestiach politycznych był humanistą, który odróżniał prawicę od lewicy i utknął niezręcznie gdzieś pośrodku. Bez przerwy bronił swoich przyjaciół komunistów przed swoimi prawicowymi przeciwnikami, a swoich prawicowych przyjaciół przed swoimi komunistycznymi przeciwnikami, przez co jedni i drudzy żywili dla niego dogłębną pogardę, nie broniąc go przed nikim, gdyż uważali go za kretyna.

Clevinger był kretynem bardzo poważnym, bardzo uczciwym i bardzo uświadomionym. Nie można było iść z nim do kina, żeby nie wdać się potem w dyskusję na temat empatii, Arystotelesa, powszechników oraz posłannictwa i obowiązków kina jako formy sztuki w zmaterializowanym społeczeństwie. Dziewczęta, które zabierał do teatru, musiały czekać do pierwszej przerwy, aby dowiedzieć się od niego, czy oglądają dobrą, czy złą sztukę, a wówczas dowiadywały się natychmiast. Jako wojujący idealista zwalczał rasizm w ten sposób, że stykając się z jego przejawami omdlewał ze strachu. Wiedział wszystko o literaturze z wyjątkiem tego, jak czerpać z niej radość.

Yossarian usiłował mu dopomóc.

— Nie bądź kretynem — tłumaczył Clevingerowi, kiedy obaj byli jeszcze w szkole oficerskiej w Santa Ana w Kalifornii.

— Powiem mu — upierał się Clevinger, kiedy siedzieli obaj wysoko na trybunie, patrząc w dół na ćwiczebny plac defilad, po którym porucznik Scheisskopf miotał się niczym ogolony król Lear.

— Dlaczego? — zawodził porucznik Scheisskopf.

— Siedź cicho, idioto — radził Clevingerowi po ojcowsku Yossarian.

— Nie wiesz nawet, o co chodzi — zaprotestował Clevinger.

— Wiem dość dużo, żeby siedzieć cicho, idioto.

Porucznik Scheisskopf rwał włosy z głowy i zgrzytał zębami. Miękkie policzki trzęsły mu się w przystępie udręki. Jego problem to była eskadra podchorążych lotnictwa o niskim poziomie uświadomienia, maszerująca wprost potwornie na coniedzielnych punktowanych defiladach. Morale podchorążych było niskie, ponieważ nie lubili defilować w każde niedzielne popołudnie, a także dlatego, że porucznik Scheisskopf nie pozwolił im wybrać podchorążych-dowódców, tylko sam ich wyznaczył.

— Może ktoś mi wytłumaczy — błagał ich porucznik Scheisskopf. — Jeżeli jest w tym jakiś mój błąd, to proszę, powiedzcie mi.

— On chce, żeby mu powiedzieć — szepnął Clevinger.

— On chce, żeby wszyscy siedzieli cicho, ty idioto — odpowiedział Yossarian.

— Nie słyszałeś, co mówił? — spierał się Clevinger.

— Słyszałem — odpowiedział Yossarian. — Słyszałem, jak powiedział bardzo głośno i wyraźnie, żebyśmy dla naszego własnego dobra trzymali wszyscy gęby na kłódkę.

— Nie ukarzę was — przyrzekał porucznik Scheisskopf.

— Widzisz, mówi, że mnie nie ukarze.

— On cię wykastruje.

— Przysięgam, że was nie ukarzę — powiedział porucznik Scheisskopf. — Będę wdzięczny temu, kto powie mi prawdę.

— Znienawidzi cię — powiedział Yossarian. — Będzie cię nienawidził aż do śmierci.

Porucznik Scheisskopf ukończył kurs oficerów rezerwy i był nawet zadowolony z wybuchu wojny, gdyż mógł dzięki temu nosić na co dzień mundur oficerski i mówić twardym, wojskowym głosem „żołnierze" do gromady dzieciaków, które wpadały w jego szpony na osiem tygodni przed odjazdem na front. Był ambitnym i pozbawionym poczucia humoru człowiekiem, który przejmował się swoją rolą i uśmiechał się tylko wtedy, gdy któryś z rywalizujących z nim oficerów z bazy lotniczej w Santa Ana zapadał na obłożną chorobę. Miał słaby wzrok i chroniczny katar, co czyniło wojnę szczególnie atrakcyjną w jego oczach, gdyż nie groziło mu wysłanie na front. Największą jego zaletą była jego żona, największą zaś zaletą jego żony było to, że miała przyjaciółkę imieniem Dori Duz, która puszczała się niezwykle chętnie i miała mundur Kobiecego Korpusu Pomocniczego, który żona porucznika Scheisskopfa pożyczała na soboty, gotowa spędzić weekend z każdym podchorążym z eskadry męża, który tylko chciał z niej skorzystać.

Dori Duz była żwawą małą kurewką w kolorze zielono-złotym, która najbardziej lubiła to robić w szopach, budkach telefonicznych, barakach i poczekalniach autobusowych. Niewiele było rzeczy, których nie próbowała, a jeszcze mniej takich, których spróbowania by odmówiła. Była bezwstydna, szczupła, agresywna i miała dziewiętnaście lat. Niszczyła mężczyzn dziesiątkami i robiła to w taki sposób, że następnego ranka czuli do siebie nienawiść za to, iż dali się poderwać, wykorzystać i odrzucić. Yossarian był w niej zakochany. Uważał ją za wspaniałą dupę, ona natomiast traktowała go dość chłodno. Yossarian zachwycał się dotknięciem sprężystych mięśni pod jej skórą wszędzie, gdzie jej dotykał, tego jedynego wieczoru, kiedy mu na to pozwoliła. Yossarian tak bardzo kochał Dori Duz, że co sobota rzucał się namiętnie na żonę porucznika Scheisskopfa, żeby zemścić się na nim za to, że on mścił się na Clevingerze.

Żona porucznika Scheisskopfa mściła się na mężu za jakąś jego niewybaczalną zbrodnię, której nie mogła sobie przypomnieć. Była pulchną, różową i leniwą dziewczyną, która czytała dobre książki i zamęczała Yossariana, żeby nie był taki drobnomieszczański. Zawsze miała pod ręką jakąś dobrą książkę, nawet gdy leżała w łóżku i nie miała na sobie nic prócz Yossariana i numerka Dori Duz na szyi. Nudziła Yossariana, ale ją również kochał. Była zwariowaną matematyczką z Wyższej Szkoły Ekonomicznej w Wharton, ale co miesiąc miewała kłopoty z liczeniem do dwudziestu ośmiu.

— Kochanie, znowu będziemy mieli dziecko — mówiła co miesiąc do Yossariana.

— Znowu ci się coś pokiełbasiło w tej głowie.

— Mówię poważnie — upierała się.

— Ja też.

— Kochanie, znowu będziemy mieli dziecko — mówiła do męża.

— Nie mam czasu — mruczał opryskliwie porucznik Scheisskopf. — Nie wiesz, że przygotowuję defiladę?

Porucznik Scheisskopf walczył zażarcie o zajęcie pierwszego miejsca na defiladzie i o postawienie Clevingera przed komisją dyscyplinarną za spiskowanie przeciwko dowódcom pododdziałów wyznaczonym przez porucznika Scheisskopfa. Clevinger mądrzył się i rozrabiał. Porucznik Scheisskopf wiedział, że Clevinger może wywołać jeszcze większe zamieszanie, jeśli się go nie będzie pilnować. Dzisiaj podchorążowie, jutro może to być cały świat. Clevinger był inteligentny, a porucznik Scheisskopf zauważył, że ludzie inteligentni bywają czasem wcale sprytni. Tacy ludzie są niebezpieczni i nawet ci podchorążowie, którzy zawdzięczali Clevingerowi swoje nowe stanowiska, z ochotą obciążali go swymi zeznaniami. Sprawa Clevingera była przesądzona. Brakowało jedynie czegoś, o co można by go oskarżyć.

Nie mogło to być nic związanego z defiladami, gdyż Clevinger traktował je niemal tak samo poważnie jak porucznik Scheisskopf. Żołnierze wychodzili na defilady co niedziela wczesnym popołudniem i ustawiali się przed swoimi barakami po dwunastu w szeregu. Znękani kacem wlekli się w nogę na swoje miejsce na głównym placu defilad, gdzie stali bez ruchu godzinę albo i dwie wraz z podchorążymi z pozostałych sześćdziesięciu czy siedemdziesięciu eskadr, czekając, aż tylu ich zemdleje, że można będzie uznać ćwiczenia za skończone. Na skraju placu stał rząd karetek i zespoły wyszkolonych pielęgniarzy z noszami i przenośnymi radiostacjami. Na dachach karetek czuwali obserwatorzy z lornetkami, a wyznaczony pisarz prowadził ewidencję. Całą tę fazę operacji nadzorował lekarz wojskowy z zamiłowaniem do rachunków, który mierzył puls i sprawdzał prowadzącego dokumentację pisarza. Gdy w karetkach zebrano już odpowiednią liczbę zemdlonych, lekarz dawał znak kapelmistrzowi, żeby orkiestra zagrała do końcowej defilady. Eskadry maszerowały jedna za drugą przez plac, wykonywały trudny skręt wokół trybuny i maszerowały z powrotem przez plac do baraków.

Każdą defilującą eskadrę oceniano, kiedy przechodziła przed trybuną, na której siedział w otoczeniu pozostałych oficerów nadęty pułkownik z wielkim nastroszonym wąsem. Najlepsza eskadra w każdym skrzydle zdobywała całkowicie bezwartościowy żółty proporczyk na patyku. Najlepsza eskadra w całej bazie zdobywała czerwony proporczyk na nieco dłuższym patyku, który miał jeszcze mniejszą wartość, gdyż drzewce było ciężkie i trzeba było dźwigać je przez cały tydzień, dopóki jakaś inna eskadra nie zdobyła go w następną niedzielę. Yossarianowi sam pomysł nagradzania proporczykami wydawał się absurdalny. Nie pociągało to za sobą żadnych pieniędzy, żadnych przywilejów klasowych. Podobnie jak medale olimpijskie i puchary tenisowe, oznaczały one tylko, że ich posiadacz zrobił najlepiej ze wszystkich coś, co nikomu nie przyniosło korzyści.

Same defilady wydawały mu się równie absurdalne. Yossarian nie znosił defilad. Były tak wojskowe. Nie znosił oglądania defilad, słuchania defilad, nie znosił korków drogowych powodowanych przez defilady. Nie znosił, kiedy go zmuszano do brania w nich udziału. Życie podchorążego lotnictwa było i tak ciężkie, a tu jeszcze co niedziela w piekielnym skwarze południa musiał udawać żołnierza, ponieważ stało się już jasne, że wojna nie skończy się, zanim ukończą szkolenie. Był to jedyny powód, dla którego Yossarian swego czasu zgłosił się na ochotnika do szkoły oficerskiej lotnictwa. Jako poborowy kwalifikujący się do takiej szkoły miał przed sobą tygodnie oczekiwania na przydział do szkoły, potem tygodnie nauki, żeby zostać bombardierem-nawigatorem, a potem dalsze tygodnie szkolenia operacyjnego przed wysłaniem na front. Wydawało się nieprawdopodobne, aby wojna mogła trwać tak długo, gdyż Bóg, jak mu mówiono, jest po ich stronie, Bóg zaś, jak mu również mówiono, jest wszechmogący. Tymczasem na koniec wojny wcale się nie zanosiło, a okres szkolenia dobiegał końca.

Porucznika Scheisskopfa zżerała tęsknota za zwycięstwami na defiladach i całymi nocami pracował nad tym zagadnieniem, a tymczasem żona czekała na niego w łóżku, odczytując ulubione fragmenty z Kraffta-Ebinga. On czytał książki o kroku defiladowym. Manipulował pudełkami czekoladowych żołnierzyków, dopóki nie rozpłynęli mu się w palcach, a potem ustawiał po dwunastu w rzędzie plastykowych kowbojów, których sprowadził sobie pocztą na przybrane nazwisko i których za dnia chował skrzętnie przed wszystkimi. Szkice anatomiczne Leonarda da Vinci okazały się niezastąpione. Pewnego wieczoru odczuł potrzebę żywego modela i polecił żonie maszerować po pokoju.

— Nago? — spytała z nadzieją w głosie.

Porucznik Scheisskopf zasłonił dłońmi oczy w geście rozpaczy. Tragedia jego życia polegała na tym, że był połączony dozgonnymi więzami z kobietą, której sprośne chucie całkowicie przesłaniały tytaniczną walkę o realizację nieosiągalnych ideałów, pochłaniającą szlachetniejsze natury.

— Dlaczego mnie nigdy nie wychłoszczesz? — rzuciła z pretensją w głosie którejś nocy.

— Bo nie mam czasu — warknął zniecierpliwiony. — Nie mam czasu. Nie wiesz, że szykuje się defilada?

I rzeczywiście nie miał czasu. Była już niedziela i zostawało zaledwie siedem dni na przygotowanie się do następnej defilady. Nie dostrzegał upływu godzin. Zajęcie ostatniego miejsca w trzech kolejnych defiladach mocno nadwerężyło reputację porucznika Scheisskopfa, który rozważał teraz wszelkie możliwości, włącznie z przybiciem dwunastu ludzi w każdym szeregu do długiej belki z impregnowanego dębu, aby utrzymać ich w jednej linii. Plan ten był nierealny, gdyż wykonanie zwrotu w lewo lub w prawo byłoby niemożliwe bez metalowych zawiasów przymocowanych do kręgosłupa każdego z żołnierzy, a porucznik Scheisskopf wątpił, czy uda mu się dostać z kwatermistrzostwa tyle niklowych zawiasów i zapewnić sobie współpracę chirurgów ze szpitala.

W tydzień po tym, gdy porucznik Scheisskopf za radą Clevingera pozwolił ludziom wybrać sobie dowódców pododdziałów, eskadra zdobyła żółty proporczyk. Porucznik był tak uszczęśliwiony tym niespodziewanym sukcesem, że drzewcem proporca palnął w głowę żonę, kiedy usiłowała wciągnąć go do łóżka, chcąc uczcić tę okazję demonstracją pogardy dla obyczajów seksualnych drobnomieszczaństwa w cywilizacji zachodniej. W następnym tygodniu eskadra zdobyła czerwony proporzec i porucznik Scheisskopf nie posiadał się ze szczęścia. A w tydzień później eskadra przeszła do historii, zdobywając czerwony proporzec po raz drugi z rzędu! Porucznik Scheisskopf uwierzył teraz we własne siły i postanowił wystąpić ze swoją wielką niespodzianką. W czasie intensywnych studiów nad krokiem defiladowym porucznik odkrył, że ręce maszerujących zamiast poruszać się swobodnie, jak to było powszechnie przyjęte, nie powinny oddalać się bardziej niż o trzy cale od uda, co oznaczało, że nie powinny poruszać się prawie wcale.

Porucznik Scheisskopf otaczał swoje skomplikowane przygotowania tajemnicą. Wszyscy podchorążowie w jego eskadrze zostali zaprzysiężeni i ćwiczyli nocami na bocznym placu. Maszerowali w ciemnościach czarnych jak smoła i uczyli się defilować bez wymachiwania rękami, wpadając na siebie nawzajem, ale nie wpadając w panikę. Porucznik Scheisskopf myślał początkowo o tym, aby przy pomocy kolegi z warsztatów wszystkim żołnierzom powbijać niklowe gwoździe w kości udowe i połączyć je z przegubami dłoni kawałkami miedzianego drutu długości dokładnie trzech cali, ale nie starczyło na to czasu — zawsze na wszystko brakowało czasu — zresztą podczas wojny trudno było o dobry drut miedziany. Pamiętał również o tym, że mając skrępowane ruchy żołnierze nie będą mogli należycie padać podczas poprzedzającej defiladę imponującej ceremonii padania bez przytomności i że niewłaściwy sposób przewracania się może wpłynąć na ogólną ocenę eskadry.

Przez cały tydzień w klubie oficerskim rozpierała go tłumiona radość. Wśród jego kolegów krążyły najróżnorodniejsze domysły.

— Zastanawiam się, co ta Gówniana Głowa knuje — powiedział porucznik Engle.

Porucznik Scheisskopf odpowiadał na pytania kolegów tajemniczym uśmiechem.

— Zobaczycie w niedzielę — obiecywał. — Przekonacie się.

Tej niedzieli porucznik Scheisskopf zademonstrował swoje epokowe odkrycie ze zręcznością doświadczonego impresaria. Nie odezwał się ani słowem, kiedy inne eskadry przeszły sobie spokojnie przed trybuną swoim zwykłym i głęboko niesłusznym krokiem. Nie zdradził się niczym nawet wtedy, gdy ukazały się pierwsze szeregi jego eskadry maszerującej nowym sztywnym krokiem i oficerowie na trybunie zaczęli wymieniać pełne zdumienia szepty. Dopiero kiedy nadęty pułkownik z nastroszonym wąsem zwrócił ku niemu gwałtownie swoje spurpurowiałe oblicze, Scheisskopf rzucił wyjaśnienie, które zapewniło mu nieśmiertelność.

— Niech pan spojrzy, panie pułkowniku — powiedział. — Idą bez rąk.

Po czym rozdał zamarłym w niemym podziwie słuchaczom uwierzytelnione fotokopie jakiegoś mętnego przepisu, na którym zbudował swój wiekopomny tryumf. Była to najpiękniejsza chwila w życiu porucznika Scheisskopfa. Wygrał oczywiście konkurs nawet nie ruszywszy ręką, zdobył na własność czerwony proporzec i zakończył tym samym niedzielne defilady, gdyż w czasie wojny o dobry czerwony proporzec jest równie trudno jak o drut miedziany. Został też natychmiast awansowany, rozpoczynając w ten sposób błyskawiczną karierę. Niewielu było takich, którzy po tym doniosłym odkryciu odmówiliby mu miana geniusza wojskowego.

— Ten porucznik Scheisskopf to geniusz wojskowy — zauważył porucznik Travers.

— Tak, to prawda — zgodził się porucznik Engle. — Szkoda tylko, że ten kutas nie chce chłostać swojej żony.

— Nie widzę, co to ma do rzeczy — odpowiedział chłodno porucznik Travers. — Porucznik Bemis znakomicie biczuje swoją żonę przy każdym stosunku, a na defiladach niewart jest złamanego szeląga.

— Mówię tylko o biczowaniu — zaprotestował porucznik Engle. — Kogo obchodzą defilady?

Rzeczywiście, defilady nie obchodziły nikogo poza Scheisskopfem, a już najmniej nalanego pułkownika z nastroszonymi wąsami, przewodniczącego komisji dyscyplinarnej, który od razu, z punktu zaczął ryczeć na Clevingera, ledwo ten z duszą na ramieniu przekroczył próg pokoju, aby oświadczyć, że nie jest winny przestępstw, o jakie oskarża go porucznik Scheisskopf. Pułkownik walnął pięścią w stół, aż zabolała go ręka i poczuł taki przypływ złości na Clevingera, że walnął pięścią w stół jeszcze mocniej, od czego ręka zabolała go jeszcze bardziej. Porucznik Scheisskopf siedział z zaciśniętymi wargami i piorunował Clevingera wzrokiem, zrozpaczony marnym wrażeniem, jakie ten wywarł na komisji.

— Za sześćdziesiąt dni staniecie twarzą w twarz z wrogiem —

ryknął pułkownik z nastroszonym wąsem — a wam się ciągle wydaje, że to żarty.

— Wcale mi się nie wydaje, że to żarty, panie pułkowniku — odpowiedział Clevinger.

— Nie przerywajcie.

— Tak jest, panie pułkowniku.

— A kiedy przerywacie, dodawajcie: „panie pułkowniku" — rozkazał major Metcalf.

— Tak jest, panie majorze.

— Czy nie mówiono wam przed chwilą, żebyście nie przerywali? — spytał chłodno major Metcalf.

— Ale ja nie przerywałem, panie majorze — zaprotestował Clevinger.

— To prawda. I nie powiedzieliście też „panie majorze". Dodajcie to do oskarżeń przeciwko niemu — rozkazał major Metcalf kapralowi, który umiał stenografować. — Nieregularnimowo zwraca się do przełożonych, kiedy im nie przerywa.

— Metcalf — odezwał się pułkownik — czy wiecie, że jesteście skończonym idiotą?

Major Metcalf z wysiłkiem przełknął ślinę.

— Tak jest, panie pułkowniku.

— No to stulcie ten swój cholerny pysk. Mówicie od rzeczy.

Komisja dyscyplinarna składała się z trzech członków: nadętego pułkownika z nastroszonym wąsem, porucznika Scheisskopfa i majora Metcalfa, który starał się wypracować niezłomne wejrzenie. Jako członek komisji dyscyplinarnej porucznik Scheisskopf był jednym z sędziów, którzy mieli rozważyć sprawę wniesioną przeciwko Clevingerowi przez oskarżyciela. Porucznik Scheisskopf był także oskarżycielem. Clevinger miał obronę. Oficerem, który go bronił, był porucznik Scheisskopf.

Clevinger gubił się w tym wszystkim i zaczął drżeć ze strachu, kiedy pułkownik podskoczył do góry jak wystrzelony z armaty i zagrzmiał, że rozerwie na strzępy jego tchórzliwe, śmierdzące ciało. Pewnego razu Clevinger potknął się w drodze na zajęcia, następnego dnia został formalnie oskarżony o samowolne wyjście z szyku, zbrodniczy napad, nonszalanckie zachowanie, ospałość, zdradę, prowokację, mędrkowanie, słuchanie muzyki klasycznej i tak dalej. Krótko mówiąc, mierzono do niego z grubej rury i oto stał przerażony przed nadętym pułkownikiem, który znowu ryczał, że za sześćdziesiąt dni Clevinger będzie się bił ze szkopami i czy chce do cholery, żeby go wylano ze szkoły i posłano na Wyspy Salomona grzebać trupy. Clevinger grzecznie odpowiedział, że nie chce; ten kretyn wolał być trupem, niż grzebać trupy innych. Pułkownik usiadł i odchylił się do tyłu, spokojny, szczwany i nagle podejrzanie uprzejmy.

— Co mieliście na myśli — zaczął wolno — mówiąc, że nie możemy was ukarać?

— Kiedy, panie pułkowniku?

— Ja tu zadaję pytania. Wy macie odpowiadać.

— Tak jest, panie pułkowniku. Ja...

— Myśleliście może, że sprowadzono was tu po to, żebyście to wy zadawali pytania, a ja żebym odpowiadał?

— Nie, panie pułkowniku. Ja...

— Więc po co was tu sprowadzono?

— Żebym odpowiadał na pytania.

— Słusznie, do cholery! — ryknął pułkownik. — A teraz załóżmy, że zaczniecie odpowiadać, zanim wam urwę wasz cholerny łeb. Więc co, do diabła, mieliście na myśli, wy skurwysynu, mówiąc, że nie możemy was ukarać?

— Nie sądzę, abym kiedykolwiek wystąpił z podobnym twierdzeniem, panie pułkowniku.

— Głośniej, proszę. Nie słyszę was.

— Tak jest, panie pułkowniku. Ja...

— Proszę głośniej. Pan pułkownik was nie słyszy.

— Tak jest, panie pułkowniku. Ja...

— Metcalf.

— Słucham, panie pułkowniku.

— Czy nie mówiłem wam, żebyście stulili ten swój głupi pysk?

— Tak jest, panie pułkowniku.

— Na drugi raz, kiedy wam powiem, żebyście stulili swój głupi pysk, to stulcie swój głupi pysk. Zrozumiano? A wy może uprzejmie odpowiecie. Nie słyszę was.

— Tak jest, panie pułkowniku. Ja...

— Metcalf, czy to wasza noga?

— Nie, panie pułkowniku. To pewnie noga porucznika Scheisskopfa.

— To nie moja noga — powiedział porucznik Scheisskopf.

— W takim razie możliwe, że to jednak moja noga — powiedział major Metcalf.

— Zabierzcie ją.

— Tak jest, panie pułkowniku. Ale pan pułkownik musi najpierw zabrać swoją nogę. Pan pułkownik postawił ją na mojej.

— Każecie mi zabrać nogę?

— Nie, panie pułkowniku. Ależ skąd, panie pułkowniku.

— Więc zabierzcie nogę i stulcie ten swój głupi pysk. A wy może uprzejmie odpowiecie. Nadal was nie słyszę.

— Tak jest, panie pułkowniku. Powiedziałem, że nie powiedziałem, że nie można mnie ukarać.

— O czym wy, u diabła, mówicie?

— Odpowiadam na pytanie pana pułkownika, panie pułkowniku.

— Jakie pytanie?

— „Co, u diabła, mieliście na myśli, wy skurwysynu, mówiąc, że nie możemy was ukarać?" — odczytał ze swego protokołu kapral, który umiał stenografować.

— W porządku — powiedział pułkownik. — Więc co, u diabła, mieliście na myśli?

— Wcale nie mówiłem, że nie można mnie ukarać.

— Kiedy?

— Co kiedy, panie pułkowniku?

— Znowu zaczynacie zadawać mi pytania.

— Przepraszam, panie pułkowniku. Obawiam się, że nie rozumiem pytania.

— Kiedy nie powiedzieliście, że nie możemy was ukarać? Nie rozumiecie pytania?

— Nie, panie pułkowniku. Nie rozumiem.

— Już to słyszeliśmy. A teraz może byście odpowiedzieli na moje pytanie.

— Jak mogę odpowiedzieć, kiedy go nie rozumiem?

— Znowu zadajecie mi pytania.

— Przepraszam, panie pułkowniku, ale nie wiem, co odpowiedzieć. Nie powiedziałem, że nie można mnie ukarać.

— Pytam was, kiedy nie powiedzieliście, że nie możemy was ukarać?

Clevinger wziął głęboki oddech.

— Nigdy nie mówiłem, że nie można mnie ukarać, panie pułkowniku.

— No, nareszcie, panie Clevinger, tyle że to bezczelne kłamstwo. A wczoraj wieczorem w latrynie? Czy nie szeptaliście, że nie możemy was ukarać, do tego drugiego cholernego skurwysyna, którego nie lubimy? Jak on się nazywa?

— Yossarian, panie pułkowniku — odpowiedział porucznik Scheisskopf.

— Tak, Yossarian. Słusznie. Yossarian. Jaki znowu Yossarian? Czy to jego nazwisko? Yossarian? Co to za nazwisko, do cholery?

Porucznik Scheisskopf miał wszystkie fakty w małym palcu.

— To nazwisko Yossariana — wyjaśnił.

— Tak, słusznie. Więc nie szepnęliście do Yossariana, że nie możemy was ukarać?

— Nie, panie pułkowniku. Szepnąłem tylko, że nie można uznać mnie za winnego...

— Widocznie jestem tępy — przerwał mu pułkownik — bo nie widzę tu żadnej różnicy. Tak, muszę być bardzo tępy, bo nie widzę najmniejszej różnicy.

— Ja...

— Wiem, jesteście strasznie pyskatym skurwysynem. Czy to chcieliście powiedzieć? Nikt was nie prosił o wyjaśnienia, a wy chcecie wyjaśniać. Stwierdzałem fakt, a nie prosiłem o wyjaśnienia. Jesteście pyskatym skurwysynem czy nie?

— Nie, panie pułkowniku.

— Nie? Zarzucacie mi kłamstwo?

— Ależ nie, panie pułkowniku.

— To znaczy, że jesteście pyskatym skurwysynem?

— Nie, panie pułkowniku.

— Chcecie mnie wciągnąć w bójkę?

— Nie, panie pułkowniku.

— Więc jesteście pyskatym skurwysynem?

— Nie, panie pułkowniku.

— Do cholery, widzę, że jednak chcecie bójki. Za marne dwa centy gotów jestem przeskoczyć przez ten cholerny stół i rozerwać wasze tchórzliwe ciało na strzępy, wy śmierdzielu.

— Niech pan to zrobi! Niech pan to zrobi! — zapiał major Metcalf.

— Metcalf, wy skurwysyński śmierdzielu! Czy nie mówiłem, żebyście stulili swój śmierdzący, tchórzliwy, głupi pysk?

— Tak jest, panie pułkowniku. Przepraszam, panie pułkowniku.

— Więc słuchajcie tego, co do was mówię.

— Próbowałem tylko uczyć się od pana pułkownika. Jedyny sposób, żeby się czegoś nauczyć, to próbować.

— Kto tak powiedział?

— Wszyscy tak mówią, panie pułkowniku. Nawet porucznik Scheisskopf tak mówi.

— Czy to prawda?

— Tak jest, panie pułkowniku — odpowiedział porucznik Scheisskopf. — Ale to nie jest tylko moje zdanie.

— W porządku, Metcalf. Umówmy się więc, że spróbujecie trzymać ten swój głupi pysk na kłódkę i może w ten sposób nauczycie się, jak się to robi. Na czym to stanęliśmy? Przeczytajcie mi ostatnie zdanie.

— Przeczytajcie mi ostatnie zdanie — odczytał kapral, który umiał stenografować.

— Nie moje ostatnie zdanie, idioto! — ryknął pułkownik.

— Przeczytajcie mi ostatnie zdanie — odczytał kapral.

— To jest znowu moje zdanie! — wrzasnął pułkownik purpurowiejąc z wściekłości.

— Ależ nie, panie pułkowniku — sprostował kapral. — To jest moje ostatnie zdanie. Odczytałem je panu pułkownikowi przed chwilą. Czy pan pułkownik zapomniał? To było przed chwilą.

— Na Boga! Przeczytajcie mi jego ostatnie zdanie, idioto. Powiedzcie, jak wy się, u diabła, nazywacie?

— Popinjay, panie pułkowniku.

— Wy będziecie następni, Popinjay. Jak tylko zakończymy jego sprawę, zajmiemy się wami.

— Tak jest, panie pułkowniku. O co zostanę oskarżony?

— A co to za różnica, do cholery? Słyszycie, o co on mnie pyta? Dowiecie się, Popinjay, dowiecie się, tylko skończymy z Clevingerem. Podchorąży Clevinger... Jesteście podchorąży Clevinger, a nie Popinjay, prawda?

— Tak jest, panie pułkowniku.

— W porządku. Co...

— To ja jestem Popinjay, panie pułkowniku.

— Popinjay, czy wasz ojciec jest milionerem albo senatorem?

— Nie, panie pułkowniku.

— No to wpadliście jak śliwka w gówno, Popinjay. A może wasz ojciec jest generałem albo wyższym urzędnikiem państwowym?

— Nie, panie pułkowniku.

— To dobrze. A co robi wasz ojciec?

— Nie żyje, panie pułkowniku.

— To bardzo dobrze. W takim razie wpadliście naprawdę, Popinjay. Czy Popinjay to wasze prawdziwe nazwisko? Coś mi się tu nie podoba. Cóż to za nazwisko, u diabła?

— To nazwisko Popinjaya, panie pułkowniku — wyjaśnił porucznik Scheisskopf.

— Nie podoba mi się wasze nazwisko, Popinjay, i nie mogę się doczekać, kiedy rozerwę to wasze śmierdzące, tchórzliwe ciało na strzępy. Podchorąży Clevinger, może uprzejmie powtórzycie, co, u diabła, szepnęliście czy też nie szepnęliście do Yossariana wczoraj późnym wieczorem w latrynie?

— Tak jest, panie pułkowniku. Powiedziałem, że nie można uznać mnie za winnego...

— Od tego zaczniemy. Uściślijcie, co mieliście na myśli, podchorąży Clevinger, mówiąc, że nie możemy uznać was za winnego?

— Nie mówiłem, że nie można uznać mnie za winnego, panie pułkowniku.

— Kiedy?

— Co kiedy, panie pułkowniku?

— Do cholery, znowu zaczynacie?

— Nie, panie pułkowniku. Przepraszam, panie pułkowniku.

— No to odpowiadajcie na pytania. Kiedy nie powiedzieliście, że nie możemy uznać was za winnego?

— Wczoraj późnym wieczorem w latrynie, panie pułkowniku.

— Czy to był jedyny wypadek, kiedy tego nie powiedzieliście?

— Nie, panie pułkowniku. Ja nigdy nie mówiłem, że nie można uznać mnie za winnego. Powiedziałem tylko do Yossariana...

— Nikt was nie pytał, co powiedzieliście do Yossariana. Pytaliśmy was o to, czego nie powiedzieliście. To, co mówiliście do Yossariana, zupełnie nas nie interesuje. Czy to jasne?

— Tak jest, panie pułkowniku.

— No to możemy iść dalej. Co powiedzieliście do Yossariana?

— Powiedziałem, panie pułkowniku, że nie można uznać mnie za winnego przestępstwa, o które zostałem oskarżony, nie obrażając...

— Kogo? Co tam mamroczecie?

— Przestańcie mamrotać.

— Tak jest.

— I mamroczcie „panie majorze", kiedy do mnie mamroczecie.

— Metcalf, wy skurwysynu!

— Tak jest, panie pułkowniku — wymamrotał Clevinger. — Sprawiedliwości. Że nie można uznać mnie...

— Sprawiedliwości? — zdumiał się pułkownik. — Co to jest sprawiedliwość?

— Sprawiedliwość, panie pułkowniku...

— To nie jest sprawiedliwość — powiedział zjadliwie pułkownik i znowu zaczął walić w stół swoją potężną pięścią. — To jest marksizm. Ja wam powiem, co to jest sprawiedliwość. Sprawiedliwość to kolanem w brzuch z ziemi w zęby w nocy skrycie nożem z góry w dół na magazyn okrętu przez worki z piaskiem wobec przeważającej siły w ciemnościach bez słowa ostrzeżenia. Za gardło. Oto, czym jest sprawiedliwość, kiedy musimy być twardzi i niezłomni, aby stawić czoło szkopom. Z biodra. Rozumiecie?

— Nie, panie pułkowniku.

— Przestańcie z tym „panie pułkowniku"!

— Tak jest, panie pułkowniku.

— I mówcie „panie pułkowniku" — rozkazał major Metcalf.

Clevinger był oczywiście winny, gdyż w przeciwnym razie nie zostałby oskarżony, a że można było to udowodnić tylko uznając Clevingera winnym, więc zrobili to, co było ich patriotycznym obowiązkiem, to znaczy uznali go za winnego. Ukarano go zakazem opuszczania koszar przez pięćdziesiąt siedem dni. Popinjaya zamknięto w areszcie, żeby mu dać nauczkę, majora Metcalfa zaś wyekspediowano na Wyspy Salomona, gdzie miał grzebać trupy. Kara Clevingera polegała na tym, że co sobota musiał przez pięćdziesiąt minut defilować tam i z powrotem przed budynkiem żandarmerii z nie nabitym karabinem na ramieniu.

Wszystko to było dla niego zupełnie niezrozumiałe. Działo się wiele dziwnych rzeczy, ale najbardziej dziwiła Clevingera nienawiść, brutalna, niczym nie maskowana, nieokiełznana nienawiść członków komisji dyscyplinarnej, nakładająca na ich nieubłagane oblicza twardą, mściwą skorupę i płonąca w ich przymrużonych złośliwie oczach niczym rozżarzone węgle. Clevinger odkrył to ze zdumieniem. Zlinczowaliby go, gdyby mogli. Był chłopcem, a tam siedziało trzech dorosłych mężczyzn, którzy go nienawidzili i życzyli mu śmierci. Nienawidzili go, zanim przyszedł, nienawidzili go, kiedy stał przed nimi, i nienawidzili go, kiedy odszedł, a kiedy się rozstali, każdy z nich zabrał tę nienawiść ze sobą niczym jakiś drogocenny skarb.

Yossarian poprzedniego wieczoru robił wszystko, co mógł, aby go ostrzec.

— Nie masz najmniejszej szansy, chłopie — powiedział zachmurzony. — Oni nienawidzą Żydów.

— Ale ja przecież nie jestem Żydem — odpowiedział Clevinger.

— To nie ma najmniejszego znaczenia — zapewnił go Yossarian i, jak się okazało, miał rację. — Oni są przeciwko wszystkim.

Clevingera ta ich nienawiść poraziła jak snop oślepiającego światła. Ci trzej nienawidzący go ludzie mówili jego językiem i nosili jego mundur, lecz gdy zobaczył ich wyprane z miłości twarze zastygłe raz na zawsze w skurczu złośliwej wrogości, zrozumiał natychmiast, że nigdzie na świecie — ani w faszystowskich czołgach, samolotach i łodziach podwodnych, ani w bunkrach, przy celownikach karabinów maszynowych, moździerzy i miotaczy ognia, ani nawet wśród najprawniejszych artylerzystów doborowej dywizji przeciwlotniczej „Hermann Göring" czy wśród strasznych bywalców wszystkich piwiarni Monachium i innych miast — nie ma nikogo, kto pałałby do niego większą nienawiścią.

9

Major Major Major Major

Majorowi Majorowi Majorowi Majorowi pech towarzyszył od kolebki.

Podobnie jak Miniver Cheevy, urodził się za późno — dokładnie o trzydzieści sześć godzin za późno, co musiało się odbić na zdrowiu jego matki, łagodnej, chorowitej kobiety, która po półtoradniowych bólach porodowych była zbyt wyczerpana, aby kontynuować spór o imię dziecka. Jej mąż kroczył szpitalnym korytarzem bez uśmiechu, z determinacją człowieka, który wie, czego chce. Ojciec majora Majora był potężnym, ponurym mężczyzną w ciężkich butach i w czarnym wełnianym garniturze. Bez wahania wypełnił formularz aktu urodzenia i nie zdradzając najmniejszego wzruszenia wręczył go siostrze oddziałowej. Pielęgniarka wzięła od niego blankiet i podreptała gdzieś bez słowa. Patrzył w ślad za nią, zastanawiając się, czy ona ma na sobie coś pod fartuchem.

Na sali jego żona leżała pod kocami wyczerpana, niczym zasuszona stara jarzyna, pomarszczona, sucha i blada, a jej osłabione tkanki niezdolne były do najmniejszego ruchu. Leżała w samym końcu sali, koło okna z popękanymi, brudnymi szybami. Niespokojne niebo siąpiło deszczem, dzień był zimny i ponury. W innych częściach szpitala kredowobiali ludzie o starczych, sinych wargach umierali zgodnie z planem. Mężczyzna stanął wyprostowany przy łóżku i przez dłuższą chwilę patrzył na leżącą kobietę.

— Dałem chłopcu na imię Kaleb, tak jak sobie życzyłaś — oświadczył wreszcie cicho.

Kobieta nie odpowiedziała i mężczyzna uśmiechnął się powoli. Zaplanował sobie to doskonale: żona śpi i nigdy się nie dowie, że ją okłamał, kiedy leżała na łożu boleści w powiatowym szpitalu na sali dla ubogich.

Takie były mizerne początki przyszłego nieudanego dowódcy eskadry, który spędzał teraz na Pianosie większą część dnia pracy podpisując oficjalne dokumenty nazwiskiem Washington Irving. Major Major pracowicie fałszował podpisy lewą ręką, żeby uniknąć zdemaskowania, chroniony przed wtargnięciem niepożądanych osób autorytetem władzy, której wcale nie pragnął, zamaskowany przyklejonymi wąsami i ciemnymi okularami, co miało stanowić dodatkowe zabezpieczenie przed kimś, kto mógłby przypadkowo zajrzeć przez staromodną celuloidową szybkę, z której jakiś złodziej wyciął sobie kawałek. Pomiędzy tymi dwoma punktami znaczącymi jego nieszczęsne przyjście na świat i obecny wątpliwy sukces mieściło się trzydzieści jeden ponurych lat samotności i frustracji.

Major Major urodził się za późno i był zbyt nijaki. Jedni rodzą się nijacy, inni w pocie czoła do nijakości przychodzą, innych nijakość szuka sama. W przypadku majora Majora wszystkie trzy stwierdzenia były prawdziwe. Nawet w gronie zupełnych miernot wyróżniał się swoją jeszcze większą miernością i każdy, kto się z nim zetknął, pozostawał pod wrażeniem jego nieprzeciętnej przeciętności.

Majora Majora od początku prześladowały trzy nieszczęścia: jego matka, jego ojciec i Henry Fonda, do którego major Major był nieco podobny niemal od urodzenia. Na długo przedtem, zanim w ogóle miał pojęcie, kto to jest Henry Fonda, wszędzie gdziekolwiek się pokazał, stawał się przedmiotem niepochlebnych porównań. Zupełnie obcy ludzie uważali, że mogą go krytykować, i w rezultacie już od wczesnej młodości w poczuciu winy zaczął bać się ludzi, odczuwając żałosny przymus nieustannego kajania się przed społeczeństwem za to, że nie jest Henrym Fondą. Niełatwo jest iść przez życie komuś, kto wygląda prawie jak Henry Fonda, jednak major Major ani myślał dać za wygraną, odziedziczył bowiem nieustępliwość po ojcu, który odznaczał się również wysokim wzrostem i poczuciem humoru.

Ojciec majora Majora był trzeźwo myślącym, bogobojnym człowiekiem, a jego ulubionym dowcipem było ujmowanie sobie lat. Był długonogim i długorękim farmerem, pobożnym, miłującym wolność, niezłomnym, przestrzegającym prawa indywidualistą i święcie wierzył, że pomoc federalna dla kogokolwiek poza farmerami to krecia robota socjalistów. Głosił potrzebę oszczędności i pracy i występował przeciwko rozwiązłym kobietom, które mu odmówiły. Jego specjalnością była lucerna i żył z tego, że jej nie uprawiał. Rząd płacił mu dobrze za każdy korzec lucerny, którego nie zebrał. Im więcej lucerny nie uprawiał, tym więcej pieniędzy dostawał od rządu i za każdy nie zarobiony grosz kupował ziemię, aby zwiększyć ilość nie uprawianej lucerny. Ojciec majora Majora pracował bez wytchnienia nad nieuprawianiem lucerny. Długie zimowe wieczory spędzał w domu nie naprawiając uprzęży i codziennie skoro południa zrywał się z łóżka, aby dopilnować, czy nic nie zostało zrobione. Mądrze inwestując stał się wkrótce najpoważniejszym nieproducentem lucerny w okolicy. Sąsiedzi przychodzili do niego po radę w najróżniejszych sprawach, gdyż dorobił się sporej fortuny, co było dowodem mądrości.

— Jako posiejecie, tako będziecie zbierać — radził niezmiennie, na co sąsiedzi niezmiennie odpowiadali „Amen".

Ojciec majora Majora wypowiadał się zawsze za ograniczeniem wydatków rządowych, pod warunkiem że nie będzie to kolidowało ze świętym obowiązkiem płacenia farmerom jak najwyższych stawek za lucernę, której nikt nie potrzebował, albo wręcz za nieuprawianie lucerny. Był dumnym, niezależnym człowiekiem, który występował przeciwko zasiłkom dla bezrobotnych i nigdy nie wahał się skomleć, kwilić i żebrać, żeby wycyganić, od kogo się tylko da, tyle, ile tylko się da. Był też człowiekiem pobożnym, zawsze chętnym do wygłaszania kazań.

— Bóg dał nam, dobrym farmerom, po dwie silne ręce, abyśmy mogli brać tyle, ile tylko uda nam się zagarnąć — głosił z zapałem na schodach sądu albo przed wejściem do domu towarowego, gdzie czekał, aż kłótliwa, stale żująca gumę młoda kasjerka, za którą się uganiał, wyjdzie i rzuci mu gniewnie spojrzenie. — Gdyby Bóg nie chciał, żebyśmy zgarniali do siebie, nie dałby nam rąk do zgarniania — nauczał. „Amen" mruczeli w odpowiedzi słuchacze.

Ojciec majora Majora wierzył po kalwińsku w przeznaczenie i przyjmował nieszczęścia innych za przejaw woli bożej. Palił papierosy, pił whisky, przepadał za dobrym dowcipem i pobudzającą intelektualną rozmową, szczególnie jego własną, kiedy kłamał na temat swojego wieku albo opowiadał swój ulubiony dowcip o Bogu i o kłopotach żony z urodzeniem majora Majora. Ten jego ulubiony dowcip o Bogu i kłopotach jego żony polegał na tym, że Bóg w ciągu sześciu dni stworzył cały świat, podczas gdy jego żonie aż półtora dnia zajęło wydanie na świat jednego tylko majora Majora. Człowiek mniejszego kalibru mógłby snuć się tego dnia jak błędny po korytarzu szpitala, człowiek słabszy duchem mógłby poprzestać na takich kompromisowych rozwiązaniach, jak Tambur Major, Minor Major czy Vis Major, ale ojciec majora Majora czekał czternaście lat na taką okazję, a nie należał do tych, którzy okazje marnują. Ojciec majora Majora miał dobry dowcip na temat okazji. „Okazja puka do naszych drzwi tylko raz" — mawiał. Ojciec majora Majora powtarzał ten dowcip przy każdej okazji.

Przyjście na świat z pewnym podobieństwem do Henry'ego Fondy było tylko pierwszym z długich serii kawałów, które los zgotował nieszczęsnemu majorowi Majorowi w jego niewesołym życiu. Drugim było to, że przyszedł na świat jako Major Major Major. Fakt ten był początkowo tajemnicą znaną tylko jego ojcu. Prawdziwe imię majora Majora zostało ujawnione dopiero przy zapisywaniu go do przedszkola i skutki tego były katastrofalne. Wiadomość ta stała się przyczyną śmierci jego matki, która straciła wszelką chęć do życia, uschła i zmarła, co zresztą było na rękę jego ojcu, który zdecydował się ożenić z tą swoją kłótliwą kasjerką z domu towarowego, skoro inaczej nie mógł jej zdobyć, a nie widział możliwości pozbycia się dotychczasowej żony, jeżeli jej nie spłaci albo nie zatłucze.

Dla samego majora Majora skutki były prawie równie katastrofalne. U progu życia zetknął się z brutalną i zaskakującą prawdą, że nie jest, jak sądził dotychczas, Kalebem Majorem, ale kimś zupełnie obcym nazwiskiem Major Major Major, o kim ani on, ani nikt inny dotychczas nawet nie słyszał. Nieliczni towarzysze zabaw odeszli od niego i nigdy już nie wrócili, gdyż nie mieli zaufania do obcych, zwłaszcza takich, którzy ich już raz oszukali, podając się za kogoś, kogo znali od lat. Nikt nie chciał mieć z nim do czynienia. Zaczął się potykać i upuszczać przedmioty. Zbliżał się nieśmiało i z nadzieją do każdego nowego człowieka i zawsze kończyło się to rozczarowaniem. Ponieważ rozpaczliwie potrzebował przyjaciela, nigdy nie mógł go znaleźć. Wyrósł niezgrabnie na wysokiego, dziwnego, marzycielskiego chłopca o spłoszonych oczach i bardzo delikatnych ustach, na których zapraszający uśmiech zamieniał się w grymas bólu za każdym razem, kiedy go odepchnięto.

Był grzeczny dla starszych, ale oni go nie lubili, mimo że zawsze stosował się do ich poleceń. Mówili mu, żeby nie mówił hop, póki nie przeskoczy, więc nie mówił. Mówili mu, żeby nie odkładał na jutro tego, co ma zrobić dzisiaj, więc nie odkładał.

Mówili mu, żeby czcił ojca swego i matkę swoją, więc czcił. Mówili mu, że nie wolno zabijać, więc nie zabijał, dopóki go nie wzięli do wojska. Tam powiedzieli mu, że ma zabijać, więc zabijał. Zawsze nadstawiał drugi policzek i nigdy nie czynił drugiemu, co jemu nie było miłe. Kiedy dawał jałmużnę, jego lewica nie wiedziała, co robi prawica. Nigdy nie używał imienia Pana Boga swego nadaremno, nie cudzołożył i nie pożądał osła bliźniego swego. Co więcej, kochał wręcz bliźniego swego i nigdy nie mówił fałszywego świadectwa przeciwko niemu. Przełożeni Majora Majora nie lubili go za ten skrajny nonkonformizm.

Ponieważ nie miał nic lepszego do roboty, uczył się dobrze. Na uniwersytecie stanowym tak się przejmował studiami, że homoseksualiści podejrzewali go o komunizm, a komuniści o homoseksualizm. Wybrał sobie specjalizację z historii Anglii, co okazało się błędem.

— Historia Anglii! — ryknął z oburzeniem srebrnogrzywy senator z jego stanu. — A dlaczego nie historia Ameryki? Historia Ameryki nie ustępuje żadnej innej historii na świecie!

Major Major przepisał się natychmiast na literaturę amerykańską, ale w tym czasie figurował już w kartotekach FBI. Na samotnej farmie, która była domem rodzinnym Majora Majora, mieszkało sześć osób i terier szkocki. Pięcioro z nich wraz z terierem szkockim było, jak się okazało, agentami FBI. Wkrótce mieli tyle materiału obciążającego Majora Majora, że mogli z nim zrobić, co chcieli. Nie przyszło im jednak do głowy nic lepszego, jak wcielić go do wojska jako szeregowca i po czterech dniach mianować majorem, przez co kongresmani, którzy nie mieli akurat nad czym się zastanawiać, chodzili tam i z powrotem po ulicach Waszyngtonu mrucząc: „Kto zrobił Majora Majora majorem? Kto zrobił Majora Majora majorem?"

W rzeczywistości awansował go komputer, który pod względem poczucia humoru dorównywał prawie ojcu Majora Majora. Kiedy wybuchła wojna, Major Major nadal był uległy i potulny. Powiedzieli mu, że ma iść do wojska, to poszedł. Powiedzieli mu, żeby złożył podanie do oficerskiej szkoły lotniczej, to złożył i zaraz następnej nocy znalazł się o trzeciej nad ranem boso w lodowatym błocie, przed obliczem marsowego sierżanta z południowego zachodu, który oznajmił, że potrafi zgnoić każdego ze swoich podkomendnych, i szykował się, żeby im to udowodnić. Rekrutów z jego eskadry zaledwie przed kilkoma minutami kaprale wyrwali brutalnie ze snu i kazali im ustawić się przed kancelarią. Los nadal nie oszczędzał majora Majora. Stanęli na zbiórce w cywilnych ubraniach, w jakich przed trzema dniami zgłosili się do wojska. Ci, którzy zatrzymali się, wkładając buty i skarpetki, zostali odesłani do swoich zimnych, wilgotnych, ciemnych namiotów, żeby je zdjąć, i teraz wszyscy stali boso w błocie przed sierżantem, który toczył po ich twarzach kamiennym wzrokiem i twierdził, że może zgnoić każdego z nich. Nikt nie miał ochoty wdawać się z nim w dyskusję.

Następnego dnia niespodziewany awans Majora Majora do stopnia majora pogrążył wojowniczego sierżanta w bezdennej rozpaczy, gdyż nie mógł się już teraz chwalić, że może zgnoić każdego. Przez wiele godzin rozmyślał ponuro w swoim namiocie niczym biblijny Saul, nie wpuszczając nikogo, podczas gdy doborowa gwardia jego kaprali stała zbita z tropu na straży. O trzeciej nad ranem znalazł wyjście z sytuacji i major Major oraz pozostali rekruci zostali znowu brutalnie wyrwani ze snu i ustawieni boso w mglistym blasku przedświtu na wprost kancelarii, gdzie dziarsko wsparty pod boki sierżant czekał już nie mogąc się doczekać, kiedy będzie mógł do nich przemówić.

— Ja i major Major — oświadczył tym samym twardym, ostrym głosem, jakim przemawiał do nich poprzedniej nocy — możemy zgnoić każdego z was.

Oficerowie bazy zajęli się problemem majora Majora nieco później tego samego dnia. Jak mieli się ustosunkować do takiego majora jak Major Major? Poniżyć go to znaczyło poniżyć wszystkich oficerów równych i niższych stopniem. Z drugiej strony traktowanie go z należnymi honorami było nie do pomyślenia. Na szczęście major Major złożył podanie o przyjęcie do oficerskiej szkoły lotniczej. Rozkaz przeniesienia wpłynął do kancelarii późnym popołudniem, a już o trzeciej nad ranem major Major został znów brutalnie obudzony, po czym sierżant życząc mu szczęśliwej drogi wsadził go do samolotu odlatującego na zachód.

Porucznik Scheisskopf zbladł jak prześcieradło, kiedy major Major zameldował się u niego w Kalifornii boso z błotem zaschniętym między palcami. Major Major był pewien, że obudzono go brutalnie znowu po to, żeby go potrzymać boso na błocie, zostawił więc buty i skarpetki w namiocie. Cywilne ubranie, w którym stanął przed porucznikiem Scheisskopfem, było brudne i wymięte. Porucznik Scheisskopf, którego nie otaczała jeszcze sława specjalisty od defilad, poczuł gwałtowny dreszcz na myśl o majorze Majorze defilującym w najbliższą niedzielę na bosaka w jego eskadrze...

— Niech się pan natychmiast zgłosi do szpitala — wymamrotał, kiedy odzyskał mowę — i powie, że jest pan chory. Proszę tam pozostać, dopóki nie wydadzą panu pieniędzy i nie będzie pan mógł kupić jakiegoś munduru. I jakichś butów. Koniecznie niech pan kupi buty.

— Tak jest, panie poruczniku.

— Nie musi pan zwracać się do mnie w ten sposób, panie majorze — zauważył porucznik Scheisskopf. — Jest pan starszy stopniem.

— Tak jest, panie poruczniku. Może i jestem starszy stopniem od pana porucznika, ale pan porucznik jest moim przełożonym.

— Tak jest, panie majorze, to prawda — zgodził się porucznik Scheisskopf. — Pan major jest starszy stopniem, ale ja jestem przełożonym pana majora. Niech więc pan wykonuje moje polecenia, jeśli chce pan uniknąć nieprzyjemności, panie majorze. Niech się pan zgłosi do szpitala i powie, że jest pan chory. Proszę tam pozostać, dopóki nie wydadzą panu pieniędzy i nie będzie pan mógł kupić jakiegoś munduru.

— Tak jest, panie poruczniku.

— I jakichś butów, panie majorze. Niech pan przede wszystkim kupi jakieś buty.

— Tak jest, panie poruczniku. Kupię, panie poruczniku.

— Dziękuję, panie majorze.

Życie w szkole oficerskiej nie było dla majora Majora łaskawsze niż dotychczas. Ktokolwiek znalazł się w jego towarzystwie, pragnął, aby major Major wybrał sobie inne towarzystwo. Wykładowcy faworyzowali go na każdym kroku, aby go czym prędzej przepchnąć dalej i nie mieć z nim więcej do czynienia. W ten sposób major Major błyskawicznie zdobył skrzydełka pilota i znalazł się na froncie, gdzie nagle wszystko zaczęło się zmieniać na lepsze. Przez całe życie major Major marzył tylko o jednym — żeby być dopuszczonym do towarzystwa — i na Pianosie wreszcie to osiągnął. Nie na długo. Stopnie miały niewielkie znaczenie dla żołnierzy frontowych i stosunki między oficerami a szeregowcami były swobodne i koleżeńskie. Żołnierze, których nawet nie znał z nazwiska, mówili mu „Cześć" i umawiali się z nim na pływanie albo na koszykówkę. Najbardziej lubił godziny spędzane na całodziennych meczach koszykówki, w których nikomu nie zależało na zwycięstwie. Nigdy nie liczono punktów i liczba grających wahała się od jednego do trzydziestu pięciu. Major Major nigdy przedtem nie grał w koszykówkę ani w żadne inne gry, ale jego wzrost i bezgraniczny entuzjazm rekompensowały wrodzoną niezdarność i brak umiejętności. Tam, na nierównym boisku, wśród oficerów i szeregowców, którzy byli prawie jego przyjaciółmi, major Major znalazł prawdziwe szczęście. Ponieważ nie było zwycięzców, nie było też pokonanych i major Major cieszył się każdą spędzoną w podskokach chwilą aż do dnia, kiedy pułkownik Cathcart zjawił się w swoim ryczącym dżipie po śmierci majora Dulutha i uniemożliwił mu na zawsze czerpanie radości z gry w koszykówkę.

— Jesteście od dzisiaj dowódcą eskadry — krzyknął do niego szorstko pułkownik Cathcart poprzez wykop kolejowy. — Ale nie wyobrażajcie sobie, że to ma jakieś znaczenie, bo tak nie jest. Znaczy to tylko tyle, że jesteście teraz dowódcą eskadry.

Pułkownik Cathcart żywił od dawna głęboką urazę do majora Majora. Dodatkowy major w jego jednostce wprowadzał zamęt do schematu organizacyjnego i dawał broń do ręki facetom ze sztabu Dwudziestej Siódmej Armii, którzy, w mniemaniu pułkownika, byli jego wrogami i rywalami. Pułkownik Cathcart modlił się o jakiś szczęśliwy zbieg okoliczności w rodzaju śmierci majora Dulutha. Utrapieniem jego był ponadplanowy major; teraz miał miejsce dla majora. Mianował więc majora Majora dowódcą eskadry i z rykiem motoru odjechał swoim dżipem równie nagle, jak przyjechał.

Dla majora Majora oznaczało to koniec gry. Czerwony z zakłopotania stał jak wryty nie wierząc własnym uszom, a nad jego głową znów gromadziły się czarne chmury. Kiedy odwrócił się do kolegów, napotkał mur zaciekawionych, czujnych twarzy wpatrzonych w niego nieruchomo z niepojętą, posępną wrogością. Zadrżał ze wstydu. Grę wznowiono, ale to już było nie to. Kiedy prowadził piłkę, nikt nie próbował go zatrzymać; kiedy krzyknął, żeby mu podać, natychmiast mu podawano; kiedy nie trafił, nikt nie przeszkadzał mu w dobitce. Słychać było tylko jego głos. Nazajutrz było to samo i major Major nie przyszedł już więcej na boisko.

Jak na komendę w eskadrze przestano z nim rozmawiać, a zaczęto na niego patrzeć. Szedł przez życie skrępowany, ze spuszczonymi oczami i płonącymi policzkami, stając się przedmiotem pogardy, zazdrości, podejrzeń, niechęci i złośliwych aluzji, gdziekolwiek się pokazał. Ludzie, którzy dotychczas prawie nie dostrzegali jego podobieństwa do Henry'ego Fondy, teraz dyskutowali o tym zawzięcie, a byli nawet tacy, którzy dawali złośliwie do zrozumienia, że właśnie przez wzgląd na podobieństwo do Henry'ego Fondy został mianowany dowódcą eskadry. Kapitan Black, który sam ostrzył sobie zęby na to stanowisko, utrzymywał, że major Major jest Henrym Fondą, ale jako śmierdzący tchórz boi się do tego przyznać.

Major Major kroczył półprzytomnie od klęski do klęski. Sierżant Towser, nie pytając go o zdanie, kazał przenieść jego rzeczy do obszernej przyczepy, którą dotychczas zajmował major Duluth, i kiedy major Major wpadł zdyszany do kancelarii, żeby zgłosić kradzież swoich rzeczy, siedzący tam młody kapral przestraszył go śmiertelnie, bo na jego widok zerwał się na równe nogi i ryknął „Baczność!" Major Major wyprężył się na baczność wraz ze wszystkimi obecnymi, zastanawiając się, jaka to ważna osobistość weszła tuż za nim. Mijały minuty w pełnej napięcia ciszy i mogliby tak stać na baczność do sądnego dnia, gdyby nie major Danby, który po dwudziestu minutach przyjechał ze sztabu, żeby pogratulować majorowi Majorowi, i podał komendę spocznij.

Jeszcze gorzej poszło majorowi Majorowi w stołówce, gdzie Milo cały w uśmiechach powitał go i zaprowadził z dumą do małego stolika, który postawił na samym przodzie, ozdabiając haftowanym obrusem i bukiecikiem kwiatków w różowym krysztłowym wazonie. Major Major cofnął się przerażony, ale nie zdobył się na odwagę, żeby zaprotestować na oczach wszystkich. Nawet Havermeyer uniósł znad talerza swoją głowę z ciężką obwisłą szczęką. Major Major pozwolił się pokornie prowadzić Milowi i wśród powszechnego potępienia kulił się przy swoim stoliku przez cały obiad. Jedzenie rosło mu w ustach, ale zjadł wszystko do czysta, bojąc się urazić ludzi, którzy posiłek przygotowali. Później, sam na sam z Milem, zbuntował się wreszcie i powiedział, że wolałby jadać razem z pozostałymi oficerami. Milo powiedział, że to się nie uda.

— Nie rozumiem, co się ma nie udać — zaprotestował major Major. — Dotychczas nie było żadnych problemów.

— Dotychczas nie był pan dowódcą eskadry.

— Major Duluth był dowódcą eskadry, a zawsze jadał przy wspólnym stole z oficerami.

— Z majorem Duluthem była zupełnie inna sprawa, panie majorze.

— Dlaczego?

— Wolałbym nie odpowiadać na to pytanie, panie majorze.

— Czy dlatego, że jestem podobny do Henry'ego Fondy? — zdobył się na odwagę major Major.

— Niektórzy mówią, że pan jest Henrym Fondą — odpowiedział Milo.

— Nie jestem Henrym Fondą! — zawołał major Major głosem łamiącym się z irytacji. — I nie jestem wcale do niego podobny. A gdyby nawet, to jakie to ma znaczenie?

— Żadnego. Właśnie staram się to panu wytłumaczyć, panie majorze. Po prostu z panem jest zupełnie inna sprawa niż z majorem Duluthem.

I rzeczywiście, bo kiedy przy następnym posiłku major Major odszedł od lady i chciał usiąść przy wspólnym stole, zamarł w pół kroku natknąwszy się na nieprzebyty mur wrogich twarzy i stał skamieniały z tacą w drżących dłoniach, dopóki Milo nie przypłynął mu milcząco na ratunek i nie zaprowadził do jego osobnego stolika. Od tego czasu major Major pogodził się z losem i jadał samotnie, zwrócony do wszystkich plecami. Był pewien, że go nie lubią myśląc, że odkąd został dowódcą eskadry, zadziera nosa i nie chce z nimi jadać. W obecności majora Majora w stołówce cichły rozmowy. Wiedział też, że pozostali oficerowie unikają jadania w tym samym czasie co on i że wszyscy odetchnęli z ulgą, kiedy w ogóle przestał przychodzić i zaczął jadać u siebie w przyczepie.

Major Major zaczął podpisywać oficjalne dokumenty nazwiskiem Washingtona Irvinga nazajutrz po wizycie pierwszego przedstawiciela Wydziału Śledczego, który wypytywał go o kogoś ze szpitala, kto to robi, i w ten sposób podsunął mu pomysł. Nudziło mu się i był niezadowolony ze swojej nowej funkcji. Został mianowany dowódcą eskadry, ale nie miał najmniejszego pojęcia, co należy do jego obowiązków, chyba że miał podpisywać urzędowe papiery nazwiskiem Washington Irving i słuchać brzęku podków rzucanych przez majora... de Coverley pod oknem jego małego pomieszczenia służbowego w namiocie kancelarii. Prześladowało go nieustannie widmo jakichś niezwykle ważnych obowiązków, które zaniedbał i które, jak oczekiwał, w końcu go kiedyś dopadną. Wychodził tylko w razie absolutnej konieczności nie mogąc się oswoić z tym, że wszyscy na niego patrzą. Od czasu do czasu przerywał tę monotonię oficer lub szeregowiec przysłany przez sierżanta Towsera z jakąś sprawą, z którą major Major nie umiał sobie poradzić i odsyłał ją z powrotem do sierżanta Towsera, żeby ją jakoś sensownie załatwił. Cokolwiek należało do jego obowiązków jako dowódcy eskadry, załatwiało się widocznie samo, bez żadnego jego udziału. Stawał się coraz bardziej ponury i przygnębiony. Chwilami zastanawiał się poważnie, czy nie pójść ze swoimi zmartwieniami do kapelana, ale kapelan wyglądał na człowieka tak przytłoczonego własnymi kłopotami, że major Major wzdragał się przed powiększeniem jego brzemienia. Poza tym nie był pewien, czy dowódcy eskadr też mają prawo korzystać z usług kapelanów.

Nie miał również nigdy pewności co do majora... de Coverley, który — jeśli nie zajmował się wynajmowaniem mieszkań i porywaniem włoskich kucharzy — nie miał nic pilniejszego do roboty jak rzucać podkowami. Major Major często zwracał baczną uwagę na podkowy padające miękko na ziemię lub ześlizgujące się po krótkich żelaznych kołkach wbitych w ziemię. Godzinami obserwował majora... de Coverley i zastanawiał się, jak ktoś o tak godnym wyglądzie może nie mieć nic ważniejszego do roboty. Nieraz kusiło go, żeby przyłączyć się do majora... de Coverley, ale rzucanie podkowami przez cały dzień wydało mu się prawie tak samo nudne, jak sygnowanie urzędowych papierów podpisem major Major Major, a poza tym major... de Coverley miał zawsze tak groźną minę, że major Major bał się do niego podejść.

Major Major zastanawiał się nad swoim stosunkiem do majora... de Coverley i nad stosunkiem majora... de Coverley do niego. Wiedział, że major... de Coverley jest jego oficerem wykonawczym, ale nie wiedział, co to znaczy, i nie mógł się zdecydować, czy w osobie majora... de Coverley Bóg zesłał mu wyrozumiałego przełożonego, czy niedbałego podwładnego. Nie chciał pytać o to sierżanta Towsera, którego się w głębi duszy bał, a nikogo poza tym nie mógł spytać, w każdym razie nie majora... de Coverley. Niewielu odważyłoby się spytać o coś majora... de Coverley, a jedyny oficer, który był tak głupi, że dotknął jego podków, następnego dnia zapadł na jeden z gorszych przypadków gorączki pianosańskiej, jaką Gus, Wes czy nawet doktor Daneeka znali z autopsji lub ze słyszenia. Wszyscy byli przekonani, że chorobę tę sprowadził na biednego oficera major... de Coverley, chociaż nikt nie wiedział, jak on to zrobił.

Większość dokumentów urzędowych trafiających na biurko majora Majora nie dotyczyła go w najmniejszym stopniu. Przeważnie nawiązywały do wcześniejszych rozkazów, których major Major nigdy nie widział na oczy. Na szczęście nie musiał ich szukać, gdyż nowe rozkazy niezmiennie odwoływały rozkazy wcześniejsze. Mógł więc w ciągu minuty parafować dwadzieścia różnych dokumentów, gdyż każdy z nich polecał mu nie zwracać najmniejszej uwagi na inne dokumenty. Z kancelarii generała Peckema przychodziły codziennie na wyspę opasłe biuletyny z budującymi kazaniami na takie tematy, jak „Czas to pieniądz" i „Czystość to zdrowie".

Po lekturze komunikatów generała Peckema na temat czystości i marnotrawienia czasu major Major czuł się marnotrawiącym czas brudasem i zawsze starał się ich jak najszybciej pozbyć. Zainteresowanie budziły w nim jedynie pisma w sprawie pechowego podporucznika, który zginął podczas lotu na Orvieto w niecałe dwie godziny po przybyciu na Pianosę i którego częściowo rozpakowane rzeczy nadal leżały w namiocie Yossariana. Ponieważ pechowiec ten zgłosił się do namiotu odpraw zamiast do kancelarii, sierżant Towser uznał, że najbezpieczniej będzie uznać, że podporucznik w ogóle nie zameldował się w eskadrze, w świetle więc dokumentów wyglądało na to, że pechowy podporucznik rozpłynął się w powietrzu, co zresztą w pewnym sensie było prawdą. W sumie major Major dziękował Bogu za urzędowe pisma przychodzące na jego biurko, gdyż wolał siedzieć przez cały dzień i podpisywać papiery niż siedzieć cały dzień w kancelarii i nic nie robić. Dzięki nim miał przynajmniej jakieś zajęcie.

Po upływie od dwóch do dziesięciu dni wszystkie podpisane przez niego dokumenty wracały do niego nieuchronnie z dodatkową kartką na jego nowy podpis. Były zawsze znacznie grubsze niż poprzednim razem, gdyż pomiędzy kartką z jego ostatnim podpisem a kartką na jego nowy podpis znajdowały się kartki z podpisami wielu innych oficerów, którzy rozrzuceni po różnych miejscowościach zajmowali się składaniem podpisów na tych samych urzędowych pismach. Major Major z przygnębieniem patrzył, jak zwykłe komunikaty puchną zastraszająco do rozmiarów opasłych tomów. Bez względu na to, ile razy podpisywał jakiś dokument, ten zawsze wracał na jego biurko po nowy podpis i major Major z rozpaczą myślał, że już nigdy się od niego nie uwolni. Pewnego dnia — było to nazajutrz po pierwszej wizycie faceta z Wydziału Śledczego — major Major podpisał jeden z dokumentów nazwiskiem Washington Irving, po prostu żeby sprawdzić, co się wtedy czuje. Spodobało mu się. Spodobało mu się do tego stopnia, że do końca dnia robił tak ze wszystkimi dokumentami. Był pewien, że za ten nieodpowiedzialny wybryk, za wyraz buntu zrodzony z nagłego impulsu, czeka go surowa kara. Następnego ranka z drżeniem przekroczył progi swojego pokoiku i czekał, co się stanie. Nic się nie stało.

Zgrzeszył, a wyszło z tego coś dobrego, bo żaden z dokumentów podpisanych nazwiskiem Washington Irving nigdy już do niego nie wrócił! Był to nareszcie jakiś postęp i major Major oddawał się nowemu zajęciu z niepohamowaną lubością. Podpisywanie urzędowych papierów nazwiskiem Washingtona Irvinga nie było może czymś nadzwyczajnym, ale w każdym razie nie było tak monotonne, jak pisanie „Major Major Major". Kiedy zaś znudziło go Washington Irving, mógł odwrócić kolejność i pisać Irving

Washington, dopóki i to mu się nie znudziło. A poza tym był z tego jakiś pożytek, gdyż dokumentów podpisanych jednym z tych dwóch nazwisk nigdy już nie przysyłano do eskadry.

Przysłano natomiast w końcu drugiego faceta z Wydziału Śledczego, który podawał się za pilota. Lotnicy wiedzieli, że jest z Wydziału Śledczego, gdyż zdradzał im to w zaufaniu, prosząc jednocześnie, żeby nie powtarzali tego pozostałym lotnikom, którym zdążył już wyznać, że jest z Wydziału Śledczego.

— Jest pan jedynym człowiekiem w eskadrze, który wie, że jestem pracownikiem Wydziału Śledczego — oświadczył majorowi Majorowi — i musi to pozostać absolutną tajemnicą, bo w przeciwnym razie moje zadanie byłoby utrudnione. Rozumiemy się?

— Sierżant Towser wie.

— Tak, wiem. Musiałem mu powiedzieć, żeby dostać się do pana. Ale jestem pewien, że on nie piśnie ani słowa.

— Już pisnął. Powiedział mi, że chce się ze mną widzieć ktoś z Wydziału Śledczego.

— To drań. Będę musiał się nim zainteresować. Na pańskim miejscu nie zostawiałbym na wierzchu żadnych ściśle tajnych dokumentów. W każdym razie dopóki nie sporządzę raportu.

— Nie mam tu żadnych ściśle tajnych dokumentów — powiedział major Major.

— Chodzi mi o takie jak ten. Niech je pan zamyka w kasie, gdzie sierżant Towser nie będzie się mógł do nich dobrać.

— Sierżant Towser jest jedyną osobą, która ma klucz od kasy.

— Obawiam się, że tracimy na próżno czas — powiedział dość chłodno drugi facet z Wydziału Śledczego. Był to energiczny, tęgi i krzepki jegomość o szybkich i pewnych ruchach. Wyjął kilka fotokopii z wielkiej czerwonej koperty, którą w sposób rzucający się w oczy chował pod skórzaną kurtką lotniczą pokrytą jaskrawymi malunkami samolotów lecących wśród pomarańczowych wybuchów i z równymi rządkami małych bombek świadczących, że odbył pięćdziesiąt pięć lotów bojowych. — Czy widział pan coś takiego?

Major Major spojrzał obojętnym wzrokiem na kopie prywatnych listów ze szpitala, na których cenzurujący je oficer podpisał się „Washington Irving" albo „Irving Washington".

— Nie.

— A te?

Major Major miał teraz przed sobą kopie adresowanych do niego pism, które on sam podpisywał tymi nazwiskami.

— Nie.

— Czy człowiek, który to podpisywał, jest w pańskiej eskadrze?
— Który? Tutaj są dwa nazwiska.
— Wszystko jedno który. Uważamy, że Washington Irving i Irving Washington to ten sam osobnik, który używa dwóch nazwisk, żeby nas zmylić. To często stosowany trick.
— Obawiam się, że w mojej eskadrze nie ma nikogo, kto by nosił któreś z tych nazwisk.

Na obliczu drugiego faceta z Wydziału Śledczego odmalował się wyraz zawodu.

— Jest dużo sprytniejszy, niż przypuszczaliśmy — zauważył. — Używa trzeciego nazwiska i podaje się za kogoś innego. I wydaje mi się... tak, wydaje mi się, że wiem, jak brzmi to trzecie nazwisko.

Z wyrazem ożywienia i natchnienia na twarzy podsunął majorowi Majorowi jeszcze jedną fotokopię.

— Co pan powie na to?

Major Major pochylił się nieco i zobaczył kopię listu, w którym Yossarian zaczernił wszystko z wyjątkiem imienia „Mary" i dopisał: „Tęsknię za tobą tragicznie. A. T. Tappman, kapelan Armii Stanów Zjednoczonych".

Major Major potrząsnął głową.

— Widzę to po raz pierwszy.
— Czy wie pan, kto to jest A. T. Tappman?
— To kapelan naszej grupy.
— A więc sprawa jest zakończona — powiedział drugi facet z Wydziału Śledczego. — Washington Irving to kapelan grupy.

Major Major poczuł ukłucie sumienia.

— Kapelanem grupy jest A. T. Tappman — sprostował.
— Czy jest pan pewien?
— Najzupełniej.
— Dlaczego kapelan grupy miałby pisać coś takiego na liście?
— Może zrobił to ktoś inny i podpisał się jego nazwiskiem?
— Dlaczego ktoś miałby podpisywać się nazwiskiem kapelana grupy?
— Żeby uniknąć zdemaskowania.
— Możliwe, że ma pan rację — powiedział po chwili wahania drugi facet z Wydziału Śledczego i cmoknął wargami. — Możliwe, że mamy do czynienia z gangiem, z dwoma ludźmi, którzy zbiegiem okoliczności mają odwrotne nazwiska. Tak, jestem tego pewien. Jeden z nich tutaj, w eskadrze, jeden w szpitalu i jeden przy kapelanie. To razem trzech, prawda? Czy jest pan absolutnie pewien, że nigdy pan nie widział żadnego z tych dokumentów?

— Gdyby tak było, podpisałbym je.

— Czyim nazwiskiem? — spytał podchwytliwie drugi facet z Wydziału Śledczego. — Swoim czy Washingtona Irvinga?

— Swoim własnym — odpowiedział major Major. — Ja nawet nie wiem, jak ten Washington Irving się nazywa.

Twarz drugiego faceta z Wydziału Śledczego rozjaśniła się uśmiechem.

— Majorze, cieszę się, że jest pan poza podejrzeniem. Oznacza to, że będziemy mogli współpracować, a ja bardzo potrzebuję pomocy. Gdzieś tutaj, na froncie europejskim, działa człowiek, który przechwytuje pańską korespondencję. Czy nie podejrzewa pan, kto to może być?

— Nie.

— A ja, zdaje się, wiem — powiedział drugi facet z Wydziału Śledczego i nachylił się szepcząc konfidencjonalnie. — To ten drań Towser. W przeciwnym razie po co by rozpowiadał wszystkim o moim przybyciu? A teraz niech pan ma oczy szeroko otwarte i da mi znać natychmiast, jak tylko pan usłyszy, że ktoś wymienia nazwisko Washingtona Irvinga. Ja tymczasem zajmę się sprawdzeniem kapelana i całej reszty.

Ledwie zamknęły się za nim drzwi, wskoczył przez okno pierwszy facet z Wydziału Śledczego i zaczął się dopytywać, kto to był ten drugi facet z Wydziału Śledczego. Major Major poznał go nie bez trudu.

— To był facet z Wydziału Śledczego — powiedział.

— Akurat — powiedział pierwszy facet z Wydziału Śledczego. — To ja reprezentuję tutaj Wydział Śledczy.

Major Major poznał go nie bez trudu, ponieważ facet miał na sobie wypłowiały, rozpruty pod pachami szlafrok z brązowego welwetu, włochatą flanelową piżamę i przydeptane ranne pantofle, z których jeden miał oderwaną podeszwę. Major Major uświadomił sobie, że jest to regulaminowy strój szpitalny. Facet przytył jakieś dwadzieścia funtów i tryskał zdrowiem.

— Jestem bardzo chorym człowiekiem — jęczał. — Zaraziłem się w szpitalu katarem od pilota myśliwca i dostałem bardzo ciężkiego zapalenia płuc.

— Bardzo panu współczuję — powiedział major Major.

— Dużo mi z tego przyjdzie — chlipnął facet z Wydziału Śledczego. — Nie potrzebuję pańskiego współczucia. Chcę tylko, żeby pan wiedział, co ja tu muszę znosić. Przyszedłem ostrzec pana, że Washington Irving przeniósł swoją bazę ze szpitala do pańskiej eskadry. Czy nie słyszał pan, żeby ktoś tu wymieniał nazwisko Washingtona Irvinga?

— Prawdę mówiąc, słyszałem — odpowiedział major Major. — Ten facet, który był tu przed panem, wspominał o Washingtonie Irvingu.

— Naprawdę? — krzyknął z radością pierwszy facet z Wydziału Śledczego. — To może być klucz do całej sprawy! Niech go pan nie spuszcza z oka przez okrągłe dwadzieścia cztery godziny, a ja pobiegnę do szpitala i napiszę do przełożonych o dalsze instrukcje. — Facet z Wydziału Śledczego wyskoczył przez okno i już go nie było.

W minutę później zasłona oddzielająca pokoik majora Majora od kancelarii rozchyliła się i wpadł zziajany drugi facet z Wydziału Śledczego. Dysząc spazmatycznie, krzyknął:

— Widziałem przed chwilą, że jakiś osobnik w czerwonej piżamie wyskoczył stąd przez okno i pobiegł drogą! Czy pan go widział?

— Był tutaj i rozmawiał ze mną — odpowiedział major Major.

— Od razu wydało mi się to podejrzane: osobnik w czerwonej piżamie wyskakujący przez okno. — Drugi facet z Wydziału Śledczego krążył szybkimi krokami po małym pokoiku. — Z początku pomyślałem, że to pan ucieka do Meksyku, ale teraz widzę, że to nie był pan. Czy może wspominał coś o Washingtonie Irvingu?

— Prawdę mówiąc, wspominał — powiedział major Major.

— Naprawdę? — zawołał ten drugi z Wydziału Śledczego. — To doskonale! To może być właśnie klucz do całej sprawy. Czy nie wie pan, gdzie go można znaleźć?

— W szpitalu. Jest naprawdę bardzo chory.

— To wspaniale! — wykrzyknął drugi facet z Wydziału Śledczego. — Udam się tam za nim natychmiast. Byłoby najlepiej, gdybym się dostał do szpitala incognito. Wyjaśnię całą sprawę w ambulatorium i poproszę, żeby mnie tam skierowali jako pacjenta.

— Nie poślą mnie do szpitala jako pacjenta, dopóki nie zachoruję — oświadczył po powrocie. — W gruncie rzeczy czuję się nie najlepiej. Od dawna miałem zamiar się przebadać i teraz mam dobrą okazję. Pójdę jeszcze raz do ambulatorium, powiem, że jestem chory, i w ten sposób trafię do szpitala.

— Niech pan spojrzy, co ze mną zrobili — powiedział po powrocie, ukazując fioletowe dziąsła. Był niepocieszony. Buty i skarpetki trzymał w rękach, gdyż palce u nóg również miał posmarowane gencjaną. — Czy kto kiedy słyszał o pracowniku Wydziału Śledczego z fioletowymi dziąsłami? — jęknął.

Wychodząc z kancelarii z nisko spuszczoną głową wpadł do okopu i złamał sobie nos. Mimo że nie miał gorączki, Gus i Wes zrobili dla niego wyjątek i odesłali go karetką do szpitala.

Major Major skłamał i wyszło mu to na dobre. W gruncie rzeczy nie zdziwiło go to, gdyż zauważył, że ludzie, którzy kłamią, są ogólnie rzecz biorąc zaradniejsi, ambitniejsi i lepiej im się powodzi niż ludziom, którzy nie kłamią. Gdyby powiedział prawdę drugiemu facetowi z Wydziału Śledczego, znalazłby się w tarapatach, ponieważ jednak skłamał, mógł spokojnie wrócić do swojej pracy.

Po wizycie tego drugiego faceta z Wydziału Śledczego stał się ostrożniejszy. Podpisywał teraz wszystko wyłącznie lewą ręką i zawsze wkładał przy tym ciemne okulary i przyklejał sztuczne wąsy, za pomocą których usiłował przedtem bez powodzenia włączyć się z powrotem do gry w koszykówkę. W ramach dodatkowych środków ostrożności przerzucił się z Washingtona Irvinga na Johna Miltona, co okazało się szczęśliwym pomysłem. John Milton był zwięzły i elastyczny, a kiedy stawał się monotonny, można go było odwracać podobnie jak Washingtona Irvinga. Co więcej, pozwolił on majorowi Majorowi na podwojenie wydajności, dzięki temu że John Milton miał znacznie krótsze nazwisko niż on sam czy Washington Irving i pisanie go zajmowało znacznie mniej czasu. John Milton okazał się korzystny jeszcze pod jednym względem. Był wszechstronny i tak poręczny, że major Major zaczął włączać jego nazwisko do fragmentów fikcyjnych dialogów. I tak typowa parafa na urzędowym dokumencie mogła brzmieć: „John Milton jest sadystą" albo „Milton, John cię szuka". John Milton otwierał zupełnie nowe horyzonty i czarowne, niewyczerpane możliwości, które budziły nadzieję, że nuda już nie wróci. Kiedy i John Milton go znudził, major Major wrócił do Washingtona Irvinga.

Major Major kupił ciemne okulary i sztuczne wąsy w Rzymie, podejmując ostatnią daremną próbę obrony przed stoczeniem się w bagno ostatecznego upadku. Zaczęło się od okropnego poniżenia w związku ze Wspaniałą Krucjatą Lojalności, kiedy to żaden z trzydziestu czy czterdziestu ludzi zbierających podpisy pod konkurencyjnymi deklaracjami lojalności nie pozwolił mu się podpisać. Potem, ledwie ta sprawa ucichła, wynikła afera z samolotem Clevingera, który ulotnił się gdzieś zagadkowo wraz z całą załogą i odpowiedzialność za ten dziwny wypadek zagęszczała się złowrogo wokół niego, ponieważ nie podpisał ani jednej deklaracji lojalności.

Ciemne okulary miały grubą purpurową oprawę, a sztuczne czarne wąsy były w krzykliwie katyniarskim stylu. Któregoś dnia, kiedy poczuł, że nie zniesie już dłużej samotności, ubrał się w nie i poszedł na koszykówkę. Przybrał pozę swobodnej poufałości i wszedł na boisko modląc się w duchu, aby go nie poznano. Tamci udali, że go nie poznają, i gra zaczęła go bawić. Ledwie jednak zdążył sobie pogratulować swego niewinnego fortelu, gdy jeden z przeciwników zderzył się z nim ostro, obalając go na kolana. Wkrótce potrącono go znowu i wtedy zaczęło mu świtać, że został rozpoznany i gracze korzystają z jego przebrania, aby go bezkarnie popychać, przewracać i maltretować. Nie chcieli go tutaj. W chwili kiedy zaczął to sobie uświadamiać, gracze jego drużyny połączyli się instynktownie z przeciwnikami w jedną wyjącą, żądną krwi hordę, która rzuciła się na niego ze wszystkich stron, wywijając pięściami i miotając przekleństwa. Przewrócili go na ziemię, skopali, a kiedy z wysiłkiem wstał, rzucili się na niego powtórnie. Osłonił rękami twarz, tak iż nic nie widział. Tłoczyli się jeden przez drugiego ogarnięci szałem, chcąc bić, kopać, tratować nogami, wydłubywać mu oczy. Doturlali go do skraju wykopu i zepchnęli głową w dół. Na dnie stanął na nogi, wdrapał się na przeciwległe zbocze i zataczając się ruszył wśród wrogich okrzyków i gradu kamieni, którymi zasypywano go, dopóki nie skrył się za rogiem namiotu. Przez cały czas najbardziej się troszczył o zachowanie swoich ciemnych okularów i sztucznych wąsów, żeby móc nadal udawać, że jest kimś innym, i oszczędzić sobie przerażającej chwili, gdy będzie zmuszony ujawnić się jako ich dowódca.

W swoim pokoju rozpłakał się, a kiedy wreszcie przestał płakać, otarł krew z twarzy, zmył brud z podrapanych policzków i czoła, po czym wezwał sierżanta Towsera.

— Od dzisiaj — powiedział — proszę nikogo do mnie nie wpuszczać, kiedy będę u siebie. Jasne?

— Tak jest, panie majorze — odpowiedział sierżant Towser. — Czy to dotyczy również mnie?

— Tak.

— Rozumiem. Czy to wszystko?

— Tak.

— Co mam mówić ludziom, którzy będą do pana przychodzić, kiedy pan major będzie u siebie?

— Mówcie im, że jestem u siebie i żeby zaczekali.

— Tak jest, panie majorze. Jak długo?

— Dopóki nie wyjdę.

— A co mam z nimi robić potem?

— Co chcecie.

— Czy mogę ich wpuszczać do pana, kiedy pan już wyjdzie?

— Tak.

— Ale pana już tu nie będzie?

— Nie.

— Tak jest, panie majorze. Czy to wszystko?

— Tak.

— Tak jest, panie majorze.

— Od dzisiaj — powiedział major Major do niemłodego szeregowca, który zajmował się jego przyczepą — nie wchodźcie do mnie, kiedy jestem u siebie, żeby mnie pytać, czy nie jesteście mi potrzebni. Jasne?

— Tak jest, panie majorze — odpowiedział ordynans. — A kiedy mam przychodzić, żeby się dowiedzieć, czy jestem panu potrzebny?

— Kiedy mnie nie będzie.

— Tak jest, panie majorze. I co mam wtedy robić?

— To, co wam każę.

— Ale przecież pana majora nie będzie.

— Tak.

— Więc co mam robić?

— To, co będzie trzeba.

— Tak jest, panie majorze.

— To wszystko — powiedział major Major.

— Tak jest, panie majorze — powiedział ordynans. — Czy to wszystko?

— Nie — powiedział major Major. — Nie przychodźcie też sprzątać. Nie wchodźcie w ogóle, dopóki się nie upewnicie, że mnie nie ma.

— Tak jest, panie majorze, ale jak mam się upewnić?

— Jeżeli nie będziecie pewni, uważajcie, że jestem, i nie wchodźcie, dopóki się nie upewnicie. Jasne?

— Tak jest, panie majorze.

— Przykro mi, że muszę z wami w ten sposób rozmawiać, ale nie mogę inaczej. Do widzenia.

— Do widzenia, panie majorze.

— Dziękuję wam. Za wszystko.

— Tak jest, panie majorze.

— Od dzisiaj — powiedział major Major do Mila Minderbindera — nie będę przychodził do stołówki. Proszę, żeby mi przynoszono wszystkie posiłki do przyczepy.

— Bardzo dobra myśl, panie majorze — odpowiedział Milo Minderbinder. — W ten sposób będę mógł przysyłać panu specjalne dania, o których pozostali nie będą wiedzieli. Jestem pewien, że pan major będzie zadowolony. Pułkownik Cathcart bardzo je sobie chwali.

— Nie chcę żadnych dań specjalnych. Chcę dostawać dokładnie to samo co wszyscy. Każcie tylko temu, kogo przyślecie, żeby pukał do drzwi i stawiał tacę na stopniach. Jasne?

— Tak jest, panie majorze — odpowiedział Milo. — Zupełnie jasne. Mam schowanych kilka żywych homarów z Maine, które będę mógł podać panu dziś wieczorem z doskonałą sałatką Roquefort i dwoma mrożonymi eklerami, które zaledwie wczoraj przeszmuglowano z Paryża wraz z ważną osobistością francuskiego ruchu oporu. Myślę, że na początek to wystarczy?

— Nie.

— Tak jest, panie majorze. Rozumiem.

Wieczorem Milo zaserwował mu na kolację gotowanego homara z Maine, znakomitą sałatkę Roquefort i dwa mrożone eklerki. Major Major był zły. Gdyby to jednak odesłał z powrotem, jedzenie zmarnowałoby się albo dostałby je kto inny, a poza tym major Major przepadał za gotowanymi homarami. Zjadł kolację czując wyrzuty sumienia. Nazajutrz dostał na obiad zupę żółwiową i całą butelkę Dom Pérignon, rocznik 1937, którą wypił do dna już bez dłuższej deliberacji.

Po Milu pozostali już tylko żołnierze z kancelarii i major Major unikał ich wchodząc i wychodząc ze swego pokoiku przez mętne celuloidowe okienko. Odpinane okienko było duże, nisko umieszczone i z obu stron łatwe do sforsowania. Odległość pomiędzy kancelarią a swoją przyczepą pokonywał wypadając zza rogu, gdy droga była wolna, i wskakując do przydrożnego rowu, którym biegł pochylony, dopóki nie dopadł zbawczego lasu. Kiedy zrównał się z przyczepą, wyskakiwał z rowu i przemykał się pospiesznie przez gęste poszycie, gdzie jedyną osobą, jaką kiedykolwiek spotkał, był chudy i widmowy kapitan Flume, który przestraszył go na śmierć kiedyś o zmroku, wyłaniając się bez ostrzeżenia z kępy ostrężyn, żeby się poskarżyć, że Wódz White Halfoat groził mu poderżnięciem gardła od ucha do ucha.

— Jeżeli mnie pan jeszcze raz tak przestraszy — odpowiedział major Major — to ja sam poderżnę panu gardło od ucha do ucha.

Kapitana Flume zatkało i natychmiast zapadł się z powrotem w kępę ostrężyn. Od tego czasu major Major nigdy go już nie widział.

Major Major mógł mieć słuszne powody do dumy. Na niewielkim skrawku obcej ziemi, po którym kręciło się przeszło dwustu ludzi, udało mu się zostać pustelnikiem. Dzięki swojej pomysłowości i wyobraźni doprowadził do sytuacji, w której nikt z eskadry praktycznie nie miał do niego dostępu, z czego, jak zauważył, wszyscy byli zadowoleni, bo i tak nikt nie chciał mieć z nim do czynienia. Nikt, jak się okazało, prócz tego wariata Yossariana, który zwalił go kiedyś chwytem za nogi, kiedy pomykał rowem przydrożnym do swojej przyczepy na obiad.

Yossarian był ostatnim człowiekiem w eskadrze, przez którego major Major chciałby być zwalony chwytem za nogi. Yossarianowi towarzyszyła nieodłącznie atmosfera skandalu. Najpierw awanturował się haniebnie z powodu tego nie istniejącego nieboszczyka z jego namiotu, a po nalocie na Awinion rozebrał się do naga i chodził tak aż do przyjazdu generała Dreedle, który chciał mu przypiąć medal za bohaterską postawę nad Ferrarą i stwierdził, że Yossarian stoi w szeregu zupełnie goły. Nikt na świecie nie miał teraz prawa usunąć z namiotu Yossariana porozrzucanych rzeczy nieboszczyka. Major Major stracił do tego okazję pozwalając sierżantowi Towserowi zgłosić, że porucznik, który zginął nad Orvieto w niecałe dwie godziny po przybyciu do eskadry, nie przybył w ogóle. Major Major przypuszczał, że jedynym człowiekiem, który ma prawo usunąć rzeczy nieboszczyka z namiotu Yossariana, jest sam Yossarian, lecz zarazem przypuszczał, że Yossarian też nie ma prawa tego zrobić.

Major Major, zwalony przez Yossariana chwytem za nogi, jęknął i usiłował wstać. Yossarian go nie puszczał.

— Kapitan Yossarian prosi o pozwolenie zwrócenia się do pana majora w sprawie życia lub śmierci — powiedział.

— Proszę mi pozwolić wstać — poprosił major Major skręcony w niewygodnej pozycji. — Leżąc na ziemi nie mogę panu odsalutować.

Yossarian puścił go. Podnieśli się powoli. Yossarian powtórnie zasalutował i powtórzył swoją prośbę.

— Chodźmy do mojego biura — zaproponował major Major. — Myślę, że tu nie jest najlepsze miejsce do rozmów.

— Tak jest, panie majorze — przyznał Yossarian.

Otrzepali się z piachu i w pełnym napięcia milczeniu poszli w stronę kancelarii.

— Proszę chwilę zaczekać, aż opatrzę sobie skaleczenia. Potem powie pan sierżantowi Towserowi, żeby pana wpuścił.

— Tak jest, panie majorze.

Major Major z godnością przeszedł przez kancelarię, nie zwracając uwagi na ludzi pracujących przy biurkach i kartotekach. Odczekał, aż opadnie za nim zasłona oddzielająca jego pokoik. Gdy tylko został sam, podbiegł do okna i wyskoczył na zewnątrz, żeby umknąć, stwierdził jednak, że Yossarian zagradza mu drogę. Yossarian stał na baczność i salutował.

— Kapitan Yossarian prosi o pozwolenie zwrócenia się do pana majora natychmiast w sprawie życia lub śmierci — powtórzył z determinacją.

— Nie zezwalam — burknął major Major.

— Nic z tego.

Major Major poddał się.

— Dobrze — zgodził się z ciężkim westchnieniem. — Porozmawiam z panem. Proszę wskoczyć do mojego biura.

— Pan pierwszy.

Wskoczyli do biura. Major Major usiadł, Yossarian zaś stanął po drugiej stronie biurka i oświadczył, że nie chce już uczestniczyć w lotach bojowych. Co można w tej sprawie zrobić? — zadał sobie pytanie major Major. Można zrobić tylko to, co mu poradził pułkownik Korn, i mieć nadzieję, że jakoś tam będzie.

— Dlaczego? — spytał.

— Boję się.

— Nie ma się czego wstydzić — pocieszył go major Major łagodnie. — Wszyscy się boimy.

— Ja się nie wstydzę — powiedział Yossarian. — Ja się po prostu boję.

— Byłby pan nienormalny, gdyby się pan nie bał. Nawet najdzielniejsi doświadczają strachu. Jednym z najtrudniejszych zadań, jakie stoją przed nami w boju, jest pokonanie strachu.

— Dobra, dobra, majorze. Czy nie można się obejść bez tego pieprzenia?

Major Major zawstydzony spuścił oczy i zaczął nerwowo przebierać palcami.

— A co mam panu powiedzieć?

— Że zaliczyłem wystarczającą liczbę lotów i mogę wracać do kraju.

— Ile ma pan lotów?

— Pięćdziesiąt jeden.

— Brakuje więc panu tylko czterech.

— On znów podniesie normę. Za każdym razem, kiedy zbliżam się do końca, on podnosi normę.

— Może tym razem nie podniesie.

— Tak czy owak, on nigdy nikogo nie odsyła do kraju. Trzyma ludzi w oczekiwaniu na rozkaz przeniesienia, dopóki mu nie zabraknie lotników do obsadzenia wszystkich maszyn, a wtedy podnosi liczbę obowiązujących lotów i każe im znowu latać. Robi to, odkąd tu nastał.

— Nie powinien pan mieć pretensji do pułkownika Cathcarta za opóźnienia w cyrkulacji rozkazów — poradził mu major Major. — To dowództwo Dwudziestej Siódmej Armii ma obowiązek rozpatrywać sprawy natychmiast po otrzymaniu od nas danych.

— Mimo to mógłby zażądać uzupełnień i odesłać nas do kraju, kiedy rozkazy nadejdą. Poza tym dowiedziałem się, że Dwudziesta Siódma Armia wymaga tylko czterdziestu lotów i że zmuszanie nas do pięćdziesięciu pięciu to jego własny pomysł.

— Nic mi o tym nie wiadomo — odpowiedział major Major. — Pułkownik Cathcart jest naszym przełożonym i musimy wykonywać jego rozkazy. Może pan zaliczy te cztery loty, a wtedy się zobaczy?

— Nie chcę.

Co tu można zrobić? — zadał sobie znowu pytanie major Major. Co można zrobić z człowiekiem, który patrząc ci wprost w oczy mówi, że woli raczej umrzeć niż dać się zabić na wojnie, który co najmniej dorównuje ci dojrzałością i inteligencją, a ty musisz udawać, że tego nie widzisz? Co można mu odpowiedzieć?

— A jeżeli pozwolimy panu wybierać sobie najmniej niebezpieczne akcje? — zaproponował major Major. — W ten sposób zaliczy pan cztery spacerowe loty nic nie ryzykując.

— Nie chcę żadnych spacerowych lotów. Mam już dosyć tej wojny.

— Nie chce pan chyba, żeby nasz kraj przegrał? — spytał major Major.

— Nie przegramy. Mamy więcej ludzi, pieniędzy i sprzętu. Mamy dziesięć milionów ludzi w mundurach, z których każdy może mnie zastąpić. Część ludzi ginie na wojnie, ale większość w tym czasie bawi się i robi pieniądze. Niech ginie kto inny.

— A co będzie, jeżeli wszyscy żołnierze po naszej stronie zaczną tak myśleć?

— Wtedy musiałbym być skończonym idiotą, żeby myśleć inaczej niż wszyscy.

Co by mu tu odpowiedzieć? — zastanawiał się major Major. W każdym razie nie to, że nic nie może dla niego zrobić. Mówiąc tak dałby do zrozumienia, że zrobiłby coś, gdyby mógł, a to byłoby przyznaniem, iż uważa politykę pułkownika Korna za błędną lub niesprawiedliwą. Pułkownik Korn wypowiedział się w tej kwestii zupełnie jednoznacznie. Pod żadnym pozorem nie wolno powiedzieć, że nic nie może dla niego zrobić.

— Żałuję — powiedział — ale niestety nic nie mogę dla pana zrobić.

10

Wintergreen

Clevinger nie żył. Była to najpoważniejsza wada jego filozofii życiowej. Osiemnaście samolotów weszło w lśniącą białą chmurę nad wybrzeżem Elby pewnego popołudnia w drodze powrotnej ze spacerowego lotu nad Parmę; wyleciało z chmury siedemnaście. Nie znaleziono żadnego śladu tego jednego, ani w powietrzu, ani na gładkiej powierzchni nefrytowych wód w dole. Żadnych szczątków. Helikoptery krążyły wokół białej chmury aż do zmroku.

W nocy chmura rozwiała się i rano Clevingera już nie było.

Jego zniknięcie było czymś zdumiewającym, nie mniej zdumiewającym niewątpliwie niż Wielki Spisek w Lowery Field, kiedy to wszyscy mieszkańcy jednego z baraków — sześćdziesięciu czterech żołnierzy — znikli w dniu wypłaty i odtąd nikt już o nich nie słyszał. Dopóki Clevinger nie został tak przemyślnie wyrwany z szeregów żyjących, Yossarian sądził, że tamci żołnierze postanowili jednogłośnie tego samego dnia zdezerterować. Był nawet tak podniesiony na duchu tym przykładem masowej dezercji od świętych obowiązków, że uradowany pobiegł podzielić się radosną nowiną z byłym starszym szeregowym Wintergreenem.

— I z czego się tak cieszysz? — uśmiechnął się szyderczo były starszy szeregowy Wintergreen, stawiając brudny bucior na szpadlu i opierając się leniwie o ścianę jednej z głębokich, kwadratowych dziur w ziemi, których kopanie stało się jego specjalnością wojskową.

Były starszy szeregowy Wintergreen był to złośliwy gnojek, który znajdował zadowolenie w swojej bezsensownej pracy. Za każdym razem, kiedy przyłapano go na samowolnym oddaleniu się z koszar, musiał za karę przez określoną liczbę dni kopać i zasypywać doły o rozmiarach sześć na sześć stóp i na tyleż stóp głębokie. Ilekroć skończył odbywanie kary, natychmiast znowu oddalał się samowolnie. Były starszy szeregowy Wintergreen akceptował swoją rolę kopacza i zasypywacza dołów bez słowa skargi, z poświęceniem godnym prawdziwego patrioty.

— To nie jest złe życie — rzucał sentencjonalnie. — A poza tym ktoś musi to robić.

Był wystarczająco mądry, by rozumieć, że kopanie dołów w Kolorado nie jest takim złym zajęciem podczas wojny. Ponieważ nie było zbyt wielkiego zapotrzebowania na doły, mógł je kopać i zasypywać bez pośpiechu i nie groziło mu przepracowanie. Z drugiej jednak strony po każdym sądzie polowym degradowano go do zwykłego szeregowca, a utratę belki odczuwał bardzo dotkliwie.

— Dobrze było być starszym szeregowym — wspominał z rozrzewnieniem. — Byłem kimś i obracałem się w najlepszym towarzystwie, rozumiesz? — Na jego twarzy odmalował się wyraz rezygnacji. — Przeszło, minęło. Następnym razem zwieję jako zwykły szeregowiec i czuję, że to już nie będzie to samo. — Kopanie dołów nie miało przyszłości. — To nie jest nawet stałe zajęcie. Tracę je za każdym razem, kiedy kończy mi się kara. Jeżeli chcę je dostać z powrotem, muszę znowu zdezerterować. I tego też nie mogę powtarzać w nieskończoność. Jest pewien haczyk, paragraf dwudziesty drugi. Jeżeli jeszcze raz oddalę się samowolnie, pójdę do paki. Nie mam pojęcia, co będzie ze mną dalej. Jak się nie będę pilnował, mogę nawet trafić na front. — Nie chciał kopać dołów do końca życia, ale nie miał nic przeciwko temu zajęciu, dopóki trwała wojna. Był to jego wkład w wysiłek wojenny. — Jest to sprawa obowiązku — twierdził — który każdy z nas musi spełnić. Mój obowiązek polega na kopaniu dołów i robię to tak dobrze, że niedawno zostałem przedstawiony do Medalu za Wzorową Służbę. Twój obowiązek polega na tym, żeby się opieprzać w szkole oficerskiej i mieć nadzieję, że zanim z niej wyjdziesz, wojna się skończy. Obowiązkiem żołnierzy na froncie jest wygrać wojnę i chciałbym, żeby wykonywali swój obowiązek równie dobrze, jak jak wykonuję swój. Byłoby to niesprawiedliwe, gdybym musiał iść na front i wykonywać ich obowiązki, prawda?

Pewnego dnia były starszy szeregowy Wintergreen kopiąc jedną ze swoich dziur przebił rurę wodociągu i omal się nie utopił, zanim go nieprzytomnego wyłowiono z wody. Ktoś puścił wiadomość, że znalazł ropę, i Wodza White Halfoata wyrzucono z bazy.

Wkrótce każdy, komu się udało zdobyć łopatę, kopał gorączkowo w poszukiwaniu ropy. Ziemia tryskała na wszystkie strony; widok przypominał pewien ranek na Pianosie w siedem miesięcy później, po nocy, w czasie której Milo, wszystkimi samolotami, jakie zgromadził w swoim syndykacie „M i M", zbombardował obóz eskadry, a przy okazji także lotnisko, skład bomb i hangary, i wszyscy pozostali przy życiu ryli schrony w skalistym gruncie, przykrywając je płytami pancernymi kradzionymi z warsztatów naprawczych na lotnisku oraz postrzępionymi kawałkami brezentu, które obrywali sobie nawzajem z namiotów. Wódz White Halfoat został usunięty z Kolorado na pierwszą wieść o ropie i wylądował ostatecznie na Pianosie na miejscu porucznika Coombsa, który pewnego dnia, chcąc zobaczyć wojnę z bliska wziął udział jako gość w wyprawie bombowej i zginął nad Ferrarą w samolocie Krafta. Yossarian miał wyrzuty sumienia, ilekroć przypomniał sobie Krafta, gdyż Kraft zginął, kiedy Yossarian po raz drugi naprowadzał samoloty na cel, a także dlatego, że Kraft został niewinnie zamieszany we Wspaniały Bunt Atabrynowy, który wybuchł na Puerto Rico podczas pierwszego etapu ich przelotu na front i zakończył się na Pianosie w dziesięć dni później, kiedy to Appleby natychmiast po przybyciu wkroczył służbiście do kancelarii i zameldował, że Yossarian nie chce łykać tabletek atabryny. Urzędujący tam sierżant poprosił go, żeby usiadł.

— Dziękuję, sierżancie, chętnie — powiedział Appleby. — Czy długo będę musiał czekać? Muszę jeszcze dzisiaj załatwić masę spraw, żeby móc jutro rano rześki i wypoczęty ruszyć do boju, gdy tylko zajdzie tego potrzeba.

— Słucham?

— O co chodzi, sierżancie?

— O co pan pytał?

— Czy długo będę musiał czekać, żeby wejść do majora?

— Dopóki pan major nie wyjdzie na obiad — odpowiedział sierżant Towser. — Wtedy będzie pan mógł wejść.

— Ale majora wtedy nie będzie, tak?

— Tak, pan major będzie u siebie dopiero po obiedzie.

— Rozumiem — powiedział Appleby niepewnie. — Myślę, że w takim razie przyjdę po obiedzie.

Appleby opuszczał kancelarię nieco zbity z tropu. W chwili gdy wychodził, wydało mu się, że widzi, jak wysoki, ciemnowłosy oficer podobny do Henry'ego Fondy wyskakuje przez okno z namiotu mieszczącego kancelarię i pędem znika z rogiem. Appleby stanął i zmrużył oczy. Nagle opadły go wątpliwości. Zastanawiał się, czy to skutek malarii, czy, co gorsza, zbyt dużej dawki atabryny. Appleby zażywał czterokrotnie więcej atabryny, niż im przepisano, gdyż chciał być czterokrotnie lepszym pilotem niż wszyscy pozostali. Miał wciąż jeszcze zamknięte oczy, kiedy sierżant Towser trącił go lekko w ramię i powiedział mu, że jeśli chce, to może teraz wejść do majora, bo major Major właśnie wyszedł. Appleby odzyskał pewność siebie.

— Dziękuję, sierżancie. Czy prędko wróci?

— Wróci zaraz po obiedzie. Wtedy będzie pan musiał wyjść i czekać na niego, dopóki nie wyjdzie na kolację. Major Major nie przyjmuje nikogo, kiedy jest u siebie.

— Co powiedzieliście?

— Powiedziałem, że major Major nie przyjmuje nikogo, kiedy jest u siebie.

Appleby zmierzył sierżanta Towsera spojrzeniem i spróbował ostrego tonu.

— Cóż to, sierżancie, robicie ze mnie idiotę tylko dlatego, że jestem nowy w eskadrze, a wy jesteście tutaj od dawna?

— Ależ skąd, panie poruczniku — odpowiedział sierżant z szacunkiem. — Takie mam rozkazy. Może pan spytać majora Majora, kiedy go pan zobaczy.

— O to mi właśnie chodzi, sierżancie. Kiedy będę go mógł zobaczyć?

— Nigdy.

Purpurowy z upokorzenia Appleby napisał raport w sprawie Yossariana i atabryny na kartce papieru dostarczonej przez sierżanta Towsera i wyszedł czym prędzej, myśląc sobie, że być może Yossarian nie jest jedynym wariatem mającym przywilej noszenia oficerskiego munduru.

Kiedy pułkownik Cathcart podniósł liczbę obowiązkowych lotów do pięćdziesięciu pięciu, sierżant Towser zaczął podejrzewać, że wszyscy ludzie noszący mundury to wariaci. Sierżant Towser był chudy i kanciasty, miał delikatne blond włosy, tak jasne, że prawie bezbarwne, wpadnięte policzki i zęby jak duże białe cukierki. Rządził całą eskadrą i wcale nie był z tego zadowolony. Joe Głodomór i wielu innych patrzyło na niego z wyrzutem i nienawiścią, Appleby zaś, który wyrobił sobie markę bojowego pilota i niezwyciężonego pingpongisty, odgrywał się na nim, traktując go z demonstracyjnym lekceważeniem. Sierżant Towser kierował eskadrą tylko dlatego, że nie było nikogo, kto by chciał to robić. Nie interesowała go wojna ani awanse. Interesowały go skorupy i stylowe meble.

Sam sobie z tego nie zdając sprawy sierżant Towser popadł w nawyk myślenia o nieboszczyku z namiotu Yossariana w sposób narzucony przez Yossariana: właśnie jako o nieboszczyku z namiotu Yossariana. Rzeczywistość wyglądała zupełnie inaczej. Był po prostu nowo przybyłym pilotem, który zginął w akcji, zanim został oficjalnie wciągnięty do ewidencji. Zajrzał do namiotu operacyjnego, żeby spytać o drogę do kancelarii, i został wysłany prosto na lotnisko, gdyż tylu lotników zakończyło obowiązującą wówczas kolejkę trzydziestu pięciu lotów, że kapitan Piltchard i kapitan Wren mieli trudności ze skompletowaniem załóg. Skoro nigdy nie został wciągnięty do ewidencji eskadry, nie mógł zostać skreślony i sierżant Towser obawiał się, że narastająca korespondencja w sprawie tego nieszczęśnika będzie krążyć w nieskończoność.

Nazywał się Mudd. Sierżant Towser, który z równą awersją odnosił się do przemocy, jak i do marnotrawstwa, uważał, że ściąganie Mudda zza oceanu po to tylko, żeby w niecałe dwie godziny po przybyciu rozerwać go na strzępy nad Orvieto, było odrażającą ekstrawagancją. Nikt nie potrafił sobie przypomnieć, kto to był ani jak wyglądał, a już najmniej kapitan Piltchard i kapitan Wren, którzy pamiętali tylko, że nowy oficer zjawił się w namiocie operacyjnym akurat w odpowiedniej chwili, żeby zostać zabitym, i czerwienili się ze zmieszania, ilekroć ktoś wspomniał o nieboszczyku z namiotu Yossariana. Jedynie członkowie załogi tego samego samolotu mieli okazję przyjrzeć się Muddowi, ale ci zostali rozerwani na strzępy razem z nim.

Yossarian natomiast wiedział doskonale, kim był Mudd. Wiedział, że Mudd był nieznanym żołnierzem, który nie miał szczęścia, gdyż to jest jedyna rzecz, jaką się wie o wszystkich nieznanych żołnierzach, że nie mieli szczęścia. A nieboszczyk był naprawdę nieznany, mimo że jego rzeczy zatrute śmiercią nadal leżały rozrzucone na łóżku w namiocie Yossariana prawie tak samo, jak je pozostawił trzy miesiące wcześniej, w dniu, kiedy nie zgłosił się do eskadry; podobnie zatrute śmiercią było wszystko zaraz w następnym tygodniu podczas Wielkiego Oblężenia Bolonii, kiedy to zgniły odór śmierci, zmieszany z oparami siarki, unosił się ciężko w powietrzu i każdy wyznaczony do lotu był już z góry naznaczony piętnem śmierci.

Lotów nad Bolonię nie można było uniknąć, gdyż pułkownik Cathcart sam zgłosił swoją grupę do ataku na składy amunicji, których ciężkie bombowce stacjonujące na półwyspie nie potrafiły zniszczyć z większej wysokości. Każdy dzień oczekiwania zaostrzał świadomość tego, co ich czeka i pogłębiał ponury nastrój.

Nieodstępna, przytłaczająca pewność rychłej śmierci przy akompaniamencie nieustannego deszczu atakowała i tak wątłe morale wszystkich po kolei niczym żrący naciek jakiejś zaraźliwej choroby. Od wszystkich zalatywało formaliną. Znikąd nie można było oczekiwać pomocy, nawet izbę chorych zamknięto na rozkaz pułkownika Korna, żeby nikt nie mógł zameldować się do lekarza, jak wówczas, gdy w jedyny pogodny dzień wybuchła tajemnicza epidemia biegunki, powodując kolejne odwołanie akcji. Wobec tego, że choroby zostały chwilowo odwołane i drzwi do ambulatorium zabito gwoździami, doktor Daneeka spędzał przerwy między jedną ulewą a drugą przesiadując na swoim wysokim stołku i w milczeniu obserwując ponurą, groźną epidemię strachu z boleściwą bezstronnością, niczym posępny jastrząb na gałęzi pod złowieszczym napisem, który kapitan Black przyczepił dla żartu na zamkniętych drzwiach ambulatorium, a doktor Daneeka pozostawił, ponieważ nie był to wcale żart. Ujęty w czarną ramkę napis głosił: ZAMKNIĘTE DO ODWOŁANIA Z POWODU ŚMIERCI W RODZINIE.

Strach przenikał wszędzie, nie omijając także eskadry Dunbara, który wsunął kiedyś o zmroku głowę do ambulatorium i odezwał się z szacunkiem do niewyraźnej sylwetki doktora Stubbsa siedzącego w gęstniejących ciemnościach nad butelką whisky i słoikiem odkażonej wody.

— Jak się pan czuje? — spytał z troską.

— Okropnie — odpowiedział doktor Stubbs.

— Co pan tu robi?

— Siedzę.

— Myślałem, że już nie ma chorych.

— Nie ma.

— To po co pan tu siedzi?

— A gdzie mam siedzieć? W cholernym klubie oficerskim z pułkownikiem Cathcartem i Kornem? Czy wie pan, co ja tutaj robię?

— Siedzi pan.

— Co robię w eskadrze, a nie w namiocie. Niech pan nie będzie taki dowcipny. Czy wie pan, co ma robić lekarz tutaj, w eskadrze?

— Wiem, że w innych eskadrach ambulatoria są zamknięte na cztery spusty.

— Jeżeli wejdzie tutaj ktoś chory, zwolnię go od lotów — poprzysiągł doktor Stubbs. — Guzik mnie obchodzą ich rozkazy.

— Nie wolno panu nikogo zwalniać — przypomniał mu Dunbar. — Nie zna pan rozkazów?

— Dam mu taki zastrzyk, że zwali się na tyłek i o żadnym lataniu nie będzie mowy — roześmiał się sardonicznie doktor Stubbs, rozbawiony tą perspektywą. — Myślą, że mogą swoimi rozkazami zlikwidować pomoc lekarską. Dranie. Oho, znowu pada.

Zaczął znowu padać deszcz, najpierw wśród drzew, potem na kałuże, a potem cichutko, jakby uspokajającym szeptem, na dach namiotu.

— Wszystko jest mokre — zauważył z odrazą doktor Stubbs. — Nawet latryny otrząsają się z obrzydzenia. Cały ten cholerny świat cuchnie trupiarnią.

Kiedy umilkł, zapanowała bezdenna cisza. Zapadła noc. Czuło się bezgraniczną samotność.

— Niech pan zapali światło — zaproponował Dunbar.

— Nie ma światła. Nie chce mi się włączać generatora. Dawniej bardzo mnie podniecało ratowanie ludziom życia. Teraz zastanawiam się, po cholerę ja to robię, skoro oni i tak muszą umrzeć.

— A jednak jest w tym sens — zapewnił go Dunbar.

— Tak? Jaki?

— Taki, żeby ich utrzymać przy życiu najdłużej, jak tylko się da.

— Ale co to za sens, skoro i tak muszą umrzeć?

— Cała sztuka, żeby o tym nie myśleć.

— Nie chodzi o sztuki, ale o to, czy to ma, do cholery, jakiś sens.

Dunbar zastanawiał się w milczeniu przez dłuższą chwilę.

— Kto to może, cholera, wiedzieć?

Dunbar nie wiedział. Bolonia powinna była wprawiać go w zachwyt, ponieważ minuty się wlokły, a godziny przeciągały się w stulecia. Tymczasem było to dla niego torturą, gdyż wiedział, że zostanie zabity.

— Czy naprawdę chce pan jeszcze kodeiny? — spytał go doktor Stubbs.

— To dla mojego kolegi Yossariana. Wbił sobie do głowy, że na pewno zostanie zabity.

— Yossarian? Któż to jest, do cholery, Yossarian? W ogóle co to za cholerne nazwisko Yossarian? Czy to nie ten, który wczoraj wieczorem upił się i zaczął bójkę z pułkownikiem Kornem?

— Tak, to on. To Asyryjczyk.

— Kawał wariata.

— Nie taki znowu wariat — powiedział Dunbar. — Przysięga, że nie poleci nad Bolonię.

— Właśnie to miałem na myśli — odpowiedział doktor Stubbs. — Możliwe, że ten cholerny wariat jest tutaj ostatnim normalnym człowiekiem.

11

Kapitan Black

Pierwszy dowiedział się o tym kapral Kolodny, który odebrał telefon z grupy i był tak wstrząśnięty, że przeszedł na palcach przez cały namiot wywiadu do kapitana Blacka, który drzemał oparłszy swoje kościste golenie na biurku, i przekazał mu informację drżącym szeptem.

Kapitan Black natychmiast się ożywił.

— Bolonia? — zawołał z radością. — To ci dopiero! — i wybuchnął głośnym śmiechem. — Bolonia, tak? — Roześmiał się znowu i potrząsnął głową mile zdziwiony. — O rany! Nie mogę się doczekać, kiedy zobaczę gęby tych skurwieli, jak się dowiedzą, że mają lecieć na Bolonię. Ha, ha, ha!

Kapitan Black śmiał się naprawdę szczerze po raz pierwszy od dnia, kiedy major Major przechytrzył go i został dowódcą eskadry. Wstał z leniwym entuzjazmem i stanął za barierką, aby nic nie stracić z uciechy, kiedy bombardierzy przyjdą po swoje mapniki.

— Tak jest, skurwiele, Bolonia — powtarzał kolejno wszystkim bombardierom, którzy pytali z niedowierzaniem, czy rzeczywiście mają lecieć na Bolonię. — Ha, ha, ha! Dobrze wam tak, skurwiele. Tym razem dostaniecie za swoje.

Kapitan Black wyszedł za ostatnim z nich na zewnątrz, żeby rozkoszować się wpływem tej wiadomości na pozostałych lotników gromadzących się na placu pomiędzy namiotami eskadry, z hełmami, spadochronami i kamizelkami przeciwodłamkowymi wokół czterech ciężarówek z włączonymi silnikami. Był to wysoki, wąski w ramionach, wiecznie niezadowolony mężczyzna poruszający się niezgrabnie i apatycznie. Swoją bladą, wychudłą twarz golił co trzeci albo co czwarty dzień i przeważnie wyglądał, jakby zapuszczał rudozłoty wąs. To, co zobaczył na dworze, nie sprawiło mu zawodu. Na wszystkich twarzach malowało się przerażenie. Kapitan Black ziewnął rozkosznie, przetarł oczy usuwając z nich resztki snu i wybuchał tryumfującym śmiechem za każdym razem, kiedy mówił komuś, że dobrze im tak.

Bolonia okazała się namilszym wydarzeniem w życiu kapitana Blacka od dnia, w którym major Duluth zginął nad Perugią, a on niemal został wyznaczony na jego miejsce. Kiedy nadeszła przez radio wiadomość o śmierci majora Dulutha, kapitan Black odczuł przypływ radości. Chociaż nigdy przedtem nie rozważał tej sprawy, zrozumiał natychmiast, że logicznie rzecz biorąc on jest jedynym kandydatem na stanowisko dowódcy eskadry. Po pierwsze, był oficerem wywiadu, co oznaczało, że był najlepiej poinformowanym człowiekiem w eskadrze. Wprawdzie nie należał do personelu bojowego, jak major Duluth i tradycyjnie wszyscy dowódcy eskadr, ale był to jeszcze jeden potężny argument na jego korzyść, ponieważ nic nie zagrażało jego życiu i mógł pełnić swoje obowiązki tak długo, jak długo ojczyzna będzie go potrzebować. Im dłużej o tym myślał, tym bardziej wydawało mu się to logiczne. Należało tylko możliwie szybko puścić odpowiednie słówko w odpowiednim miejscu. Wrócił w pośpiechu do biura, żeby ustalić plan działania. Rozparty w swoim fotelu obrotowym, z nogami na biurku i z przymkniętymi oczami, zaczął sobie wyobrażać, jak to będzie wspaniale, gdy zostanie dowódcą eskadry.

Kapitan Black marzył, a pułkownik Cathcart tymczasem działał i kapitan Black był oszołomiony szybkością, z jaką według niego major Major go przechytrzył. Jego zdumienie na wieść o tym, że dowódcą mianowano majora Majora, zabarwione było goryczą i niechęcią, czego nie starał się ukrywać. Kiedy pozostali oficerowie administracyjni wyrażali zdziwienie z powodu decyzji pułkownika Cathcarta, kapitan Black mruczał, że dzieją się rzeczy podejrzane; kiedy rozważali polityczne korzyści podobieństwa majora Majora do Henry'ego Fondy, kapitan Black stwierdzał autorytatywnie, że major Major to jest Henry Fonda; a jeżeli ktoś wspomniał, że major Major jest nieco dziwny, kapitan Black oznajmiał, że to komunista.

— Oni się wszędzie wciskają — twierdził wojowniczo. — Wy możecie stać z założonymi rękami i pozwalać im robić, co chcą, ale ja nie mam zamiaru. Ja będę przeciwdziałać. Od dzisiaj każdy skurwiel, który zajrzy do mojego namiotu, będzie musiał podpisać deklarację lojalności. A temu kutasowi majorowi Majorowi nie pozwolę podpisać, nawet jeżeli będzie chciał.

Wspaniała Krucjata Lojalności rozkwitła nieomal z dnia na dzień i kapitan Black stwierdził ku swemu wielkiemu zachwytowi, że stoi na jej czele. Odkrył prawdziwą żyłę złota. Wszyscy lotnicy z personelu bojowego musieli podpisać deklarację lojalności w namiocie wywiadu, żeby otrzymać swoje mapniki, drugą deklarację lojalności, żeby otrzymać kamizelki przeciwodłamkowe i spadochrony w magazynie, trzecią deklarację lojalności u porucznika Balkingtona, szefa transportu, żeby móc wsiąść na jedną z ciężarówek dowożących lotników z eskadry na lotnisko. Gdzie tylko się obrócili, musieli podpisywać kolejną deklarację lojalności. Podpisywali deklarację lojalności u oficera finansowego, żeby odebrać żołd, w kantynie, żeby pobrać deputat, u fryzjera, żeby się ostrzyc. Kapitan Black traktował każdego oficera, który popierał jego Wspaniałą Krucjatę Lojalności, jako rywala i przez dwadzieścia cztery godziny na dobę głowił się nad sposobami utrzymania się na czele. Nie chciał nikomu ustąpić pierwszeństwa w umiłowaniu ojczyzny. Kiedy inni oficerowie za jego namową wprowadzili własne deklaracje lojalności, on poszedł o krok dalej dając do podpisu każdemu skurwielowi, który zajrzał do jego namiotu, najpierw dwie deklaracje lojalności, potem trzy, a wreszcie cztery; potem wprowadził przysięgę na wierność, a następnie *Gwiaździsty Sztandar,* pierwsza zwrotka, dwie zwrotki, trzy zwrotki, cztery zwrotki. Kapitan Black za każdym razem, kiedy udało mu się wysforować przed rywali, beształ ich pogardliwie za to, że nie dotrzymują mu kroku. Ilekroć zaś dotrzymywali mu kroku, zamykał się zatroskany i wytężał mózgownicę w poszukiwaniu nowego fortelu, który pozwoliłby mu znowu besztać ich z pogardą.

W pewnej chwili lotnicy eskadry stwierdzili, że niepostrzeżenie zostali zdominowani przez personel administracyjny, który miał ich obsługiwać. Od rana do wieczora byli tyranizowani, obrażani, nękani i popychani. Kiedy usiłowali protestować, kapitan Black odpowiadał, że ludzie prawdziwie lojalni bez szemrania podpisują tyle deklaracji lojalności, ile się im każe. Jeżeli ktoś kwestionował skuteczność zbierania deklaracji, odpowiadał, że ludzie naprawdę lojalni wobec ojczyzny są dumni mogąc demonstrować swoją lojalność za każdym razem, kiedy się ich do tego zmusza. Tym zaś, którzy wysuwali zastrzeżenia natury moralnej, odpowiadał, że *Gwiaździsty Sztandar* jest najwspanialszym utworem muzycznym świata. Im więcej deklaracji lojalności ktoś podpisał, tym był lojalniejszy; dla kapitana Blacka było to jasne jak słońce i kapral Kolodny podpisywał w jego imieniu setki deklaracji dziennie, dzięki czemu mógł zawsze wykazać, że jest najbardziej lojalny ze wszystkich.

— Najważniejsze, żeby się bez przerwy deklarowali — tłumaczył swoim pretorianom. — Nieważne, czy robią to z przekonaniem, czy nie. Dlatego właśnie każe się składać deklarację lojalności dzieciom, chociaż nie wiedzą jeszcze, co to znaczy „deklaracja" i „lojalność".

Kapitanowi Piltchardowi i kapitanowi Wrenowi Wspaniała Krucjata Lojalności stała wspaniałą ością w gardle, gdyż komplikowała im pracę nad kompletowaniem załóg do każdej kolejnej akcji. Ludzie zajęci byli podpisywaniem, deklarowaniem, śpiewaniem i przygotowanie do akcji ciągnęło się godzinami. Jakiekolwiek szybsze działanie stało się niemożliwe, ale ani kapitan Piltchard, ani kapitan Wren nie śmieli się przeciwstawić kapitanowi Blackowi, dzień po dniu skrupulatnie realizującemu swoją doktrynę „Permanentnego Deklarowania Lojalności", doktrynę mającą umożliwić wychwycenie tych wszystkich, którzy stali się nielojalni od czasu podpisania poprzedniej deklaracji, czyli od wczoraj. Nie kto inny, ale właśnie kapitan Black zjawił się z dobrą radą u kapitana Piltcharda i kapitana Wrena, kiedy łamali sobie głowy nad kłopotliwą sytuacją, w jakiej się znaleźli. Przyszedł na czele delegacji i bez ogródek zalecił im, żeby kazali wszystkim lotnikom podpisywać deklarację lojalności, nim pozwolą im wziąć udział w akcji bojowej.

— Oczywiście decyzja należy do was — podkreślił kapitan Black. — Nikt nie wywiera na was nacisku, ale wszyscy oprócz was każą im podpisywać deklaracje lojalności i FBI wyda się diabło podejrzane, że tylko wy dwaj nie troszczycie się o dobro kraju i odmawiacie zbierania od żołnierzy deklaracji lojalności. Jeżeli chcecie popsuć sobie opinię, to wasza prywatna sprawa. My wam tylko radzimy.

Milo nie dał się przekonać i stanowczo odmówił pozbawienia majora Majora żywności, choćby ten i był komunistą, w co Milo w cichości ducha powątpiewał. Milo z natury był przeciwny wszelkim innowacjom, które groziły zakłóceniem normalnego toku spraw. Stanął twardo na gruncie zasad moralnych i stanowczo odmawiał udziału we Wspaniałej Krucjacie Lojalności, dopóki kapitan Black nie przyszedł do niego na czele delegacji i go nie zmusił.

— Obrona kraju jest sprawą każdego obywatela — odpowiedział kapitan Black na zastrzeżenia Mila. — I cała ta akcja jest dobrowolna, nie zapominajcie o tym, Milo. Lotnicy nie muszą podpisywać deklaracji lojalności Piltcharda i Wrena, jeśli nie chcą. Ale jeżeli nie zechcą, macie zagłodzić ich na śmierć. Zgodnie z paragrafem dwudziestym drugim. Rozumiecie? Nie jesteście chyba przeciwni paragrafowi dwudziestemu drugiemu?

Doktor Daneeka był niezłomny.

— Skąd ta pewność, że major Major jest komunistą?

— Czy słyszał pan kiedyś, żeby mówił, że nie jest, dopóki nie zaczęliśmy go o to oskarżać? A czy widział pan kiedyś, żeby podpisywał deklarację lojalności?

— Bo mu nie pozwalacie.

— Oczywiście, że nie pozwalamy — wyjaśnił kapitan Black. — To pozbawiłoby sensu całą naszą krucjatę. Jeżeli nie chce pan z nami współpracować, to jest to pańska prywatna sprawa. Ale jaki sens ma cały nasz wysiłek, skoro udzieli pan majorowi Majorowi pomocy lekarskiej, ledwo Milo zacznie go głodzić? Ciekawe, co pomyślą w dowództwie grupy o człowieku, który sabotuje cały nasz program bezpieczeństwa. Jak nic przeniosą pana na front japoński.

Doktor Daneeka poddał się natychmiast.

— Pójdę i powiem Gusowi i Wesowi, żeby robili, co pan im każe.

Tymczasem w dowództwie grupy sam pułkownik Cathcart zaczął się zastanawiać, co się dzieje.

— To ten idiota Black urządza patriotyczną hecę — poinformował go z uśmiechem pułkownik Korn. — Uważam, że powinien pan zagrać z nim czasem w piłkę, bo to przecież pan mianował majora Majora dowódcą eskadry.

— To był pański pomysł — odciął się pułkownik Cathcart ze złością. — Nie powinienem był w żadnym wypadku dać się na to namówić.

— To był bardzo dobry pomysł — odparł pułkownik Korn — bo uwalniał nas od nadliczbowego majora, który kompromitował pana pułkownika jako dowódcę. Niech się pan nie przejmuje, to się niedługo uspokoi. Najlepszym wyjściem będzie posłać kapitanowi Blackowi list z całkowitym poparciem i mieć nadzieję, że szlag go trafi, zanim narobi zbyt dużo szkody.

Nagle przyszła mu do głowy nieprawdopodobna myśl.

— Panie pułkowniku! Nie sądzi pan chyba, że ten bałwan będzie próbował wyrzucić majora Majora z jego przyczepy?

— Naszym najbliższym zadaniem powinno być wykurzenie tego drania majora Majora z jego przyczepy — zdecydował kapitan Black. — Szkoda, że nie możemy wypędzić go do lasu razem z żoną i dziećmi. Niestety, nie ma żony ani dzieci, będziemy więc musieli zadowolić się tym, co mamy, i wyrzucić tylko jego. Komu podlegają sprawy rozlokowania ludzi?

— Jemu.

— Widzicie? — krzyknął kapitan Black. — Oni wciskają się wszędzie! Nie mam zamiaru przyglądać się temu bezczynnie. Jak będzie trzeba, to pójdę z tą sprawą do samego majora... de Coverley. Powiem Milowi, żeby z nim porozmawiał, jak tylko wróci z Rzymu.

Kapitan Black miał bezgraniczne zaufanie do mądrości, władzy i sprawiedliwości majora... de Coverley, mimo że nigdy jeszcze z nim nie rozmawiał i nadal nie mógł zdobyć się na odwagę, żeby to zrobić. Wysyłał w swoim zastępstwie Mila i potem chodził niecierpliwie z kąta w kąt, czekając na powrót swego wysokiego posła. Podobnie jak wszyscy w eskadrze, żywił głęboki podziw i szacunek dla majestatycznego, siwowłosego majora o pobrużdżonej twarzy i postawie Jehowy, który przyleciał wreszcie z Rzymu ze zranionym okiem pod nową celuloidową opaską i od jednego zamachu rozpędził całą Wspaniałą Krucjatę na cztery wiatry.

Milo na wszelki wypadek nic nie powiedział, kiedy major... de Coverley w dniu swego powrotu, wkraczając z właściwą sobie groźną i surową godnością do stołówki, stwierdził, że wejście blokuje mur oficerów czekających w kolejce na podpisanie deklaracji lojalności. Na drugim końcu kontuaru, przy którym wydawano posiłki, grupa wcześniej przybyłych, z tacami w jednej ręce, ślubowała wierność sztandarowi, żeby móc zająć miejsca przy stolikach. Ci, co przybyli jeszcze wcześniej i siedzieli już przy stołach, śpiewali *Gwiaździsty Sztandar,* żeby móc skorzystać z soli, pieprzu i keczupu. Wrzawa zaczęła powoli ucichać, gdy major... de Coverley stanął w drzwiach marszcząc brwi z wyrazem zdumienia i niezadowolenia, jakby ujrzał jakieś niesamowite widowisko. Potem ruszył prosto przed siebie i ściana oficerów rozstąpiła się przed nim niczym fale Morza Czerwonego. Nie oglądając się w lewo ani w prawo podszedł niepowstrzymanie do kontuaru i donośnym, ochrypłym ze starości głosem, w którym pobrzmiewało dostojeństwo i przyzwyczajenie do posłuchu, powiedział wyraźnie:

— Dajcie mi jeść.

Zamiast jedzenia kapral Snark podsunął majorowi... de Coverley do podpisania deklarację lojalności. Major odsunął ją z ogromnym niezadowoleniem, gdy tylko zorientował się, co to jest; zdrowe oko błysnęło ogniście spopielającą pogardą, a potężne, stare, pofałdowane zmarszczkami oblicze pociemniało majestatycznie gniewem.

— Dajcie mi jeść, powiedziałem — rozkazał szorstkim głosem, który przetoczył się złowróżbnie przez przycichły namiot niby odgłos dalekiego grzmotu.

Kapral Snark zbladł i zadygotał. Spojrzał błagalnie w stronę Mila, szukając u niego pomocy. Przez kilka straszliwych sekund panowała cisza. Potem Milo skinął głową.

— Daj majorowi jeść — powiedział.

Kapral Snark zaczął nakładać majorowi... de Coverley porcję. Major odwrócił się od kontuaru z pełną tacą i nagle się zatrzymał. Jego wzrok padł na grupki pozostałych oficerów wpatrujących się w niego z niemą prośbą i w słusznym gniewie ryknął:

— Dajcie wszystkim jeść!

— Dajcie wszystkim jeść! — zawtórował mu Milo z radosną ulgą i Wspaniała Krucjata Lojalności była skończona.

Kapitan Black był głęboko zraniony tym zdradzieckim ciosem w plecy, zadanym mu przez zwierzchnika, na którego poparcie tak bardzo liczył. Major... de Coverley sprawił mu zawód.

— O, wcale się tym nie przejmuję — odpowiadał z uśmiechem wszystkim, którzy przychodzili z wyrazami współczucia. — Swoje zadanie wykonaliśmy. Naszym celem było nastraszyć tych, których nie lubimy, oraz uczulić ludzi na niebezpieczeństwo grożące ze strony majora Majora i cel ten niewątpliwie osiągnęliśmy. A ponieważ i tak nie mieliśmy zamiaru pozwolić mu na podpisanie deklaracji lojalności, nieważne jest, czy my je podpisujemy.

Widząc, jak wszyscy, których nie lubi, znów się trzęsą ze strachu podczas przerażającego, wlokącego się w nieskończoność Wielkiego Oblężenia Bolonii, kapitan Black wspominał z żalem dawne dobre czasy swojej Wspaniałej Krucjaty Lojalności, kiedy był rzeczywiście ważną figurą i nawet grube ryby, jak Milo Minderbinder, doktor Daneeka czy Piltchard i Wren, drżeli na jego widok i czołgali się u jego stóp. Aby móc udowodnić nowo przybyłym, że był naprawdę ważną figurą, przechowywał list pochwalny od pułkownika Cathcarta.

12

Bolonia

Tak naprawdę to nie kapitan Black, ale sierżant Knight zapoczątkował ponurą panikę w związku z Bolonią, wymykając się cichaczem z ciężarówki po dwie dodatkowe kamizelki przeciwodłamkowe, gdy tylko dowiedział się o celu, i zapoczątkowując żałobny pochód z powrotem do magazynu, który ostatecznie przekształcił się w szaleńczą bijatykę o ostatnie wolne kamizelki.

— Hej, co się dzieje? — spytał nerwowo Kid Sampson. — Czy ta Bolonia jest taka straszna?

Nately, siedząc jak w transie na podłodze ciężarówki, ukrył swoją młodą, poważną twarz w dłoniach i nic nie odpowiedział. Wszystkiemu więc winien był sierżant Knight i seria okrutnych odwołań, gdyż w momencie kiedy po raz pierwszy wsiadali do samolotów, nadjechał dżip z wiadomością, że nad Bolonią pada i akcja zostaje odłożona. Zanim wrócili do eskadry, padało już również nad Pianosą i przez resztę dnia wpatrywali się tępo w linię frontu na mapie pod brezentowym daszkiem namiotu wywiadu i hipnotycznie przeżuwali w myśli fakt, że sytuacja jest bez wyjścia. Żywe tego świadectwo stanowiła wąska czerwona wstążeczka rozpięta na mapie: siły lądowe we Włoszech zostały zatrzymane w odległości czterdziestu dwóch nieprzebytych mil na południe od celu i nie były w stanie zdobyć miasta w wyznaczonym terminie. Nic nie mogło uratować lotników z Pianosy przed lotem na Bolonię. Znaleźli się w pułapce.

Jedyną ich nadzieją było, że deszcz nie przestanie padać, ale nadziei nie mieli, ponieważ wiedzieli, że musi przestać. Kiedy przestawało padać na Pianosie, padało w Bolonii. Kiedy przestawało padać w Bolonii, padało na Pianosie. Kiedy nie było deszczu ani tu, ani tam, zdarzały się dziwne, niewyjaśnione zjawiska, jak epidemia biegunki lub przesuwanie się granicy bombardowania. Czterokrotnie w ciągu sześciu pierwszych dni zbierano ich na odprawę i odsyłano z powrotem. Raz nawet wystartowali i sformowali szyk, ale wieża kontrolna zawróciła ich z drogi. Im większy padał deszcz, tym bardziej cierpieli. Im bardziej cierpieli, tym goręcej modlili się, żeby nie przestało padać. Przez całą noc spoglądali w niebo i martwili się na widok gwiazd. Przez cały dzień wpatrywali się w granicę bombardowania na wielkiej mapie Włoch przybitej do chwiejnego stojaka, który był stale porywany przez wiatr i który wciągano z powrotem pod daszek namiotu wywiadu, ilekroć zaczynało padać. Granica bombardowania była to wąska, szkarłatna, satynowa wstążeczka wyznaczająca przedni skraj pozycji lądowych wojsk Sprzymierzonych na terytorium całych Włoch.

Nazajutrz po walce na pięści Joego Głodomora z kotem Huple'a przestało padać w obu miejscowościach naraz. Pas startowy zaczął podsychać. Należało odczekać pełne dwadzieścia cztery godziny, zanim stwardnieje, ale niebo pozostawało bezchmurne. Nagromadzone w ludziach animozje przerosły w nienawiść. Najpierw nienawidzili piechoty za to, że nie potrafiła zdobyć Bolonii. Potem zapałali nienawiścią do samej granicy bombardowania. Godzinami wpatrywali się uporczywie w szkarłatną wstążkę na mapie i nienawidzili jej, ponieważ nie chciała przesunąć się wyżej i objąć miasta. Kiedy zapadała noc, zbierali się w ciemnościach z latarkami, kontynuując swoją makabryczną straż przy mapie w ponurym błaganiu, jakby w nadziei, że popchną wstążkę zbiorowym wysiłkiem swoich posępnych modłów.

— Naprawdę nie mogę w to uwierzyć — krzyknął Clevinger do Yossariana głosem, w którym pulsowało oburzenie i zdumienie. — Przecież to nawrót do prymitywnych przesądów. Plączą skutek i przyczynę. To ma taki sam sens jak pukanie w nie malowane drzewo albo krzyżowanie palców od uroku. Oni rzeczywiście wierzą, że nie musieliby jutro lecieć na tę akcję, gdyby ktoś podkradł się w środku nocy do mapy i przesunął wstążkę na Bolonię. Wyobrażasz sobie coś podobnego? Wygląda na to, że już tylko my dwaj zachowaliśmy zdolność racjonalnego myślenia.

W środku nocy Yossarian odpukał w nie malowane drzewo, skrzyżował palce i wykradł się z namiotu, żeby przesunąć linię na mapie za Bolonię.

Skoro świt kapral Kolodny wślizgnął się chyłkiem do namiotu

kapitana Blacka, wsunął rękę pod moskitierę i delikatnie potrząsał spoconym ramieniem, które tam namacał, dopóki kapitan Black nie otworzył oczu.

— Dlaczego mnie budzicie? — jęknął kapitan Black.

— Bolonia zdobyta, panie kapitanie — powiedział kapral Kolodny. — Pomyślałem, że to pana zainteresuje. Czy akcja będzie odwołana?

Kapitan Black usiadł i zaczął systematycznie drapać się po długich, chudych udach. Po chwili ubrał się i wyszedł z namiotu mrużąc oczy, zły i nie ogolony. Niebo było pogodne i ciepłe. Spokojnie obejrzał mapę. Rzeczywiście Bolonia została zdobyta. W namiocie wywiadu kapral Kolodny usuwał już mapy Bolonii z mapników nawigatorów. Kapitan Black usiadł z głośnym ziewnięciem, założył nogi na biurko i zatelefonował do pułkownika Korna.

— Dlaczego mnie budzicie? — jęknął pułkownik Korn.

— Dziś w nocy zdobyto Bolonię, panie pułkowniku. Czy akcja będzie odwołana?

— O czym pan mówi, Black? — warknął pułkownik Korn. — Dlaczego akcja miałaby być odwołana?

— Ponieważ Bolonia została zdobyta. Więc akcja nie będzie odwołana?

— Ależ oczywiście, że będzie odwołana. Uważa pan może, że bombardujemy teraz własne oddziały?

— Dlaczego mnie pan budzi? — jęknął pułkownik Cathcart do pułkownika Korna.

— Bolonia zdobyta — powiedział pułkownik Korn. — Sądziłem, że to pana zainteresuje.

— Kto zdobył Bolonię?

— My.

Pułkownik Cathcart nie posiadał się z radości, gdyż został uwolniony od kłopotliwego obowiązku bombardowania Bolonii, nie tracąc jednocześnie sławy człowieka odważnego, jaką zyskał zgłaszając na ochotnika swoich żołnierzy do tego zadania. Generał Dreedle był również zadowolony z zajęcia Bolonii, chociaż zły był na pułkownika Moodusa, że go obudził, żeby mu to powiedzieć. Dowództwo również było zadowolone i postanowiło odznaczyć medalem oficera, który zdobył miasto. Ponieważ takiego nie znaleziono, dano order generałowi Peckemowi, jako że był on jedynym oficerem, który wykazał inicjatywę i zażądał medalu.

Generał Peckem, gdy tylko dostał medal, zaczął domagać się większej władzy. Generał Peckem reprezentował pogląd, iż wszystkie jednostki liniowe europejskiego teatru działań wojennych winny być podporządkowane Służbie Specjalnej, na czele której stał właśnie generał Peckem. Jeżeli zrzucanie bomb na przeciwnika nie jest służbą specjalną, rozmyślał często na głos z męczeńskim uśmiechem dobrotliwej racjonalności, który towarzyszył mu wiernie we wszystkich dysputach, to należy się zastanowić, co w takim razie jest służbą specjalną. W uprzejmej formie odrzucił propozycję objęcia stanowiska w wojskach liniowych pod komendą generała Dreedle.

— Udział w akcjach bojowych pod komendą generała Dreedle to niezupełnie to, o czym myślałem — wyjaśnił pobłażliwie, z łagodnym uśmiechem. — Myślałem raczej w kategoriach objęcia stanowiska generała Dreedle albo czegoś powyżej generała Dreedle, gdzie mógłbym mieć pod sobą również wielu innych generałów. Widzicie, moje najcenniejsze zalety przejawiają się w kwestiach administracyjnych. Posiadam rzadki dar godzenia zupełnie różnych ludzi.

— Ma rzadki dar godzenia zupełnie różnych ludzi co do tego, jaki z niego kutas — szepnął nienawistnie pułkownik Cargill do byłego starszego szeregowego Wintergreena, mając nadzieję, że ten rozpowszechni niekorzystną opinię w całym dowództwie Dwudziestej Siódmej Armii. — Jeżeli ktokolwiek zasługuje na to stanowisko, to ja. To był nawet mój pomysł, żeby wystąpić o medal.

— I naprawdę chce pan pułkownik uczestniczyć w akcjach bojowych? — spytał były starszy szeregowy Wintergreen.

— W akcjach bojowych? — zdumiał się pułkownik Cargill. — Nie, nie zrozumieliście mnie. Oczywiście nie mam nic przeciwko uczestniczeniu w akcjach bojowych, ale moje najcenniejsze zalety przejawiają się w kwestiach administracyjnych. Ja również mam rzadki dar godzenia zupełnie różnych ludzi.

— Ma rzadki dar godzenia zupełnie różnych ludzi co do tego, jaki z niego kutas — zwierzył się ze śmiechem były starszy szeregowy Wintergreen Yossarianowi, przyleciawszy na Pianosę, żeby się dowiedzieć, czy to prawda, co mówią o Milu i egipskiej bawełnie. — Jeżeli ktoś tu zasługuje na awans, to tylko ja.

Sprawa wyglądała tak, że były starszy szeregowy Wintergreen dochrapał się już stopnia byłego kaprala, awansując błyskawicznie zaraz po przeniesieniu go do sztabu Dwudziestej Siódmej Armii na stanowisko kancelisty, ale zdegradowano go do szeregowca za głośne wypowiadanie złośliwych uwag na temat przełożonych. Odurzający smak sukcesu podniósł go jeszcze bardziej na duchu i rozpalił w nim aspiracje do jeszcze większych osiągnięć.

— Może kupisz zapalniczki Zippo? — spytał Yossariana. — Kradzione, prosto od kwatermistrza.

— Czy Milo wie, że handlujesz zapalniczkami?

— A co go to obchodzi? Milo chyba nie prowadzi zapalniczek?

— Właśnie że tak — powiedział Yossarian. — I jego nie są kradzione.

— Tak ci się tylko wydaje — odpowiedział były starszy szeregowy Wintergreen z lakonicznym parsknięciem. — Ja swoje sprzedaję po dolarze sztuka, a ile on bierze?

— Dolara i jednego centa.

Były starszy szeregowy Wintergreen zarżał zwycięsko.

— Zawsze jestem lepszy — tryumfował. — Słuchaj, a co z tą egipską bawełną, z którą został na lodzie? Ile on tego kupił?

— Wszystko, co było.

— Wszystko? Niech mnie drzwi ścisną! — Były starszy szeregowy Wintergreen aż zapiał ze złośliwej uciechy. — Co za frajer! Byłeś z nim w Kairze. Czemuś do tego dopuścił?

— Ja? — odparł Yossarian wzruszając ramionami. — Ja nie mam na niego wpływu. Wszystko przez te dalekopisy, które tam mają w każdej lepszej restauracji. Milo nigdy nie widział dalekopisowej informacji giełdowej i kiedy poprosił kierownika sali o wyjaśnienia, podawano właśnie notowanie egipskiej bawełny. „Egipska bawełna?" — spytał Milo z tym swoim błyskiem w oku. „Po ile?" I zanim się zorientowałem, kupił całoroczny zbiór. A teraz nie może się tego pozbyć.

— Bo nie ma wyobraźni. Mogę upłynnić sporo tego na czarnym rynku, jeżeli wejdzie ze mną w spółkę.

— Milo zna dobrze czarny rynek. Nie ma najmniejszego popytu na bawełnę.

— Ale za to jest popyt na środki opatrunkowe. Można owinąć bawełną wykałaczki i sprzedać jako waciki dezynfekcyjne. Myślisz, że mi odstąpi bawełnę po dobrej cenie?

— Nie odstąpi ci po żadnej cenie. Ma do ciebie żal, że robisz mu konkurencję. Prawdę mówiąc, ma żal do wszystkich o to, że zhańbiliśmy dobre imię jego stołówki tą epidemią biegunki w zeszłym tygodniu. Słuchaj, ty możesz nas uratować — schwycił go nagle za ramię Yossarian. — Czy nie mógłbyś na swoim powielaczu odbić jakiegoś fałszywego rozkazu i uwolnić nas od tej akcji na Bolonię?

Były starszy szeregowy Wintergreen odsunął się od niego powoli z wyrazem pogardy.

— Oczywiście, że mógłbym — wyjaśnił z dumą. — Ale ani mi się śni.

— Dlaczego?

— Bo to jest wasz obowiązek. Każdy z nas musi spełnić swój obowiązek. Moim obowiązkiem jest opylić z zyskiem te zapalniczki i kupić od Mila trochę bawełny. Waszym obowiązkiem jest zbombardować składy amunicji w Bolonii.

— Ale mnie zabiją nad tą Bolonią — błagał Yossarian. — Zginiemy tam wszyscy.

— No to będziecie musieli zginąć — odpowiedział były starszy szeregowy Wintergreen. — Dlaczego nie pogodzisz się z losem tak jak ja? Jeżeli moim przeznaczeniem jest opylić z zyskiem te zapalniczki i kupić tanio bawełnę od Mila, to tak się stanie. Jeżeli twoim przeznaczeniem jest zginąć nad Bolonią, to i tak zginiesz, umrzyj więc przynajmniej jak mężczyzna. Z przykrością muszę stwierdzić, że ostatnio stajesz się chronicznym malkontentem.

Clevinger zgodził się z byłym starszym szeregowym Wintergreenem, że zadaniem Yossariana jest zginąć nad Bolonią, i zsiniał z oburzenia, kiedy Yossarian przyznał mu się, że to on przesunął linię na mapie powodując odwołanie akcji.

— A dlaczego nie? — warknął Yossarian, rzucając się w spór szczególnie agresywnie, gdyż sam podejrzewał, że nie ma racji. — Czy mam sobie dać odstrzelić dupę tylko dlatego, że jakiś pułkownik chce zostać generałem?

— A co z żołnierzami tam na froncie? — spytał nie mniej podekscytowany Clevinger. — Czy mają im nastrzelać do dupy tylko dlatego, że tobie nie chce się lecieć? Ci ludzie mają prawo do wsparcia lotniczego!

— Ale niekoniecznie do mojego. Słuchaj, im jest zupełnie wszystko jedno, kto rozwali te składy amunicji. Lecimy tam tylko dlatego, że ten bydlak Cathcart zgłosił nas na ochotnika.

— Wiem o tym — zapewnił go Clevinger. Jego chuda twarz pobladła, a piwne oczy napełniły się łzami szczerości. — Ale faktem jest, że składy amunicji stoją nietknięte. Wiesz bardzo dobrze, że mam do pułkownika Cathcarta równie krytyczny stosunek jak ty. — Wargi mu drżały, zawiesił głos dla większego nacisku, a potem miękko uderzył pięścią w śpiwór. — Ale nie do nas należy ustalanie, jakie cele niszczyć, kto to ma robić i...

— I kto ma zginąć przy wykoynwaniu zadania? I dlaczego?

— Tak, nawet to. Nie mamy prawa kwestionować...

— Jesteś nienormalny!

— ...nie mamy prawa kwestionować.

— Czy naprawdę uważasz, że troskę o to, jak i dlaczego zostanę zabity, powinienem pozostawić pułkownikowi Cathcartowi? Naprawdę tak myślisz?

— Tak — upierał się Clevinger już z mniejszym przekonaniem. — Są ludzie, którym powierzono wygranie tej wojny i którzy o wiele lepiej od nas wiedzą, jakie cele należy bombardować.

— Mówimy o dwóch różnych sprawach — odpowiedział Yossarian znużonym głosem. — Ty mówisz o stosunku wojsk lotniczych do piechoty, a ja mówię o moim stosunku do pułkownika Cathcarta. Ty mówisz o tym, że trzeba wygrać wojnę, a ja o tym, że trzeba wygrać wojnę i pozostać przy życiu.

— Otóż to — przerwał mu tryumfalnie Clevinger. — I jak ci się wydaje, co jest ważniejsze?

— Dla kogo? — odciął się Yossarian. — Czas spojrzeć prawdzie w oczy, Clevinger. Nieboszczyka guzik obchodzi, kto wygrał wojnę.

Clevinger siedział przez chwilę jak spoliczkowany.

— Gratuluję! — zawołał z goryczą i cieniutka mlecznobiała obwódka ściągnęła jego wargi bezkrwistą pętlą. — Trudno wyobrazić sobie filozofię, która byłaby bardziej na rękę naszym wrogom.

— Wrogiem jest każdy — odparł Yossarian z przemyślaną precyzją — kto zamierza cię zabić, niezależnie od tego, po której jest stronie, a to obejmuje również pułkownika Cathcarta. Nie zapominaj o tym, bo im dłużej będziesz o tym pamiętał, tym dłużej możesz pozostać przy życiu.

Ale Clevinger zapomniał i teraz nie żył. Był tak oburzony tym, co zaszło, że Yossarian nie odważył się już przyznać, że epidemia biegunki, która spowodowała kolejne nieprzewidziane odroczenie akcji, była również jego dziełem. Jeszcze bardziej oburzony był Milo na myśl, że ktoś znowu struł jego eskadrę, i zdenerwowany przybiegł do Yossariana po pomoc.

— Proszę cię, wywiedz się od kaprala Snarka, czy znowu nie nakładł mydła do batatów — poprosił ukradkim. — Kapral Snark ma do ciebie zaufanie i powie ci prawdę, jak mu dasz słowo, że nikomu nie powiesz. A jak ci powie, natychmiast przyjdź i powiedz mi.

— Oczywiście, że dodałem mydła do batatów — przyznał się kapral Snark. — Przecież sam mnie o to prosiłeś, nie? Mydło do prania to najlepszy sposób.

— On przysięga na Boga, że nie miał z tym nic wspólnego — poinformował Mila Yossarian.

Milo z powątpiewaniem wydął wargi.

— Dunbar mówi, że Boga nie ma.

Wszystkie nadzieje zawiodły. W połowie drugiego tygodnia wszyscy w eskadrze upodobnili się do Joego Głodomora, który był zwolniony od lotów bojowych i krzyczał okropnie przez sen. On jeden w eskadrze mógł spać. Po całych nocach lotnicy kręcili się w ciemnościach wokół namiotów jak nieme zjawy z papierosami. W ciągu dnia stojąc w bezczynnych, zrezygnowanych grupkach gapili się na linię frontu zaznaczoną na mapie albo na nieruchomą postać doktora Daneeki, który siedział przed zamkniętym ambulatorium pod makabrycznym napisem. Zaczęli wymyślać ponure, nieśmieszne dowcipy i katastroficzne pogłoski o klęsce, jaka ich czeka w Bolonii.

Yossarian będąc na gazie przysiadł się któregoś wieczoru w klubie oficerskim do pułkownika Korna, żeby z nim pożartować na temat nowej armaty Lepaga sprowadzonej przez Niemców.

— Co to za armata Lepaga? — spytał zaintrygowany pułkownik Korn.

— Nowa armata klejowa Lepaga, kaliber trzysta czterdzieści cztery milimetry — odpowiedział Yossarian. — Skleja w powietrzu cały szyk samolotów w jedną masę.

Pułkownik Korn oburzony wyrwał łokieć z uścisku palców Yossariana.

— Puść mnie, ty idioto! — krzyknął ze złością, patrząc z mściwą aprobatą, jak Nately podskakuje z tyłu do Yossariana i odciąga go na bok. — Kto to jest ten wariat? — spytał.

Pułkownik Cathcart zarechotał radośnie.

— To ten, któremu kazał pan dać medal za Ferrarę. Kazał mi pan też awansować go na kapitana, pamięta pan? Ma pan teraz za swoje.

Nately był dużo lżejszy i z największym trudem ciągnął zataczającego się Yossariana ku wolnemu stolikowi.

— Czyś ty zwariował? — syczał mu do ucha przestraszony. — To był pułkownik Korn. Czyś ty zwariował?

Yossarian chciał się jeszcze napić i obiecał wyjść spokojnie, pod warunkiem że Nately przyniesie mu jeszcze jedną whisky. Potem posyłał go jeszcze dwa razy. Kiedy wreszcie Nately wyciągnął go do drzwi, z dworu wszedł kapitan Black, tupiąc mocno mokrymi butami po drewnianej podłodze i ociekając wodą jak spadzisty dach.

— O rany, ale dostaniecie teraz, skurwiele, za swoje! — obwieścił radośnie, rozchlapując kałużę, jaka utworzyła się wokół jego stóp. — Przed chwilą telefonował do mnie pułkownik Korn. Wiecie, co przygotowali na was w Bolonii? Ha! Ha! Mają tam nową armatę klejową Lepaga, która skleja w powietrzu cały szyk samolotów w jedną masę.

— O Boże, więc to prawda! — wrzasnął Yossarian i przerażony przypadł do Nately'ego.

— Boga nie ma — zareplikował spokojnie Dunbar, zbliżając się nieco chwiejnym krokiem.

— Hej, pomóż mi, dobrze? Muszę go zaciągnąć do jego namiotu.

— Kto tak powiedział?

— Ja tak mówię. O rany, zobacz, jaki deszcz.

— Musimy skądś wziąć auto.

— Ukradnijcie samochód kapitana Blacka — odezwał się Yossarian. — Ja zawsze tak robię.

— Nie da się ukraść żadnego auta. Odkąd zacząłeś kraść pierwszy z brzegu samochód, kiedy tylko był ci potrzebny, wszyscy zabierają kluczyki.

— Wskakujcie — powiedział pijany Wódz White Halfoat, który podjechał krytym dżipem. Zaczekał, aż wcisną się do środka, i ruszył tak gwałtownie, że rzuciło ich wszystkich do tyłu. Ryknął śmiechem w odpowiedzi na ich przekleństwa. Wyjechawszy z parkingu pognał prosto jak strzelił i władował się na nasyp po drugiej stronie drogi. Pasażerowie polecieli do przodu tworząc bezładny kłąb ciał i znowu obrzucili go przekleństwami.

— Zapomniałem skręcić — wyjaśnił.

— Lepiej uważaj, jak jedziesz — ostrzegł go Nately. — Może byś tak włączył światła.

Wódz White Halfoat cofnął się, zakręcił i wystrzelił jak z procy na pełnym gazie. Koła piszczały po asfaltowej nawierzchni szosy.

— Nie tak szybko — upomniał go Nately.

— Pojedźmy najpierw do waszej eskadry, to pomogę ci położyć go do łóżka, a potem będziesz mnie mógł odwieźć do mojej eskadry.

— Kto ty jesteś, do cholery?

— Dunbar.

— Hej, włącz światła — krzyknął Nately. — I patrz na drogę!

— Czego się czepiacie? Czy jest tam Yossarian? Gdyby nie on, to bym was, drani, wcale nie zabrał. — Wódz White Halfoat odwrócił się do tyłu i rozglądał się po samochodzie.

— Patrz na drogę!

— Yossarian! Jesteś tam?

— Jestem, Wodzu. Jedźmy do domu. Skąd ta pewność? Nie odpowiedziałeś na moje pytanie.

— Widzisz? Mówiłem ci, że on tu jest.

— Na jakie pytanie?

— W sprawie tego, o czym rozmawialiśmy.

— Czy to było coś ważnego? Bóg mi świadkiem, że nie pamiętam.

— Boga nie ma.

— O tym właśnie rozmawialiśmy — zawołał Yossarian. — Skąd ta pewność?

— Hej, a czy masz pewność, że włączyłeś światła? — krzyknął Nately.

— Włączyłem, włączyłem. Czego on ode mnie chce? To przez ten deszcz na szybie wydaje się, że jest ciemno.

— Deszcz, cudowny deszcz.

— Mam nadzieję, że nigdy nie przestanie padać. Deszczu...

— ...deszczu, idźże precz. Dokąd...

— ...pójdziesz, twoja...

— ...rzecz. Yo-yo biegać chce...

— ...po trawie. Nie...

— ...przeszkadzaj mu w...

Wódz White Halfoat nie zauważył kolejnego zakrętu i pojechał prosto, w miejscu gdzie droga biegła stromym nasypem. Dżip koziołkując stoczył się na dół i utknął miękko w błocie. Zapanowała mrożąca krew w żyłach cisza.

— Nikomu się nic nie stało? — spytał Wódz White Halfoat ściszonym głosem. Nikomu nic się nie stało, więc wydobył z siebie potężne westchnienie ulgi. — Wiecie, na czym polega moje nieszczęście? — jęknął. — Nigdy nie słucham dobrych rad. Ktoś mi powtarzał, żeby włączyć światła, a ja nie usłuchałem.

— To ja ci powtarzałem, żebyś włączył światła.

— Wiem, wiem. A ja nie usłuchałem, prawda? Przydałaby się jakaś butelka. Hej, przecież ja mam butelkę. Patrzcie, nie stłukła się.

— Pada tu do środka — zauważył Nately. — Mokro mi.

Wódz White Halfoat odkorkował butelkę żytniej whisky, upił trochę i podał dalej. Leżąc splątani w jeden kłąb, wypili wszyscy z wyjątkiem Nately'ego, który bezskutecznie szukał klamki. Butelka ze stukiem uderzyła go w głowę i alkohol pociekł mu za kołnierz. Nately zaczął się konwulsyjnie wiercić.

— Hej, musimy się stąd wydostać! — krzyczał. — Bo się tu wszyscy potopimy.

— Jest tam kto? — spytał z troską w głosie Clevinger, świecąc z góry latarką.

— To Clevinger! — zawołali i usiłowali wciągnąć go do środka przez okno, kiedy schylił się, żeby im pomóc.

— Spójrz tylko na nich! — wykrzyknął z oburzeniem Clevinger do McWatta, który szczerzył zęby za kierownicą sztabowego samochodu. — Leżą tu pijani jak bydlęta. I ty też, Nately? Jak ci

134

nie wstyd! Chodź, pomóż mi ich stąd wyciągnąć, zanim wszyscy poumierają na zapalenie płuc.

— Wiecie, to wcale nie jest taki zły pomysł — zauważył Wódz White Halfoat. — Myślę, że umrę sobie na zapalenie płuc.

— Dlaczego?

— A dlaczego nie? — odpowiedział Wódz White Halfoat i z uśmiechem szczęścia położył się z powrotem w błoto tuląc w ramionach butelkę.

— Spójrzcie tylko, co on wyrabia! — wykrzyknął ze złością Clevinger. — Może byś tak wstał i wsiadł do samochodu, żebyśmy mogli wszyscy pojechać do eskadry?

— Nie możemy jechać wszyscy. Ktoś musi tu zostać i pomóc Wodzowi z tym dżipem, który jest zapisany na jego nazwisko w parku maszynowym.

Wódz White Halfoat rozsiadł się w samochodzie sztabowym zanosząc się dumnym chichotem.

— To jest samochód kapitana Blacka — obwieścił radośnie. — Ukradłem mu go dopiero co sprzed klubu oficerskiego za pomocą zapasowych kluczyków, które zgubił dziś rano.

— O, do diabła! Trzeba to oblać.

— Czy nie dość już wypiliście? — zaczął ich strofować Clevinger, gdy tylko McWatt zapuścił silnik. — Spójrzcie lepiej na siebie. Czy naprawdę chcecie zapić się na śmierć albo utopić się w bagnie?

— Byle tylko nie zalatać się na śmierć.

— Dodaj gazu, dodaj gazu — zachęcał McWatta Wódz White Halfoat. — I wyłącz światła. Wtedy się najlepiej jedzie.

— Doktor Daneeka ma rację — kontynuował Clevinger. — Ludzie są za głupi, żeby mogli sami za siebie odpowiadać. Naprawdę czuję do was obrzydzenie.

— W porządku, pyskacz, wysiadaj z samochodu — rozkazał Wódz White Halfoat. — Wszyscy wysiadać z wyjątkiem Yossariana. Gdzie jest Yossarian?

— Zejdź ze mnie — odpychał go ze śmiechem Yossarian. — Jesteś cały w błocie.

Clevinger obrał sobie teraz za cel Nately'ego.

— Tobie się najbardziej dziwię. Czy wiesz, jak od ciebie jedzie? Zamiast mieć na niego oko, upiłeś się tak samo jak on. A gdyby tak znowu wdał się w bójkę z Applebym?

Clevinger zrobił wielkie oczy z przerażenia, kiedy usłyszał chichot Yossariana.

— Chyba nie wdał się znowu w bójkę z Applebym?

— Tym razem nie — odpowiedział Dunbar.

— Nie, tym razem nie. Tym razem zrobiłem coś lepszego.

— Tym razem wdał się w bójkę z pułkownikiem Kornem.

— Niemożliwe! — jęknął Clevinger.

— Naprawdę? — zawołał ucieszony Wódz White Halfoat. — Trzeba to oblać.

— Ależ to straszne! — oświadczył Clevinger przejęty do głębi. — Dlaczego, u licha, musiałeś się czepiać pułkownika Korna? Hej, co się stało ze światłami? Dlaczego jest tak ciemno?

— Wyłączyłem światła — odpowiedział McWatt. — Wódz White Halfoat ma rację. Bez świateł jest dużo lepiej.

— Czyś ty zwariował? — wrzasnął Clevinger i skoczył do przodu, żeby włączyć reflektory. Potem bliski histerii rzucił się na Yossariana. — Widzisz, co robisz? Dajesz im zły przykład! Jeżeli przestanie padać i jutro trzeba będzie lecieć na Bolonię? W ładnej będziecie formie.

— Nigdy nie przestanie padać. Nie, mój drogi, taki deszcz może padać w nieskończoność.

— Już nie pada! — powiedział ktoś i w samochodzie zapanowało milczenie.

— O wy nieszczęsne skurwysyny — mruknął współczująco Wódz White Halfoat po dłuższej chwili.

— Czy naprawdę przestało padać? — spytał Yossarian nieśmiało.

McWatt wyłączył wycieraczki, żeby się upewnić. Nie padało. Niebo zaczynało się przejaśniać. Przez lekką brązową mgiełkę wyraźnie widać było księżyc.

— Co tam — powiedział trzeźwym głosem McWatt. — Było nie było.

— Nie martwcie się, koledzy — odezwał się Wódz White Halfoat. — Pas startowy będzie jutro jeszcze za miękki. Może zanim wyschnie, zacznie znowu padać.

— Ty cholerny, śmierdzący, wszawy skurwysynu — wrzasnął Joe Głodomór ze swojego namiotu, kiedy wjechali do obozu.

— Jezu, to on jest tutaj? Myślałem, że jest jeszcze w Rzymie ze swoim samolotem kurierskim.

— O! Oooo! Oooooo! — wrzeszczał Joe Głodomór.

Wodza White Halfoata zatrzęsło.

— Ten facet działa mi na nerwy — wyznał zbolałym szeptem. — Hej, a co się stało z kapitanem Flume?

— O, to jest facet, który mi działa na nerwy. W zeszłym

tygodniu widziałem go w lesie, jak jadł jagody. Nie sypia już w swojej przyczepie. Wyglądał potwornie.

— Joe Głodomór boi się, że będzie musiał zastąpić kogoś chorego, mimo że zwolnienia lekarskie zostały odwołane. Widzieliście go tego wieczoru, kiedy chciał zamordować Havermeyera i wpadł do rowu?

— Oooo! — wrzasnął Joe Głodomór. — O! Oooo! Oooooo!

— Całe szczęście, że Flume przestał pokazywać się w stołówce. Skończyło się: „Kto zjada ostatki, ten jest piękny i gładki".

— Albo: „Kto je buraczki, ten nie ma białaczki".

— Zjeżdżaj stąd, zjeżdżaj, ty cholerny, śmierdzący, wszawy skurwysynu!

— Przynajmniej wiemy, co mu się śni — zauważył z przekąsem Dunbar. — Śnią mu się cholerne, śmierdzące, wszawe skurwysyny.

Nieco później tej samej nocy Joe Głodomór miał sen, że się dusi, bo kot Hupleʼa siedzi mu na twarzy, a kiedy się obudził, kot Hupleʼa rzeczywiście siedział mu na twarzy. Jego przerażenie nie miało granic i przeszywające, nieziemskie wycie, jakim rozdarł księżycową ciemność, wibrowało siłą inercji jeszcze przez kilka sekund jak potężny wybuch. Na chwilę zapanowała odrętwiająca cisza, a potem z namiotu Joego dobiegły odgłosy potwornej awantury.

Yossarian wpadł tam jako jeden z pierwszych. Kiedy sforsował wejście, zobaczył, że Joe Głodomór trzyma w ręku rewolwer i szarpie się z Hupleʼem, nie pozwalającym mu zastrzelić kota, który pluł i szarżował raz po raz na Joego Głodomora, nie pozwalając mu zastrzelić Hupleʼa. Obaj ludzcy adwersarze byli w wojskowej bieliźnie. Goła żarówka nad głową tańczyła szaleńczo na drucie i wszędzie miotały się i podrygiwały chaotyczne, czarne, splątane cienie, aż cały namiot zdawał się wirować. Yossarian nie mógł załapać równowagi i z rozpędu rzucił się wspaniałym szczupakiem, przygniatając wszystkich trzech walczących do ziemi. Powstał z tego stosu ciał trzymając jedną ręką za kark Joego Głodomora, a drugą kota. Joe Głodomór i kot patrzyli na siebie z nienawiścią. Kot pluł wściekle na Joego Głodomora, a Joe Głodomór usiłował zdzielić go pięścią.

— Walka musi być uczciwa — orzekł Yossarian i wszyscy, którzy przybiegli przerażeni hałasem, zaczęli wznosić ekstatyczne okrzyki w ogromnym przypływie ulgi.

— Odbędzie się uczciwa walka — oświadczył Yossarian oficjalnie Joemu Głodomorowi i kotu, wyniósłszy ich na dwór i nadal trzymając ich za karki z dala od siebie. — Pięści, kły i pazury, ale bez broni palnej — uprzedził Joego Głodomora. — I bez plucia — upomniał surowo kota. — Zaczynacie, kiedy was puszczę. Zwarcia będę przerywał i wznawiał walkę na środku. Start!

Zebrał się wielki oszołomiony tłum żądnych rozrywki gapiów, ale kot okazał się podszyty tchórzem i uciekł sromotnie, w momencie gdy Yossarian go puścił. Joe Głodomór został ogłoszony zwycięzcą. Odszedł dumnym, rozkołysanym krokiem czempiona, z uśmiechem szczęścia, wypinając wychudłą pierś i wysoko unosząc małą główkę. Wrócił zwycięsko do łóżka i znów śniło mu się, że się dusi, bo kot Huple'a siedzi mu na twarzy.

13

Major... de Coverley

Przesunięcie linii frontu nie zmyliło Niemców, wprowadziło natomiast w błąd majora... de Coverley, który spakował swoją torbę podróżną, zażądał samolotu i w przekonaniu, że Florencja również została zdobyta przez aliantów, udał się tam osobiście, żeby wynająć dla oficerów i szeregowych eskadry dwa apartamenty, z których mogliby korzystać podczas urlopów wypoczynkowych. Nie wrócił jeszcze, kiedy Yossarian wyskoczył z biura majora Majora i zastanawiał się, do kogo z kolei zwrócić się teraz o pomoc.

Major... de Coverley był wspaniałym, budzącym respekt poważnym mężczyzną z masywną lwią głową i gniewną grzywą zwichrzonych siwych włosów, które niczym śnieżna zawieja szalały wokół surowego oblicza patriarchy. Obowiązki majora... de Coverley polegały wyłącznie, jak podejrzewali zarówno doktor Daneeka, jak i major Major, na rzucaniu podkowami, porywaniu włoskich kucharzy oraz wynajmowaniu apartamentów dla oficerów i szeregowych na okres urlopów, i we wszystkich tych trzech dziedzinach major... de Coverley był niezrównany.

Za każdym razem, kiedy stawało się jasne, że miasto takie jak Neapol, Rzym czy Florencja zostanie zdobyte, major... de Coverley pakował swoją torbę podróżną, żądał samolotu z pilotem i odlatywał, nie wypowiadając przy tym ani jednego słowa, wykorzystując wyłącznie siłę oddziaływania swojej uroczystej, władczej postawy i rozkazujące ruchy swego pomarszczonego palca. W dzień lub dwa po zajęciu miasta wracał z umową na dwa duże, luksusowe apartamenty, jeden dla oficerów, drugi dla podoficerów i szeregowych, oba obsadzone już przez znających swój fach wesołych kucharzy i pokojówki. W kilka dni później dzienniki całego świata przynosiły fotografie pierwszych amerykańskich żołnierzy wdzierających się do zrujnowanego miasta poprzez zwały gruzów i dym. I niezmiennie był wśród nich major... de Coverley, siedzący prosto, jakby kij połknął, w zdobytym gdzieś dżipie, wpatrzony przed siebie, podczas gdy pociski artyleryjskie rozrywały się wokół jego niezwyciężonej głowy, a młodzi, zwinni żołnierze piechoty z karabinami w ręku przebiegali pod ścianami płonących budynków lub padali zabici w bramach. Wydawał się niezniszczalny i nieśmiertelny, gdy tak siedział wśród grożącego zewsząd niebezpieczeństwa z twarzą zastygłą w ów groźny, władczy, sprawiedliwy i budzący respekt wyraz, który cała eskadra znała i szanowała.

Dla niemieckiego wywiadu major... de Coverley stanowił irytującą zagadkę; nikt spośród setek amerykańskich jeńców nie potrafił podać żadnej konkretnej informacji o starszym, siwowłosym oficerze z groźnie zmarszczonym czołem i płomiennym, władczym wejrzeniem, który nieustraszenie i zawsze zwycięsko prowadził wojska alianckie we wszystkich ważniejszych akcjach. Dla władz amerykańskich stanowił on nie mniejszą tajemnicę; żeby ustalić jego tożsamość rzucono na front doborową kompanię z Wydziału Śledczego, a cały batalion zaprawionych w boju oficerów propagandy czuwał przez dwadzieścia cztery godziny na dobę w pogotowiu numer jeden, żeby zrobić wokół niego należytą reklamę natychmiast, gdy się go zidentyfikuje.

W Rzymie major... de Coverley przeszedł sam siebie. Na oficerów, którzy przybywali w grupach po czterech lub pięciu, czekały ogromne podwójne pokoje w nowym domu z białego kamienia, z trzema obszernymi łazienkami o ścianach wyłożonych lśniącymi kafelkami w kolorze wody morskiej i z jedną chudą pokojówką imieniem Michaela, która na wszystko reagowała chichotem i utrzymywała pokoje w nienagannym porządku. Piętro niżej mieszkali uniżeni właściciele. Piętro wyżej mieszkała piękna, bogata, kruczowłosa hrabina ze swoją piękną, bogatą, kruczowłosą synową i obie chciały spać tylko z Natelym, który był zbyt nieśmiały, żeby z tego skorzystać, lub z Aarfym, który miał zbyt sztywne zasady i usiłował je przekonać, że nie powinny sypiać z nikim poza swoimi mężami, którzy woleli pozostać na północy i pilnować interesów.

— To są w gruncie rzeczy porządne kobiety — z całą powagą zwierzał się Aarfy Yossarianowi, którego prześladował obraz erotycznie upozowanych, nagich, mlecznobiałych ciał obu tych pięknych, bogatych, kruczowłosych porządnych kobiet leżących z nim w łóżku jednocześnie.

Szeregowcy i podoficerowie rzucali się na Rzym bandami po dwunastu albo więcej, z gargantuicznymi apetytami i ciężkimi skrzynkami konserw, które kobiety gotowały i podawały im w ich apartamencie na piątym piętrze domu z czerwonej cegły, ze zgrzytającą windą. U szeregowych stale coś się działo. Po pierwsze, szeregowych było zawsze więcej, więcej było też kobiet do gotowania, podawania, zamiatania i szorowania, a prócz tego zawsze kręciły się tam wesołe i głupie zmysłowe młode dziewczyny, wynalezione i sprowadzone przez Yossariana, oraz inne, które skacowani lotnicy wracający na Pianosę po wyczerpujących siedmiodniowych hulankach sprowadzali dla siebie i zostawiali dla kolegów. Dziewczyny miały zapewniony dach nad głową i wyżywienie, jak długo chciały, w zamian za co musiały służyć wszystkim przybywającym tam lotnikom, co, jak się wydaje, nie sprawiało im najmniejszej przykrości.

Mniej więcej co cztery dni jak oszalały wpadał zachrypnięty, nieprzytomny i rozgorączkowany Joe Głodomór, który znowu miał nieszczęście zakończyć obowiązkową kolejkę lotów i latał samolotem kurierskim. Przeważnie sypiał w pokojach dla szeregowców. Nikt nie był pewien, ile tych pokojów major... de Coverley wynajął, nie wiedziała tego nawet ich właścicielka, zażywna kobieta z parteru, chodząca zawsze w czarnym gorsecie. Zajmowały całe górne piętro i Yossarian wiedział, że także część czwartego, gdyż właśnie na czwartym piętrze, w pokoju Snowdena, odnalazł wreszcie pokojówkę w cytrynowych majtkach i z miotełką do kurzu następnego dnia po Bolonii, po tym jak rankiem tego samego dnia w apartamentach oficerskich Joe Głodomór zastał go w łóżku z Lucjaną i pobiegł jak szalony po swój aparat fotograficzny.

Pokojówka w cytrynowych majtkach była wesołą, grubą, uczynną kobietą po trzydziestce, z rozlazłymi udami i rozkołysanymi szynkami w cytrynowych majtkach, które chętnie ściągała na każde życzenie. Miała pospolitą, szeroką twarz i była najbardziej cnotliwą kobietą na świecie: dawała wszystkim, bez względu na rasę, wyznanie, kolor skóry lub narodowość, traktując to jako towarzyski akt gościnności, nie tracąc nawet czasu na odłożenie ścierki, szczotki czy miotełki, którą trzymała, w momencie kiedy jej ktoś dopadł. Przystępność była jej głównym powabem; podobnie jak z Mount Everestem, sam fakt jej istnienia wystarczał, aby się na nią wspinali. Yossarian kochał się w pokojówce w cytrynowych majtkach, ponieważ była chyba jedyną kobietą, z którą mógł się kochać nie ryzykując, że się w niej zakocha. Nawet łysa dziewczyna z Sycylii nadal wywoływała w nim przemożne uczucie litości, czułości i żalu.

Mimo licznych niebezpieczeństw, na jakie major... de Coverley narażał się za każdym razem, wynajmując pokoje, jedyną ranę odniósł jak na ironię wkraczając na czele tryumfalnego pochodu do otwartego miasta Rzymu, gdzie został zraniony w oko kwiatem wystrzelonym z bliskiej odległości przez obdartego, chichoczącego, zapijaczonego starucha, który następnie jak szatan rzucił się ze złośliwą uciechą na samochód majora... de Coverley, schwycił brutalnie i bez cienia szacunku jego siwą głowę i ucałował go szyderczo w oba policzki, ziejąc przy tym kwaśnym odorem wina, sera i czosnku, by natychmiast z pustym, suchym, zgrzytliwym śmiechem zniknąć wśród radosnego, wiwatującego tłumu. Major... de Coverley, zawsze po spartańsku znoszący przeciwności losu, nawet okiem nie mrugnął podczas całej tej straszliwej próby i dopiero po załatwieniu spraw w Rzymie i po powrocie na Pianosę udał się do lekarza.

Postanowił zachować obuoczne widzenie i zażądał od doktora Daneeki przezroczystej przepaski na oko, tak żeby móc nadal rzucać podkowami, porywać włoskich kucharzy i wynajmować pokoje z szeroko otwartymi oczyma. Lotnicy eskadry patrzyli na majora... de Coverley jak na legendarnego herosa, chociaż nigdy nie mieli odwagi mu o tym powiedzieć. Jedynym człowiekiem, który odważył się do niego zwrócić, był Milo Minderbinder. W drugim tygodniu swojej służby w eskadrze przyszedł na rzutnię do podków z ugotowanym na twardo jajkiem i pokazał je na wyciągniętej ręce majorowi. Major... de Coverley wyprostował się zaskoczony bezczelnością Mila i skoncentrował na nim cały gniew swego zachmurzonego oblicza, z poszarpanym nawisem pociętego bruzdami czoła i z wielką turnią garbatego nosa, który wyskakiwał groźnie z jego twarzy niczym potężny obrońca piłkarski. Milo wytrzymał ten atak chroniąc się za jajko na twardo, którym zasłonił się niby jakimś magicznym talizmanem. Po chwili huragan zaczął słabnąć i niebezpieczeństwo minęło.

— Co to jest? — spytał wreszcie major... de Coverley.

— Jajko — odpowiedział Milo.

— Jakie jajko? — spytał major... de Coverley.

— Jajko na twardo — odpowiedział Milo.

— Jakie jajko na twardo? — spytał major... de Coverley.

— Świeże jajko na twardo — odpowiedział Milo.

142

— Skąd się wzięło to świeże jajko? — spytał major... de Coverley.

— Z kury — odpowiedział Milo.

— Gdzie jest ta kura? — spytał major... de Coverley.

— Ta kura jest na Malcie — odpowiedział Milo.

— Ile jest tych kur na Malcie?

— Dość, żeby znosić świeże jajka dla wszystkich oficerów naszej eskadry po pięć centów sztuka z funduszów stołówki — odpowiedział Milo.

— Przepadam za świeżymi jajkami — wyznał major... de Coverley.

— Gdyby ktoś dał mi raz na tydzień do dyspozycji samolot, mógłbym tam latać raz na tydzień samolotem naszej eskadry i przywozić tyle jajek, ile nam będzie potrzeba — odpowiedział Milo. — Ostatecznie na Maltę nie jest tak daleko.

— Na Maltę nie jest tak daleko — zauważył major... de Coverley. — Moglibyście chyba polecieć tam raz na tydzień samolotem naszej eskadry i przywieźć tyle świeżych jajek, ile nam będzie potrzeba.

— Tak — zgodził się Milo. — Myślę, że mógłbym to robić, gdyby ktoś sobie tego życzył i dał mi do dyspozycji samolot.

— Lubię jajecznicę ze świeżych jajek na świeżym maśle — przypomniał sobie major... de Coverley.

— Na Sycylii mogę kupić tyle świeżego masła, ile nam będzie trzeba, po dwadzieścia pięć centów za funt — odpowiedział Milo. — Dwadzieścia pięć centów za funt świeżego masła to dobry interes. Fundusze stołówki wystarczą również na kupno masła. Moglibyśmy pewną ilość sprzedać innym eskadrom z zyskiem i wtedy zwróci nam się prawie wszystko za nasze.

— Jak się nazywasz, synu? — spytał major... de Coverley.

— Milo Minderbinder, panie majorze. Mam dwadzieścia siedem lat.

— Jesteś dobrym oficerem aprowizacyjnym, Milo.

— Nie jestem oficerem aprowizacyjnym, panie majorze.

— Jesteś dobrym oficerem aprowizacyjnym, Milo.

— Dziękuję, panie majorze. Zrobię wszystko, co w mojej mocy, żeby być dobrym oficerem aprowizacyjnym.

— Niech cię Bóg błogosławi, mój chłopcze. Weź podkowę.

— Dziękuję, panie majorze. Co mam z nią zrobić?

— Rzuć ją.

— Wyrzucić?

— Nie, zarzuć na tamten kołek. Potem trzeba ją podnieść

i zarzucić na ten kołek. To jest gra, rozumiesz? Podkowa zawsze do ciebie wraca.

— Rozumiem, panie majorze. Jaka jest aktualna cena podków?

Śródziemnomorskie wiatry poniosły daleko zapach świeżych jajek skwierczących egzotycznie na świeżym maśle i ściągnęły generała Dreedle, który zjawił się ze swoim wilczym apetytem, nieodłączną pielęgniarką i zięciem, pułkownikiem Moodusem. Początkowo generał Dreedle pochłaniał wszystkie swoje posiłki w stołówce Mila. Potem pozostałe trzy eskadry z grupy pułkownika Cathcarta również powierzyły swoje stołówki Milowi, dając mu każda po samolocie wraz z pilotem, aby mógł sprowadzać świeże jajka i masło także i dla nich. Samoloty Mila latały tam i z powrotem przez okrągły tydzień i wszyscy oficerowie w czterech eskadrach zaczęli obżerać się świeżymi jajkami w niepohamowanej orgii jajkożerstwa. Generał Dreedle obżerał się świeżymi jajkami na śniadanie, obiad i kolację — żarł też świeże jajka pomiędzy posiłkami — dopóki Milo nie odkrył obfitych źródeł świeżej cielęciny, wołowiny, kaczek, kotletów z jagnięcia, pieczarek, brokułów, południowoafrykańskich szyjek rakowych, krewetek, szynki, puddingów, winogron, lodów, truskawek i karczochów. W skład skrzydła, którym dowodził generał Dreedle, wchodziły jeszcze trzy inne grupy bombowe i wszystkie trzy, powodowane zazdrością, wysłały swoje samoloty na Maltę po świeże jajka, stwierdziły jednak, że świeże jajka kosztują tam po siedem centów sztuka. Ponieważ Milo sprzedawał je po pięć centów, sensowniej było powierzyć prowadzenie stołówek syndykatowi, udostępniając mu swoje samoloty i pilotów do sprowadzania różnych smakołyków, jakie im przy okazji obiecywał.

Wszyscy byli zachwyceni takim obrotem spraw, a najbardziej sam pułkownik Cathcart, który uznał, że jest to dla niego powód do chwały. Witał się z Milem jowialnie przy każdej okazji i bez zastanowienia, w przypływie skruchy i wspaniałomyślności, przedstawił majora Majora do awansu. W sztabie Dwudziestej Siódmej Armii wniosek został natychmiast odrzucony przez byłego starszego szeregowego Wintergreena, który w szorstkim, anonimowym dopisku przypomniał, że armia ma tylko jednego majora Majora i nie zamierza go tracić dla przyjemności pułkownika Cathcarta. Pułkownik Cathcart poczuł się wielce dotknięty tak bezceremonialną odmową i zaszył się w swoim pokoju, aby przetrawić gorycz porażki. Uznał, że winę za wszystko ponosi major Major, i postanowił jeszcze tego samego dnia zdegradować go do stopnia porucznika.

— Pewnie nie pozwolą panu tego zrobić — zauważył z pobłażliwym uśmiechem pułkownik Korn, wyraźnie bawiąc się tą sytuacją. — Dokładnie z tych samych powodów, dla których nie pozwolili go panu awansować. Poza tym wyglądałoby głupio, gdyby usiłował go pan zdegradować bezpośrednio po tym, jak usiłował go pan awansować do mego stopnia.

Pułkownik Cathcart uświadomił sobie, że znalazł się w pułapce. Znacznie więcej szczęścia miał w staraniach o medal dla Yossariana po awanturze nad Ferrarą, kiedy to most łączący brzegi Padu stał nietknięty, mimo że minęło już siedem dni, odkąd pułkownik Cathcart na ochotnika podjął się jego zniszczenia. Przeprowadzono dziewięć nalotów w ciągu sześciu dni, ale most został zniszczony dopiero siódmego dnia, w dziesiątym nalocie, i Yossarian zabił wtedy Krafta i jego załogę, naprowadzając powtórnie na cel swój klucz złożony z sześciu samolotów. Yossarian zawrócił, ponieważ był wtedy jeszcze odważny. Dopóki bomby nie poszły, nie odrywał się ani na chwilę od celownika, a kiedy wreszcie się obejrzał, całe wnętrze samolotu zalane było niesamowitą pomarańczową poświatą. W pierwszej chwili pomyślał, że to ich samolot stanął w płomieniach. Potem ujrzał tuż nad sobą samolot z płonącym silnikiem i wrzasnął przez telefon pokładowy do McWatta, żeby zrobił ostry skręt w lewo. W sekundę później od samolotu Krafta odpadło skrzydło. Płonący wrak poleciał w dół, najpierw kadłub, za nim wirujące skrzydło, a grad drobnych odłamków zabębnił w dach samolotu Yossariana wśród nieustannego ba-bach! ba-bach! ba-bach! grzmocącej do nich artylerii przeciwlotniczej.

Po wylądowaniu, kiedy odprowadzany ponurymi spojrzeniami pozostałych lotników szedł w tępym przygnębieniu złożyć raport wywiadowczy kapitanowi Blackowi, który siedział pod zielonym daszkiem namiotu odpraw, dowiedział się, że w namiocie czekają na niego pułkownik Cathcart i pułkownik Korn. W wejściu stał major Danby, wśród grobowej ciszy odpędzając gestami wszystkich innych. Yossarian ze zmęczenia ledwie powłóczył nogami i chciał czym prędzej zdjąć z siebie klejące się ubranie. Wchodził do namiotu odpraw w rozterce, nie bardzo wiedząc, jak się ustosunkować do Krafta i jego załogi, zginęli bowiem z dala od niego w samotnej i niemej męce, podczas gdy jego pochłaniał całkowicie ten sam wstrętny, bolesny dylemat — obowiązek czy wieczne potępienie.

Pułkownik Cathcart był wstrząśnięty wypadkiem.

— Dwa razy? — spytał.

— Za pierwszym razem nie zdążyłem wycelować — odpowiedział Yossarian nie podnosząc oczu.

Ich głosy pobrzmiewały słabym echem w długim i wąskim pomieszczeniu.

— Ale drugi raz? — powtórzył pułkownik Cathcart z jawnym niedowierzaniem.

— Za pierwszym razem nie zdążyłem wycelować — powtórzył Yossarian.

— Ale Kraft by nie zginął.

— I most stałby nadal.

— Dobrze wyszkolony bombardier powinien rzucić bomby za pierwszym razem — przypomniał mu pułkownik Cathcart. — Pięciu pozostałych bombardierów zrzuciło bomby za pierwszym razem.

— I nie trafili — powiedział Yossarian. — Musielibyśmy lecieć tam jeszcze raz.

— I wtedy może trafilibyście za pierwszym razem.

— Albo nie trafiłbym wcale.

— Ale może obeszłoby się bez strat.

— A może byłyby większe straty i most stałby nadal. Myślałem, że chodzi o zniszczenie tego mostu.

— Nie sprzeczajcie się ze mną — powiedział pułkownik Cathcart. — Jesteśmy w wystarczająco trudnej sytuacji.

— Ja się nie sprzeczam, panie pułkowniku.

— Jak to nie? Nawet teraz się sprzeczacie.

— Tak jest, panie pułkowniku. Przepraszam, panie pułkowniku.

Pułkownik Cathcart z chrzęstem wyłamywał sobie palce. Pułkownik Korn, przysadzisty, czarniawy, sflaczały mężczyzna z ciastowatym brzuchem, siedział całkowicie rozluźniony na jednej z ławek pierwszego rzędu, z dłońmi splecionymi wygodnie na czubku łysej, opalonej głowy. Jego oczy za połyskującymi okularami bez oprawek zdradzały rozbawienie.

— Staramy się być w tej sprawie całkowicie obiektywni — podpowiedział pułkownikowi Cathcartowi.

— Staramy się być w tej sprawie całkowicie obiektywni — powiedział pułkownik Cathcart z zapałem, jakby nagle doznał olśnienia. — Nie jestem bynajmniej sentymentalny czy coś z tych rzeczy. Guzik mnie obchodzą ludzie i samolot. Chodzi o to, że to tak parszywie wygląda w raporcie. Jak mam coś takiego zatuszować w raporcie?

— Może mi pan dać medal — zaproponował Yossarian nieśmiało.

— Za to, że nalatywaliście dwukrotnie?

— Dał pan medal Joemu Głodomorowi, kiedy przez pomyłkę strącił samolot.

Pułkownik Cathcart roześmiał się ponuro.

— Będziecie mieli szczęście, jeżeli nie postawimy was przed sądem polowym.

— Ale przecież za drugim razem zniszczyłem most — obruszył się Yossarian. — Myślałem, że chciał pan, żeby go zburzyć.

— O, sam już nie wiem, czego chciałem — zawołał pułkownik Cathcart ze złością. — Słuchajcie, oczywiście chciałem zniszczyć ten most. Miałem z nim same kłopoty, odkąd postanowiłem wysłać was, żebyście go zbombardowali. Ale dlaczego nie mogliście tego zrobić za pierwszym razem?

— Miałem za mało czasu. Mój nawigator nie był pewien, czy jesteśmy nad właściwym miastem.

— Nad właściwym miastem? — zdumiał się pułkownik Cathcart. — Czy chcecie teraz wszystko zwalić na Aarfy'ego?

— Nie, panie pułkowniku. To była moja wina, że pozwoliłem się zagadać. Chcę tylko powiedzieć, że nie jestem nieomylny.

— Nie ma ludzi nieomylnych — stwierdził pułkownik Cathcart stanowczo i po chwili namysłu dodał jakby w uzupełnieniu: — Nie ma też ludzi niezastąpionych.

Nikt nie zaprotestował. Pułkownik Korn przeciągnął się leniwie.

— Musimy podjąć jakąś decyzję — rzekł od niechcenia pod adresem pułkownika Cathcarta.

— Musimy podjąć jakąś decyzję — powiedział pułkownik Cathcart do Yossariana. — A wszystko to wasza wina. Dlaczego zachciało się wam nalatywać powtórnie? Dlaczego nie mogliście zrzucić bomb za pierwszym razem, jak wszyscy inni?

— Za pierwszym razem nie zdążyłem wycelować.

— Wygląda na to, że my też nawracamy drugi raz — przerwał im pułkownik Korn parskając śmiechem.

— Więc co mamy z nim zrobić? — zawołał w udręce pułkownik Cathcart. — Ludzie czekają przed namiotem.

— Dlaczego właściwie nie mielibyśmy dać mu medalu? — zaproponował pułkownik Korn.

— Za to, że powtórnie podchodził do bombardowania? Za co mamy mu dać ten medal?

— Za to, że powtórnie podchodził do bombardowania — odpowiedział pułkownik Korn uśmiechając się z zadowoleniem do swoich myśli. — Ostatecznie trzeba było niemałej odwagi, żeby nalatywać na cel powtórnie, kiedy w pobliżu nie było innych samolotów, odwracających uwagę artylerii przeciwlotniczej. A poza tym zniszczył przecież most. Wie pan, to może być rozwiązanie: chwalić się głośno czymś, czego powinniśmy się wstydzić. To jest sposób, który nigdy nie zawodzi.

— Myśli pan, że to się uda?

— Jestem pewien. I na wszelki wypadek awansujemy go jeszcze na kapitana.

— Czy nie sądzi pan, że posuwamy się dalej niż to konieczne?

— Nie, nie sądzę. Lepiej się zabezpieczyć, a stopień kapitana nie robi większej różnicy.

— Dobrze — podjął decyzję pułkownik Cathcart. — Damy mu medal za to, że miał odwagę wrócić na cel. I awansujemy go na kapitana.

Pułkownik Korn sięgnął po czapkę.

— „Wychodzą uśmiechnięci" — zażartował i kiedy wychodzili, objął Yossariana ramieniem.

14

Kid Sampson

W czasie nalotu na Bolonię Yossarian nie miał odwagi, żeby nalatywać na cel nawet raz, i kiedy znalazł się wreszcie w powietrzu, w kabinie dziobowej samolotu Kida Sampsona, wcisnął guzik swojego laryngofonu i spytał:

— No i jak? Co nawala w samolocie?

Kid Sampson wrzasnął:

— Czy coś nawala w samolocie? Co się dzieje?

Okrzyk Kida Sampsona zmroził Yossarianowi krew w żyłach.

— Czy coś nawala? — wrzasnął przerażony. — Wyskakujemy?

— Nie wiem! — krzyknął Kid Sampson kwiląc z podniecenia. — Ktoś powiedział, że mamy skakać. Kto to był? Kto to powiedział?

— Mówi Yossarian z kabiny dziobowej! Tu Yossarian. Słyszałem, jak mówisz, że coś nawala. Czy to nie ty powiedziałeś, że coś nawala?

— Myślałem, że to ty powiedziałeś, że coś nawala. Chyba wszystko jest w porządku. Tak, wszystko w porządku.

Yossarianowi serce zamarło. Było bardzo źle, skoro wszystko było w porządku i nie mieli żadnego pretekstu, żeby zawrócić. Przeżył chwilę ponurego wahania.

— Nie słyszę cię — powiedział.

— Powiedziałem, że wszystko jest w porządku.

Słońce odbijało się oślepiająco w porcelanowo błękitnej wodzie w dole i na lśniących krawędziach innych samolotów. Yossarian chwycił pęk kolorowych przewodów prowadzących do gniazdka telefonu pokładowego i wyrwał je.

— Nadal cię nie słyszę — powtórzył.

Rzeczywiście nic nie słyszał. Powoli spakował swój mapnik, wziął trzy kamizelki przeciwodłamkowe i przeczołgał się do przedziału głównego. Nately, siedzący sztywno w fotelu drugiego pilota, dojrzał go kątem oka, kiedy zbliżał się z tyłu do fotela Kida Sampsona, i uśmiechnął się blado. Wyglądał jakoś krucho, wyjątkowo młodo i nieśmiało pod ciężarem słuchawek, hełmu, laryngofonu, kamizelki przeciwodłamkowej i spadochronu. Yossarian nachylił się do ucha Kida Sampsona.

— Nadal cię nie słyszę — ryknął przekrzykując huk silników.

Kid Sampson obejrzał się na niego ze zdziwieniem. Miał kanciastą, komiczną twarz z uniesionymi brwiami i mizernym jasnym wąsikiem.

— Co? — spytał przez ramię.

— Nadal cię nie słyszę — powtórzył Yossarian.

— Musisz mówić głośniej — powiedział Kid Sampson. — Wcale cię nie słyszę.

— Mówiłem, że cię nie słyszę! — wrzasnął Yossarian.

— Nic na to nie poradzę — wrzasnął mu Kid Sampson. — Krzyczę najgłośniej, jak tylko mogę.

— Nie słyszałem cię przez telefon — ryknął Yossarian czując, że traci nadzieję. — Będziesz musiał zawrócić.

— Z powodu telefonu? — spytał z niedowierzaniem Kid Sampson.

— Zawracaj — powiedział Yossarian — bo ci łeb rozwalę.

Kid Sampson spojrzał w stronę Nately'ego szukając moralnego wsparcia, ale ten odwrócił głowę. Yossarian był starszy stopniem od nich obu. Kid Sampson jeszcze przez chwilę opierał się bez przekonania, a potem skapitulował ochoczo, z radosnym okrzykiem.

— Nie mam nic przeciwko temu — oświadczył z zadowoleniem i kilka razy gwizdnął przenikliwie pod wąsem. — Tak jest, panowie, stary Kid Sampson nie ma nic przeciwko temu. — Znowu zagwizdał, po czym krzyknął przez telefon pokładowy: — A teraz posłuchajcie, moje ptaszyny. Mówi admirał Kid Sampson. Kwacze admirał Kid Sampson, chluba piechoty morskiej Jej Królewskiej Mości. Tak jest, panowie. Zawracamy. Jak Boga kocham, chłopaki, zawracamy!

Nately tryumfalnym gestem zerwał z głowy hełm ze słuchawkami i uszczęśliwiony zaczął się kiwać w tył i w przód jak ładne dziecko w wysokim foteliku. Sierżant Knight stoczył się z górnej wieżyczki i w szale entuzjazmu walił wszystkich po plecach. Kid Sampson łagodnym łukiem wyprowadził samolot z szyku i skierował się w stronę lotniska. Kiedy Yossarian podłączył swój hełm do jednego z zapasowych gniazdek, usłyszał, że dwaj strzelcy w tyle samolotu śpiewają *La cucaracha*.

Po wylądowaniu radosny nastrój ulotnił się gwałtownie i zapanowało niezręczne milczenie. Yossarian ochłonął całkowicie i minę miał niezbyt pewną, kiedy wysiadał z samolotu i zajmował miejsce w czekającym już na nich dżipie. Nikt nie odzywał się ani słowem przez całą drogę wzdłuż morza, poprzez przytłaczające, hipnotyzujące ciche góry i lasy. Nastrój przygnębienia utrzymywał się nadal, kiedy skręcili z szosy do obozu. Yossarian wysiadł z samochodu ostatni. Po chwili tylko on i łagodny, ciepły wiatr poruszali się w upiornej ciszy, jaka zawisła nad opuszczonymi namiotami niczym narkotyk. Obóz stał bez czucia, zupełnie bezludny, jeśli nie liczyć doktora Daneeki, który siedział ponuro jak drżący sęp przy zamkniętych drzwiach ambulatorium, z daremną tęsknotą kierując zakatarzony nos ku mglistemu słońcu. Yossarian wiedział, że doktor Daneeka nie pójdzie z nim pływać. Doktor Daneeka nigdy już nie pójdzie pływać; człowiek może stracić przytomność albo dostać zawału serca i utonąć w wodzie po kostki, może zostać porwany przez fale albo też na skutek oziębienia i przemęczenia organizmu może mu się zmniejszyć odporność na zarazki paraliżu dziecięcego lub zapalenia opon mózgowych. Widmo Bolonii, które zagrażało lotnikom, zrodziło w sercu doktora jeszcze bardziej dojmujący niepokój o własne bezpieczeństwo. W nocy słyszał teraz wciąż złodziei.

Poprzez lawendowy mrok przesłaniający wejście do namiotu operacyjnego Yossarian dostrzegł Wodza White Halfoata, gdy ten pracowicie sprzeniewierzał przydziałową whisky fałszując podpisy niepijących i pośpiesznie zlewał alkohol, którym się zatruwał, do butelek, aby ukraść jak najwięcej, zanim kapitan Black się połapie i przybiegnie leniwie, żeby ukraść resztę sam.

Dżip ruszył cicho dalej. Kid Sampson, Nately i reszta rozpłynęli się w bezdźwięcznym wirze ruchu i wessała ich mdląca żółta cisza. Dżip kaszlnął i zniknął. Yossarian został sam w ciężkim, pierwotnym bezruchu, gdzie wszystko zielone było czarne, a wszystko inne było przesycone kolorem ropy. Powiew wiatru zaszeleścił liśćmi gdzieś w suchej i przezroczystej oddali. Yossarian był niespokojny, przestraszony i chciało mu się spać. Ze zmęczenia czuł piasek pod powiekami. Ociężałym krokiem wszedł do magazynu spadochronów z długim, wygładzonym drewnianym stołem, czując, jak zrzędliwa jędza wątpliwości drąży bezboleśnie jego sumienie, które miał przecież zupełnie czyste. Zostawił spadochron i kamizelkę przeciwodłamkową i mijając cysternę z wodą poszedł do namiotu wywiadu, żeby oddać mapnik kapitanowi Blackowi, który drzemał w fotelu trzymając chude nogi na biurku i spytał obojętnym głosem, dlaczego samolot Yossariana zawrócił. Yossarian zignorował go. Położył mapnik i wyszedł.

Znalazłszy się w swoim namiocie uwolnił się z uprzęży spadochronu, a potem z ubrania. Orr był w Rzymie, skąd miał wrócić jeszcze tego wieczoru po urlopie, który dostał w nagrodę za utopienie samolotu w morzu koło Genui. Nately pewnie już się pakował, żeby go tam zastąpić, uszczęśliwiony, że jeszcze żyje, i zapewne niecierpliwił się, aby podjąć beznadziejne i żałosne zaloty do swojej prostytutki z Rzymu. Yossarian, rozebrany do naga, usiadł na łóżku, żeby odpocząć. Pozbywszy się odzieży, natychmiast poczuł się lepiej. W ubraniu nigdy nie czuł się dobrze. Po krótkiej chwili włożył czyste gatki i w mokasynach, z ręcznikiem kąpielowym koloru ochronnego przerzuconym przez ramię poszedł na plażę.

Ścieżka z obozu nad morze prowadziła koło tajemniczego stanowiska działa w lasku; spali tam na wale worków z piaskiem dwaj szeregowcy, trzeci zaś siedział i jadł purpurowy owoc granatu, odgryzając wielkie kawały, miażdżąc je w szczękach i wypluwając przeżute pestki daleko w krzaki. Kiedy wgryzał się w owoc, czerwony sok ciekł mu po brodzie. Yossarian poczłapał dalej przez las, od czasu do czasu głaszcząc się z lubością po gołym swędzącym brzuchu, jakby chciał się upewnić, że wszystko ma na swoim miejscu. Wydłubał sobie paproch z pępka. Nagle po obu stronach ścieżki spostrzegł dziesiątki świeżo wyrosłych po deszczu grzybów, które wysuwały z rozmokłej ziemi gruzłowate palce, jak truposzowate mięsiste łodygi, i parły zewsząd w tak nekrotycznej obfitości, że zdawały się mnożyć na jego oczach. Tysiące ich jak okiem sięgnąć roiły się w poszyciu leśnym i patrząc na nie miał wrażenie, że puchną i rozrastają się. Uciekł od nich z dreszczem zabobonnego lęku i nie zwolnił kroku, dopóki nie pozostawił ich daleko w tyle i nie poczuł pod nogami suchego piasku. Obejrzał się ze strachem, jakby się spodziewał, że białe, miękkie stwory pełzną za nim w ślepej pogoni albo przebijają się przez korony drzew wijącą się, nie podlegającą żadnym prawom, zwyrodniałą masą.

Na plaży nie było nikogo. Yossarian słyszał stłumione dźwięki: niewyraźne gulgotanie strumyka, oddech wysokiej trawy i krzewów za plecami, apatyczne pojękiwanie bezmyślnych, przezroczystych fal. Woda była czysta i chłodna. Zostawił swoje rzeczy na brzegu i wszedł do morza, które początkowo sięgało mu do kolan, a potem przykryło go całkowicie. Po jego drugiej stronie, prawie niewidoczne, ciągnęło się spowite w mgłę pagórkowate pasemko ciemnego lądu. Popłynął leniwie do tratwy i równie leniwie wrócił do miejsca, gdzie miał grunt. Kilkakrotnie zanurzył się z głową w zielonkawej wodzie, aż poczuł się czysty i rześki, a wtedy rozciągnął się twarzą w dół na piasku i spał, dopóki nie nadleciały wracające znad Bolonii samoloty i potężne, narastające dudnienie ich silników nie wdarło się w jego sen rykiem, od którego drżała ziemia.

Obudził się mrugając oczami, z lekkim bólem głowy, i zobaczył wokół siebie pogrążony w chaosie świat, w którym wszystko było w jak największym porządku. Z zapartym tchem obserwował fantastyczny widok dwunastu kluczy bombowców lecących spokojnie w nienagannym szyku. Widok był zbyt nieoczekiwany, aby mógł być prawdziwy. Żaden samolot nie wyrywał się do przodu z rannym na pokładzie, żaden uszkodzony nie wlókł się z tyłu. Nie było widać rakiet sygnalizujących krytyczną sytuację. Poza ich samolotem nie brakowało ani jednego. Przez chwilę stał jak sparaliżowany, mając wrażenie, że oszalał. Potem zrozumiał i nieomal zapłakał porażony ironią losu. Wyjaśnienie było proste: chmury przesłoniły cel, zanim samoloty zrzuciły bomby, i trzeba będzie lecieć nad Bolonię jeszcze raz.

Yossarian mylił się. Nie było żadnych chmur. Bolonia została zbombardowana. Zadanie okazało się dziecinnie łatwe. Artyleria przeciwlotnicza w ogóle się nie odezwała.

15

Piltchard i Wren

Kapitan Piltchard i kapitan Wren, nieszkodliwi oficerowie operacyjni połączonych eskadr, byli to łagodni, cisi mężczyźni wzrostu niżej średniego, którzy ogromnie lubili uczestniczyć w lotach bojowych i nie żądali od życia i od pułkownika Cathcarta nic poza możliwością dalszego w nich uczestniczenia. Mieli na swoim koncie setki lotów bojowych i pragnęli dalszych setek. Wyznaczali się do wszystkich akcji. Nigdy dotąd nie spotkało ich nic równie cudownego jak wojna i obawiali się, że druga taka okazja może im się już nie nadarzyć. Wykonywali swoje obowiązki skromnie i powściągliwie, starając się robić jak najmniej szumu i usilnie zabiegając o to, żeby nikomu się nie narazić. Mieli w pogotowiu uśmiech dla każdego. Nie mówili, lecz mamrotali. Byli zaradni, pogodni, posłuszni, czuli się dobrze tylko wtedy, gdy byli razem, i nigdy nie patrzyli nikomu w oczy, nawet Yossarianowi podczas zebrania na otwartym powietrzu, które zwołali, żeby mu publicznie udzielić nagany za to, że zmusił Kida Sampsona do zawrócenia w locie na Bolonię.

— Panowie — powiedział kapitan Piltchard, który miał przerzedzone ciemne włosy i uśmiechał się z zażenowaniem. — Kiedy wycofujecie się z akcji bojowej, starajcie się robić to z jakiejś ważnej przyczyny, zgoda? A nie z powodu takiego drobiazgu jak uszkodzenie telefonu pokładowego czy coś takiego, dobrze? Kapitan Wren chciałby powiedzieć coś więcej na ten temat.

— Kapitan Piltchard ma rację, panowie — powiedział kapitan Wren. — I to jest wszystko, co mogę powiedzieć na ten temat. Dzisiaj wreszcie polecieliśmy nad Bolonię i okazało się, że było to dziecinnie łatwe. Wszyscy byliśmy, jak sądzę, trochę podenerwowani i nie zadaliśmy przeciwnikowi zbyt wielkich strat. Słuchajcie, koledzy. Pułkownik Cathcart uzyskał dla nas zgodę na powtórzenie ataku. Jutro dobierzemy się na dobre do tych składów amunicji. Co o tym sądzicie?

I żeby udowodnić Yossarianowi, że nie mają do niego urazy, wyznaczyli mu w powtórnym nalocie na Bolonię następnego dnia funkcję prowadzącego bombardiera w samolocie McWatta lecącym na czele szyku. Nalatywał na cel niczym Havermeyer, spokojny, że żadne uniki nie są potrzebne, i nagle okazało się, że grzeją mu w dupę ze wszystkich stron!

Wszędzie wokół był gęsty ogień artylerii! Uśpiono jego czujność, dał się wciągnąć w pułapkę i teraz było już za późno, musiał siedzieć jak idiota i patrzeć na obrzydliwe czarne rozpryski wybuchów, które miały go zabić. Teraz nie mógł już nic zrobić, dopóki bomby nie zostaną zrzucone, musiał przywrzeć do celownika, w którym krzyż z cieniutkich włosków tkwił przyklejony magnetycznie do celu dokładnie tam, gdzie go umieścił; włoski przecinały się idealnie w podwórzu zamaskowanych składów, u podstawy pierwszego budynku. Trząsł się bez przerwy, podczas gdy samolot wlókł się wolno przed siebie. Słyszał puste bum--bum-bum pocisków wybuchających w poczwórnych kadencjach lub ostre, przenikliwe trach! pojedynczego pocisku eksplodującego nagle gdzieś bardzo blisko. Głowa pękała mu od tysiąca sprzecznych impulsów i modlił się, żeby bomby już poszły. Chciało mu się płakać. Motory buczały jednostajnie jak tłusta, leniwa mucha. Wreszcie wskaźniki na celowniku zeszły się, zwalniając kolejno osiem pięćsetfuntówek. Samolot podskoczył do góry, uwolniony nagle od ciężaru. Yossarian oderwał się od celownika i cały przegięty wpił się wzrokiem w podziałkę z lewej strony. Kiedy wskazówka doszła do zera, zatrzasnął luk bombowy i na całe gardło wrzasnął przez telefon pokładowy:

— Skręt w prawo, ostro!

McWatt zareagował błyskawicznie. Z przeraźliwym wyciem silników rzucił samolot na skrzydło i skręcił go bezlitośnie w szaleńczym wirażu, unikając spotkania z podwójną kolumną pocisków przeciwlotniczych, które Yossarian wypatrzył na kursie. Potem Yossarian kazał McWattowi iść w górę i wznosić się coraz wyżej, dopóki nie wyrwali się wreszcie tam, gdzie spokojne, diamentowo błękitne niebo było słoneczne i czyste, ozdobione w oddali białymi welonami delikatnego puchu. Wiatr grał kojąco na wypukłych ścianach pleksiglasowej kabiny, ale Yossarian odetchnął z ulgą dopiero wówczas, gdy znowu nabrali szybkości, i kazał McWattowi skręcić w lewo, po czym rzucił go z powrotem w dół, odnotowując w pamięci z nagłym skurczem radości bukiety wybuchów wykwitające powyżej nich z prawej strony, dokładnie tam, gdzie by się znajdowali, gdyby nie skręcił w lewo i nie znurkował. Kolejnym brutalnym okrzykiem kazał McWattowi wyrównać i popędził go w górę i znowu w tył, ku postrzępionej strefie czystego powietrza, właśnie w chwili kiedy zrzucone przez nich bomby zaczęły wybuchać. Pierwsza spadła na podwórko dokładnie tam, gdzie celował, a zaraz potem reszta bomb z jego samolotu i z pozostałych samolotów jego klucza eksplodowała na ziemi szarżą gwałtownych pomarańczowych błysków przebiegających przez dachy budynków, które ginęły natychmiast w wielkiej wzburzonej fali różowego, szarego i czarnego jak węgiel dymu, rozlewającego się pianą we wszystkich kierunkach, a jego wnętrzności wstrząsały się konwulsyjnie, jakby od wielkich czerwonych, białych i złotych błyskawic.

— Patrzcie, patrzcie — dziwował się na głos Aarfy tuż obok Yossariana, a jego pulchna, kulista twarz iskrzyła się promiennym zachwytem. — Tam musiały chyba być składy amunicji.

Yossarian przypomniał sobie o Aarfym.

— Wynoś się! — krzyknął do niego. — Wynoś się z dziobu!

Aarfy uśmiechnął się uprzejmie i gestem szczodrobliwego zaproszenia wskazał w dół na cel, żeby Yossarian też sobie popatrzył. Yossarian zaczął go przynaglająco popychać w stronę tunelu wymachując szaleńczo rękami.

— Zjeżdżaj do środka! — krzyczał gorączkowo. — Zjeżdżaj stąd!

Aarfy przyjaźnie wzruszył ramionami.

— Nie słyszę, co mówisz — wyjaśnił.

Yossarian schwycił go za szelki spadochronu i popchnął w stronę tunelu akurat w chwili, gdy samolot zadrżał od potężnego wstrząsu, od którego zagrzechotały w nim kości i zamarło serce. Był pewien, że to już koniec.

— W górę! — wrzasnął przez telefon pokładowy do McWatta, kiedy przekonał się, że jeszcze żyje. — W górę, ty bydlaku! W górę, w górę, w górę!

Maszyna znowu pognała stromo w górę na maksymalnych obrotach, potem wyrównał ją kolejnym brutalnym okrzykiem do McWatta i rzucił jeszcze raz w ryczący, bezlitosny skręt pod kątem czterdziestu pięciu stopni, od którego wnętrzności podeszły mu do gardła i w stanie nieważkości zawisł w powietrzu, dopóki nie kazał McWattowi wyrównać, po to tylko, żeby znowu rzucić go w prawo do tyłu, a potem w dół, w zapierający dech w piersiach lot nurkowy. Mknął wśród nieskończonych kleksów upiornego czarnego dymu i wisząca w powietrzu sadza opływała gładki pleksiglasowy dziób samolotu, jakby to był zły, wilgotny, czarny osad na jego policzkach. Serce waliło mu jak młotem ze strachu, gdy tak rzucał się w górę i dół wśród ślepych pocisków atakujących całymi zgrajami i potem opadających bezwładnie. Pot strumieniami lał mu się po karku i ściekał po piersi i brzuchu jak ciepłe błocko. Przez moment pomyślał o tym, gdzie się podziały pozostałe samoloty ich klucza, a potem myślał już tylko o sobie. Gardło bolało go jak świeża rana od duszącego napięcia, z jakim wywrzaskiwał komendy do McWatta. Przy każdej zmianie kierunku silniki zanosiły się rozpaczliwym, ogłuszającym rykiem. A przed nimi jak okiem sięgnąć niebo roiło się od wybuchów nowych baterii przeciwlotniczych, które w sadystycznym wyczekiwaniu, aż samolot znajdzie się w ich zasięgu, przestrzeliwały się do właściwej wysokości.

Nagle drugi potworny wybuch wstrząsnął maszyną, która omal nie wywinęła kozła, i przednią kabinę natychmiast wypełniły słodkie kłęby błękitnego dymu. Coś się paliło! Yossarian rzucił się do wyjścia i wpadł na Aarfy'ego, który właśnie spokojnie zapalał fajkę. Yossarian spojrzał na uśmiechniętą, pyzatą gębę nawigatora do głębi wstrząśnięty i zdezorientowany. Przyszło mu do głowy, że jeden z nich zwariował.

— Jezu Chryste! — krzyknął w rozpaczliwym zdumieniu. — Wynoś się z kabiny! Czyś ty zwariował? Wynoś się!

— Słucham? — spytał Aarfy.

— Wynoś się! — wrzasnął histerycznie Yossarian i obiema rękami zaczął walić Aarfy'ego, żeby go wygnać z kabiny.

— Nie słyszę, co mówisz — odpowiedział niewinnie Aarfy, z wyrazem łagodnej wymówki i zakłopotania. — Musisz mówić trochę głośniej.

— Wynoś się z kabiny! — zapiał doprowadzony do rozpaczy Yossarian. — Oni chcą nas zabić! Nie rozumiesz? Oni chcą nas zabić!

— Jak mam lecieć, do cholery? — odezwał się w słuchawkach wściekły, zmieniony głos McWatta. — Jak mam lecieć?

— Skręć w lewo! W lewo, ty parszywy skurwysynu! W lewo, mocniej w lewo!

Aarfy podczołgał się do Yossariana i dźgnął go między żebra cybuchem fajki. Yossarian z kwikiem podskoczył do sufitu, a potem gwałtownym szarpnięciem odwrócił się do tyłu, blady jak prześcieradło i rozdygotany ze złości. Aarfy mrugnął do niego porozumiewawczo i żartobliwie wydymając wargi wskazał kciukiem za siebie, w kierunku McWatta.

— Co go ugryzło? — spytał ze śmiechem.

Yossarian miał niesamowite wrażenie jakiegoś odkształcenia rzeczywistości.

— Czy możesz stąd wyjść? — zaskowyczał błagalnie i popchnął Aarfy'ego z całej siły. — Głuchy jesteś czy co? Wynoś się stąd! — A do McWatta wrzasnął: — Nurkuj! Nurkuj!

Znowu znaleźli się wśród grzmiącej, trzaskającej, rozległej strefy rozrywających się pocisków przeciwlotniczych i Aarfy znowu podkradł się z tyłu do Yossariana i dźgnął go cybuchem między żebra. Yossarian podskoczył do góry z okrzykiem przerażenia.

— Wciąż nie słyszę, co mówisz — powiedział Aarfy.

— Powiedziałem, żebyś się stąd wynosił! — wrzasnął Yossarrian i łzy pociekły mu po twarzy. Zaczął z całej siły walić Aarfy'ego pięściami, gdzie popadło. — Zjeżdżaj stąd! Wynoś się!

Bicie Aarfy'ego przypominało walenie w bezwładny gumowy nadmuchiwany balon. Miękka, niewrażliwa masa nie reagowała, nie stawiała najmniejszego oporu i Yossarian po chwili załamał się i ręce obwisły mu bezwładnie z wyczerpania. Opadło go upokarzające uczucie bezsilności i z litości nad sobą gotów był się rozpłakać.

— Co mówiłeś? — spytał Aarfy.

— Wynoś się stąd — odpowiedział Yossarian błagalnie. — Idź do samolotu.

— Wciąż cię nie słyszę.

— Nieważne — załkał Yossarian. — Nieważne. Tylko zostaw mnie samego.

— Co nieważne?

Yossarian zaczął tłuc się pięściami w czoło. Schwycił Aarfy'ego za klapy i z trudem utrzymując się na nogach zataszczył go w koniec kabiny, i niczym pękaty, nieporęczny wór rzucił go w otwór tunelu. Kiedy przepychał się na swoje miejsce, tuż nad jego uchem z niesamowitym hukiem rozerwał się pocisk. Jakiś nienaruszony zakątek jego mózgu zdziwił się, że jeszcze żyją. Znowu szli w górę. Silniki znowu wyły jak opętane, powietrze w samolocie przesycone było gryzącym zapachem maszynerii i odorem benzyny. W następnej chwili uświadomił sobie, że pada śnieg!

Tysiące maleńkich kawałeczków papieru unosiło się we wnętrzu samolotu jak płatki śniegu, tworząc wokół jego głowy tak gęsty obłok, że osiadły mu na rzęsach, kiedy zamrugał ze zdumienia, a przy każdym wdechu wpadały mu do ust i do nosa. Yossarian zaskoczony rozejrzał się dokoła i zobaczył Aarfy'ego, który dumnie uśmiechnięty od ucha do ucha, niczym jakiś nieludzki stwór, pokazywał mu postrzępioną mapę. Wielki odłamek pocisku przebił podłogę, przeszedł przez kolosalną kotłowaninę map Aarfy'ego i wyleciał przez sufit, zaledwie kilka cali od ich głów. Aarfy był wniebowzięty.

— Widziałeś kiedy coś takiego? — mruczał, radośnie kiwając Yossarianowi przed nosem dwoma grubymi paluchami przez dziurę w jednej z map. — Widziałeś coś takiego?

Yossarian oniemiał na widok tego ekstatycznego zadowolenia. Aarfy był jak niesamowita zmora ze złego snu, której nie można ani pokonać, ani ominąć, i Yossarian czuł przed nim lęk z wielu powodów, splatających się w tak skomplikowany węzeł, że nie był teraz w stanie go rozwikłać. Miriady strzępków papieru unoszone przez strumień powietrza wpadającego ze świstem przez dziurę w podłodze krążyły jak drobinki alabastru w szklanej kuli i potęgowały wrażenie lakierowanej, nasiąkniętej wodą nierealności. Wszystko było dziwaczne, jakieś tandetne i groteskowe. W głowie pulsowało mu od przenikliwego krzyku, który bezlitośnie wwiercał mu się w uszy. To McWatt bełkocząc gorączkowo domagał się wskazówek. Yossarian z bolesną fascynacją wpatrywał się nadal w pyzate oblicze Aarfy'ego, które tak pogodnie i bezmyślnie uśmiechało się do niego spośród kłębów białych skrawków papieru, i właśnie upewnił się ostatecznie, że ma przed sobą niebezpiecznego szaleńca, kiedy osiem kolejnych pocisków rozerwało się na wysokości oczu nieco w prawo od nich, potem znowu osiem, a kolejna ósemka przesunęła się w lewo i eksplodowała prawie dokładnie na ich kursie.

— Ostro w lewo! — ryknął do McWatta. Aarfy stał nadal uśmiechnięty. McWatt wykonał ostry skręt w lewo, ale wybuchy też się przesunęły, szybko ich doganiając, i Yossarian darł się: — Powiedziałem ostro, ostro, ostro, ty bydlaku, ostro!

McWatt przechylił samolot jeszcze bardziej na skrzydło i nagle, jakimś cudem, znaleźli się poza zasięgiem ognia. Wybuchy pozostały w tyle. Działka przestały do nich grzać. I byli żywi.

A za nimi umierali ludzie. Rozciągnięte na przestrzeni wielu mil w udręczoną, krętą, wijącą się linię, pozostałe klucze pokonywały tę samą usianą niebezpieczeństwami trasę nad celem, lawirując wśród wezbranego morza nowych i starych wybuchów jak stado szczurów wśród własnych bobków. Jedna z maszyn płonęła i wlokła się kulawo z dala od innych, buchających ogromnym płomieniem jak monstrualna krwawoczerwona gwiazda. W oczach Yossariana płonący samolot przechylił się na bok i zaczął spiralą zsuwać się w dół wielkimi, drżącymi, coraz to węższymi kręgami, a jego wielka ognista masa świeciła pomarańczowym blaskiem ciągnąc za sobą długą, trzepoczącą pelerynę ognia i dymu. Pokazały się spadochrony, jeden, dwa, trzy... cztery, a potem samolot wpadł w korkociąg i dalej spadał podrygując już bez czucia w środku swego jaskrawego stosu jak strzępek kolorowej bibułki. W innej eskadrze cały jeden klucz został rozbity.

Yossarian westchnął wyczerpany. Koniec pracy na dzisiaj! Był spustoszony i mokry od potu. Silniki mruczały miodopłynnie, gdyż McWatt zmniejszył obroty, aby mogły ich dojść pozostałe maszyny. Nagła cisza wydawała się dziwna, nienaturalna i nieco zdradliwa. Yossarian rozpiął kamizelkę przeciwodłamkową i zdjął hełm. Jeszcze raz westchnął nerwowo, przymknął oczy i spróbował się rozluźnić.

— Gdzie jest Orr? — spytał ktoś nagle w telefonie pokładowym.

Yossarian podskoczył z jednosylabowym okrzykiem, który wibrował niepokojem i dawał jedyne racjonalne wyjaśnienie zagadkowego zjawiska ognia przeciwlotniczego nad Bolonią: Orr! Rzucił się do przodu i przygięty nad celownikiem wypatrywał w dole przez pleksiglasową szybę jakiegoś uspokajającego znaku Orra, który działał na artylerię przeciwlotniczą jak magnes i który niewątpliwie ściągnął z dnia na dzień wyborowe baterie dywizji „Hermann Göring” stamtąd, gdzie stacjonowały jeszcze wczoraj, kiedy Orr bawił w Rzymie. Aarfy rzucił się do przodu w chwilę później i rąbnął Yossariana w nos ostrym kantem hełmu. Yossarian sklął go mając oczy pełne łez.

— Jest tam — pogrzebowym tonem oświadczył Aarfy wskazując dramatycznym gestem furę siana i dwa konie przed zagrodą z szarego kamienia. — Rozwalony w drobny mak. Widocznie było im to pisane.

Yossarian posłał Aarfy'ego do diabła i nadal wytężał wzrok, zmrożony lękiem teraz już nie o siebie, ale o małego, zębatego, pełnego życia, niesamowitego sąsiada z namiotu, który rozciął Appleby'emu czoło rakietką pingpongową i który teraz znowu napędzał Yossarianowi potwornego stracha. Wreszcie wypatrzył dwusilnikowy samolot o podwójnym usterzeniu, który wypłynął z zielonego tła lasu nad żółte pole. Jedno ze śmigieł, rozszczepione na końcu, było nieruchome, ale maszyna utrzymywała wysokość i właściwy kurs. Yossarian podświadomie wymamrotał modlitwę dziękczynną, a potem posłał pod adresem Orra dziką i skomplikowaną wiązankę, w której była wściekłość i ulga.

— A to drań! — zaczął. — Cholerny, skarłowaciały, czerwony na pysku, pucołowaty, kędzierzawy świński skurwysyn z wystającymi zębami!

— Co? — spytał Aarfy.

— Ten cholerny, świński, pokraczny, pucołowaty, wyszczerzony, zębaty, zwariowany, skurwysyński kurdupel! — pienił się Yossarian.

— Co mówisz? — spytał Aarfy.

— Nieważne!

— Wciąż cię nie słyszę — odpowiedział Aarfy.

Yossarian odwrócił się powoli i znalazł się twarzą w twarz z Aarfym.

— Ty kutasie — zaczął.

— Ja?

— Ty pompatyczny, pękaty, poczciwy, tępy, zadowolony z siebie...

Aarfy był niewzruszony. Spokojnie potarł zapałkę i głośno przyssał się do swojej fajki, dając w ten sposób do zrozumienia, że łaskawie i wielkodusznie przebacza. Uśmiechnął się grzecznie i otworzył usta, żeby coś powiedzieć, ale Yossarian położył mu dłoń na twarzy i odepchnął go z wyrazem znużenia. Zamknął oczy i aż do lotniska udawał, że śpi, żeby nie słuchać Aarfy'ego ani na niego nie patrzeć.

W namiocie odpraw Yossarian złożył raport wywiadowczy kapitanowi Blackowi i czekał wraz ze wszystkimi w pełnym szeptów oczekiwaniu, dopóki nie ukazała się kaszląca maszyna Orra, ciągnąca dzielnie na jednym silniku. Wszyscy wstrzymali oddech. Podwozie nie dawało się wypuścić. Yossarian odczekał, dopóki Orr nie wylądował bezpiecznie na brzuchu, a potem ukradł pierwszego z brzegu dżipa, z kluczykiem w stacyjce, pognał do swojego namiotu i zaczął gorączkowo pakować się na urlop, który postanowił spędzić w Rzymie, gdzie jeszcze tego wieczoru znalazł Lucjanę z jej niewidzialną szramą.

16

Lucjana

Znalazł Lucjanę w nocnym klubie dla oficerów wojsk alianckich, gdzie siedziała sama przy stoliku, gdyż podpity major z Korpusu Australijskiego, który ją tu przyprowadził, był tak głupi, że zdradził ją dla jurnej kompanii śpiewającej przy barze.

— Dobrze, zatańczę z tobą — powiedziała, zanim Yossarian zdążył otworzyć usta. — Ale do łóżka z tobą nie pójdę.

— A kto cię prosi? — spytał Yossarian.

— Nie chcesz, żebym poszła z tobą do łóżka? — zawołała zdziwiona.

— Nie, nie chcę z tobą tańczyć.

Chwyciła Yossariana za rękę i wciągnęła go na parkiet. Tańczyła jeszcze gorzej od niego, ale podskakiwała w rytmie syntetycznej muzyki jazzowej z taką niepodrabianą radością, jakiej nigdy dotąd nie widział, aż wreszcie poczuł, że nogi drętwieją mu ze zmęczenia, i ściągnął ją z parkietu w stronę stolika, gdzie dziewczyna, którą powinien teraz rżnąć, siedziała zalana, otaczając ramieniem szyję Aarfy'ego, i ostentacyjnie świntuszyła z Huple'em, Orrem, Kidem Sampsonem i Joe Głodomorem, a jej rozchełstana bluzka z pomarańczowego atłasu odsłaniała dobrze wypełniony biały koronkowy biustonosz. W momencie gdy zbliżył się do ich stolika, Lucjana niespodziewanie pchnęła go z całej siły, tak że przeleciał dalej i znowu zostali tylko we dwoje. Była wysoką, zdrową, tryskającą życiem dziewczyną o długich włosach i ładnej buzi, dorodną, uroczą, kokieteryjną dziewczyną.

— Dobrze, możesz mi postawić kolację — powiedziała. — Ale do łóżka z tobą nie pójdę.

— A kto cię prosi? — spytał zdziwiony Yossarian.

— Nie chcesz, żebym poszła z tobą do łóżka?

— Nie, nie chcę ci postawić kolacji.

Wyciągnęła go z klubu na ulicę i po schodkach w dół zeszli do czarnorynkowej restauracji pełnej ożywionych, rozświergotanych, ładnych dziewczyn, które wszystkie się znały, oraz przyprowadzonych przez nie onieśmielonych oficerów różnych armii. Jedzenie było wytworne i drogie, a w przejściach między stolikami przelewały się potoki rumianych i wesołych biznesmenów, jednakowo tęgich i łysawych. Huczące życiem wnętrze promieniowało potężnym, wszechogarniającym nastrojem ciepła i dobrej zabawy.

Yossariana radował niezmiernie widok Lucjany, która ignorując go całkowicie, z prostackim apetytem obiema rękami wrzucała w siebie jedzenie. Jadła jak smok, dopóki nie opróżniła wszystkich talerzy; wówczas finalnym gestem odłożyła sztućce i leniwie odchyliła się na oparcie krzesła jak rozmarzone i ociężałe uosobienie zaspokojonego obżarstwa. Z uśmiechem zadowolenia wciągnęła głęboko powietrze i spojrzała na niego tkliwie rozkochanym wzrokiem.

— Okay, Joe — zagruchała, a jej płonące ciemne oczy były senne i pełne wdzięczności. — Teraz mogę pójść z tobą do łóżka.

— Nazywam się Yossarian.

— Okay, Yossarian — odpowiedziała z cichym, przepraszającym śmieszkiem. — Teraz mogę pójść z tobą do łóżka.

— Kto cię prosił? — spytał Yossarian.

Lucjana była zaskoczona.

— Nie chcesz pójść ze mną do łóżka?

Yossarian śmiejąc się kiwnął głową i wsunął jej rękę pod spódnicę. Dziewczyna podskoczyła przerażona i natychmiast zabrała nogi, zarzucając siedzeniem. Zaczerwieniwszy się wstydliwie obciągała spódniczkę i rzucała na boki spłoszone, skromne spojrzenia.

— Teraz mogę pójść z tobą do łóżka — powtórzyła swoje lękliwe przyzwolenie. — Ale nie teraz.

— Wiem. Kiedy pójdziemy do mojego pokoju.

Dziewczyna potrząsnęła głową, mierząc go nieufnym spojrzeniem i ściskając kolana.

— Nie, teraz muszę iść do domu, bo *mamma* nie lubi, kiedy tańczę z żołnierzami albo pozwalam się zapraszać na kolację, i będzie na mnie bardzo zła, jeśli nie wrócę do domu. Ale napisz mi na kartce, gdzie mieszkasz. Jutro rano przyjdę do twojego pokoju i będziemy robić fiki-fik, zanim pójdę do mojego francuskiego biura. *Capisci?*

— Gówno prawda! — zawołał Yossarian wściekły i zawiedziony.

— *Casa vuol dire* gówno? — spytała Lucjana z niewinną miną.

Yossarian wybuchnął głośnym śmiechem, po czym wyjaśnił jej rozbawiony:

— To znaczy, że chcę cię teraz odprowadzić tam, gdzie muszę cię, do diabła, odprowadzić, tak żebym zdążył wrócić do nocnego klubu, zanim Aarfy wyjdzie z tym wspaniałym kociakiem, nie dając mi szansy zapytania o jakąś jej ciotkę czy przyjaciółkę, która byłaby do niej podobna.

— *Come?*

— *Subito, subito* — poganiał ją czule. — *Mamma* czeka. Pamiętasz?

— *Si, si. Mamma.*

Yossarian dał się ciągnąć dziewczynie przez cudowną rzymską wiosenną noc chyba z milę, aż wreszcie dotarli do chaosu zajezdni autobusowej ryczącej klaksonami, pałającej czerwonymi i żółtymi światłami i rozbrzmiewającej warkliwymi wymyślaniami nie ogolonych kierowców, obrzucających plugawymi, jeżącymi włosy przekleństwami siebie nawzajem, pasażerów i grupki nieśpiesznych, obojętnych przechodniów, którzy blokowali im drogę i nie reagowali, dopóki nie potrącił ich autobus, a wtedy odpowiadali przekleństwami na przekleństwa. Lucjana znikła we wnętrzu jednego z niewielkich zielonych pojazdów i Yossarian pośpieszył co tchu z powrotem do kabaretu i do mętnookiej tlenionej blondynki w rozchełstanej pomarańczowej bluzce. Wyglądała na oczarowaną Aarfym, ale Yossarian biegnąc modlił się żarliwie o jej rozkoszną ciotkę albo o jej rozkoszną przyjaciółkę, siostrę, kuzynkę czy matkę, która byłaby równie lubieżna i zdeprawowana. Odpowiadała mu idealnie; była rozpustną, rubaszną, wulgarną, amoralną, podniecającą flądrą, o jakiej śnił i marzył od miesięcy. Była prawdziwym skarbem. Płaciła sama za siebie, miała samochód, mieszkanie i pierścień z łososiową kameą, która doprowadzała Joego Głodomora do szału wspaniale wyrzeźbionymi postaciami nagiego chłopca i dziewczyny na skale. Joe Głodomór skamlał, służył i dawał łapę, śliniąc się i drąc pazurami podłogę z pożądania, ale dziewczyna nie chciała sprzedać pierścienia, mimo że ofiarowywał jej wszystkie pieniądze, jakie mieli przy sobie, oraz swój superaparat fotograficzny na dodatek. Nie interesowały jej pieniądze ani aparaty fotograficzne. Interesowało ją wyłącznie łajdaczenie się.

Nie było jej, kiedy Yossarian przyszedł. Nie było już nikogo, wyszedł więc natychmiast, błądząc nieszczęśliwy i odepchnięty po ciemnych, pustych ulicach. Yossarianowi rzadko doskwierała samotność, ale teraz czuł się osamotniony w uczuciu piekącej zazdrości o Aarfy'ego, który leżał w łóżku z dziewczyną idealnie odpowiadającą Yossarianowi i który na dodatek mógł sobie użyć, kiedy tylko chciał, gdyby w ogóle chciał, z jedną albo z obiema naraz szczupłymi, oszałamiającymi arystokratkami, które mieszkały piętro wyżej i zapładniały wszystkie fantazje seksualne Yossariana, ilekroć miał fantazje seksualne — z piękną, bogatą, kruczowłosą hrabiną o czerwonych, wilgotnych, nerwowych wargach i z jej piękną, bogatą, kruczowłosą synową. Yossarian był szaleńczo zakochany w nich wszystkich, kiedy wracał do oficerskich pokojów. Był zakochany w Lucjanie, w lubieżnej, pijanej dziewczynie w rozchełstanej satynowej bluzce, w pięknej, bogatej hrabinie i w jej pięknej, bogatej synowej, które nie pozwalały mu się dotknąć i nawet nie chciały z nim poflirtować. Łasiły się do Nately'ego i ulegały Aarfy'emu, ale Yossariana uważały za pomylonego i odsuwały się od niego z pogardą i niesmakiem, ilekroć zrobił im nieprzyzwoitą propozycję albo usiłował je uszczypnąć na schodach. Obie były wspaniałymi istotami o mięsistych, jasnych, spiczastych językach i ustach jak pełne, ciepłe śliwki, nieco słodkich i lepkich, i nieco przejrzałych. Miały klasę; Yossarian nie był pewien, co to jest klasa, ale wiedział, że one to mają, a on nie, i że one o tym wiedzą. Idąc wyobrażał sobie bieliznę, jaka obciska ich smukłe kobiecości — cieniutkie, gładkie, obcisłe rzeczy z najgłębszej czerni albo opalizującej, pastelowej promienności ozdobionej koronkowym haftem, przepojone kuszącą wonią wypielęgnowanego ciała i perfumowanych soli kąpielowych, która unosi się obiecującym obłoczkiem spomiędzy ich błękitnobiałych piersi. Znowu pragnął znaleźć się na miejscu Aarfy'ego i nieprzyzwoicie, brutalnie i radośnie kochać się z jędrną, pijaną ladacznicą, która się nim guzik interesowała i która zapomniałaby o nim natychmiast.

Ale kiedy Yossarian wszedł do pokoju, Aarfy już tam był i Yossarian spojrzał na niego z tym samym uczuciem lęku i zdumienia, z jakim rano nad Bolonią reagował na widmową, kabalistyczną, niezmienną obecność Aarfy'ego w przedniej kabinie samolotu.

— Co ty tu robisz? — spytał.

— Słusznie, spytaj go! — zawołał rozwścieczony Joe Głodomór. — Niech ci powie, co on tu robi!

Kid Sampson z przeciągłym, teatralnym jękiem zrobił pistolet z palca wskazującego i kciuka i strzelił sobie w skroń. Huple, wydmuchując baloniki z gumy do żucia, patrzył na to wszystko z dziecinnym, pustym wyrazem na swojej twarzy piętnastolatka. Aarfy najspokojniej w świecie uderzał fajką o dłoń, przechadzając się tam i z powrotem w korpulentnym samozadowoleniu, wyraźnie ucieszony tym, że jest ośrodkiem zainteresowania.

— Nie poszedłeś z tamtą dziewczyną? — spytał Yossarian.

— Oczywiście, że z nią poszedłem — odpowiedział Aarfy. — Nie sądzisz chyba, że puściłbym ją samą do domu?

— I nie pozwoliła ci zostać u siebie?

— Owszem, chciała, żebym u niej został — zachichotał Aarfy. — Nie martw się o starego, poczciwego Aarfy'ego. Ale nie mogłem przecież nadużyć zaufania tego uroczego stworzenia tylko dlatego, że trochę za dużo wypiła. Za kogo ty mnie masz?

— Jakie nadużywanie zaufania? — powiedział zrozpaczony i zdumiony Yossarian. — Jedynym jej marzeniem było pójść z kimś do łóżka. O niczym innym nie mówiła przez cały wieczór.

— To dlatego, że była trochę wstawiona — wyjaśnił Aarfy. — Ale palnąłem jej małe kazanie i zmądrzała.

— Ty bydlaku! — zawołał Yossarian i opadł bezwładnie na kanapę obok Kida Sampsona. — Dlaczego, do cholery, nie oddałeś jej któremuś z nas, jeżeli sam jej nie chciałeś?

— Widzisz? — odezwał się Joe Głodomór. — Mówiłem, że z nim jest coś nie w porządku.

Yossarian kiwnął głową i spojrzał na Aarfy'ego podejrzliwie.

— Powiedz mi coś, Aarfy. Czy ty w ogóle rżniesz jakieś dziewczyny?

Aarfy, rozbawiony, znowu zachichotał zarozumiale.

— Jasne, że lubię sobie popchnąć. Spokojna głowa. Ale nigdy porządną dziewczynę. Wiem dobrze, jaką dziewczynę można popchnąć, a jaką nie, i nigdy nie popycham porządnych dziewczyn. To była miła panienka. Widać było, że pochodzi z dobrej rodziny. Namówiłem ją nawet w samochodzie, żeby wyrzuciła przez okno ten swój pierścionek.

Joe Głodomór podskoczył w górę z rykiem potwornego bólu.

— Co zrobiłeś? — zawył. — Co zrobiłeś? — I bliski łez zaczął walić Aarfy'ego pięściami po barkach i ramionach. — Powinienem cię zabić za to, coś zrobił, ty parszywy bydlaku. To grzech, co ty robisz. To zwyrodnialec, panowie. Powiedzcie sami, czy to nie zwyrodnialec?

— Najgorszy, jaki może być — przyznał Yossarian.

— Co wy wygadujecie? — spytał Aarfy z autentycznym zdziwieniem, wciągając obronnym gestem głowę pomiędzy swoje dobrze nabite, owalne barki. — Nie wygłupiaj się, Joe — prosił z uśmiechem lekkiego zakłopotania. — Przestań mnie walić, dobrze?

Ale Joe Głodomór nie przestawał, aż wreszcie Yossarian podniósł go do góry i popchnął do jego pokoju. Yossarian apatycznie poszedł do siebie, rozebrał się i zasnął. W sekundę później było już rano i ktoś nim potrząsał.

— Dlaczego mnie budzisz? — jęknął.

Była to Michaela, chuda pokojówka o wesołym usposobieniu i pospolitej, bladej twarzy, a budziła go, żeby mu powiedzieć, że ma gościa. Lucjana! Nie mógł w to uwierzyć. I kiedy Michaela wyszła, został sam na sam z Lucjaną, śliczną, zdrową, posągową Lucjaną, która tryskała nieposkromioną tkliwą energią, mimo że nie ruszała się z miejsca i spoglądała na niego gniewnie marszcząc brwi. Stała niczym młody kolos płci żeńskiej, rozstawiwszy wspaniałe kolumny nóg wsparte na wysokich koturnach białych pantofli. Miała na sobie śliczną zieloną sukienkę i wymachiwała płaską białą torebką, którą mocno trzepnęła Yossariana po twarzy, kiedy wyskoczył z łóżka, żeby ją chwycić w objęcia. Yossarian, oszołomiony, zatoczył się poza zasięg torebki i ze zdumieniem złapał się za piekący policzek.

— Brudas! — rzuciła gniewnie, rozdymając wściekle nozdrza z wyrazem pogardy. — *Vice com'um animale!*

Z gwałtownym, rynsztokowym przekleństwem, pełna obrzydzenia i odrazy przemierzyła pokój i otworzyła na oścież wysokie potrójne okno, wpuszczając do środka falę słonecznego blasku i ostrego, świeżego powietrza, które niczym orzeźwiający napój wypełniło zatęchłą sypialnię. Odłożyła torebkę na krzesło i przystąpiła do sprzątania zbierając rzeczy Yossariana z podłogi i mebli, wrzucając skarpetki, chustki do nosa i bieliznę do pustej szuflady komody, a koszulę i spodnie wieszając do szafy.

Yossarian pobiegł do łazienki i wyszorował zęby. Umył też twarz, ręce i przyczesał włosy. Kiedy wrócił, pokój był sprzątnięty, a Lucjana prawie już rozebrana. Twarz jej się wyraźnie wypogodziła. Odłożyła klipsy na komodę i boso podeszła do łóżka, ubrana jedynie w różową koszulkę ze sztucznego jedwabiu, która ledwie zakrywała biodra. Rozejrzała się uważnie po pokoju, aby się upewnić, że panuje należyty porządek, i dopiero wtedy odrzuciła kołdrę i wyciągnęła się z lubością w kocim oczekiwaniu. Przywołała Yossariana gestem, śmiejąc się zmysłowo.

— Teraz — oznajmiła szeptem wyciągając do niego ramiona. — Teraz pozwalam ci pójść ze mną do łóżka.

Nałgała mu coś o jednym jedynym weekendzie w łóżku

z narzeczonym, który poszedł do wojska i zginął, co potem okazało się szczerą prawdą, gdyż krzyknęła *"finito!"*, ledwie tylko Yossarian zaczął, i dziwiła się, dlaczego nie przestaje, aż wreszcie i on doszedł do końca i wszystko jej wyjaśnił.

Zapalił papierosy dla nich obojga. Była oczarowana opalenizną pokrywającą całe jego ciało. Yossariana zastanawiała różowa koszulka, której nie chciała zdjąć. Przypominała męski podkoszulek z wąskimi ramiączkami i zakrywała niewidzialną szramę na plecach, której nie chciała mu pokazać, nawet kiedy już wyznała, że ją ma. Napięła się jak stalowa sprężyna, gdy końcem palca powiódł wzdłuż blizny od łopatki prawie do końca kręgosłupa. Zadrżał na myśl o wielu okropnych nocach, jakie musiała spędzić odurzona środkami znieczulającymi albo cierpiąca ból w szpitalu z jego wszechobecną, nieuniknioną wonią eteru, kału, środków dezynfekcyjnych oraz ludzkiego ciała udręczonego i rozkładającego się wśród białych fartuchów, butów na gumowej podeszwie i niesamowitych nocnych świateł połyskujących matowo na korytarzach aż do świtu. Została ranna podczas nalotu.

— *Dove?* — spytał i wstrzymał oddech w oczekiwaniu.

— *Napoli.*

— Niemcy?

— *Americani.*

Serce mu pękło i zakochał się. Spytał, czy wyjdzie za niego za mąż.

— *Tu sei pazzo* — powiedziała mu z dobrym uśmiechem.

— Dlaczego niby jestem wariat?

— *Perché non posso sposare.*

— Dlaczego niby nie możesz wyjść za mąż?

— Bo nie jestem dziewicą — odpowiedziała.

— A co to ma do rzeczy?

— Kto się ze mną ożeni? Nikt nie chce dziewczyny, która nie jest dziewicą.

— Ja chcę. Ja się z tobą ożenię.

— *Ma non posso sposarti.*

— Dlaczego nie możesz za mnie wyjść?

— *Perché sei pazzo.*

— Dlaczego niby jestem wariat?

— *Perché vuoi sposarmi.*

Yossarian zmarszczył czoło zafrapowany i rozbawiony.

— Nie możesz zostać moją żoną, bo jestem wariat, a jestem wariat dlatego, że chcę się z tobą ożenić. Czy tak?

— *Sì.*

— *Tu sei pazz'!* — powiedział podniesionym głosem.

— *Perché?* — krzyknęła dotknięta do żywego, a jej nieuniknione kuliste piersi wznosiły się i opadały podniecająco pod różową koszulką, kiedy oburzona usiadła w łóżku. — Dlaczego niby jestem wariatka?

— Bo nie chcesz wyjść za mnie za mąż.

— *Stupido!* — krzyknęła i pacnęła go głośno i ogniście w pierś grzbietem dłoni. — *Non posso sposarti! Non capisci? Non posso sposarti.*

— Rozumiem, rozumiem. Ale dlaczego nie możesz za mnie wyjść?

— *Perché sei pazzo!*

— Dlaczego?

— *Perché vuoi sposarmi.*

— Bo chcę się z tobą ożenić. *Carina, ti amo* — wyjaśnił i popchnął ją delikatnie na poduszkę. — *Ti amo molto.*

— *Tu sei pazzo* — zamruczała w odpowiedzi, zadowolona.

— *Perché?*

— Bo mówisz, że mnie kochasz. Jak możesz kochać dziewczynę, która nie jest dziewicą?

— Dlatego że nie mogę się z tobą ożenić.

Zerwała się znowu groźna i rozgniewana.

— Dlaczego nie możesz się ze mną ożenić? — spytała szykując się, żeby go znowu walnąć, jeżeli odpowiedź będzie dla niej niepochlebna. — Czy dlatego, że nie jestem dziewicą?

— Nie, kochanie. Dlatego że jesteś wariatką.

Przez chwilę wpatrywała się w niego gniewnie nie rozumiejąc, a potem odrzuciła głowę do tyłu i zrozumiawszy zaniosła się serdecznym śmiechem. Spoglądała teraz na niego z nową aprobatą, a soczysta, wrażliwa skóra jej smagłej twarzy pociemniała jeszcze i rozkwitła, naprężając się i pięknejąc od napływu krwi, oczy jej zaszły mgłą. Zgasił oba papierosy i bez słowa przypadli do siebie we wszechogarniającym pocałunku, gdy nagle do pokoju wszedł bez pukania zataczający się z lekka Joe Głodomór, żeby spytać, czy Yossarian chce z nim pójść na poszukiwanie jakichś dziewczyn. Joe Głodomór stanął jak wryty na ich widok i wypadł z pokoju. Yossarian jeszcze szybciej wyskoczył z łóżka i krzyknął do Lucjany, żeby się ubierała. Dziewczyna oniemiała. Brutalnie wyciągnął ją za ramię z łóżka i popchnął w stronę ubrania, a potem skoczył do drzwi, żeby je zatrzasnąć przed nosem Joego Głodomora, który nadbiegał z aparatem fotograficznym. Joe zdążył wstawić nogę w drzwi i nie chciał jej cofnąć.

— Wpuść mnie! — błagał żarliwie, wijąc się i skręcając maniakalnie. — Wpuść mnie!

Przestał napierać na chwilę, żeby przez szparę w drzwiach zajrzeć Yossarianowi w oczy z czarującym, jak sobie wyobraził, uśmiechem.

— Ja nie Joe Głodomór — tłumaczył z powagą. — Ja wielki fotograf z tygodnik „Life". Wielkie zdjęcie na wielka okładka. Ja z ciebie zrobić wielka gwiazda w Hollywood, Yossarian, *Multi dinero*. *Multi* rozwody. *Multi* fiki-fik od rana do wieczora. *Si, si, si!*

Yossarian zatrzasnął drzwi, kiedy Joe Głodomór cofnął nogę, usiłując sfotografować ubierającą się Lucjanę. Joe Głodomór zaatakował krzepką drewnianą przeszkodę z zapałem fanatyka, cofnął się dla nabrania rozpędu i znowu rzucił się szaleńczo naprzód. Yossarian między atakami zdołał wskoczyć w ubranie. Lucjana włożyła swoją zielono-białą letnią sukienkę przez głowę i miała ją powyżej pasa. Yossarian uczuł nagły przypływ żalu na widok Lucjany niknącej na zawsze w majtkach. Schwycił ją za łydkę uniesionej nogi i przyciągnął do siebie. Podskoczyła na drugiej nodze i przylgnęła do niego. Yossarian całował namiętnie jej uszy i przymknięte oczy i głaskał tylną stronę jej ud. Zaczęła mruczeć zmysłowo, ale zaraz Joe Głodomór w kolejnym desperackim ataku uderzył swoim wątłym ciałem o drzwi, omal ich oboja nie przewracając. Yossarian odepchnął Lucjanę.

— *Vite! Vite!* — poganiał ją. — Zbieraj swoje rzeczy.

— Co ty wygadujesz? — spytała.

— Prędzej! Prędzej! Nie rozumiesz po angielsku? Ubieraj się prędzej!

— *Stupido!* — warknęła. — *Vite* to po francusku, nie po włosku. *Subito!* Chciałeś powiedzieć, *subito.*

— *Si, si.* To właśnie chciałem powiedzieć. *Subito!*

— *Si, si* — odpowiedziała posłusznie i pobiegła po pantofle i klipsy.

Joe Głodomór zrezygnował z ataków i robił zdjęcia przez zamknięte drzwi. Yossarian słyszał trzaski przesłony aparatu fotograficznego. Kiedy oboje byli ubrani, zaczekał na kolejną szarżę Joego Głodomora i gwałtownym ruchem otworzył przed nim drzwi. Joe Głodomór wpadł do pokoju jak zataczająca się żaba. Yossarin przepuścił go zręcznie i ciągnąc za sobą Lucjanę wymknął się na korytarz. Z wielkim hałasem zbiegli po schodach, zaśmiewając się do utraty tchu i trącając się rozbawionymi głowami, ilekroć przystawali na chwilę, żeby odpocząć. Na dole spotkali wracającego Nately'ego i ochota do śmiechu im przeszła. Nately był wycieńczony, brudny i nieszczęśliwy. Krawat miał przekrzywiony, koszulę pogniecioną, szedł z rękami w kieszeniach. Minę miał zgnębioną i beznadziejną.

— Co się stało, mały? — spytał go Yossarian współczująco.

— Znowu spłukałem się co do centa — odpowiedział Nately uśmiechając się krzywo, z roztargnieniem. — I co ja teraz zrobię?

Yossarian nie wiedział. Nately spędził ostatnie trzydzieści dwie godziny po dwadzieścia dolarów za godzinę z apatyczną dziwką, którą uwielbiał, i nie zostało mu już ani centa z żołdu ani z dużej pensji, jaką otrzymywał co miesiąc od bogatego i szczodrego ojca. Znaczyło to, że nie może spędzić z nią ani chwili dłużej. Nie pozwalała mu nawet iść koło siebie, kiedy przechadzała się ulicami zaczepiając innych żołnierzy, i wściekała się, kiedy zauważyła, że idzie za nią z daleka. Mógł wprawdzie, jeżeli chciał, wystawać przed jej domem, ale nie mógł mieć pewności, czy ona jest u siebie. I nie chciała mu dawać nic bez pieniędzy. Seks zupełnie jej nie interesował. Nately chciał mieć pewność, że nie będzie spać z kimś obrzydliwym ani z żadnym z jego znajomych. Na przykład kapitan Black obowiązkowo kupował ją, ilekroć przyjeżdżał do Rzymu, żeby móc potem znęcać się nad Natelym, opowiadając mu, jak to dogodził jego ukochanej, i patrzeć, jak Nately zagryza się słuchając o haniebnych rzeczach, do jakich ją zmuszał.

Lucjana była wzruszona cierpieniem Nately'ego, ale znów wybuchnęła zdrowym śmiechem, gdy znaleźli się na zalanej słońcem ulicy i usłyszeli, jak Joe Głodomór błaga ich z okna, żeby wrócili i znów się rozebrali, ponieważ on naprawdę jest fotografem z „Life'u".

Roześmiana Lucjana pobiegła chodnikiem na swoich wysokich białych koturnach, ciągnąc za sobą Yossariana z tą samą zmysłową i spontaniczną energią, jaką tryskała od chwili ich spotkania w klubie poprzedniego wieczoru. Yossarian dopędził ją, objął wpół i tak doszli do najbliższego rogu, gdzie Lucjana odsunęła się od niego, wyjęła z torby lusterko, poprawiła włosy i umalowała usta.

— Może poprosiłbyś mnie o adres, żebyś mógł zapisać go na kartce i odnaleźć mnie, kiedy znów będziesz w Rzymie? — zaproponowała.

— Może dałabyś mi swój adres, żebym mógł go zapisać na kartce — zgodził się Yossarian.

— Po co? — spytała wojowniczo, a usta jej naraz wydęły się szyderczo, oczy zaś błysnęły gniewem. — Żebyś mógł go podrzeć na drobne kawałki, skoro tylko odejdę?

— Dlaczego miałbym go drzeć? — zaprotestował zdetonowany Yossarian. — Co ty, do cholery, pleciesz?

— Na pewno podrzesz — obstawała przy swoim. — Podrzesz na drobne kawałki i odejdziesz dumny jak paw, że taka wysoka, młoda, piękna dziewczyna jak ja, Lucjana, poszła z tobą do łóżka i nie chciała pieniędzy.

— A ile chcesz? — spytał Yossarian.

— *Stupido!* — krzyknęła rozgniewana. — Nie chcę od ciebie żadnych pieniędzy!

Tupnęła nogą i podniosła rękę tak gwałtownym ruchem, że Yossarian przestraszył się, iż znowu oberwie po twarzy jej wielką torebką. Ona jednak zapisała tylko nazwisko i adres na skrawku papieru, który wsunęła mu do ręki.

— Masz — powiedziała urągliwie, przygryzając wargi, żeby ukryć ich drżenie. — Nie zapomnij. Nie zapomnij podrzeć tego na kawałeczki, kiedy tylko odejdę.

Potem uśmiechnęła się pogodnie, uścisnęła mu rękę i z pełnym żalu *„Addio"* przytuliła się do niego na chwilę, po czym wyprostowała się i odeszła z nieświadomą godnością i wdziękiem.

Gdy tylko odeszła, Yossarian podarł karteczkę z adresem i odszedł w przeciwnym kierunku, dumny jak paw, że taka piękna młoda dziewczyna jak Lucjana poszła z nim do łóżka i nie chciała pieniędzy. Był bardzo z siebie zadowolony, dopóki nie zajrzał do stołówki w budynku Czerwonego Krzyża i nie zasiadł do śniadania wśród tłumu żołnierzy w najrozmaitszych fantastycznych mundurach. Wtedy nagle stanęły mu przed oczami obrazy Lucjany rozbierającej się, ubierającej się, pieszczącej go i wymyślającej mu żywiołowo w swojej różowej koszulce ze sztucznego jedwabiu, której nie chciała zdjąć nawet w łóżku. Yossarian dławił się tostami i jajkami na myśl o kolosalnym błędzie, jaki popełnił drąc tak bezczelnie jej długie, smukłe, nagie, wibrujące młodością ciało na kawałeczki i wrzucając je z taką beztroską do rynsztoka. Już teraz tęsknił za nią okropnie. W stołówce było tylu hałaśliwych, pozbawionych twarzy ludzi w mundurach. Odczuł tak gwałtowną potrzebę znalezienia się z nią znowu sam na sam, że zerwał się raptownie od stołu i pobiegł z powrotem, szukać strzępków papieru w rynsztoku, ale zostały już spłukane przez dozorcę, który polewał ulicę.

Nie mógł jej znaleźć tego wieczoru ani w nocnym klubie dla oficerów alianckich, ani w dusznym, lśniącym, hedonistycznym chaosie czarnorynkowej restauracji z jej podrygującymi wielkimi drewnianymi tacami wytwornego jedzenia i rozświergotanymi stadkami ożywionych, cudownych dziewczyn. Nie potrafił nawet znaleźć tej restauracji. Kiedy wreszcie poszedł do łóżka sam, śniło mu się, że wymyka się niemieckiej artylerii przeciwlotniczej nad

Bolonią z Aarfym, który w ohydny sposób zagląda mu przez ramię z pyszałkowatym, szyderczym uśmiechem. Rano pobiegł szukać Lucjany we wszystkich możliwych francuskich biurach, ale nikt nie wiedział, o co mu chodzi, biegł więc przerażony dalej, tak zdenerwowany, rozkojarzony i zdezorientowany, że musiał dokądś biec, na przykład do pokojów szeregowych, do przysadzistej pokojówki w cytrynowych majtkach, którą zastał przy ścieraniu kurzu w pokoju Snowdena na piątym piętrze, ubraną w szarobury sweter i grubą ciemną spódnicę. Snowden jeszcze wtedy żył i Yossarian poznał, że to pokój Snowdena, gdyż zobaczył jego nazwisko wypisane białymi literami na granatowym worku, o który się potknął, rzucając się na nią z rozpędu w szale twórczej rozpaczy. Kobieta chwyciła go za przeguby, nie dając mu upaść, kiedy potykając się pędził ku niej w potrzebie, i padając jednocześnie plecami na łóżko wciągnęła go na siebie i zagarnęła gościnnie w swoje nieco zwiotczałe, kojące objęcia, wznosząc przy tym miotełkę od kurzu wysoko jak sztandar i zwracając ku niemu czule swoją szeroką, zwierzęcą, miłą twarz z uśmiechem najszczerszej przyjaźni. Z głośnym trzaskiem gumy wyślizgnęła się ze swoich cytrynowych majtek, nie zmieniając przy tym pozycji.

Kiedy było już po wszystkim, wsunął jej w dłoń pieniądze. Uścisnęła go tkliwie z wdzięczności. On też ją uścisnął. Odwzajemniła mu się uściskiem i znów wciągnęła go na siebie. Wsunął jej znowu pieniądze do ręki, kiedy byli po wszystkim, i wybiegł czym prędzej z pokoju, zanim zdążyła znów uścisnąć go na znak wdzięczności. Gdy znalazł się w swoim pokoju, spakował pośpiesznie rzeczy, oddał Nately'emu wszystkie pieniądze, jaki mu pozostały, i wrócił na Pianosę samolotem zaopatrzeniowym, żeby przeprosić Joego Głodomora za to, że go nie wpuścił. Przeprosiny okazały się zbyteczne, gdyż zastał Joego w doskonałym humorze. Joe Głodomór uśmiechał się od ucha do ucha i Yossarianowi zrobiło się niedobrze na jego widok, gdyż natychmiast zrozumiał, co jest przyczyną tego wyśmienitego humoru.

— Czterdzieści lotów — oznajmił Joe Głodomór ochoczo, lirycznym tonem, w którym było słychać ulgę i radość. — Pułkownik znowu podniósł obowiązkową liczbę lotów.

Yossarian był ogłuszony.

— Ale ja mam już trzydzieści dwa, do cholery! Jeszcze tylko trzy i byłbym dobry.

Joe Głodomór obojętnie wzruszył ramionami.

— Pułkownik wymaga czterdziestu akcji — powtórzył.

Yossarian odepchnął go i pobiegł prosto do szpitala.

17

Żołnierz w bieli

Yossarian pobiegł prosto do szpitala, zdecydowany raczej pozostać tam do końca życia niż odbyć choćby jeszcze jeden lot ponad swoje trzydzieści dwa. W dziesięć dni później, kiedy się rozmyślił i wyszedł, pułkownik podniósł wymaganą liczbę lotów do czterdziestu pięciu i Yossarian biegiem wrócił do szpitala, zdecydowany raczej pozostać tam do końca życia, niż odbyć choćby jeden lot ponad trzydzieści osiem, które właśnie zaliczył.

Yossarian mógł przybiec do szpitala, kiedy tylko zechciał, z powodu swojej wątroby i z powodu oczu; lekarze nie potrafili wydać orzeczenia co do jego wątroby i nie mogli zajrzeć mu w oczy, kiedy im mówił, że mu dolega wątroba. Yossarian czuł się w szpitalu dobrze, dopóki na oddziale nie pojawiał się ktoś naprawdę bardzo chory. Jego system nerwowy był na tyle odporny, że pozwalał mu przeżyć czyjąś grypę lub malarię z całkowitym spokojem. Potrafił przejść czyjąś operację usunięcia migdałków, nie wpadając w depresję pooperacyjną, mógł nawet wytrzymać czyjąś rupturę lub hemoroidy za cenę lekkich tylko mdłości i obrzydzenia. Ale to było wszystko, co mógł znieść bez szkody dla zdrowia. Wszystko powyżej tej granicy zmuszało go do ucieczki. W szpitalu mógł się wylegiwać, jako że niczego więcej tam od niego nie oczekiwano. Oczekiwano jedynie, żeby umarł albo wyzdrowiał, a ponieważ czuł się od początku doskonale, powrót do zdrowia przychodził mu bez trudu.

W szpitalu było lepiej niż nad Bolonią albo nad Awinionem z Huple'em i Dobbsem przy sterach i ze Snowdenem umierającym w tyle samolotu.

Zazwyczaj w szpitalu było znacznie mniej chorych niż gdzie indziej, zwłaszcza mniej tu było ciężko chorych. Śmiertelność w szpitalu była znacznie niższa niż poza nim i była to śmiertelność znacznie zdrowsza, gdyż znacznie mniej ludzi umierało tu bez potrzeby. Ludzie ze szpitala znacznie lepiej znali się na umieraniu i robili to o wiele porządniej i schludniej. W szpitalu też nie zdołano podporządkować sobie śmierci, ale przynajmniej zmuszono ją do przestrzegania pewnych zasad. Nauczono ją manier. Nie sposób jej było nie wpuszczać, ale jak długo znajdowało się na terenie szpitala, musiała zachowywać się, jak przystało damie. Ludzie oddawali tu ducha subtelnie i gustownie. Nie było tu nic z tej grubiańskiej, odpychającej ostentacji w umieraniu, tak powszechnej poza murami szpitala. Ludzie nie wybuchali w powietrzu jak Kraft albo jak nieboszczyk z namiotu Yossariana, nie ginęli jak Snowden, który w środku lata zamarzł w ogonie samolotu, ujawniwszy swój sekret Yossarianowi.

— Zimno mi — jęczał Snowden. — Zimno mi.

— Cicho, cicho — starał się go uspokoić Yossarian. — Cicho, cicho.

Ludzie nie rozpływali się niesamowicie w chmurze jak Clevinger. Nie rozrywali się na krwawe strzępy. Nie tonęli, nie padali rażeni piorunem, zmiażdżeni przez maszyny ani przysypani lawinami. Nie umierali zastrzeleni podczas napadów, zarąbani siekierą przez rodziców lub dzieci czy jeszcze inaczej z dopustu Bożego. Nikt nie dławił się na śmierć. Jak przystało na dżentelmenów, wykrwawiali się na stole operacyjnym albo gaśli bez słowa pod namiotem tlenowym. Nie było tu nic z tej przewrotnej zabawy, tego a-kuku-jestem, a-kuku-nie-ma-mnie, cieszącej się takim wzięciem poza szpitalem. Nie było powodzi ani głodów.

Dzieci nie dusiły się w kołyskach ani w lodówkach, nie wpadały pod ciężarówki. Nikogo nie katowano na śmierć. Ludzie nie wsadzali głów do piecyków gazowych, nie rzucali się pod pociągi i nie walili się z okien hoteli jak tłumoki, fiut! z przyśpieszeniem szesnastu stóp na sekundę kwadrat, lądując na chodniku z obrzydliwym plaśnięciem i umierając obrzydliwie na oczach wszystkich, jak worek lodów truskawkowych z włosami, ociekając krwią, z nienaturalnie wykręconymi różowymi palcami u nóg.

Zważywszy to wszystko Yossarian często wolał być w szpitalu, mimo że miało to również swoje minusy. Obsługa bywała nadgorliwa, regulamin, gdyby go przestrzegać, zbyt surowy, a kierownictwo zbyt wścibskie. Ponieważ trafiali się też prawdziwi chorzy, nie zawsze można było liczyć na towarzystwo wesołych młodych ludzi i rozrywki nie zawsze były najwyższej klasy. Musiał przyznać, że w miarę trwania wojny poziom szpitali obniżał się systematycznie i były one tym gorsze, im bliżej frontu się znajdowały; jakość klientów spadała najwyraźniej w bezpośredniej bliskości frontu, gdzie efekty koniunktury wojennej natychmiast rzucały się w oczy. Im bliżej frontu, tym bardziej chorych ludzi widziało się w szpitalu, aż pewnego dnia, podczas ostatniego pobytu tam Yossariana, zjawił się żołnierz w bieli, który był tak chory, że już bardziej nie można, czego dowiódł umierając.

Żołnierz w bieli składał się wyłącznie z gazy, gipsu i termometru, przy czym termometr był tylko ozdobą zawieszaną na skraju ziejącego czarnego otworu w bandażach nad ustami codziennie wczesnym rankiem i późnym popołudniem przez siostrę Cramer albo siotrę Duckett, dopóki pewnego popołudnia siostra Cramer nie spojrzała na termometr i nie odkryła, że żołnierz w bieli nie żyje. Teraz, z perspektywy czasu, Yossarian podejrzewał, że to nie rozmowny Teksańczyk, a raczej siostra Cramer go zamordowała; gdyby nie spojrzała na termometr i nie zameldowała o swoim odkryciu, żołnierz w bieli mógłby sobie nadal leżeć w najlepsze równie żywy jak dotychczas, spowity od stóp do głów w gazę i gips, z dwiema dziwnymi nogami wyciągniętymi sztywno do góry i z dwiema dziwnymi rękami zawieszonymi równolegle, ze wszystkimi czterema masywnymi kończynami w gipsie, ze wszystkimi czterema dziwnymi, bezużytecznymi kończynami utrzymywanymi w górze za pomocą napiętych drutów i niesamowicie długich ołowianych ciężarków zwisających złowrogo nad jego ciałem. Takie życie nie było może wiele warte, ale było to jedyne życie, jakie miał, i decyzja, czy je zakończyć, nie powinna była zdaniem Yossariana należeć do siostry Cramer.

Żołnierz w bieli leżał jak rolka bandażu z dziurą albo jak odłamany blok kamienia w porcie z wystającą zagiętą cynkową rurką. Wszyscy pozostali pacjenci na sali z wyjątkiem Teksańczyka wzdragali się na jego widok z litością i odrazą od chwili, gdy po raz pierwszy ujrzeli, czyli od tego ranka, kiedy stwierdzili, że go przeszmuglowano na oddział. Zbierali się przygnębieni w najdalszym kącie sali i wymieniali na jego temat nieżyczliwe, pełne urazy szepty, buntując się przeciwko jego obecności jako przeciwko potwornemu nadużyciu i czując do niego złośliwą awersję do odrażającą prawdę, której był jaskrawym przypomnieniem. Prześladowała ich wszystkich obawa, że może zacząć jęczeć.

— Nie wiem, co zrobię, jeżeli on zacznie jęczeć — biadolił

dziarski młody pilot myśliwca ze złocistym wąsikiem. — Przecież będzie jęczał także w nocy, bo nie będzie wiedział, która godzina.

Ale żołnierz w bieli przez cały czas pobytu na sali nie wydał ani jednego dźwięku. Postrzępiona okrągła dziura nad jego ustami była głęboka, czarna jak węgiel i nie zdradzała ani śladu warg, zębów, podniebienia czy języka. Jedynym człowiekiem, który kiedykolwiek podszedł tak blisko, że mógł tam zajrzeć, był uprzejmy Teksańczyk. Podchodził on zresztą tak blisko po kilka razy dziennie, żeby pogawędzić o zwiększeniu liczby głosów dla przyzwoitych obywateli, i każdą rozmowę rozpoczynał tym samym niezmiennym powitaniem: „No i co powiesz, bracie? Jak tam sprawy?" Wszyscy pozostali, w swoich regulaminowych brązowych sztruksowych szlafrokach i postrzępionych flanelowych piżamach, omijali ich obu z daleka, zastanawiając się ponuro, kim jest żołnierz w bieli, dlaczego znalazł się w szpitalu i jaki jest naprawdę tam w środku.

— Mówię wam, że on jest w porządku — przynosił im pocieszające wieści po każdej rozmowie Teksańczyk. — Tam w środku jest naprawdę fajny gość. On jest tylko onieśmielony i czuje się niezbyt pewnie, bo nikogo tu nie zna i nie może mówić. Może podejdziecie do niego i przedstawicie się? Nic wam złego nie zrobi.

— Co ty, do cholery, wygadujesz? — spytał Dunbar. — Czy on w ogóle wie, co ty mówisz?

— Jasne, że wie. On wcale nie jest głupi. Nic mu nie brakuje.

— A skąd wiesz, że on cię słyszy?

— Nie wiem, czy mnie słyszy, ale jestem pewien, że wie, co mówię.

— Czy ten otwór nad jego ustami porusza się kiedy?

— No, wiecie, co za głupie pytanie — zmieszał się Teksańczyk.

— Jak tam się nic nie rusza, to skąd wiesz, że on oddycha?

— Skąd wiesz, że to jest on?

— Czy ma klapki na oczach pod tymi bandażami?

— Czy porusza czasem palcami u nóg albo u rąk?

Teksańczyk cofnął się zbity zupełnie z tropu.

— Hej, co to za głupie pytania? Czy wyście, panowie, powariowali? Dlaczego nie podejdziecie do niego, żeby się przedstawić? Mówię wam, że to miły facet.

Ale żołnierz w bieli bardziej przypominał wypchaną i wysterylizowaną mumię niż miłego faceta. Siostra Duckett i siostra Cramer utrzymywały go w stanie nienagannym. Często omiatały jego bandaże miotełką oraz zmywały gipsowe opatrunki na jego rękach, nogach, barkach, piersi i biodrach wodą z mydłem. Za pomocą proszku do czyszczenia doprowadzały do matowego połysku ciemną cynkową rurkę wyrastającą spomiędzy jego nóg. Wilgotnymi ściereczkami kilkakrotnie w ciągu dnia przecierały cienkie czarne gumowe rurki łączące go z dwoma zamkniętymi słojami, z których jeden wisiał na stojaku przy łóżku i nieustannie wlewał płyn przez rozcięcie w bandażach do jego ramienia, drugi zaś, prawie niewidoczny na podłodze, odbierał płyn z cynkowej rurki wyrastającej z jego krocza. Obie młode pielęgniarki bez przerwy przecierały te szklane słoje. Były dumne ze swojej gospodarności. Bardziej gorliwa była siostra Cramer, zgrabna, ładna, bezpłciowa dziewczyna o zdrowej, nieciekawej twarzy. Siostra Cramer miała ładny nosek i świeżą, promienną cerę usianą zachwycającymi plamkami uroczych piegów, których Yossarian nie cierpiał. Żołnierz w bieli wzruszał ją do głębi. Jej cnotliwe bladoniebieskie oczy jak spodeczki napełniały się potwornie wielkimi łzami w nieoczekiwanych sytuacjach, co doprowadzało Yossariana do szału.

— Skąd, do diabła, siostra wie, że ktoś tam w ogóle jest? — pytał.

— Niech się pan nie waży mówić do mnie w ten sposób — odpowiadała oburzona.

— Niech siostra odpowie. Przecież siostra nawet nie wie, czy to naprawdę on.

— Kto?

— Ten, kto ma być pod tymi wszystkimi bandażami. Może siostra płacze nad kimś zupełnie innym. Skąd siostra wie, że on w ogóle żyje?

— To okropne, co pan mówi! — zawołała siostra Cramer. — Proszę natychmiast iść do łóżka i przestać z niego żartować.

— Ja nie żartuję. Tam w środku może być każdy. Kto wie, może nawet Mudd?

— O czym pan mówi? — spytała siostra Cramer drżącym głosem.

— Może to jest właśnie nieboszczyk.

— Jaki nieboszczyk?

— Mam w namiocie nieboszczyka, którego w żaden sposób nie mogę się pozbyć. Nazywa się Mudd.

Siostra Cramer zbladła i rozpaczliwie szukając pomocy, zwróciła się do Dunbara.

— Niech mu pan nie pozwoli mówić takich rzeczy — poprosiła.

— A może tam w środku nie ma nikogo — pośpieszył z pomocą Dunbar. — Może dla kawału przysłali tu same bandaże.

Siostra Cramer odsunęła się od niego przestraszona.

— Pan oszalał — krzyknęła rozglądając się błagalnie dokoła. — Obaj jesteście nienormalni.

W tym momencie zjawiła się siostra Duckett i zapędziła ich do łóżek, siostra Cramer zaś zajęła się wymianą słojów żołnierza w bieli. Nie było to zbyt kłopotliwe, gdyż wpuszczano do niego stale ten sam przezroczysty płyn bez widocznych ubytków. Kiedy naczynie zasilające jego ramię było prawie puste, naczynie stojące na podłodze było prawie pełne i wówczas odłączano je od gumowych przewodów i szybko przestawiano, żeby płyn mógł znowu spływać do jego ciała. Zamiana naczyń nie stanowiła problemu dla nikogo poza pacjentami, którzy obserwowali tę procedurę co godzina i byli nią niezmiennie zafrapowani.

— Dlaczego nie mogą połączyć tych dwóch słojów ze sobą, eliminując pośrednika? — zastanawiał się kapitan artylerii, z którym Yossarian przestał grywać w szachy. — Po diabła on tu jest potrzebny?

— Ciekawe, co on takiego zrobił, że na to zasłużył — ubolewał chory na malarię chorąży z tyłkiem pokąsanym przez komary, kiedy siostra Cramer spojrzała na termometr i odkryła, że żołnierz w bieli nie żyje.

— Poszedł na wojnę — spróbował odpowiedzieć pilot myśliwca ze złotawym wąsikiem.

— Wszyscy poszliśmy na wojnę — odparł Dunbar.

— O to właśnie chodzi — powiedział chory na malarię chorąży. — Dlaczego akurat on? W tym systemie kar i nagród nie widać żadnej logiki. Spójrzcie, co mnie się przytrafiło. Gdybym złapał za te pięć minut rozkoszy na plaży syfilisa albo trypra, można by mówić o jakiejś sprawiedliwości, tymczasem ugryzł mnie ten cholerny komar. Malaria! Kto mi powie, dlaczego malaria ma być skutkiem rozpusty? — kręcił głową zdumiony chorąży.

— A co ja mam powiedzieć? — wtrącił Yossarian. — W Marrakeszu wyszedłem kiedyś wieczorem z namiotu, żeby sobie kupić cukierków, i złapałem tego twojego trypra, kiedy pewna dama z Kobiecego Korpusu Pomocniczego, którą pierwszy raz widziałem na oczy, wciągnęła mnie w krzaki. Miałem naprawdę ochotę na cukierki, ale czy mogłem odmówić?

— To rzeczywiście wygląda na mojego trypra — zgodził się chorąży — a ja tymczasem nadal mam czyjąś malarię. Chciałbym przynajmniej raz zobaczyć jakiś porządek w tych sprawach, tak żeby każdy dostał dokładnie to, na co zasłużył. Nabrałbym może trochę zaufania do wszechświata.

— A ja mam czyjeś trzysta tysięcy dolarów — przyznał się dziarski młody kapitan myśliwca ze złotawym wąsikiem. — Obijałem się od dnia, w którym się urodziłem. Prześlizgnąłem się jakimś cudem przez szkołę i studia i odtąd już tylko podrywałem różne ślicznotki, które sądziły, że jestem dobrym materiałem na męża. Nie mam żadnych ambicji. Jedynym moim marzeniem jest ożenić się po wojnie z jakąś dziewczyną, która będzie miała więcej pieniędzy niż ja, i poświęcić się dalszemu podrywaniu ślicznotek. Te trzysta tysięcy dolarów otrzymałem, jeszcze zanim przyszedłem na świat, od dziadka, który dorobił się fortuny sprzedając pomyje na skalę międzynarodową. Wiem, że nie zasługuję na te pieniądze, ale niech mnie diabli, jeżeli je wypuszczę z rąk. Ciekawe, kto jest ich prawowitym właścicielem?

— Może mój ojciec — wystąpił z hipotezą Dunbar. — Przez całe życie ciężko harował i nigdy nie miał pieniędzy, żeby posłać siostrę i mnie na studia. Nie żyje już, więc możesz sobie zatrzymać te pieniądze.

— Gdyby jeszcze znaleźć właściciela mojej malarii, mielibyśmy spokój. To nie znaczy, że mam coś przeciwko malarii. Mogę równie dobrze dekować się na malarię jak na co innego. Po prostu uważam, że dzieje się niesprawiedliwość. Dlaczego ja mam mieć czyjąś malarię, a ty mojego trypra?

— Mam coś gorszego niż twój tryper — powiedział Yossarian. — Przez tego twojego trypra muszę brać udział w akcjach bojowych, dopóki mnie nie zabiją.

— To jeszcze pogarsza sprawę. Gdzie tu jest jakaś sprawiedliwość?

— Dwa i pół tygodnia temu miałem przyjaciela nazwiskiem Clevinger, który uważał, że to jest bardzo sprawiedliwe.

— Jest to najwyższy rodzaj sprawiedliwości — tryumfował wówczas Clevinger klaszcząc w dłonie i śmiejąc się wesoło. — Przypomina mi to *Hipolita* Eurypidesa, gdzie młodzieńcza swawolność Tezeusza staje się zapewne przyczyną ascetyzmu jego syna, co ściąga na nich nieszczęście i doprowadza ich wszystkich do zguby. Może ten epizod z damą z Kobiecego Korpusu Pomocniczego nauczy cię, jak niebezpieczna jest rozwiązłość płciowa.

— To mnie nauczyło, jak niebezpieczne mogą być cukierki.

— Czy nie widzisz, że twoje kłopoty wynikają również z twojej winy? — mówił dalej Clevinger z nie ukrywaną satysfakcją. — Przecież gdyby nie te dziesięć dni w szpitalu z chorobą weneryczną tam, w Afryce, to mógłbyś zaliczyć dwadzieścia pięć lotów i wrócić do kraju, zanim zginął pułkownik Nevers i na jego miejsce przyszedł pułkownik Cathcart.

— A ty? — odpowiedział Yossarian. — Nie złapałeś trypra w Marrakeszu, a masz takie same kłopoty jak ja.

— Nie wiem — wyznał Clevinger udając zatroskanie. — Widocznie mam jakiś bardzo ciężki grzech na sumieniu.

— Naprawdę w to wierzysz?

Clevinger roześmiał się.

— Oczywiście, że nie. Lubię tylko z ciebie pożartować.

Zbyt wiele było niebezpieczeństw, z którymi Yossarian musiał się nieustannie liczyć. Byli na przykład Hitler, Mussolini i Tojo, i wszyscy trzej uparli się, żeby go zabić. Był porucznik Scheisskopf, fanatyk defilad, i nalany pułkownik z wielkim wąsem, fanatyk odwetu, i oni też chcieli go zabić. Byli Appleby, Havermeyer, Black i Korn. Siostry Cramer i Duckett, był tego prawie pewien, też pragnęły jego śmierci, podobnie jak Teksańczyk i facet z Wydziału Sledczego, co do którego nie miał najmniejszych wątpliwości. Jego śmierci pragnęli barmani, murarze i kierowcy autobusów z całego świata, właściciele domów i lokatorzy, zdrajcy i patrioci, kaci, krwiopijcy i lokaje. To była tajemnica, którą Snowden wyjawił mu w locie nad Awinionem — wszyscy oni chcieli go wykończyć i Snowden puścił na ten temat farbę, zalewając cały tył samolotu.

Poza tym mogły go załatwić gruczoły limfatyczne. Były nerki, osłonki nerwowe i ciałka. Były guzy mózgu. Była choroba Hodgkina, białaczka i amiotroficzna lateralna skleroza. Były żyzne, czerwone pastwiska tkanki łącznej, gotowe przyjąć i wykarmić komórkę rakową. Były choroby skóry, choroby kości, choroby płuc, choroby żołądka, choroby serca, krwi i arterii. Były choroby głowy, choroby szyi, choroby piersi, choroby kiszek, choroby krocza. Były nawet choroby stóp. Miliardy sumiennych komórek utleniało się dzień i noc jak tępe zwierzęta w skomplikowanym procesie utrzymywania go przy życiu, a każda z nich była potencjalnym zdrajcą i wrogiem. Było tych chorób tyle, że jedynie ktoś z chorą wyobraźnią mógł myśleć o nich tak często jak on i Joe Głodomór.

Joe Głodomór zestawiał listy chorób śmiertelnych i porządkował je w kolejności alfabetycznej, żeby móc w każdej chwili trafić palcem w tę, którą chciał się przejmować. Bardzo go denerwowało, kiedy mu się jakaś choroba zawieruszyła albo kiedy nie mógł uzupełnić swojej listy, i wtedy zlany zimnym potem pędził po ratunek do doktora Daneeki.

— Daj mu tumor Ewinga — radził Yossarian doktorowi, który przyszedł się go poradzić w sprawie Joego Głodomora — i dodaj mu melanomę. Joe Głodomór lubi choroby przewlekłe, ale jeszcze bardziej lubi galopujące.

Doktor Daneeka nie znał żadnej z tych chorób.

— Jak ty to robisz, że znasz tyle chorób? — spytał z zawodowym szacunkiem.

— Dowiaduję się o nich w szpitalu, studiując „Reader's Digest".

Yossarian znał tyle chorób, których należało się obawiać, że czasami miał ochotę pójść do szpitala na dobre i przeleżeć resztę życia pod namiotem tlenowym, z kompletem specjalistów i pielęgniarek czuwających po jednej stronie łóżka przez dwadzieścia cztery godziny na dobę na wypadek, gdyby coś zaczęło nawalać, i z jednym co najmniej chirurgiem z drugiej strony, który, z uniesionym skalpelem, gotów byłby skoczyć i ciąć, gdy tylko zajdzie potrzeba. Tętniak, na przykład; w jaki inny sposób można go uratować w razie tętniaka aorty? Yossarian czuł się znacznie bezpieczniej w szpitalu niż gdzie indziej, mimo że chirurg ze skalpelem wywoływał w nim największe obrzydzenie. W szpitalu mógł zacząć wrzeszczeć i przynajmniej ktoś by przybiegł i usiłował pomóc, gdzie indziej wsadziliby go do więzienia, gdyby zaczął krzyczeć o wszystkich tych sprawach, o których powinno się jego zdaniem krzyczeć, albo posłaliby go do szpitala. Jedną z tych rzeczy, o których chciał zacząć krzyczeć, był nóż chirurga, jaki prędzej czy później czeka wszystkich, którym uda się dożyć do śmierci. Często zastanawiał się, czy rozpozna pierwszy dreszcz, uderzenie krwi, strzyknięcie w kościach, ból, czknięcie, kichnięcie, piętno, letarg, drgnięcie głosu, utratę równowagi lub lukę w pamięci, która będzie sygnałem nieuniknionego początku nieuniknionego końca.

Bał się też, że doktor Daneeka odmówi mu pomocy, kiedy szedł do niego powtórnie po tym, jak wyskoczył z pokoju majora Majora, i miał rację.

— Tobie się wydaje, że masz powody do obaw? — spytał doktor Daneeka unosząc subtelną, nienaganną czarną głowę, aby obrzucić Yossariana gniewnym spojrzeniem łzawych oczu. — To co ja mam powiedzieć? Moja bezcenna wiedza medyczna rdzewieje na tej parszywej wyspie, a tymczasem inni lekarze zgarniają forsę. Czy sądzisz, że przyjemnie mi jest siedzieć tutaj i dzień w dzień odmawiać ci pomocy? Nie miałbym nic przeciwko temu, żeby odmówić ci pomocy w Stanach albo gdzieś na przykład w Rzymie. Ale odmawianie ci tutaj mnie również nie przychodzi łatwo.

— No to nie odmawiaj. Zwolnij mnie od latania.

— Nie mogę cię zwolnić — mruknął doktor Daneeka. — Ile razy mam ci to powtarzać?

— Właśnie że możesz. Major Major powiedział mi, że właśnie ty jesteś jedynym człowiekiem w eskadrze, który może mnie zwolnić.

Doktor Daneeka nie wierzył własnym uszom.

— Major Major ci to powiedział? Kiedy?

— Kiedy go przewróciłem w rowie.

— Major Major ci to powiedział? W rowie?

— Powiedział mi to u siebie, kiedy wyszliśmy z rowu i wskoczyliśmy do jego pokoju. Powiedział mi, żebym nikomu nie mówił, że to on mi powiedział, więc nie powtarzaj tego nikomu.

— A to nędzny, podstępny intrygant! — zawołał doktor Daneeka. — Miał nikomu o tym nie mówić. Czy powiedział ci też, w jaki sposób mogę cię zwolnić?

— Po prostu pisząc na kawałku papieru, że jestem na granicy załamania psychicznego, i wysyłając to do sztabu grupy. Doktor Stubbs stale zwalnia ludzi w swojej eskadrze, więc dlaczego ty nie możesz?

— I co się dzieje z tymi zwolnionymi przez Stubbsa? — spytał doktor Daneeka drwiąco. — Trafiają z powrotem na listę personelu walczącego, prawda? A on wpada jak śliwka w gówno. Jasne, że mogę cię zwolnić pisząc na kartce papieru, że jesteś niezdolny do latania. Ale jest pewien haczyk.

— Paragraf dwudziesty drugi?

— Jasne. Jeżeli zwolnię cię od udziału w akcjach bojowych, dowództwo grupy musiałoby zatwierdzić moją decyzję, czego nie zrobi. Wciągną cię z powrotem na listę personelu bojowego, a ja gdzie wtedy będę? W drodze na Pacyfik zapewne. Nie, dziękuję. Nie mam zamiaru narażać się dla twojej przyjemności.

— A może warto spróbować? — nalegał Yossarian. — Co cię tu trzyma na Pianosie?

— Pianosa jest okropna, lepsza jednak niż Ocean Spokojny. Nie miałbym nic przeciwko temu, żeby mnie wysłali w jakąś cywilizowaną okolicę, gdzie mógłbym zarobić od czasu do czasu parę dolarów na skrobankach. Ale na Oceanie Spokojnym nie ma nic, tylko dżungla i monsuny. Gniłbym tam za życia.

— A tak gnijesz tutaj.

Doktor Daneeka wybuchnął gniewem.

— Tak? Za to przynajmniej wyjdę z tej wojny cało, czego nie można powiedzieć o tobie.

— To właśnie usiłuję ci wytłumaczyć, do jasnej cholery! Proszę cię, żebyś uratował mi życie.

— Ratowanie ci życia nie należy do moich obowiązków — odpowiedział posępnie doktor Daneeka.

— A co należy do twoich obowiązków?

— Nie wiem, co należy do moich obowiązków. Nauczono mnie tylko, że mam przestrzegać etyki zawodowej i nigdy nie zeznawać przeciwko innemu lekarzowi. Posłuchaj. Czy myślisz, że tylko twoje życie jest w niebezpieczeństwie? To co ja mam powiedzieć? Ci dwaj szarlatani, którzy pracują u mnie w ambulatorium, nadal nie potrafią określić, co mi jest.

— Może masz tumor Ewinga — mruknął sarkastycznie Yossarian.

— Naprawdę tak myślisz? — krzyknął z przerażeniem doktor Daneeka.

— E, nie wiem — odpowiedział Yossarian zniecierpliwiony. — Wiem tylko, że więcej już nie polecę. Chyba mnie nie rozstrzelają, co? Mam pięćdziesiąt jeden akcji bojowych.

— Dlaczego nie zaliczysz pięćdziesięciu pięciu, zanim postawisz sprawę na ostrzu noża? — poradził doktor Daneeka. — Tak się rzucasz, a nigdy nie zaliczyłeś obowiązkowej kolejki lotów.

— A jak mam to zrobić, do cholery? Jak tylko zbliżam się do końca, pułkownik podnosi normę.

— Nie możesz zakończyć kolejki, bo stale uciekasz do szpitala albo jeździsz do Rzymu. Miałbyś o wiele mocniejszą pozycję, gdybyś zaliczył pięćdziesiąt pięć akcji i wtedy odmówił dalszych lotów. Może wówczas zobaczyłbym, czy da się coś zrobić.

— Obiecujesz?

— Obiecuję.

— Co obiecujesz?

— Obiecuję, że może pomyślę, czy da się coś zrobić w twojej sprawie, jeżeli zaliczysz pięćdziesiąt pięć akcji i jeżeli załatwisz, żeby McWatt wpisał znowu moje nazwisko do książki lotów, tak żebym mógł dostać dodatek lotniczy bez latania. Boję się samolotów. Czytałeś o tej katastrofie lotniczej w Idaho trzy tygodnie temu? Zginęło sześć osób. To straszne. Nie rozumiem, dlaczego muszę wylatać te cztery godziny miesięcznie, żeby dostać dodatek lotniczy. Czy ja mam za mało zmartwień, żebym musiał się jeszcze martwić, czy nie zginę w katastrofie lotniczej?

— Nie ty jeden — powiedział Yossarian. — Ja też się przejmuję katastrofami lotniczymi.

— Tak, ale ja się jeszcze przejmuję tym tumorem Ewinga —

pochwalił się doktor Daneeka. — Czy sądzisz, że dlatego mam stale założony nos i jest mi zimno? Zmierz mi tętno.

Yossarian też bał się tumoru Ewinga i melanomy. Katastrofy czaiły się zewsząd, tak liczne, że tracił rachubę. Kiedy zastanawiał się nad wszystkimi chorobami i wypadkami, które mu zagrażają, był szczerze zdumiony, że udało mu się przeżyć tak długo w dobrym zdrowiu. Zakrawało to na cud. A on od dwudziestu ośmiu lat wygrywał.

18

Żołnierz, który wszystko widział podwójnie

Yossarian zawdzięczał zdrowie ćwiczeniom fizycznym na świeżym powietrzu, pracy zespołowej i duchowi sportowemu, gdyż uciekając przed tym wszystkim odkrył po raz pierwszy szpital. Kiedy pewnego popołudnia instruktor wychowania fizycznego w Lowery Field kazał wszystkim wyjść na zajęcia, Yossarian, wówczas jeszcze szeregowy, zgłosił się zamiast tego do izby chorych mówiąc, że boli go w prawym boku.

— Zjeżdżaj stąd — powiedział lekarz dyżurny, który rozwiązywał krzyżówkę.

— Nie możemy kazać mu zjeżdżać — wtrącił się kapral. — Jest nowe zalecenie w sprawie pacjentów z bólami w obrębie jamy brzusznej. Mamy ich trzymać na obserwacji przez pięć dni, bo za dużo tych, którym kazaliśmy zjeżdżać, umierało.

— Dobra — jęknął lekarz — trzymajcie go przez pięć dni na obserwacji, a potem każcie mu zjeżdżać.

Zabrano Yossarianowi ubranie i położono go w sali, gdzie było mu bardzo dobrze, jeżeli tylko nikt w pobliżu nie chrapał. Rano wpadł młody, życzliwy lekarz — Anglik, żeby go spytać o wątrobę.

— Myślę, że to ślepa kiszka — powiedział Yossarian.

— Ślepa kiszka jest do niczego — oświadczył Anglik autorytatywnie. — Jak ci nawali wyrostek, możemy go wyciąć i prawie natychmiast odesłać cię do szeregów. Natomiast przychodząc do nas z wątrobą możesz nas wodzić za nos tygodniami. Wątroba, uważasz, jest dla nas wielką, brzydką tajemnicą. Jeżeli kiedyś jadłeś wątróbkę, to mnie bez trudu zrozumiesz. Wiemy dzisiaj prawie na pewno, że wątroba istnieje, i mamy niejakie pojęcie o tym, jak funkcjonuje, kiedy funkcjonuje tak, jak powinna. Poza tym błądzimy po omacku. Bo cóż to jest wątroba? Mój ojciec, na przykład, umarł na raka wątroby i czuł się doskonale aż do dnia śmierci. Nigdy go nawet nie zabolało. Właściwie to szkoda, bo go nienawidziłem. Na tle zazdrości o matkę, rozumiesz?

— Skąd się tu wziął angielski lekarz wojskowy? — zainteresował się Yossarian.

Oficer wybuchnął śmiechem.

— Opowiem ci o tym, jak przyjdę jutro rano. I wyrzuć ten idiotyczny worek z lodem, zanim umrzesz na zapalenie płuc.

Yossarian nigdy go już więcej nie widział. To była jedna z sympatycznych cech lekarzy w tym szpitalu; żadnego z nich nie oglądało się dwukrotnie. Przychodzili, odchodzili i znikali na zawsze. Nazajutrz rano zamiast Anglika przyszła grupa lekarzy, których widział po raz pierwszy w życiu, żeby go spytać o wyrostek.

— Wyrostek mam w porządku — poinformował ich Yossarian. — Doktor powiedział wczoraj, że to wątroba.

— Może to jest wątroba — powiedział najstarszy stopniem, siwowłosy oficer. — Jaki jest opad?

— Nie robiono mu opadu.

— To proszę natychmiast zrobić. Nie możemy ryzykować z pacjentem w takim stanie. Musimy mieć dokumentację na wypadek zgonu.

Doktor zapisał coś w notesie i zwrócił się do Yossariana:

— Na razie przykładajcie nadal worek z lodem. To bardzo ważne.

— Nie mam worka z lodem.

— No to postarajcie się. Musi tu gdzieś być worek na lód. I zawołajcie kogoś, kiedy ból stanie się nie do wytrzymania.

Po dziesięciu dniach nowa grupa lekarzy przyniosła Yossarianowi złą wiadomość: stan jego zdrowia jest doskonały i musi opuścić szpital. Uratował go w ostatniej chwili pacjent z naprzeciwka, który zaczął wszystko widzieć podwójnie. Bez żadnego ostrzeżenia usiadł w łóżku i wrzasnął:

— Widzę wszystko podwójnie!

Pielęgniarka pisnęła, sanitariusz zemdlał. Ze wszystkich stron zbiegli się lekarze z igłami, lampami, rurkami, gumowymi młoteczkami i kamertonami. Inni toczyli bardziej skomplikowane instrumenty na kółkach. Pacjenta dla wszystkich nie wystarczyło, specjaliści więc przepychali się podnieceni, powarkując na kolegów z pierwszego rzędu, żeby się pośpieszyli i dali szansę następnym.

Pułkownik z wielkim czołem, w rogowych okularach na nosie pierwszy postawił diagnozę.

— To zapalenie opon mózgowych — zawołał z naciskiem, dając znaki pozostałym lekarzom, aby się odsunęli. — Chociaż Bóg mi świadkiem, że nie ma żadnych podstaw, żeby tak sądzić.

— No to dlaczego wybierać akurat zapalenie opon mózgowych? — spytał z grzecznym uśmiechem major. — Dlaczego, na przykład, nie ostre zapalenie nerek?

— Dlatego, że jestem specjalistą od zapalenia opon mózgowych, a nie od ostrego zapalenia nerek — odparł pułkownik. — I nie mam zamiaru oddawać go bez walki jakimś nerkarzom. Ja byłem przy nim pierwszy.

W końcu jednak lekarze doszli do porozumienia. Uznali zgodnie, że nie mają pojęcia, co jest żołnierzowi, który widzi wszystko podwójnie, i wywieźli go do innego pokoju, a w stosunku do wszystkich pacjentów z jego sali zarządzili dwutygodniową kwarantannę.

Święto Dziękczynienia spędził Yossarian najspokojniej w szpitalu. Jedynym zgrzytem był indyk na obiad, ale nawet ten był zupełnie niezły. Był to najbardziej racjonalny Dzień Dziękczynienia w jego życiu i poprzysiągł sobie uroczyście, że odtąd wszystkie Święta Dziękczynienia spędzać będzie w klasztornym azylu szpitala. Złamał tę uroczystą przysięgę zaraz w następnym roku, spędzając święta w hotelowym pokoiku na intelektualnej rozmowie z żoną porucznika Scheisskopfa, która na tę okazję zawiesiła sobie na szyi numerki identyfikacyjne Dori Duz i z namaszczeniem wytykała Yossarianowi cyniczny i gruboskórny stosunek do Święta Dziękczynienia, mimo że podobnie jak on nie wierzyła w Boga.

— Jestem zapewne nie gorszą ateistką od ciebie — chwaliła się. — Niemniej uważam, że mamy wiele powodów do wdzięczności i nie powinniśmy się wstydzić swoich uczuć.

— Wymień choć jedną rzecz, za którą powinienem być wdzięczny — przeciwstawił się jej apatycznie Yossarian.

Żona porucznika Scheisskopfa umilkła na chwilę, zastanawiając się niepewnie.

— Ja — powiedziała wreszcie.

— Ee, nie wygłupiaj się.

Uniosła brwi zdziwiona.

— Nie jesteś wdzięczny za mnie? — spytała. Zmarszczyła się gniewnie, zraniona w swojej dumie. — Nie muszę wcale spać z tobą, wiesz? — powiedziała z lodowatą godnością. — Mój mąż ma całą eskadrę podchorążych, z których każdy z największą radością prześpi się z żoną swojego dowódcy dla dodatkowej emocji, jaką mu to daje.

Yossarian postanowił zmienić temat.

— Nie zmieniaj tematu — powiedział dyplomatycznie. — Założę się, że potrafię wymienić dwie rzeczy, na które można się skarżyć, przeciwko każdej twojej, za którą powinienem być wdzięczny.

— Bądź wdzięczny, że masz mnie — nalegała.

— Jestem wdzięczny, kochanie. Ale jednocześnie jestem nieszczęśliwy, bo nie mogę mieć Dori Duz. Ani setek innych dziewczyn i kobiet, które zobaczę w swoim krótkim życiu, a z którymi nie będę się mógł ani razu przespać.

— Bądź wdzięczny za to, że jesteś zdrów.

— Miej pretensję, że nie zawsze będziesz zdrowa.

— Bądź wdzięczny za to, że w ogóle żyjesz.

— Bądź wściekła, że musisz umrzeć.

— Mogłoby być dużo gorzej — krzyknęła.

— Mogłoby być o całe niebo lepiej — odpowiedział zapalczywie.

— Wymieniasz tylko jeden powód — zaprotestowała. — Mówiłeś, że możesz wymienić dwa.

— I nie mów mi, że Bóg działa w sposób dla nas niepojęty — mówił Yossarian nie zwracając uwagi na jej protesty. — Nie ma w tym nic niepojętego. On nie działa, On się nami bawi. Albo w ogóle o nas zapomniał. Taki jest ten Bóg, o którym tyle mówicie: ciemny chłopek, niezdarny fuszer, bezmyślny, zarozumiały, nieokrzesany ciemniak. Dobry Boże, ile szacunku można żywić do Najwyższej Istoty, która uważała za niezbędne włączyć do swego boskiego planu stworzenia takie zjawiska, jak flegmę i próchnicę zębów? Cóż, u licha, powodowało Jego spaczonym, złośliwym, skatologicznym umysłem, kiedy pozbawił starych ludzi kontroli nad stolcem? Po co, u licha, stworzył ból?

— Ból? — Żona porucznika Scheisskopfa ze zwycięską miną rzuciła się na to słowo. — Ból jest objawem pożytecznym. Ból ostrzega nas o niebezpieczeństwie.

— A kto stworzył niebezpieczeństwa? — spytał Yossarian i roześmiał się zgryźliwie. — Tak, rzeczywiście okazał nam wielką łaskę obdarzając nas bólem! Dlaczego nie może ostrzegać nas za pomocą dzwonka albo któregoś ze swoich chórów niebiańskich? Albo układu zielonych i czerwonych neonowych lampek pośrodku czoła? Każdy znający się na rzeczy producent szaf grających potrafiłby to zrobić. Dlaczego więc On nie mógł?

— Przecież ludzie wyglądaliby śmiesznie z czerwonymi neonami na środku czoła.

— Teraz za to pięknie wyglądają, kiedy wiją się w agonii albo leżą otępiali od morfiny, prawda? Cóż to za kolosalny, nieśmiertelny partacz! Kiedy się pomyśli o Jego potędze i możliwościach, jakie miał, aby zrobić coś naprawdę dobrego, a potem spojrzy na ten bezmyślny, odrażający bałagan, jakiego narobił, Jego nieudolność musi zdumiewać. Premii to on za to nie dostał. Przecież żaden szanujący się przedsiębiorca nie przyjąłby takiego fajtłapy nawet na magazyniera!

Żona porucznika Scheisskopfa pobladła nie wierząc własnym uszom i wpatrywała się w niego przerażona.

— Lepiej nie mów o Nim w ten sposób, kochanie — ostrzegła go ściszonym głosem z przyganą i niechęcią. — Może cię za to ukarać.

— A czy nie dość mnie już karze? — parsknął Yossarian z odrazą. — Nie, to nie powinno Mu ujść na sucho. Stanowczo nie można Mu puścić płazem wszystkich tych nieszczęść, jakie na nas sprowadził. Kiedyś będzie musiał mi za to zapłacić. Wiem nawet kiedy. Na Sądzie Ostatecznym. Tak, wtedy znajdę się tak blisko Niego, że będę mógł schwycić tego ćwoka za kark i...

— Przestań! Przestań! — krzyknęła nagle żona porucznika Scheisskopfa i zaczęła walić go nieudolnie pięściami po głowie. — Przestań!

Yossarian zasłonił się ramieniem, pozwalając jej przez kilka sekund wyładowywać kobiecą furię, po czym chwycił ją za przeguby i łagodnie, ale stanowczo posadził z powrotem na łóżku.

— Dlaczego, u diabła, tak się denerwujesz? — spytał ze zdziwieniem, skruszony i rozbawiony zarazem. — Myślałem, że nie wierzysz w Boga.

— Nie wierzę — powiedziała wybuchając gwałtownym płaczem. — Ale Bóg, w którego nie wierzę, jest Bogiem dobrym, sprawiedliwym i miłosiernym, a nie złym i głupim, o jakim ty mówisz.

Yossarian roześmiał się i puścił jej ręce.

— Może wprowadzimy nieco więcej swobody religijnej w stosunkach między nami — zaproponował pojednawczo. — Ty możesz nie wierzyć w swojego Boga, a ja nie będę wierzył w swojego. Zgoda?

Był to najbardziej nielogiczny Dzień Dziękczynienia, jaki pamiętał, i tęsknie wracał myślami do błogosławionego okresu czternastodniowej kwarantanny w szpitalu poprzedniego roku. Ale nawet tamta idylla skończyła się nutą tragiczną: Yossarian nadal cieszył się doskonałym zdrowiem, kiedy okres kwarantanny dobiegł końca, i oświadczono mu, że ma opuścić szpital i iść na wojnę. Usłyszawszy tę złą wiadomość usiadł w łóżku i krzyknął:

— Widzę wszystko podwójnie!

Na oddziale znowu zrobiło się piekło. Specjaliści zbiegli się do niego ze wszystkich stron i otoczyli go tak ciasnym pierścieniem, że czuł wilgotny podmuch ich nosów nieprzyjemnie muskający najróżniejsze części jego ciała. Myszkowali wąskimi strumieniami światła po jego oczach i uszach, atakowali jego kolana i stopy gumowymi młoteczkami i kamertonami, pobierali mu krew z żył i pokazywali na granicy pola widzenia wszystko co mieli pod ręką.

Szefem tego zespołu lekarzy był dystyngowany, zatroskany dżentelmen, który podsunął Yossarianowi palec pod nos i spytał:

— Ile palców widzicie?

— Dwa — powiedział Yossarian.

— A teraz ile palców widzicie? — spytał doktor wyciągając dwa palce.

— Dwa — odpowiedział Yossarian.

— A teraz? — spytał doktor nie pokazując ani jednego palca.

— Dwa — odpowiedział Yossarian.

Twarz lekarza rozjaśnił uśmiech.

— Na Jowisza, on ma rację — oświadczył tryumfalnie — on rzeczywiście widzi wszystko podwójnie.

Przewieziono Yossariana na wózku do pokoju, w którym leżał ten drugi żołnierz widzący wszystko podwójnie, a pozostałych pacjentów poddano następnej czternastodniowej kwarantannie.

— Widzę wszystko podwójnie! — zawołał żołnierz, który wszystko widział podwójnie, kiedy przywieziono do sali Yossariana.

— Widzę wszystko podwójnie! — zawtórował mu Yossarian równie głośno, z dyskretnym mrugnięciem.

— Ściany! Ściany! — krzyczał żołnierz. — Rozsuńcie ściany!

— Ściany! Ściany! — krzyczał Yossarian. — Rozsuńcie ściany!

Jeden z lekarzy udał, że odsuwa ścianę.

— Czy tyle wystarczy? — spytał.

Żołnierz, który wszystko widział podwójnie, skinął słabo głową i opadł na poduszkę. Yossarian też skinął słabo głową, wpatrując się w swego utalentowanego kolegę z wielką pokorą i podziwem. Nie wątpił, że ma przed sobą mistrza. Jego utalentowany kolega był bez wątpienia kimś, od kogo należało się uczyć i starać się mu dorównać. W nocy utalentowany kolega umarł i Yossarian uznał, że ich drogi muszą się rozejść.

— Widzę wszystko pojedynczo! — krzyknął czym prędzej.

Nowa grupa specjalistów przycwałowała ze swymi instrumentami do jego łóżka, aby stwierdzić, czy to prawda.

— Ile widzicie palców? — spytał go szef pokazując jeden palec.

— Jeden.

Lekarz pokazał dwa palce.

— A teraz ile widzicie palców?

— Jeden.

Doktor pokazał dziesięć palców.

— A teraz?

— Jeden.

Doktor ze zdumieniem zwrócił się do pozostałych lekarzy.

— On widzi wszystko pojedynczo! — wykrzyknął. — Wyleczyliśmy go.

— W samą porę — oświadczył lekarz, z którym Yossarian znalazł się sam na sam, wysoki, torpedokształtny, sympatyczny mężczyzna z nie golonym kasztanowatym zarostem i z paczką papierosów w kieszonce koszuli, które palił beztrosko jednego po drugim, opierając się o ścianę. — Przyjechali krewni, żeby was zobaczyć. Och, nie martwcie się — dodał ze śmiechem. — Nie wasi krewni. To matka, ojciec i brat tego chłopaka, który umarł. Przyjechali tutaj aż z Nowego Jorku, żeby zobaczyć umierającego żołnierza, i wy nam najlepiej pasujecie.

— Co też pan mówi? — spytał Yossarian podejrzliwie. — Ja przecież nie umieram.

— Ależ oczywiście, że umieracie. Wszyscy umieramy. Do diabła, czy myślicie, że czeka was co innego?

— Ale nie przyjechali do mnie — zaprotestował Yossarian. — Przyjechali zobaczyć swego syna.

— Muszą brać to, co jest. Jeżeli chodzi o nas, to każdy umierający chłopiec jest równie dobry. Albo równie zły. Dla człowieka nauki wszyscy umierający chłopcy są równi. Mam dla was propozycję. Wy pozwolicie im przyjść i popatrzeć na was przez kilka minut, a ja nie powiem nikomu, że symulowaliście bóle wątroby.

Yossarian odsunął się od niego gwałtownie.

— To pan wie?

— Oczywiście, że wiem. Nie jesteśmy tacy głupi. — Doktor roześmiał się przyjaźnie i zapalił kolejnego papierosa. — Jak ktoś może uwierzyć w waszą chorą wątrobę, skoro łapiecie za cycki każdą siostrę, która się do was zbliży? Jeżeli chcecie uchodzić za chorego na wątrobę, to musicie zrezygnować z seksu.

— Bardzo wygórowana cena za to tylko, żeby utrzymać się przy życiu. Dlaczego mnie pan nie wydał, skoro pan wiedział, że symuluję?

— A dlaczego, u diabła, miałbym was wydać? — spytał doktor z błyskiem zdziwienia. — Wszyscy żyjemy w świecie iluzji. Zawsze chętnie podaję pomocną dłoń współkonspiratorom na drodze do przetrwania, pod warunkiem że oni odpłacą mi tym samym. Ci ludzie przybyli z daleka i nie chciałbym sprawić im zawodu. Mam słabość do starych ludzi.

— Ale oni przyjechali zobaczyć swojego syna.

— Spóźnili się. Może nie zauważą różnicy.

— A jak zaczną płakać?

— Na pewno zaczną płakać. Po to między innymi przyjechali. Będę podsłuchiwał za drzwiami i przyjdę z pomocą, gdyby sytuacja stała się zbyt kłopotliwa.

— Wszystko to wydaje mi się trochę zwariowane — zauważył Yossarian. — A dlaczego właściwie oni chcą patrzeć, jak ich syn umiera?

— Nigdy nie potrafiłem odpowiedzieć na to pytanie — przyznał doktor. — Ale zawsze chcą patrzeć. No więc jak? Musicie tylko poleżeć przez kilka minut i trochę poumierać. Co wam szkodzi?

— Dobra — poddał się Yossarian. — Pod warunkiem, że to potrwa tylko kilka minut i że będzie pan czekał za drzwiami.

Yossarian zaczął wchodzić w rolę.

— A może by tak dla większego efektu owinąć mnie trochę bandażami.

— Doskonały pomysł — przyklasnął lekarz.

Owinięto Yossariana bandażami. Zespół sanitariuszy zainstalował rolety w oknach i opuścił je do połowy, spowijając pokój przygnębiającym mrokiem. Yossarian zaproponował kwiaty i lekarz wysłał sanitariusza, żeby poszukał dwóch bukiecików przywiędłych kwiatów o silnym i mdlącym zapachu. Kiedy wszystko już było gotowe, kazano Yossarianowi wrócić do łóżka i położyć się. Wtedy wpuszczono gości.

Weszli niepewnie, na palcach, rzucając pokorne spojrzenia, jakby przepraszali za wtargnięcie — przodem boleściwa matka z ojcem, za nimi brat, krzepki, szeroki w barach marynarz z groźną miną. Mężczyzna i kobieta wkroczyli do pokoju sztywno, ramię przy ramieniu, jakby prosto z ram znanego, choć ezoterycznego rodzinnego dagerotypu. Oboje byli niscy, zasuszeni i dumni. Wyglądali jak zrobieni z żelaza i starej, ciemnej odzieży. Kobieta miała długą, posępną owalną twarz koloru palonej umbry oraz szorstkie, siwiejące czarne włosy rozdzielone surowo pośrodku i zaczesane ascetycznie do tyłu bez jednej fali, loku czy ozdoby. Ponuro zaciskała pomarszczone wargi. Ojciec stał bardzo sztywno, jakby pozował, w wyraźnie za ciasnej dwurzędowej marynarce z watowanymi ramionami. Był barczysty i muskularny na małą skalę i miał na pobrużdżonej twarzy wspaniale zakręcone srebrne wąsy. Kaprawe oczy spoglądały spośród zmarszczek i wyglądało, że czuje się okropnie nieswojo, kiedy tak stał niezręcznie, trzymając czarny pilśniowy kapelusz w spracowanych dłoniach na wysokości szerokich klap marynarki. Bieda i ciężka praca wycisnęła na obojgu piętno niezawinionej krzywdy. Brat wyraźnie szukał zwady. Okrągłą białą czapkę nasunął zawadiacko na bakier, zacisnął pięści i toczył dokoła wzrokiem, w którym błyskała podrażniona napastliwość.

Cała trójka skrzypiąc butami zbliżyła się nieśmiało, ukradkiem, posuwając się krok za krokiem w pogrzebowej grupie, aż doszli do łóżka i stanęli wpatrując się w Yossariana. Zaległo straszliwe, dręczące milczenie i nic nie zapowiadało jego końca. Wreszcie Yossarian, nie mogąc znieść tego dłużej, chrząknął. Pierwszy odezwał się ojciec.

— Wygląda okropnie — powiedział.

— On jest chory, tato.

— Giuseppe — powiedziała matka siadając na krześle i składając żylaste dłonie na podołku.

— Nazywam się Yossarian — powiedział Yossarian.

— On się nazywa Yossarian, mamo. Yossarian, poznasz mnie? To ja, twój brat John. Czy wiesz, kto ja jestem?

— Jasne, że wiem. Jesteś mój brat John.

— Poznaje mnie! Tato, on mnie poznał! Yossarian, to jest tato. Przywitaj się z tatą.

— Dzień dobry, tato.

— Dzień dobry, Giuseppe.

— Tato, on się nazywa Yossarian.

— Wciąż myślę o tym, jak on okropnie wygląda.

— On jest bardzo chory, tato. Lekarz mówi, że on umrze.

— Nie jestem pewien, czy można wierzyć temu lekarzowi — powiedział ojciec. — Wiesz, jacy to krętacze.

— Giuseppe — powtórzyła matka cichym drżącym akordem tłumionego bólu.

— Mamo, on się nazywa Yossarian. Pamięć już ją zaczyna zawodzić. Jak ci tu jest, mały? Czy traktują cię przyzwoicie?

— Przyzwoicie — odpowiedział Yossarian.

— To dobrze. Nie pozwól sobą pomiatać. Nie jesteś gorszy od innych tylko dlatego, że jesteś Włochem. Masz takie same prawa jak wszyscy.

Yossarian skrzywił się i zamknął oczy, żeby nie patrzeć na swojego brata Johna. Poczuł, że robi mu się niedobrze.

— Spójrzcie tylko, jak on okropnie wygląda — zauważył ojciec.

— Giuseppe — powiedziała matka.

— Mamo, on się nazywa Yossarian — przerwał jej niecierpliwie brat. — Nie pamiętasz?

— Nic nie szkodzi — przerwał mu Yossarian. — Może do mnie mówić Giuseppe, jeżeli chce.

— Giuseppe — powiedziała matka.

— Nie przejmuj się, Yossarian — powiedział brat. — Wszystko będzie dobrze.

— Nie przejmuj się, mamo — powiedział Yossarian. — Wszystko będzie dobrze.

— Czy był u ciebie ksiądz? — zainteresował się brat.

— Był — skłamał Yossarian, znów krzywiąc się jakby z bólu.

— To dobrze — uznał brat. — To dobrze, że masz tu wszystko, co ci się należy. Przyjechaliśmy aż z Nowego Jorku. Baliśmy się, że nie zdążymy.

— Na co?

— Że nie zdążymy cię zobaczyć przed śmiercią.

— A co to za różnica?

— Nie chcieliśmy, żebyś umarł sam.

— A co to za różnica?

— Chyba zaczyna bredzić — powiedział brat. — Powtarza w kółko to samo.

— To bardzo dziwne — odpowiedział ojciec. — Przez cały czas myślałem, że on się nazywa Giuseppe, a teraz nagle okazuje się, że on się nazywa Yossarian. Bardzo dziwne.

— Mamo, pociesz go. Powiedz mu coś, co go podniesie na duchu.

— Giuseppe.

— To nie jest Giuseppe, mamo. To jest Yossarian.

— A co to za różnica? — odpowiedziała matka tym samym żałobnym tonem, nie podnosząc wzroku. — On umiera.

Jej zapuchnięte oczy zaszły łzami i rozpłakała się, kołysząc się powoli w tył i w przód na krześle, a jej dłonie leżały na kolanach jak strącone ćmy. Yossarian bał się, że zaraz zacznie zawodzić. Ojciec i brat również zaczęli płakać. Yossarian nagle uświadomił sobie, dlaczego oni wszyscy płaczą, i też się rozpłakał. Jakiś lekarz, którego Yossarian widział po raz pierwszy w życiu, wszedł do pokoju i powiedział odwiedzającym uprzejmie, że muszą już iść. Ojciec wyprostował się do pożegnania.

— Giuseppe — zaczął oficjalnie.

— Yossarianie — poprawił go syn.

— Yossarianie — powiedział ojciec.

— Giuseppe — sprostował Yossarian.

— Wkrótce umrzesz.

Yossarian znów się rozpłakał. Lekarz spiorunował go wzrokiem i Yossarian powstrzymał łzy.

Ojciec mówił uroczyście, ze spuszczoną głową.

— Kiedy będziesz rozmawiał z tym na górze, chcę, żebyś Mu powiedział coś ode mnie. Powiedz Mu, że to nie jest w porządku, kiedy młodzi muszą umierać. Mówię poważnie. Powiedz Mu, że skoro już ludzie muszą umierać, to niech umierają, kiedy są już starzy. Chcę, żebyś Mu to powiedział. Myślę, że On nie wie, że to nie jest w porządku, bo mówią, że On jest dobry, a to dzieje się już od dawna. Dobrze?

— I nie pozwól sobą pomiatać — poradził mu brat. — Nie będziesz w niebie gorszy od innych tylko dlatego, że jesteś Włochem.

— Ubieraj się ciepło — powiedziała matka, która jakby się domyślała.

19

Pułkownik Cathcart

Pułkownik Cathcart był elegantem, któremu wszystko się udawało, i niedbaluchem, którego prześladował pech; miał ciężki chód i pragnął zostać generałem. Był pełen werwy i przygnębiony, zrównoważony i zniechęcony. Był zadowolony z życia i przestraszony, śmiały w administracyjnych rozgrywkach, które obmyślał, aby zwrócić na siebie uwagę przełożonych, i tchórzliwy, kiedy się obawiał, że jego plany mogą przynieść skutek odwrotny do zamierzonego, był przystojny i nieciekawy, zawadiacki, muskularny i zarozumiały, miał skłonność do tycia i chroniczne stany lękowe. Pułkownik Cathcart był zarozumiały, ponieważ w wieku zaledwie trzydziestu sześciu lat miał już stopień pułkownika i dowodził jednostką liniową; był przygnębiony, ponieważ mimo ukończonych trzydziestu sześciu lat doszedł tylko do stopnia pułkownika.

Pułkownik Cathcart nie reagował na wielkości absolutne. Potrafił widzieć swoje osiągnięcia wyłącznie na tle osiągnięć innych i w jego pojęciu doskonałość polegała na tym, żeby robić coś nie gorzej niż wszyscy mężczyźni w jego wieku, którzy robią to samo lepiej od niego. Fakt, że tysiące mężczyzn równych mu wiekiem i starszych nie osiągnęło nawet stopnia majora, napełniał go fircykowatą dumą z jego nieprzeciętnych zalet, z drugiej strony fakt, że niektórzy mężczyźni w jego wieku, a nawet młodsi, byli już generałami, zatruwał go bolesną świadomością klęski i sprawiał, że pułkownik ogryzał paznokcie z nieopanowaną nerwowością, bijąc pod tym względem samego Joego Głodomora.

Pułkownik Cathcart — duży, nadęty, barczysty mężczyzna —

miał krótko przystrzyżone, kędzierzawe, ciemne włosy, które zaczynały siwieć na końcach, i ozdobną cygarniczkę, którą nabył w przeddzień przyjazdu na Pianosę i objęcia dowództwa grupy. Demonstrował tę cygarniczkę z namaszczeniem przy każdej okazji i nauczył się nią zręcznie manipulować. Niespodziewanie odkrył w sobie głęboko utajony pożyteczny talent do palenia papierosów w cygarniczce. O ile wiedział, był na całym froncie śródziemnomorskim jedynym oficerem, który palił w cygarniczce, i myśl ta pochlebiała mu i niepokoiła go zarazem. Nie miał najmniejszej wątpliwości, że taki światowiec i intelektualista jak generał Peckem musi pochwalać palenie w cygarniczce, mimo że spotykali się niezbyt często, co z drugiej strony nie było znów takie złe, przyznawał z ulgą pułkownik Cathcart, bo przecież generał Peckem mógł nie pochwalać palenia w cygarniczce. Ilekroć targały nim podobne wątpliwości, pułkownik Cathcart dusił w sobie szloch i miał ochotę wyrzucić to świństwo, ale powstrzymywało go niezłomne przekonanie, że cygarniczka niewątpliwie przydaje jego męskiej, marsowej postaci szlachetnego blasku wykwintnego heroizmu, ukazując go w niezwykle korzystnym świetle na tle wszystkich pozostałych pułkowników armii amerykańskiej, z którymi współzawodniczył. Chociaż... czy mógł być tego pewien?

Pułkownik Cathcart zajmował się takimi problemami niestrudzenie, dniami i nocami z najwyższym oddaniem i napięciem opracowując taktykę, która miała służyć jego dalszej karierze. Był swoim własnym sarkofagiem, śmiałym i nieomylnym dyplomatą, który ciągle lżył siebie samego ze wstrętem za wszystkie zaprzepaszczone okazje i ze skruchą tłukł głową o ścianę z powodu błędów, jakie popełnił. Był napięty, drażliwy, zgorzkniały i zadowolony z siebie. Był mężnym oportunistą, który rzucał się żarłocznie na każdą szansę, jaką mu znalazł pułkownik Korn, a zaraz potem drżał w czarnej rozpaczy na myśl o możliwych konsekwencjach. Zachłannie zbierał plotki i gromadził pogłoski. Wierzył wszystkiemu, co usłyszał, ale do niczego nie miał zaufania. Bez przerwy z napięciem wyczekiwał najmniejszego sygnału niezwykle wyczulony na nie istniejące układy i powiązania. Był człowiekiem dobrze poinformowanym, który stale za wszelką cenę starał się dowiedzieć, co się dzieje. Był samochwałą, nieustraszonym brutalem wpadającym w rozpacz z powodu okropnych, niewybaczalnych kompromitacji w oczach różnych osobistości, które ledwie wiedziały o jego istnieniu.

Wszyscy go prześladowali. Pułkownik Cathcart wytężając cały swój spryt żył w niepewnym, arytmetycznym świecie chwały i hańby, w świecie wyimaginowanych tryumfalnych zwycięstw i wyimaginowanych katastrofalnych klęsk. W tej samej godzinie przeskakiwał od przygnębienia do euforii, wyolbrzymiając fantastycznie wspaniałość swoich zwycięstw i przeceniając tragiczne rozmiary swoich klęsk. Nikomu nigdy nie udało się go zaskoczyć. Jeżeli tylko doszła go wieść, że widziano, jak generał Dreedle lub generał Peckem uśmiechnął się, zmarszczył albo nie zrobił żadnej z tych rzeczy, nie zaznał spokoju, dopóki nie znalazł logicznej interpretacji tego faktu, i rozwodził się nad tym bez końca, dopóki pułkownik Korn nie wytłumaczył mu, żeby się nie przejmował.

Pułkownik Korn był lojalnym, niezastąpionym sojusznikiem i działał pułkownikowi Cathcartowi na nerwy. Pułkownik Cathcart ślubował wieczystą wdzięczność pułkownikowi Kornowi za jego genialne pomysły i wściekał się na niego, kiedy pomyślał, że mogą one spalić na panewce. Pułkownik Cathcart miał dług wdzięczności wobec pułkownika Korna i nie lubił go ani trochę. Dwaj pułkownicy bardzo się przyjaźnili. Pułkownik Cathcart zazdrościł pułkownikowi Kornowi inteligencji i często musiał sobie przypominać, że pułkownik Korn jest zaledwie podpułkownikiem, mimo iż jest prawie o dziesięć lat od niego starszy, i że studiował na uniwersytecie stanowym. Pułkownik Cathcart ubolewał, że nieszczęsny los zesłał mu nieocenionego zastępcę w postaci kogoś tak pospolitego jak pułkownik Korn. Czuł się upokorzony zależnością od kogoś, kto skończył tylko uniwersytet stanowy. Jeżeli już ktoś musiał zostać jego prawą ręką, lamentował pułkownik Cathcart, to mógł to przynajmniej być ktoś bogaty i dobrze ułożony, ktoś z lepszej rodziny i bardziej dojrzały niż pułkownik Korn, ktoś, kto do marzeń pułkownika Cathcarta o szlifach generalskich miałby mniej frywolny stosunek niż ten, o jaki pułkownik Cathcart podejrzewał pułkownika Korna.

Pułkownik Cathcart tak rozpaczliwie chciał być generałem, że gotów był wykorzystać w tym celu wszystko, nawet religię, i pewnego przedpołudnia, w kilka dni po tym, jak podniósł liczbę obowiązujących akcji bojowych do sześćdziesięciu, wezwał do siebie kapelana i wskazał energicznym ruchem tygodnik „The Saturday Evening Post" rozłożony na biurku. Pułkownik miał gąbczastą, obwisłą dolną wargę, a szeroko rozpięty kołnierz wojskowej koszuli odsłaniał cień czarnego, szczeciniastego zarostu na jego mlecznobiałej szyi. Należał do ludzi, którzy się nie opalają, i unikał słońca, jak tylko mógł, żeby nie doznać oparzeń. Pułkownik był więcej niż o głowę wyższy od kapelana i przeszło dwukrotnie szerszy, i wobec jego rozdętego, przytłaczającego autorytetu kapelan czuł się wątły i chorowity.

— Niech pan spojrzy, kapelanie — polecił mu pułkownik Cathcart, wsuwając papierosa do swojej cygarniczki i rozpierając się w obrotowym fotelu za biurkiem. — Chciałbym wiedzieć, co pan o tym sądzi.

Kapelan posłusznie spojrzał na rozłożone pismo i zobaczył artykuł wstępny na temat amerykańskiej grupy bombowej w Anglii, w której kapelan przed każdą akcją odmawiał modlitwę w pokoju odpraw. Kapelan omal nie rozpłakał się ze szczęścia, kiedy zrozumiał, że pułkownik nie będzie na niego wrzeszczał. Nie rozmawiali ze sobą od owego burzliwego wieczoru, kiedy pułkownik Cathcart wyrzucił go z klubu oficerskiego na polecenie generała Dreedle po tym, jak Wódz White Halfoat strzelił w pysk pułkownika Moodusa. Kapelan obawiał się początkowo, że pułkownik chce mu udzielić nagany za to, iż poprzedniego dnia wieczorem znowu bez pozwolenia poszedł do klubu. Poszedł tam z Yossarianem i Dunbarem, którzy zjawili się nieoczekiwanie w jego namiocie na polance, żeby go wziąć ze sobą. Mimo lęku, jaki w nim budził pułkownik Cathcart, wolał mu się narazić, niż odrzucić miłe zaproszenie dwóch nowych przyjaciół, których poznał zaledwie przed kilkoma tygodniami podczas jednej z wizyt w szpitalu i którzy tak skutecznie osłaniali go przed tysięcznymi problemami natury towarzyskiej, wynikającymi z jego obowiązków służbowych, nakazujących mu żyć w jak największej przyjaźni z przeszło dziewięcioma setkami nieznajomych oficerów, podoficerów i szeregowych, traktujących go jak piąte koło u wozu.

Kapelan przywarł wzrokiem do stronicy pisma. Studiował po dwakroć każde zdjęcie i uważnie wczytywał się w podpisy, przygotowując sobie odpowiedź pełnym zdaniem, które powtórzył w myśli i poprawił wiele razy, zanim wreszcie zdobył się na odwagę, żeby je wypowiedzieć.

— Uważam, że odmawianie modlitwy przed każdą akcją jest praktyką wysoce moralną i zasługującą na pochwałę — zaproponował nieśmiało i czekał.

— Tak — powiedział pułkownik — ale chciałbym wiedzieć, czy pan uważa, że to da u nas pozytywne rezultaty.

— Tak, panie pułkowniku — odpowiedział kapelan po chwili. — Myślę, że tak.

— Wobec tego chciałbym spróbować. — Ciężkie, mączyste policzki pułkownika zabarwiły się nagle różowymi plamami entuzjazmu. Zerwał się na nogi i w podnieceniu zaczął chodzić po pokoju. — Niech pan popatrzy, jak to pomogło tym ludziom w Anglii. Tu jest zdjęcie pułkownika, którego kapelan organizuje modlitwy przed każdą akcją. Skoro modlitwy pomogły jemu, to powinny pomóc i nam. Może, jeżeli będziemy się modlić, to i moje zdjęcie zamieszczą w „The Saturday Evening Post".

Pułkownik usiadł z powrotem i uśmiechnął się z rozmarzeniem do swoich myśli. Kapelan nie miał pojęcia, co powinien teraz zrobić. Kiedy tak stał z wyrazem zadumy na długiej, bladej twarzy, jego wzrok zatrzymał się na wysokich koszach czerwonych, dorodnych pomidorów, które stały w rzędach pod wszystkimi ścianami namiotu. Udawał, że zastanawia się nad odpowiedzią, ale po chwili zdał sobie sprawę, że wpatruje się w całe rzędy koszy z czerwonymi, dorodnymi pomidorami, i tak go zaintrygowało zagadnienie, co robią kosze pełne czerwonych, dorodnych pomidorów w biurze dowódcy grupy, że całkowicie zapomniał o dyskusji na temat modlitw.

— Chciałby pan kupić pomidorów? — wtrącił pułkownik Cathcart tonem towarzyskiej dygresji. — Przyjechały prosto z farmy, którą pułkownik Korn i ja mamy w górach. Mogę panu odstąpić po cenach hurtowych.

— Ależ nie, panie pułkowniku. Dziękuję.

— Nic nie szkodzi — zapewnił go pułkownik łaskawie. — Nie musi pan. Milo chętnie złapie wszystko, co wyprodukujemy. Te zerwano zaledwie wczoraj. Niech pan spojrzy, jędrne i dojrzałe, jak piersi młodych dziewcząt.

Kapelan stanął w pąsach i pułkownik natychmiast zorientował się, że popełnił błąd. Opuścił głowę zażenowany, jego toporna twarz płonęła wstydem. Czuł, że palce u rąk ma grube i nieposłuszne. Wezbrała w nim paląca nienawiść do kapelana za to, że jest kapelanem i że uwaga, która w każdej innej sytuacji zostałaby uznana za dowcipną i wytworną, nabrała cech grubej niezręczności. Bezskutecznie usiłował znaleźć jakieś wyjście z katastrofalnie niezręcznej dla nich obu sytuacji. Wyjścia nie znalazł, ale przypomniał sobie, że kapelan jest tylko kapitanem i natychmiast wyprostował się z gniewnym sapnięciem. Twarz ściągnęła mu się wściekłością na myśl, że dał się wciągnąć w upokarzającą sytuację komuś, kto będąc prawie jego rówieśnikiem ma zaledwie stopień kapitana, i mszcząc się zwrócił się do kapelana z wyrazem tak morderczej wrogości, że pod tym ugięły się nogi. Pułkownik z sadyzmem ukarał go długim, przeszywającym, złowrogim, jadowitym, milczącym spojrzeniem.

— Mówiliśmy o czymś zupełnie innym — przypomniał po

chwili kapelanowi zjadliwie. — Nie o jędrnych, dojrzałych piersiach pięknych młodych dziewcząt, ale o czymś zupełnie innym. Mówiliśmy o zorganizowaniu modlitw w pokoju odpraw przed każdą akcją bojową. Czy widzi pan jakieś przeszkody?

— Nie, panie pułkowniku — wyjąkał kapelan.

— W takim razie zaczniemy jeszcze dziś po południu. — Wrogość pułkownika słabła stopniowo, w miarę tego jak przechodził do szczegółów. — Chciałbym, aby pan dobrze się zastanowił nad doborem modlitw. Nie chcę nic ciężkiego ani smutnego. Ma to być coś lekkiego i błyskotliwego, coś, co wprawi chłopców w dobry nastrój. Rozumie pan? Nic z tych rzeczy w rodzaju „królestwa Bożego" czy „cienia śmierci". To zbyt ponure. Dlaczego robi pan taką kwaśną minę?

— Przepraszam, panie pułkowniku — zająknął się kapelan. — Ale właśnie myślałem o psalmie dwudziestym trzecim.

— Jak to idzie?

— To jest właśnie ten, o którym pan pułkownik wspomniał. „Pan mię rządzi, a ninaczem mi schodzić nie będzie".

— To jest właśnie ten, o którym wspomniałem. Odpada. Co pan ma jeszcze?

— „Wybaw mię, Boże; boć weszły wody aż do duszy mojej".

— Wody odpadają — postanowił pułkownik przedmuchując głośno cygarniczkę, z której przed chwilą wybił niedopałek do popielniczki z polerowanego mosiądzu. — Może coś z muzyką? Może o tych „muzyckich naczyniach na wierzbach"?

— Tam są rzeki babilońskie, panie pułkowniku — odpowiedział kapelan. — „...tameśmy siedzieli i płakali, gdyśmy wspominali na Syjon".

— Syjon? Zostawmy to w takim razie. Ciekawe, skąd on się tam w ogóle wziął. Czy nie ma pan czegoś wesołego, co nie wspomina o wodach, cieniach i Bogu? W miarę możności wolałbym w ogóle unikać tematów religijnych.

— Żałuję bardzo, panie pułkowniku — powiedział kapelan przepraszającym tonem — ale prawie wszystkie znane mi modlitwy mają nastrój raczej poważny i przynajmniej mimochodem wspominają o Bogu.

— No to postarajmy się o jakieś nowe. Moi ludzie i tak skarżą się, że wysyłam ich na akcje, więc po co ich jeszcze drażnić Bogiem, Śmiercią i Rajem? Dlaczego nie mielibyśmy spróbować bardziej pozytywnego podejścia? Czy nie możemy modlić się o coś dobrego, na przykład o bardziej precyzyjne bombardowanie?

— Myślę, że tak, panie pułkowniku — odpowiedział kapelan

z wahaniem. — Jeżeli tylko o to panu chodzi, to ja jestem właściwie zbyteczny. Pan pułkownik może to zrobić sam.

— Wiem, że mogę — uciął pułkownik cierpko — ale od czego mam pana? Mogę też sam robić zakupy, ale od tego jest Milo i dlatego on kupuje żywność dla wszystkich grup stacjonujących w okolicy. Pana obowiązkiem jest dowodzić nami w modlitwie i od dzisiaj będzie pan przed każdą akcją dowodzić nami w modlitwie o bardziej precyzyjne bombardowanie. Czy to jest jasne? Uważam, że bardziej precyzyjne bombardowanie jest celem, o który warto się modlić. W ten sposób wszyscy zdobędziemy uznanie w oczach generała Peckema. Generał Peckem jest zdania, że zdjęcia lotnicze wyglądają znacznie lepiej, kiedy bomby wybuchają blisko siebie.

— Generał Peckem, panie pułkowniku?

— Tak jest, kapelanie — potwierdził pułkownik i roześmiał się dobrotliwie na widok zdziwienia kapelana. — Nie chciałbym, aby to się rozniosło, ale wygląda na to, że generał Dreedle ostatecznie odchodzi i na jego miejsce przyjdzie generał Peckem. Szczerze mówiąc, nie mam nic przeciwko temu. Generał Peckem jest bardzo odpowiednim człowiekiem i myślę, że wszystkim nam będzie lepiej pod jego rozkazami. Z drugiej strony może do tego nie dojść i generał Dreedle pozostanie. Szczerze mówiąc, nie mam nic przeciwko temu, ponieważ generał Dreedle jest także bardzo odpowiednim człowiekiem i myślę, że wszystkim nam będzie lepiej również pod jego rozkazami. Mam nadzieję, że zachowa to pan dla siebie. Nie chciałbym, żeby któryś z nich pomyślał, że popieram drugiego.

— Tak jest, panie pułkowniku.

— Wszystko to ładnie — zawołał pułkownik i wstał w dobrym humorze — ale za te pogwarki nie napiszą o nas w „The Saturday Evening Post", prawda, kapelanie? Zastanówmy się teraz nad ustaleniem procedury. Nawiasem mówiąc, ani słowa o tym pułkownikowi Kornowi. Jasne?

— Tak jest, panie pułkowniku.

Pułkownik Cathcart zaczął przechadzać się w zamyśleniu wąskimi przejściami pomiędzy koszami dorodnych pomidorów, biurkiem i krzesłami na środku pokoju.

— Myślę, że będzie pan musiał czekać na zewnątrz do końca odprawy, ponieważ wszystkie informacje są tajne. Może się pan wśliznąć w momencie, gdy major Danby uzgadnia zegarki. Myślę, że dokładny czas nie jest tajny. Zarezerwujemy dla pana w programie mniej więcej półtorej minuty. Czy półtorej minuty wystarczy?

— Tak jest, panie pułkowniku. Pod warunkiem, że to nie obejmuje czasu na wypuszczenie z pokoju ateistów i wpuszczenie szeregowych i podoficerów.

Pułkownik Cathcart stanął jak wryty.

— Jakich ateistów? — ryknął dotknięty do żywego pułkownik, w mgnieniu oka przybierając wojowniczą postawę świętego oburzenia. — W mojej jednostce nie ma ateistów! Czy ateizm nie jest karalny?

— Nie, panie pułkowniku.

— Nie? — zdziwił się pułkownik. — W takim razie jest chyba antyamerykański?

— Nie jestem pewien, panie pułkowniku — odpowiedział kapelan.

— A ja jestem! — oświadczył pułkownik. — Nie mam zamiaru przerywać naszych modłów po to tylko, żeby dogodzić bandzie parszywych ateistów. U mnie nie będą mieli żadnych szczególnych względów. Mogą zostać i modlić się razem z nami. I co pan tam wspomniał o szeregowcach i podoficerach? Cóż, u diabła, mają tu do rzeczy szeregowcy?

Kapelan poczuł, że się czerwieni.

— Przepraszam, panie pułkowniku. Sądziłem, że zechce pan, aby szeregowcy i podoficerowie byli obecni na modlitwie, skoro biorą udział w tej samej akcji.

— Nie, nie zechę. Mają przecież chyba swojego Boga i swojego kapelana?

— Nie, panie pułkowniku.

— Co pan wygaduje? Czy to znaczy, że oni modlą się do tego samego Boga co my?

— Tak jest, panie pułkowniku.

— I on ich wysłuchuje?

— Tak sądzę, panie pułkowniku.

— Niech mnie diabli porwą — zauważył pułkownik i aż prychnął zdziwiony i rozbawiony. Zaraz jednak mina mu zrzedła i nerwowym ruchem przejechał dłonią po swoich krótkich, czarnych, siwiejących kędziorach. — Czy naprawdę pan sądzi, że wpuszczenie szeregowców to dobry pomysł? — spytał zafrasowany.

— Uważam, że to byłoby właściwe rozwiązanie, panie pułkowniku.

— A ja wolałbym ich nie wpuszczać — wyznał pułkownik i zaczął w gniewie trzaskać kostkami palców, chodząc w tę i z powrotem po namiocie. — Nie chciałbym, żeby pan mnie źle zrozumiał. Wcale nie uważam, że wszyscy szeregowcy i podoficerowie są brudni, ordynarni i gorsi od nas. Po prostu nie wystarczy tam dla wszystkich miejsca. Szczerze mówiąc, wolałbym, żeby szeregowcy nie spoufalali się z oficerami w pokoju odpraw. Moim zdaniem, spędzają aż za dużo czasu razem w samolotach. Niektórzy z moich najlepszych przyjaciół są szeregowcami, rozumie pan, ale jak na mój gust nie powinno się im pozwalać na więcej. Powiedzmy sobie szczerze, kapelanie, nie chciałby pan, żeby pańska siostra wyszła za szeregowca lub podoficera, prawda?

— Moja siostra jest podoficerem, panie pułkowniku — odpowiedział kapelan.

Pułkownik znowu stanął jak wryty i zmierzył kapelana ostrym spojrzeniem, żeby się upewnić, czy ten nie kpi z niego.

— Co pan chce przez to powiedzieć, kapelanie? Czy to miał być dowcip?

— Ależ nie, panie pułkowniku — wyjaśnił kapelan pośpiesznie, z wyrazem bolesnego zakłopotania. — Ona jest starszym sierżantem w piechocie morskiej.

Pułkownik nigdy nie lubił kapelana, a teraz poczuł do niego odrazę i nieufność. Doznał ostrego przeczucia niebezpieczeństwa i zadał sobie pytanie, czy kapelan również nie spiskuje przeciwko niemu, czy jego pościągliwy, niewinny sposób bycia nie jest czasem złowieszczą maską ukrywającą nienasyconą ambicję człowieka w głębi duszy przebiegłego i pozbawionego skrupułów. Było coś dziwnego w postaci kapelana i pułkownik wkrótce wykrył, na czym to polega. Kapelan stał sztywno na baczność, gdyż pułkownik zapomniał dać mu komendę spocznij. Niech sobie tak postoi, pomyślał pułkownik mściwie, żeby pokazać, kto tu rządzi, i żeby nie narazić się na utratę twarzy przez przyznanie się do błędu.

Przyciągany hipnotyczną siłą pułkownik Cathcart podszedł do okna z ciężkim, tępym spojrzeniem ponurej zadumy. Od szeregowców zawsze można oczekiwać najgorszego, uznał. W żałobnym zasępieniu spojrzał w dół, na strzelnicę do rzutków, którą zbudował dla oficerów ze swego sztabu, przypominając sobie upokarzającą scenę, kiedy to generał Dreedle udzielił mu bezlitosnej reprymendy w obecności pułkownika Korna i majora Danby'ego i kazał mu udostępnić strzelnicę wszystkim oficerom i szeregowcom z personelu bojowego. Strzelnica do rzutków była plamą na jego honorze, musiał przyznać pułkownik Cathcart. Był święcie przekonany, że generał Dreedle nigdy o tym nie zapomni, chociaż z drugiej strony był pewien, że generał Dreedle o wszystkim zapomniał, co było w najwyższym stopniu niesprawiedliwe, biadał pułkownik Cathcart, gdyż sam pomysł zbudowania strzelnicy powinien się stać liściem do jego wieńca sławy, mimo że stał się taką plamą na honorze. Pułkownik Cathcart nie był w stanie ocenić, ile zyskał czy stracił na tej cholernej strzelnicy, i żałował, że nie ma przy nim pułkownika Korna, który mógłby ocenić dla niego cały ten epizod i ukoić jego obawy.

Wszystko to było bardzo zagmatwane, bardzo przygnębiające. Pułkownik Cathcart wyjął z ust cygarniczkę, wsunął ją do kieszeni koszuli i w depresji zaczął ogryzać paznokcie obu rąk. Wszyscy byli przeciwko niemu, a cierpiał tym bardziej, że w krytycznej chwili nie było przy nim pułkownika Korna, który by mu pomógł podjąć decyzję w sprawie modlitwy. Nie miał za grosz zaufania do kapelana, który był zaledwie kapitanem.

— Czy sądzi pan — spytał — że bez szeregowych i podoficerów zmniejszą się nasze szanse na uzyskanie pozytywnego efektu?

Kapelan zawahał się czując, że znowu wstępuje na niepewny grunt.

— Tak jest, panie pułkowniku — odpowiedział po chwili. — Można, jak sądzę, przypuścić, że podobne postępowanie może zmniejszyć szanse wysłuchania modłów o bardziej precyzyjne bombardowanie.

— Zupełnie o tym nie pomyślałem! — zawołał pułkownik Cathcart mrugając oczami, które zafalowały jak dwie kałuże. — Myśli pan, że Bóg mógłby nawet ukarać mnie większym rozrzutem bomb?

— Tak jest, panie pułkowniku — odpowiedział kapelan. — Myślę, że to prawdopodobne.

— W takim razie do diabła z tym — zdecydował pułkownik w przypływie niezależności. — Nie będę organizował tych cholernych modłów po to, żeby jeszcze pogorszyć sprawę. — Pułkownik z pogardliwym parsknięciem usiadł za biurkiem, wsunął do ust pustą cygarniczkę i zapadł na dłuższą chwilę w brzemienne milczenie. — Jak się dobrze zastanowić — powiedział bardziej do siebie niż do kapelana — to wcale nie był najlepszy pomysł, żeby kazać ludziom modlić się do Boga. Redaktorzy z „The Saturday Evening Post" mogą się tym wcale nie interesować.

Pułkownik z żalem rezygnował ze swojego projektu, który był wyłącznie jego dziełem i miał mu dostarczyć jaskrawego dowodu, że potrafi się obejść bez pułkownika Korna. Z drugiej strony był zadowolony, że się pozbył tego projektu, gdyż od początku dręczył go lęk przed uruchomieniem planu nie uzgodnionego z pułkownikiem Kornem. Z jego piersi wyrwało się potężne westchnienie ulgi. Zrezygnowawszy ze swego pomysłu pułkownik urósł we własnych oczach, gdyż uważał, że podjął bardzo mądrą decyzję, a co najważniejsze, podjął ją bez pomocy pułkownika Korna.

— Czy to już wszystko, panie pułkowniku? — spytał kapelan.

— Tak — odpowiedział pułkownik Cathcart. — Chyba że ma pan jeszcze jakieś propozycje.

— Nie, panie pułkowniku. Tylko...

Pułkownik uniósł brwi, jakby się poczuł urażony, i spojrzał na kapelana z pełnym rezerwy niedowierzaniem.

— Tylko co, kapelanie?

— Panie pułkowniku, ludzie są bardzo poruszeni tym, że podniósł pan obowiązkową liczbę lotów do sześćdziesięciu. Prosili mnie, żebym z panem o tym pomówił.

Pułkownik milczał. Twarz kapelana poczerwieniała aż po korzonki jego jasnych włosów. Pułkownik trzymał go tak przez dłuższą chwilę wijącego się z zakłopotania pod nieruchomym, obojętnym, wyzbytym wszelkich uczuć spojrzeniem.

— Niech im pan powie, że jest wojna — poradził wreszcie bezbarwnym głosem.

— Dziękuję, panie pułkowniku, powiem im — odpowiedział kapelan czując przypływ wdzięczności za to, że pułkownik wreszcie się odezwał. — Zastanawiali się, dlaczego nie zażąda pan uzupełnień z tych załóg, które czekają w Afryce, a ich nie puści do kraju.

— To jest kwestia administracyjna — powiedział pułkownik. — Nie ich interes. Niech się pan poczęstuje dorodnym pomidorem — wskazał leniwym gestem. — Śmiało, na mój rachunek.

— Dziękuję, panie pułkowniku. Panie pułkowniku...

— Nie ma o czym mówić. Jak się panu żyje w tym lesie, kapelanie? Czy wszystko gra?

— Tak jest, panie pułkowniku.

— To dobrze. Proszę dać nam znać, gdyby pan czegoś potrzebował.

— Tak jest, panie pułkowniku. Dziękuję, panie pułkowniku. Panie...

— Dziękuję, że pan wpadł, kapelanie. Mam teraz pilną pracę. Niech mi pan da znać, jak pan wymyśli coś, za co napiszą o nas w „The Saturday Evening Post".

— Tak jest, panie pułkowniku.

Kapelan zdobył się na nadludzki wysiłek woli i rzucił się na oślep przed siebie.

— Szczególnie niepokoi mnie stan jednego z bombardierów, panie pułkowniku, Yossariana.

Pułkownik spojrzał, jakby coś sobie niejasno przypominał.

— Kogo? — spytał zaniepokojony.

— Yossariana, panie pułkowniku.

— Yossariana?

— Tak jest, panie pułkowniku. Yossariana. On jest w bardzo złym stanie. Obawiam się, że nie wytrzyma dłużej i może popełnić jakieś szaleństwo.

— Czy to prawda, kapelanie?

— Tak jest, panie pułkowniku. Obawiam się, że tak.

Pułkownik myślał o tym przez dłuższą chwilę w ciężkim milczeniu.

— Niech mu pan powie, żeby miał ufność w Bogu — poradził wreszcie.

— Dziękuję, panie pułkowniku. Powiem mu.

20

Kapral Whitcomb

W późnosierpniowym porannym słońcu było parno i gorąco, powietrza nie poruszał najmniejszy powiew. Kapelan szedł wolnym krokiem. Był przygnębiony i dręczyły go wyrzuty sumienia, kiedy w swoich brązowych butach na gumowej podeszwie wychodził bezszelestnie z gabinetu pułkownika. Gardził sobą za to, co interpretował jako swoje tchórzostwo. Miał zamiar zająć wobec pułkownika znacznie bardziej zdecydowane stanowisko w kwestii sześćdziesięciu lotów, miał odważnie, logicznie i elokwentnie zabrać głos w sprawie, w którą się do głębi zaangażował uczuciowo. Tymczasem poniósł żałosną porażkę, gdyż znowu go zatkało w obliczu silniejszej osobowości. Było to dobrze mu znane sromotne zjawisko i kapelan miał o sobie jak najgorszą opinię.

Zatkało go jeszcze bardziej w sekundę później, kiedy dostrzegł baryłkowatą, monochromatyczną postać pułkownika Korna kłusującą w jego stronę w apatycznym pośpiechu po łukowato wygiętych, szerokich, żółtych, kamiennych schodach z wielkiego zrujnowanego hallu o strzelistych ścianach z popękanego ciemnego marmuru i okrągłej podłodze z popękanych brudnych kafelków. Kapelan bał się pułkownika Korna bardziej jeszcze niż pułkownika Cathcarta. Smagły, niemłody podpułkownik w lodowatych okularach bez oprawki i z graniastą kopułą łysiny, której stale dotykał ostrożnie końcami swoich spłaszczonych palców, nie lubił kapelana i często bywał dla niego niegrzeczny. Utrzymywał go w stanie ciągłego lęku swoim suchym, kpiarskim tonem i wszystkowiedzącym, cynicznym spojrzeniem, którego kapelan nigdy nie miał odwagi wytrzymać dłużej niż przez sekundę, jeżeli się przypadkowo na nie natknął. Uwagę kapelana, który pokornie spuścił głowę przed pułkownikiem, w sposób nieunikniony przyciągnął środek jego figury, gdzie koszula wzdymała się nad obwisłym pasem i opadała baloniastą fałdą, nadając mu wygląd baryłkowaty i sprawiając, że wyglądał na niższego, niż był w rzeczywistości. Pułkownik Korn był niechlujnym, wyniosłym człowiekiem o tłustej cerze i głębokich, ostrych bruzdach biegnących niemal prosto w dół od nosa, między jego mrocznymi policzkami a kwadratowym, rozdwojonym podbródkiem. Twarz miał surową i kiedy zbliżyli się do siebie na schodach i mieli się minąć, spojrzał na kapelana, jakby go nie znał.

— Cześć, księże — powiedział bezbarwnym głosem, nie patrząc na kapelana. — Jak leci?

— Dzień dobry, panie pułkowniku — odpowiedział kapelan, uznając słusznie, że pułkownik Korn nie oczekuje innej odpowiedzi.

Pułkownik wchodził po schodach nie zwalniając tempa i kapelan zwalczył pokusę, żeby mu jeszcze raz przypomnieć, że nie jest katolikiem, tylko anabaptystą, i co za tym idzie, nazywanie go księdzem nie jest ani konieczne, ani poprawne. Był teraz już prawie pewien, że pułkownik Korn dobrze o tym pamięta i że mówienie do niego z niewinną miną „księże" to jedna z metod znęcania się nad nim za to, że jest tylko anabaptystą.

Pułkownik Korn, minąwszy kapelana, zatrzymał się niespodziewanie i wykonawszy gwałtowny obrót skierował się wprost na niego z błyskiem gniewnego podejrzenia w oczach. Kapelan zdrętwiał.

— Skąd ksiądz ma tego dorodnego pomidora? — spytał ostro pułkownik Korn.

Kapelan ze zdziwieniem spojrzał na swoją dłoń z pomidorem, którym go poczęstował pułkownik Cathcart.

— Z gabinetu pułkownika Cathcarta, panie pułkowniku — odpowiedział po chwili.

— Czy pułkownik wie, że pan go wziął?

— Tak jest, panie pułkowniku. Sam mi go dał.

— A, w takim razie wszystko w porządku — uspokoił się pułkownik Korn. Uśmiechnął się zimno, wpychając kciukami pomiętą koszulę do spodni. Jego oczy błysnęły bystro jemu tylko wiadomą, zadowoloną z siebie złośliwością. — W jakiej sprawie wzywał księdza pułkownik Cathcart? — spytał nagle.

Kapelan wahał się przez chwilę niezdecydowany.

— Myślę, że nie powinienem...

— Chodziło o modły do redaktorów z „The Saturday Evening Post"?

210

Kapelan omal się nie uśmiechnął.

— Tak jest, panie pułkowniku.

Pułkownik Korn, zachwycony swoją intuicją, roześmiał się szyderczo.

— Wie ksiądz, obawiałem się, że on wymyśli coś równie śmiesznego, jak tylko zobaczyłem „The Saturday Evening Post" z tego tygodnia. Mam nadzieję, że udało się księdzu wykazać mu całą potworność tego pomysłu.

— Pułkownik się rozmyślił.

— To dobrze. Cieszę się, iż przekonał go ksiądz, że redaktorzy „The Saturday Evening Post" nie zamieszczą po raz drugi tego samego materiału po to tylko, żeby robić reklamę jakiemuś nikomu nie znanemu pułkownikowi. Co tam słychać w puszczy? Jak sobie ksiądz radzi?

— Dziękuję, panie pułkowniku. Wszystko w porządku.

— To dobrze. Miło mi słyszeć, że nie ma ksiądz żadnych skarg. Proszę dać nam znać, jakby ksiądz czegoś potrzebował. Chcemy wszyscy, żeby księdzu było tam jak najlepiej.

— Dziękuję, panie pułkowniku. Jest mi dobrze.

Z dołu dobiegał narastający gwar. Zbliżała się pora obiadu i pierwsi lotnicy ściągali do sztabowej stołówki, wchodząc do osobnych sal dla oficerów i szeregowych po przeciwnych stronach archaicznej rotundy. Pułkownik Korn przestał się uśmiechać.

— Ksiądz jadł u nas chyba wczoraj czy przedwczoraj, prawda? — spytał z naciskiem.

— Tak jest, panie pułkowniku. Przedwczoraj.

— Tak mi się wydawało — powiedział pułkownik Korn i odczekał chwilę, aby znaczenie jego słów dotarło do kapelana. — Niech się ksiądz nie przejmuje. Zobaczymy się, kiedy znów wypadnie księdzu kolejka na obiad u nas.

— Dziękuję, panie pułkowniku.

Kapelan nie był pewien, w której z pięciu stołówek dla oficerów i pięciu dla podoficerów i szeregowych miał tego dnia jeść obiad, gdyż system rotacji, opracowany dla niego przez pułkownika Korna, był skomplikowany, a swoje notatki zostawił w namiocie. Kapelan był jedynym wchodzącym w skład sztabu grupy oficerem, który nie mieszkał w butwiejącym budynku z piaskowca ani w żadnej z mniejszych satelitarnych przybudówek wyrastających wokół niego bez ładu i składu. Kapelan mieszkał w odległości czterech mil na polanie w lesie między klubem oficerskim a obozem pierwszej z czterech eskadr rozmieszczonych w jednej linii. Kapelan mieszkał samotnie w obszernym kwadratowym namiocie, który pełnił również rolę jego biura. W nocy dobiegały go odgłosy hulanki z klubu oficerskiego, przez co często nie mógł zasnąć przewracając się i rzucając w łóżku na swoim biernym, na pół dobrowolnym wygnaniu. Nie był w stanie ocenić działania łagodnych pigułek, które zażywał czasem, żeby móc zasnąć, a potem przez wiele dni miał z tego powodu wyrzuty sumienia.

Jedynym człowiekiem, który mieszkał z kapelanem na jego polance, był kapral Whitcomb, jego pomocnik. Kapral Whitcomb, ateista, był niezadowolonym podwładnym, święcie przekonanym, że potrafiłby wykonywać pracę kapelana znacznie lepiej od niego, i co za tym idzie, uważał się za skrzywdzoną ofiarę nierówności społecznej. Mieszkał we własnym namiocie, równie przestronnym i kwadratowym jak namiot kapelana. Traktował kapelana impertynencko i z jawną pogardą, od chwili kiedy się przekonał, że mu to ujdzie na sucho. Ściany obu namiotów na polance dzieliło nie więcej niż cztery do pięciu stóp.

Ten sposób życia wyznaczył kapelanowi pułkownik Korn. Jednym z najważniejszych powodów umieszczenia kapelana poza budynkiem sztabu była teoria pułkownika Korna, że mieszkając w namiocie, tak jak większość jego parafian, kapelan będzie mógł nawiązać z nimi bliższy kontakt. Innym z najważniejszych powodów był fakt, że ciągła obecność kapelana w sztabie krępowałaby pozostałych oficerów. Co innego utrzymywać łączność z Bogiem — była to rzecz, na którą wszyscy się godzili — a co innego mieć Go na karku przez dwadzieścia cztery godziny na dobę. W sumie, jak wyjaśnił pułkownik Korn majorowi Danby'emu, nerwowemu i wyłupiastookiemu oficerowi operacyjnemu, kapelan i tak miał dobrze; jego jedynym obowiązkiem było słuchanie o kłopotach innych, grzebanie zmarłych, nawiedzanie chorych i odprawianie nabożeństw. A nie miał teraz zbyt wielu zmarłych, podkreślał pułkownik Korn, gdyż niemieckie lotnictwo myśliwskie właściwie przestało istnieć i według oceny pułkownika blisko dziewięćdziesiąt procent wypadków śmiertelnych, które się jeszcze zdarzały, przypadało na samoloty strącone na terytorium wroga lub zaginione w chmurach, więc kapelan nie miał w związku z nimi żadnej pracy. Nabożeństwa również nie męczyły go zbytnio, gdyż odprawiał je tylko raz na tydzień w budynku sztabu i przychodziło na nie bardzo niewielu lotników.

Prawdę mówiąc, kapelanowi zaczynało się podobać na polance w lesie. Zarówno on, jak kapral Whitcomb, mieli zapewnione wszelkie udogodnienia, tak aby żaden z nich nie mógł skarżyć się na niewygody i na tej podstawie żądać przeniesienia do budynku sztabu. Kapelan jadał śniadania, obiady i kolacje na zmianę w ośmiu stołówkach eskadr oraz co piąty posiłek w stołówce dla szeregowych w sztabie grupy i co dziesiąty tamże w stołówce oficerskiej. W rodzinnym Wisconsin kapelan z lubością zajmował się uprawą ogródka i teraz jego serce napełniało się wspaniałym wrażeniem żyzności i płodności, ilekroć napawał się widokiem niskich, kolczastych gałęzi poskręcanych drzew i wysokich po pas traw i zielska, które go otaczały ze wszystkich stron. Na wiosnę kusiło go, żeby zasadzić cynie i begonie na wąskiej grządce wokół namiotu, ale powstrzymała go obawa przed złośliwościami kaprala Whitcomba. Kapelan cenił sobie odosobnienie i spokój tego sielankowego otoczenia oraz nastrój zadumy i kontemplacji, do jakiego ono skłaniało. Przychodziło teraz do niego mniej ludzi ze swoimi kłopotami niż dawniej i pozwalał sobie dziękować Bogu i za to. Kapelan nie miał daru łatwego obcowania z ludźmi i prowadzenia rozmowy. Tęsknił za żoną i trójką młodych dzieci, i żona również tęskniła za nim.

Kaprala Whitcomba najbardziej irytował u kapelana, poza faktem, iż wierzył on w Boga, brak inicjatywy i energii. Kapral Whitcomb uważał słabą frekwencję na nabożeństwach za smutne odbicie swojej podrzędnej roli. W umyśle kaprala wrzało od nowych, śmiałych pomysłów i marzyło mu się, że staje się ojcem wielkiego odrodzenia duchowego: pikniki, zebrania, drukowane listy do rodzin żołnierzy poległych lub rannych w walce, cenzura, gry i zabawy. Ale na drodze stał mu kapelan. Kapral Whitcomb pienił się ze złości pod jarzmem kapelana, gdyż wszędzie dostrzegał możliwości ulepszeń. To tacy ludzie jak kapelan, zdecydował, psują religii opinię i to przez nich oni obaj są pariasami. W odróżnieniu od kapelana kapral Whitcomb nie mógł znieść odosobnienia na polance w lesie. Jedną z pierwszych rzeczy, jakie zamierzał zrobić po pozbyciu się kapelana, było przeniesienie się z powrotem do budynku sztabu grupy, gdzie znajdowałby się w centrum wydarzeń.

Kiedy kapelan po rozmowie z pułkownikiem Kornem przyjechał na swoją polankę, kapral Whitcomb stał na dworze w dusznej mgle, rozmawiając konspiracyjnym szeptem z dziwnym pucołowatym osobnikiem w brązowym welwetowym szlafroku i szarej flanelowej piżamie. Kapelan rozpoznał szlafrok i piżamę jako regulaminowy strój szpitalny. Żaden z dwóch nie zdradził się, że go poznają. Obcy miał wargi pomalowane na fioletowo, a jego welwetowy szlafrok był ozdobiony na plecach obrazkiem B-25 z sześcioma równiutkimi rzędami bombek na dziobie, oznaczającymi sześćdziesiąt akcji bojowych, pikującego wśród pomarańczowych wybuchów. Kapelan był tak zaskoczony tym widokiem, że przystanął, aby popatrzeć. Dwaj mężczyźni przerwali rozmowę i czekali w kamiennym milczeniu, aż sobie pójdzie. Kapelan pośpiesznie wszedł do swojego namiotu. Słyszał albo zdawało mu się, że słyszy ich śmiech.

Kapral Whitcomb wszedł w chwilę później i spytał:

— Co słychać?

— Nic nowego — odpowiedział kapelan nie patrząc mu w oczy. — Czy był ktoś do mnie?

— Tylko ten wariat Yossarian. Ten to rozrabia, nie?

— Wcale nie jestem pewien, czy to taki wariat — zauważył kapelan.

— Pięknie, niech pan z nim trzyma — powiedział kapral Whitcomb urażonym tonem i wyszedł.

Kapelan nie mógł uwierzyć, że kapral Whitcomb znowu się obraził i naprawdę wyszedł. Zaledwie fakt ten dotarł do jego świadomości, kapral Whitcomb wszedł z powrotem.

— Pan zawsze trzyma z innymi — rzucił kapral Whitcomb. — Nigdy nie popiera pan swoich ludzi. To jedna z pańskich wad.

— Nie miałem zamiaru stawać po jego stronie — usprawiedliwiał się kapelan. — To było tylko stwierdzenie faktu.

— Co chciał pułkownik Cathcart?

— Nic ważnego. Chciał tylko omówić możliwość odmawiania modlitw w sali odpraw przed każdą akcją.

— Dobrze, może mi pan nie mówić — uciął kapral Whitcomb i znowu wyszedł.

Kapelan poczuł się okropnie. Choćby starał się być nie wiadomo jak uprzejmy, zawsze udawało mu się urazić uczucia kaprala Whitcomba. Dręczony wyrzutami sumienia spuścił oczy i stwierdził, że narzucony mu przez pułkownika Korna ordynans, który miał utrzymywać porządek w namiocie i w jego rzeczach, znowu nie wyczyścił mu butów.

Wszedł kapral Whitcomb.

— Pan mi nigdy nie dowierza — zaczął biadolić z okrucieństwem. — Nie ma pan zaufania do swoich ludzi. To jeszcze jedna pańska wada.

— Ależ nie — zapewnił go kapelan z poczuciem winy. — Mam do pana ogromne zaufanie.

— A co z tymi listami?

— Nie, tylko nie teraz — poprosił kapelan kuląc się. — Wszystko tylko nie to. Błagam, nie poruszajmy tego tematu. Dam panu znać, jeżeli zmienię zdanie.

Kapral Whitcomb był wściekły.

— Ach, więc tak? Więc według pana to jest w porządku, że pan siedzi sobie tutaj i kręci głową, a ja robię całą robotę? Widział pan tego człowieka z obrazkami na szlafroku?

— Czy on przyszedł do mnie?

— Nie — powiedział kapral Whitcomb i wyszedł.

W namiocie było parno i gorąco i kapelan poczuł, że sam robi się wilgotny. Mimo woli podsłuchiwał zduszone, niezrozumiałe brzęczenie przyciszonych głosów na dworze. Siedział bezwładnie, z zamkniętymi ustami i pustym spojrzeniem, za kulawym stolikiem brydżowym, który mu służył za biurko, a jego twarz w odcieniu jasnej ochry i z gęstymi konstelacjami drobniutkich śladów po młodzieńczym trądziku miała barwę i fakturę skorupy migdała. Szukał w pamięci czegoś, co mogło się stać przyczyną niechęci kaprala Whitcomba do niego. W niezgłębiony dla siebie sposób kapelan był przekonany, że wyrządził mu jakąś niewybaczalną krzywdę. Wydawało mu się nieprawdopodobne, aby tak długotrwały gniew mógł być wynikiem tego, że odrzucił projekt gier lub powielanych listów do rodzin poległych żołnierzy. Kapelana przytłaczało przekonanie o własnej nieudolności. Od tygodni nosił się z zamiarem odbycia szczerej rozmowy z kapralem Whitcombem, aby dowiedzieć się, co mu leży na sercu, ale z góry wstydził się tego, czego może się dowiedzieć.

Za ścianą namiotu kapral Whitcomb parsknął śmiechem. Ten drugi odpowiedział mu chichotem. Przez kilka ulotnych sekund kapelan doznał niesamowitego, mitycznego odczucia, że przeżył już kiedyś identyczną sytuację w jakimś innym czasie czy wcieleniu. Usiłował pochwycić i zatrzymać to odczucie, aby odgadnąć lub może nawet zapanować nad tym, co stanie się dalej, ale natchnienie rozwiało się bezproduktywnie, tak jak przeczuwał od samego początku. *Déjà vu.* Subtelne, powracające pomieszanie złudzenia i rzeczywistości, charakterystyczne dla paramnezji, fascynowało kapelana, który wiedział na ten temat niemało. Wiedział na przykład, że nazywa się to paramnezją, i interesował się również takimi pokrewnymi zjawiskami optycznymi, jak *jamais vu,* nigdy nie widziane, i *presque vu,* prawie widziane. Zdarzały się budzące lęk zaskakujące momenty, kiedy przedmioty, pojęcia, a nawet ludzie, których kapelan znał nieomal przez całe życie, w niewyjaśniony sposób przybierali wygląd dziwny i nienormalny, dotąd nie znany, przez co wydawali się całkowicie obcy: *jamais vu.* I były inne momenty, kiedy niemal widział prawdę absolutną w oślepiających przebłyskach jasności, które niemal na niego spływały: *presque vu.* Scena z nagim człowiekiem na drzewie podczas pogrzebu Snowdena stanowiła dla niego całkowitą zagadkę. Nie było to *déjà vu,* gdyż nie doznał wówczas wrażenia, że już kiedyś widział nagiego człowieka na drzewie podczas pogrzebu Snowdena. Nie było to *jamais vu,* gdyż nie był to ktoś lub coś znanego, co ukazało mu się w nieznanej postaci. I na pewno nie było to *presque vu,* gdyż kapelan widział go wyraźnie.

Tuż obok namiotu strzelił silnikiem i odjechał z hałasem dżip. Czy nagi człowiek na drzewie podczas pogrzebu Snowdena był tylko halucynacją? A może było to autentyczne objawienie? Kapelan zadrżał na samą myśl. Rozpaczliwie pragnął zwierzyć się Yossarianowi, ale ilekroć pomyślał o tym zdarzeniu, uznawał, że lepiej o nim nie myśleć, chociaż kiedy myślał teraz, nie był pewien, czy rzeczywiście kiedyś o nim myślał.

Kapral Whitcomb wkroczył znowu wnosząc nowy, lśniący uśmieszek i oparł się impertynencko łokciem o środkowy słupek namiotu kapelana.

— Wie pan, kto to był ten facet w brązowym szlafroku? — spytał z przechwałką. — To był gość z Wydziału Śledczego ze złamanym nosem. Przyszedł tu ze szpitala w sprawie urzędowej. Prowadzi śledztwo.

Kapelan natychmiast spojrzał w górę z usłużnym współczuciem.

— Mam nadzieję, że nie ma pan żadnych kłopotów. Czy mogę coś dla pana zrobić?

— Nie, nie mam kłopotów — odpowiedział kapral Whitcomb szczerząc zęby. — To pan ma kłopoty. Dobiorą się do pana za podpisywanie nazwiskiem Washingtona Irvinga tych wszystkich listów, które pan podpisywał nazwiskiem Washingtona Irvinga. I co pan na to?

— Nie podpisywałem żadnych listów nazwiskiem Washingtona Irvinga — powiedział kapelan.

— Przede mną nie musi pan kłamać — odparł kapral Whitcomb. — To nie mnie będzie pan musiał przekonywać.

— Ależ ja wcale nie kłamię.

— Nic mnie to nie obchodzi, czy pan kłamie, czy nie. Dadzą też panu za przejmowanie korespondencji majora Majora. Większość tego to rzeczy tajne.

— Jakiej korespondencji? — spytał kapelan żałośnie, czując przypływ zdenerwowania. — Nie widziałem na oczy żadnej korespondencji majora Majora.

— Przede mną nie musi pan kłamać — odparł kapral Whitcomb. — To nie mnie będzie pan musiał przekonywać.

— Ależ ja wcale nie kłamię! — zaprotestował kapelan.

— Nie rozumiem, dlaczego pan na mnie krzyczy — powiedział z obrażoną miną kapral Whitcomb, podchodząc do kapelana i wymachując mu palcem przed nosem dla większego efektu. — Oddałem panu przed chwilą największą przysługę, jaką ktokolwiek kiedykolwiek panu oddał, a pan nawet sobie z tego nie zdaje sprawy. Za każdym razem, kiedy ten człowiek chce donieść o panu swoim przełożonym, ktoś w szpitalu wykreśla z listu wszystkie szczegóły. On od tygodni staje na głowie, żeby pana oddać w ręce władz. Właśnie podpisałem jego list jako cenzor nawet go nie czytając. W ten sposób pańskie akcje w Wydziale Śledczym bardzo pójdą w górę. Damy im w ten sposób do zrozumienia, że nie boimy się ujawnienia całej prawdy o panu.

Kapelan czuł, że kręci mu się w głowie od tego wszystkiego.

— Ale pan nie ma przecież prawa cenzurować listów? — spytał.

— Jasne, że nie — odpowiedział kapral Whitcomb. — Tylko oficerowie mają prawo to robić. Cenzurowałem go w pańskim imieniu.

— Ale ja też nie mam prawa cenzurować listów.

— Pomyślałem i o tym — uspokoił go kapral Whitcomb. — Podpisałem go za pana innym nazwiskiem.

— A czy to nie jest fałszerstwo?

— O to też może się pan nie martwić. Jedynym człowiekiem, który może skarżyć o fałszerstwo, jest ten, czyj podpis sfałszowano, a ja dla pańskiego dobra wybrałem osobę nieżyjącą. Użyłem nazwiska Washingtona Irvinga.

Kapral Whitcomb wpatrywał się uważnie w twarz kapelana, szukając w niej oznak buntu, a potem mówił dalej bezczelnie, z ukrytą ironią.

— Chytrze to wymyśliłem, prawda?

— Nie wiem — powiedział bliski płaczu kapelan drżącym głosem, krzywiąc się w groteskowych grymasach udręki i niezrozumienia. — Nie sądzę, żebym zrozumiał wszystko, co mi pan powiedział. Dlaczego ten list miałby podnieść moje akcje, skoro podpisał go pan nazwiskiem Washingtona Irvinga, a nie moim?

— Ponieważ oni są przekonani, że to pan jest Washingtonem Irvingiem. Nie rozumie pan? Będą wiedzieli, że pan.

— Ale przecież chodzi o to, żeby wyprowadzić ich z błędu. Czy to nie będzie dowodem przeciwko mnie?

— Gdybym wiedział, że tak pan będzie kręcił nosem, to wcale bym panu nie próbował pomóc — oświadczył z oburzeniem kapral Whitcomb i wyszedł. Po sekundzie wrócił. — Oddałem panu największą przysługę, jaką ktokolwiek kiedykolwiek w życiu panu oddał, a pan nawet sobie z tego nie zdaje sprawy. Nie potrafi pan okazać wdzięczności. To jeszcze jedna pańska wada.

— Przepraszam — powiedział kapelan ze skruchą. — Naprawdę bardzo mi przykro. To dlatego, że jestem tak kompletnie zaskoczony tym, co od pana usłyszałem, że sam nie wiem, co mówię. Jestem panu naprawdę bardzo wdzięczny.

— W takim razie może mi pan pozwoli wysłać te listy? — zażądał natychmiast kapral Whitcomb. — Czy mogę przystąpić do pracy nad projektem?

Kapelanowi szczęka opadła ze zdumienia.

— Nie, nie — jęknął. — Nie teraz.

Kapral Whitcomb wybuchnął gniewem.

— Jestem pańskim najlepszym przyjacielem, a pan nawet o tym nie wie — oświadczył zaczepnie i wyszedł z namiotu. Wszedł z powrotem. — Jestem po pańskiej stronie, a do pana to w ogóle nie dociera. Czy wie pan, jak poważna jest pańska sprawa? Ten facet z Wydziału Śledczego pobiegł do szpitala, żeby wysłać nowy meldunek w pańskiej sprawie o tym pomidorze.

— O jakim pomidorze? — spytał kapelan mrugając.

— O tym dorodnym pomidorze, który pan ukrywał w dłoni, kiedy pan tu przyszedł. O, jest! Ten, który pan teraz trzyma w ręku.

Kapelan rozluźnił palce ze zdumieniem i zobaczył, że nadal ściska w dłoni dorodny pomidor, który dostał od pułkownika Cathcarta. Pośpiesznie położył go na stoliku brydżowym.

— Dostałem tego pomidora od pułkownika Cathcarta — powiedział i umilkł zaskoczony tym, jak śmiesznie zabrzmiało jego wyjaśnienie. — Nalegał, żebym go wziął.

— Przede mną nie musi pan kłamać — odparł kapral Whitcomb. — Nic mnie nie obchodzi, czy go pan ukradł, czy nie.

— Ukradł? — wykrzyknął zdumiony kapelan. — Po cóż miałbym kraść tego dorodnego pomidora?

— Właśnie to nas najbardziej zastanowiło — powiedział Whitcomb. — I ten facet z Wydziału Śledczego wpadł na pomysł, że może pan mieć w nim jakieś ważne tajne dokumenty.

Kapelan opadł bezwładnie pod miażdżącym brzemieniem rozpaczy.

— Nie ukryłem w nim żadnych ważnych tajnych dokumentów — stwierdził naiwnie. — Zaczyna się od tego, że w ogóle nie chciałem go przyjąć. Proszę, może go pan sobie wziąć. Niech pan sam zobaczy.

— Ja go nie chcę.

218

— Proszę, niech go pan zabierze — błagał kapelan ledwie słyszalnym głosem. — Chcę się go pozbyć.

— Ja go nie chcę — uciął kapral Whitcomb i wyszedł sztywno, z gniewną twarzą, powstrzymując uśmiech wielkiej radości, wywołany tym, że ukuł potężny nowy sojusz z przedstawicielem Wydziału Śledczego i że znowu udało mu się okazać kapelanowi swoje niezadowolenie.

— Biedny Whitcomb — westchnął kapelan czując się odpowiedzialny za złe samopoczucie pomocnika. Siedział niemo, pogrążony w ciężkiej, paraliżującej melancholii, i czekał, że kapral Whitcomb lada chwila wejdzie z powrotem. Zawiedziony usłyszał stanowczy chrzęst kroków kaprala cichnący w oddali. Nie miał na nic ochoty. Postanowił zastąpić obiad tabliczką czekolady ze swojej szafki i kilkoma łykami letniej wody z manierki. Miał uczucie, iż otacza go gęsta, przytłaczająca mgła ewentualności, w której nie mógł dostrzec ani promyka światła. Bał się tego, co pomyśli pułkownik Cathcart, kiedy dotrze do niego wiadomość, że jego kapelana podejrzewa się o to, iż jest Washingtonem Irvingiem, a potem zaczął się zagryzać tym, co pułkownik Cathcart myśli o nim już teraz za to, że ośmielił się poruszyć sprawę sześćdziesięciu lotów bojowych. Tyle jest cierpienia na świecie, dumał kapelan skłaniając ponuro głowę pod ciężarem tragicznych myśli, a on nie potrafi pomóc nikomu, a już najmniej sobie samemu.

21

Generał Dreedle

Pułkownik Cathcart nie myślał o kapelanie, gdyż pochłaniał go całkowicie nowy i groźny problem, któremu na imię było Yossarian!

Yossarian! Na sam dźwięk tego szkaradnego, wstrętnego nazwiska oblewał go zimny pot i oddech wiązł mu w gardle. Kiedy kapelan po raz pierwszy wymienił nazwisko Yossariana, zabrzmiało ono w głębi pamięci pułkownika jak złowróżbny gong. Gdy tylko za kapelanem zamknęły się drzwi, całe haniebne wspomnienie o nagim żołnierzu w szeregach spłynęło na niego bolesnym, duszącym wodospadem gryzących szczegółów. Pułkownik pocił się i miał dreszcze. Ujawniała się nieprawdopodobna i złowieszcza zbieżność, tak szatańska w swoich implikacjach, że mogła wróżyć jedynie coś niezwykle ohydnego. Człowiek, który stał nago w szeregu, kiedy generał Dreedle miał go dekorować Krzyżem Zasługi, również nazywał się Yossarian! A teraz człowiek nazwiskiem Yossarian groził rozpętaniem skandalu w związku z podniesieniem liczby obowiązkowych lotów bojowych do sześćdziesięciu. Pułkownik Cathcart zastanawiał się ponuro, czy to ten sam Yossarian.

Wstał i z wyrazem ogromnej zgryzoty zaczął przechadzać się po pokoju. Stał w obliczu tajemnicy. Nagi człowiek w szeregu, przyznawał ponuro, stanowił plamę na jego honorze. Podobnie kombinacje z linią frontu przed lotem na Bolonię i siedmiodniowe opóźnienie w zniszczeniu mostu w Ferrarze, chociaż w końcu zbombardowanie mostu, przypomniał sobie z radością, stało się liściem do wieńca jego sławy, choć znowu strata samolotu przy powtórnym nalatywaniu na cel, przypomniał sobie ze smutkiem,

220

była plamą na honorze, mimo że zdobył nowy liść do wieńca sławy, otrzymując zgodę na odznaczenie bombardiera, który okrył go uprzednio hańbą, zawracając po raz drugi na cel. Ten bombardier, przypomniał sobie nagle z osłupieniem, również nazywał się Yossarian! To już trzeci! Ze zdumieniem wybałuszył swoje lepkie oczy i obejrzał się z lękiem, żeby zobaczyć, co się dzieje za jego plecami. Jeszcze przed chwilą w jego życiu nie było Yossarianów; teraz mnożyli się jak skrzaty. Spróbował wziąć się w garść. Yossarian to nie jest często spotykane nazwisko; może wcale nie ma trzech Yossarianów, a tylko dwóch, a może nawet jest tylko jeden Yossarian — ale to przecież w gruncie rzeczy nie robi żadnej różnicy! Pułkownik znajdował się nadal w poważnym niebezpieczeństwie. Intuicja ostrzegała go, że zbliża się do jakiegoś gigantycznego, nieodgadnionego, kosmicznego finału i jego barczystym, muskularnym, potężnym ciałem wstrząsnął od stóp do głów dreszcz na myśl, że Yossarian, kimkolwiek się w końcu okaże, może być wysłańcem jego Nemezis.

Pułkownik Cathcart nie był przesądny, ale wierzył w znaki, usiadł więc na powrót za biurkiem i zrobił w swoim kalendarzu zrozumiałą tylko dla siebie notatkę, żeby jak najszybciej rozwikłać całą tę podejrzaną aferę z Yossarianem. Zapis ku własnej pamięci wykonał swoim ciężkim, zdecydowanym charakterem pisma, wzmacniając go dobitnie serią zaszyfrowanych znaków przestankowych i następnie podkreślając dwukrotnie cały tekst, który wyglądał tak:

Yossarian!!!(?)!

Skończywszy pułkownik odchylił się na oparcie fotela ogromnie zadowolony, że tak błyskawicznie zareagował w obliczu poważnego niebezpieczeństwa. Yossarian — na sam widok tego nazwiska wstrząsał nim dreszcz. Tyle es to musiało być coś wywrotowego. Przypominało słowa takie jak: szpiegostwo i podstęp, jak socjalista, faszysta i komunista. Było to nienawistne, obce, odrażające nazwisko, po prostu nazwisko nie budzące zaufania. Nie przypominało niczym takich czystych, rześkich, uczciwych amerykańskich nazwisk, jak Cathcart, Peckem czy Dreedle.

Pułkownik Cathcart wstał powoli i znowu zaczął przechadzać się po pokoju. Prawie bezwiednie wziął z kosza dorodnego pomidora i wgryzł się w niego żarłocznie. Natychmiast skrzywił się i wyrzucił pomidora do kosza. Pułkownik nie lubił dorodnych pomidorów, nawet jeżeli były to jego własne pomidory, a te nie były nawet jego. Zostały zakupione na targowiskach całej Pianosy przez pułkownika Korna, ukrywającego się pod różnymi nazwiskami, przewiezione pod osłoną nocy na farmę pułkownika w górach i następnego ranka sprowadzone do siedziby sztabu celem odsprzedania ich Milowi, który płacił pułkownikowi Cathcartowi i pułkownikowi Kornowi powyżej cen rynkowych. Pułkownik Cathcart często zastanawiał się, czy to, co robią z dorodnymi pomidorami, jest legalne, ale ponieważ pułkownik Korn zapewniał go, że tak, starał się o tym nie myśleć. Nie wiedział również, czy legalny jest jego dom w górach, gdyż wszystkie formalności załatwiał pułkownik Korn. Pułkownik Cathcart nie był pewien, czy jest właścicielem domu, czy dzierżawcą, oraz od kogo go nabył i za ile, jeżeli w ogóle zapłacił. Pułkownik Korn odpowiadał za stronę prawną i skoro on zapewniał, że oszustwa, wymuszenia, spekulacje walutowe, malwersacje, oszustwa podatkowe i kombinacje na czarnym rynku są legalne, pułkownik Cathcart nie mógł z nim dyskutować.

Pułkownik Cathcart wiedział o swoim domu w górach tylko tyle, że posiada taki dom i że go nie cierpi. Nic go tak nie nudziło, jak dwa lub trzy dni, które musiał tam spędzać co drugi tydzień, aby podtrzymywać iluzję, że ten wilgotny, pełen przeciągów, kamienny wiejski dom w górach jest złotym pałacem zmysłowych rozkoszy. W klubach oficerskich wrzało od niezbyt ścisłych, ale szczegółowych opowieści o hucznych, tajnych pijaństwach i orgiach, które się tam odbywają, oraz otoczonych tajemnicą, intymnych ekstatycznych nocach z najpiękniejszymi, najbardziej kuszącymi, najbardziej namiętnymi i najłatwiejszymi do zaspokojenia włoskimi kurtyzanami, aktorkami, modelkami i hrabinami. Żadnych takich tajnych nocy rozkoszy ani otoczonych tajemnicą orgii alkoholowych i seksualnych nie było. Co innego, gdyby generał Dreedle albo generał Peckem zdradził chęć wzięcia udziału w orgii, ale żaden z nich o tym nie napomknął, a pułkownik nie miał zamiaru tracić czasu i energii na pieszczoty z pięknymi kobietami, skoro nie widział w tym żadnych dla siebie korzyści.

Pułkownik bał się wilgotnych, samotnych nocy i nudnych, pustych dni w swojej wiejskiej rezydencji. Znacznie ciekawiej było w dowództwie grupy, gdzie mógł napędzać stracha każdemu, kogo sam się nie bał. Jednakże, jak mu często przypominał pułkownik Korn, posiadanie domku w górach nie dodaje splendoru, jeżeli się z niego nigdy nie korzysta. Litował się nad sobą, ilekroć musiał jechać do swojego domu. Zabierał do dżipa dubeltówkę i spędzał tam monotonne godziny na strzelaniu do ptaków i dorodnych pomidorów, które rosły tam nie pielęgnowane, bo nikomu nie opłacało się ich zbierać.

Do niższych stopniem oficerów, którym mimo to uważał za stosowne okazywać szacunek, pułkownik Cathcart zaliczał majora... de Coverley, chociaż wcale nie miał na to ochoty i nie był nawet pewien, czy musi to robić. Major... de Coverley był wielką zagadką dla niego, podobnie jak dla majora Majora i w ogóle dla wszystkich, którzy go kiedykolwiek spotkali. Pułkownik Cathcart nie wiedział, czy na majora... de Coverley patrzeć z dołu, czy z góry. Major... de Coverley był zaledwie majorem, mimo że był o całe wieki starszy od pułkownika Cathcarta; jednocześnie tyle ludzi traktowało majora... de Coverley z tak głęboką i pełną lęku czcią, że pułkownik Cathcart podejrzewał, iż muszą coś wiedzieć. Major... de Coverley swoją groźną, zagadkową osobowością utrzymywał go w stanie ciągłego niepokoju i nawet pułkownik Korn wolał się mieć przed nim na baczności. Wszyscy się go obawiali, choć nikt nie wiedział dlaczego. Nikt nawet nie wiedział, jak major... de Coverley ma na imię, gdyż nikt nie śmiał go o to spytać. Pułkownik Cathcart wiedział, że major... de Coverley wyjechał, i cieszył się z jego nieobecności, dopóki nie przyszło mu do głowy, że major... de Coverley może gdzieś tam spiskuje przeciwko niemu, i wtedy zapragnął, żeby major... de Coverley wrócił czym prędzej do eskadry, gdzie było jego miejsce i gdzie można by go mieć na oku.

Po chwili takiego chodzenia tam i z powrotem dało o sobie znać płaskostopie. Pułkownik usiadł znowu przy biurku i postanowił przystąpić do systematycznej i dojrzałej oceny całokształtu sytuacji wojskowej. Z rzeczową miną człowieka nawykłego do działania wyciągnął duży biały blok papieru, narysował prostą pionową linię przez środek i przekreślił ją u góry linią poziomą, dzieląc stronicę na dwie równe kolumny. Zastygł na chwilę w krytycznym zamyśleniu. Potem pochylił się nad biurkiem i u góry lewej kolumny ścieśnionym, starannym charakterem napisał: „Plamy na honorze!!!" A nad prawą kolumną napisał: „Liście do wieńca sławy!!! !!" Odchylił się do tyłu, żeby spojrzeć z podziwem na swój wykres z należytej perspektywy. Po kilku sekundach uroczystej deliberacji poślinił starannie koniec ołówka i pod nagłówkiem „Plamy na honorze!!!" napisał, starannie zachowując odstępy:
Ferrara
Bolonia (przesunięcie linii frontu na mapie)
Strzelnica
Nagi osobnik w szeregu (po Awinionie)

Po chwili dodał:

Zatrucie pokarmowe (podczas oblężenia Bolonii) oraz
Jęki (epidemia podczas odprawy przed Awinionem)

Wreszcie dopisał:

Kapelan (przesiaduje co wieczór w klubie oficerskim)

Postanowił okazać litość kapelanowi, mimo że go nie lubił, i pod nagłówkiem „Liście do wieńca sławy!!! !!" napisał:

Kapelan (przesiaduje co wieczór w klubie oficerskim)

W ten sposób dwie notatki na temat kapelana znosiły się wzajemnie. Obok „Ferrara" i „Nagi osobnik w szeregu (po Awinionie)" dopisał:

Yossarian!

Obok „Bolonia (przesunięcie linii frontu na mapie)" i „Jęki (epidemia podczas odprawy przed Awinionem)" śmiałym, zdecydowanym charakterem pisma postawił „?".

Pozycje, przy których stał „?", zamierzał zbadać bezzwłocznie, aby ustalić, czy mają jakiś związek z Yossarianem.

Nagle ręka mu zadrżała i nie był w stanie pisać dalej. Wstał przerażony czując, że jest cały lepki i tłusty, i podbiegł do otwartego okna, aby zaczerpnąć świeżego powietrza. Spojrzał na strzelnicę i cofnął się z głośnym jękiem rozpaczy, dzikim, oszalałym wzrokiem omiatając gorączkowo ściany swego biura, jakby roiło się w nim od Yossarianów.

Nikt go nie kochał. Generał Dreedle go nienawidził, choć z drugiej strony generał Peckem go lubił, choć właściwie nie mógł być tego pewien, gdyż pułkownik Cargill, adiutant generała Peckema, niewątpliwie miał swoje własne ambicje i prawdopodobnie szkodził mu w oczach generała przy każdej okazji. Jedyny dobry pułkownik, zdecydował, to martwy pułkownik, oczywiście z wyjątkiem jego samego. Jedynym pułkownikiem, do którego miał zaufanie, był pułkownik Moodus, ale i on miał konszachty ze swoim teściem, Milo oczywiście był wielkim liściem do wieńca sławy, choć z drugiej strony fakt, że samoloty Mila zbombardowały obóz jego grupy, był prawdopodobnie okropną plamą na jego honorze, mimo że Milo ostatecznie uciszył wszystkie protesty, ujawniając pokaźne zyski, jakie przyniosła syndykatowi transakcja z nieprzyjacielem, i przekonawszy wszystkich, że zbombardowanie własnych żołnierzy i samolotów było w związku z tym chwalebnym i bardzo lukratywnym pociągnięciem na korzyść systemu inicjatywy prywatnej. Pułkownik nie czuł się zbyt pewnie, jeśli chodzi o Mila, gdyż inni pułkownicy usiłowali go skaperować, a pułkownik Cathcart miał nadal w swojej grupie tego parszywego Wielkiego Wodza White Halfoata, który według tego parszywego, leniwego kapitana Blacka był odpowiedzialny za przesunięcie linii frontu podczas Wielkiego Oblężenia Bolonii. Pułkownik Cathcart żywił sympatię do Wielkiego Wodza White Halfoata za to, że walił w pysk tego parszywca pułkownika Moodusa za każdym razem, kiedy się upił i pułkownik Moodus był pod ręką. Marzył o tym, żeby Wielki Wódz White Halfoat zaczął walić również pułkownika Korna po jego tłustym pysku. Pułkownik Korn był parszywym mądralą. Ktoś w sztabie Dwudziestej Siódmej Armii Lotniczej musiał mieć do niego urazę, gdyż wszystkie jego raporty wracały opatrzone zjadliwymi uwagami, pułkownik Korn przekupił więc sprytnego kancelistę sztabowego nazwiskiem Wintergreen, żeby wywęszył, kto to robi. Utrata samolotu nad Ferrarą przy powtórnym podejściu na cel nie wzmocniła jego pozycji, to pewne, podobnie jak zniknięcie tego drugiego samolotu w chmurze — nawet go jeszcze nie skreślił z ewidencji! Na chwilę zaświtała mu nadzieja, że Yossarian zginął razem z tym samolotem w chmurze, ale zaraz uprzytomnił sobie, że gdyby Yossarian zginął z tym samolotem w chmurze, to nie mógłby teraz robić awantur o marne pięć dodatkowych lotów.

Może sześćdziesiąt akcji bojowych to rzeczywiście za dużo, zastanawiał się pułkownik Cathcart, skoro Yossarian tak protestuje, ale zaraz przypomniał sobie, że zmuszając swoich lotników do odbywania większej liczby lotów niż w innych jednostkach osiągnął najbardziej namacalny sukces. Jak mawiał pułkownik Korn, na wojnie roiło się od dowódców grup, którzy ograniczali się do wykonywania swoich obowiązków, i trzeba było jakiegoś dramatycznego gestu w rodzaju zmuszenia grupy do odbycia większej liczby lotów niż wszystkie inne grupy, by zwrócić uwagę na swoje wyjątkowe zdolności dowódcze. Bez wątpienia żaden z generałów nie miał nic przeciwko jego poczynaniom, chociaż, o ile pułkownik Cathcart mógł się zorientować, nie byli nimi również specjalnie zachwyceni, co skłaniało go do podejrzenia, że sześćdziesiąt akcji bojowych to za mało, że powinien podnieść normę od razu do siedemdziesięciu, osiemdziesięciu, stu albo nawet do dwustu, trzystu lub sześciu tysięcy!

Niewątpliwie czułby się lepiej pod rozkazami kogoś dobrze wychowanego w rodzaju generała Peckema niż kogoś tak gburowatego i niewrażliwego jak generał Dreedle, ponieważ generał Peckem ukończył jedną z ekskluzywnych uczelni i był tak bystry i inteligentny, że mógł go w pełni docenić, choć nigdy nie dał tego po sobie poznać. Pułkownik Cathcart był człowiekiem dość subtelnym, by zdawać sobie sprawę, iż zewnętrzne oznaki uznania są zbyteczne pomiędzy dwoma znającymi swoją wartość, dobrze wychowanymi dżentelmenami, którzy jak on i generał Peckem potrafią podtrzymywać wzajemną sympatię na odległość, drogą czysto duchowego kontaktu. Wystarczał fakt, że byli ludźmi z tej samej gliny, i pułkownik wiedział, iż należy po prostu czekać dyskretnie na wyraz uznania w odpowiedniej chwili, chociaż jego przekonanie o własnej wartości chwiało się, kiedy widział, że generał Peckem nigdy nie szuka rozmyślnie jego towarzystwa i nigdy nie stara się go olśnić swoimi epigramatami i erudycją bardziej niż każdego, kto znalazł się w zasięgu słuchu, nie wyłączając szeregowców. Generał Peckem albo nie poznał się na pułkowniku Cathcarcie, albo nie był błyskotliwym, bystrym, dalekowzrocznym intelektualistą, jakiego udawał, i w rzeczywistości to generał Dreedle był wrażliwym, czarującym dżentelmenem o nieprzeciętnej inteligencji, pod którego rozkazami pułkownik Cathcart czułby się znacznie lepiej, i nagle pułkownik Cathcart zupełnie stracił orientację, jak u kogo stoją jego akcje, zaczął więc walić pięścią w przycisk dzwonka, żeby pułkownik Korn przybiegł natychmiast i upewnił go, że jest ulubieńcem wszystkich, że Yossarian jest wytworem jego wyobraźni i że robi znakomite postępy we wspaniałej i bohaterskiej kampanii, jaką toczy o szlify generalskie.

W rzeczywistości pułkownik Cathcart nie miał najmniejszej szansy zostania generałem. Po pierwsze, były starszy szeregowy Wintergreen również chciał zostać generałem i zawsze przekręcał, niszczył, odrzucał i wysyłał pod zły adres wszelką korespondencję do, od albo o pułkowniku Cathcarcie, mogącą go przedstawić w pozytywnym świetle. Po drugie, był już generał, generał Dreedle, który wiedział, że generał Peckem ostrzy sobie zęby na jego stołek, ale nie wiedział, jak mu przeszkodzić.

Generał Dreedle, dowódca skrzydła, był nieokrzesanym, przysadzistym, barczystym mężczyzną po pięćdziesiątce. Miał perkaty czerwony nos i ciężkie, białe, pomarszczone powieki, które otaczały jego małe szare oczka jak aureola ze smalcu. Miał też pielęgniarkę i zięcia oraz skłonność do zapadania w długie, ponure milczenie, kiedy nie pił za dużo. Generał Dreedle stracił w wojsku zbyt wiele czasu na dobre wykonywanie swoich obowiązków i teraz było już za późno. Nowy układ sił ukształtował się bez jego udziału i generał Dreedle nie wiedział, jak sobie z nim radzić. W chwilach gdy się nie pilnował, jego nieruchome, posępne oblicze przybierało ponury, zatroskany wyraz zawodu i frustracji. Generał Dreedle dużo pił. Nastroje miewał zmienne i zaskakujące. „Wojna to straszna rzecz" — oświadczał często po pijanemu i na trzeźwo, i naprawdę tak myślał, co nie przeszkadzało mu dobrze na niej zarabiać i wciągnąć jeszcze do interesu zięcia, mimo że gryźli się ze sobą nieustannie.

— Ten bydlak — z pogardliwym pomrukiem skarżył się generał Dreedle na swego zięcia każdemu, kto akurat stał obok niego przy barze w klubie oficerskim — wszystko, co ma, zawdzięcza mnie. To ja zrobiłem człowieka z tego parszywego skurwysyna! On jest za głupi, żeby dać sobie radę w życiu sam.

— Jemu się wydaje, że zjadł wszystkie rozumy — odpowiadał gniewnie pułkownik Moodus we własnym gronie słuchaczy przy drugim końcu baru. — Nie uznaje żadnej krytyki i nie chce słuchać rad.

— Jedyne, co on potrafi, to dawać rady — rzucał generał Dreedle z chrapliwym parsknięciem. — Gdyby nie ja, wciąż jeszcze byłby kapralem.

Generał Dreedle występował zawsze w towarzystwie pułkownika Moodusa i pielęgniarki, która była najbardziej uroczą dupcią, jaką sobie można wyobrazić. Była pulchną, niedużą blondynką. Miała pulchne policzki z dołeczkami, wesołe niebieskie oczy i zawsze uczesane kręcone włosy. Uśmiechała się do wszystkich i nigdy pierwsza się nie odzywała. Miała bujny biust i jasną cerę. Nie sposób było jej się oprzeć, toteż lotnicy omijali ją z daleka. Była soczysta, słodka, uległa i głupia i podniecała do szaleństwa wszystkich z wyjątkiem generała Dreedle.

— Szkoda, że nie możecie jej zobaczyć nago. — Generał aż dławił się chichocząc ze znawstwem, podczas gdy dumnie uśmiechnięta pielęgniarka stała u jego boku. — W moim pokoju w sztabie skrzydła ma mundur z fioletowego jedwabiu tak obcisły, że sutki sterczą jej jak dojrzałe czereśnie. Milo zdobył dla mnie materiał. Nie ma pod tym miejsca na majtki ani na stanik. Każę jej czasem ubierać się tak wieczorem, kiedy przychodzi Moodus, żeby go doprowadzić do szału — zarżał generał Dreedle. — Szkoda, że nie możecie zobaczyć, co się dzieje w tej bluzce przy każdym jej ruchu. Moodus wyłazi ze skóry. Niech go chociaż raz przyłapię na tym, że próbuje dotknąć jej albo jakiejś innej kobiety, to zdegraduję dziwkarza do szeregowca i poślę go na rok do obierania kartofli.

— Trzyma ją tylko po to, żeby mnie drażnić — skarżył się

pułkownik Moodus przy drugim końcu baru. — Tam w sztabie ona ma mundur z fioletowego jedwabiu tak obcisły, że sutki sterczą jej jak dojrzałe czereśnie. Nie ma pod tym miejsca na majtki ani na stanik. Szkoda, że nie możecie usłyszeć, jak ten jedwab szeleści przy każdym jej ruchu. Niechby mnie chociaż raz przyłapał, że dobieram się do niej albo do jakiejś innej dziewczyny, to zdegraduje mnie do szeregowca i pośle na rok do obierania kartofli. Ona mnie doprowadza do szału.

— Nie miał babki, odkąd wyjechaliśmy ze Stanów — informował generał Dreedle i od tej szatańskiej myśli jego kwadratowa siwa głowa zatrzęsła się w sadystycznym śmiechu. — Toteż nie spuszczam go z oka, żeby nie mógł się dorwać do kobiety. Wyobrażacie sobie, co ten biedny skurwysyn musi przeżywać?

— Nie miałem kobiety, odkąd wyjechaliśmy ze Stanów — żalił się ze łzami pułkownik Moodus. — Czy wyobrażacie sobie, co ja przeżywam?

Generał Dreedle potrafił być równie nieprzejednany w stosunku do każdego, kto mu się naraził. Nie znosił pretensjonalności, taktu i udawania, jego credo zawodowego żołnierza zaś było proste i zwięzłe: wierzył, że młodzi ludzie, którym on rozkazuje, powinni być gotowi oddać życie za ideały, dążenia i idiosynkrazje starych ludzi, którzy jemu rozkazywali. Podlegli mu oficerowie i szeregowcy istnieli dla niego wyłącznie jako wielkości wojskowe. Wymagał od nich jedynie, aby wykonywali swoje zadania; poza tym mogli robić, co chcieli. Mogli, jeżeli chcieli, tak jak pułkownik Cathcart zmuszać swoich ludzi do odbywania sześćdziesięciu lotów bojowych, i mogli, jeżeli chcieli, tak jak Yossarian stać w szeregu na golasa, choć co prawda na ten widok generałowi Dreedle opadła jego granitowa szczęka i przeszedł swoim władczym krokiem wzdłuż szyku, żeby się upewnić, że w szeregu naprawdę stoi na baczność i czeka na dekorację medalem człowiek, który nie ma na sobie nic prócz mokasynów. Generałowi odjęło mowę. Pułkownik Cathcart omal nie zemdlał, kiedy dostrzegł Yossariana, i pułkownik Korn musiał podejść do niego i chwycić go z całej siły za ramię. Zapadła groteskowa cisza. Od plaży wiał jednostajny, ciepły wiatr, a na drodze ukazał się stary wóz pełen gnoju, ciągniony przez czarnego osła, którego poganiał wieśniak w oklapłym kapeluszu i wypłowiałym brązowym ubraniu roboczym, nie zwracający uwagi na uroczystą ceremonię wojskową, jaka odbywała się na małym półku po jego prawej ręce.

Generał Dreedle nareszcie odzyskał mowę.

— Wracaj do auta — rzucił przez ramię do swojej pielęgniarki, która szła za nim wzdłuż frontu.

Pielęgniarka z uśmiechem podreptała do brązowego wozu sztabowego, zaparkowanego w odległości dwudziestu jardów na skraju prostokątnej polanki. Generał Dreedle odczekał w surowym milczeniu, aż trzasnęły drzwiczki samochodu, i dopiero wtedy spytał:

— Co to za jeden?

Pułkownik Moodus spojrzał na listę.

— To jest Yossarian, tato. Otrzymuje Lotniczy Krzyż Zasługi.

— Hm, niech mnie diabli — mruknął generał Dreedle i jego czerstwą, kamienną twarz zmiękczył wyraz rozbawienia. — Dlaczego nie macie na sobie ubrania, Yossarian?

— Bo nie chcę.

— Co to znaczy, nie chcecie? Dlaczego, do diabła, nie chcecie?

— Nie chcę i tyle, panie generale.

— Dlaczego on jest nie ubrany? — rzucił przez ramię generał Dreedle do pułkownika Cathcarta.

— Do ciebie mówi — szepnął pułkownik Korn przez ramię pułkownika Cathcarta, trącając go mocno łokciem w plecy.

— Dlaczego on jest nie ubrany? — zwrócił się pułkownik Cathcart do pułkownika Korna krzywiąc się z bólu i rozcierając miejsce, w które trafił go łokieć pułkownika Korna.

— Dlaczego on jest nie ubrany? — spytał pułkownik Korn kapitanów Piltcharda i Wrena.

— W zeszłym tygodniu nad Awinionem w jego samolocie został zabity jeden z żołnierzy, który go całego zakrwawił — odpowiedział kapitan Wren. — Przysięga, że nigdy już nie włoży munduru.

— W zeszłym tygodniu nad Awinionem w jego samolocie został zabity jeden z żołnierzy, który go całego zakrwawił — zameldował pułkownik Korn bezpośrednio generałowi. — Jego mundur nie wrócił jeszcze z pralni.

— A gdzie ma inne mundury?

— Też w pralni.

— A bielizna? — spytał generał Dreedle.

— Cała jego bielizna jest również w pralni — odpowiedział pułkownik Korn.

— To mi wygląda na wielką bzdurę — oświadczył generał Dreedle.

— Bo to jest wielka bzdura — powiedział Yossarian.

— Proszę się nie obawiać — obiecał pułkownik Cathcart generałowi, spoglądając z pogróżką na Yossariana. — Obiecuję panu, panie generale, że ten człowiek zostanie ukarany z całą surowością.

— A co mnie to, u diabła, obchodzi, czy on zostanie ukarany, czy nie? — spytał generał Dreedle zdziwiony i poirytowany. — Ten żołnierz zasłużył na odznaczenie. Jeśli chce je otrzymać na golasa, to cóż to, u diabła, pana obchodzi?

— Jestem zupełnie tego samego zdania, panie generale! — podchwycił pułkownik Cathcart z żywiołowym entuzjazmem i otarł czoło wilgotną białą chusteczką. — Ale co pan o tym sądzi w świetle ostatniego okólnika generała Peckema na temat właściwego stroju wojskowego w strefie przyfrontowej?

— Peckem? — zachmurzył się generał Dreedle.

— Tak jest, panie generale — powiedział pułkownik Cathcart służalczo. — Generał Peckem zaleca nawet, abyśmy wysyłali naszych żołnierzy do walki w mundurach wyjściowych, aby wywierali dobre wrażenie na nieprzyjacielu, jeżeli zostaną zestrzeleni.

— Peckem? — powtórzył generał Dreedle mrużąc oczy ze zdumienia. — A co, u diabła, ma do tego Peckem?

Pułkownik Korn znowu dźgnął pułkownika Cathcarta łokciem w plecy.

— Absolutnie nic, panie generale! — odpowiedział pułkownik Cathcart przytomnie, krzywiąc się z bólu i ostrożnie rozcierając miejsce, gdzie dostał łokciem pułkownika Korna. — I dlatego właśnie postanowiłem nie podejmować żadnych kroków, dopóki nie uzgodnię sprawy z panem generałem. Czy mamy zignorować całkowicie to zarządzenie?

Generał Dreedle zignorował go całkowicie, odwracając się z wyrazem złowrogiej pogardy, żeby wręczyć Yossarianowi pudełko z odznaczeniem.

— Przyprowadź moją dziewczynę z samochodu — polecił opryskliwie pułkownikowi Moodusowi i czekał nieruchomo, groźnie zmarszczony, z opuszczoną głową, dopóki pielęgniarka nie stanęła przy jego boku.

— Każ w kancelarii, żeby natychmiast odwołali moje ostatnie polecenie nakazujące żołnierzom noszenie krawatów podczas akcji bojowych — szepnął gorączkowo kątem ust pułkownik Cathcart do pułkownika Korna.

— Mówiłem ci, żebyś tego nie robił — roześmiał się pułkownik Korn — ale nie chciałeś mnie słuchać.

— Cśśś! — ostrzegł go pułkownik Cathcart. — Korn, do cholery, co zrobiłeś z moimi plecami?

Pułkownik Korn znowu zachichotał.

Pielęgniarka generała Dreedle towarzyszyła mu wszędzie, nawet w pokoju odpraw przed akcją na Awinion, gdzie stała ze swoim cielęcym uśmiechem obok podwyższenia i rozkwitała jak żyzna oaza u boku generała Dreedle w swoim różowo-zielonym mundurze. Yossarian spojrzał na nią i zakochał się na zabój. Od razu stracił humor czując w środku pustkę i odrętwienie. Wpatrywał się z lekkim pożądaniem w jej pełne czerwone wargi i dołeczki na policzkach, podczas gdy major Danby monotonnym, dydaktycznym męskim buczeniem opisywał potężną koncentrację artylerii przeciwlotniczej oczekującej ich w Awinionie. Nagle z piersi Yossariana wyrwał się jęk rozpaczy na myśl, że może już nigdy nie zobaczyć tej cudownej kobiety, z którą nie zamienił w życiu ani słowa i w której był tak żałośnie zakochany. Dygotał i skręcał się ze smutku, strachu i pożądania, kiedy na nią patrzył; była tak piękna. Mógłby całować ślady jej stóp. Oblizał spierzchnięte, spragnione wargi lepkim językiem i znowu jęknął boleśnie, tym razem tak głośno, że ściągnął na siebie przestraszone, pytające spojrzenia lotników, którzy w czekoladowych kombinezonach i białych stębnowanych uprzężach spadochronów siedzieli na prostych drewnianych ławach.

Nately odwrócił się do niego z lękiem w oczach.

— Co tam? — szepnął. — Co ci jest?

Yossarian nie słyszał. Żerało go pożądanie i obezwładniał żal. Pielęgniarka generała Dreedle była tylko troszkę pucołowata i jego zmysły były przeciążone do granic wytrzymałości złotą promiennością jej włosów i nieznanym dotknięciem jej miękkich, krótkich palców, krągłym, nie zasmakowanym bogactwem jej bujnych piersi w różowej, szeroko otwartej pod szyją koszuli i trójkątnym jędrnym, wypukłym pagórkiem u zbiegu ud i brzucha w obcisłych, dopasowanych zielonych oficerskich spodniach z gabardyny. Pożerał ją od czubka głowy do malowanych paznokci u nóg. Nie chciał się z nią rozstawać do końca życia. — Ooooooooooooooch — jęknął znowu i tym razem cała sala zafalowała na dźwięk jego drżącego, przeciągłego westchnienia. Wśród oficerów na podwyższeniu zapanował niepokój i nawet major Danby, który właśnie przystąpił do uzgadniania zegarków, omal się nie zgubił przy odliczaniu sekund i nie musiał zaczynać od początku. Nately powiódł wzrokiem w ślad za znieruchomiałym spojrzeniem Yossariana przez całą długość sali i trafił na pielęgniarkę generała Dreedle. Zbladł i zadrżał, kiedy zrozumiał, co dręczy Yossariana.

— Daj spokój, dobrze? — ostrzegł go groźnym szeptem.

— Ooooooooooooooooooch — jęknął Yossarian po raz czwarty tak głośno, że teraz już wszyscy musieli go usłyszeć.

— Zwariowałeś? — syknął Nately gwałtownie. — Szukasz guza?

— Oooooooooooooooooch — zawtórował Yossarianowi Dunbar z drugiego końca sali.

Nately poznał głos Dunbara. Sytuacja wymykała się spod kontroli i Nately odwrócił się z krótkim jękiem.

— Oooooooooooooooooch — odpowiedział mu Dunbar.

— Oooooooooooooooooch — jęknął głośno zirytowany Nately uświadomiwszy sobie, że sam przed chwilą jęknął.

— Oooooooooooooooooch — odezwał się ktoś zupełnie nowy w innej części sali i Nately poczuł, że włos mu się jeży na głowie.

Yossarian z Dunbarem odpowiedzieli zgodnym jękiem, a Nately na próżno kulił się i szukał jakiejś dziury, w której mógłby się ukryć wraz z Yossarianem. Tu i ówdzie rozległy się tłumione śmiechy. Nately'ego nagle coś podkusiło i w najbliższym momencie ciszy jęknął naumyślnie. Odpowiedział mu znów jakiś nowy głos. Smak nieposłuszeństwa działał upajająco i Nately znowu jęknął rozmyślnie przy pierwszej sposobności. Zawtórował mu jeszcze jakiś nowy głos. Pokój odpraw niepohamowanie przekształcał się w dom wariatów. Niesamowite odgłosy przybierały na sile. Szurano nogami, zaczęto upuszczać różne przedmioty: ołówki, kalkulatory, mapniki, grzechoczące stalowe hełmy. Ci, którzy nie jęczeli, chichotali otwarcie i nie wiadomo do czego mógłby doprowadzić ten żywiołowy bunt jęków, gdyby generał Dreedle osobiście nie przystąpił do jego uśmierzenia, stając zdecydowanie pośrodku podwyższenia tuż przed nosem majora Danby'ego, który pochylając swoją poważną, pracowitą głowę nadal wpatrywał się w zegarek i odliczał sekundy.

— ...dwadzieścia pięć... dwadzieścia... piętnaście...

Wielkie, czerwone, władcze oblicze generała Dreedle, skrzywione grymasem zakłopotania, stwardniało budzącą lęk decyzją.

— Na tym zakończymy — rozkazał zwięźle z oczami płonącymi niezadowoleniem, zaciskając swoją kwadratową szczękę, i na tym zakończono. — Dowodzę jednostką liniową — przypomniał im surowym tonem, kiedy w pokoju zapanowała absolutna cisza, a żołnierze na ławkach kryli się wstydliwie jedni za drugich — i dopóki ja tu dowodzę, nie chcę słyszeć żadnych jęków. Czy to jasne?

Było to jasne dla wszystkich z wyjątkiem majora Danby'ego, który nadal wpatrywał się w swój zegarek i na głos odliczał sekundy.

— ...cztery... trzy... dwa... jeden... czas! — krzyknął major Danby i zwycięsko potoczył wzrokiem po sali, aby odkryć, że nikt go nie słuchał i że będzie musiał zaczynać od początku. — Ooooch — jęknął zmartwiony.

— Co to ma znaczyć? — ryknął generał Dreedle z niedowierzaniem i odwrócił się z mordem w oczach do majora Danby'ego, który cofnął się niepewnie, przestraszony i zbity z tropu, drżąc i oblewając się potem. — Kto to jest?

— M-major Danby, panie generale — wyjąkał pułkownik Cathcart. — Mój oficer operacyjny.

— Wyprowadzić i rozstrzelać — rozkazał generał Dreedle.

— S-słucham, panie generale?

— Powiedziałem: wyprowadzić i rozstrzelać. Co to, nie słyszycie?

— Tak jest, panie generale! — odpowiedział dziarsko pułkownik Cathcart, z wysiłkiem przełykając ślinę, i odwrócił się energicznie do swojego szofera i oficera meteorologicznego. — Wyprowadźcie majora Danby'ego i rozstrzelajcie go.

— S-słucham, panie pułkowniku? — wyjąkali szofer i meteorolog.

— Powiedziałem, żebyście wyprowadzili majora Danby'ego i rozstrzelali go — warknął pułkownik Cathcart. — Co to, nie słyszycie?

Dwaj młodzi porucznicy skinęli machinalnie głowami i oszołomieni z ociąganiem patrzyli na siebie; obaj czekali, żeby ten drugi pierwszy przystąpił do akcji wyprowadzania i rozstrzeliwania majora Danby'ego. Żaden z nich nie miał najmniejszego doświadczenia w wyprowadzaniu i rozstrzeliwaniu majora Danby'ego. Niepewnie, krok po kroku zbliżali się do majora Danby'ego z przeciwnych stron. Major Danby zbielał ze strachu. Nagle ugięły się pod nim nogi i zaczął padać, ale dwaj młodzi porucznicy skoczyli i chwycili go pod pachy, nie dając mu upaść. Teraz, kiedy już go trzymali, reszta wydawała się prosta, ale nie mieli broni. Major Danby rozpłakał się. Pułkownik Cathcart miał ochotę podejść i pocieszyć go, ale nie chciał zrobić na generale wrażenia mięczaka. Przypomniał sobie, że Appleby i Havermeyer zawsze brali do samolotu swoje kolty, i zaczął rozglądać się za nimi wśród lotników.

Kiedy major Danby wybuchnął płaczem, pułkownik Moodus, który dotychczas chował się tchórzliwie za plecami innych, nie wytrzymał i podszedł nieśmiało do generała Dreedle, z wyrazem twarzy człowieka przygotowanego na najgorsze.

— Myślę, że nie powinieneś się z tym śpieszyć, tato — powiedział z wahaniem. — Nie sądzę, żebyś mógł go rozstrzelać.

Jego interwencja rozwścieczyła generała.

— Kto mówi, że nie mogę? — zagrzmiał wojowniczo, głosem, od którego zadrżały mury. Pułkownik Moodus czerwieniąc się ze wstydu nachylił się, żeby mu szepnąć coś do ucha. — Dlaczego, do cholery, nie mogę? — ryknął generał Dreedle. Pułkownik Moodus znowu coś mu szepnął. — Czy to znaczy, że nie mogę rozstrzeliwać, kogo chcę? — spytał generał Dreedle ze świętym oburzeniem. Nadstawił z zaciekawieniem ucha, słuchając dalszych szeptów pułkownika Moodusa. — Czy to prawda? — spytał głosem, w którym zaciekawienie brało górę nad złością.

— Tak, tato. Obawiam się, że tak.

— Pewnie myślisz, że jesteś cholernie mądry? — naskoczył nagle generał Dreedle na pułkownika Moodusa.

Pułkownik znowu oblał się szkarłatem.

— Nie, tato, to nie...

— W porządku, puśćcie tego niesubordynowanego skurwysyna — warknął generał Dreedle odwracając się z urazą od swego zięcia i rzucając do szofera i meteorologa pułkownika Cathcarta: — Ale wyprowadźcie go z budynku i nie wpuszczajcie go tu. I kończmy tę cholerną odprawę, zanim skończy się wojna. Nigdy jeszcze nie widziałem takiego bałaganu.

Pułkownik Cathcart skinął słabo głową generałowi i dał znak swoim ludziom, żeby czym prędzej wypchnęli majora Danby'ego z budynku. Gdy jednak majora wypchnięto, natychmiast okazało się, że nie ma komu prowadzić odprawy. Wszyscy spoglądali na siebie z bezradnym zdumieniem. Generał Dreedle spurpurowiał ze złości widząc, że nic się nie dzieje. Pułkownik Cathcart nie miał pojęcia, co robić. Pewnie zacząłby jęczeć na głos, gdyby nie pułkownik Korn, który wybawił go z opresji wysuwając się do przodu i przejmując inicjatywę. Pułkownik Cathcart wydał potężne westchnienie ulgi, w oczach zakręciły mu się łzy wdzięczności.

— A teraz, panowie, uzgodnimy nasze zegarki — ostrym, rozkazującym tonem przystąpił do rzeczy pułkownik Korn, zerkając zalotnie w stronę generała. — Uzgodnimy zegarki raz i tylko raz, i jeżeli się to nie uda za pierwszym razem, generał Dreedle i ja będziemy chcieli wiedzieć, dlaczego tak się stało. Czy to jasne? — Zerknął znowu w stronę generała Dreedle, aby się upewnić, że jego słowa zostały zauważone. — Proszę nastawić zegarki na dziewiątą osiemnaście.

Pułkownik Korn bez żadnych przeszkód uzgodnił zegarki i pewnie przeszedł do następnego punktu. Podał hasło dnia i omówił warunki atmosferyczne sprawnie, błyskotliwie i z wdziękiem, rzucając co kilka sekund porozumiewawcze spojrzenia na generała Dreedle, aby czerpać dalszą zachętę ze znakomitego wrażenia, jakie, w co nie wątpił, wywierał na generale. Pusząc się i strosząc jak paw, nadymając się chełpliwie, w miarę jak nabierał rozpędu, podał powtórnie hasło dnia i zręcznie przeszedł do mobilizującej pogadanki na temat znaczenia mostu w Awinionie dla całokształtu wysiłku wojennego oraz obowiązku każdego żołnierza do stawiania miłości do ojczyzny ponad przywiązanie do życia. Zakończywszy tę budującą rozprawę podał jeszcze raz hasło dnia, podkreślił znaczenie właściwego kąta nalatywania na cel i powtórnie omówił stan pogody. Pułkownik Korn czuł, że żyje. Był w swoim żywiole.

Pułkownik Cathcart powoli uświadamiał sobie, co się dzieje, a kiedy sobie wreszcie uświadomił, zatkało go. Twarz wydłużała mu się coraz bardziej, w miarę jak z zawiścią patrzył na zdradzieckie poczynania pułkownika Korna, i prawie bał się tego, co usłyszy, kiedy generał Dreedle zbliżył się do niego i szeptem, który słychać było w całym pokoju, spytał:

— Kto to jest ten facet?

Pułkownik Cathcart odpowiedział pełen jak najgorszych przeczuć i wtedy generał Dreedle zasłonił dłonią usta i szepnął mu na ucho coś, od czego twarz pułkownika Cathcarta rozjaśniła się ogromną radością. Pułkownik Korn widział to i zadrżał z niepohamowanego zachwytu. Czyżby generał Dreedle awansował go na pełnego pułkownika? Nie mógł dłużej trwać w niepewności. Jedną kunsztowną frazą zakończył odprawę i odwrócił się pełen nadziei, aby odebrać wylewne gratulacje od generała Dreedle... który właśnie opuszczał budynek nie oglądając się za siebie, w asyście swojej pielęgniarki i pułkownika Moodusa. Pułkownik Korn był zaskoczony i zawiedziony tym widokiem, ale tylko przez krótką chwilę. Odszukał wzrokiem pułkownika Cathcarta, który nadal stał wyprostowany, z zastygłym na twarzy uśmiechem, podbiegł do niego radośnie i zaczął go szarpać za ramię.

— Co on powiedział o mnie? — spytał rozgorączkowany, w ferworze dumnego i szczęśliwego oczekiwania. — Co powiedział generał Dreedle?

— Chciał wiedzieć, jak się nazywasz.

— Wiem. To wiem. Ale co o mnie powiedział?

— Że mu się rzygać chce, jak na ciebie patrzy.

22

Burmistrz Milo

W tym locie Yossarian stracił odwagę. Yossarian stracił odwagę w akcji na Awinion, ponieważ Snowden stracił wnętrzności, Snowden zaś stracił wnętrzności, ponieważ ich pilotem był tego dnia Huple, który miał zaledwie piętnaście lat, a drugi pilot Dobbs był jeszcze gorszy i namawiał Yossariana do udziału w spisku na życie pułkownika Cathcarta. Huple był dobrym pilotem, o czym Yossarian wiedział, ale było to jeszcze dziecko. Dobbs też nie miał do niego zaufania i gdy tylko zrzucili bomby, odebrał mu bez ostrzeżenia prowadzenie samolotu i w napadzie szału rzucił ich maszynę w zapierającą dech w piersiach, rozdzierającą uszy, nieopisanie przerażającą, śmiertelną pikę, która wyrwała z gniazda przewody hełmofonu Yossariana i przygniotła go czubkiem głowy do dachu kabiny.

— O Boże! — wrzasnął Yossarian bezgłośnie, kiedy poczuł, że spadają. — O Boże! O Boże! — krzyczał błagalnie przez wargi, które nie chciały się rozewrzeć, podczas gdy samolot nadal spadał, a on dyndał w stanie nieważkości pod sufitem, dopóki Huple'owi nie udało się uchwycić sterów z powrotem i wyprowadzić samolotu z lotu naukowego w samym środku zwariowanego, urwistego, poszarpanego wąwozu rozrywających się pocisków, z którego przed chwilą się wyrwali i z którego znowu musieli uciekać. Prawie natychmiast rozległ się huk i w szybie kabiny ukazała się dziura wielkości sporej pięści. Policzki Yossariana paliły tysiącem drobnych ukłuć. Krwi nie widział.

— Co się stało? Co się stało? — zawołał i zadrżał gwałtownie, nie słysząc własnego głosu w słuchawkach. Przerażony głuchą ciszą w telefonie pokładowym, zastygł w pozycji na czworakach jak mysz w pułapce, nie mogąc się prawie ruszać ze strachu i nie śmiąc odetchnąć, dopóki nie dostrzegł lśniącej wtyczki od swego hełmofonu dyndającej mu przed nosem i nie wetknął jej do gniazdka. — O Boże! — krzyczał nadal z nie mniejszym przerażeniem, gdyż wybuchy rozkwitały z hukiem ze wszystkich stron. — O Boże!

Kiedy podłączył się do telefonu pokładowego, usłyszał płacz Dobbsa.

— Ratujcie go, ratujcie go — łkał Dobbs. — Ratujcie go, ratujcie.

— Kogo ratować? Kogo ratować? — odezwał się Yossarian. — Kogo ratować?

— Bombardiera, bombardiera — krzyczał Dobbs. — Bombardier nie odpowiada. Ratujcie bombardiera.

— Tu bombardier — krzyknął w odpowiedzi Yossarian. — Tu bombardier. Nic mi nie jest.

— Ratujcie go, ratujcie go — zagłuszył go Dobbs. — Ratujcie go.

— Kogo ratować? Kogo ratować?

— Radiostrzelca — błagał Dobbs. — Ratujcie radiostrzelca.

— Zimno mi — skamlał słabo przez telefon Snowden, zawodząc żałośnie w męce. — Ratunku, zimno mi.

Yossarian przeczołgał się tunelem, przeszedł nad komorą bombową i zszedł do tylnej części samolotu, gdzie leżał na podłodze ranny Snowden, zamarzając na śmierć w żółtej kałuży słońca obok nowego tylnego strzelca, który też leżał nieprzytomny na podłodze.

Dobbs był najgorszym pilotem na świecie, z czego zdawał sobie sprawę, był roztrzęsionym wrakiem stuprocentowego mężczyzny, który nieustannie starał się przekonać swoich przełożonych, że nie można mu powierzyć sterów samolotu. Ale nikt z przełożonych nie chciał go słuchać i w dniu, w którym zwiększono liczbę obowiązkowych lotów do sześćdziesięciu, Dobbs zakradł się do namiotu Yossariana, korzystając z tego, że Orr wyszedł na poszukiwanie uszczelek, i wtajemniczył go w spisek, jaki uknuł, aby zamordować pułkownika Cathcarta. Potrzebował Yossariana do pomocy.

— Chcesz, żebyśmy go zamordowali z zimną krwią? — zaprotestował Yossarian.

— Tak jest — potwierdził Dobbs z optymistycznym uśmiechem, uradowany, że Yossarian tak szybko zrozumiał, o co chodzi. — Zastrzelimy go z lugera, którego przywiozłem z Sycylii i nikt nie wie, że go mam.

— Chyba nie mógłbym tego zrobić — zdecydował Yossarian rozważając przez chwilę ten pomysł w milczeniu.

— Dlaczego? — zdumiał się Dobbs.

— Posłuchaj. Nic nie sprawiłoby mi większej radości, niż gdyby ten skurwysyn skręcił sobie kark albo zginął w katastrofie, albo gdyby go zastrzelił kto inny. Ale ja nie mógłbym chyba tego zrobić.

— On by cię zabił — przekonywał go Dobbs. — Przecież sam mówiłeś, że on nas zabija, trzymając nas tak długo na froncie.

— Mimo to nie mogę. Uważam, że on też ma prawo do życia.

— Tak, ale tylko pod warunkiem, że nie stara się pozbawić ciebie i mnie naszego prawa do życia. Co się z tobą dzieje? — nie mógł się nadziwić Dobbs. — Słyszałem kiedyś, jak kłóciłeś się o to samo z Clevingerem, i zobacz, co się z nim stało. W tej chmurze.

— Nie krzycz tak, dobrze? — uciszył go Yossarian.

— Ja nie krzyczę! — krzyknął Dobbs jeszcze głośniej, cały czerwony z rewolucyjnego zapału. Z oczu i z nosa mu kapało, a jego purpurowa, drżąca dolna warga pokryta była kropelkami pienistej rosy. — W grupie musiała być prawie setka ludzi po pięćdziesięciu pięciu akcjach bojowych, kiedy podniósł normę do sześćdziesięciu. I co najmniej setka takich jak ty, którym zaledwie kilka lotów brakowało do zakończenia kolejki. On pozabija nas wszystkich, jeśli go nie powstrzymamy. Musimy zabić go wcześniej.

Yossarian skinął głową niezobowiązująco, nie deklarując się ostatecznie.

— A jeżeli nas złapią? — spytał.

— Wszystko obmyśliłem. Ja...

— Przestań wrzeszczeć, na litość boską!

— Ja nie wrzeszczę. Wszystko...

— Przestaniesz wrzeszczeć?

— Wszystko obmyśliłem — szepnął Dobbs chwytając kurczowo pryczę Orra, żeby powstrzymać się od wymachiwania rękami. — W czwartek rano, kiedy będzie wracał z tej swojej cholernej farmy w górach, podkradnę się laskiem do zakrętu szosy i zaczaję się w krzakach. Musi tam zwolnić, a ja mogę obserwować szosę w obu kierunkach, żeby się upewnić, czy nikogo nie ma w pobliżu. Kiedy zobaczę, że nadjeżdża, zepchnę na drogę pień drzewa, żeby musiał się zatrzymać. Wtedy wyjdę z krzaków ze swoim lugerem i zastrzelę go. Potem zakopię pistolet, wrócę lasem do eskadry i zajmę się swoimi sprawami, jakby nigdy nic. Co tu się może nie udać?

Yossarian z uwagą śledził każdy etap akcji.

— A co ja mam robić? — spytał zdziwiony.

— Bez ciebie nie mogę tego zrobić — wyjaśnił Dobbs. — Potrzebuję kogoś, kto mnie zachęci.

Yossarian spojrzał na niego z niedowierzaniem.

— I to jest całe moje zadanie? Zachęcić cię?

— To wszystko, czego od ciebie potrzebuję — odparł Dobbs. — Powiedz mi, że mam to zrobić, a pojutrze rozwalę mu łeb. — Głos mu nabrzmiewał emocją i wznosił się coraz wyżej. — Chciałbym też zastrzelić pułkownika Korna, skoro już przy tym jesteśmy, ale wolałbym oszczędzić majora Danby'ego, jeżeli nie masz nic przeciwko temu. Potem chciałbym zamordować Appleby'ego i Havermeyera, a jak skończymy z nimi, chciałbym rąbnąć McWatta.

— McWatta? — zawołał Yossarian, niemal podskakując z przerażenia. — McWatt to mój przyjaciel. Co chcesz od McWatta?

— Nie wiem — wyznał Dobbs zakłopotany i zbity z tropu. — Myślałem tylko, że jak mordujemy Appleby'ego i Havermeyera, to można by za jednym zamachem zamordować i McWatta. Naprawdę nie chcesz zamorodować McWatta?

Yossarian zajął pryncypialne stanowisko.

— Posłuchaj, mogę się interesować twoim planem, pod warunkiem że nie będziesz wrzeszczał na całą wyspę i ograniczysz się do pułkownika Cathcarta. Ale jeżeli chcesz z tego zrobić ogólną rzeź, to na mnie nie licz.

— Dobrze, dobrze — starał się go udobruchać Dobbs. — Tylko pułkownik Cathcart. Czy mam go zabić? Powiedz mi, że tak.

Yossarian potrząsnął głową.

— Nie mogę.

Dobbs był uparty.

— Jestem gotów pójść na kompromis — błagał żarliwie. — Nie musisz mi mówić, żebym go zabił. Powiedz mi tylko, że to dobry pomysł, zgoda? Więc czy to dobry pomysł?

Yossarian potrząsnął głową.

— Byłby to wspaniały pomysł, gdybyś go zrealizował nic mi nie mówiąc. Teraz jest już za późno. Nie mogę ci nic powiedzieć. Daj mi trochę czasu. Może się jeszcze namyślę.

— Wtedy naprawdę będzie za późno,

Yossarian nadal potrząsał głową. Dobbs był zawiedziony. Siedział przez chwilę przygnębiony, potem zerwał się gwałtownie na równe nogi i, przewracając po drodze umywalkę Yossariana i potykając się o przewód paliwa do piecyka, który Orr ciągle jeszcze budował, wybiegł, aby podjąć kolejną rozpaczliwą próbę przekonania doktora Daneeki, że powinien go zwolnić. Doktor Daneeka skontrował atak krzyków i gestykulacji Dobbsa serią niecierpliwych kiwnięć głową i odesłał go do ambulatorium, aby opisał swoje objawy Gusowi i Wesowi, którzy pomalowali mu dziąsła na fioletowo, gdy tylko otworzył usta. Pomalowali mu też na fioletowo palce u nóg i zmusili do przełknięcia środka przeczyszczającego, gdy powtórnie otworzył usta, żeby zaprotestować, po czym wypchnęli go z namiotu.

Dobbs był w jeszcze gorszym stanie niż Joe Głodomór, który przynajmniej mógł brać udział w akcjach bojowych, kiedy nie dręczyły go nocne zmory. Dobbs znajdował się prawie w tak tragicznym stanie jak Orr, który ze swoim obłędnym, konwulsyjnym chichotem i zwichrowanymi wystającymi zębami był wesolutki niczym niewyrośnięty, wyszczerzony skowronek i został wysłany wraz z Milem i Yossarianem na urlop do Kairu po jajka, gdzie Milo kupił zamiast jajek bawełnę i skąd wystartowali o świcie do Stambułu samolotem wyładowanym aż po wieżyczki działek egzotycznymi pająkami i niedojrzałymi czerwonymi bananami. Orr był jednym z najmilszych i najsympatyczniejszych wariatów, jakich Yossarian kiedykolwiek spotkał. Miał prymitywną, pyzatą twarz, orzechowe oczy wychodzące z orbit jak dwie połówki brązowych szklanych kulek i grube, faliste, wielobarwne włosy tworzące na czubku głowy jakby napomadowany namiot. Prawie w każdym locie strącano go do morza albo odstrzeliwano mu silnik i zaczął szarpać Yossariana za ramię jak dzikus po tym, jak wystartowali do Neapolu, a wylądowali na Sycylii, gdzie spotkali przebiegłego dziesięcioletniego alfonsiaka z cygarem w zębach i dwiema dwunastoletnimi siostrami-prawiczkami, czekającego na nich przed hotelem, w którym był pokój tylko dla Mila. Yossarian odsunął się od Orra stanowczo, spoglądając z niejakim niepokojem i zdziwieniem na Etnę zamiast Wezuwiusza i zastanawiając się, dlaczego są na Sycylii, a nie w Neapolu, podczas gdy Orr chichocząc, jąkając się i płonąc z pożądania błagał go, żeby pójść z przebiegłym dziesięcioletnim alfonsiakiem do jego dwunastoletnich sióstr-prawiczek, które w rzeczywistości nie były ani siostrami, ani prawiczkami i miały tylko po dwadzieścia osiem lat.

— Idź z nim — polecił Milo Yossarianowi lakonicznie. — Pamiętaj o swoim zadaniu.

— Dobrze — podporządkował się Yossarian z westchnieniem, pamiętając o swoim zadaniu. — Ale może przynajmniej spróbuję najpierw znaleźć jakiś pokój, żeby móc się potem porządnie wyspać.

240

— Wyśpisz się porządnie z tymi dziewczynami — odpowiedział Milo nadal z miną spiskowca. — Pamiętaj o swoim zadaniu.

Ale nie wyspali się wcale, gdyż zostali wtłoczeni do jednego podwójnego łóżka z dwiema dwunastoletnimi dwudziestoośmioletnimi prostytutkami, które, jak się okazało, były tłuste i oślizgłe i budziły ich przez całą noc, żądając zmiany partnerów. Po jakimś czasie doznania Yossariana były tak zamglone, że nie zwracał uwagi na beżowy turban, którego ta grubsza, pchająca się na niego, ani na chwilę nie zdejmowała aż do późnego rana, kiedy przebiegły dziesięcioletni alfonsiak z kubańskim cygarem zerwał go jej przy ludziach dla bestialskiego kaprysu, odsłaniając w blasku sycylijskiego dnia jej okropną, niekształtną, nagą czaszkę. Mściwi sąsiedzi ogolili jej głowę do gołej skóry za to, że sypiała z Niemcami. Dziewczyna zapiszczała w kobiecej wściekłości i pobiegła kołysząc się komicznie za przebiegłym dziesięcioletnim alfonsiakiem, a jej straszliwa, blada, sponiewierana skóra na głowie marszczyła się śmiesznie wokół dziwacznej, ciemnej brodawki jej twarzy, jak coś wypłowiałego i nieprzyzwoitego. Yossarian nigdy w życiu nie oglądał czegoś tak nagiego. Alfonsiak okręcał turban jak trofeum wysoko na palcu i odskakiwał w ostatniej chwili, kiedy dziewczyna miała już-już turban pochwycić. Tak się z nią drocząc wodził ją za sobą wokół placyku zatłoczonego ludźmi, którzy zarykiwali się ze śmiechu i szyderczo wytykali palcami Yossariana, gdy wtem wielkimi krokami nadszedł Milo z zaciętą miną człowieka, któremu się śpieszy, wydął z dezaprobatą wargi na widok tego gorszącego pokazu frywolności i rozpusty, po czym zażądał, żeby natychmiast lecieć na Maltę.

— Chce nam się spać — zaskomlił Orr.

— To wasza własna wina — zganił ich Milo z wyższością. — Gdybyście spędzili tę noc w hotelu, a nie z tymi zdeprawowanymi dziewczynami, czulibyście się równie dobrze jak ja.

— Sam nam kazałeś pójść z nimi — odparł Yossarian z wyrzutem. — A poza tym my nie mieliśmy hotelu. Pokój dostałeś tylko ty.

— To też nie moja wina — odparł Milo wyniośle. — Skąd mogłem wiedzieć, że akurat zjadą do miasta kupcy na zbiory ciecierzycy?

— Dobrze wiedziałeś — natarł na niego Yossarian. — To wyjaśnia, dlaczego jesteśmy na Sycylii zamiast w Neapolu. Na pewno masz już cały samolot wypchany tą cholerną ciecierzycą.

— Cśśś! — ostrzegł go Milo surowo, rzucając znaczące spojrzenie w stronę Orra. — Pamiętaj o swoim zadaniu.

Kiedy przybyli na lotnisko, aby wystartować na Maltę, komora bombowa, cały tył samolotu i prawie cała część górna z wieżyczkami strzelców były zapełnione workami ciecierzycy.

Zadanie Yossariana podczas tej wyprawy polegało na pilnowaniu, żeby Orr nie podpatrzył, gdzie Milo kupuje jajka, mimo że Orr był członkiem syndykatu Mila i podobnie jak wszyscy członkowie miał udział w zyskach. Yossarian uważał, że jego zadanie jest głupie, gdyż wszyscy wiedzieli, że Milo kupuje jajka na Malcie po siedem centów sztuka i sprzedaje je do stołówek w swoim syndykacie po pięć centów sztuka.

— Nie mam jakoś do niego zaufania — ponuro zwierzał się Milo Yossarianowi w samolocie, kiwając głową do tyłu w stronę Orra, który zwinął się w kłębek na workach ciecierzycy usiłując spać za wszelką cenę. — Wolałbym kupować jajka bez niego, żeby nie mógł podpatrywać moich sekretów handlowych. Czego jeszcze nie rozumiesz?

Yossarian siedział obok niego w fotelu drugiego pilota.

— Nie rozumiem, po co kupujesz jajka po siedem centów sztuka na Malcie i sprzedajesz je po pięć centów.

— Robię to dla zysku.

— A gdzie tu zysk? Tracisz po dwa centy na sztuce.

— Ale zarabiam po trzy i ćwierć centa na jajku sprzedając je na Malcie po cztery i ćwierć centa ludziom, od których kupuję je potem po siedem centów. Oczywiście to nie ja zarabiam. Zarabia syndykat. I wszyscy mają udział w zyskach.

Yossarianowi wydało się, że zaczyna rozumieć.

— I ludzie, którym sprzedajesz jajka po cztery i ćwierć centa za sztukę, zarabiają po dwa i trzy czwarte centa na sztuce odsprzedając ci je po siedem centów. Czy tak? Tylko dlaczego nie sprzedajesz jajek bezpośrednio sobie, eliminując pośredników?

— Bo to ja jestem tym pośrednikiem — wyjaśnił Milo. — Zarabiam po trzy i ćwierć centa na sztuce, kiedy je sobie sprzedaję, i dwa i trzy czwarte centa, kiedy je od siebie odkupię. To daje zysk sześciu centów na jajku. Kiedy je sprzedaję do stołówki po pięć centów, tracę tylko dwa centy i w ten sposób zarabiam kupując jajko po siedem centów i sprzedając je po pięć centów. Kiedy je kupuję na Sycylii prosto od kury, płacę po cencie za sztukę.

— Na Malcie — poprawił go Yossarian. — Kupujesz jajka na Malcie, nie na Sycylii.

Milo parsknął dumnie.

— Nie kupuję jajek na Malcie — wyznał z wyrazem lekkiego, skrywanego rozbawienia i był to jedyny przykład odstępstwa od trzeźwej rzeczowości, jaki Yossarian kiedykolwiek u niego zaobserwował. — Kupuję je na Sycylii po cencie sztuka i przerzucam potajemnie na Maltę po cztery i pół centa, żeby podbić cenę do siedmiu centów za sztukę, kiedy kupcy przyjadą po nie na Maltę.

— Dlaczego ludzie przyjeżdżają po jajka na Maltę, gdzie są takie drogie?

— Bo zawsze tak robili.

— Dlaczego nie jeżdżą po jajka na Sycylię?

— Bo nigdy tego nie robili.

— Teraz naprawdę nie rozumiem. Dlaczego nie sprzedajesz w takim razie swoim stołówkom jajek po siedem centów, tylko po pięć centów?

— Bo wtedy nie byłbym im potrzebny. Każdy potrafi kupić jajka, które kosztują siedem centów, po siedem centów.

— Dlaczego więc stołówki nie pominą ciebie i nie kupią jajek bezpośrednio od ciebie na Malcie po cztery i ćwierć centa?

— Bo im nie sprzedam.

— Dlaczego?

— Bo wtedy miałbym mniejsze możliwości zarobku. A tak przynajmniej zarabiam trochę jako pośrednik.

— Więc jednak masz coś z tego dla siebie — zauważył Yossarian.

— Oczywiście, że tak. Ale wszystko to idzie na rzecz syndykatu. I każdy ma udział w zyskach. Nie rozumiesz? To jest zupełnie tak jak z tymi dorodnymi pomidorami, które sprzedaję pułkownikowi Cathcartowi.

— Kupujesz — poprawił go Yossarian. — Ty nie sprzedajesz dorodnych pomidorów pułkownikowi Cathcartowi i pułkownikowi Kornowi, tylko je od nich kupujesz.

— Sprzedaję — poprawił Yossariana Milo. — Rozprowadzam pod przybranym nazwiskiem moje dorodne pomidory po targowiskach całej Pianosy, dzięki czemu pułkownik Cathcart i pułkownik Korn mogą je pod przybranymi nazwiskami kupić ode mnie po cztery centy i odsprzedać mi je następnego dnia dla syndykatu po pięć centów. W ten sposób oni zarabiają jednego centa, ja trzy i pół, i wszyscy zarabiają.

— Wszyscy z wyjątkiem syndykatu — żachnął się Yossarian. — Syndykat płaci po pięć centów za dorodne pomidory, które cię kosztują po pół centa. Gdzie tu jest zarobek dla syndykatu?

— Syndykat zarabia, kiedy ja zarabiam — wyjaśnił Milo — ponieważ wszyscy mają udział w zyskach. Poza tym syndykat zyskuje poparcie pułkownika Cathcarta i pułkownika Korna, dzięki czemu mogę organizować takie wyprawy jak dzisiejsza. Sam się przekonasz, jakie to może dawać zyski, kiedy za piętnaście minut wylądujemy w Palermo.

— Na Malcie — poprawił go Yossarian. — Lecimy teraz na Maltę, nie do Palermo.

— Nie, lecimy do Palermo — odparł Milo. — Jest tam pewien eksporter cykorii, z którym muszę się na chwilę zobaczyć w sprawie transportu nieco nadpleśniałych pieczarek do Berna.

— Milo, jak ty to robisz? — roześmiał się Yossarian ze zdumieniem i podziwem. — Zgłaszasz lot do jednej miejscowości, a lecisz do innej. Czy faceci z obsługi wież kontrolnych nigdy nie robią z tego powodu awantur?

— Wszyscy należą do syndykatu — powiedział Milo. — I wiedzą, że to, co jest dobre dla syndykatu, jest dobre dla kraju, bo to jest to, z czego Wujek Sam ma chlebek. Faceci z wieży kontrolnej też mają udział w zyskach i dlatego zawsze muszą robić dla syndykatu wszystko co w ich mocy.

— Czy ja też mam udział?

— Wszyscy mają udział.

— Orr też ma udział?

— Wszyscy mają udział.

— A Joe Głodomór? Czy on też ma udział?

— Wszyscy mają udział.

— Niech mnie diabli — zdziwił się Yossarian, po raz pierwszy wstrząśnięty do głębi ideą udziału.

Milo odwrócił się do niego z figlarnym błyskiem w oku.

— Mam bezbłędny plan oszukania rządu federalnego na sześć tysięcy dolarów. Możemy bez żadnego ryzyka zarobić po trzy tysiące na głowę. Interesuje cię to?

— Nie.

Milo spojrzał na Yossariana ze szczerym wzruszeniem.

— To mi się właśnie w tobie podoba — zawołał. — Jesteś uczciwy! Jesteś jedynym znanym mi człowiekiem, któremu naprawdę można zaufać. Dlatego chciałbym, żebyś mi trochę więcej pomagał. Byłem bardzo rozczarowany, kiedy wczoraj w Katanii uciekłeś z tymi dwiema dziwkami.

Yossarian spojrzał na Mila z niedowierzaniem.

— Milo, przecież sam mi kazałeś pójść z nimi. Nie pamiętasz?

— To nie była moja wina — odparł Milo z godnością. — Musiałem się jakoś pozbyć Orra natychmiast po przybyciu do miasta. W Palermo będzie zupełnie inaczej. W Palermo chcę, żebyście poszli z dziewczynami bezpośrednio z lotniska.

— Z jakimi dziewczynami?

— Wysłałem radiodepeszę i umówiłem się z pewnym cztero-letnim alfonsiakiem, żeby dostarczył tobie i Orrowi dwie ośmio-letnie dziewice, pół-Hiszpanki. Będzie czekał w limuzynie na lotnisku. Wsiadajcie do niej, jak tylko wyjdziecie z samolotu.

— Nic z tego — oświadczył Yossarian potrząsając głową. — Pójdę spać i tyle.

Milo aż posiniał z oburzenia i jego długi, cienki nos zadrżał spazmatycznie pomiędzy czarnymi brwiami a niezrównoważonymi pomarańczowobrązowymi wąsami jak blady, wątły płomień świecy.

— Yossarian, pamiętaj o swoim zadaniu — przypomniał uro-czyście.

— Mam gdzieś swoje zadanie — odpowiedział Yossarian obojętnie. — I syndykat też, mimo że mam w nim udział. Nie chcę żadnych ośmioletnich dziewic, nawet jeżeli są pół--Hiszpankami.

— Nie dziwię ci się. Ale te ośmioletnie dziewice tak naprawdę mają tylko po trzydzieści dwa lata. I nie są pół-Hiszpankami, tylko ćwierć-Estonkami.

— Nie chcę w ogóle żadnych dziewic.

— Prawdę mówiąc one nie są też dziewicami — przekonywał go Milo wytrwale. — Ta, którą wybrałem dla ciebie, była przez krótki czas żoną pewnego starszego nauczyciela, który sypiał z nią tylko w niedzielę, jest więc prawie nie używana.

Ale Orr też chciał spać i w rezultacie obaj towarzyszyli Milowi w drodze z lotniska do miasta, w którym stwierdzili, że znowu dla nich dwóch nie ma miejsc w hotelu i, co ważniejsze, że Milo jest burmistrzem Palermo.

Niezrozumiałe, podejrzane witanie Mila zaczęło się już na lotnisku, gdzie cywilni pracownicy rozpoznając go przerywali z szacunkiem pracę i odprowadzali go spojrzeniami pełnymi powściąganego entuzjazmu i uwielbienia. Wieść o przybyciu Mila musiała dotrzeć do miasta przed nimi, gdyż przedmieścia, przez które przejeżdżali swoją odkrytą półciężarówką, zapełnił tłum wiwatujących mieszkańców. Yossarian z Orrem, zdumieni i onie-miali, przyciskali się do Mila w poczuciu zagrożenia.

W samym mieście okrzyki powitania narastały, w miarę jak ciężarówka z coraz większym trudem torowała sobie drogę ku centrum. Zwolnione z lekcji dzieci w odświętnych ubrankach stały wzdłuż chodników powiewając chorągiewkami. Yossarian i Orr nie mogli z siebie wydobyć słowa. Ulice wypełniał radosny tłum, a nad głowami zwisały wielkie transparenty z portretami Mila.

Milo pozował do tego portretu w wypłowiałej chłopskiej bluzie z wysokim okrągłym kołnierzem, ojcowskie oblicze promieniowało wyrozumiałością, mądrością, roztropnością i siłą, gdy tak spoglądał wszechwiedząc na lud swymi nieskoordynowanymi oczami znad swoich niezdyscyplinowanych wąsów. Niedołężni inwalidzi posyłali mu całusy z okien. Sklepikarze w fartuchach wznosili ekstatyczne okrzyki stojąc w drzwiach swoich sklepików. Huczały tuby. Tu i ówdzie ktoś padał i ginął stratowany na śmierć. Zapłakane staruszki przepychały się gorączkowo do wolno jadącej ciężarówki, aby dotknąć Mila lub uścisnąć mu dłoń. Milo przyjmował hałaśliwe dowody uwielbienia z dobrotliwą łaskawością. Odwzajemniał się wszystkim kiwając wytwornie i całymi garściami hojnie rozsypywał wśród radosnych rzesz owinięte w sreberko cukierki. Szeregi dorodnych chłopców i dziewcząt podskakiwały trzymając się za ręce i skandując w zachwycie aż do ochrypnięcia: „Mi-lo! Mi-lo! Mi-lo!"

Teraz, gdy jego tajemnica wyszła na jaw, Milo pozbył się skrępowania w stosunku do Orra i Yossariana i nadął się bezgraniczną, nieśmiałą pychą, a policzki mu się zaróżowiły. Milo został wybrany burmistrzem Palermo, a także pobliskich Carini, Monreale, Bagherii, Termini Imerese, Cefali, Mistretty oraz Nikozji, ponieważ sprowadził na Sycylię whisky.

Yossarian był zdumiony.

— Czy tutejsi ludzie tak przepadają za whisky?

— Oni w ogóle nie piją whisky — wyjaśnił Milo. — Whisky jest bardzo droga, a ludzie tutaj są bardzo biedni.

— To po co sprowadzasz whisky na Sycylię, skoro nikt jej tutaj nie pije?

— Żeby podbić cenę. Sprowadzam ją tu z Malty, żeby mieć większy zysk, kiedy ją potem odsprzedaję sobie dla osób trzecich. Stworzyłem tu cały nowy przemysł. Sycylia jest teraz trzecim na świecie eksporterem szkockiej whisky i dlatego właśnie wybrano mnie burmistrzem.

— To może załatwisz nam pokój w hotelu, jak jesteś takim ważniakiem — mruknął Orr bez cienia szacunku, głosem bełkotliwym ze zmęczenia.

— Zaraz to zrobię — obiecał Milo ze skruchą. — Bardzo was przepraszam, że zapomniałem zarezerwować dla was pokoje. Chodźcie ze mną do mego biura, zaraz porozmawiam na ten temat z moim zastępcą.

Biuro Mila mieściło się w zakładzie fryzjerskim, a jego zastępcą był pulchny fryzjer, na którego służalczych wargach kordialne słowa powitania pieniły się równie obficie jak piana, którą rozrabiał w miseczce dla Mila.

— No więc, Vittorio — powiedział Milo rozpierając się wygodnie w fotelu — jak szły sprawy podczas mojej nieobecności tym razem?

— Bardzo źle, signor Milo, bardzo źle. Ale teraz, kiedy pan wrócił, ludzie są znowu szczęśliwi.

— Zastanawiałem się, skąd takie tłumy. Dlaczego w hotelach nie ma wolnego miejsca?

— To dlatego, że tyle ludzi przyjechało z innych miast, żeby pana zobaczyć, signor Milo. A także dlatego, że zjechali się kupcy na aukcję karczochów.

Dłoń Mila jak orzeł wzbiła się pionowo w górę zatrzymując pędzel Vittoria.

— Co to są karczochy? — spytał Milo.

— Karczochy, signor Milo? Karczochy to są bardzo smaczne warzywa, lubiane na całym świecie. Musi pan popróbować naszych karczochów, signor Milo. Uprawiamy najlepsze na świecie karczochy.

— Naprawdę? — powiedział Milo. — Po ile są karczochy w tym roku?

— Zapowiada się bardzo dobry rok na karczochy. Zbiory były bardzo słabe.

— Czy to prawda? — spytał Milo i już go nie było. Wyślizgnął się z fotela tak szybko, że pasiaste prześcieradło przez jakąś sekundę zachowało jeszcze jego kształt. Zanim Yossarian i Orr zdążyli dobiec do drzwi, Milo zniknął im z oczu.

— Następny — warknął zastępca Mila urzędowym tonem. — Kto z panów następny?

Yossarian i Orr opuścili zakład fryzjerski w ponurym nastroju. Porzuceni przez Mila, bezdomni, przeciskali się wśród rozbawionych tłumów w daremnym poszukiwaniu noclegu. Yossarian był wyczerpany. Głowa pękała mu z tępego, ogłupiającego bólu i denerwował go Orr, który znalazł gdzieś dwa dzikie jabłka i szedł trzymając je w ustach, dopóki Yossarian nie zobaczył tego i nie kazał mu ich wypluć. Wtedy Orr znalazł dwa kasztany i niepostrzeżenie wpchał sobie nimi policzki. Po chwili Yossarian dostrzegł to i znowu krzyknął na Orra, żeby wypluł te dzikie jabłka. Orr wyszczerzył zęby w uśmiechu i odpowiedział, że to nie są dzikie jabłka, tylko kasztany, i że ma je nie w ustach, tylko w dłoniach, ale ponieważ miał kasztany w ustach, więc Yossarian nie zrozumiał z tego ani słowa i kazał mu je mimo wszystko wypluć. W oczach Orra zamigotały błyski. Potarł mocno czoło pięścią, jak człowiek zamroczony alkoholem, i zachichotał obleśnie.

— Pamiętasz tamtą dziewczynę... — zaczął i znowu zaniósł się obleśnym chichotem. — Pamiętasz tamtą dziewczynę, która waliła mnie butem po głowie w tym mieszkaniu w Rzymie i oboje byliśmy nadzy? — spytał z chytrą nadzieją. Odczekał, aż Yossarian ostrożnie kwinął głową. — Jak pozwolisz mi włożyć kasztany z powrotem do ust, to ci opowiem, dlaczego mnie tak waliła. Zgoda?

Yossarian kwinął głową i Orr opowiedział mu całą fantastyczną historię o tym, dlaczego naga dziewczyna z pokoju dziwki Nataly'ego waliła go butem po głowie, ale Yossarian nie zrozumiał z tego ani słowa, ponieważ Orr znów miał w ustach kasztany. Yossarian roześmiał się gorzko z tej sztuczki, a ponieważ zapadł wieczór, więc w końcu zjedli podły obiad w brudnej restauracji, autostopem pojechali na lotnisko i położyli się spać na zimnej metalowej podłodze samolotu, gdzie wiercili się pojękując w udręce, dopóki w dwie godziny później nie wtargnęli do nich pierwsi kierowcy ciężarówek ze skrzynkami karczochów i nie wypędzili ich na zewnątrz na czas załadunku samolotu. Zaczął lać ulewny deszcz. Zanim ciężarówki odjechały, Yossarian i Orr przemokli do nitki, zwinęli się więc niczym dwa drżące rolmopsy pomiędzy ostrymi kantami skrzynek z karczochami, które Milo o świcie zawiózł do Neapolu i wymienił na cynamon, goździki, wanilię i pieprz, które jeszcze tego samego dnia przerzucił na Maltę, gdzie, jak się okazało, był zastępcą generalnego gubernatora. Na Malcie też nie było pokoju dla Yossariana i Orra. Milo był na Malcie panem majorem Milo Minderbinderem i miał w siedzibie generalnego gubernatora gigantyczny gabinet z olbrzymim mahoniowym biurkiem. Na wykładanej dębową boazerią ścianie, pomiędzy skrzyżowanymi flagami brytyjskimi, wisiała pełna wyrazu, przykuwająca uwagę fotografia sir majora Milo Minderbindera w mundurze Królewskich Strzelców Walijskich. Wąsy miał na zdjęciu wąskie, przycięte, podbródek rzeźbiony, oczy jak dwie włócznie. Milo otrzymał tytuł szlachecki, stopień majora Królewskich Strzelców Walijskich oraz nominację na zastępcę gubernatora generalnego Malty za to, że rozwinął tutaj handel jajkami. Obiecał łaskawie Yossarianowi i Orrowi, że pozwoli im spędzić noc na puszystym dywanie w swoim gabinecie, ale gdy tylko Milo wyszedł, zjawił się wartownik w mundurze polowym i wyprowadził ich z budynku, przystawiając im bagnet do pleców, pojechali więc ledwo żywi na lotnisko z gruboskórnym taksówkarzem, który ich oszukał, i poszli znowu spać do samolotu, wyładowanego tym razem jutowymi workami kakao i świeżo mielonej kawy, z których rozchodził się tak intensywny zapach, że obaj rzygali gwałtownie, oparci o podwozie, kiedy wczesnym rankiem szofer przywiózł Mila, który był w doskonałej formie i natychmiast wystartował do Oranu, gdzie również nie było w hotelu miejsc dla Yossariana i Orra i gdzie Milo był wiceszachem. Milo miał do swojej dyspozycji z przepychem urządzone apartamenty w łososiowo-różowym pałacu, lecz Yossarianowi i Orrowi nie pozwolono wejść z nim do środka, ponieważ byli niewiernymi chrześcijanami. Odpędzili ich od bramy olbrzymi berberyjscy gwardziści uzbrojeni w krzywe szable. Orr pociągał nosem i kichał zmożony katarem. Szerokie plecy Yossariana były przygięte bólem. Miał ochotę rozwalić Milowi łeb, ale Milo, jako wiceszach Oranu, był osobą nietykalną. Milo, jak się okazało, był nie tylko wiceszachem Oranu, lecz także kalifem Bagdadu, imamem Damaszku i szejkiem Arabii. Milo był bogiem kukurydzy, bogiem deszczu i bogiem ryżu w zacofanych regionach, gdzie ciemne i zabobonne ludy nadal oddawały cześć takim prymitywnym bogom, w głębi afrykańskich dżungli zaś, jak informował ze stosowną skromnością, można było napotkać ryte w kamieniu podobizny jego wąsatego oblicza, wznoszące się nad topornymi ołtarzami czerwonymi od ludzkiej krwi. Wszędzie, gdziekolwiek wylądowali, przyjmowano Mila z honorami i był to nieprzerwany ciąg owacji od miasta do miasta, aż wreszcie objechawszy Bliski Wschód dotarli do Kairu, gdzie Milo wykupił całą bawełnę, której nikt na świecie nie potrzebował, i z dnia na dzień stanął w obliczu ruiny. W Kairze nareszcie znalazł się pokój w hotelu dla Yossariana i Orra. Czekały tam na nich miękkie łóżka z wysokimi poduszkami i czystymi, krochmalonymi prześcieradłami. Szafy z wieszakami na ubrania. Woda, w której można się było wykąpać. Yossarian i Orr wyparzyli do czerwoności swoje cuchnące, budzące odrazę ciała w gorącej wannie, po czym poszli z Milem na koktajl z krewetek i filet mignon do doskonałej restauracji z dalekopisem podającym najświeższe wiadomości z giełdy, który właśnie wystukiwał ostatnie notowania egipskiej bawełny, gdy Milo spytał kierownika sali, co to za maszyna. Milo nawet nie marzył o istnieniu czegoś tak pięknego jak dalekopis giełdowy.

— Naprawdę? — zawołał, kiedy kierownik sali skończył wyjaśnienia. — A po ile jest teraz egipska bawełna?

Kierownik sali powiedział mu po ile i Milo kupił całoroczny zbiór.

Ale Yossarian znacznie bardziej niż kupioną przez Mila bawełną przerażony był kiśćmi zielonych czerwonych bananów, które Milo wypatrzył na targu, kiedy jechali do miasta, i jego obawy okazały się uzasadnione, gdyż Milo obudził go z głębokiego snu tuż po północy i podsunął mu pod nos częściowo obranego banana. Yossarian zdusił w sobie szloch.

— Skosztuj — zachęcał Milo napierając bananem na wykręcającą się twarz Yossariana.

— Milo, ty draniu — jęknął Yossarian — daj mi się trochę przespać.

— Zjedz i powiedz mi, czy ci smakuje — nie ustępował Milo. — I nie mów Orrowi, że ci dałem banana za darmo. Od niego wziąłem dwa piastry.

Yossarian posłusznie zjadł banana i powiedziawszy Milowi, że mu smakowało, zamknął oczy, ale Milo obudził go znowu i kazał mu się jak najszybciej ubierać, ponieważ natychmiast odlatują na Pianosę.

— Musicie z Orrem czym prędzej załadować banany do samolotu — wyjaśnił. — Facet powiedział mi, żeby uważać na pająki, które siedzą w kiściach.

— Milo, czy nie możemy zaczekać do rana? — poprosił Yossarian. — Muszę się trochę wyspać.

— Banany dojrzewają bardzo szybko — odparł Milo. — Nie mamy ani chwili do stracenia. Pomyślcie tylko, jak się ucieszą chłopcy w eskadrze, kiedy przywieziemy im te banany.

Ale chłopcy w eskadrze nawet nie oglądali tych bananów, gdyż banany najkorzystniej można było sprzedać w Stambule, natomiast kminek był najtańszy w Bejrucie, Milo więc po sprzedaniu bananów poleciał z kminkiem do Benghazi i kiedy po sześciu dniach dotarli bez tchu na Pianosę tuż przed końcem urlopu Orra, przywieźli transport najlepszych białych jajek z Sycylii, o których Milo powiedział, że są z Egiptu, i sprzedał je do swoich stołówek zaledwie po cztery centy sztuka, dzięki czemu wszyscy wyżsi oficerowie z jego syndykatu zaczęli go błagać, aby czym prędzej znowu wyprawił się do Kairu po zielone czerwone banany, żeby je sprzedać w Turcji i kupić kminek, na który jest zapotrzebowanie w Benghazi. I wszyscy mieli udział w zyskach.

23

Stary Nately'ego

Jedynym człowiekiem w eskadrze, któremu udało się zobaczyć czerwone banany Mila, był Aarfy, gdyż dostał dwie sztuki od wpływowego przyjaciela z kwatermistrzostwa, kiedy banany dojrzały i zaczęły napływać do Włoch normalnymi czarnorynkowymi kanałami. Aarfy był razem z Yossarianem w pokojach oficerskich tego wieczoru, kiedy Nately wreszcie odnalazł swoją dziwkę po wielu tygodniach bezowocnych, posępnych poszukiwań i zwabił ją znowu do swego pokoju wraz z dwiema przyjaciółkami, obiecując im po trzydzieści dolarów.

— Trzydzieści dolarów każdej? — powiedział przeciągle Aarfy podszczypując i poklepując sceptycznie po kolei trzy dorodne dziewczyny z miną zblazowanego konesera. — Trzydzieści dolarów to bardzo drogo za takie sztuki. Poza tym nigdy w życiu nie płaciłem za te rzeczy.

— Nie chcę, żebyś płacił — uspokoił go pośpiesznie Nately. — Ja zapłacę wszystkim trzem. Chcę tylko, żebyście zabrali te dwie. Pomożecie mi?

Aarfy uśmiechnął się z wyższością i pokręcił swoją okrągłą głupią głową.

— Nikt nie musi płacić za starego, poczciwego Aarfy'ego. Mogę mieć tyle tego towaru, ile zechcę i kiedy zechcę, ale teraz nie jestem w nastroju.

— Możesz przecież zapłacić wszystkim trzem i dwie odesłać — zaproponował Yossarian.

— Wtedy moja będzie zła, że tylko ona musi odpracować swoje trzydzieści dolarów — odpowiedział Nately zerkając niespokojnie na swoją dziewczynę, która niecierpliwie patrzyła na niego spode łba i mruczała coś pod nosem. — Ona mówi, że gdybym ją naprawdę lubił, tobym ją odesłał do domu, a do łóżka poszedł z jedną z tamtych.

— Mam lepszy pomysł — pochwalił się Aarfy. — Możemy przetrzymać je do godziny policyjnej i potem zagrozić, że jak nam nie oddadzą całej swojej forsy, to wyrzucimy je na ulicę i zostaną aresztowane. Możemy nawet powiedzieć, że wyrzucimy je przez okno.

— Aarfy! — zawołał przerażony Nately.

— Chciałem ci tylko pomóc — powiedział Aarfy potulnie. Aarfy zawsze pomagał Nately'emu, ponieważ Nately miał bogatego i wpływowego ojca, który bez trudu mógł pomóc Aarfy'emu po wojnie. — I co takiego? — bronił się. — W szkole zawsze tak robiliśmy. Pamiętam, jak kiedyś ściągnęliśmy dwie gęsi ze szkoły do akademika i kazaliśmy im oddawać się wszystkim chłopakom, którzy tylko chcieli, grożąc, że w przeciwnym razie zadzwonimy do ich rodziców i powiemy, co tu wyprawiają. Nie wypuszczaliśmy ich z łóżka przez przeszło dziesięć godzin. Nakładliśmy im nawet po buzi, kiedy zaczęły narzekać. Potem zabraliśmy im wszystkie moniaki i gumę do żucia i wykopaliśmy je na ulicę. Fajnie było w akademiku — wspominał pogodnie, a jego grube policzki płonęły jowialnym rumieńcem tęsknych wspomnień. — Poddawaliśmy ostracyzmowi wszystkich, nawet siebie nawzajem.

Ale Aarfy w niczym nie pomagał Nately'emu teraz, kiedy dziewczyna, do której Nately pałał tak wielką miłością, zaczęła mu nagle wymyślać z agresywnym zacietrzewieniem. Na szczęście właśnie w tym momencie wpadł Joe Głodomór i znowu wszystko byłoby dobrze, gdyby w minutę później nie wtoczył się pijany Dunbar, który natychmiast zaczął obściskiwać jedną z chichoczących dziewczyn. Teraz było ich czterech na trzy dziewczyny i cała siódemka, zostawiając Aarfy'ego w pokoju, wsiadła do konnej dorożki, która stała jak wkopana, podczas gdy dziewczyny żądały zapłaty z góry. Nately wielkopańskim gestem wręczył im dziewięćdziesiąt dolarów, pożyczywszy uprzednio dwadzieścia dolarów od Yossariana, trzydzieści pięć od Dunbara i siedemnaście od Joego Głodomora. Panienki stały się milsze i podały adres dorożkarzowi, który powiózł ich nie śpiesząc się przez pół miasta do dzielnicy, w której nigdy dotychczas nie byli, i zatrzymał się przed starym wysokim budynkiem na ciemnej ulicy. Dziewczyny zaprowadziły ich po stromych, skrzypiących drewnianych schodach do swego wspaniałego, luksusowego mieszkania, które w cudowny sposób rodziło nieskończony, obfity strumień zgrabnych młodych dziewcząt, mieszcząc ponadto złośliwego, obleśnego, wstrętnego starucha, który nieustannie irytował Nately'ego swoim zgryźliwym chichotem, oraz rozgdakaną dystyngowaną kobietę w popielatym wełnianym swetrze, która potępiała wszelkie odstępstwa od zasad moralności i robiła wszystko, aby utrzymać porządek.

To zadziwiające mieszkanie było płodnym rogiem obfitości kipiącym kobiecymi sutkami i pępkami. Początkowo w słabo oświetlonym szaroburym saloniku, z którego trzy mroczne korytarze prowadziły w różnych kierunkach ku odległym zakamarkom tego niesamowitego i wspaniałego burdelu, były tylko trzy dziewczyny, z którymi przyjechali. Zaczęły się od razu rozbierać, zatrzymując się na różnych etapach, aby z dumą zademonstrować krzykliwą bieliznę i przekomarzając się przez cały czas z rozwiązłym zasuszonym staruchem w brudnej, białej, porozpinanej koszuli i z długimi, niechlujnymi, siwymi włosami, który siedział chichocząc lubieżnie w wytartym granatowym fotelu pośrodku saloniku i powitał Nately'ego i towarzyszy z radosną, sardoniczną ceremonialnością. Potem stara kobieta wybiegła truchcikiem po dziewczynę dla Joego Głodomora, kiwając smutnie swoją wścibską głową, i wróciła z dwiema piersiastymi ślicznotkami, z których jedna była już rozebrana, druga zaś miała na sobie przezroczyste różowe majteczki, z których wyślizgnęła się siadając. Z innej strony wyskoczyły jeszcze trzy nagie dziewczyny i przysiadły, aby pogawędzić, potem jeszcze dwie. Cztery dziewczyny przeszły swobodną gromadką, pogrążone w rozmowie; trzy były boso, a czwarta balansowała niebezpiecznie w nie zapiętych srebrnych pantoflach na obcasie, które wyraźnie nie były jej własnością. Ukazała się jeszcze jedna, ubrana tylko w majteczki, i również usiadła, podnosząc w ten sposób liczbę panienek, które zebrały się w przeciągu kilku zaledwie minut, do jedenastu, przy czym wszystkie z wyjątkiem tej jednej były całkowicie nagie.

Ze wszystkich stron otaczały ich teraz nagie ciała, przeważnie pulchne, i Joe Głodomór zaczął umierać. Stał jak kołek, zesztywniały w kataleptycznym osłupieniu, patrząc na wchodzące i rozsiadające się dziewczyny. Potem nagle wrzasnął przenikliwie i rzucił się na łeb, na szyję z powrotem do swego mieszkania po aparat fotograficzny, ale zaraz wrzasnął po raz drugi i stanął jak wryty, tknięty nagle przerażającym, mrożącym krew w żyłach przeczuciem, że cały ten uroczy, niesamowicie bogaty i kolorowy pogański raj zostanie mu bezpowrotnie odebrany, jeżeli choć na sekundę spuści go z oka. Stał w progu mamrocząc niezrozumiale, a napięte ścięgna i żyły na jego twarzy i szyi pulsowały gwałtownie. Staruch obserwował go z wyrazem tryumfalnego rozbawienia, siedząc w swoim wytartym granatowym fotelu niczym jakieś sataniczne i hedonistyczne bóstwo na tronie, z kradzionym amerykańskim wojskowym kocem owiniętym wokół pajęczo chudych nóg. Roześmiał się cicho, a jego wpadnięte, przenikliwe oczka świeciły się cyniczną i lubieżną uciechą. Był podpity. Nately od pierwszej chwili poczuł gwałtowną niechęć do tego niegodziwego, zepsutego do szpiku kości i pozbawionego patriotyzmu starca, który był w tym samym wieku co jego ojciec i pozwalał sobie na lekceważące uwagi pod adresem Ameryki.

— Ameryka — mówił — przegra wojnę. A Włochy wygrają.

— Ameryka jest najsilniejszym i najbogatszym krajem na świecie — poinformował go Nately ze świętym zapałem i godnością. — A jako żołnierze Amerykanie nie ustępują nikomu.

— To prawda — zgodził się staruch i przez jego twarz przemknęło jakby urągliwe rozbawienie. — Włochy natomiast są jednym z najbiedniejszych krajów na świecie. A jako żołnierze Włosi ustępują prawdopodobnie każdemu. I właśnie dlatego mój kraj tak dobrze sobie radzi w tej wojnie, a wasz tak marnie.

Nately ryknął śmiechem, ale zaraz poczerwieniał zawstydzony swoim brakiem manier.

— Przepraszam, że się roześmiałem — powiedział szczerze — ale Włochy były okupowane przez Niemców, a teraz przez nas. Czy można to nazwać radzeniem sobie? — mówił tonem pełnej szacunku wyższości.

— Ależ oczywiście — wykrzyknął stary wesoło. — Niemców się przepędza, a my zostajemy. Za parę lat wy też stąd pójdziecie, a my zostaniemy. Widzi pan, Włochy są naprawdę bardzo biednym i słabym krajem i dlatego właśnie jesteśmy tacy silni. Włoscy żołnierze już nie giną. Giną Amerykanie i Niemcy. Czyż nie radzimy sobie znakomicie? Tak, jestem pewien, że Włochy przetrwają tę wojnę i będą istnieć długo potem, jak wasz kraj rozpadnie się w proch i w pył.

Nately nie wierzył własnym uszom. Nigdy dotąd nie słyszał takich strasznych bluźnierstw i z instynktowną logiką zastanawiał się, dlaczego nie przybywają tajniacy, żeby aresztować zdradzieckiego starucha.

— Ameryka nigdy się nie rozpadnie! — krzyknął z pasją.

— Nigdy? — spytał stary cicho.

— No, cóż... — zawahał się Nately.

Staruch roześmiał się pobłażliwie, chowając w zanadrzu głębszą, bardziej wybuchową radość. Nadal drażnił Nately'ego łagodnie.

— Rozpadł się Rzym, rozpadła się Grecja, Persja, Hiszpania. Wszystkie wielkie mocarstwa się rozpadają. Dlaczego z waszym miałoby być inaczej? Jak długo będzie istnieć wasz kraj? Wiecznie? Niech pan nie zapomina, że sama Ziemia zostanie zniszczona przez Słońce za jakieś dwadzieścia pięć milionów lat.

Nately wiercił się niepewnie.

— No, wiecznie to może za mocno powiedziane.

— Milion lat? — nalegał drwiąco stary z sadystycznym zapałem. — Pół miliona? Żaba ma prawie pięćset milionów lat. Czy może pan z całą pewnością powiedzieć, że Ameryka z całą swoją potęgą i dobrobytem, ze swoimi żołnierzami, którzy nie ustępują nikomu, i ze swoją najwyższą na świecie stopą życiową przetrwa równie długo jak... żaby?

Nately miał ochotę zmiażdżyć tę obleśną gębę. Rozejrzał się błagalnie szukając sojuszników do obrony przyszłości kraju przed brudnymi kalumniami tego szczwanego grzesznego oszczercy. Czekało go jednak rozczarowanie. Yossarian i Dunbar w dalekim rogu rzucili się orgiastycznie na cztery czy pięć figlarnych panienek i sześć butelek czerwonego wina, Joe Głodomór zaś dawno już znikł w jednym z tajemniczych korytarzy, popychając przed sobą jak żarłoczny despota tyle najrozłożystszych młodych prostytutek, ile potrafił zagarnąć w swoje wątłe ramiona, by wepchnąć do jednego podwójnego łoża.

Nately poczuł się zawstydzony i zbity z tropu. Jego dziewczyna rozłożyła się bez wdzięku na miękkiej kanapie z wyrazem leniwego znudzenia. Nately'ego onieśmielała jej apatyczna obojętność, ten sam senny i bezwładny spokój, który tak żywo, tak mile i tak boleśnie zapamiętał z czasu ich pierwszego spotkania, kiedy go ignorowała podczas gry w oko w pokojach szeregowców. Jej otwarte usta miały kształt litery O i tylko Bóg jedyny wiedział, na co jej szkliste i mgliste oczy patrzyły z taką cielęcą apatią. Staruch czekał spokojnie, przypatrując się Nately'emu z pełnym zrozumienia uśmiechem, w którym była pogarda i współczucie zarazem. Gibka, kształtna blondynka o pięknych nogach i skórze koloru miodu ułożyła się rozkosznie na poręczy fotela starucha, pieszcząc kokieteryjnie jego kanciastą, trupio bladą twarz. Nately zesztywniał z obrzydzenia i oburzenia na widok tej starczej lubieżności. Odwrócił się załamany, zastanawiając się, dlaczego po prostu nie idzie ze swoją dziewczyną do łóżka.

Ten podły, sępi, szatański starzec przypominał Nately'emu ojca, ponieważ stanowił jego całkowite przeciwieństwo. Ojciec Nately'ego był elegancko ubranym, siwowłosym dżentelmenem o nienagannych manierach; ten staruch był nieokrzesanym lumpem. Ojciec Nately'ego był człowiekiem trzeźwo myślącym, rozważnym filozofem; staruch był lekkomyślnym rozpustnikiem. Ojciec Nately'ego był człowiekiem dyskretnym i kulturalnym; staruch był pospolitym gburem. Ojciec Nately'ego wierzył w honor i miał na wszystko odpowiedź; ten staruch nie wierzył w nic i umiał tylko zadawać pytania. Ojciec Nately'ego miał dystyngowane siwe wąsy; staruch w ogóle nie miał wąsów. Ojciec Nately'ego — podobnie jak ojcowie wszystkich jego znajomych — był człowiekiem dostojnym, mądrym i godnym szacunku; ten staruch był w najwyższym stopniu odpychający i Nately znowu rzucił się w wir dyskusji, zdecydowany odeprzeć podstępną logikę i insynuacje starego w tak błyskotliwy sposób, aby zwrócić uwagę znudzonej, flegmatycznej dziewczyny, w której się tak bez pamięci zakochał, i zyskać sobie jej podziw na zawsze.

— Szczerze mówiąc, nie wiem, jak długo będzie istnieć Ameryka — kontynuował nieustraszenie. — Zgadzam się, że nie możemy trwać wiecznie, skoro sam świat ma ulec kiedyś zagładzie. Ale wiem na pewno, że będziemy istnieć i odnosić tryumfy jeszcze bardzo, bardzo długo.

— Jak długo? — drażnił go stary bluźnierca z błyskiem złośliwej radości w oku. — Krócej niż żaby?

— Znacznie dłużej niż pan i ja — wypalił niezbyt zręcznie Nately.

— Tylko tyle? To niewiele, jeżeli uwzględnić pańską odwagę i naiwność oraz mój bardzo podeszły wiek.

— Ile ma pan lat? — spytał Nately, mimo woli coraz bardziej zaintrygowany i urzeczony staruchem.

— Sto siedem — roześmiał się stary serdecznie na widok obrażonej miny Nately'ego. — Widzę, że w to pan również nie wierzy.

— Nie wierzę ani jednemu pańskiemu słowu. — Nately złagodził swoją wypowiedź nieśmiałym uśmiechem. — Wierzę tylko w to, że Ameryka wygra wojnę.

— Przywiązuje pan zbyt dużą wagę do wygrywania wojen — szydził niechlujny, niegodziwy staruch. — Prawdziwa sztuka polega na przegrywaniu wojen i na tym, żeby wiedzieć, które wojny można przegrywać. Włochy od stuleci przegrywają wojny i niech pan popatrzy, jak dobrze na tym wychodzą. Francja wygrywa wojny i znajduje się w stanie ciągłego kryzysu. Niemcy przegrywają i kwitną. Niech pan spojrzy na naszą historię ostatnich lat. Włochy wygrały w Abisynii i natychmiast wpadły w poważne tarapaty. Zwycięstwo zrodziło w nas taką manię wielkości, że pomogliśmy rozpętać wojnę światową, której nie mieliśmy szansy wygrać. Teraz jednak, kiedy znowu przegrywamy, wszystko idzie ku lepszemu i jeżeli tylko uda nam się ponieść klęskę, na pewno znowu będziemy górą.

Nately wpatrywał się w starego z osłupieniem.

— Naprawdę nie rozumiem pana — powiedział. — Mówi pan jak szaleniec.

— Ale za to zachowuję się jak człowiek normalny. Byłem faszystą, kiedy rządził Mussolini, i jestem antyfaszystą, odkąd go obalono. Byłem fanatycznie proniemiecki, kiedy przyszli tu Niemcy, żeby nas bronić przed Amerykanami, a teraz, kiedy przyszli Amerykanie, żeby nas bronić przed Niemcami, jestem fanatycznie proamerykański. Mogę pana zapewnić, mój oburzony przyjacielu — mądre, pogardliwe oczy starego zapłonęły jeszcze żywiej, a coraz bardziej przestraszony Nately nie mógł wydobyć z siebie słowa — że pan i pański kraj nie znajdą we Włoszech bardziej oddanego zwolennika ode mnie, ale tylko tak długo, jak długo pozostaniecie we Włoszech.

— Ależ pan jest dwulicowcem! — zawołał Nately z niedowierzaniem. — Chorągiewką na dachu! Bezwstydnym, pozbawionym skrupułów oportunistą!

— Mam sto siedem lat — przypomniał mu stary łagodnie.

— Czy nie ma pan żadnych zasad?

— Oczywiście, że nie.

— Żadnej moralności?

— Ależ ja jestem człowiekiem bardzo moralnym — zapewnił go stary łajdak z żartobliwą powagą, gładząc nagie biodro rozłożonej kusząco na drugiej poręczy fotela kształtnej czarnulki ze ślicznymi dołeczkami w buzi. Uśmiechnął się do Nately'ego sarkastycznie, siedząc między dwiema nagimi dziewczynami i obejmując je władczym gestem w aurze samozadowolenia i wyświechtanego splendoru.

— Nie mogę w to uwierzyć — powiedział Nately z urazą, starając się uparcie widzieć starego w oderwaniu od dziewczyn. — Po prostu nie mogę w to uwierzyć.

— Jest to najszczersza prawda. Kiedy Niemcy wkraczali do miasta, tańczyłem na ulicach jak młodziutka balerina i o mało nie zerwałem sobie płuc wykrzykując: Heil Hitler! Powiewałem nawet małą hitlerowską chorągiewką, którą wyrwałem ślicznej małej dziewczynce, kiedy jej matka odwróciła się na chwilę. Gdy Niemcy opuścili miasto, pośpieszyłem witać Amerykanów z butelką doskonałego koniaku i koszykiem kwiatów. Koniak był oczywiście dla mnie, a kwiaty dla naszych wyzwolicieli. W pierwszym samochodzie jechał bardzo sztywny, nadęty stary major i trafiłem go prosto w oko czerwoną różą. Wspaniały rzut! Trzeba było widzieć, jak podskoczył.

Nately jęknął i zerwał się zdumiony na równe nogi, czując, że krew odpływa mu z twarzy.

— Major... de Coverley! — krzyknął.

— Zna go pan? — spytał stary uradowany. — Co za czarujący zbieg okoliczności!

Nately był tak oszołomiony, że go nie słyszał.

— Więc to pan zranił majora... de Coverley! — zawołał przerażony i oburzony. — Jak pan mógł zrobić coś podobnego?

Piekielny staruch zachował niezmącony spokój.

— Jak mogłem tego nie zrobić, chciał pan spytać. Trzeba było zobaczyć tego zarozumiałego starego nudziarza, jak siedział w aucie godnie niczym sam Wszechmogący, z tą swoją wielką, surową głową i głupią, uroczystą miną. Niezwykle kuszący cel! Trafiłem go w oko różą American Beauty. Uznałem, że będzie najodpowiedniejsza. Nie sądzi pan?

— To było okropne, co pan zrobił! — krzyknął Nately z wyrzutem. — To wstrętny, zbrodniczy postępek! Major... de Coverley jest oficerem naszej eskadry!

— Naprawdę? — droczył się z nim niepoprawny staruch szczypiąc swój ostry podbródek z udaną skruchą. — W takim razie musi mi pan przyznać, że jestem bezstronny. Kiedy wjeżdżali Niemcy, omal nie zasztyletowałem młodego, krzepkiego oberleutnanta gałązką szarotki.

Nately był przerażony i oszołomiony niezdolnością wstrętnego starucha do zrozumienia bezmiaru swego przestępstwa.

— Czy nie zdaje pan sobie sprawy z tego, co pan zrobił? — beształ go gwałtownie. — Major... de Coverley jest cudownym, szlachetnym człowiekiem i wszyscy go uwielbiają.

— Jest śmiesznym starym głupcem i nie ma prawa zachowywać się jak śmieszny młody głupiec. Co się z nim dzieje teraz? Nie żyje?

— Nikt nie wie. Gdzieś zniknął — odpowiedział Nately cicho, z nabożnym lękiem.

— A widzi pan? Do czego to podobne, żeby człowiek w jego wieku narażał tę resztkę życia, jaka mu pozostała, dla czegoś tak absurdalnego jak ojczyzna.

Nately natychmiast znów był gotów do walki.

— Narażanie życia dla ojczyzny nie jest absurdem — oświadczył.

— Naprawdę? — spytał stary. — A co to jest ojczyzna? Ojczyzna jest to kawałek ziemi otoczony ze wszystkich stron granicami, zazwyczaj nienaturalnymi. Anglicy umierają za Anglię, Amerykanie za Amerykę, Niemcy za Niemcy, Rosjanie za Rosję. W tej wojnie bierze teraz udział pięćdziesiąt czy sześćdziesiąt krajów. To chyba niemożliwe, żeby było aż tyle krajów, za które warto umierać?

— Jeżeli dla czegoś warto żyć, to warto za to i umrzeć — powiedział Nately.

— A jeżeli za coś warto umrzeć, to tym bardziej warto dla tego żyć — odpowiedział stary bluźnierca. — Wie pan, jest pan tak czystym i naiwnym młodzieńcem, że prawie mi pana żal. Ile pan ma lat? Dwadzieścia pięć? Dwadzieścia sześć?

— Dziewiętnaście — odpowiedział Nately. — W styczniu skończę dwadzieścia.

— Jak pan doczeka.

Stary potrząsnął głową, przybierając na chwilę ten sam wrażliwy, zamyślony wyraz twarzy co rozdrażniona, zrzędna, stara kobieta.

— Zabiją pana, jak pan nie będzie uważać, a widzę, że pan nie będzie. Dlaczego nie pójdzie pan po rozum do głowy i nie spróbuje postępować tak jak ja? Może pan też by dożył stu siedmiu lat.

— Lepiej umrzeć stojąc, niż żyć na kolanach — zadeklamował Nately wyniośle i tryumfalnie. — Myślę, że słyszał pan to powiedzenie.

— Oczywiście — uśmiechnął się znowu przewrotny starzec. — Ale obawiam się, że pan coś pomylił. Lepiej jest żyć stojąc, niż umrzeć na kolanach. Tak brzmi to powiedzenie.

— Czy jest pan pewien? — spytał Nately nagle zbity z tropu. — Chyba w mojej wersji to ma więcej sensu.

— Nie, w mojej. Może pan spytać swoich kolegów.

Nately odwrócił się, żeby spytać kolegów, i stwierdził, że ich nie ma. Yossarian i Dunbar znikli. Stary zaniósł się pogardliwym śmiechem na widok zażenowania i zdziwienia Nately'ego, któremu twarz pociemniała ze wstydu. Zastanawiał się przez kilka sekund nie wiedząc, co począć, a potem odwrócił się na pięcie i rzucił w głąb najbliższego korytarza na poszukiwanie Yossariana i Dunbara, w nadziei że przyjdą mu z pomocą poruszeni wiadomością o niezwykłym starciu pomiędzy staruchem a majorem... de Coverley. Wszystkie drzwi w korytarzach były pozamykane. Spod żadnych nie padało światło. Było już bardzo późno. Nately zgnębiony zrezygnował z dalszych poszukiwań. Uświadomił sobie, że nie pozostało mu nic innego, jak zabrać swoją ukochaną do łóżka, pieścić ją delikatnie i czule, a potem snuć wspólne plany na przyszłość; ale kiedy wrócił po nią do saloniku, okazało się, że ona też już poszła spać i jedyne, co mu pozostało, to podjąć beznadziejną dyskusję z plugawym starcem, który zresztą też wstał z fotela i z błazeńską uprzejmością przeprosił, mówiąc, że musi udać się na spoczynek, pozostawiając Nately'ego z dwiema sennymi dziewczynami, które nie umiały mu powiedzieć, gdzie jest jego ukochana, i poczłapały do łóżka po kilku bezskutecznych próbach zwrócenia na siebie jego uwagi. Zasnął sam w saloniku na krótkiej, zdezelowanej kanapie.

Nately był wrażliwym, bogatym, przystojnym chłopcem; miał ciemne włosy, ufne spojrzenie i zdrętwiały kark, kiedy wczesnym rankiem obudził się na kanapie, zastanawiając się półprzytomnie, gdzie jest. Z natury był niezmiennie uprzejmy i łagodny. Przeżył prawie dwadzieścia lat bez żadnych wstrząsów, napięć, nienawiści i nerwic, co dla Yossariana było najlepszym dowodem nienormalności. Jego dzieciństwo było przyjemne, choć zdyscyplinowane. Żył w zgodzie z braćmi i siostrami i nie pałał nienawiścią do ojca ani do matki, mimo że oboje byli dla niego bardzo dobrzy.

Nately został wychowany w pogardzie dla ludzi takich jak Aarfy, których jego matka nazywała karierowiczami, i takich jak Milo, o których jego ojciec mówił, że rozpychają się łokciami, ale nie nauczono go, jak nimi pogardzać, ponieważ nigdy nie miał okazji stykać się z takimi ludźmi. Jak daleko sięgał pamięcią, jego domy w Filadelfii, Nowym Jorku, Maine, Palm Beach, Southampton, Londynie, Deauville, Paryżu i na południu Francji zapełniały damy i dżentelmeni, wśród których nie było karierowiczów ani rozpychających się łokciami. Matka Nately'ego, pochodząca z nowoangielskich Thorntonów, była Córką Rewolucji Amerykańskiej. Ojciec Nately'ego był Skurwysynem.

— Zapamiętaj sobie — przypominała mu często matka — że nazywasz się Nately. Nie jakiś tam Vanderbilt, który zawdzięcza fortunę pospolitemu kapitanowi holownika, ani Rockefeller, którego bogactwo jest wynikiem bezwzględnych spekulacji ropą naftową, ani Reynolds czy Duke, którzy dorobili się na sprzedaży nieświadomym nabywcom produktów skażonych składnikami rakotwórczymi, i na pewno nie Astor, którego rodzina, o ile się nie mylę, do dzisiaj wynajmuje pokoje. Ty jesteś Nately, a nasza rodzina nigdy nic nie robiła, aby zdobyć pieniądze.

— Twojej matce chodzi o to, synu — wtrącił łagodnie ojciec, z właściwym sobie darem zgrabnego i zwięzłego wyjaśniania, który Nately tak podziwiał — że stare bogactwo jest lepsze niż nowe bogactwo i że ludzie, którzy niedawno się wzbogacili, zasługują na znacznie mniejszy szacunek niż ci, którzy niedawno zubożeli. Czy tak, kochanie?

Ojciec Nately'ego sypał nieustannie podobnie mądrymi i wymyślnymi radami. Był gorący i ostry niczym grzane wino i Nately bardzo go lubił, mimo że nie przepadał za grzanym winem. Kiedy wybuchła wojna, rodzina postanowiła, że Nately zgłosi się do wojska, gdyż był za młody, aby go umieścić w dyplomacji, a ojciec Nately'ego miał wiadomości z najlepszych źródeł, że w ciągu kilku tygodni, a najdalej miesięcy, Rosja padnie, a wtedy Hitler, Churchill, Roosevelt, Mussolini, Gandhi, Franco, Peron i cesarz Japonii podpiszą traktat pokojowy i wszyscy będą żyli długo i szczęśliwie. To był pomysł ojca, żeby Nately wstąpił do lotnictwa, gdzie będzie bezpiecznie przechodzić szkolenie i jako oficer będzie miał do czynienia wyłącznie z dżentelmenami, a przez ten czas Rosjanie skapitulują i zostaną ustalone szczegóły zawieszenia broni.

Tymczasem Nately znajdował się w towarzystwie Yossariana, Dunbara i Joego Głodomora w rzymskim burdelu, zakochany boleśnie w obojętnej dziwce, z którą wreszcie przespał się rano po nocy spędzonej samotnie w saloniku, ale prawie natychmiast przerwała mu jej niepoprawna młodsza siostra, która wpadła bez pukania i zazdrośnie wskoczyła do łóżka, chcąc wziąć udział w zabawie. Dziwka Nately'ego zerwała się z gniewnym warknięciem, trzepnęła ją i za włosy wyciągnęła z łóżka. Dwunastoletnia dziewczynka przypominała Nately'emu oskubanego kurczaka albo odarte z kory młode drzewko: usiłując przedwcześnie naśladować starszych, wprawiała wszystkich w zakłopotanie swoją dziecinną figurą i stale wypędzano ją, żeby się ubrała i poszła na podwórko bawić się z innymi dziećmi. Siostry wymyślały sobie i pluły na siebie z wściekłością, podnosząc tak ogłuszający hałas, że wkrótce do pokoju zwalił się cały tłum rozbawionych gapiów. Nately rozgoryczony zrezygnował. Kazał się ubrać swojej dziewczynie i wziął ją na śniadanie. Młodsza siostra nie odstępowała ich ani na krok i Nately czuł się jak dumny ojciec rodziny, kiedy siedzieli godnie we trójkę w kawiarni pod gołym niebem. Ale dziwka Nately'ego była już znudzona, kiedy wrócili, i wolała pójść na ulicę z dwiema innymi dziewczynami, niż przebywać dłużej w jego towarzystwie. Nately z młodszą siostrą szli za nią pokornie w odległości kilkunastu jardów; ambitny podlotek gromadził cenne wskazówki na przyszłość, Nately zaś zagryzał się z rozpaczy i oboje posmutnieli, kiedy dziewczyny zostały zaczepione przez żołnierzy i odjechały z nimi sztabowym autem.

Nately wrócił do kawiarni i zafundował młodszej siostrze swojej dziewczyny lody czekoladowe, co poprawiło jej humor, i wrócił z nią do mieszkania, gdzie Yossarian i Dunbar siedzieli wyczerpani w saloniku wraz z ledwie żywym Joem Głodomorem, któremu nie schodził z twarzy zachwycony, zastygły, tryumfalny uśmiech, z jakim wytoczył się ze swego imponującego haremu, niczym człowiek z połamanymi gnatami. Obleśny stary zwyrodnialec z zachwytem patrzył na spękane wargi i podkrążone oczy Joego Głodomora. Powitał też serdecznie Nately'ego, mając na sobie to samo wymięte ubranie co poprzedniego wieczoru. Nately był głęboko poruszony jego niechlujnym, haniebnym wyglądem i ilekroć odwiedzał to mieszkanie, pragnął gorąco, aby ten zepsuty do szpiku kości, niemoralny staruch włożył czystą koszulę od Braci Brooks i tweedową marynarkę, ogolił się, uczesał i zapuścił wytworny siwy wąs, oszczędzając Nately'emu ukłucia wstydu za każdym razem, kiedy na niego spojrzał i przypomniał sobie ojca.

24

Milo

Kwiecień był najlepszym miesiącem dla Mila. W kwietniu kwitły bzy i dojrzewały winogrona. Serca biły szybciej i ożywały dawne apetyty.

Wiosną gołąb rozpościera bardziej lśniące skrzydła swe, wiosną młodzian ku miłości swą się całą duszą rwie. Kwiecień to wiosna i wiosną Milo Minderbinder całą duszą rwał się ku mandarynkom.

— Mandarynki?

— Tak jest, panie pułkowniku.

— Moi żołnierze powitaliby z radością mandarynki — przyznał pułkownik dowodzący czterema eskadrami B-26 na Sardynii.

— Będzie tyle mandarynek, ile tylko potrafią zjeść i na ile starczy panu pieniędzy w kasie.

— A melony?

— W Damaszku są za pół darmo.

— Melony to moja słabość. Zawsze miałem słabość do melonów.

— Niech mi pan odda do dyspozycji po jednym samolocie z każdej eskadry, tylko po jednym samolocie, i będzie pan miał tyle melonów, ile dusza zapragnie i na ile starczy panu pieniędzy.

— Kupujemy od syndykatu?

— I każdy ma udział w zyskach.

— To zadziwiające, naprawdę zadziwiające. Jak wy to robicie?

— O wszystkim decyduje skala transakcji. Weźmy na przykład panierowane kotlety cielęce.

— Nie jestem zbyt wielkim miłośnikiem panierowanych kotletów cielęcych — mruknął sceptycznie dowódca B-25 na północnej Korsyce.

— Panierowane kotlety cielęce są bardzo pożywne — napomniał go Milo surowo. — Zawierają żółtko jajek i tartą bułkę. Podobnie kotlety baranie.

— O, kotlety baranie — powtórzył dowódca B-25. — Dobre kotlety baranie?

— Najlepsze, jakie czarny rynek może zaoferować.

— Jagnięce?

— W najśliczniejszych różowych papierowych majteczkach. W Portugalii kosztują grosze.

— Nie mogę wysłać samolotu do Portugalii. Nie mam do tego uprawnień.

— Ja to zrobię, jak mi pan go odda do dyspozycji. Razem z pilotem. I niech pan nie zapomina: odzyska pan generała Dreedle.

— Będzie znowu jadać w mojej stołówce?

— Jak smok, skoro tylko zacznie mu pan serwować jajecznicę z moich świeżutkich jajek smażoną na moim śmietankowym maśle. Będą też mandarynki, melony, miód spadziowy, filety z soli dowerskiej, deser Alaska oraz ostrygi i ślimaki.

— I wszyscy mają udział w zyskach?

— To jest właśnie najpiękniejsze — odpowiedział Milo.

— Coś mi się to nie podoba — burknął nieżyciowy dowódca myśliwców, któremu nie podobał się również sam Milo.

— Pewien nieżyciowy dowódca myśliwców na północy stale mi bruździ — poskarżył się Milo generałowi Dreedle. — Wystarczy jeden człowiek, żeby wszystko zrujnować, a wtedy koniec ze świeżymi jajeczkami smażonymi na śmietankowym maśle.

Generał Dreedle przeniósł nieżyciowego dowódcę myśliwców na Wyspy Salomona do kopania grobów, wyznaczając na jego miejsce zgrzybiałego pułkownika z zapaleniem stawów i słabością do chińskich orzechów, który przedstawił Mila generałowi od bombowców B-17, mającemu słabość do polskiej kiełbasy.

— Polska kiełbasa jest tania jak barszcz w Krakowie — poinformował go Milo.

— Ach, polska kiełbasa — westchnął tęsknie generał. — Wiecie, że oddałbym wszystko za kawał polskiej kiełbasy. Wszystko.

— Nie musi pan oddawać wszystkiego. Niech mi pan odda do dyspozycji po jednym samolocie na każdą stołówkę, z pilotami, którzy będą wykonywać moje polecenia. Oraz niewielki zadatek a konto zamówienia, jako dowód zaufania.

— Ale Kraków leży o setki mil za linią frontu. Jak się dostaniecie do tej kiełbasy?

— W Genewie jest międzynarodowa giełda na polską kiełbasę.

Zawiozę po prostu do Szwajcarii fistaszki i wymienię je na polską kiełbasę po cenach rynkowych. Oni przerzucą fistaszki do Krakowa, a ja przywiozę panu polską kiełbasę. Za pośrednictwem syndykatu kupi pan tyle kiełbasy, ile pan zechce. Będą też mandarynki, z lekka tylko sztucznie barwione, i jajka z Malty, i whisky z Sycylii. Kupując od syndykatu będzie pan płacił samemu sobie, ponieważ ma pan udział w zyskach, więc tak naprawdę będzie pan dostawał wszystko, co pan kupuje, za darmo. Co pan o tym sądzi?

— Czysty geniusz. Jak, u licha, wymyśliliście to wszystko?

— Nazywam się Milo Minderbinder. Mam dwadzieścia siedem lat.

Samoloty Mila Minderbindera przylatywały ze wszystkich stron. Myśliwce, bombowce i transportowce bez przerwy lądowały na lotnisku pułkownika Cathcarta, pilotowane przez ludzi posłusznie wykonujących polecenia. Samoloty były ozdobione skomplikowanymi emblematami różnych eskadr, przedstawiającymi tak pozytywne wartości, jak Odwaga, Potęga, Sprawiedliwość, Prawda, Wolność, Miłość, Honor i Ojczyzna. Milo kazał swoim mechanikom zamalować je podwójną warstwą białej farby i zastąpić jaskrawo purpurowym napisem „M i M" Spółka Akcyjna, Świeże Owoce i Towary. Litery „M i M" oznaczały Milo Minderbinder, „i" zaś zostało wstawione, jak szczerze przyznawał Milo, aby wyeliminować jakiekolwiek podejrzenia, że syndykat jest przedsięwzięciem jednoosobowym. Samoloty Mila przybywały z lotnisk we Włoszech, Afryce Północnej i Anglii, a także z baz transportu lotniczego w Liberii, Kairze, Karaczi i na Wyspie Wniebowstąpienia. Samoloty myśliwskie wymieniano na dodatkowe transportowce lub zatrzymywano do wypadków nagłych i przerzucania niewielkich przesyłek, ciężarówki i czołgi uzyskane od wojsk lądowych przewoziły towary na krótkie odległości. Wszyscy mieli udział w zyskach, tyli i poruszali się ociężale z wykałaczkami sterczącymi spomiędzy ociekających tłuszczem warg. Milo osobiście nadzorował całość rozrastających się operacji. Ciągłe zaaferowanie wycisnęło na jego zatroskanym obliczu głębokie zmarszczki koloru futra wydry, nadając mu udręczony wyraz wyrachowania i podejrzliwości. Wszyscy z wyjątkiem Yossariana uważali Mila za wariata, po pierwsze dlatego, że zgłosił się dobrowolnie na oficera żywnościowego, a po drugie dlatego, że traktował swoje obowiązki tak poważnie. Yossarian również uważał Mila za wariata, ale wiedział, że oprócz tego Milo jest geniuszem.

Pewnego dnia Milo poleciał do Anglii po ładunek tureckiej chałwy i wrócił z Madagaskaru, prowadząc cztery niemieckie bombowce pełne batatów, chińskiej kapusty, gorczycy i czarnej fasoli. Milo zaniemówił, gdy wysiadłszy z samolotu zobaczył oddział uzbrojonych żandarmów, którzy przybyli, aby zaaresztować niemieckich pilotów i skonfiskować ich samoloty. Skonfiskować! Samo słowo było dla niego tabu, biegał więc tam i z powrotem ogromnie wzburzony, potrząsając oskarżycielsko palcem przed zawstydzonymi twarzami pułkownika Cathcarta, pułkownika Korna oraz nieszczęsnego dowódcy żandarmów, okrytego bliznami kapitana z pistoletem automatycznym.

— Czy jesteśmy w Rosji? — rzucał się na nich Milo wrzeszcząc co sił w płucach. — Konfiskować? — powtarzał, jakby nie mógł uwierzyć własnym uszom. — Odkąd to rząd amerykański konfiskuje prywatną własność swoich obywateli? Hańba! To wstyd, że tak okropna myśl w ogóle przyszła wam do głowy.

— Ależ, Milo — przerwał mu nieśmiało major Danby — jesteśmy w stanie wojny z Niemcami, a to są niemieckie samoloty.

— Nic podobnego! — zaprotestował wściekle Milo. — Te samoloty należą do syndykatu, w którym wszyscy jesteśmy udziałowcami. Konfiskować? Ciekawe, jak możecie skonfiskować swoją prywatną własność? Konfiskować, też mi coś! W życiu nie słyszałem czegoś równie zwyrodniałego.

I rzeczywiście Milo miał rację, gdyż na oczach wszystkich jego mechanicy zamalowali niemieckie krzyże na skrzydłach, sterach i kadłubach podwójną warstwą białej farby, zastępując je napisem „M i M" Spółka Akcyjna, Świeże Owoce i Towary. W jednej chwili Milo przekształcił swój syndykat w kartel międzynarodowy.

Flotylla transportowców Mila zapełniała powietrze. Samoloty ciągnęły nieprzerwanie z Norwegii, Danii, Francji, Niemiec, Austrii, Włoch, Jugosławii, Rumunii, Bułgarii, Szwecji, Finlandii, Polski — z całej Europy z wyjątkiem Rosji, z którą Milo nie chciał robić żadnych interesów. Kiedy już wszyscy byli członkami spółki akcyjnej „M i M", Świeże Owoce i Towary, Milo założył własną filię Firma „M i M", Galanteria Cukiernicza, uzyskując więcej samolotów i więcej pieniędzy z kas pułkowych na bułeczki z Wysp Brytyjskich, placek ze śliwkami i sernik z Kopenhagi, eklery, ptysie, napoleonki i ptifurki z Paryża, Reims i Grenoble, na Kugelhopf, pumpernikiel i Pfefferkuchen z Berlina, na Linzer i Dobos Torten z Wiednia, strucel z Budapesztu i bakławę z Ankary. Każdego ranka Milo wysyłał nad całą Europę i Afrykę Północną samoloty ciągnące długie czerwone transparenty, które wielkimi, kwadratowymi literami reklamowały specjalność dnia: Polędwica Ekstra, 79 c... Karmazyn 21 c. Zwiększył też dochody syndykatu przyjmując zlecenia reklamowe od innych firm. Z poczucia obywatelskiego obowiązku Milo regularnie udostępniał bezpłatnie pewną liczbę transparentów generałowi Peckemowi dla upowszechniania w interesie społeczeństwa takich haseł, jak Czystość to Zdrowie, Śpiesz się Powoli i Wspólna Modlitwa Ostoją Rodziny. Milo z kolei, aby utrzymać ruch w interesie, nadawał swoje reklamy w codziennych propagandowych audycjach radia Berlin w języku angielskim, prowadzonych przez słynnego lorda Hau-Hau i Sally „Osiówę". Handel kwitł na wszystkich frontach.

Wszyscy przywykli do widoku samolotów Mila. Miały one wszędzie prawo przelotu i pewnego dnia Milo zawarł z amerykańskimi władzami wojskowymi umowę na zbombardowanie bronionego przez Niemców wiaduktu w Orvieto, a z niemieckimi władzami wojskowymi na obronę tego samego mostu przed swoimi własnymi atakami z powietrza. Jego honorarium za atak na most dla Ameryki opiewało na całkowity zwrot kosztów operacji plus sześć procent, a jego umowa z Niemcami na obronę mostu opierała się na tej samej zasadzie zwrotu kosztów plus sześć procent, uzupełnionej dodatkową premią tysiąca dolarów za każdy strącony samolot amerykański. Zawarcie tych transakcji, jak podkreślał Milo, stanowiło wielkie zwycięstwo inicjatywy prywatnej, ponieważ armie obu krajów reprezentowały sektor uspołeczniony. Z chwilą gdy umowy zostały podpisane, wykorzystywanie zasobów syndykatu do bombardowania i obrony mostu traciło sens, jako że oba rządy miały na miejscu dość ludzi i sprzętu do wykonania obu zadań i chętnie z nich korzystały, tak że w końcu Milo zgarnął fantastyczny zysk z obu połówek kontraktu nie robiąc nic poza dwukrotnym złożeniem podpisu.

Warunki kontraktu były jednakowo korzystne dla obu stron. Samoloty Mila miały wszędzie wolny dostęp, mogły więc przeprowadzić niespodziewany atak, zaskakując niemiecką artylerię przeciwlotniczą; jednocześnie wiedząc o ataku, Milo mógł zawczasu uprzedzić niemiecką artylerię przeciwlotniczą, dzięki czemu mogła otworzyć ogień, gdy tylko samoloty znajdą się w jej zasięgu. Było to idealne rozwiązanie dla wszystkich, z wyjątkiem nieboszczyka z namiotu Yossariana, który został zabity nad celem w dniu swojego przybycia do jednostki.

— Ja go nie zabiłem! — powtarzał Milo z pasją w odpowiedzi na gniewne oskarżenie Yossariana. — Mówię ci, że mnie tam nawet tego dnia nie było. Czy myślisz, że siedziałem tam przy działku i strzelałem, kiedy samoloty nadleciały?

— Ale przecież to ty wszystko zorganizowałeś! — krzyknął Yossarian w aksamitnych ciemnościach, otulających ścieżkę prowadzącą wzdłuż parkingu do letniego kina.

— Nic nie organizowałem — odparł Milo z oburzeniem, w podnieceniu sapiąc potężnie swoim gwiżdżącym, bladym, rozedrganym nosem. — Niemcy trzymają most, mieliśmy go zbombardować i tak. Ja tylko dostrzegłem cudowną okazję do zarobienia paru dolarów i skorzystałem z niej. Co w tym strasznego?

— Co w tym strasznego? Milo, w tej akcji zginął człowiek z mojego namiotu, który nawet nie zdążył rozpakować swoich rzeczy.

— Ale ja go nie zabiłem.

— Wziąłeś za to tysiąc dolarów premii.

— Ale go nie zabiłem. Powtarzam ci, że mnie tam nawet nie było. Byłem w Barcelonie, gdzie kupowałem oliwę z oliwek i sardynki bez ości, co mogę udowodnić fakturami. I wcale nie wziąłem tysiąca dolarów. Ten tysiąc dolarów poszedł do kasy syndykatu, w którym wszyscy mają udział, z tobą włącznie — przemawiał Milo do Yossariana z głębi serca. — Posłuchaj, Yossarian, to nie ja rozpętałem wojnę wbrew temu, co mówi ten parszywiec Wintergreen. Ja tylko usiłuję oprzeć ją na zasadach handlowych. Czy to coś złego? Zresztą tysiąc dolarów to nie jest zła cena za bombowiec średniego zasięgu wraz z załogą. Jeżeli mogę przekonać Niemców, żeby mi płacili tysiąc dolarów za każdy strącony przez nich samolot, to dlaczego miałbym nie brać tych pieniędzy?

— Dlatego, że robisz interesy z naszymi wrogami. Czy nie rozumiesz, że toczy się wojna? Że giną ludzie? Rozejrzyj się dokoła, jak Boga kocham!

Milo potrząsnął głową z wyrazem znużonej pobłażliwości.

— A poza tym Niemcy nie są naszymi wrogami — oświadczył. — Wiem, co powiesz. Pewnie, że jesteśmy z nimi w stanie wojny. Ale Niemcy są również pełnoprawnymi członkami syndykatu i obrona ich praw jako akcjonariuszy należy do moich obowiązków. Możliwe, że to oni zaczęli wojnę, i możliwe, że zabijają miliony ludzi, ale za to płacą swoje rachunki o wiele szybciej niż pewni nasi sojusznicy, których nie chcę wytykać palcem. Czy nie rozumiesz, że muszę szanować nienaruszalność moich umów z Niemcami? Czy nie możesz spojrzeć na to z mojego punktu widzenia?

— Nie — uciął Yossarian brutalnie.

Milo poczuł się urażony i nie ukrywał tego. Była parna, księżycowa noc pełna muszek, ciem i komarów. Milo uniósł nagle rękę w kierunku letniego kina, gdzie mleczny, wypełniony kurzem stożek światła bijący z projektora rozcinał ciemności, rozjaśniając fluoryzującym welonem blasku widzów pochylonych w hipnotycznych pozach, z twarzami wzniesionymi ku srebrzystemu ekranowi. Oczy Mila pałały poczuciem własnej słuszności, a jego otwarta, nie tknięta zepsuciem twarz lśniła połyskującą mieszaniną potu i maści przeciwko komarom.

— Spójrz na nich — wykrzyknął głosem zdławionym ze wzruszenia. — To są moi bracia, rodacy, towarzysze broni. Nikt nigdy nie miał gromady lepszych przyjaciół. Czy myślisz, że byłbym zdolny wyrządzić im najmniejszą krzywdę, gdybym nie był do tego zmuszony? Czy nie mam dość innych spraw na głowie? Czy nie widzisz, że jestem wystarczająco zdenerwowany całą tą bawełną piętrzącą się na nabrzeżach portowych w Egipcie? — Głos Mila rozsypał się na kawałki. Schwycił Yossariana za koszulę na piersi, jak człowiek tonący. Jego oczy pulsowały wyraźnie, niczym brązowe gąsienice. — Yossarian, co ja mam zrobić z tą masą bawełny? To wszystko twoja wina, bo pozwoliłeś mi ją kupić.

Bawełna gromadziła się na nabrzeżach Egiptu i nikt jej nie chciał. Milo nie wyobrażał sobie, że dolina Nilu może być aż tak żyzna i że nie będzie zbytu na zakupione przez niego na pniu zbiory. Stołówki jego syndykatu nie chciały pomóc; zbuntowały się zdecydowanie przeciwko jego propozycji, aby opodatkować się od głowy, umożliwiając wszystkim wejście w posiadanie części rocznego zbioru egipskiej bawełny. Nawet jego najpewniejsi przyjaciele Niemcy zawiedli go w tej ciężkiej chwili: woleli swoje erzace. Stołówki nie chciały przechowywać bawełny i koszty magazynowania rosły, z każdym dniem nadwątlając katastrofalnie finansowe rezerwy Mila. Cały zysk z akcji na Orvieto został zjedzony. Milo zaczął pisać do domu po pieniądze, które wysyłał w lepszych dniach; wkrótce i one się rozeszły. A tymczasem codziennie przybywały do portu w Aleksandrii nowe bele bawełny. Ilekroć udało mu się pozbyć części towaru ze stratą po cenach dumpingowych, wykupywali ją chytrzy lewantyńscy maklerzy egipscy i odsprzedawali mu ją z powrotem po pierwotnej cenie, tak że wychodził na tym jeszcze gorzej.

Spółka akcyjna „M i M" znajdowała się na granicy bankructwa. Milo przeklinał po dziesięć razy dziennie swoją gigantyczną chciwość i głupotę, które doprowadziły go do wykupienia na pniu całego zbioru egipskiej bawełny, ale umowa to umowa i trzeba jej dotrzymać, więc pewnego wieczoru po obfitej kolacji wszystkie myśliwce i bombowce Mila wystartowały, uformowały się w szyk i zaczęły bombardować własną jednostkę. Milo podpisał nowy kontrakt z Niemcami, tym razem na zbombardowanie swojej własnej grupy. Jego samoloty rozdzieliły się w dobrze skoordynowanym ataku i zbombardowały składy paliwa, magazyny amunicji, warsztaty naprawcze i bombowce B-25 stojące na lotnisku na swoich stanowiskach w kształcie lizaków. Ludzie Mila oszczędzili pas startowy i stołówkę, żeby po skończonej pracy móc bezpiecznie wylądować i zjeść coś ciepłego przed udaniem się na spoczynek. Bombardowali z zapalonymi światłami, ponieważ nikt do nich nie strzelał. Zbombardowali wszystkie cztery eskadry, klub oficerski i budynek dowództwa grupy. Ludzie w najwyższym przerażeniu wyskakiwali z namiotów nie wiedząc, dokąd biec. Wkrótce zewsząd rozległy się krzyki rannych. Wiązka bomb odłamkowych wybuchła na tyłach klubu oficerskiego, przebijając szarpane dziury w drewnianej ścianie budynku oraz w plecach i brzuchach poruczników i kapitanów stojących rzędem przy barze. Zgięli się z bólu i padli. Pozostali oficerowie rzucili się w panice do drzwi i utknęli w przejściu, jak zbita, wyjąca zapora z ludzkiego mięsa, bojąc się wyjść na zewnątrz.

Pułkownik Cathcart łokciami i kolanami torował sobie drogę przez niesforny, zdezorientowany tłum, aż znalazł się na dworze. Zdumiony i przerażony spojrzał w niebo. Samoloty Mila przelatujące spokojnie nad wierzchołkami kwitnących drzew, z otwartymi drzwiczkami komór bombowych, opuszczonymi klapami skrzydeł i z zapalonymi potwornoowadzimi, oślepiającymi, dziko błyskającymi, widmowymi światłami pozycyjnymi stanowiły najbardziej apokaliptyczny widok, jaki kiedykolwiek oglądał. Pułkownik Cathcart wydał zduszony jęk przerażenia i prawie łkając rzucił się na łeb, na szyję do swojego dżipa. Namacał pedał gazu i zapłon i pognał z maksymalną szybkością na lotnisko, podskakując na wybojach, zaciskając do białości swoje pulchne dłonie na kierownicy i trąbiąc w udręce. Omal się nie zabił skręcając z upiornym piskiem opon, aby nie worać się w gromadę oszalałych żołnierzy, którzy biegli w bieliźnie ku wzgórzom, nie patrząc przed siebie, osłaniając głowy wątłymi tarczami ramion. Żółte, pomarańczowe i czerwone ognie płonęły po obu stronach drogi. Paliły się drzewa i namioty, a samoloty Mila nalatywały bez końca z otwartymi klapami komór bombowych, błyskając światłami pozycyjnymi. Pułkownik Cathcart mało nie przewrócił dżipa do góry kołami, hamując przed wieżą kontrolną. Wyskoczył z niebezpiecznie zarzucającego samochodu jeszcze w biegu i wpadł po schodach na górę, gdzie przy pulpitach i przyrządach miotało się trzech ludzi. Z dziko płonącymi oczami i mięsistą twarzą wykrzywioną napięciem rzucił się, obalając dwóch najbliżej stojących, do niklowanego mikrofonu. Ścisnął mikrofon ze zwierzęcą siłą i zaczął krzyczeć histerycznie co sił w płucach:

— Milo, ty skurwysynu! Czyś ty zwariował? Co ty, do cholery, wyprawiasz? Ląduj! Natychmiast ląduj!

— Czy mógłby pan tak nie wrzeszczeć? — odpowiedział Milo, który stał tuż obok niego w wieży kontrolnej również z mikrofonem w ręku. — Jestem tutaj. — Milo spojrzał na pułkownika z wyrzutem i wrócił do przerwanej pracy. — Bardzo dobrze, chłopcy, bardzo dobrze — śpiewał do swego mikrofonu — ale widzę, że jeden magazyn jeszcze stoi. To nie jest robota, Purvis, zwracałem ci już uwagę, że pracujesz niechlujnie. Natychmiast wracaj i spróbuj jeszcze raz. Tym razem podchodź powoli... powoli. Co nagle, to po diable, Purvis. Co nagle, to po diable. Mówiłem ci to ze sto razy. Co nagle, to po diable.

Głośnik nad głową zaczął skrzeczeć:

— Milo, tu Alvin Brown. Zrzuciłem wszystkie bomby. Co mam teraz robić?

— Ostrzeliwać.

— Ostrzeliwać? — spytał wstrząśnięty Alvin Brown.

— Nie mamy innego wyjścia — poinformował go Milo z rezygnacją. — Tak jest w umowie.

— Trudno — zgodził się Alvin Brown. — W takim razie będę ostrzeliwał.

Tym razem Milo przeciągnął strunę. Zbombardowanie własnych oddziałów było nie do strawienia nawet dla najbardziej flegmatycznych obserwatorów i wyglądało na to, że nadszedł jego kres. Wysoko postawione osobistości urzędowe ściągały celem przeprowadzenia śledztwa. Gazety atakowały Mila krzyczącymi nagłówkami, kongresmani piętnowali zbrodnię stentorowym głosem, domagając się kary. Matki żołnierzy organizowały grupy aktywistek i żądały zemsty. Ani jeden głos nie podniósł się w jego obronie. Wszyscy przyzwoici ludzie czuli się obrażeni i Milo nie wykaraskałby się z tego, gdyby nie udostępnił swoich ksiąg do wglądu i nie ujawnił ogromnego zysku z całej operacji. Mógł wypłacić rządowi odszkodowanie za wszystkie straty w ludziach i sprzęcie i jeszcze zostawało mu tyle, żeby nadal kupować egipską bawełnę. Każdy, oczywiście, miał udział w zyskach. A najpiękniejsze w całym interesie było to, że rządowi nie należało się odszkodowanie.

— W demokracji rząd reprezentuje lud — wyjaśniał Milo. — My jesteśmy ludem, tak? Możemy więc zatrzymać sobie pieniądze, eliminując pośrednika. Szczerze mówiąc, wolałbym, aby rząd w ogóle nie mieszał się do wojny i pozostawił tę dziedzinę inicjatywie prywatnej. Płacąc rządowi wszystko, co mu się należy, zachęcamy go tylko do zwiększania kontroli i zachęcamy innych przedsiębiorców do bombardowania swoich własnych oddziałów. Odbieramy ludziom bodźce do działania.

Milo miał oczywiście rację i wkrótce wszyscy mu to przyznali, z wyjątkiem kilku zgorzkniałych pechowców w rodzaju doktora Daneeki, który boczył się ponuro, mruczał różne insynuacje i kwestionował moralność całego przedsięwzięcia, dopóki Milo nie udobruchał go premią od syndykatu w postaci lekkiego składanego aluminiowego fotela ogrodowego, który doktor mógł bez trudu wynosić sobie przed namiot, ilekroć Wódz White Halfoat wszedł do namiotu, i wnosić z powrotem do namiotu, kiedy Wódz White Halfoat wyszedł. Doktor Daneeka stracił głowę podczas tego bombardowania; zamiast uciekać pozostał na placu i wykonywał swoje obowiązki, czołgając się po ziemi jak zwinna, chytra jaszczurka od rannego do rannego, wśród gradu odłamków, ognia broni maszynowej i bomb zapalających, stosując opatrunki, morfinę, łubki i sulfanilamid z twarzą mroczną, posępną, bez jednego zbędnego słowa, widząc w każdej siniejącej ranie złowróżbny znak swego własnego rozkładu. Pracował przez całą noc bez chwili przerwy aż do ostatecznego wyczerpania, a następnego dnia sam rozchorował się na katar i pobiegł zrzędząc do ambulatorium, żeby Gus i Wes zmierzyli mu temperaturę i żeby wziąć plaster gorczyczny i inhalator.

Doktor Daneeka opatrywał owej nocy jęczących rannych z tym samym ponurym, zwróconym do wewnątrz głębokim smutkiem, jaki zademonstrował na lotnisku w dniu nalotu na Awinion, kiedy Yossarian wyszedł z samolotu nagi, w stanie kompletnego szoku, umazany obficie Snowdenem na piętach i palcach, na łokciach, kolanach i dłoniach, i wskazał bez słowa za siebie, gdzie leżał młody radiostrzelec zamarzając na śmierć na podłodze obok jeszcze młodszego tylnego strzelca, który tracił przytomność za każdym razem, kiedy otworzył oczy i zobaczył konającego Snowdena.

Doktor Daneeka niemal z czułością narzucił Yossarianowi koc na ramiona, kiedy Snowdena wyciągnięto z samolotu i zaniesiono na noszach do karetki. Z pomocą McWatta zaprowadził Yossariana do dżipa i w milczeniu pojechali we trójkę do ambulatorium, gdzie doktor Daneeka posadził Yossariana na krześle i wilgotnymi zimnymi tamponami zmywał z niego Snowdena. Potem dał mu pigułkę i zastrzyk, po którym Yossarian spał przez dwanaście godzin. Kiedy się przebudził i przyszedł do doktora Daneeki, doktor dał mu następną pigułkę i zastrzyk, po którym spał przez następne dwanaście godzin. Kiedy Yossarian obudził się i przyszedł do niego, doktor Daneeka przygotował kolejną pigułkę i zastrzyk.

— Jak długo masz zamiar szpikować mnie tymi pigułkami i zastrzykami? — spytał go Yossarian.

— Dopóki nie poczujesz się lepiej.

— Czuję się zupełnie dobrze już teraz.

Doktor Daneeka zmarszczył ze zdziwieniem delikatne, opalone czoło.

— To dlaczego się nie ubierzesz? Dlaczego chodzisz goły?

— Nie chcę już nigdy więcej mieć na sobie munduru.

Doktor Daneeka przyjął to wyjaśnienie i odłożył strzykawkę.

— Czy jesteś pewien, że czujesz się lepiej? — spytał.

— Czuję się doskonale. Jestem tylko nieco ociężały po tych twoich pigułkach i zastrzykach.

Yossarian chodził jak go Pan Bóg stworzył przez cały dzień i nadal był goły następnego przedpołudnia, kiedy Milo po długich poszukiwaniach znalazł go wreszcie siedzącego na drzewie tuż za małym, malowniczym cmentarzem wojskowym, na którym chowano Snowdena. Milo miał na sobie swój zwykły strój roboczy: oliwkowe spodnie, czystą oliwkową koszulę ze srebrną belką podporucznika połyskującą na kołnierzu, krawat i regulaminową czapkę ze sztywnym skórzanym daszkiem.

— Szukałem cię wszędzie — krzyknął Milo z dołu do Yossariana z wyrzutem.

— Trzeba mnie było szukać na tym drzewie — odpowiedział Yossarian. — Siedzę tutaj od rana.

— Zejdź na ziemię, spróbuj tego i powiedz mi, czy to dobre. To bardzo ważne.

Yossarian potrząsnął głową. Siedział goły na najniższej gałęzi drzewa, trzymając się obiema rękami konaru nad sobą. Nie chciał się ruszyć i Milo nie mając innego wyjścia objął pień i z wyrazem najwyższego niesmaku zaczął się wspinać na drzewo. Robił to niezręcznie, sapiąc przy tym głośno i stękając, a zanim się podciągnął na tyle, że mógł przerzucić nogę przez gałąź i złapać oddech, jego ubranie było wymięte i poprzekręcane. Czapka przekrzywiła mu się na głowie grożąc w każdej chwili upadkiem. Milo schwycił ją w ostatniej chwili. Krople potu błyszczały mu na wąsach jak perły czystej wody i jak mętne pęcherze wzbierały pod oczami. Yossarian przyglądał mu się obojętnie. Milo ostrożnie wykonał półobrót, zwracając się przodem do Yossariana. Odwinął z papierka coś miękkiego, okrągłego i brązowego i podał to Yossarianowi.

— Spróbuj i powiedz mi, co o tym sądzisz. Chciałbym to dać żołnierzom.

— Co to jest? — spytał Yossarian odgryzając spory kęs.

— Bawełna w czekoladzie.

Yossarian zakrztusił się i wypluł wielką porcję bawełny w czekoladzie prosto w twarz Milowi.

— Masz, weź ją sobie! — rzucił ze złością. — Jezu Chryste! Czyś ty zwariował? Nie oczyściłeś jej nawet z tych cholernych nasion.

— Może jednak spróbujesz? — błagał Milo. — Nie może być aż tak niedobra. Czy naprawdę jest aż tak niedobra?

— Jest gorsza, niż myślisz.

— Ale ja muszę dać to w stołówkach.

— Nikt tego nie przełknie.

— Będą musieli — postanowił Milo tonem dyktatora i omal nie skręcił karku, kiedy puścił się jedną ręką, aby podkreślić swoje słowa władczym gestem.

— Przysuń się tutaj — zaprosił go Yossarian. — Tu jest wygodniej i lepiej widać.

Trzymając się oburącz gałęzi nad głową Milo zaczął lękliwie przesuwać się bokiem cal po calu z największą ostrożnością. Na twarzy zastygł mu wyraz napięcia i kiedy usadowił się bezpiecznie obok Yossariana, westchnął z ulgą i czule pogłaskał konar.

— Bardzo dobre drzewo — pochwalił je z dumą właściciela.

— To jest drzewo życia — odpowiedział Yossarian machając nogami — a także drzewo wiadomości złego i dobrego.

Milo przyjrzał się uważnie korze i liściom.

— Nie — zaprotestował. — To jest kasztan. Znam się na tym, bo sprzedaję kasztany.

— Niech będzie po twojemu.

Siedzieli przez kilka sekund w milczeniu, machając nogami, z rękami wyciągniętymi do wyższej gałęzi, jeden całkowicie goły, tylko w mokasynach, drugi całkowicie ubrany w oliwkowy mundur z szorstkiej wełny, z ciasno zawiązanym krawatem. Milo obserwował Yossariana niepewnie spod oka, wahając się taktownie.

— Chcę cię o coś spytać — powiedział wreszcie. — Nie masz na sobie żadnej odzieży. Nie chciałbym się wtrącać czy coś takiego, ale chcę wiedzieć. Dlaczego nie włożyłeś munduru?

— Bo nie chcę.

Milo kilkakrotnie kiwnął szybko głową, jak dziobiący wróbel.

— Ach tak, ach tak — stwierdził pośpiesznie, z wyrazem skrajnego zakłopotania. — Rozumiem doskonale. Słyszałem, jak Appleby i kapitan Black mówili, że zwariowałeś, i chciałem się przekonać, czy to prawda. — Znowu zawahał się uprzejmie, ważąc następne pytanie. — Czy nigdy już nie włożysz munduru?

— Myślę, że nie.

Milo pokiwał głową jak dziobiący wróbel, pokazując, że nadal rozumie, po czym zamilkł ponuro, pełen najgorszych przeczuć. Ptaszek ze szkarłatnym czubkiem przemknął pod nimi, wprawiając w drganie muśniętą bezbłędnym ciemnym skrzydełkiem gałązkę. Yossarian i Milo siedzieli jakby w altance ocienionej kilkoma warstwami wznoszącej się, cienkiej jak bibułka zieleni osłoniętej innymi kasztanami oraz srebrnym świerkiem. Słońce stało wysoko na ogromnym szafirowobłękitnym niebie upstrzonym z rzadka suchymi, puszystymi chmurkami niepokalanej białości. Nie było najlżejszego powiewu i liście wokół nich zwisały nieruchomo, rzucając pierzaste cienie. Wszystko było spokojne z wyjątkiem Mila, który wyprostował się nagle ze zduszonym okrzykiem i zaczął w podnieceniu wskazywać na dół.

— Spójrz tam! — zawołał poruszony. — Spójrz! Tam odbywa się pogrzeb. To mi wygląda na cmentarz.

— Chowają chłopaka, który został zabity przedwczoraj w moim samolocie nad Awinionem — odpowiedział Yossarian powoli, spokojnym głosem. — Nazywał się Snowden.

— Co mu się stało? — spytał Milo głosem zdławionym przerażeniem.

— Został zabity.

— To straszne — zasmucił się Milo i jego duże piwne oczy napełniły się łzami. — Biedny chłopak. To rzeczywiście okropne. — Zagryzł z całej siły dolną wargę, a po chwili odezwał się znowu głosem nabrzmiałym wzruszeniem. — A będzie jeszcze gorzej, jeżeli stołówki nie zechcą kupić ode mnie bawełny. Yossarian, powiedz mi, co się z nimi dzieje? Czy oni nie wiedzą, że wszyscy mają udział w zyskach?

— Czy nieboszczyk z mojego namiotu też był udziałowcem? — spytał złośliwie Yossarian.

— Oczywiście, że tak — zapewnił go Milo szczodrobliwie. — Wszyscy z naszej eskadry są udziałowcami.

— On zginął, zanim wciągnięto go do ewidencji.

Milo zręcznie zrobił udręczoną minę i odwrócił się.

— Przestań wyjeżdżać z tym nieboszczykiem w twoim namiocie — zbył Yossariana opryskliwie. — Mówiłem ci, że nie mam z jego śmiercią nic wspólnego. Czy to moja wina, że dostrzegłem wielką szansę zmonopolizowania rynku na egipską bawełnę i wpakowałem nas w tę kabałę? Czy mogłem wiedzieć, że nastąpi przesycenie rynku? Wtedy nie wiedziałem nawet, że istnieje takie pojęcie. Szansa na zmonopolizowanie rynku nie trafia się co dzień i przezorność nie pozwala wypuścić takiej okazji. — Milo zdławił w sobie jęk na widok sześciu żołnierzy wyjmujących prostą sosnową trumnę z karetki i opuszczających ją delikatnie na ziemię obok ziejącej rany świeżo wykopanego grobu. — A teraz nie mogę się jej pozbyć — użalił się.

Yossariana nie wzruszała ani napuszona pantomima ceremonii pogrzebowej, ani gorzkie żale Mila. Głos kapelana dolatywał do niego z oddali tak słabo, że słowa zlewały się w niezrozumiały, monotonny pomruk, jak szmer cieknącej wody. Yossarian rozpoznawał wysoką, tykowatą postać trzymającego się jak zwykle na uboczu majora Majora i zdawało mu się, że dostrzegł majora Danby'ego, jak wyciera sobie czoło chustką. Major Danby nie przestawał trząść się od czasu zajścia z generałem Dreedle. Wokół trójki oficerów stali uformowani w półkole podoficerowie i szeregowcy, nieruchomi jak kłody drzewa, i czterej bezczynni grabarze w brudnych drelichach, oparci obojętnie na łopatach obok odrażającego, bezsensownego kopca pulchnej miedzianorudej ziemi. Yossarian widział, jak kapelan nabożnie wzniósł wzrok ku niebu, przetarł oczy, jakby odczuł nagły ból, zerknął z lękiem powtórnie w górę na Yossariana i opuścił głowę, co Yossarian uznał za kulminacyjny punkt ceremonii pogrzebowej. Czterej żołnierze w drelichach unieśli trumnę na pasach i spuścili ją do grobu. Milo wzdrygnął się gwałtownie.

— Nie mogę na to patrzeć — zawołał odwracając się w udręce. — Nie mogę siedzieć tutaj spokojnie, podczas gdy stołówki mordują mój syndykat. — Zgrzytnął zębami i potrząsnął głową z miną zbolałą i urażoną. — Gdyby mieli choć odrobinę lojalności, kupowaliby moją bawełnę do utraty tchu, po to żeby móc kupować moją bawełnę do jeszcze większej utraty tchu. Rozpaliliby ogniska, do których wrzucaliby bieliznę i letnie mundury, aby zwiększyć popyt na bawełnę. Ale oni nawet palcem nie kiwną. Yossarian, zrób to dla mnie i spróbuj zjeść do końca tę bawełnę w czekoladzie. Może teraz będzie ci smakowała.

Yossarian odepchnął dłoń Mila.

— Daj spokój, Milo. Ludzie nie jadają bawełny.

Twarz Mila wydłużyła się chytrze.

— Tak naprawdę to nie jest bawełna — kusił. — Ja żartowałem. To jest bawełna cukrowa, czyli lody na gorąco. Spróbuj, a zobaczysz.

— Kłamiesz.

— Ja nigdy nie kłamię! — odparł Milo z dumą i godnością.

— Teraz skłamałeś.

— Kłamię tylko wtedy, kiedy to jest konieczne — wyjaśnił Milo ugodowo, spuszczając na chwilę wzrok i trzepocząc zalotnie rzęsami. — To jest nawet lepsze niż lody na gorąco, naprawdę. To jest stuprocentowa bawełna. Yossarian, musisz mi pomóc i zachęcić ludzi do jedzenia tego. Egipska bawełna jest najlepsza na świecie.

— Ale jest niestrawna — podkreślił Yossarian. — Ludzie się od tego pochorują, rozumiesz? Jeżeli mi nie wierzysz, to dlaczego sam nie spróbujesz się tym odżywiać?

— Próbowałem — przyznał Milo ponuro — ale mnie zemdliło.

Cmentarz był żółty jak siano i zielony jak gotowana kapusta. Po chwili kapelan odstąpił od grobu i beżowy półksiężyc postaci ludzkich zaczął się rozpływać leniwie jak śmieci na wodzie. Ludzie w milczeniu rozchodzili się bez pośpiechu do samochodów zaparkowanych wzdłuż wyboistej polnej drogi. Kapelan, major Major i major Danby szli do swoich dżipów ze smutnie opuszczonymi głowami, tworząc wyraźnie ostracyzowaną grupkę, w której każdy trzymał się z dala od pozostałych dwóch.

— To już koniec — zauważył Yossarian.

— Tak, to już koniec — zgodził się Milo złamanym głosem. — Nie ma najmniejszej nadziei. I wszystko dlatego, że pozostawiłem im prawo decyzji. To będzie dla mnie nauczka w sprawie dyscypliny, gdybym jeszcze kiedyś próbował coś takiego organizować.

— Dlaczego nie sprzedasz bawełny rządowi? — zaproponował Yossarian mimochodem, nie spuszczając oka z czterech żołnierzy w brudnych drelichach, którzy wrzucali kopiaste łopaty miedzianoczerwonej ziemi z powrotem do grobu.

Milo zdecydowanie odrzucił ten pomysł.

— Chodzi o zasadę — wyjaśnił twardo. — Interesy to nie jest interes rządu i jestem ostatnim człowiekiem, który chciałby wciągać rząd do swoich interesów. Ale za to rząd to jest interes — przypomniał sobie przytomnie i mówił dalej podniecony: — Tak powiedział Calvin Coolidge, a Calvin Coolidge był prezydentem, więc to musi być prawda. Obowiązkiem rządu jest odkupić ode mnie egipską bawełnę, której nikt nie chce, i dać mi zarobić, prawda? — Jednak prawie natychmiast Milo zachmurzył się znowu i popadł w ponure przygnębienie. — Ale co zrobić, żeby rząd się tym zainteresował?

— Daj łapówkę — poradził mu Yossarian.

— Dać łapówkę! — Milo był tak wstrząśnięty, że omal znowu nie stracił równowagi i nie skręcił karku. — Jak ci nie wstyd! — strofował Yossariana surowo, dysząc ogniem świętego oburzenia w swoje rdzawe wąsy z góry i dołu przez rozedrgane nozdrza i cnotliwie zaciśnięte wargi. — Wiesz dobrze, że dawanie łapówek to przestępstwo. Ale zarabianie pieniędzy nie jest przestępstwem, prawda? Więc nie może być przestępstwem danie łapówki po to, żeby zarobić, prawda? To jasne jak słońce! — Milo ponownie zamyślił się ponuro, pogrążając się w bezbronnym, prawie żałosnym strapieniu. — Ale skąd mam wiedzieć, komu dać łapówkę?

— Och, o to się nie martw — pocieszył go Yossarian z bezdźwięcznym chichotem, gdy silniki dżipów i karetki zburzyły senną ciszę i pojazdy z tyłu kolumny zaczęły odjeżdżać. — Jak łapówka będzie odpowiednio wysoka, to oni zgłoszą się sami. Musisz tylko robić to otwarcie. Nie wszyscy wiedzą, czego chcesz i ile gotów jesteś zapłacić. Pamiętaj jednak, że nie wolno ci okazać wyrzutów sumienia ani wstydu, bo natychmiast wpadniesz w tarapaty.

— Chciałbym, żebyś mi towarzyszył — zauważył Milo. — Nie będę się czuł bezpiecznie wśród łapówkarzy. Przecież to banda złodziei.

— Dasz sobie radę — uspokoił go Yossarian z przekonaniem. — A jak wpadniesz w tarapaty, mów wszystkim, że bezpieczeństwo kraju wymaga powstania silnego rodzimego rynku spekulacji egipską bawełną.

— To prawda — poinformował go Milo uroczyście. — Silny rodzimy rynek spekulacji epipską bawełną pomnaża potęgę Ameryki.

— Oczywiście. A gdyby to nie chwyciło, wskaż wielką liczbę amerykańskich rodzin, których byt jest od tego uzależniony.

— Od tej sprawy uzależniony jest byt wielu amerykańskich rodzin.

— Widzisz? — powiedział Yossarian. — Robisz to lepiej ode mnie. Powiedziałeś to tak, jakby to była prawda.

— Bo to jest prawda — zawołał Milo odzyskując dawną wyniosłość.

— O to mi właśnie chodzi. Ty to robisz z należytym przekonaniem.

— Na pewno nie chcesz pójść ze mną?

Yossarian potrząsnął głową.

Mila świerzbiło, żeby jak najprędzej przystąpić do akcji. Wepchnął resztkę oblanego czekoladą kłębka bawełny do kieszeni koszuli i ostrożnie cofnął się po gałęzi do gładkiego szarego pnia. Otoczywszy go ramionami w niezgrabnym i czułym uścisku, zaczął schodzić, ześlizgując się co chwila na swoich skórzanych podeszwach, tak że wielokrotnie wydawało mu się, że spadnie i zrobi sobie krzywdę. W połowie drogi rozmyślił się i wrócił na górę. Kawałki kory przykleiły mu się do wąsów, twarz nabiegła krwią z wysiłku.

— Wolałbym, żebyś włożył mundur i nie chodził nago — wyznał w zadumie, zanim zszedł na dół i oddalił się szybkim krokiem. — Możesz zapoczątkować modę i wtedy nigdy się już nie pozbędę tej cholernej bawełny.

25
Kapelan

Od pewnego czasu kapelana zaczęły dręczyć wątpliwości. Czy jest Bóg? Skąd mógł mieć pewność? Pozycja pastora anabaptysty w armii amerykańskiej była wystarczająco trudna nawet przy najbardziej sprzyjających okolicznościach; bez dogmatu stawała się nie do zniesienia.

Ludzie hałaśliwi napawali go strachem. Dzielni, przedsiębiorczy ludzie czynu w rodzaju pułkownika Cathcarta wpędzali go w kompleksy. W wojsku wszędzie był obcy. Szeregowcy i oficerowie nie zachowywali się w stosunku do niego tak jak w stosunku do innych szeregowców i oficerów i nawet kapelani nie odnosili się do niego tak przyjaźnie jak do siebie nawzajem. W świecie, w którym sukces był jedyną wartością, on pogodził się z myślą o porażce. Odczuwał dotkliwie brak tej duszpasterskiej pewności siebie i umiejętności postępowania, której tylu jego kolegów z innych sekt i religii zawdzięczało swoje kariery. Nie był stworzony do sukcesów. Uważał, że jest brzydki, i marzył o tym, żeby uciec do domu, do żony.

W rzeczywistości kapelan był prawie przystojnym mężczyzną, z przyjemną, wrażliwą twarzą, o barwie i fakturze piaskowca. Miał umysł otwarty we wszystkich bez wyjątku kwestiach.

Może naprawdę był Washingtonem Irvingiem i może naprawdę podpisywał jego nazwiskiem listy, o których nie miał najmniejszego pojęcia. Wiedział, że podobne luki w pamięci nie są rzadkością w kronikach medycyny. Wiedział, że nic nie można wiedzieć na pewno, nawet tego, że nic nie można wiedzieć na pewno. Pamiętał bardzo dokładnie albo wydawało mu się, że pamięta bardzo dokładnie swoje wrażenie, iż spotkał już gdzieś kiedyś Yossariana przed ich pierwszym spotkaniem w szpitalu. Pamiętał, że doznał podobnego niepokojącego uczucia w dwa tygodnie później, kiedy Yossarian zjawił się w jego namiocie z prośbą o zwolnienie go z dalszych lotów. W tym czasie, oczywiście, kapelan już znał Yossariana z dziwnej, nieortodoksyjnej sali szpitalnej, w której wszyscy chorzy wyglądali na kryminalistów, z wyjątkiem spowitego od stóp do głów w bandaże i gips nieszczęśnika, który umarł pewnego dnia z termometrem w ustach. Ale kapelan miał wrażenie, że ich pierwsze spotkanie, o wiele bardziej doniosłe i pełne ukrytego znaczenia, odbyło się dawniej, w zamierzchłej, a może nawet istniejącej wyłącznie w sferze ducha epoce, i że wtedy również posłał go na śmierć, stwierdzając, iż nic, absolutnie nic nie może dla niego zrobić.

Podobne wątpliwości z nieposkromioną żarłocznością rzucały się na wątły, cierpiący organizm kapelana. Czy jest jakaś jedna prawdziwa wiara i życie pozagrobowe? Ile aniołów rzeczywiście może tańczyć na łebku od szpilki i czym zajmował się Bóg w ciągu wszystkich tych nieskończonych eonów przed stworzeniem świata? Do czego służyło ochronne piętno na czole Kaina, skoro nie było innych ludzi na świecie? Czy Adam i Ewa mieli też córki? Te i tym podobne wielkie, skomplikowane kwestie ontologiczne dręczyły go nieustannie. Jednak najważniejsza ze wszystkich była sprawa grzeczności i dobrych manier. Jego zmorą był epistemologiczny dylemat sceptyka, niezdolnego do zaakceptowania odpowiedzi na pytania, których jednocześnie nie chciał odrzucić jako nierozwiązywalnych. Żył w wiecznej udręce i nigdy nie tracił nadziei.

— Czy zna pan uczucie, że znajduje się pan w sytuacji, którą już pan kiedyś przeżywał, wiedząc jednocześnie, że przeżywa ją pan po raz pierwszy? — spytał z wahaniem Yossariana, który siedział w jego namiocie ściskając oburącz butelkę coca-coli, jedyną rzecz, jaką kapelan mógł mu ofiarować na pocieszenie. Yossarian skinął niedbale głową i kapelan zaczął szybciej oddychać szykując się, aby połączonym, nadludzkim wysiłkiem woli swojej i Yossariana rozsunąć wreszcie potężne fałdy czarnej kotary osłaniającej odwieczne tajemnice bytu. — Czy nie ma pan podobnego uczucia teraz?

Yossarian potrząsnął głową i wyjaśnił, że zjawisko *déjà vu* polega na chwilowym, nieskończenie małym opóźnieniu w działaniu dwóch ośrodków nerwowych, normalnie funkcjonujących jednocześnie. Kapelan prawie go nie słuchał. Był zawiedziony, ale nie wierzył Yossarianowi, gdyż otrzymał znak w postaci tajemnego, zagadkowego widzenia, którego wciąż nie miał śmiałości rozgłaszać. Z objawienia kapelana wynikał niewątpliwy i budzący grozę wniosek: albo było to widzenie zesłane z nieba, albo halucynacja; na kapelana spłynęła łaska albo zaczynał tracić zmysły. Obie ewentualności napełniały go jednakowym lękiem i przygnębieniem. Nie było to *déjà vu* ani *presque vu*, ani *jamais vu*. Możliwe, że istniały inne jeszcze *vus*, o których nigdy nie słyszał, i że jedno z nich mogło wyjaśnić w sposób zadowalający zagadkowe zjawisko, jakiego był świadkiem i zarazem uczestnikiem; możliwe nawet, że nic z tego nie zdarzyło się naprawdę, że miał do czynienia z aberracją pamięci, a nie percepcji, że w rzeczywistości nigdy nie widział tego, co teraz pamiętał, że jego obecne wrażenie tej pamięci było tylko złudzeniem złudzenia i że tylko mu się zdaje, iż kiedyś zdawało mu się, że widział na cmentarzu nagiego człowieka siedzącego na drzewie.

Kapelan wiedział już, że nie ma szczególnych predyspozycji do wykonywania swego zawodu, i często zastanawiał się, czy nie byłby szczęśliwszy służąc w innej specjalności, na przykład jako szeregowy w piechocie albo artylerii polowej, albo nawet jako spadochroniarz. Nie miał prawdziwych przyjaciół. Dopóki nie poznał Yossariana, nie miał w grupie nikogo, z kim czułby się swobodnie, a z Yossarianem, którego częste wyskoki i przejawy niesubordynacji utrzymywały kapelana w stanie ciągłego podenerwowania i dwuznacznego radosnego oczekiwania, też nie czuł się zbyt swobodnie. Kapelan czuł się bezpiecznie siedząc w klubie oficerskim z Yossarianem i Dunbarem albo nawet z Natelym i McWattem. Siedząc z nimi nie musiał siedzieć z nikim innym; problem, gdzie usiąść, miał rozwiązany i nie musiał obawiać się niepożądanego towarzystwa wszystkich tych oficerów, którzy niezmiennie witali go z przesadną wylewnością, kiedy się zjawiał, a potem wyraźnie czekali, aż sobie pójdzie. Jego obecność krępowała wielu ludzi. Wszyscy odnosili się do niego niezwykle przyjaźnie, ale nikt nie był dla niego miły; wszyscy z nim rozmawiali, ale nikt mu nigdy nic nie powiedział. Yossarian i Dunbar byli znacznie swobodniejsi od innych i dlatego kapelan czuł się w ich towarzystwie najlepiej. Wystąpili nawet w jego obronie tego wieczoru, kiedy pułkownik Cathcart chciał go znowu wyrzucić z klubu oficerskiego, na co Yossarian zerwał się z dzikim błyskiem w oku, aby interweniować, a Nately zawołał: „Yossarian!", aby go pohamować. Pułkownik Cathcart zbladł jak ściana na dźwięk tego nazwiska i ku ogólnemu zdumieniu wycofał się w panice, wpadając na generała Dreedle, który odepchnął go zniecierpliwiony i kazał mu natychmiast rozkazać kapelanowi, żeby co wieczór przychodził do klubu.

Nadążanie za swoim zmieniającym się stale statusem w klubie oficerskim sprawiało kapelanowi prawie tyle samo kłopotów co pamiętanie, w której z dziesięciu stołówek grupy miał zgodnie z programem spożywać kolejny posiłek. Najchętniej nie pokazywałby się w klubie w ogóle, gdyby nie przyjemność, jaką znajdował tam w towarzystwie swoich nowych przyjaciół. Klub oficerski był jedynym miejscem, gdzie kapelan mógł pójść wieczorem. Z nieśmiałym, powściągliwym uśmiechem przesiadywał przy stoliku Yossariana i Dunbara nad prawie nie tkniętą szklanką lepko słodkiego wina, rzadko odzywając się pierwszy i obracając nieumiejętnie w palcach fajeczkę z kolby kukurydzy, którą nosił wstydliwie, a od czasu do czasu nabijał tytoniem i palił. Lubił słuchać cklivych, gorzkosłodkich lamentów Nately'ego, gdyż odzwierciedlały dość wiernie jego własne romantyczne cierpienia, niezmiennie wywołując nowy przypływ tęsknoty za żoną i dziećmi. Kapelan, rozbawiony szczerością i niedojrzałością Nately'ego, potakiwał mu kiwając głową z sympatią i zrozumieniem. Nately nie chwalił się zbytnio faktem, że jego ukochana jest prostytutką, i kapelan wiedział o tym głównie od kapitana Blacka, który nie przeszedł nigdy koło ich stolika, żeby nie mrugnąć znacząco do kapelana i nie rzucić Nately'emu jakiejś niesmacznej i raniącej uwagi na jej temat. Kapelan nie aprobował postępowania kapitana Blacka i z największym trudem powstrzymywał się, żeby nie życzyć mu źle.

Nikt, nawet Nately, nie brał pod uwagę faktu, że kapelan Albert Taylor Tappman jest nie tylko kapelanem, lecz także istotą ludzką, że może mieć uroczą, namiętną, ładną żonę, którą kocha niemal do szaleństwa, i troje małych, niebieskookich dzieci o obcych, zapomnianych buziach, dzieci, które kiedy dorosną, będą go uważać za dziwaka i może nie zechcą przebaczyć mu tego, że zawód ojca będzie je nieraz stawiać w kłopotliwej sytuacji. Dlaczego nikt nie rozumie, że nie jest dziwolągiem, ale normalnym samotnym człowiekiem, który stara się prowadzić normalne, samotne, ludzkie życie. Czy nie krwawi, kiedy się go kłuje? I czy nie śmieje się, kiedy się go łaskocze? Jakby im nigdy nie przyszło do głowy, że on tak samo jak oni ma oczy, ręce, narządy, wymiary, zmysły i uczucia, że może zginąć od tej samej broni, że marznie i grzeje się na tym samym wietrze i je to samo co oni, chociaż trzeba przyznać, że za każdym razem w innej stołówce. Jedynym człowiekiem, który przypuszczalnie zdawał sobie sprawę, że kapelan ma jakieś uczucia, był kapral Whitcomb, gdyż udało mu się zranić je do głębi, kiedy pomijając kapelana zwrócił się do pułkownika Cathcarta z propozycją wysyłania oficjalnych listów kondolencyjnych do rodzin rannych i poległych na polu walki.

Żona była jedyną osobą na świecie, której kapelan mógł być pewien, i to by mu wystarczyło, gdyby tylko pozwolono mu żyć wyłącznie z nią i z dziećmi. Żona kapelana była nieśmiałą, szczuplutką, miłą kobietą niewiele po trzydziestce, bardzo ładną ciemną brunetką o wąskiej talii, chłodnych, inteligentnych oczach, małych, białych, ostrych ząbkach i żywej, dziecięcej buzi o prostych rysach. Twarzy dzieci stale zapominał i ilekroć oglądał ich fotografie, miał wrażenie, że widzi je po raz pierwszy. Kapelan kochał żonę i dzieci z tak nieposkromioną żarliwością, że często chciało mu się paść bezradnie na ziemię i płakać jak najnędzniejszy kaleka. Prześladowały go bezlitośnie makabryczne fantazje na ich temat i przeraźliwe, ohydne przeczucia chorób i wypadków. Każdą chwilę zadumy zatruwał mu lęk przed straszliwymi chorobami w rodzaju tumoru Ewinga lub białaczki; po kilka razy w tygodniu przeżywał śmierć synka, ponieważ nie nauczył żony, jak tamować krwotok tętniczy; oglądał przez łzy w paraliżującej ciszy, jak cała jego rodzina ginie po kolei porażona prądem z gniazdka w piwnicy, ponieważ zapomniał im powiedzieć, że ciało ludzkie jest dobrym przewodnikiem elektryczności; cała czwórka prawie co noc ginęła w płomieniach, kiedy ich jednopiętrowy drewniany domek zapalał się od wybuchu piecyka gazowego; z upiornymi, okrutnymi, odrażającymi szczegółami widział, jak delikatne, kruche ciało jego biednej, ukochanej żony jest rozgniatane na rzadką miazgę na ścianie supersamu przez jakiegoś pijanego do nieprzytomności kierowcę, i patrzał, jak jego pięcioletnią rozszlochaną córeczkę odprowadza z miejsca wstrząsającego wypadku łagodny, siwowłosy pan, który zawsze gwałcił ją i mordował w opuszczonym kamieniołomie, a dwójka młodszych dzieci umierała powoli z głodu w domu, po tym jak pilnująca ich teściowa konała na atak serca, usłyszawszy przez telefon o wypadku jego żony. Żona kapelana była uroczą, łagodną, rozważną kobietą i kapelan tęsknił za ciepłym dotknięciem jej szczupłej ręki, za muśnięciem jej miękkich czarnych włosów, za czułym, uspokajającym dźwiękiem jej głosu. Była znacznie silniejszym człowiekiem od niego. Pisywał do niej raz, czasem dwa razy w tygodniu krótkie, beztroskie listy. Chciałby pisać do niej po całych dniach gwałtowne listy miłosne, zapełniając nieskończone stronice rozpaczliwymi, najtajniejszymi wyznaniami pokornego uwielbienia i pożądania oraz szczegółowymi instrukcjami, jak stosować sztuczne oddychanie. Chciałby całymi kaskadami wylać przed nią swoją nieznośną samotność i rozpacz i przestrzec ją, żeby zamykała kwas borny i aspirynę przed dziećmi i nigdy nie przechodziła jezdni przy czerwonym świetle. Ale nie chciał jej martwić. Żona kapelana była wrażliwa, łagodna i pełna współczucia. Sny kapelana o spotkaniu z żoną prawie niezmiennie kończyły się plastycznymi aktami miłosnymi.

Kapelan najbardziej czuł się oszustem na pogrzebach i wcale by się nie zdziwił, gdyby się okazało, że zjawa na drzewie owego dnia była wyrazem gniewu Wszechmogącego za bluźnierstwo i pychę związaną z jego funkcją. Symulowanie powagi, pozorowanie smutku i udawanie, że posiada się nadprzyrodzoną wiedzę o życiu pozagrobowym w tak przeraźliwych i tajemnych okolicznościach, wydawało mu się najstraszliwszym z przestępstw. Pamiętał — czy też był prawie pewien, że pamięta — scenę na cmentarzu doskonale. Widział jak dziś majora Majora i majora Danby'ego, stojących po jego bokach ponuro jak dwie strzaskane kamienne kolumny, pamiętał prawie dokładnie, ilu było żołnierzy i gdzie który stał, widział czterech ludzi opartych o łopaty, ohydną trumnę, wielką, tryumfującą kupę pulchnej czerwonobrązowej ziemi i ciężkie, nieruchome, pozbawione głębi, przygniatające niebo, tak dziwnie puste i błękitne tego dnia, że niemal nie do zniesienia. Zapamiętał te szczegóły na zawsze, gdyż stanowiły nieodłączną część najbardziej niezwykłego wydarzenia w jego życiu, wydarzenia może cudownego, a może patologicznego: ukazania się nagiego człowieka na drzewie. Jak miał to wyjaśnić? Nie dawało się to podciągnąć ani pod *déjà vu* ani *jamais vu*, ani *presque vu*. Czyżby więc zjawa? Dusza zmarłego? Anioł z nieba lub wysłannik piekła? A może cały ten fantasmagoryczny epizod był po prostu tworem jego chorej wyobraźni, wyrodniejącego umysłu, gnijącego mózgu? Możliwości, że na drzewie rzeczywiście siedział nagi człowiek — a właściwie dwóch, bo wkrótce przyłączył się do niego drugi, odziany od stóp do głów w złowieszczy ciemny strój i brązowe wąsy, który pochylał się ku temu pierwszemu ofiarowując mu rytualnym gestem jakiś napój w brązowym pucharze — kapelan nie brał nawet pod uwagę.

Kapelan był naprawdę bardzo uczynnym człowiekiem, tylko nigdy nie udało mu się nikomu pomóc, nawet Yossarianowi, kiedy postanowił ostatecznie chwycić byka za rogi i odwiedzić potajemnie majora Majora, aby się dowiedzieć, czy to prawda, co mówi Yossarian, że lotnicy w grupie pułkownika Cathcarta są rzeczywiście zmuszani do odbywania większej liczby lotów bojowych niż w innych jednostkach. Kapelan zdecydował się na to desperacko odważne posunięcie po kolejnej awanturze z kapralem Whitcombem, popiwszy letnią wodą z manierki swój niewesoły posiłek, złożony z dwóch czekoladowych batoników. Wyruszył do majora Majora pieszo, żeby nie zauważył go kapral Whitcomb, i przemykał się po cichu lasem, dopóki nie znikły mu z oczu dwa namioty na polance, a potem skręcił do opuszczonego wykopu kolejowego, gdzie grunt był równiejszy. Szedł po skamieniałych drewnianych podkładach, czując narastający gniew i bunt. Tego dnia został sponiewierany i poniżony kolejno przez pułkownika Cathcarta, pułkownika Korna i kaprala Whitcomba. Musiał wreszcie dać odczuć swoją obecność! Wkrótce jego wątła pierś zaczęła się ciężko unosić. Szedł najprędzej, jak tylko mógł, gdyż bał się, że jego determinacja może osłabnąć, jeżeli zwolni kroku. Po chwili zobaczył jakąś postać w mundurze zbliżającą się z naprzeciwka między zardzewiałymi szynami. Natychmiast wdrapał się po ścianie wykopu i przygięty za zasłoną krzewów podążał dalej w tym samym kierunku wąską, porośniętą mchem ścieżką, która wiła się w cieniu lasu. Posuwanie się było tu znacznie bardziej utrudnione, ale on nie zważając na nic parł do przodu z tą samą palącą determinacją, raz po raz ślizgając się, potykając i kalecząc sobie nagie dłonie o oparte gałęzie zagradzające drogę, aż wreszcie krzewy i wysokie paprocie po obu stronach rozstąpiły się i kapelan przemknął obok oliwkowej przyczepy wojskowej ustawionej na cegłach, wyraźnie widocznych wśród rzadszego tutaj podszycia. Dalej minął namiot z jasnym, perłowoszarym kotem wygrzewającym się przed wejściem, następną przyczepę na cegłach i wreszcie wpadł na polankę zajmowaną przez eskadrę Yossariana. Czuł na wargach słony smak potu. Nie zatrzymując się ani na chwilę poszedł środkiem polanki prosto do kancelarii, gdzie powitał go chudy, przygarbiony sierżant sztabowy o długich jasnoblond włosach i wystających kościach policzkowych, który poinformował go łaskawie, że może wejść, ponieważ majora Majora nie ma.

Kapelan podziękował mu uprzejmie skinieniem głowy i krocząc między dwoma rzędami biurek z maszynami do pisania podszedł do brezentowej przegrody w głębi namiotu. Prześlizgnął się przez trójkątne wycięcie i znalazł się w pustym pokoiku. Brezentowa klapa opadła za jego plecami. Kapelan dyszał ciężko i pocił się obficie. Pokoik nadal był pusty. Zdawało mu się, że słyszy stłumione szepty. Minęło dziesięć minut. Kapelan niezłomnie zaciskając szczęki rozejrzał się surowo, z dezaprobatą i nagle oklapł, gdyż przypomniał sobie dokładnie słowa sierżanta: może pan wejść, bo majora Majora nie ma. Podoficerowie robili sobie kawały! Kapelan przerażony odskoczył od przegrody, gorzkie łzy napłynęły mu do oczu, a z drżących warg wyrwał się żałosny skowyt. Majora Majora nie było, a on padł ofiarą nieludzkiego żartu podoficerów. Widział ich niemal, jak czekają po drugiej stronie brezentowej przegrody w pełnej napięcia grupce, niczym stado żarłocznych, nienasyconych, wszystkożernych drapieżnych bestii, gotowych rzucić się na niego ze śmiechem i drwinami, gdy tylko się tam pojawi. Przeklinał swoją naiwność i w panice modlił się o coś w rodzaju maski lub ciemnych okularów i sztucznych wąsów, za czym mógłby się ukryć, albo o potężny, basowy głos pułkownika Cathcarta i szerokie, muskularne bary i bicepsy, dzięki którym mógłby wyjść bez lęku i pokonać swoich złośliwych prześladowców siłą przemożnego autorytetu i pewnością siebie, zmuszając ich, by zadrżeli ze skruchą i wycofali się tchórzliwie. Kapelan nie miał odwagi stawić im czoło. Pozostawało wyjście przez okno. Horyzont był czysty, kapelan wyskoczył więc z pokoiku majora Majora przez okno, biegiem okrążył róg namiotu i wskoczył do wykopu linii kolejowej.

Pognał zgięty wpół, z twarzą ściągniętą przewidująco w nonszalancki, światowy uśmiech na wypadek, gdyby go ktoś zobaczył. Wyskoczył z wykopu do lasu, gdy dostrzegł jakąś postać zbliżającą się z przeciwnej strony, i przedzierał się rozpaczliwie przez leśne chaszcze jak ktoś ścigany, z policzkami pałającymi wstydem. Słyszał wszędzie wokół siebie głośne, dzikie wybuchy szyderczego śmiechu, w gąszczu krzewów zaś i wysoko w gałęziach drzew migały mu rozmazane, złośliwe, wyszczerzone, pijane twarze. Skurcze palącego bólu przeszywające pierś zmusiły go do zwolnienia kroku. Chwiejąc się na nogach, parł dalej do przodu, aż zupełnie opadł z sił i zatoczył się na rosochatą jabłoń, przywierając czołem do pnia i obejmując go ramionami, żeby nie upaść. Każdy oddech odzywał mu się w uszach rzężącym jękiem. Minęło kilka minut długich jak godziny, zanim sobie uświadomił, że to on sam jest źródłem tego chrapliwego ryku. Stopniowo ból w piersiach zaczął ustępować. Wkrótce poczuł się na tyle lepiej, że mógł stać o własnych siłach. Czujnie nastawił ucha. W lesie panowała cisza. Nie było słychać szatańskiego śmiechu, nikt go nie ścigał. Był zbyt zmęczony, smutny i brudny, żeby odczuć ulgę. Drżącymi, pozbawionymi czucia palcami poprawił zmiętoszone ubranie i pozostały odcinek drogi przeszedł całkowicie nad sobą panując. Kapelan często rozmyślał o niebezpieczeństwie ataku serca.

Dżip kaprala Whitcomba stał nadal na polance. Kapelan skradając się na palcach obszedł namiot kaprala od tyłu, nie chcąc narażać się na to, że kapral go zobaczy i obrazi. Z dziękczynnym westchnieniem ulgi wślizgnął się pośpiesznie do swojego namiotu i zobaczył kaprala Whitcomba rozwalonego na jego łóżku, z podciągniętymi kolanami. Kapral Whitcomb trzymał zabłocone buciory na kocu kapelana i zajadał jeden z jego batoników, przewracając z pogardliwym uśmieszkiem kartki jednej z jego Biblii.

— Gdzie pan był? — spytał surowo bez większego zainteresowania, nie podnosząc głowy.

Kapelan zarumienił się i unikając wzroku kaprala powiedział:

— Byłem w lesie na spacerze.

— W porządku — uciął kapral Whitcomb. — Może mnie pan nie wtajemniczać w swoje sprawy. Ale zobaczy pan, jak to wpłynie na moje morale. — Kapral wgryzł się żarłocznie w batonik kapelana i mówił dalej z pełnymi ustami. — Miał pan gościa podczas swojej nieobecności. Majora Majora.

Kapelan zakręcił się w miejscu ze zdziwienia i zawołał:

— Major Major? Major Major był tutaj?

— Chyba o nim mówimy, nie?

— Gdzie on poszedł?

— Wskoczył do wykopu kolejowego i pognał jak spłoszony zając — zachichotał kapral Whitcomb. — Stuknięty facet.

— Czy mówił, po co przyszedł?

— Potrzebuje pańskiej pomocy w pewnej bardzo ważnej sprawie.

— Major Major tak powiedział? — zdumiał się kapelan.

— Nie powiedział — poprawił kapral Whitcomb z zabójczą precyzją — tylko napisał w zaklejonym, osobistym liście, który zostawił na pańskim biurku.

Kapelan spojrzał na stolik brydżowy służący mu za biurko i zobaczył jedynie obrzydliwy pomarańczowoczerwony, gruszkowaty w kształcie pomidor, który otrzymał rano od pułkownika Cathcarta i który nadal leżał w tej samej pozycji, w jakiej go zostawił, niczym niezniszczalny, karmazynowy symbol jego nieudolności.

— Gdzie jest ten list? — spytał.

— Przeczytałem i wyrzuciłem — powiedział kapral Whitcomb zatrzaskując Biblię i zrywając się z łóżka. — O co chodzi? Nie wierzy mi pan?

I wyszedł. Natychmiast wszedł z powrotem, omal nie zderzywszy się z kapelanem, który wybiegł z powrotem do majora Majora.

— Nie ma pan zaufania do podwładnych — oświadczył ponuro. — To jeszcze jedna z pańskich wad.

Kapelan kiwnął głową ze skruchą i wyminął go pośpiesznie, nie chcąc tracić czasu na przeprosiny. Poznawał wprawną rękę losu despotycznie kierującą jego krokami. Uświadomił sobie, że dwukrotnie tego dnia major Major pędził wprost na niego wykopem i dwukrotnie kapelan idiotycznie odkładał wyznaczone przez los spotkanie, dając nura do lasu. Przepełniony poczuciem winy pośpieszył najszybciej jak tylko mógł po wyszczerbionych, nierówno ułożonych podkładach. Ziarenka piasku i żwiru w butach i skarpetkach ocierały mu palce do krwi. Jego bladą, udręczoną twarz wykrzywiał bezwiedny grymas niewysłowionego cierpienia. Wczesne sierpniowe popołudnie było coraz bardziej parne i gorące. Prawie mila dzieliła jego namiot od eskadry Yossariana. Letnia bluza kapelana zupełnie przemokła od potu, kiedy wreszcie tam dotarł i wpadł bez tchu do namiotu kancelarii, gdzie zatrzymał go stanowczym gestem ten sam zdradziecki, gładki sierżant sztabowy z wychudłą twarzą w okrągłych okularach, który kazał mu czekać, ponieważ major Major jest u siebie, i zapowiedział, że go nie wpuści, dopóki major Major nie wyjdzie. Kapelan spojrzał na niego oszołomiony i zdumiony. Zastanawiał się, za co sierżant tak go nienawidzi. Wargi kapelana zbielały i zaczęły drżeć. Paliło go pragnienie. O co tym ludziom chodzi? Czy nie dość jest tragedii? Sierżant wyciągnął rękę i osadził kapelana w miejscu.

— Bardzo mi przykro — powiedział z żalem, głębokim, uprzejmym, pełnym melancholii głosem — ale to rozkaz. Major Major nie przyjmuje nikogo.

— Major Major sam chciał się ze mną zobaczyć — tłumaczył kapelan. — Był w moim namiocie, kiedy ja byłem tutaj poprzednim razem.

— Major Major? — zdziwił się sierżant.

— Tak. Proszę pójść i spytać go.

— Obawiam się, że to niemożliwe. Mnie Major też nie przyjmuje. Może zostawi pan wiadomość?

— Nie chcę zostawiać wiadomości. Czy major nigdy nie robi wyjątków?

— Tylko w szczególnych sytuacjach. Po raz ostatni opuścił swój namiot, żeby wziąć udział w pogrzebie jednego z szeregowych. A po raz ostatni przyjął kogoś u siebie, kiedy znalazł się w sytuacji bez wyjścia. Bombardier nazwiskiem Yossarian wdarł się wtedy...

— Yossarian? — rozpromienił się kapelan uradowany tym

nowym zbiegiem okoliczności. Czyżby jeszcze jeden cud? — Właśnie o nim chcę rozmawiać z majorem Majorem. Czy mówili na temat liczby lotów bojowych, które Yossarian musi odbyć?

— Tak jest, właśnie o tym rozmawiali. Kapitan Yossarian miał pięćdziesiąt jeden lotów i prosił majora Majora o wyłączenie z personelu latającego i zwolnienie od czterech lotów. Pułkownik Cathcart wymagał wtedy pięćdziesięciu pięciu lotów.

— I co na to major Major?

— Major Major powiedział, że nic nie może zrobić.

Twarz kapelana pociemniała.

— Tak powiedział?

— Tak jest. Poradził nawet Yossarianowi, żeby udał się z tą sprawą do pana. Czy na pewno nie chce pan zostawić wiadomości? Mam tutaj papier i ołówek.

Kapelan potrząsnął głową, gryząc w rozpaczy spieczoną dolną wargę, i wyszedł. Słońce stało jeszcze wysoko, a tyle już się tego dnia wydarzyło. W lesie było nieco chłodniej. Gardło miał wysuszone i obolałe. Szedł powoli, zastanawiając się ponuro, jakież to jeszcze nieszczęścia mogą się na niego zwalić, kiedy zza krzewu morwy bez żadnego ostrzeżenia skoczył na niego szalony pustelnik. Kapelan wrzasnął na cały głos.

— Nie bij mnie!

— Kim pan jest? — krzyknął kapelan.

— Proszę mnie nie bić! — odkrzyknął nieznajomy.

— Jestem kapelanem!

— To dlaczego chce mi pan zrobić krzywdę?

— Wcale nie chcę panu zrobić krzywdy — przekonywał go kapelan zdradzając oznaki zniecierpliwienia, mimo że nadal stał jak wryty. — Niech pan tylko powie, kim pan jest i czego pan ode mnie chce.

— Chcę się tylko dowiedzieć, czy Wódz White Halfoat umarł już na zapalenie płuc — krzyknął nieznajomy. — Nic więcej nie chcę. Ja tu mieszkam. Nazywam się Flume. Należę do eskadry, ale mieszkam tutaj w lesie. Może pan spytać, kogo pan chce.

Przyglądając się dziwacznej, skulonej postaci, kapelan zaczął stopniowo odzyskiwać panowanie nad sobą. Na postrzępionej koszuli nieznajomego dyndały dwie kapitańskie belki pokryte nalotem rdzy. Miał włochate, czarne jak smoła znamię pod jednym nozdrzem i ciężkie, nastroszone wąsy koloru topolowej kory.

— Skoro jest pan z tej eskadry, to dlaczego mieszka pan w lesie? — spytał zaciekawiony kapelan.

— Muszę mieszkać w lesie — odpowiedział kapitan kwaśno,

jakby to było zrozumiałe samo przez się. Prostował się powoli, nadal z lękiem obserwując kapelana, mimo że był od niego przeszło o głowę wyższy. — Czy nie słyszał pan rozmów na mój temat? Wódz White Halfoat poprzysiągł, że poderżnie mi gardło której noc, kiedy głęboko zasnę, i dopóki on żyje, nie odważę się położyć do łóżka w eskadrze.

Kapelan z niedowierzaniem wysłuchał tego nieprawdopodobnego wyjaśnienia.

— Ależ to nie do wiary — zawołał. — Byłoby to morderstwo z premedytacją. Dlaczego nie zameldował pan o tym majorowi Majorowi?

— Zameldowałem o tym majorowi Majorowi — wyjaśnił ze smutkiem kapitan — i major Major powiedział, że on sam poderżnie mi gardło, jeżeli jeszcze raz się u niego pokażę. — Kapitan z lękiem spojrzał na kapelana. — Czy pan również chce mi poderżnąć gardło?

— Ależ nie, skąd — uspokoił go kapelan. — Oczywiście, że nie. Czy pan naprawdę mieszka w lesie?

Kapitan skinął głową i kapelan z mieszaniną litości i podziwu przyjrzał się jego porowatej, szarej z wycieńczenia i niedożywienia twarzy. Ciało kapitana było szkieletem w wymiętym ubraniu, które wisiało na nim jak przypadkowy zbiór worków. Wszędzie miał poprzyklejane źdźbła siana i widać było, że dawno już nie oglądał fryzjera. Pod oczami miał wielkie czarne sińce. Kapelan był prawie do łez wzruszony tym obrazem nędzy i rozpaczy, jaki przedstawiał kapitan, i poczuł szacunek i współczucie na myśl o różnorakich surowych umartwieniach, które ten biedak musi znosić każdego dnia.

— Kto panu pierze bieliznę?

— Oddaję ją praczce we wsi — odpowiedział kapitan rzeczowym tonem. — Trzymam swoje ubranie w przyczepie i zakradam się tam raz czy dwa razy dziennie, żeby wziąć czystą chustkę do nosa albo zmienić bieliznę.

— A co pan zrobi, jak przyjdzie zima?

— O, mam nadzieję, że do tego czasu wrócę do eskadry — wyznał kapitan z męczeńskim przekonaniem. — Wódz White Halfoat obiecywał stale, że umrze na zapalenie płuc, i sądzę, iż muszę tylko cierpliwie poczekać na nadejście chłodniejszych i wilgotniejszych dni. — Tu kapitan zmierzył kapelana zdziwionym spojrzeniem. — Czy pan tego wszystkiego nie wie? Nie słyszał pan, co o mnie mówią?

— Chyba nigdy nie słyszałem, żeby ktoś o panu mówił.

— Tak? Zupełnie tego nie rozumiem. — Kapitan był dotknięty, ale robił dobrą minę do złej gry. — Na szczęście mamy już prawie wrzesień i chyba teraz to nie potrwa długo. Jak chłopcy będą o mnie pytać, może im pan powiedzieć, że zacznę znowu pitrasić swoje biuletyny, jak tylko Wódz White Halfoat umrze na zapalenie płuc. Powie im pan? Proszę im powiedzieć, że wrócę do eskadry, kiedy nadejdzie zima i Wódz White Halfoat umrze na zapalenie płuc, dobrze?

Kapelan z nabożeństwem zapamiętał te prorocze słowa, urzeczony ich ezoterycznym znaczeniem.

— Czy żywi się pan jagodami, ziołami i korzonkami? — spytał.

— Nie, oczywiście, że nie — odpowiedział zdziwiony kapitan. — Zakradam się do stołówki od tyłu i jadam w kuchni. Milo daje mi mleko i kanapki.

— Co pan robi, kiedy pada deszcz?

— Moknę — przyznał szczerze kapitan.

— A gdzie pan sypia?

Kapitan natychmiast skulił się i zaczął się cofać.

— Pan także? — zawołał przerażony.

— Ależ nie — krzyknął kapelan. — Przysięgam.

— Pan też chce mi poderżnąć gardło! — upierał się kapitan.

— Daję panu słowo — zapewnił go kapelan, ale było już za późno, gdyż poczciwe, rozczochrane widmo już znikło, rozpływając się tak fachowo wśród bujnej, pstrej mozaiki liści, świateł i cieni, że kapelan natychmiast zaczął się zastanawiać, czy je rzeczywiście widział. Ostatnio miał tyle do czynienia ze zwidami, że nie był już pewien, które z nich były zwidami, a które istniały naprawdę. Chciał jak najprędzej dowiedzieć się prawdy o szaleńcu z lasu, sprawdzić, czy kapitan Flume jest postacią rzeczywistą, ale z żalem przypomniał sobie, że w pierwszym rzędzie musi udobruchać kaprala Whitcomba za to, że daje mu zbyt mało samodzielności. Człapał apatycznie ścieżką wijącą się przez las, z wyschniętym gardłem i tak wyczerpany, że ledwo powłóczył nogami. Miał wyrzuty sumienia na myśl o kapralu Whitcombie. Modlił się, żeby kaprala nie było, kiedy przyjdzie na polankę, i żeby mógł rozebrać się spokojnie, umyć porządnie ręce, piersi i ramiona, napić się wody, położyć się odświeżony, a może nawet zdrzemnąć się parę minut. Czekał go jednak kolejny zawód i kolejny szok, gdyż kapral Whitcomb podczas jego nieobecności stał się sierżantem Whitcombem i siedział półnagi w fotelu kapelana, przyszywając sobie jego igłą i nitką nowe dystynkcje do rękawa koszuli. Pułkownik Cathcart awansował kaprala Whitcomba i wzywał kapelana w sprawie listów.

Kapelan jęknął i jak podcięty osunął się na łóżko. Jego manierka była pusta, a z wrażenia zapomniał o pojemniku wiszącym w cieniu między namiotami.

— Nie mogę w to uwierzyć — powiedział. — Nie mogę uwierzyć, że ktoś mógł naprawdę uwierzyć, że podrabiałem podpis Washingtona Irvinga.

— Nie o te listy chodzi — sprostował kapral Whitcomb, wyraźnie uradowany rozpaczą kapelana. — Pułkownik chce z panem porozmawiać o listach do rodzin poległych.

— O tamtych listach? — spytał kapelan ze zdziwieniem.

— Tak jest — tryumfował kapral Whitcomb. — Przejedzie się po panu za to, że nie pozwolił mi pan ich wysyłać. Trzeba było widzieć, jak się zapalił do tego pomysłu, kiedy mu przypomniałem, że na listach będzie jego podpis. Za to właśnie mnie awansował. Jest absolutnie pewien, że dzięki temu napiszą o nim w „The Saturday Evening Post".

Kapelan zdumiał się jeszcze bardziej.

— Ale skąd on wiedział, że w ogóle rozważaliśmy taki projekt?

— Poszedłem do niego i powiedziałem.

— Co zrobiliście? — spytał kapelan ostro i zerwał się na równe nogi w obcym swojej naturze przystępie gniewu. — Chcecie powiedzieć, że poszliście poza moimi plecami do pułkownika, nie pytając mnie o pozwolenie?

— Tak jest — odpowiedział kapral Whitcomb, uśmiechając się bezczelnie ze złośliwą satysfakcją. — I dobrze panu radzę, niech pan nie próbuje robić z tego sprawy. — Roześmiał się wyzywająco. — Pułkownik Cathcart nie będzie zadowolony, kiedy się dowie, że pan się na mnie odgrywa za to, że przedstawiłem mu swój projekt. Wie pan co? — mówił kapral Whitcomb odgryzając pogardliwie, z głośnym trzaskiem, czarną nitkę kapelana i zapinając koszulę. — Ten tępak naprawdę myśli, że to jeden z najlepszych pomysłów, jakie zdarzyło mu się w życiu usłyszeć.

— Dzięki temu mogę nawet trafić na łamy „The Saturday Evening Post" — pochwalił się z uśmiechem pułkownik Cathcart, przechadzając się żwawo po swoim gabinecie, w którym strofował kapelana. — A pan nie potrafił docenić tego projektu. W osobie kaprala Whitcomba ma pan dobrego pomocnika. Mam nadzieję, że to przynajmniej pan docenia.

— Sierżanta Whitcomba — wyrwało się mimo woli kapelanowi.

— Powiedziałem przecież sierżanta Whitcomba — zaperzył się pułkownik Cathcart. — Dobrze by było, gdyby choć raz wysłuchał pan tego, co się do pana mówi, zamiast szukać dziury w całym. Nie chce pan chyba do końca życia pozostać kapitanem?

— Nie rozumiem, panie pułkowniku.

— Nie widzę przed panem żadnych możliwości awansu, jeżeli nadal będzie pan w ten sposób postępować. Kapral Whitcomb uważa, że wy, księża, nie mieliście żadnego pomysłu od tysiąca dziewięciuset czterdziestu czterech lat, i gotów jestem przyznać mu rację. Zdolny chłopak z tego kaprala Whitcomba. Tak, od dzisiaj to się zmieni. — Pułkownik usiadł z wyrazem determinacji i oczyścił z papierów środek biurka. Kiedy skończył, stuknął w środek tej oczyszczonej powierzchni palcem. — Od jutra — powiedział — chcę, żeby pisał pan z kapralem Whitcombem listy kondolencyjne do najbliższych krewnych każdego poległego, rannego lub wziętego do niewoli żołnierza naszej grupy. Życzę sobie, żeby to były listy szczere. Chcę, żeby mówiły szczegółowo o każdym żołnierzu, tak aby nie ulegało wątpliwości, że każde pańskie słowo płynie z głębi mojego serca. Jasne?

Kapelan impulsywnie zrobił krok naprzód, aby zaprotestować.

— Ależ, panie pułkowniku, to niemożliwe! — wybuchnął. — Nawet nie znamy tak dobrze wszystkich żołnierzy.

— A co to za różnica? — spytał pułkownik Cathcart i nagle uśmiechnął się pojednawczo. — Kapral Whitcomb przyniósł mi projekt listu, który przewiduje w zasadzie każdą sytuację. Niech pan posłucha: „Szanowna Pani, Panie, Panno lub Szanowni Państwo! Nie potrafię znaleźć słów, aby wyrazić głęboko osobisty ból, jakiego doznałem na wieść, że pani(a) mąż, syn, ojciec lub brat poległ, został ranny lub zaginął". I tak dalej. Uważam, że to wstępne zdanie doskonale oddaje moje uczucia. Niech ksiądz posłucha, a może, jeżeli ksiądz nie ma do tego serca, przekaże księdz całą sprawę kapralowi Whitcombowi? — Pułkownik Cathcart wybił niedopałek z cygarniczki i wygiął ją w obu dłoniach jak szpicrutę z onyksu i kości słoniowej. — To jest jedna z największych wad księdza — powiedział. — Kapral Whitcomb uważa, że nie ma ksiądz zaufania do ludzi. Mówi też, że brak księdzu inicjatywy. Chyba ksiądz nie zaprzeczy, prawda?

— Nie, panie pułkowniku. — Kapelan potrząsnął głową czując się bardzo podle, ponieważ rzeczywiście nie miał zaufania do podwładnych, brakowało mu inicjatywy i faktycznie miał ochotę zaprzeczyć pułkownikowi. W głowie miał sieczkę. Za oknami strzelano do rzutków i kapelan wzdrygał się za każdym strzałem. Nie mógł się przyzwyczaić do odgłosu wystrzałów. Otaczały go ze wszystkich stron kosze dorodnych pomidorów i był prawie pewien, że kiedyś w zamierzchłej przeszłości stał już w gabinecie pułkownika Cathcarta w podobnej sytuacji, otoczony takimi samymi koszami pomidorów. Znowu *déjà vu*. Sceneria była znajoma, a jednocześnie jakże odległa. Czuł, że ubranie ma brudne i zniszczone, i dręczyła go śmiertelna obawa, że śmierdzi.

— Za bardzo bierze sobie ksiądz wszystko do serca — powiedział pułkownik Cathcart szczerze, z nutą protekcjonalnego obiektywizmu. — To też jest jedna z wad księdza. Grobowa mina księdza wprawia wszystkich w przygnębienie. Chcę od czasu do czasu usłyszeć śmiech księdza. Dalej, śmiało, kapelanie! Niech się ksiądz roześmieje serdecznie, a dostanie ksiądz cały kosz dorodnych pomidorów. — Pułkownik odczekał kilka sekund wpatrując się w kapelana i zachichotał zwycięsko. — Widzi ksiądz, że mam rację. Nie potrafi się ksiądz roześmiać.

— Nie, panie pułkowniku — przyznał kapelan pokornie, przełykając ślinę powoli, z wyraźnym wysiłkiem. — Nie teraz. Bardzo chce mi się pić.

— Więc niech się ksiądz napije. Pułkownik Korn trzyma zwykle whisky w biurku. Powinien ksiądz spróbować wpaść kiedyś wieczorem z nami do klubu oficerskiego i trochę się rozerwać. Niech się ksiądz zabawi od czasu do czasu. Mam nadzieję, że nie uważa się ksiądz za kogoś lepszego od nas dlatego, że jest ksiądz zawodowym oficerem?

— Ależ skąd, panie pułkowniku — zapewnił go kapelan z zażenowaniem. — Prawdę mówiąc, spędziłem w klubie kilka ostatnich wieczorów.

— Jest ksiądz tylko kapitanem — kontynuował pułkownik, nie zwracając najmniejszej uwagi na słowa kapelana. — Może ksiądz być zawodowym oficerem, ale nadal jest tylko kapitanem.

— Tak jest, panie pułkowniku. Wiem o tym.

— No to bardzo dobrze. Może to nawet lepiej, że się ksiądz nie roześmiał. I tak nie dałbym księdzu tych pomidorów. Kapral Whitcomb powiedział mi, że wziął ksiądz dorodnego pomidora będąc tutaj dziś rano.

— Dziś rano? Ależ, panie pułkowniku! Pan sam mi go dał.

Pułkownik Cathcart podejrzliwie przekrzywił głowę.

— Przecież wcale nie mówię, że go księdzu nie dałem. Powiedziałem tylko, że ksiądz go wziął. Nie rozumiem, dlaczego tak się ksiądz denerwuje, jeżeli rzeczywiście go ksiądz nie ukradł. Więc twierdzi ksiądz, że sam go księdzu dałem?

— Tak jest, panie pułkowniku. Przysięgam, że tak.

— Muszę więc księdzu wierzyć na słowo. Chociaż nie wyobrażam sobie, po co miałbym dawać księdzu dorodnego pomidora. — Pułkownik Cathcart fachowym ruchem przeniósł okrągły szklany przycisk z prawej strony biurka na lewą i wziął do ręki zaostrzony ołówek. — No dobrze, mam teraz masę ważnej roboty, jeżeli ksiądz już skończył. Proszę dać mi znać, kiedy kapral Whitcomb wyśle już z tuzin tych listów, i wtedy skontaktujemy się z redakcją „The Saturday Evening Post". — Nagle błysk natchnienia rozjaśnił jego oblicze. — Hej! Chyba znowu zgłoszę naszą grupę do nalotu na Awinion. To powinno przyśpieszyć sprawę!

— Na Awinion? — Serce kapelana zamarło i poczuł, że przebiegają go ciarki.

— Tak jest — wyjaśnił pułkownik radośnie. — Im wcześniej będziemy mieli jakieś straty, tym prędzej będzie można nadać bieg sprawie. Chciałbym w miarę możności trafić do numeru świątecznego. Myślę, że jest wtedy większy nakład.

I ku przerażeniu kapelana pułkownik podniósł słuchawkę, żeby zgłosić swoją grupę na ochotnika do nalotu na Awinion, a wieczorem znowu chciał go wyrzucić z klubu oficerskiego na moment przed tym, nim pijany Yossarian podniósł się przewracając krzesło, aby wymierzyć karzący cios, i Nately zawołał go po nazwisku, na dźwięk którego pułkownik Cathcart pobladł i cofnął się przezornie, nadeptując na nogę generała Dreedle, który odepchnął go zdegustowany i rozkazał mu natychmiast wrzucić kapelana z powrotem do klubu. Pułkownik Cathcart gubił się w tym wszystkim: najpierw to budzące trwogę nazwisko „Yossarian!" rozbrzmiewające donośnie jak dzwon na trwogę, a potem ta noga generała Dreedle. Była to jeszcze jedna wada kapelana — pułkownik Cathcart nigdy nie potrafił przewidzieć, jak generał Dreedle zareaguje na jego widok. Pułkownik Cathcart na zawsze zapamiętał wieczór, kiedy generał Dreedle po raz pierwszy zwrócił uwagę na kapelana w klubie oficerskim, unosząc czerwoną, rozgrzaną, nasączoną alkoholem twarz i przypatrując się w zamyśleniu poprzez żółte kłęby dymu kapelanowi przycupniętemu samotnie pod ścianą.

— Niech mnie szlag trafi! — zawołał generał Dreedle ochrypie, poruszając ze zdziwieniem kosmatymi, siwymi, groźnymi brwiami. — Czy to czasem nie kapelan? To rzeczywiście piękne, jeżeli osobę duchowną można zobaczyć w takim miejscu, wśród bandy sprośnych pijaków i karciarzy.

Pułkownik Cathcart zacisnął surowo wargi i zaczął wstawać.

— Jestem zupełnie tego samego zdania — zgodził się skwapliwie tonem ostentacyjnego potępienia. — Nie mam pojęcia, co się ostatnio dzieje z duchowieństwem.

— Stają się coraz lepsi, oto co się z nimi dzieje — mruknął generał Dreedle z naciskiem.

Pułkownik Cathcart przełknął niezręcznie, ale szybko odzyskał panowanie nad sobą.

— Tak jest, panie generale. Są coraz lepsi. To właśnie miałem na myśli, panie generale.

— To jest właśnie odpowiednie miejsce dla kapelana, powinien być wśród ludzi, kiedy piją i grają w karty, aby ich lepiej zrozumieć i zdobyć ich zaufanie. W przeciwnym razie, jakże, u diabła, może ich nakłonić do wiary w Boga?

— To właśnie miałem na myśli, panie generale, kiedy rozkazałem mu tu przychodzić — ostrożnie powiedział pułkownik Cathcart, po czym objąwszy przyjaźnie kapelana przyparł go do ściany i z chłodną nutą w głosie kazał mu każdego wieczoru meldować się w klubie oficerskim, żeby mógł stykać się z ludźmi, kiedy piją i grają w karty, aby ich lepiej zrozumieć i zdobyć ich zaufanie.

Kapelan nie protestował i co wieczór meldował się w klubie oficerskim, aby stykać się z ludźmi, którzy unikali go, jak tylko mogli, aż do dnia, kiedy przy stole pingpongowym wywiązała się wściekła walka na pięści i Wódz White Halfoat odwrócił się sprowokowany i wyrżnął pułkownika Moodusa w pysk, aż ten wylądował na tyłku, a generał Dreedle niespodziewanie wybuchnął rubasznym śmiechem i przestał dopiero, kiedy zobaczył kapelana, który stał w pobliżu i gapił się na niego groteskowo z bolesnym zdumieniem. Generał Dreedle skamieniał na jego widok. Jego dobry humor ulotnił się momentalnie, przez chwilę z narastającą wściekłością patrzył na kapelana spode łba, po czym skierował się skwaszony w stronę baru, kołysząc się jak marynarz na swoich krótkich, krzywych nogach. Pułkownik Cathcart dreptał przestraszony w ślad za nim, rozglądając się niespokojnie w daremnym oczekiwaniu choćby na cień pomocy ze strony pułkownika Korna.

— To rzeczywiście piękne — warknął generał Dreedle przy barze, zaciskając w potężnej dłoni pustą szklankę. — Odkąd to duchowni pętają się w takich miejscach, wśród bandy sprośnych pijaków i karciarzy?

Pułkownik Cathcart westchnął z ulgą.

— Tak jest, panie generale — zawołał z dumą. — To rzeczywiście piękne.

— Więc dlaczego, do diabła, nic pan w tej sprawie nie zrobi?

— Jak to, panie generale? — spytał pułkownik Cathcart mrugając oczami.

— Myśli pan może, że przynosi panu zaszczyt to, że pański kapelan wysiaduje tutaj co wieczór? Widzę go, ilekroć tutaj zaglądam.

— Ma pan rację, panie generale, ma pan absolutną rację — odpowiedział pułkownik Cathcart. — To mi na pewno nie przynosi zaszczytu. I zaraz podejmę odpowiednie kroki, natychmiast.

— Czy to nie pan kazał mu tu przychodzić?

— Nie, panie generale, to pułkownik Korn. Mam zamiar ukarać go z całą surowością.

— Gdyby nie to, że jest kapelanem — mruknął generał Dreedle — kazałbym go wyprowadzić na dwór i rozstrzelać.

— On nie jest kapelanem, panie generale — podpowiedział pułkownik Cathcart usłużnie.

— Nie jest? To dlaczego, do cholery, nosi ten krzyż na kołnierzu?

— On nie ma krzyżyka na kołnierzu, panie generale, tylko srebrny liść. On jest podpułkownikiem.

— Ma pan kapelana w stopniu podpułkownika? — zdziwił się generał Dreedle.

— Nie, panie generale. Mój kapelan jest tylko kapitanem.

— To dlaczego, do cholery, nosi srebrny liść na kołnierzu, jeżeli jest tylko kapitanem?

— On nie ma na kołnierzu srebrnego liścia, panie generale, tylko krzyżyk.

— Natychmiast odejdź ode mnie, ty skurwysynu — powiedział generał Dreedle — bo ciebie każę wyprowadzić na dwór i rozstrzelać.

— Tak jest, panie generale.

Pułkownik Cathcart tłumiąc łkanie oddalił się od generała i wyrzucił kapelana z klubu oficerskiego, a cała historia powtórzyła się niemal dokładnie w dwa miesiące później, po tym jak kapelan usiłował skłonić pułkownika Cathcarta do odwołania rozkazu zwiększającego liczbę obowiązujących lotów bojowych do sześćdziesięciu i poniósłszy również w tej sprawie sromotną klęskę gotów był całkowicie oddać się rozpaczy, gdyby nie powstrzymywała go myśl o żonie, którą kochał i za którą tęsknił tak desperacko, z taką zmysłową, a jednocześnie wzniosłą żarliwością, oraz bezgraniczna wiara w mądrość i sprawiedliwość nieśmiertelnego, wszechpotężnego, wszechwiedzącego, dobrego, powszechnego, antropomorficznego, anglosaskiego, proamerykańskiego Boga, jaką żywił przez całe życie, a która teraz zaczynała się chwiać. Tyle rzeczy wystawiało jego wiarę na próbę. Była oczywiście Biblia, ale Biblia to książka, podobnie jak *Dom na pustkowiu, Wyspa skarbów, Ethan Frome* czy *Ostatni Mohikanin.* Czyżby rzeczywiście — słyszał kiedyś, jak pytał o to Dunbar — ludzie tak ciemni, że nie wiedzieli, skąd się bierze deszcz, mogli wyjaśniać tajemnice bytu? Czy Bóg Wszechmogący, w swojej nieskończonej mądrości, rzeczywiście obawiał się, że sześć tysięcy lat temu ludzie zbudują wieżę sięgającą nieba? Gdzie, u diabła, jest to niebo? W górze? Na dole? Przecież pojęcia góra i dół nie mają sensu w skończonym, ale rozszerzającym się Wszechświecie, w którym nawet ogromne, rozpalone, oślepiające, majestatyczne słońce znajduje się w stanie postępującego rozpadu, który kiedyś doprowadzi do zniszczenia Ziemi. Nie ma żadnych cudów, modlitwy pozostają bez odpowiedzi, nieszczęścia zaś z równą brutalnością spadają na cnotliwych i na grzeszników. Kapelan, który miałby sumienie i charakter, dawno już ustąpiłby przed głosem rozumu i porzucił wiarę ojców — rezygnując zarówno z powołania, jak i ze stopnia oficerskiego — i naraziłby życie jako zwykły żołnierz w piechocie albo w artylerii polowej, albo może nawet jako kapral w wojskach desantowych, gdyby nie cały szereg nadprzyrodzonych zjawisk, w rodzaju nagiego człowieka na drzewie kilka tygodni temu, podczas pogrzebu nieszczęsnego sierżanta, i zagadkowego, niepokojącego, podtrzymującego na duchu proroctwa wygłoszonego przez proroka Flume'a w lesie przed kilkoma zaledwie godzinami: „Powiedz im, że wrócę, kiedy nadejdzie zima".

26

Aarfy

W pewnym sensie wszystkiemu winien był Yossarian, bo gdyby nie przesunął linii frontu podczas Wielkiego Oblężenia Bolonii, major... de Coverley byłby może na miejscu i mógłby go uratować, a gdyby nie zapełnił pokojów dla szeregowców dziewczynami, które nie miały innego dachu nad głową, Nately może nie zakochałby się w swojej kurewce, która teraz siedziała naga od pasa w dół w pokoju pełnym opryskliwych mruków, którzy grali w oko nie zwracając na nią najmniejszej uwagi. Nately obserwował ją ukradkiem ze swego wyściełanego żółtego fotela, podziwiając znudzoną, flegmatyczną siłę, z jaką znosiła to masowe lekceważenie. Głęboko go wzruszyło jej ziewnięcie. Jeszcze nigdy w życiu nie widział tak heroicznego opanowania.

Dziewczyna pokonała pięć kondygnacji stromych schodów, aby sprzedać się grupie zblazowanych szeregowców, którzy mieli już pełno dziewczyn u siebie; nikt jej nie chciał za żadną cenę, nawet kiedy się bez entuzjazmu rozebrała, żeby ich skusić swoim dużym ciałem, jędrnym, pełnym i naprawdę ponętnym. Sprawiała wrażenie raczej zmęczonej niż zawiedzionej. Usiadła pogrążając się w tępej bezczynności i obserwując z bezmyślnym zainteresowaniem grę, mobilizowała całą swoją oporną energię, żeby wykonać kolejne nieciekawe zadanie: dokończyć ubierania się i wrócić do pracy. Po chwili się poruszyła, potem wstała z mimowolnym westchnieniem i sennym ruchem weszła w swoje obcisłe bawełniane figi i ciemną spódniczkę, zapięła pantofle i wyszła. Nately wyślizgnął się w ślad za nią i kiedy prawie w dwie godziny później Yossarian z Aarfym weszli do pokojów dla oficerów, ona znowu wchodziła w swoje figi i spódniczkę, i było to prawie jak nachodzące kapelana uczucie, że przeżywa coś po raz drugi, gdyby nie Nately, który stał jak półtora nieszczęścia z rękami w kieszeniach.

— Ona chce odejść — powiedział omdlewającym, nie swoim głosem. — Nie chce dłużej zostać.

— Zapłać jej, żeby została z tobą przez cały dzień — poradził mu Yossarian.

— Oddała mi pieniądze — wyznał Nately. — Ma mnie dosyć i chce poszukać kogoś innego.

Dziewczyna włożyła pantofle i zatrzymała się rzucając bezczelnie zapraszające spojrzenie na Yossariana i Aarfy'ego. Piersi miała duże i spiczaste pod cienkim białym sweterkiem bez rękawów, który obciskał jej kształty rozszerzając się opływowo na kuszących biodrach. Yossarian odwzajemnił jej spojrzenie i poczuł nagły przypływ zainteresowania. Potrząsnął przecząco głową.

— Baba z wozu, koniom lżej — z niewzruszonym spokojem skomentował sprawę Aarfy.

— Nie mów tak o niej! — zaprotestował żywo Nately głosem, w którym była prośba i przygana zarazem. — Chcę, żeby została ze mną.

— Co ty w niej takiego widzisz? — spytał drwiąco Aarfy z udanym zdziwieniem. — Przecież to tylko kurwa.

Dziewczyna wzruszyła obojętnie ramionami i po chwili skierowała się w stronę drzwi. Nately z bólem serca rzucił się, żeby je przed nią otworzyć. Potem wrócił złamany, a jego wrażliwe oblicze wyrażało bezgraniczny smutek.

— Nie martw się — pocieszał go Yossarian najczulej, jak tylko mógł. — Na pewno znajdziesz ją jeszcze. Wiemy przecież, gdzie się kręcą wszystkie tutejsze kurwy.

— Proszę cię, nie mów tak o niej — poprosił Nately z taką miną, jakby miał się za chwilę rozpłakać.

— Przepraszam — mruknął Yossarian.

Aarfy zagrzmiał jowialnie:

— Ulice roją się od setek kurew nie gorszych od niej. Ta nawet wcale nie jest ładna. — Wybuchnął srebrzystym śmiechem, w którym pobrzmiewała nuta wyższości i pewności siebie. — Pobiegłeś otworzyć przed nią drzwi, jakbyś był zakochany.

— Chyba jestem w niej zakochany — wyznał Nately zawstydzonym, stłumionym głosem.

Aarfy zmarszczył pulchne, okrągłe, różowe czoło z błazeńskim niedowierzaniem.

— Cha, cha, cha, cha! — zaśmiewał się poklepując się z uciechy po rozległych zgniłozielonych bokach swojej oficerskiej kurtki. — To ci dopiero bomba. Jesteś w niej zakochany? To prawdziwa bomba! — Aarfy miał tego samego popołudnia randkę z siostrą Czerwonego Krzyża, której ojciec był właścicielem znanej wytwórni mleczka magnezjowego. — Takiej dziewczyny powinieneś sobie poszukać, a nie uganiać się za pospolitą dziwką. Przecież ona nawet nie potrafi schludnie wyglądać.

— Wszystko mi jedno! — krzyknął Nately desperacko. — I proszę, żebyś się zamknął. Nie chcę w ogóle z tobą na ten temat rozmawiać.

— Zamknij się, Aarfy — powiedział Yossarian.

— Cha, cha, cha, cha! — śmiał się dalej Aarfy. — Wyobrażam sobie, co by powiedzieli twoi rodzice, gdyby się dowiedzieli, że zadajesz się z takimi flądrami. Twój ojciec jest bardzo dystyngowanym człowiekiem, sam wiesz.

— Nie powiem im — oświadczył Nately z determinacją. — Nie wspomnę o niej słowem ojcu ani matce, powiem im dopiero po ślubie.

— Po ślubie? — Rozbawienie Aarfy'ego doszło do szczytu. — Cha, cha, cha, cha! Teraz mówisz już zupełnie głupio. Przecież ty w ogóle jesteś jeszcze za młody, żeby wiedzieć, co to jest prawdziwa miłość.

Aarfy był autorytetem w sprawie prawdziwej miłości, ponieważ pokochał prawdziwą miłością ojca Nately'ego i perspektywę pracy u niego po wojnie na dobrym stanowisku w nagrodę za przyjaźń z Natelym. Aarfy był prowadzącym nawigatorem, który zagubił się po ukończeniu studiów i dotąd nie mógł się odnaleźć. Był jowialnym, wielkodusznym nawigatorem, który zawsze przebaczał kolegom z eskadry wściekłe wymyślania, jakimi go obrzucali za każdym razem, kiedy zabłądził w locie bojowym, prowadząc ich prosto w zmasowany ogień artylerii przeciwlotniczej. Tego wieczoru zabłądził na ulicach Rzymu i nigdy już nie odnalazł siostry Czerwonego Krzyża na wydaniu, ze znaną wytwórnią mleczka magnezjowego w posagu. Zabłądził w akcji na Ferrarę w dniu, kiedy zestrzelono Krafta, jak również w cotygodniowym dziecinnie łatwym locie na Parmę, kiedy usiłował wyprowadzić samoloty nad morze w pobliżu Livorno. Yossarian, zrzuciwszy bomby na nie bronione obiekty w głębi lądu, oparł się o grubą ścianę płyty pancernej z przymkniętymi oczami i wonnym papierosem w palcach. Nagle skądś się wziął ogień przeciwlotniczy i w telefonie pokładowym rozległ się wrzask McWatta:

— Artyleria! Artyleria! Gdzie my, do cholery, jesteśmy? Co się, u diabła, dzieje?

Yossarian przerażony otworzył oczy i ku swemu wielkiemu zdumieniu zobaczył pęczniejące czarne obłoczki wybuchów walące się na nich z góry i okrągłe jak melon, pogodne oblicze Aarfy'ego, który patrzył swoimi małymi oczkami na zbliżające się wybuchy z łagodnym oszołomieniem. Yossariana zatkało. Nagle poczuł, że zdrętwiała mu noga. McWatt zaczął nabierać wysokości i wrzeszczał przez telefon domagając się instrukcji. Yossarian rzucił się do przodu, żeby zobaczyć, gdzie się znajdują, i pozostał w tym samym miejscu. Nie mógł się ruszyć. Jednocześnie uświadomił sobie, że jest mokry. Spojrzał w dół na swoje krocze i poczuł, że robi mu się słabo. Wielka, nieregularna, szkarłatna plama rozpełzała się gwałtownie w górę po koszuli, jak ogromny morski potwór wypływający, aby go pożreć. Był ranny! Oddzielne strumyczki krwi, cieknące z jednej przesiąkniętej nogawki jak niezliczone, niepowstrzymane kolumny rojących się czerwonych robaczków, łączyły się w kałużę na podłodze. Serce w nim zamarło. Drugie potężne uderzenie wstrząsnęło samolotem. Yossarian zadrżał z obrzydzenia na widok swojej paskudnej rany i wrzasnął do Aarfy'ego.

— Urwało mi jaja! Aarfy, urwało mi jaja! — Aarfy nie słyszał, więc Yossarian pochylił się i potrząsnął go za ramię. — Aarfy, ratuj! — błagał bliski płaczu. — Jestem ranny! Jestem ranny!

Aarfy odwrócił się powoli z pustym, błazeńskim uśmiechem.

— Co? — spytał.

— Jestem ranny, Aarfy! Ratuj mnie!

Aarfy uśmiechnął się znowu i dobrodusznie wzruszył ramionami.

— Nie słyszę, co mówisz — powiedział.

— Przecież widzisz! — krzyknął Yossarian z niedowierzaniem i wskazał na rozszerzającą się kałużę krwi wokół siebie. — Jestem ranny! Pomóż mi, na miłość bosą! Aarfy, ratuj!

— Nadal cię nie słyszę — poskarżył się Aarfy wyrozumiale, przykładając swoją kluchowatą dłoń do wyblakłej konchy ucha. — Co mówisz?

— Mniejsza z tym — odpowiedział Yossarian gasnącym głosem, nagle zmęczony krzykiem i całą tą przygnębiającą, irytującą i śmieszną sytuacją. Umierał i nikt o tym nie wiedział. Mniejsza z tym.

— Co? — krzyknął Aarfy.

— Mówiłem, że urwało mi jaja! Nie słyszysz? Mam ranę w pachwinie!

— Nie słyszę — powiedział z pretensją Aarfy.

— Powiedziałem już, mniejsza z tym! — wrzasnął Yossarian czując z przerażeniem, że znalazł się w pułapce, i zaczął drżeć z zimna i osłabienia.

Aarfy z żalem pokręcił głową i zbliżył swoje nieprzyzwoite, jakby nabrzmiałe mlekiem ucho tuż do twarzy Yossariana.

— Musisz mówić głośniej, mój drogi — powiedział.

— Daj mi spokój, ty bydlaku! Daj mi spokój, tępy, niewrażliwy bydlaku! — załkał Yossarian. Chciał uderzyć Aarfy'ego, ale nie miał siły unieść ręki, postanowił więc zasnąć i osunął się na bok zemdlony.

Był ranny w udo i kiedy odzyskał przytomność, zobaczył klęczącego nad sobą McWatta. Poczuł ulgę, mimo że nadal widział rozmazaną, pulchną twarz Aarfy'ego, który z pogodnym zainteresowaniem zaglądał McWattowi przez ramię. Yossarian uśmiechnął się blado do McWatta, czując się bardzo chory, i spytał:

— Kto pilnuje sklepu?

McWatt nawet nie drgnął. Z narastającym strachem Yossarian zebrał siły i powtórzył pytanie najgłośniej, jak tylko mógł.

McWatt podniósł wzrok.

— O rany, cieszę się, że żyjesz! — zawołał z potężnym westchnieniem ulgi. Wesołe, przyjazne zmarszczki wokół jego oczu zbielały z napięcia i wypełniły się potem, kiedy owijał nie kończącym się bandażem gruby kompres z waty, którego ciężar Yossarian odczuwał na wewnętrznej stronie uda. — Przy sterach jest Nately. Biedny chłopak mało się nie rozpłakał, kiedy usłyszał, że cię trafiło. Myśli, że nie żyjesz. Masz przeciętą arterię, ale chyba udało mi się zatamować krew. Dałem ci też morfinę.

— Daj mi jeszcze trochę.

— Chyba jeszcze za wcześnie. Dam ci, jak zacznie boleć.

— Już mnie boli.

— A co tam, było nie było — powiedział McWatt i wstrzyknął Yossarianowi w ramię jeszcze jedną ampułkę morfiny.

— Jak powiesz Nately'emu, że ze mną w porządku... — zaczął Yossarian i powtórnie stracił przytomność; wszystko rozpłynęło się w jakąś poziomkową galaretkę i utonęło w niskim, wibrującym pomruku. Ocknął się w karetce i mrugnął porozumiewawczo na widok posępnej miny ponurego jak turkuć podjadek doktora

Daneeki, ale po sekundzie czy dwóch wszystko znowu przybrało kolor płatków róży, a potem zapadło się w niezgłębioną ciemność i znieruchomiało na dobre.

Yossarian obudził się w szpitalu i natychmiast znów zasnął. Kiedy obudził się powtórnie, nie pachniało już eterem, a w łóżku naprzeciwko leżał w piżamie Dunbar i twierdził, że on nie jest Dunbar, tylko Fortiori. Yossarian pomyślał, że Dunbar zwariował. Wydął sceptycznie wargi w odpowiedzi na rewelację Dunbara i zasnął niespokojnym snem na dzień lub dwa, a potem obudził się, kiedy nie było żadnej z sióstr, i wstał z łóżka, żeby przekonać się na własne oczy. Podłoga kołysała się jak tratwa przy plaży, a szwy po wewnętrznej stronie uda wgryzały mu się w ciało jak rząd ostrych rybich zębów, gdy kulejąc zrobił kilka kroków, aby odczytać nazwisko na karcie w nogach łóżka naprzeciwko. I rzeczywiście Dunbar miał rację: nie był już Dunbarem, tylko podporucznikiem Anthonym F. Fortiorim.

— Co się, do cholery, dzieje?

A. Fortiori wstał z łóżka i skinął na Yossariana, żeby za nim poszedł. Chwytając się sprzętów, Yossarian pokuśtykał za nim na korytarz i przez całą sąsiednią salę do łóżka, którego zawartość stanowił strapiony pryszczaty młodzieniec z cofniętą szczęką. Strapiony młodzieniec na ich widok uniósł się skwapliwie na łokciu. A. Fortiori wskazał kciukiem za siebie i powiedział:

— Spierdalaj!

Strapiony młodzieniec wyskoczył z łóżka i uciekł. A. Fortiori położył się na jego miejscu i stał się znowu Dunbarem.

— To był A. Fortiori — wyjaśnił Dunbar. — Nie było wolnego łóżka w twojej sali, więc zrobiłem użytek ze swego stopnia i przepędziłem go na moje miejsce. To bardzo przyjemne uczucie, kiedy się robi użytek ze swego stopnia. Powinieneś kiedyś spróbować. Prawdę mówiąc, powinieneś spróbować już teraz, bo wyglądasz, jakbyś miał za chwilę zemdleć.

Yossarian czuł się tak, jakby miał za chwilę zemdleć, zwrócił się więc do mężczyzny w sile wieku, z masywną szczęką i smagłą twarzą, który leżał obok Dunbara, wskazał kciukiem za siebie i powiedział:

— Spierdalaj!

Mężczyzna zesztywniał i spojrzał na niego wściekłym wzrokiem.

— To jest major — wyjaśnił Dunbar. — Może byś poprzestał na czymś mniejszym i zamienił się na jakiś czas w chorążego Homera Lumleya? Miałbyś wtedy ojca w stanowym zgromadzeniu ustawodawczym i siostrę zaręczoną z mistrzem narciarskim. Wystarczy mu powiedzieć, że jesteś kapitanem.

Yossarian zwrócił się do przestraszonego pacjenta, którego mu wskazał Dunbar.

— Jestem kapitanem — powiedział wskazując kciukiem za siebie. — Spierdalaj!

Przestraszony pacjent na rozkaz Yossariana zeskoczył na podłogę i uciekł. Yossarian położył się na jego miejscu i zamienił się w chorążego Homera Lumleya, któremu zbierało się na wymioty i który nagle pokrył się cały lepkim potem. Przespał się godzinę i zapragnął znowu być Yossarianem. Nie bawił go ani ojciec w stanowym zgromadzeniu ustawodawczym, ani siostra zaręczona z mistrzem narciarskim. Dunbar odprowadził go do jego sali, gdzie wypędził z łóżka A. Fortioriego, każąc mu znów zamienić się na jakiś czas w Dunbara. Po chorążym Homerze Lumleyu nie było ani śladu. Była za to siostra Cramer, która zasyczała świętym oburzeniem jak mokry fajerwerk. Kazała Yossarianowi natychmiast wrócić do swojego łóżka i zagrodziła mu drogę, tak że nie mógł tego zrobić. Jej ładna buzia była jeszcze bardziej odpychająca niż zwykle. Siostra Cramer była dobrym, sentymentalnym stworzeniem i wybuchała bezinteresowną radością na wieść o ślubach, zaręczynach, urodzinach i rocznicach, nawet gdy chodziło o ludzi zupełnie jej obcych.

— Czy pan oszalał? — beształa go wyniośle, potrząsając mu gniewnie palcem przed nosem. — Czy wie pan, że naraża pan swoje życie?

— To moje życie — przypomniał jej Yossarian.

— Chce pan stracić nogę?

— To moja noga.

— To wcale nie jest pańska noga! — odparła siostra Cramer. — Ta noga jest własnością rządu Stanów Zjednoczonych. Tak samo jak każdy inny sprzęt, choćby nocnik. Armia zainwestowała masę pieniędzy, żeby zrobić z pana pilota, i nie ma pan prawa lekceważyć zaleceń lekarza.

Yossarian nie był pewien, czy życzy sobie, żeby w niego inwestowano. Siostra Cramer nadal zagradzała drogę, nie dając mu przejść. Bolała go głowa. Siostra Cramer wykrzykiwała jakieś pytania, których nie rozumiał. Wskazał więc kciukiem za siebie i powiedział:

— Spierdalaj!

Siostra Cramer trzasnęła go w twarz tak mocno, że omal nie

zwaliła go z nóg. Yossarian cofnął pięść, żeby ją strzelić w szczękę, lecz właśnie w tym momencie ugięła się pod nim noga. Siostra Duckett podbiegła i zdążyła go podtrzymać.

— Co się tu dzieje? — zwróciła się do nich obojga surowo.

— Pacjent nie chce wracać do łóżka — zameldowała gorliwie siostra Cramer urażonym tonem. — Powiedział do mnie coś absolutnie okropnego. Nie mogę tego nawet powtórzyć!

— Ona nazwała mnie sprzętem — wymamrotał Yossarian.

Siostra Duckett nie wykazała zrozumienia.

— Wróci pan do łóżka — spytała — czy mam pana zaprowadzić za ucho?

— Niech pani tylko spróbuje — postawił się Yossarian.

Siostra Duckett wzięła go za ucho i zaprowadziła do łóżka.

27

Siostra Duckett

Siostra Sue Anna Duckett była wysoką, szczupłą, dojrzałą, prostą jak trzcina kobietą o wystającym, krągłym zadku, małych piersiach i kanciastych, ascetycznych, typowo nowoangielskich rysach, które równie dobrze można było uznać za bardzo piękne, jak i za bardzo brzydkie. Skórę miała białoróżową, oczy małe, nos i podbródek wąskie i ostre. Była sprawna, szybka, dokładna i inteligentna. Nie bała się odpowiedzialności i nigdy nie traciła głowy w trudnych sytuacjach. Była dorosła i samodzielna i niczego od innych nie potrzebowała. Yossarian poczuł dla niej litość i postanowił coś dla niej zrobić.

Następnego dnia rano, kiedy pochylona poprawiała prześcieradło w nogach jego łóżka, włożył jej ukradkiem dłoń między kolana i gwałtownym ruchem przesunął do góry, aż do oporu. Siostra Duckett wrzasnęła i podskoczyła na milę, ale jeszcze i tak za nisko, bo nadal wierciła się, podskakiwała i podrygiwała na swoim boskim punkcie podparcia przez całych piętnaście sekund, zanim wreszcie udało jej się uwolnić i w panice, z drżącą, pobladłą twarzą wycofać na przejście. Cofnęła się za daleko i Dunbar, który obserwował wszystko od początku, podskoczył znienacka na łóżku i chwycił ją od tyłu za biust. Siostra Duckett wydała kolejny wrzask, wyrwała się i odsunęła od Dunbara na tyle, że Yossarian wychyliwszy się z łóżka zdołał ją znowu złapać za piczkę. Odskoczyła na drugą stronę przejścia jak piłeczka pingpongowa z nogami. Dunbar czekał czujnie, gotując się do skoku. Siostra Duckett przypomniała sobie o nim i w ostatniej chwili dała susa w bok. Dunbar chybił i przeleciawszy obok niej wyrżnął czaszką o podłogę z tępym, miażdżącym uderzeniem, od którego stracił przytomność.

Ocknął się na podłodze z rozbitym nosem i dokuczliwym bólem głowy, jaki od dłuższego czasu symulował. W sali panował tumult i wrzawa. Siostra Duckett zalewała się łzami, a Yossarian pocieszał ją i przepraszał siedząc obok niej na skraju łóżka. Lekarz-pułkownik był wściekły i krzyczał do Yossariana, że nie dopuści, aby pacjenci pozwalali sobie na nieprzyzwoite gesty w stosunku do jego pielęgniarek.

— Co pan od niego chce? — odezwał się z podłogi żałościwym głosem Dunbar, krzywiąc się od rozsadzającego skronie bólu, jaki odczuwał przy mówieniu. — On nic nie zrobił.

— Mówię do was! — ryknął chudy, dystyngowany pułkownik najgłośniej, jak tylko potrafił. — Zostaniecie ukarani za to, co zrobiliście.

— Co pan od niego chce? — odezwał się Yossarian. — On przecież tylko upadł na głowę.

— Do was też mówię! — oświadczył pułkownik odwracając się z wściekłością do Yossariana. — Będziecie srodze żałować, że złapaliście siostrę Duckett za biust.

— Ja wcale nie łapałem siostry Duckett za biust — powiedział Yossarian.

— To ja złapałem ją za biust — powiedział Dunbar.

— Czyście obaj zwariowali? — krzyknął doktor piskliwie, blednąc i cofając się zbity z tropu.

— To on zwariował, panie doktorze — zapewnił go Dunbar. — Co noc śni mu się, że trzyma w rękach żywą rybę.

Doktor stanął jak wryty z wyrazem wytwornego zdumienia i obrzydzenia na twarzy. Sala przycichła.

— Co mu się śni?

— Śni mu się, że trzyma w rękach żywą rybę.

— Jaką rybę? — spytał doktor surowo.

— Nie wiem — odpowiedział Yossarian. — Nie znam się na rybach.

— W której ręce ją trzymacie?

— To zależy — odpowiedział Yossarian.

— To zależy od ryby — dodał usłużnie Dunbar.

Pułkownik odwrócił się i spojrzał na niego podejrzliwie, mrużąc oczy.

— Tak? A skąd wy to wiecie?

— Ja też jestem w tym śnie — odpowiedział Dunbar bez cienia uśmiechu.

Pułkownik poczerwieniał, nie bardzo wiedząc, co począć. Zmierzył ich obu spojrzeniem, w którym była zimna, dozgonna niechęć.

— Wstańcie z podłogi i wracajcie do łóżka — rozkazał Dunbarowi przez zaciśnięte zęby. — I ani słowa więcej o tym śnie. Mam w szpitalu specjalnego człowieka do wysłuchiwania takich świństw.

— Jak pan myśli — wypytywał ostrożnie major Sanderson, łagodny, mocno zbudowany, uśmiechnięty psychiatra szpitalny, do którego pułkownik kazał skierować Yossariana — dlaczego pułkownik Ferredge uważa, ża pański sen jest obrzydliwy?

— Myślę, że coś jest nie w porządku albo z moimi snami, albo z pułkownikiem Ferredge — odpowiedział Yossarian z szacunkiem.

— Bardzo dobrze pan to ujął — pochwalił major Sanderson, który nosił skrzypiące przydziałowe buty i miał kruczoczarne włosy stojące prawie pionowo do góry. — Sam nie wiem, dlaczego — wyznał — pułkownik Ferredge przypomina mi mewę. Wie pan, on nie ma zaufania do psychiatrii.

— Nie lubi pan mew, prawda? — spytał Yossarian.

— Nie bardzo — przyznał major Sanderson z ostrym, nerwowym śmieszkiem i pociągnął się za obwisły drugi podbródek, jakby to była długa szpicbródka. — Uważam, że pański sen jest uroczy, i mam nadzieję, że będzie powtarzał się często i będziemy sobie mogli o nim nieraz porozmawiać. Zapali pan? — Uśmiechnął się, kiedy Yossarian odmówił. — Jak pan sądzi — spytał, tak jakby wiedział — dlaczego myśl o przyjęciu ode mnie papierosa budzi w panu taką niechęć?

— Przed sekundą skończyłem papierosa. Jeszcze się kopci w pańskiej popielniczce.

— To bardzo pomysłowe wyjaśnienie — roześmiał się major Sanderson. — Myślę jednak, że wkrótce odkryjemy prawdziwą przyczynę. — Zawiązał sznurowadło u buta na niezgrabną podwójną kokardkę i wziąwszy z biurka żółty notatnik położył go sobie na kolanach. — Ta ryba z pańskiego snu. Pomówmy o niej. Czy to jest zawsze ta sama ryba?

— Nie wiem — odpowiedział Yossarian. — Z trudem rozróżniam ryby.

— Co panu przypomina ta ryba?

— Inną rybę.

— A ta inna ryba?

— Jeszcze inną rybę.

Major Sanderson opadł na oparcie fotela zawiedziony.

— Czy pan lubi ryby?

— Nieszczególnie.

— Jak pan sądzi, dlaczego myśl o rybie budzi w panu taką niechęć? — spytał major Sanderson tryumfalnie.

— Są nijakie w smaku i mają za dużo ości.

Major Sanderson kiwnął głową ze zrozumieniem, uśmiechając się przyjemnie i nieszczerze.

— To bardzo interesujące wyjaśnienie. Ale przypuszczam, że wkrótce znajdziemy prawdziwą przyczynę. Czy pan lubi tę szczególną rybę? Tę, którą pan trzyma w ręku?

— Nie żywię do niej żadnych uczuć.

— Nie lubi pan tej ryby? Czy budzi ona w panu jakieś uczucia wrogie lub agresywne?

— Nie, zupełnie nie. Raczej ją lubię.

— Więc lubi pan tę rybę?

— Nie, nie żywię do niej żadnych uczuć.

— Ale przed chwilą powiedział pan, że ją pan lubi. A teraz mówi pan, że nie żywi pan do niej żadnych uczuć. Przyłapałem pana na sprzeczności. Co pan na to?

— Tak jest. Chyba przyłapał pan mnie na sprzeczności.

Major Sanderson z dumą zapisał w swoim notatniku „sprzeczność" grubym czarnym ołówkiem.

— Jak pan sądzi — podjął unosząc głowę — dlaczego pańskie wypowiedzi wyrażają dwie sprzeczne reakcje emocjonalne w stosunku do ryby?

— Widocznie mój stosunek do niej jest ambiwalentny.

Major Sanderson podskoczył do góry z radości na dźwięk słów „ambiwalentny stosunek".

— Pan rozumie! — krzyknął zacierając ręce w ekstazie. — Nie wyobraża pan sobie, jak ja się czuję samotny, rozmawiając dzień po dniu z pacjentami, którzy nie mają najmniejszego pojęcia o psychiatrii, i usiłują leczyć ludzi, którzy nie wykazują najmniejszego zainteresowania mną ani moją pracą! Zrodziło to we mnie okropne uczucie nieudolności. — Cień niepokoju przemknął mu po twarzy. — Nie mogę się od niego uwolnić.

— Naprawdę? — spytał Yossarian zastanawiając się, co by tu jeszcze powiedzieć. — Dlaczego obarcza się pan winą za braki w wykształceniu innych?

— Wiem, że to głupie — odpowiedział zażenowany major Sanderson śmiejąc się nerwowo — ale zawsze bardzo mi zależało na dobrej opinii w oczach innych. Widzi pan, osiągnąłem dojrzałość płciową nieco później niż moi rówieśnicy i z tego powodu miałem pewne... miałem masę problemów. Jestem pewien, że z panem będę mógł na ten temat porozmawiać. Mam taką ochotę zacząć, że prawie z niechęcią wracam do pańskiego problemu, ale obawiam się, że to konieczne. Pułkownik Ferredge miałby mi za złe, gdyby się dowiedział, że cały czas poświęciliśmy mojej osobie. Chciałbym teraz pokazać panu kilka obrazków, żeby stwierdzić, z czym się panu kojarzą pewne kształty i kolory.

— Szkoda pańskiego czasu, doktorze. Mnie się wszystko kojarzy z seksem.

— Naprawdę? — wykrzyknął major Sanderson z radością, jakby nie wierzył własnym uszom. — Nareszcie zaczynamy do czegoś dochodzić! Czy miewa pan jakieś ciekawe sny erotyczne?

— Mój sen o rybie jest snem erotycznym.

— Mam na myśli prawdziwe sny erotyczne: takie, w których łapie pan jakąś nagą dziwkę za kark, przydusza ją, wali pięścią w twarz, aż się zaleje krwią, i wtedy rzuca się pan na nią, żeby ją zgwałcić, i wybucha pan płaczem, bo do tego stopnia kocha ją pan i nienawidzi, że już sam pan nie wie, co robić. O takich snach erotycznych chciałbym z panem porozmawiać. Czy nie miewa pan snów tego rodzaju?

Yossarian zastanawiał się chwilę z mądrym wyrazem twarzy.

— To jest mój sen z rybą — zdecydował.

Major Sanderson cofnął się, jakby go ktoś uderzył w twarz.

— Tak, oczywiście — przyznał chłodno, przyjmując ton podejrzliwej i czujnej wrogości. — Ale mimo to chciałbym, żeby miał pan taki sen, jak powiedziałem, aby się przekonać, jak pan zareaguje. To by było na dzisiaj wszystko. Chciałbym też, żeby tymczasem przyśniły się panu odpowiedzi na niektóre z pytań, jakie panu zadałem. Niech mi pan wierzy, że te rozmowy nie sprawiają mi większej przyjemności niż panu.

— Wspomnę o tym Dunbarowi — obiecał Yossarian.

— Kto to jest Dunbar?

— Od niego wszystko się zaczęło. To jest jego sen.

— Ach, Dunbar — uśmiechnął się z wyższością major Sanderson, odzyskując pewność siebie. — Założę się, że to jest ten zły chłopiec, za którego niecne postępki musi pan zawsze odpowiadać, prawda?

— On nie jest aż tak zły.

— Jest pan gotów bronić go do ostatniej kropli krwi?

— No, tak to może nie.

Major Sanderson uśmiechnął się urągliwie i zapisał w swoim notesie „Dunbar".

— Dlaczego pan kuleje? — spytał ostro, kiedy Yossarian ruszył w kierunku drzwi. — I co, u diabła, robi ten bandaż na pańskiej nodze? Zwariował pan czy co?

— Byłem ranny w nogę. Dlatego jestem w szpitalu.

— Wcale nie — ucieszył się major Sanderson złośliwie. — Jest pan w szpitalu z powodu kamienia w gruczole ślinowym. Taki był pan przemądrzały, a okazuje się, że nie wie pan, na co pan się leczy w szpitalu?

— Leczę się na ranę w nodze — upierał się Yossarian.

Major Sanderson skwitował jego twierdzenie sarkastycznym śmiechem.

— Dobrze, proszę przekazać pozdrowienia swojemu przyjacielowi. I niech go pan poprosi, żeby miał ten sen dla mnie.

Ale Dunbar przy swoich mdłościach, zawrotach głowy i ciągłych migrenach nie miał ochoty na współpracę z majorem Sandersonem. Joego Głodomora dręczyły po nocach zmory, ponieważ zaliczył sześćdziesiąt lotów bojowych i znowu czekał na odesłanie do kraju, ale nie chciał się nimi podzielić, kiedy przyszedł z wizytą do szpitala.

— Czy nikt nie ma żadnych snów dla majora Sandersona? — pytał Yossarian. — Nie chciałbym sprawić mu zawodu. Już i tak czuje się nikomu niepotrzebny.

— Ja miewam bardzo dziwne sny, od kiedy dowiedziałem się, że zostałeś ranny — wyznał kapelan. — Przedtem śniło mi się zawsze, że moja żona umiera, że ktoś ją morduje albo że dzieci dławią się na śmierć kawałkami pożywnego jedzenia. Teraz śni mi się, że pływam w wodzie, która otacza mnie ze wszystkich stron, i rekin odgryza mi lewą nogę dokładnie w tym miejscu, gdzie masz bandaż.

— Cudowny sen — oświadczył Dunbar. — Założę się, że major Sanderson będzie zachwycony.

— Potworny sen! — zawołał major Sanderson. — Pełno w nim bólu, kalectwa i śmierci. Jestem pewien, że miał go pan, żeby mi zrobić na złość. Prawdę mówiąc, mam wątpliwości, czy powinno się trzymać w wojsku człowieka z takimi odrażającymi snami.

Yossarianowi zaświtał promyk nadziei.

— Możliwe, że ma pan rację, panie majorze — podchwycił chytrze. — Może rzeczywiście powinno się mnie skreślić z personelu latającego i odesłać do Stanów.

— Czy nigdy nie przyszło panu do głowy, że goniąc ciągle za kobietami stara się pan po prostu zagłuszyć podświadomy strach przed impotencją?

— Tak jest, panie majorze. Myślałem o tym.

— Dlaczego więc pan to robi?

— Żeby zagłuszyć strach przed impotencją.

— Dlaczego nie znajdzie pan sobie jakiegoś dobrego hobby? — Major Sanderson przyjrzał mu się z przyjaznym zainteresowaniem. — Na przykład wędkarstwo. Czy naprawdę uważa pan, że siostra Duckett jest taka pociągająca? Ja bym powiedział, że jest raczej koścista. Koścista i bez wyrazu. Wie pan, jak ryba.

— Za mało znam siostrę Duckett.

— To dlaczego złapał ją pan za biust? Tylko dlatego, że go ma?

— To Dunbar ją złapał.

— O, pan znowu swoje! — wykrzyknął major Sanderson z miażdżącą pogardą i zniechęcony cisnął ołówek. — Czy pan naprawdę myśli, że można się uwolnić od poczucia winy, udając, że się jest kimś innym? Nie podoba mi się pan, Fortiori, wie pan o tym? Zupełnie mi się pan nie podoba.

Yossarian poczuł, jak owiewa go chłodny i wilgotny podmuch lęku.

— Ja nie jestem Fortiori, panie majorze — powiedział nieśmiało. — Ja jestem Yossarian.

— Kim pan jest?

— Nazywam się Yossarian, panie majorze. I jestem w szpitalu z powodu rany w nodze.

— Nazywa się pan Fortiori — przerwał mu major Sanderson wojowniczo. — I jest pan w szpitalu z powodu kamienia w gruczole ślinowym.

— Niech pan będzie poważny, majorze! — wybuchnął Yossarian. — Ja chyba wiem, kim jestem.

— A ja mam dowód w postaci oficjalnych dokumentów wojskowych — odparł major Sanderson. — Niech pan się lepiej weźmie w garść, póki jeszcze nie jest za późno. Raz jest pan Dunbarem, teraz znów Yossarianem. Jeszcze trochę i zacznie pan twierdzić, że jest pan Washingtonem Irvingiem. Wie pan, co panu jest? Cierpi pan na rozszczepienie osobowości, ot co.

— Niewykluczone, że ma pan rację — zgodził się Yossarian dyplomatycznie.

— Wiem, że mam rację. Cierpi pan na manię prześladowczą. Uważa pan, że ludzie chcą panu zrobić krzywdę.

— Bo ludzie chcą mi zrobić krzywdę.

— Widzi pan? Nie ma pan za grosz szacunku ani dla nadużyć władzy, ani dla przebrzmiałych tradycji. Jest pan osobnikiem zdeprawowanym, niebezpiecznym i powinno się pana wyprowadzić i rozstrzelać!

— Mówi pan poważnie?

— Jest pan wrogiem ludu!

— Czy pan zwariował?! — krzyknął Yossarian.

— Nie, nie zwariowałem — ryczał wściekle Dobbs w szpitalu, wyobrażając sobie, że mówi tajemniczym szeptem. — Mówię ci, że Joe Głodomór ich widział. Wczoraj, kiedy poleciał do Neapolu po jakieś lewe lodówki dla farmy pułkownika Cathcarta. Mają tam wielki ośrodek uzupełnień, gdzie roi się od setek pilotów, bombardierów i strzelców wracających do kraju. Mają po czterdzieści pięć lotów i to wszystko. Ci z Purpurowymi Sercami nawet mniej. Świeżo przybyłe uzupełnienia walą hurmą do innych grup. Władze chcą, żeby wszyscy odbyli służbę poza krajem, nawet personel administracyjny. Co to, nie czytasz gazet? Musimy go zabić jak najprędzej!

— Zostały ci tylko dwa loty — przekonywał go Yossarian półgłosem. — Po co masz ryzykować?

— W czasie tych dwóch lotów też mogę zginąć — odpowiedział Dobbs wojowniczo, grubym, drżącym z podniecenia głosem. — Możemy go zabić zaraz jutro rano, jak będzie wracał ze swojej farmy. Rewolwer mam przy sobie.

Yossarian wytrzeszczył oczy ze zdumienia, kiedy Dobbs wyciągnął z kieszeni rewolwer i zaczął wymachiwać nim w powietrzu.

— Czyś ty zwariował? — syknął gorączkowo. — Schowaj to. I nie wrzeszcz tak, ty idioto.

— Co się przejmujesz? — spytał Dobbs z miną obrażonej niewinności. — Przecież nikt nas nie słyszy.

— Hej, zamknijcie się tam! — rozległ się głos z drugiego końca sali. — Czy nie widzicie, że ludzie chcą spać?

— A ty czego się, do cholery, mądrzysz? — ryknął Dobbs i obrócił się z zaciśniętymi pięściami, gotów do walki. Odwrócił się błyskawicznie z powrotem do Yossariana, ale zanim zdążył cokolwiek powiedzieć, kichnął potężnie sześć razy, zataczając się na nogach jak z waty i wznosząc bezskutecznie łokcie, aby powstrzymać kolejny atak. Powieki jego załzawionych oczu były zaczerwienione i spuchnięte. — Co on się tu rządzi — spytał pociągając spazmatycznie nosem i wycierając go grzbietem swojej krzepkiej dłoni — jakby był gliniarzem?

— On jest z Wydziału Śledczego — poinformował go Yossarian spokojnie. — Mamy ich tutaj trzech, a dalsi są w drodze. Nie, nie musisz się obawiać. Szukają tu fałszerza nazwiskiem Washington Irving. Mordercy ich nie interesują.

— Mordercy? — obruszył się Dobbs. — Dlaczego nazywasz

315

nas mordercami? Czy tylko dlatego, że chcemy zamordować pułkownika Cathcarta?

— Ciszej, do diabła! — rozkazał mu Yossarian. — Nie umiesz mówić szeptem?

— Przecież mówię szeptem.

— Nie, krzyczysz.

— Wcale nie krzyczę. Ja...

— Hej, zamknij się tam, dobrze? — zaczęto nawoływać ze wszystkich kątów sali.

— Stłukę was wszystkich! — wrzasnął Dobbs i wdrapał się na chwiejny taboret szaleńczo wymachując rewolwerem. Yossarian złapał go za rękę i ściągnął na dół. Dobbs znowu zaczął kichać. — Mam alergię — przeprosił, kiedy już skończył. Z nosa mu ciekło, z oczu płynęły strumienie łez.

— Szkoda. Byłbyś wielkim przywódcą, gdyby nie to.

— Pułkownik Cathcart to naprawdę morderca — skarżył się Dobbs ochrypłym głosem, chowając brudną, pogniecioną chustkę w kolorze ochronnym. — On nas wszystkich wymorduje, jeżeli nie zrobimy czegoś, żeby go powstrzymać.

— Może już nie zwiększy liczby lotów. Może na sześćdziesięciu poprzestanie.

— On zawsze zwiększa liczbę lotów. Wiesz o tym lepiej ode mnie. — Dobbs przełknął ślinę i zbliżył swoją pełną napięcia twarz tuż do twarzy Yossariana, a muskuły na jego brązowej, kamiennej szczęce wezbrały w drgające węzły. — Powiedz tylko, że to jest w porządku, a jutro rano sam wszystko załatwię. Rozumiesz, co do ciebie mówię? Chyba teraz mówię szeptem, nie?

Yossarian oderwał wzrok od płonących błaganiem oczu Dobbsa.

— Dlaczego, do jasnej cholery, nie pójdziesz po prostu i nie załatwisz tego? Dlaczego nie przestaniesz gadać o tym ze mną i nie zrobisz tego sam?

— Boję się zrobić to sam. Boję się cokolwiek robić sam.

— Na mnie możesz nie liczyć. Byłbym szalony mieszając się do czegoś takiego teraz, kiedy mam ranę w nodze wartą milion dolarów. I tak odeślą mnie do domu.

— Czyś ty zwariował? — wykrzyknął Dobbs z niedowierzaniem. — Masz zwykłe draśnięcie. Ani się obejrzysz, jak będziesz znowu latał razem ze swoim Purpurowym Sercem.

— W takim razie rzeczywiście go zabiję — obiecał Yossarian. — Poszukam cię i zrobimy to razem.

— Zróbmy to jutro, dopóki mamy jeszcze szansę — poprosił Dobbs. — Kapelan mówi, że on znowu zgłosił naszą grupę do nalotu na Awinion. Mogę zginąć, zanim ty wyjdziesz. Zobacz, jak mi się trzęsą ręce. Nie powinienem w takim stanie prowadzić samolotu.

Yossarian nie miał odwagi powiedzieć tak.

— Chcę jeszcze poczekać i zobaczyć, co będzie — powiedział.

— Z tobą tak zawsze; nic nie chcesz zrobić — skarżył się Dobbs wściekłym, ochrypłym głosem.

— Robię wszystko, co mogę — tłumaczył łagodnie kapelan Yossarianowi, kiedy Dobbs odszedł. — Byłem nawet w ambulatorium, żeby porozmawiać w twojej sprawie z doktorem Daneeką.

— Tak, rozumiem — Yossarian z trudem powstrzymywał uśmiech. — I co się stało?

— Pomalowali mi dziąsła na fioletowo — odpowiedział kapelan z zawstydzeniem.

— I palce u nóg też — dodał z oburzeniem Nately. — A potem dali mu na przeczyszczenie.

— Ale dziś rano poszedłem tam znowu, żeby się z nim zobaczyć.

— I znowu mu pomalowali dziąsła na fioletowo — wtrącił Nately.

— Ale w końcu z nim rozmawiałem — żałośnie próbował usprawiedliwiać się kapelan. — Doktor Daneeka sprawia wrażenie człowieka nieszczęśliwego. Podejrzewa, że ktoś intryguje, aby go przenieść na Pacyfik. Od dawna już wybierał się do mnie z prośbą o pomoc. Kiedy mu powiedziałem, że potrzebuję jego pomocy, poradził mi, żebym poszukał jakiegoś kapelana. — Przygnębiony kapelan czekał cierpliwie, podczas gdy Yossarian i Dunbar ryczeli ze śmiechu. — Kiedyś uważałem, że to grzech być nieszczęśliwym — mówił dalej, jakby recytował tren żałobny. — Teraz już sam nie wiem, co myśleć. Chciałbym poświęcić tematowi grzechu swoje kazanie w niedzielę, ale nie jestem pewien, czy z tymi fioletowymi dziąsłami w ogóle powinienem wygłaszać kazanie. Pułkownik Korn był z nich bardzo niezadowolony.

— Kapelanie, a może byś pobył z nami jakiś czas w szpitalu i przestał się przejmować? — zaprosił Yossarian. — Byłoby ci tu bardzo dobrze.

Bezczelna niegodziwość tej propozycji kusiła i bawiła kapelana przez kilka sekund.

— Nie, chyba nie — zdecydował z ociąganiem. — Muszę załatwić sobie przelot na stały ląd i zobaczyć się w sztabie z kancelistą nazwiskiem Wintergreen. Doktor Daneeka powiedział mi, że on może pomóc.

— Wintergreen jest prawdopodobnie najbardziej wpływowym

człowiekiem w naszych wojskach w Europie. Nie tylko segreguje pocztę, lecz ma także dostęp do powielacza. Ale on nie pomoże nikomu. To jeden z powodów, dla których zajdzie wysoko.

— Mimo wszystko chciałbym z nim pomówić. Musi się znaleźć ktoś, kto ci pomoże.

— Lepiej pomóż Dunbarowi — powiedział Yossarian z nutą wyższości. — Ja mam bezcenną ranę w nodze, która mnie uratuje przed udziałem w walkach. A jeżeli to nie pomoże, to jest jeszcze psychiatra, który uważa, że nie powinno się mnie trzymać w wojsku.

— To mnie się nie powinno trzymać w wojsku — jęknął Dunbar zazdrośnie. — To był mój sen.

— Tu nie chodzi o sen, Dunbar — wyjaśnił Yossarian. — Twój sen mu się podoba. Chodzi o moją jaźń. On uważa, że cierpię na rozszczepienie jaźni.

— Jest rozszczepiona przez sam środek — powiedział major Sanderson, który na tę okazję zasznurował swoje niezgrabne, wojskowe buciory i przygładził kruczoczarne włosy jakimś usztywniającym i silnie pachnącym mazidłem. Uśmiechał się ostentacyjnie, aby pokazać, że jest człowiekiem miłym i rozsądnym. — Mówię to nie dlatego, aby być okrutnym czy żeby pana obrażać — mówił dalej z okrutnym i obraźliwym zadowoleniem. — Mówię to nie dlatego, że pana nienawidzę i szukam zemsty. Mówię to nie dlatego, że mnie pan odepchnął i zranił boleśnie moje uczucia. Nie, jestem lekarzem i zachowuję chłodny obiektywizm. Mam dla pana bardzo złą wiadomość. Czy potrafi ją pan przyjąć jak mężczyzna?

— O Boże, nie! — wrzasnął Yossarian. — Załamię się.

Major Sanderson natychmiast wybuchnął gniewem.

— Czy nic nie potrafi pan zrobić jak należy? — spytał purpurowiejąc ze złości i uderzając obiema pięściami o blat biurka. — Pański problem polega na tym, że uważa się pan za wyższego ponad wszelkie normy społeczne. Pewnie uważa się pan też za coś lepszego ode mnie tylko dlatego, że nieco później osiągnąłem dojrzałość płciową. A chce pan wiedzieć, kim pan jest? Jest pan sfrustrowanym, nieszczęsnym, rozczarowanym, niezdyscyplinowanym, nieprzystosowanym młodym człowiekiem! — Gniew majora Sandersona zaczął jakby topnieć, w miarę jak recytował tę listę niepochlebnych przymiotników.

— Tak jest, panie majorze — zgodził się Yossarian ostrożnie. — Chyba ma pan rację.

— Oczywiście, że mam rację. Pan jest niedojrzały. Nie potrafi pan pogodzić się z faktem, że jest wojna.

— Tak jest, panie majorze.

— Żywi pan chorobliwą awersję do śmierci. Zapewne odnosi się też pan z niechęcią do faktu, że jest pan na wojnie i w każdej chwili może panu urwać głowę.

— Mało z niechęcią, panie majorze. Jestem absolutnie wściekły z tego powodu.

— Cierpi pan na głęboko zakorzeniony lęk o własne życie. Nie lubi pan fanatyków, chamów, snobów i hipokrytów. Podświadomie nienawidzi pan bardzo wielu ludzi.

— Świadomie, panie majorze, świadomie — poprawił usłużnie Yossarian. — Nienawidzę ich zupełnie świadomie.

— Nie lubi pan, kiedy pana okradają, wyzyskują, spychają, poniżają i oszukują. Nędza działa na pana przygnębiająco. Ciemnota działa na pana przygnębiająco. Prześladowania działają na pana przygnębiająco. Przemoc działa na pana przygnębiająco. Slumsy działają na pana przygnębiająco. Chciwość działa na pana przygnębiająco. Zbrodnie działają na pana przygnębiająco. Przekupstwo działa na pana przygnębiająco. Wie pan, nie zdziwiłbym się, gdyby się okazało, że cierpi pan na psychozę maniakalno-depresyjną!

— Tak jest, panie majorze. Prawdopodobnie tak właśnie jest.

— Niech pan nie próbuje przeczyć.

— Wcale nie przeczę, panie majorze — powiedział Yossarian, ucieszony tym, że wreszcie jakimś cudem doszli do porozumienia.

— Zatem przyznaje pan, że jest pan nienormalny?

— Nienormalny? — Yossarian był wstrząśnięty. — Co pan wygaduje? Dlaczego miałbym być nienormalny? To pan jest nienormalny!

Major Sanderson znowu poczerwieniał z oburzenia i ciężko opuścił pięści na uda.

— Mówiąc, że jestem nienormalny, demonstruje pan typowo sadystyczną i mściwą reakcję! — krzyknął pieniąc się ze złości. — Pan jest naprawdę nienormalny!

— To dlaczego nie odeśle mnie pan do kraju?

— A właśnie, że pana odeślę.

— Odsyłają mnie do kraju — oświadczył Yossarian radośnie, kiedy kulejąc wrócił do swojej sali.

— Mnie też! — cieszył się A. Fortiori. — Przed chwilą mi powiedzieli.

— A co będzie ze mną? — opryskliwie spytał lekarzy Dunbar.

— Z panem? — odpowiedzieli surowo lekarze. — Pan pojedzie razem z Yossarianem. Natychmiast do oddziału.

I obaj wrócili do oddziału. Yossarian pienił się ze złości, kiedy karetka przywiozła go do eskadry, i zaraz pokuśtykał szukać sprawiedliwości u doktora Daneeki, który spojrzał na niego ponuro, z bólem i pogardą.

— Ach, ty! — krzyknął żałobnym głosem doktor Daneeka, z dezaprobatą i obrzydzeniem, a worki pod jego oczami przybrały wyraz zdecydowanie krytyczny. — Jak zawsze myślisz tylko o sobie. Idź i spójrz lepiej na linię frontu, jeżeli chcesz wiedzieć, co się stało przez ten czas, kiedy byłeś w szpitalu.

— Przegrywamy? — przestraszył się Yossarian.

— Przegrywamy? — zawołał doktor Daneeka. — Cała sytuacja na froncie staje się tragiczna, od chwili kiedy zajęliśmy Paryż. Wiedziałem, że tak się skończy. — Przerwał na chwilę, jego ponury gniew ustępował z wolna miejsca smutkowi, a minę miał taką, jakby wszystko to było winą Yossariana. — Oddziały amerykańskie wkraczają do Niemiec. Rosjanie zajęli całą Rumunię. Wczoraj Grecy z Ósmej Armii zajęli Rimini. Niemcy wszędzie zepchnięci do defensywy! — Doktor Daneeka znowu urwał, żeby zaczerpnąć tchu dla przeszywającego jęku rozpaczy. — Luftwaffe przestała istnieć! — zawodził. Wyglądał, jakby za chwilę miał się rozpłakać. — Linia Gotów może lada dzień trzasnąć!

— No więc? — spytał Yossarian. — Co w tym złego?

— Co w tym złego? — krzyknął doktor Daneeka. — Jeżeli nic się nie zmieni, i to prędko, Niemcy mogą skapitulować. I wtedy wszystkich nas wyślą na Pacyfik!

Yossarian wytrzeszczył oczy w groteskowym przestrachu.

— Czyś ty oszalał? Czy ty wiesz, co mówisz?

— Tak, łatwo ci się śmiać — uśmiechnął się gorzko doktor Danneka.

— A kto tu się, u diabła, śmieje?

— Ty przynajmniej masz szansę. Bierzesz udział w walkach i możesz jeszcze zginąć. Ale co ja mam zrobić? Dla mnie nie ma żadnej nadziei.

— Zwariowałeś do reszty! — krzyknął z naciskiem Yossarian, łapiąc go za koszulę na piersi. — Rozumiesz? Zamknij na chwilę swoją głupią gębę i posłuchaj, co ci powiem.

Doktor Daneeka wyrwał się.

— Zabraniam ci mówić do mnie w ten sposób. Jestem dyplomowanym lekarzem.

— No to zamknij swoją dyplomowaną lekarską gębę i posłuchaj, co mi powiedzieli w szpitalu. Jestem wariatem. Wiedziałeś o tym?

— No i co z tego?

— Naprawdę.

— No i co?

— Jestem pomylony. Mam kota. Nie rozumiesz? Brak mi piątej klepki. Zamiast mnie odesłali do kraju przez pomyłkę kogoś innego. Mają tam w szpitalu dyplomowanego psychiatrę, który mnie badał i wydał takie orzeczenie. Jestem naprawdę nienormalny.

— No i co?

— Jak to „no i co"? — Yossarian nie mógł zrozumieć, jak doktor może nie rozumieć. — Nie rozumiesz, co to znaczy? Teraz możesz mnie wyłączyć z personelu walczącego i odesłać do kraju. Nie posyła się przecież na śmierć wariatów, prawda?

— A kto inny da się posłać?

28

Dobbs

McWatt dał się posłać, chociaż nie był wariatem. Podobnie jak Yossarian, który jeszcze kulał, ale kiedy odbył dwa następne loty i poczuł się zagrożony pogłoskami o nowym nalocie na Bolonię, pokuśtykał zdecydowanie pewnego ciepłego popołudnia do namiotu Dobbsa, przyłożył palec do ust i powiedział: „Cśśś!"

— Dlaczego go uciszasz? — spytał Kid Sampson, który obierał zębami mandarynkę i przeglądał postrzępioną książeczkę z komiksami. — Przecież on nic nie mówi.

— Spierdalaj — powiedział do niego Yossarian, wskazując kciukiem za siebie, w stronę wyjścia z namiotu.

Kid Sampson uniósł ze zrozumieniem swoje jasne brwi i zerwał się z gotowością. Świsnął cztery razy w swoje żółte obwisłe wąsy i pognał w kierunku wzgórz na starym, pogiętym, zielonym motocyklu, który kupił od kogoś przed kilkoma miesiącami. Yossarian odczekał, aż ostatnie, ledwo słyszalne kaszlnięcie motoru ścichnie w oddali. W namiocie było tego dnia jakoś inaczej niż zwykle. Panował zbyt wielki ład. Dobbs przyglądał mu się z zainteresowaniem, paląc grube cygaro. Yossarian, od chwili kiedy zebrał się na odwagę, miał piekielnego stracha.

— W porządku — powiedział. — Zabijemy pułkownika Cathcarta. Zrobimy to razem.

Dobbs podskoczył na łóżku z wyrazem najdzikszego przerażenia.

— Cicho! — ryknął. — Zabić pułkownika Cathcarta? Co ty wygadujesz?

— Ciszej, do cholery, bo cała wyspa usłyszy — warknął Yossarian. — Masz jeszcze ten rewolwer?

— Czyś ty oszalał? — wrzeszczał Dobbs. — Dlaczego miałbym zabijać pułkownika Cathcarta?

— Dlaczego? — Yossarian gapił się na Dobbsa z wyrazem niedowierzania. — Jak to dlaczego? Przecież to był twój pomysł. Może nie przychodziłeś do szpitala prosić mnie o pomoc?

Dobbs uśmiechnął się powoli.

— Ale wtedy miałem zaledwie pięćdziesiąt osiem lotów — wyjaśnił ssąc ze smakiem cygaro. — Teraz jestem spakowany i czekam na wyjazd do domu. Zaliczyłem już sześćdziesiąt lotów bojowych.

— No i co z tego? — odpowiedział Yossarian. — On i tak znowu podniesie normę.

— Może tym razem nie podniesie.

— Zawsze podnosi. Co się z tobą, do cholery, dzieje? Spytaj Joego Głodomora, ile razy się pakował.

— Muszę poczekać i zobaczyć, co będzie — upierał się Dobbs. — Byłbym szalony mieszając się do czegoś takiego teraz, kiedy jestem zwolniony od udziału w akcjach bojowych. — Strząsnął popiół z cygara. — Nie, ja ci radzę, żebyś zaliczył sześćdziesiąt lotów tak jak my wszyscy i wtedy zobaczysz.

Yossarian powstrzymał się, żeby mu nie plunąć prosto w twarz.

— Mogę nie dożyć do sześćdziesięciu — przypochlebiał się bezbarwnym, pesymistycznym głosem. — Rozeszły się słuchy, że pułkownik znowu zgłosił naszą grupę do akcji na Bolonię.

— To tylko słuchy — powiedział Dobbs z ważną miną. — Nie można wierzyć każdej plotce.

— Nie potrzebuję twoich dobrych rad.

— Może porozmawiasz z Orrem? — poradził mu Dobbs. — W zeszłym tygodniu podczas tego drugiego nalotu na Awinion znowu strącili go nad morzem. Może on jest tak rozżalony, że zechce go zabić?

— Orr jest za głupi, żeby być nieszczęśliwy.

Orr został znowu strącony nad morzem, w czasie kiedy Yossarian był w szpitalu, i posadził swój okaleczony samolot łagodnie na szklistych, błękitnych falach Zatoki Marsylskiej z takim bezbłędnym mistrzostwem, że cała sześcioosobowa załoga wyszła z tego bez najmniejszego szwanku. Włazy awaryjne w tylnej i przedniej części samolotu otworzyły się, kiedy białozielona woda pieniła się jeszcze wokół samolotu, i lotnicy wyskakiwali w pośpiechu w obwisłych pomarańczowych kamizelkach ratunkowych, które nie nadymały się, tylko dyndały im na szyjach sflaczałe i bezużyteczne. Kamizelki ratunkowe nie nadymały się, ponieważ Milo powyjmował z nich zbiorniczki z dwutlenkiem węgla, potrzebne mu do przyrządzania truskawkowych i ananasowych napojów gazowanych, które serwowano w stołówce oficerskiej, i włożył na ich miejsce odbite na powielaczu karteczki z następującym tekstem: „Dobro firmy M i M to dobro kraju". Orr wyłonił się ostatni z tonącego samolotu.

— Żałuj, żeś go nie widział! — opowiadał sierżant Knight Yossarianowi rycząc ze śmiechu. — W życiu nie widziałeś nic tak śmiesznego. Kamizelki nie działały, ponieważ Milo ukradł dwutlenek węgla, żeby robić te napoje gazowane, które wam skurwysynom dają w kasynie oficerskim. Na szczęście nic się nie stało. Tylko jeden z nas nie umiał pływać, ale wciągnęliśmy go na ponton, który Orr uruchomił i podholował do kadłuba, kiedy jeszcze wszyscy tam staliśmy. Trzeba przyznać, że ten mały pomyleniec ma dryg do takich rzeczy. Drugi ponton urwał się i odpłynął, więc w szóstkę znaleźliśmy się w jednym, gdzie siedzieliśmy jak śledzie w beczce, bojąc się ruszyć, żeby kogoś nie wypchnąć do wody. Samolot poszedł na dno w jakieś trzy sekundy po tym, jak go opuściliśmy, i kiedy tylko zostaliśmy sami, zaczęliśmy rozkręcać nasze kamizelki, żeby zobaczyć, co się z nimi stało, i znaleźliśmy te cholerne karteczki od Mila, stwierdzające, że co jest dobre dla niego, jest dobre dla nas wszystkich. Co za skurwiel! Jezu, ale go klęliśmy, wszyscy z wyjątkiem twojego przyjaciela Orra, który tylko szczerzył zęby, jakby godził się z tym, że co jest dobre dla Mila, jest dobre dla nas wszystkich.

Słowo daję, żałuj, żeś go nie widział, jak siedział na burcie tratwy niczym kapitan okrętu, a my wszyscy patrzyliśmy na niego czekając, aż powie, co mamy dalej robić. On tymczasem klepał się po udach co kilka sekund, jakby miał dreszcze, i powtarzając: „W porządku, teraz już w porządku", zaśmiewał się jak mały, zwariowany odmieniec; potem znowu powtarzał: „W porządku, teraz już w porządku", i znowu chichotał jak mały, zwariowany odmieniec. Zupełnie jakby się patrzyło na jakiegoś przygłupka. Dzięki temu patrzeniu na niego nie potraciliśmy głów zupełnie już w pierwszych minutach, kiedy każda kolejna fala zalewała nas, zmywając po kilku do wody, i musieliśmy wdrapywać się z powrotem przed nadejściem następnej fali, która mogła odepchnąć nas od tratwy. Było to cholernie zabawne. Cały czas wypadaliśmy i właziliśmy z powrotem. Tego, który nie umiał pływać, trzymaliśmy rozciągniętego na dnie tratwy, ale i tak o mało nam się nie utopił, bo w środku było tyle wody, że zalewała mu twarz. O rany! Potem Orr zaczął otwierać różne schowki w tratwie i dopiero zaczęła się heca. Najpierw znalazł pudełko z czekoladą i poczęstował wszystkich, siedzieliśmy więc jedząc słoną, mokrą czekoladę, podczas gdy fale raz po raz zrzucały nas do wody. Potem znalazł bulion w kostkach i aluminiowe kubki i zrobił nam zupę. Potem znalazł herbatę. I oczywiście ją zaparzył. Widzisz go, jak serwuje nam herbatę, kiedy tak siedzimy przemoczeni do nitki, z tyłkami w wodzie? Teraz już spadałem z tratwy ze śmiechu. Zaśmiewaliśmy się wszyscy. Tylko on zachowywał śmiertelną powagę, jeśli nie liczyć tego głupkowatego chichotu i uśmiechu szaleńca. Cóż to za kawał wariata! Wszystko, co znalazł, zaraz musiał wypróbować. Znalazł proszek przeciwko rekinom i natychmiast wysypał go do wody. Znalazł farbę sygnalizacyjną i wrzucił ją do morza. Potem znalazł żyłkę do łowienia ryb i suszoną przynętę i twarz mu się rozjaśniła, jakby ukazał się kuter ratunkowy śpieszący, żeby nas wziąć na pokład, zanim umrzemy z wyczerpania albo zanim Niemcy wyślą ze Spezii łódź, która weźmie nas do niewoli albo posieka z karabinu maszynowego. Nie tracąc ani chwili Orr zarzucił żyłkę do wody i podśpiewywał radosny jak ptaszę. „Panie poruczniku, co pan chce złapać?” — pytam go. „Dorsza” — odpowiada. I wcale nie żartował. Całe szczęście, że nic nie złapał, boby go zjadł na surowo i nas też do tego zmusił, ponieważ znalazł broszurkę, w której było napisane, że dorsza można jeść na surowo.

Następną rzeczą, jaką znalazł, było małe niebieskie wiosełko wielkości łyżeczki do herbaty i oczywiście zaczął nim wiosłować, usiłując ruszyć tym patyczkiem tratwę wagi dziewięciuset funtów. Możesz to sobie wyobrazić? Potem znalazł mały kompas i wielką wodoodporną mapę, którą rozpostarł sobie na kolanach, a na niej ustawił kompas. I w ten sposób spędzał czas aż do nadejścia kutra ratunkowego w pół godziny później, siedząc z rozłożoną mapą i kompasem na kolanach, ciągnąc za sobą żyłkę z przynętą i machając co sił tym malusieńkim niebieskim wiosełkiem, jakby gnał na Majorkę. O rany!

Sierżant Knight wiedział wszystko o Majorce, podobnie jak Orr, gdyż Yossarian często opowiadał im o takich miejscach azylu, jak Hiszpania, Szwajcaria i Szwecja, gdzie amerykańscy lotnicy mogli być internowani do końca wojny w warunkach całkowitego bezpieczeństwa i luksusu, jeżeli tylko tam dolecieli. Yossarian był w eskadrze największym autorytetem w kwestiach internowania i zaczął już snuć plany przymusowego lądowania w Szwajcarii podczas lotu nad północnymi Włochami. Oczywiście wolałby Szwecję, gdzie poziom intelektualny był wyższy i gdzie mógłby kąpać się nago z pięknymi dziewczynami o niskich, spokojnych głosach, płodząc całe szczęśliwe, niezdyscyplinowane tabuny nieślubnych Yossarianków, którym pomoc państwa umożliwiałaby przyjście na świat i start życiowy bez piętna hańby; niestety Szwecja była poza jego zasięgiem i Yossarian czekał na odłamek, który uszkodziłby jeden z silników nad Alpami włoskimi, dając mu pretekst do skierowania się ku Szwajcarii. Nie powiedziałby nawet swojemu pilotowi, dokąd go prowadzi. Yossarian niejednokrotnie miał zamiar zmówić się z którymś z pilotów, do którego miałby zaufanie, żeby zameldować o uszkodzeniu silnika, a potem zniszczyć dowody oszustwa lądując na brzuchu, ale jedynym pilotem, do którego naprawdę miał zaufanie, był McWatt, a temu było wszędzie dobrze i poza tym nadal sprawiało mu wielką uciechę pikowanie na namiot Yossariana albo przelatywanie nad plażowiczami na brzegu tak nisko, że potężny podmuch śmigieł żłobił w wodzie głębokie bruzdy i wzbijał chmurę bryzgów utrzymującą się jeszcze kilka sekund po jego przelocie.

Dobbs i Joe Głodomór nie wchodzili w grę, podobnie jak Orr, który znowu majstrował przy zaworze do piecyka, kiedy zgnębiony Yossarian przykuśtykał do namiotu po tym, jak Dobbs odrzucił jego propozycję. Piecyk, który Orr sporządził z odwróconej do góry dnem blaszanej beczki, stał pośrodku gładkiej cementowej podłogi, która też była jego dziełem. Pracował żarliwie, na klęczkach. Yossarian starał się nie zwracać na niego uwagi; utykając dowlókł się do swego łóżka i usiadł z przeciągłym stęknięciem człowieka utrudzonego. Czuł, jak krople potu stygną mu na czole. Dobbs działał na niego przygnębiająco. Doktor Daneeka działał na niego przygnębiająco. Złowieszcze przeczucie katastrofy dręczyło go, kiedy patrzył na Orra. Nagle odezwała się w nim cała gama wewnętrznych drgań i tików. Nerwy miał napięte do ostateczności i żyła na przegubie zaczęła mu pulsować.

Orr obserwował Yossariana przez ramię, jego wilgotne wargi odsłaniały wypukłe rzędy wielkich, wystających zębów. Sięgnąwszy za siebie wygrzebał z szafki nocnej butelkę ciepłego piwa, otworzył ją i wręczył Yossarianowi. Żaden z nich nie odezwał się słowem. Yossarian zdmuchnął pianę i odchylił głowę do tyłu. Orr przyglądał mu się przebiegle, szczerząc bezgłośnie zęby. Yossarian nie spuszczał go z oka. Orr parsknął z lekkim, mokrym sykiem i wrócił do swojej pracy na klęczkach. Yossarian stężał.

— Nie zaczynaj — poprosił z groźbą w głosie, zaciskając dłonie na butelce. — Nie zaczynaj majstrować przy swoim piecyku.

Orr zachichotał cicho.

— Już prawie skończyłem.
— Wcale nie skończyłeś. Dopiero chcesz zacząć.
— Popatrz, tutaj masz zawór. Jest prawie złożony.
— A ty go zaraz rozbierzesz. Znam cię dobrze, bydlaku. Widziałem ze trzysta razy, jak to robisz.

Orr zadrżał z uciechy.

— Chcę zlikwidować przeciek benzyny — wyjaśnił. — Zmniejszyłem go tak, że już ledwo się sączy.

— Nie mogę na ciebie patrzeć — wyznał Yossarian bezdźwięcznym głosem. — Jeżeli chcesz robić coś dużego, to bardzo proszę, ale ten zawór składa się z mikroskopijnych części i nie mam teraz cierpliwości, żeby patrzeć, jak wkładasz tyle pracy w coś tak cholernie małego i nieważnego.

— Jak coś jest małe, to nie znaczy, że jest nieważne.
— Wszystko jedno.
— Ostatni raz?
— Jak mnie nie będzie. Jesteś szczęśliwym kretynem i nie możesz zrozumieć tego, co ja czuję. Kiedy pracujesz nad czymś takim małym, dzieją się ze mną rzeczy, których nawet nie potrafię wytłumaczyć. Czuję, że cię nie znoszę. Rodzi się we mnie nienawiść i zaczynam się poważnie zastanawiać, czy nie rozbić ci butelki na głowie albo nie wbić ci w szyję tego kordelasa. Rozumiesz?

Orr kiwnął głową bardzo inteligentnie.

— Nie będę teraz rozbierał zaworu — powiedział i zaczął go rozbierać z powolną, niezmordowaną, nie kończącą się precyzją, pochylając swoją wiejską, z gruba ciosaną twarz prawie do ziemi i manipulując pracowicie palcami przy maleńkim urządzeniu z tak bezgranicznym, pracowitym skupieniem, że wyglądało to na zupełną bezmyślność.

Yossarian zmełł w ustach przekleństwo i postanowił nie zwracać na niego uwagi.

— A właściwie po cholerę tak się śpieszysz z tym piecykiem? — warknął w chwilę później, zapominając o swoim postanowieniu. — Jest jeszcze gorąco. Niedługo pewnie pójdziemy się kąpać. Dlaczego przejmujesz się zimnem?

— Dnie są coraz krótsze — zauważył Orr filozoficznie. — Chciałbym przygotować tu wszystko dla ciebie, póki jeszcze czas. Jak skończę, będziesz miał najlepszy piecyk w całej eskadrze. Dzięki temu zaworowi, który naprawiam, będzie się palić przez całą noc, a ta metalowa osłona będzie promieniować ciepłem na cały namiot. Jeżeli idąc spać postawisz na nim hełm z wodą, będziesz miał na rano ciepłą wodę do mycia. Czy to nie będzie przyjemne? A jak będziesz chciał ugotować sobie jajka albo zupę, to wystarczy postawić tutaj garnek i podkręcić płomień.

— Dlaczego mówisz cały czas o mnie? — zainteresował się Yossarian. — A gdzie ty będziesz?

Karłowaty tors Orra zatrząsł się nagle w tłumionym przystępie rozbawienia.

— Nie wiem — zawołał i niesamowity, drżący chichot wyrwał się nagle spoza szczękających wielkich zębów, jak długo powstrzymywany strumień uczucia. — Nie wiem, gdzie będę, jak mnie dalej tak będą zestrzeliwać — dokończył śmiejąc się z gardłem pełnym śliny.

Yossarian poczuł wzruszenie.

— Dlaczego nic nie robisz, żeby przestać latać? Masz przecież powód.

— Mam tylko osiemnaście lotów.

— Ale prawie we wszystkich byłeś zestrzelony. Za każdym razem spadasz do wody albo rozbijasz się przy lądowaniu.

— Nie mam nic przeciwko lataniu. Uważam, że to bardzo zabawne. Powinieneś spróbować polecieć parę razy ze mną, kiedy nie będziesz prowadzącym. Po prostu dla śmiechu. Hi! Hi! — Orr z wyraźną uciechą obserwował Yossariana kątem oka.

— Znowu mam lecieć jako prowadzący — powiedział Yossarian unikając jego wzroku.

— Jak nie będziesz prowadzącym. Gdybyś miał trochę oleju w głowie, to wiesz, co byś zrobił? Poszedłbyś prosto do Piltcharda i Wrena i powiedział im, że chcesz latać ze mną.

— Żeby mnie w każdym locie zestrzeliwali? Nie widzę w tym nic zabawnego.

— Właśnie dlatego powinieneś to zrobić — nalegał Orr. — Jestem teraz chyba najlepszym w lotnictwie specjalistą od przymusowych lądowań. Byłoby to dla ciebie doskonałe ćwiczenie.

— Ćwiczenie do czego?

— Ćwiczenie na wypadek, gdybyś musiał kiedyś przymusowo lądować. Chi! Chi! Chi!

— Masz jeszcze jedną butelkę piwa? — spytał Yossarian ponuro.

— Czy chcesz mi ją rozbić na głowie?

Tym razem roześmiał się Yossarian.

— Jak ta dziwka w Rzymie?

Orr zarżał obleśnie, a jego policzki jak jabłuszka wydęły się radością.

— Czy chcesz naprawdę wiedzieć, dlaczego ona waliła mnie tym butem po głowie?

— Wiem — zrewanżował mu się Yossarian — mówiła mi dziwka Nately'ego.

Orr wyszczerzył zęby jak maszkaron z Notre Dame.

— Wcale nie — powiedział.

Yossarianowi zrobiło się żal Orra. Był taki mały i brzydki. Kto go będzie bronił, jeżeli przeżyje wojnę? Kto obroni tego dobrego, prostodusznego gnoma przed chamami, klikami i wytrawnymi sportowcami jak Appleby, którzy mają muszki w oczach i którzy przy pierwszej nadarzającej się okazji stratują go z pychą i niewzruszoną pewnością siebie? Yossarian często martwił się o Orra. Kto go osłoni przed wrogością i kłamstwem, przed ludźmi o wybujałych ambicjach, przed zgorzkniałym snobizmem żon grubych ryb, przed nędznymi, poniżającymi zniewagami pogoni za pieniądzem i przed zaprzyjaźnionym rzeźnikiem z naprzeciwka z jego gorszym mięsem? Orr był zadowolonym z życia, nic nie podejrzewającym prostaczkiem z wielką strzechą falistych, polichromatycznych włosów z przedziałkiem pośrodku. Będzie po prostu igraszką w ich rękach. Zabiorą mu pieniądze, zerżną żonę i nie okażą litości jego dzieciom.

Orr był karłowatym dziwakiem, zwariowanym, sympatycznym liliputem z zaśniedziałym umysłem i tysiącem pożytecznych umiejętności, które przez całe życie nie pozwolą mu wytknąć nosa z grupy najniżej zarabiających. Potrafił posługiwać się lutownicą i zbić dwie deski tak, żeby nie popękały i gwoździe się nie zgięły. Umiał wiercić otwory. Zrobił w namiocie mnóstwo rzeczy, w czasie kiedy Yossarian był w szpitalu. Wypiłował czy też wykuł idealny rowek w cemencie, tak że rurka doprowadzająca benzynę do pieca ze zbiornika, który zmontował na podwyższeniu za namiotem, była równa z podłogą. Zbudował kozły przed kominek z części do bomb i zapełnił je tęgimi, srebrzystymi klocami, oprawił w bejcowane ramki wycięte z czasopism zdjęcia piersiastych dziewczyn i zawiesił je nad kominkiem. Orr umiał otworzyć puszkę farby. Umiał wymieszać farbę, rozcieńczyć farbę, usunąć farbę. Umiał rąbać drzewo i mierzyć różne rzeczy linijką. Potrafił rozpalić ognisko. Umiał kopać rowy i miał prawdziwy talent do przynoszenia wody w puszkach i manierkach dla nich obu ze zbiorników koło stołówki. Potrafił oddawać się całymi godzinami jakiejś nieistotnej pracy nie okazując znudzenia ani zniecierpliwienia, niewrażliwy na zmęczenie jak pień drzewa i prawie równie małomówny. Wykazywał też niesamowitą znajomość przyrody i nie bał się psów, kotów, robaków i pająków ani potraw w rodzaju flaków czy płucek.

Yossarian westchnął ciężko i oddał się ponurym rozmyślaniom na temat ataku na Bolonię, o którym ostatnio szeptano. Ten zawór do piecyka był mniej więcej wielkości kciuka i składał się, nie licząc skorupy zewnętrznej, z trzydziestu siedmiu oddzielnych części, wielu tak drobniutkich, że Orr musiał je przytrzymywać czubeczkami paznokci, kiedy rozkładał je starannie na podłodze w równiutkich, posegregowanych rzędach, zawsze w tym samym równomiernym tempie, niezmordowany, nie przerywając ani na chwilę swojej bezlitosnej, systematycznej, monotonnej procedury, chyba tylko żeby z maniacką złośliwością łypnąć okiem na Yossariana. Yossarian starał się na niego nie patrzeć. Mimo woli liczył części i czuł, że zaraz zwariuje. Odwrócił się i zamknął oczy, ale tak było jeszcze gorzej, bo teraz miał same dźwięki, ciche, doprowadzające do szału, niepokonane, odległe brzęknięcia i szelest palców na bezcielesnych detalach. Orr dyszał rytmicznie, wydając przy tym obrzydliwy chrapliwy dźwięk. Yossarian zacisnął pięści i spojrzał na długą kościaną rękojeść kordelasa wiszącego w pochwie nad łóżkiem nieboszczyka. Z chwilą gdy tylko pomyślał o zasztyletowaniu Orra, napięcie zelżało. Pomysł zamordowania Orra był tak śmieszny, że zaczął rozważać go na serio, z podejrzaną przyjemnością i fascynacją. Odszukał na karku Orra prawdopodobny punkt *medulla oblongata*. Najdelikatniejsze ukłucie w ten punkt oznaczałoby śmierć i rozwiązanie tylu poważnych bolesnych problemów dla nich obu.

— Czy to boli? — spytał Orr dokładnie w tym momencie, jakby powodowany instynktem obronnym. Yossarian przyjrzał mu się uważnie.

— Co czy boli?

— Twoja noga. — powiedział Orr z dziwnym tajemniczym uśmiechem. — Wciąż jeszcze trochę utykasz.

— Chyba tylko z przyzwyczajenia — westchnął z ulgą Yossarian. — Myślę, że wkrótce mi to przejdzie.

Orr poturlał się po podłodze i wylądował w przyklęku twarzą do Yossariana.

— Czy pamiętasz — zaczął powoli i z namysłem, jakby sobie coś z trudem przypominał — tę dziewczynę, która wtedy w Rzymie waliła mnie po głowie? — Roześmiał się, kiedy Yossarian wydał mimowolny jęk udręki i zawodu. — Dobiję z tobą targu w sprawie tej dziewczyny. Powiem ci, dlaczego ona wtedy waliła mnie butem po głowie, jeżeli odpowiesz mi na jedno pytanie.

— Na jakie pytanie?

— Czy rżnąłeś kiedy dziewczynę Nately'ego?

Yossarian roześmiał się zdziwiony.

— Ja? Nie. A teraz powiedz mi, dlaczego tamta dziewczyna waliła cię butem?

— To nie było pytanie — poinformował Orr z miną zwycięzcy. — To była na razie rozmowa. Ona zachowuje się tak, jakbyś ją rżnął.

— Nie, nie rżnąłem. A jak ona się zachowuje?

— Tak, jakby cię nie lubiła.

— Ona nikogo nie lubi.

— Lubi kapitana Blacka — przypomniał Orr.

— To dlatego, że on ją traktuje jak szmatę. W ten sposób każdy może oczarować dziewczynę.

— Ona nosi na nodze bransoletkę z jego imieniem.

— Każe jej to nosić, żeby drażnić Nately'ego.

— Ona mu nawet oddaje część tych pieniędzy, jakie dostaje od Nately'ego.

— Słuchaj, co ty właściwie chcesz ode mnie?

— Czy rżnąłeś kiedyś moją dziewczynę?

— Twoją dziewczynę? A która to jest, u diabła?

— Ta, która mnie waliła butem po głowie.

— Byłem z nią parę razy — przyznał Yossarian. — Od kiedy to ona jest twoją dziewczyną? O co ci chodzi?

— Ona też cię nie lubi.

— Co to mnie, do cholery, obchodzi, czy ona mnie lubi? Lubi mnie tak samo jak ciebie.

— Czy uderzyła cię kiedyś butem w głowę?

— Orr, nudzisz mnie. Daj mi spokój.

— Chi! Chi! Chi! A co z tą chudą hrabiną w Rzymie i jej chudą synową? — nalegał coraz bardziej natarczywie Orr z diabelskim błyskiem w oku. — Czy je kiedy rżnąłeś?

— Marzę o tym — westchnął szczerze Yossarian, odczuwając natychmiast lubieżne, znane, obezwładniające świerzbienie dłoni pieszczących ich drobne, jędrne pośladki i piersi.

— One też cię nie lubią — skomentował Orr. — Lubią Aarfy'ego i Nately'ego, a ciebie nie. Wygląda na to, że kobiety cię nie lubią. Myślę, że one myślą, że masz zły wpływ na ludzi.

— Kobiety są pomylone — odpowiedział Yossarian i czekał ponuro na to, co musiało teraz nastąpić.

— A co z tą twoją drugą dziewczyną? — spytał Orr udając pełne zadumy zaciekawienie. — Z tą grubą? Łysą? Wiesz, z tą grubą, łysą w turbanie na Sycylii, co to przez całą noc zalewała nas potem? Czy ona też jest pomylona?

— Czy ona też mnie nie lubi?

— Jak mogłeś to robić z dziewczyną bez włosów?

— A skąd mogłem wiedzieć, że ona nie ma włosów?

— Wiedziałem — pochwalił się Orr. — Wiedziałem od samego początku.

— Wiedziałeś, że jest łysa? — zawołał Yossarian z podziwem.

— Nie, wiedziałem, że zawór nie będzie działał, jeżeli zabraknie jakiejś części — odpowiedział Orr płonąc borówkowym rumieńcem z uciechy, że znowu udało mu się wystrychnąć Yossariana na dudka. — Możesz mi podać uszczelkę, która się tam potoczyła? Jest tuż koło twojej nogi.

— Nie ma.

— O, tutaj — powiedział Orr podnosząc czubkami paznokci coś niewidocznego i pokazując Yossarianowi. — Będę musiał teraz zaczynać wszystko od początku.

— Zabiję cię, jeśli to zrobisz. Zamorduję cię na miejscu.

— Dlaczego nigdy ze mną nie latasz? — spytał nagle Orr i po raz pierwszy spojrzał Yossarianowi prosto w oczy. — To jest właśnie to pytanie, które chciałem ci zadać. Dlaczego nigdy ze mną nie latasz?

Yossarian odwrócił się z wielkim wstydem i zażenowaniem.

— Mówiłem ci dlaczego. Stale wyznaczają mnie na prowadzącego.

— To nieprawda — potrząsnął głową Orr. — Poszedłeś do Piltcharda i Wrena po pierwszym ataku na Awinion i powiedziałeś im, że nie chcesz ze mną latać. Tak było.

Yossarian poczuł, że robi mu się gorąco.

— Nie, to nieprawda — skłamał.

— Prawda, prawda — potwierdził Orr spokojnie. — Prosiłeś ich, żeby cię nigdy nie przydzielali do samolotów pilotowanych przeze mnie, Dobbsa i Huple'a, ponieważ nie masz do nas zaufania. A Piltchard i Wren odpowiedzieli, że nie mogą robić dla ciebie wyjątku, bo to byłoby niesprawiedliwe wobec tych, którzy muszą z nami latać.

— No więc? — powiedział Yossarian. — Czyli to nie miało żadnego znaczenia.

— A jednak nigdy cię nie wyznaczyli do mojej załogi. — Orr, pracując znowu na klęczkach, nie wyrażał żalu czy pretensji, tylko urażoną pokorę, co było nieskończenie trudniejsze do zniesienia, mimo że uśmiechał się przy tym szeroko i chichotał, jakby sytuacja była zabawna. — Wiesz, powinieneś naprawdę latać ze mną. Jestem całkiem niezłym pilotem i nie dałbym ci zrobić krzywdy. Możliwe, że mnie często strącają, ale to nie moja wina, a poza tym w moim samolocie nikt nigdy nie został ranny. Tak jest, gdybyś miał choć trochę oleju w głowie, to wiesz, co byś zrobił? Poszedłbyś prosto do Piltcharda i Wrena i powiedział im, że chcesz latać tylko ze mną.

Yossarian pochylił się i z bliska zajrzał w nieprzeniknioną maskę sprzecznych uczuć Orra.

— Chcesz mi coś powiedzieć?

— Chi! Chi! Chi! Chi! — odpowiedział Orr. — Chcę ci powiedzieć, dlaczego ta wielka dziewczyna waliła mnie wtedy butem po głowie, a ty mi nie pozwalasz.

— No to powiedz.

— A będziesz ze mną latał?

Yossarian roześmiał się i potrząsnął głową.

— Znowu cię strącą do wody.

Orr został znowu strącony do wody podczas ataku na Bolonię, o którym tyle plotkowano, i z wielkim hukiem posadził swój samolot bez jednego silnika na wzburzonych, smaganych wiatrem falach wznoszących się i opadających pod marsowymi, czarnymi chmurami burzowymi gromadzącymi się na niebie. Orr później od innych opuścił samolot i znalazł się sam jeden na tratwie, która zaczęła oddalać się od tratwy z resztą załogi i całkowicie znikła z oczu, kiedy kuter ratunkowy przedarł się przez wiatr i deszcz, żeby ich wziąć na pokład. Gdy wrócili do eskadry, zapadała już noc. Na temat Orra nadal nie było żadnych wieści.

— Nie martwcie się — uspokajał wszystkich Kid Sampson, wciąż jeszcze okryty kocami i płaszczem przeciwdeszczowym, którymi go opatulono na statku ratowniczym. — Na pewno już go wyłowiono, jeżeli tylko nie utonął podczas burzy. Nie trwała długo. Jestem pewien, że się tu lada chwila pokaże.

Yossarian poszedł do namiotu, żeby tam czekać na Orra, który się lada chwila pokaże, i rozpalił ogień, żeby Orr miał ciepło, jak przyjdzie. Piecyk działał doskonale, płonąc silnym, żwawym płomieniem, który można było regulować kurkiem zreperowanym wreszcie przez Orra. Padał lekki deszcz, bębniąc cicho po namiocie, po drzewach i ziemi. Yossarian zagotował puszkę zupy, żeby była gorąca, jak Orr przyjdzie, i po jakimś czasie zjadł ją sam. Ugotował dla Orra jajka na twardo i też je zjadł. Potem zjadł całą puszkę sera cheddar z żelaznej racji.

Ilekroć przyłapał się na tym, że się martwi, przypominał sobie, że Orr wszystko potrafi, i śmiał się cicho wyobrażając sobie Orra na tratwie, jak go opisywał sierżant Knight: pochylonego z zaaferowanym uśmiechem nad rozłożoną na kolanach mapą i kompasem, pakującego tabliczkę za tabliczką rozmokłej czekolady do uśmiechniętych, chichoczących ust, wiosłującego regulaminowo wśród grzmotów, błyskawic i ulewy bezużytecznym niebieskim wiosełkiem i ciągnącego za sobą żyłkę z suszoną przynętą. Yossarian nie wątpił w zdolności Orra do znalezienia wyjścia z każdej sytuacji. Jeżeli za pomocą tej idiotycznej żyłki można w ogóle łowić ryby, to Orr je złowi, a jeżeli uprze się na dorsza, to będzie miał dorsza, choćby nikt dotąd nie złowił w tych wodach dorsza. Yossarian postawił na piecyku następną puszkę zupy i znowu ją zjadł, kiedy się zagrzała. Na każde trzaśnięcie drzwiczek samochodu rozjaśniał się pełnym nadziei uśmiechem i odwracał się wyczekująco do drzwi, nasłuchując kroków. Był pewien, że lada chwila wkroczy do namiotu Orr z tymi swoimi wielkimi, lśniącymi, mokrymi od deszczu oczami, policzkami i zębami, śmiesznie podobny do wesołego poławiacza ostryg z Nowej Anglii w żółtym rybackim kapeluszu i gumowym płaszczu o kilka numerów za dużym, z dumą pokazując Yossarianowi złowionego przez siebie wielkiego dorsza. Ale Orr nie przyszedł.

29

Peckem

Następnego dnia również nie było wieści od Orra i sierżant Whitcomb z godną pochwały operatywnością i z niemałą dozą optymizmu zanotował w swoim terminarzu, że ma po upływie dziewięciu dni wysłać do najbliższej rodziny Orra list kondolencyjny w imieniu pułkownika Cathcarta. Tymczasem przyszła wiadomość ze sztabu generała Peckema i Yossarian podszedł do gromady oficerów i szeregowców, którzy w szortach i kąpielówkach kłębili się zbici z tropu wokół tablicy ogłoszeń przed kancelarią.

— Chciałbym wiedzieć, czym się różni ta niedziela od wszystkich innych? — pytał na cały głos Joe Głodomór Wodza White Halfoata. — Dlaczego nie będziemy mieć defilady akurat w tę niedzielę, skoro nigdy w niedzielę nie mieliśmy defilady?

Yossarian przecisnął się do pierwszego rzędu i z jego piersi wydarł się przeciągły jęk rozpaczy, gdy zobaczył następujące lakoniczne ogłoszenie:

Z powodów ode mnie niezależnych w najbliższą niedzielę po południu wielka defilada nie odbędzie się.

Pułkownik Scheisskopf

Dobbs miał rację. Rzeczywiście wysyłano teraz na front wszystkich, nawet pułkownika Scheisskopfa, który przeciwstawiał się tej decyzji z całą energią i mądrością, na jaką go było stać, i zameldował swoje przybycie do jednostki w biurze generała Peckema w nastroju najwyższego niezadowolenia.

Generał Peckem powitał pułkownika Scheisskopfa z wylewnym wdziękiem i powiedział, że cieszy się z jego przybycia. Dodatkowy pułkownik pod jego komendą oznaczał, że będzie mógł wystąpić o dwóch dodatkowych majorów, czterech dodatkowych kapitanów, szesnastu dodatkowych poruczników i niezliczonych dodatkowych szeregowców, maszyny do pisania, biurka, szafy, samochody oraz inny sprzęt i wyposażenie, co podniesie jego prestiż i zwiększy siłę uderzeniową w wojnie, którą wypowiedział generałowi Dreedle. Miał teraz już dwóch pułkowników; generał Dreedle miał tylko pięciu, z czego czterech dowodziło pododdziałami bojowymi. Prawie bez intryg generał Peckem wykonał manewer, który miał w ostatecznym wyniku doprowadzić do podwojenia jego sił. A generał Dreedle upijał się coraz częściej. Przyszłość zapowiadała się wspaniale i generał Peckem kontemplował swego nowego pułkownika z promiennym uśmiechem.

We wszystkich sprawach wielkiej wagi generał P. P. Peckem był realistą, jak zawsze mawiał, kiedy przystępował do publicznej krytyki któregoś ze swoich bliskich współpracowników. Był przystojnym pięćdziesięciotrzyletnim mężczyzną o różowej cerze. Zachowywał się zawsze ze swobodą i nonszalancją i nosił mundury szyte na miarę. Miał srebrnoszare włosy, z lekka krótkowzroczne oczy i cienkie, obwisłe, zmysłowe wargi. Był wrażliwym, pełnym uroku, wykształconym człowiekim, który dostrzegał wady i śmiesznostki u wszystkich oprócz siebie i wszystkich oprócz siebie uważał za absurdalnych. Generał Peckem przywiązywał ogromną wagę do drobnych spraw stylu i smaku. Generał Peckem nieustannie coś „podkreślał". Wydarzenia zawsze „zbliżały się wielkimi krokami". To nieprawda, że wysyłał pisma, w których domagał się rozszerzenia swoich prerogatyw na wszystkie działania bojowe; on wysyłał „memoriały". A styl w memoriałach pozostałych oficerów był zawsze „napuszony, koturnowy i zawiły". Pomyłki innych były niezmiennie „godne pożałowania". Przepisy były „surowe", a jego dane zawsze pochodziły „ze źródeł dobrze poinformowanych". Generał Peckem często bywał do różnych rzeczy „zmuszany przez okoliczności". Różne rzeczy „spadały na jego barki" i często też działał „z największą niechęcią". Nigdy nie zapominał, że czarny i biały to nie są kolory, i nigdy nie mówił „słownie", kiedy miał na myśli „ustnie". Potrafił cytować bez zająknienia Platona, Nietzschego, Montaigne'a, Teodora Roosevelta, markiza de Sade i Warrena G. Hardinga. Dziewicze audytorium w osobie pułkownika Scheisskopfa było wodą na jego młyn, nowa okazja do otwarcia na oścież olśniewającego erudycją skarbca kalamburów, dowcipów, kalumnii, homilii, anegdot, przysłów, epigramatów, sentencji, bon motów i innych ciętych powiedzonek. Promieniując wytwornością zaczął zapoznawać pułkownika Scheisskopfa z nowym otoczeniem.

— Moją jedyną wadą — rzucił z wypróbowanym humorem, czekając na efekt swoich słów — jest całkowity brak wad.

Pułkownik Scheisskopf nie roześmiał się, czym wprawił generała Peckema w osłupienie. Ciężkie brzemię zwątpienia zmiażdżyło jego zapał. Oto wystrzelił jednym ze swoich najbardziej niezawodnych paradoksów i był poważnie zaniepokojony, gdyż nawet najsłabszy błysk zrozumienia nie przemknął przez tę nieprzeniknioną twarz, która nagle zaczęła mu barwą i fakturą przypominać nie używaną gumkę do wycierania. Może pułkownik Scheisskopf jest zmęczony, dopuścił wielkodusznie generał Peckem; przyjechał z daleka i wszystko jest tu dla niego nowe. Stosunek generała Peckema do podwładnych, zarówno oficerów, jak i szeregowców, cechował duch tolerancji i pobłażliwości. Często mawiał, że jeżeli jego podkomendni wychodzą mu naprzeciw w pół drogi, to on wychodzi im naprzeciw jeszcze dalej, w wyniku czego, jak zawsze dodawał z przebiegłym śmieszkiem, spotkanie nie dochodzi do skutku. Generał Peckem uważał się za estetę i intelektualistę. Jeżeli ktoś się z nim nie zgadzał, generał Peckem wzywał go do obiektywizmu.

I teraz generał Peckem z największym obiektywizmem ośmielił spojrzeniem pułkownika Scheisskopfa i z łaskawą wielkodusznością podał swoją indoktrynację.

— Przybył pan do nas w odpowiednim momencie, Scheisskopf. Ofensywa letnia utknęła w miejscu z powodu niekompetencji dowódców, jakimi obdarzamy naszych żołnierzy, i dlatego odczuwam palącą potrzebę twardego, doświadczonego, kompetentnego oficera, kogoś takiego jak pan, kto pomoże mi pisać memoriały, które, jak na to bardzo liczymy, uświadomią wszystkich, jacy jesteśmy dobrzy i jak poważne spełniamy zadania. Mam nadzieję, że włada pan piórem należycie?

— Nie mam pojęcia o pisaniu — odparł pułkownik Scheisskopf ponuro.

— Niech się pan tym nie przejmuje — kontynuował generał Peckem niedbale strzepnąwszy dłonią. — Niech pan po prostu przekazuje komuś pracę, jaką panu przydzielę, i zda się na los szczęścia. Nazywamy to przekazywaniem odpowiedzialności. Gdzieś tam w dole, na najniższych szczeblach tej sprawnej organizacji, jaką kieruję, znajdują się ludzie, którzy wykonują pracę, kiedy do nich dociera, i wszystko jakoś działa gładko bez większego wysiłku z mojej strony. Pewnie dlatego, że jestem dobrym organizatorem. To, co robimy w naszej rozbudowanej sekcji, nie ma i tak większego znaczenia, pracujemy więc bez pośpiechu. Z drugiej strony jest bardzo ważne, żeby ludzie wiedzieli, że pracujemy dużo i wydajnie. Proszę mi dać znać, jak tylko pan stwierdzi, że brakuje panu ludzi do pracy. Na początek złożyłem zapotrzebowanie na dwóch majorów, czterech kapitanów i szesnastu poruczników do pomocy panu. Chociaż praca, jaką wykonujemy, nie jest zbyt ważna, ważne jest, żebyśmy wykonywali jej jak najwięcej. Zgadza się pan ze mną?

— A co z defiladami? — wtrącił pułkownik Scheisskopf.

— Z jakimi defiladami? — spytał generał Peckem czując, że jego subtelności nie trafiają do celu.

— Czy będę mógł prowadzić defilady w niedzielne popołudnia? — spytał pułkownik Scheisskopf opryskliwie.

— Nie. Oczywiście, że nie. Skąd panu to przyszło do głowy?

— Powiedziano mi, że będę mógł.

— Kto panu powiedział?

— Oficerowie, którzy mnie wysyłali do Europy. Powiedzieli mi, że będę mógł urządzać defilady, kiedy tylko zechcę.

— Okłamali pana.

— To nieuczciwe, panie generale.

— Bardzo mi przykro, Scheisskopf. Chętnie zrobię wszystko co w mojej mocy, żeby był pan zadowolony, ale defilady nie wchodzą w grę. Naszych ludzi nie starczy na defiladę, a w pododdziałach bojowych wybuchnie bunt, jeżeli każę im defilować. Obawiam się, że będzie pan musiał poczekać, dopóki nie przejmiemy kontroli nad całością. Potem będzie pan mógł robić z ludźmi, co się panu spodoba.

— A co z moją żoną? — spytał pułkownik Scheisskopf krzywiąc się podejrzliwie. — Chyba będę mógł ją sprowadzić?

— Żonę? A po co, u licha, miałby pan sprowadzać żonę?

— Mąż i żona powinni być razem.

— To również nie wchodzi w grę.

— Ale powiedziano mi, że będę mógł ją sprowadzić.

— Znowu pana okłamano.

— Oni nie mają prawa tak kłamać! — zaprotestował pułkownik Scheisskopf ze łzami oburzenia w oczach.

— Właśnie, że mają — uciął generał Peckem z zimną, wyrachowaną surowością, postanawiając od razu na wstępie wypróbować odwagę nowego pułkownika pod ogniem. — Niech pan nie będzie takim osłem, Scheisskopf. Ludzie mają prawo robić wszystko, co nie jest prawnie zabronione, a nie ma żadnego przepisu, który by zabraniał pana okłamywać. I proszę mi na przyszłość nie zawracać głowy podobnymi sentymentalnymi bzdurami. Słyszy pan?

— Tak jest, panie generale — mruknął pułkownik Scheisskopf.

Pułkownik Scheisskopf zwiądł żałośnie i generał Peckem błogosławił los, że zesłał mu słabeusza za podwładnego. Człowiek z charakterem byłby na tym stanowisku nie do pomyślenia. Odniósłszy zwycięstwo generał się udobruchał. Poniżanie podwładnych nie sprawiało mu przyjemności.

— Gdyby pańska żona należała do Kobiecego Korpusu Pomocniczego, może mógłbym uzyskać dla niej przeniesienie. Ale to wszystko, co mogę zrobić.

— Żona ma przyjaciółkę, która jest w Korpusie — powiedział pułkownik Scheisskopf z nadzieją.

— Obawiam się, że to nie wystarczy. Niech żona wstąpi do Korpusu, jeżeli ma ochotę, i wtedy ją tu ściągnę. Ale na razie, drogi pułkowniku, wróćmy, jeśli można, do naszej wojny podjazdowej. Oto jak się pokrótce przedstawia sytuacja.

Generał Peckem wstał i podszedł do obrotowego stojaka z wielkimi różnobarwnymi mapami.

Pułkownik Scheisskopf zbladł.

— Chyba nie będziemy brać udziału w operacjach bojowych? — wyjąkał przerażony.

— Ależ nie, oczywiście, że nie — uspokoił go generał Peckem pobłażliwie i roześmiał się ze zrozumieniem. — Proszę mieć do mnie choć trochę zaufania, dobrze? Dlatego właśnie jesteśmy nadal tutaj w Rzymie. Oczywiście wolałbym być tak jak wszyscy we Florencji, gdzie miałbym bliższy kontakt z byłym starszym szeregowym Wintergreenem, ale Florencja jest jak na moje wymagania nieco za blisko linii frontu. — Generał Peckem uniósł drewnianą wskazówkę i gumowym końcem przejechał wesoło przez całe Włochy od morza do morza. — Tutaj, Scheisskopf, są Niemcy. Okopali się w tych górach bardzo solidnie na Linii Gotów i nie dadzą się stąd wyprzeć przed wiosną przyszłego roku, co zresztą nie powstrzyma tych ciołków, którym powierzono dowodzenie, od bezowocnych ataków. To daje nam w Służbie Specjalnej prawie dziewięć miesięcy na realizację naszych celów. A tym celem jest podporządkowanie sobie wszystkich grup bombowych w Siłach Powietrznych Stanów Zjednoczonych. Ostatecznie — powiedział generał Peckem z niskim, pięknie modulowanym śmiechem — jeżeli zrzucanie bomb na nieprzyjaciela nie jest służbą specjalną, to co, u licha, jest służbą specjalną? Zgadza się pan ze mną?

Pułkownik Scheisskopf w żaden sposób nie dał do zrozumienia, że się zgadza, ale generał Peckem był tak upojony własnym krasomówstwem, że nie zwrócił na to uwagi.

— Mamy obecnie doskonałą pozycję. Posiłki wciąż przybywają, czego dowodem choćby pańska osoba, i mamy aż nadto czasu, aby starannie zaplanować naszą strategię. Nasz najbliższy cel mieści się tutaj. — Generał Peckem przesunął wskazówkę w kierunku południowym, na wyspę Pianosę, i postukał w nią znacząco w miejscu, gdzie wielkimi literami, grubym czarnym ołówkiem wypisane było słowo Dreedle.

Pułkownik Scheisskopf mrużąc oczy zbliżył się do mapy i po raz pierwszy od chwili, w której przestąpił próg pokoju, błysk zrozumienia mdłym blaskiem rozjaśnił jego kamienne oblicze.

— Zdaje się, że rozumiem — zawołał. — Tak, wiem, o co chodzi. Naszym pierwszym zadaniem jest wyzwolić Dreedle z rąk nieprzyjaciela. Czy tak?

Generał Peckem roześmiał się dobrotliwie.

— Nie, Scheisskopf. Dreedle jest po naszej stronie i to właśnie on jest naszym nieprzyjacielem. Generał Dreedle dowodzi czterema grupami bombowymi, które musimy przejąć, aby móc kontynuować naszą ofensywę. Pokonując generała Dreedle zdobędziemy samoloty i bazy niezbędne do rozszerzenia naszych operacji na dalsze rejony. A losy tej bitwy są już, nawiasem mówiąc, prawie przesądzone. — Generał Peckem śmiejąc się cicho podszedł do okna i z rękami założonymi na piersi oparł się o parapet, wielce zadowolony ze swego dowcipu i swego mądrego, zblazowanego cynizmu. Świadomość, że tak wykwintnie dobiera słowa, łechtała go mile. Generał Peckem lubił słuchać samego siebie, a najbardziej lubił słuchać, jak mówi o sobie. — Generał Dreedle po prostu nie jest w stanie stawić mi czoło — puszył się. — Stale wkraczam w jego kompetencje, wtrącając się do spraw, które nie powinny mnie obchodzić, a on nie wie, jak na to zareagować. Kiedy mnie oskarża, że podważam jego autorytet, odpowiadam, że moim jedynym celem jest zwrócenie uwagi na jego błędy, aby przez wyeliminowanie niedołęstwa przybliżyć ostateczne zwycięstwo. A potem pytam go niewinnie, czy jest przeciwny przybliżeniu ostatecznego zwycięstwa. Oczywiście mruczy, jeży się i porykuje, ale w gruncie rzeczy jest bezradny jak dziecko. Po prostu brak mu klasy. Między nami mówiąc, zapija się coraz bardziej. Ten biedny bałwan w ogóle nie powinien być generałem. Nie ten poziom, zupełnie nie ten poziom. Dzięki Bogu nie jest wieczny. — Generał Peckem zaśmiał się lekko, z lubością, i popłynął gładko dalej, ku swojej ulubionej literackiej aluzji. — Czasem wyobrażam sobie siebie jako Fortynbrasa, cha! cha! z dramatu Williama Shakespeare'a pod tytułem *Hamlet,* człowieka, który krąży i krąży za sceną czekając, aż wszystko się rozpadnie, a wtedy wkracza na zakończenie i wszystko zagarnia. Shakespeare jest...

— Nie znam się na dramatach — przerwał mu bezceremonialnie pułkownik Scheisskopf.

Generał Peckem spojrzał na niego zdumiony. Nigdy dotąd powołanie się na świętość, jaką był dla niego *Hamlet,* nie zostało zignorowane i podeptane z tak brutalną obojętnością. Zaczął się z głęboką troską zastanawiać, co też za gównianą głowę przysłano mu z Pentagonu.

— A na czym pan się zna? — spytał kwaśno.

— Na defiladach — odpowiedział skwapliwie pułkownik Scheisskopf. — Czy będę mógł wysyłać pisma w sprawie defilad?

— Pod warunkiem, że nie będzie ich pan organizować. — Generał Peckem ze zmarszczonym czołem wrócił na swój fotel. — I pod warunkiem, że nie będzie to kolidować z pańskim głównym obowiązkiem, to znaczy żądaniem rozszerzenia prerogatyw Służby Specjalnej tak, aby obejmowały również działania bojowe.

— Czy mogę ogłaszać defilady, a potem je odwoływać?

Generał Peckem rozpromienił się w jednej chwili.

— Ależ to znakomity pomysł! Niech pan wysyła tylko cotygodniowe zawiadomienia o odwołaniu defilady. Niech pan się nawet nie trudzi ich ogłaszaniem. To wywołałoby zbyt duże wzburzenie. — Generał Peckem znowu promieniał serdecznością. — Tak, Scheisskopf — powiedział — myślę, że pan wpadł na dobry pomysł! Ostatecznie który dowódca zechce się z nami kłócić o to, iż zawiadamiamy jego żołnierzy, że w najbliższą niedzielę nie będzie defilady? Będziemy po prostu stwierdzać ogólnie znany fakt. Ale jest w tym zawarta piękna myśl. Tak, zdecydowanie piękna. Dajemy w ten sposób do zrozumienia, że moglibyśmy zarządzić defiladę, gdybyśmy chcieli. Pan mi się zaczyna podobać, Scheisskopf. Niech pan się zapozna z pułkownikiem Cargillem i powie mu o swoim projekcie. Jestem pewien, że przypadniecie sobie do gustu.

W minutę później do gabinetu generała Peckema wtargnął nieśmiało wściekły z urazy pułkownik Cargill.

— Jestem tutaj dłużej niż Scheisskopf — poskarżył się. — Dlaczego to on ma odwoływać defilady, a nie ja?

— Bo Scheisskopf ma doświadczenie w sprawie defilad, a pan nie. Pan może odwoływać występy artystyczne, jeżeli pan chce. A właściwie dlaczego by nie? Niech pan pomyśli o tych wszystkich miejscach, w których w danym dniu nie ma występów. Niech pan pomyśli o wszystkich miejscach, do których nie przyjedzie żaden znany artysta. Tak, Cargill, myślę, że pan wpadł na dobry pomysł! Sądzę, że przed chwilą otworzył pan przed nami całe nowe pole działania. Niech pan powie pułkownikowi Scheisskopfowi, aby pracował nad tym pod pańskim kierownictwem. I niech go pan przyśle do mnie, kiedy już mu pan wyda instrukcje.

— Pułkownik Cargill mówi, że pan mu powiedział, że mam pracować pod jego kierownictwem nad sprawą występów artystycznych — poskarżył się pułkownik Scheisskopf.

— Nic podobnego nie mówiłem — odpowiedział generał Peckem. — W zaufaniu powiem panu, Scheisskopf, że nie jestem zbyt zadowolony z pułkownika Cargilla. Jest powolny i zadziera nosa. Chciałbym, żeby miał pan oko na to, co on robi, i zobaczył, czy nie da się go trochę zdopingować do pracy.

— Wtyka we wszystko nos — protestował pułkownik Cargill. — Nie daje mi zupełnie pracować.

— Ten Scheisskopf jest jakiś dziwny — potwierdził z zamyślonym wyrazem twarzy generał Peckem. — Niech pan go ma dobrze na oku i postara się zorientować, co on knuje.

— Teraz on się wtrąca w moje sprawy — awanturował się pułkownik Scheisskopf.

— Niech się pan tym nie przejmuje, Scheisskopf — powiedział generał Peckem winszując sobie, że tak zręcznie włączył pułkownika Scheisskopfa w swoją wypróbowaną metodę działania. Jego dwaj pułkownicy prawie już się do siebie nie odzywali. — Pułkownik Cargill zazdrości panu sukcesu w sprawie defilad. Obawia się, że zechcę panu powierzyć sprawę rozrzutu bomb.

Pułkownik Scheisskopf zamienił się w słuch.

— Co to jest rozrzut bomb?

— Rozrzut bomb? — powtórzył generał Peckem rozbawiony i zadowolony z siebie. — To termin, który wymyśliłem zaledwie kilka tygodni temu. Nic nie znaczy, ale nie wyobraża pan sobie, jak szybko się przyjął. O dziwo, przekonałem nawet różnych ludzi, że ma dla mnie znaczenie, aby bomby wybuchały blisko siebie, tak żeby to wyglądało porządnie na fotografii lotniczej. Pewien pułkownik na Pianosie przestał się już nawet przejmować tym, czy trafi w cel, czy nie. Lećmy tam trochę się z niego pośmiać. Pułkownik Cargill pęknie z zazdrości, a poza tym dowiedziałem się dziś rano od Wintergreena, że generał Dreedle leci na Sardynię. Generał Dreedle wpada w szał, kiedy się dowiaduje, że wizytowałem którąś z jego baz, podczas gdy on wizytował inną. Możemy nawet zdążyć tam na odprawę. Mają bombardować małą, nie bronioną wioszczynę i zmienić całe osiedle w kupę gruzów. Wiem od Wintergreena (Wintergreen jest teraz byłym sierżantem, nawiasem mówiąc), że cała akcja jest zupełnie niepotrzebna. Jedynym jej celem jest powstrzymanie niemieckich posiłków, mimo że wcale nie planujemy ofensywy. Ale tak to już jest, kiedy się wysuwa miernoty na odpowiedzialne stanowiska. — Leniwym ruchem wskazał na ogromną mapę Włoch. — Ta górska wioszczyna jest tak pozbawiona znaczenia, że nawet jej tu nie ma.

Przybyli do grupy pułkownika Cathcarta za późno, aby wziąć udział we wstępnej odprawie, i nie słyszeli, jak major Danby przekonywał:

— Ależ ona tam jest. Powiadam wam, że ona tam jest.

— Gdzie? — pytał Dunbar wyzywająco, udając, że nie widzi.

— Jest na mapie dokładnie tam, gdzie droga lekko skręca. Widzicie ten lekki zakręt na swojej mapie?

— Nie, nie widzę.

— Ja widzę — wyrwał się Havermeyer i zaznaczył punkt na mapie Dunbara. — A tutaj dobrze widać wioskę na zdjęciach lotniczych. Rozumiem, o co tu chodzi. Celem ataku jest zbombardowanie wioski tak, żeby obsunęła się po zboczu, tworząc na drodze zator, który Niemcy będą musieli usuwać. Czy tak?

— Tak jest — powiedział major Danby ocierając chusteczką spocone czoło. — Cieszę się, że ktoś z obecnych zaczyna rozumieć. Tą drogą będą się posuwać z Austrii do Włoch dwie dywizje pancerne. Wioska jest zbudowana na tak stromym stoku, że cały gruz ze zburzonych domów zwali się na drogę.

— A co to za różnica? — dopytywał się Dunbar, którego Yossarian obserwował w podnieceniu, z mieszaniną podziwu i lęku. — Oczyszczenie drogi zajmie im najwyżej kilka dni.

Major Danby starał się uniknąć dyskusji.

— Widocznie w sztabie uznali, że robi to jakąś różnicę — odpowiedział pojednawczym tonem. — Sądzę, że dlatego zarządzili ten atak.

— Czy ludność wioski została ostrzeżona? — spytał McWatt.

Major Danby przestraszył się widząc, że McWatt również przejawia opór.

— Nie, nie sądzę — odpowiedział.

— Czy nie zrzuciliśmy żadnych ulotek zapowiadających nalot

w określonym dniu? — odezwał się Yossarian. — Czy nie możemy dać im jakoś znać, żeby się wynieśli?

— Nie, nie sądzę. — Major Danby pocił się coraz obficiej i niespokojnie wodził oczami. — Niemcy mogliby się dowiedzieć i wybrać inną drogę. Nie wiem w tej sprawie nic pewnego, to są tylko moje przypuszczenia.

— Nawet nie będą się chować — ciągnął Dunbar z goryczą. — Wylegną na ulice, żeby nam pomachać, kiedy zobaczą nasze samoloty, razem z dziećmi, psami i staruszkami. Jezu Chryste! Dajmy im lepiej spokój.

— Dlaczego nie możemy zablokować drogi w innym miejscu? — spytał McWatt. — Dlaczego akurat tam?

— Nie wiem — odpowiedział major Danby z nieszczęśliwą miną. — Nie mam pojęcia. Słuchajcie, koledzy, musimy mieć trochę zaufania do ludzi, którzy są nad nami i wydają nam rozkazy. Oni wiedzą, co robią.

— Akurat — powiedział Dunbar.

— Co się dzieje? — spytał pułkownik Korn, który z rękami w kieszeniach i wychodzącą ze spodni koszulą wkroczył swobodnie do sali odpraw.

— Nic takiego, panie pułkowniku — powiedział major Danby usiłując nerwowo zatuszować sprawę. — Właśnie omawiamy akcję.

— Oni nie chcą bombardować wsi — z chichotem wydał majora Danby'ego Havermeyer.

— Dajcie spokój Havermeyerowi — rozkazał pułkownik krótko. Rozpoznawszy w Yossarianie pijaka, który pewnego wieczoru przed pierwszym nalotem na Bolonię brutalnie go zaczepiał w klubie oficerskim, pułkownik na wszelki wypadek przeniósł swoje niezadowolenie na Dunbara. — Dlaczego nie chcecie bombardować tej wsi? — spytał.

— Bo to okrucieństwo.

— Okrucieństwo? — spytał pułkownik Korn z chłodnym rozbawieniem, jedynie na moment przestraszywszy się niepohamowanej gwałtowności ataku Dunbara. — Czy mniejszym okrucieństwem byłoby pozwolić przejść tym dwóm niemieckim dywizjom, żeby strzelały do naszych żołnierzy? Nie zapominajcie, że chodzi także o życie naszych chłopców. Wolicie, żeby polała się amerykańska krew?

— Amerykańska krew leje się i tak, a ci ludzie żyją tam sobie spokojnie. Dlaczego, do cholery, nie możemy zostawić ich w spokoju?

— Łatwo wam mówić — powiedział drwiąco pułkownik Korn. — Siedzicie tu na Pianosie jak u Pana Boga za piecem. Wam to nie zrobi żadnej różnicy, czy te posiłki przyjdą, czy nie, prawda?

Dunbar spurpurowiał zawstydzony i nagle spuścił z tonu.

— Czy nie możemy zablokować drogi w innym miejscu? Czy nie można bombardować zbocza nad drogą albo samej drogi?

— A może wolicie lecieć nad Bolonię? — Ciche pytanie zabrzmiało jak wystrzał; w sali zapanowało niezręczne milczenie i powiało grozą. Yossarian płonąc ze wstydu modlił się żarliwie, żeby Dunbar wreszcie się zamknął. Dunbar spuścił wzrok i pułkownik Korn wiedział już, że wygrał. — Nie? Tak też myślałem — kontynuował z nie ukrywanym szyderstwem. — Powiem wam, że pułkownik Cathcart i ja musimy się dobrze namęczyć, żeby załatwić dla was takie dziecinnie łatwe akcje. Jeżeli wolicie latać nad Bolonię, Spezię i Ferrarę, to możemy wam to załatwić bez trudu. — Oczy pułkownika błysnęły groźnie zza okularów, a ziemista skóra na policzkach napięła się twardo. — Dajcie mi tylko znać.

— Ja bardzo chętnie — wyrwał się Havermeyer chichocząc chełpliwie. — Chcę lecieć nad Bolonię prosto i równo, z nosem przy celowniku, i słyszeć ze wszystkich stron rozrywające się pociski. Bardzo mnie bawi, jak po wylądowaniu wszyscy rzucają się na mnie z przekleństwami. Nawet szeregowcy są tak wściekli, że wymyślają mi i rwą się do bicia.

Pułkownik Korn jowialnym gestem wziął Havermeyera pod brodę i ignorując go całkowicie, suchym, bezbarwnym głosem mówił do Dunbara i Yossariana:

— Daję wam na to najświętsze słowo. Pułkownik Cathcart i ja bardziej od was przejmujemy się tymi zafajdanymi makaroniarzami z gór. *Mais c'est la guerre.* Nie zapominajcie, że to nie my zaczęliśmy wojnę, tylko Włochy. Że to nie my byliśmy agresorami, tylko Włochy. I że choćbyśmy chcieli, to nie potrafimy być w stosunku do Włochów, Niemców, Rosjan czy Chińczyków bardziej okrutni niż oni sami. — Pułkownik Korn przyjaźnie ujął majora Danby'ego za ramię, nie zmieniając nieprzyjaznego wyrazu twarzy. — Niech pan prowadzi dalej odprawę, Danby — powiedział. — I niech pan się upewni, czy wszyscy rozumieją znaczenie odpowiedniego skupienia wybuchów.

— Ależ nie, panie pułkowniku — wyrzucił z siebie major Danby zwracając wzrok ku niebu. — Nie przy tym celu. Kazałem im rzucać bomby co sześćdziesiąt stóp, żeby uzyskać zablokowanie drogi nie tylko w jednym miejscu, a na całej długości wsi. Właśnie przy dużym rozrzucie bomb spowodujemy znacznie skuteczniejsze zablokowanie drogi!

— Blokowanie drogi nic nas nie obchodzi — poinformował go pułkownik Korn. — Pułkownik Cathcart chce mieć z tej akcji dobre, czyste zdjęcie lotnicze, które będzie mógł bez wstydu posłać wyżej. Nie zapominajcie, że na drugiej odprawie będzie obecny generał Peckem, a sami wiecie, jaki jest jego stosunek do rozrzutu bomb. Nawiasem mówiąc, niech pan się lepiej pośpieszy ze szczegółami i zniknie przed jego przyjściem. Generał Peckem nie znosi pana.

— Ależ nie, panie pułkowniku — poprawił go major Danby usłużnie. — To generał Dreedle mnie nie znosi.

— Generał Peckem też pana nie znosi. Prawdę mówiąc, nikt pana nie znosi. Niech pan kończy i czym prędzej znika. Ja poprowadzę odprawę.

— Gdzie jest major Danby? — spytał pułkownik Cathcart, kiedy przyjechał na odprawę z generałem Peckemem i pułkownikiem Scheisskopfem.

— Spytał mnie, czy może odejść, jak tylko zobaczył, że nadjeżdżacie — odpowiedział pułkownik Korn. — Boi się, że generał Peckem go nie lubi. Zresztą i tak ja miałem prowadzić odprawę. Ja to robię dużo lepiej.

— Doskonale — powiedział pułkownik Cathcart. — Nie! — zmienił natychmiast zdanie, gdyż przypomniał sobie, jak popisał się pułkownik Korn wobec generała Dreedle na pierwszej odprawie przed Awinionem. — Sam się tym zajmę.

Pułkownik Cathcart pokrzepiony świadomością, że jest jednym z ulubieńców generała Peckema, poprowadził odprawę rzucając krótkie, urywane zdania do pełnego uwagi audytorium złożonego z podwładnych oficerów, z szorstką i beznamiętną twardością podpatrzoną u generała Dreedle. Wiedział, że wygląda imponująco, kiedy tak stoi na podwyższeniu w rozpiętej pod szyją koszuli, z cygarniczką i krótko przystrzyżonymi, przyprószonymi siwizną, kędzierzawymi czarnymi włosami. Szło mu znakomicie, naśladował nawet pewne charakterystyczne błędy wymowy generała Dreedle i nie czuł za grosz strachu przed nowym pułkownikiem generała Peckema, kiedy nagle przypomniał sobie, że generał Peckem nie cierpi generała Dreedle. Głos mu się załamał i cała pewność siebie gdzieś się ulotniła. Plącząc się mówił mechanicznie dalej, czerwony ze wstydu. Nagle poczuł lęk przed pułkownikiem Scheisskopfem. Nowy pułkownik na jego terenie oznaczał nowego rywala, nowego wroga, jednego więcej człowieka, który go nienawidzi! A ten wyglądał groźnie! Pułkownikowi Cathcartowi przyszła do głowy straszna myśl: a jeżeli pułkownik Scheisskopf przekupił wszystkich obecnych na odprawie, żeby zaczęli jęczeć, jak wtedy przed Awinionem? Jak ich uciszyć? To by dopiero była plama na honorze! Pułkownika Cathcarta zdjął taki strach, że omal nie wezwał na pomoc pułkownika Korna, jakoś jednak opanował nerwy i zsynchronizował zegarki. Zrobiwszy to wiedział już, że wygrał, gdyż teraz mógł skończyć w każdej chwili. Przezwyciężył kryzys. Miał ochotę roześmiać się pułkownikowi Scheisskopfowi w twarz z tryumfem i złośliwą radością. Przekonany, że zachował się wspaniale w niebezpiecznej sytuacji, zakończył odprawę natchnioną perorą, która, jak mu nieomylnie podpowiadał instynkt, była mistrzowskim popisem taktu i subtelności.

— Panowie — nawoływał. — Mamy dzisiaj bardzo dostojnego gościa, generała Peckema ze Służby Specjalnej, któremu zawdzięczamy sprzęt sportowy, komiksy i występy estradowe. Chcę jemu poświęcić tę akcję. Lećcie i bombardujcie dla mnie, dla swego kraju, dla Boga i dla wielkiego Amerykanina, generała P. P. Peckema. I postarajcie się, żeby wszystkie wasze bomby trafiły w dziesięciocentówkę!

30

Dunbar

Yossarian przestał się interesować tym, gdzie spadają jego bomby, chociaż nie posuwał się tak daleko jak Dunbar, który zrzucił swoje bomby kilkaset jardów za wioską i mógł stanąć przed sądem polowym, gdyby mu udowodniono, że zrobił to naumyślnie. Nie mówiąc ani słowa nawet Yossarianowi Dunbar umył ręce od całej sprawy. Po upadku w szpitalu albo doznał objawienia, albo wszystko mu się pomieszało; nie sposób było odgadnąć.

Dunbar rzadko się teraz śmiał i marniał w oczach. Powarkiwał zaczepnie do starszych stopniem oficerów, nawet do majora Danby'ego, był obcesowy, gburowaty i nie przebierał w słowach, nawet w obecności kapelana, który teraz unikał Dunbara i również marniał w oczach. Pielgrzymka kapelana do Wintergreena zakończyła się fiaskiem; jeszcze jedna świątynia okazała się pusta. Wintergreen był zbyt zajęty, aby przyjąć kapelana osobiście. Jego bystry pomocnik przyniósł kapelanowi w prezencie kradzioną zapalniczkę Zippo i poinformował go z wyższością, że Wintergreen zbyt jest pochłonięty działaniami wojennymi, żeby zajmować się tak drobnymi sprawami, jak norma lotów bojowych. Kapelan martwił się o Dunbara i drżał o Yossariana, zwłaszcza od czasu, kiedy zabrakło Orra. Kapelanowi, mieszkającemu samotnie w obszernym namiocie, którego spiczasty wierzchołek pogrążał go co noc w ponurej samotności jak wieko trumny, wydawało się nieprawdopodobne, aby Yossarian naprawdę wolał mieszkać sam, bez współlokatora.

Yossarian został znowu prowadzącym bombardierem i jego

samolot pilotował McWatt, co było pewnym pocieszeniem, choć nie zmniejszało poczucia bezbronności. Nie miał się czym bronić. Ze swego stanowiska w dziobie nie widział nawet McWatta i drugiego pilota. Widział jedynie Aarfy'ego, do którego napuszonej, pyzatej nieudolności stracił ostatecznie wszelką cierpliwość, a potem przeżywał w powietrzu rozpaczliwą, bezsilną wściekłość i pragnął znaleźć się znowu w jednym z bocznych samolotów klucza, żeby mieć w kabinie zamiast precyzyjnego celownika bombardierskiego, który mu do niczego nie był potrzebny, załadowany karabin maszynowy, potężną i ciężką maszynę kalibru pięćdziesiąt, którą mógłby ująć mściwie obiema rękami i użyć jej z wściekłością przeciwko wszystkim dręczącym go demonom: przeciwko czarnym obłoczkom wybuchów; przeciwko niemieckim artylerzystom w dole, których nie mógłby i tak wypatrzyć ani wyrządzić im szkody swoim karabinem maszynowym, nawet gdyby zdążył otworzyć ogień; przeciwko Havermeyerowi i Appleby'emu w prowadzącym samolocie za ich nieustraszone, proste i równe nalatywanie na cel podczas drugiego ataku na Bolonię, kiedy to pociski z dwudziestu czterech dział rozwaliły po raz ostatni jeden z silników Orra, strącając go do morza między Genuą a Spezią tuż przed nadejściem burzy.

Prawdę mówiąc jedyne, co mógłby zrobić z tym potężnym karabinem maszynowym, to załadować go i oddać kilka próbnych serii. Miał z niego nie więcej pożytku niż z celownika. W zasadzie mógł go użyć przeciwko atakującym niemieckim myśliwcom, ale niemieckich myśliwców już dawno nie było, a nie mógł go odwrócić w tył, ku bezbronnym twarzom pilotów takich jak Huple i Dobbs, i kazać im schodzić ostrożnie do lądowania, tak jak kazał kiedyś Kidowi Sampsonowi i jak chciał zrobić z Dobbsem i Huple'em podczas tego ohydnego pierwszego ataku na Awinion, od momentu kiedy zorientował się, w jaką straszliwą wpadł kabałę, uświadomiwszy sobie, że jest w powietrzu z Dobbsem i Huple'em, w kluczu prowadzonym przez Havermeyera i Appleby'ego. Dobbs i Huple? Huple i Dobbs? Kto to w ogóle jest? Cóż to za niedorzeczne szaleństwo, żeby latać w powietrzu na wysokości dwóch mil, mając pod sobą cal czy dwa metalu, i powierzać życie wątpliwym umiejętnościom i inteligencji dwóch bliżej nie znanych mydłków: gołowąsa nazwiskiem Huple i roztrzęsionego pomyleńca w rodzaju Dobbsa, który naprawdę dostał w końcu ataku szału w samolocie; siedząc w swoim fotelu drugiego pilota wyrwał stery Huple'owi i rzucił ich w straszliwą pikę, wyrywając z gniazdka przewody hełmu Yossariana i sprowadzając ich z powrotem w gęsty ogień artyleryjski, z którego dopiero co się wydostali. Zaraz potem okazało się, że inny obcy facet, radiostrzelec nazwiskiem Snowden, kona w ogonie samolotu. Nie sposób było na pewno ustalić, czy to Dobbs go zabił, gdyż kiedy Yossarian z powrotem podłączył się do telefonu pokładowego, głos Dobbsa błagał, żeby ktoś poszedł do dziobu i ratował bombardiera. I prawie natychmiast włączył się Snowden skomląc: „Ratunku. Proszę, ratujcie mnie. Zimno mi. Zimno". Yossarian wyczołgał się powoli z dziobu, przeszedł nad komorą bombową i wcisnął się do przedziału ogonowego, mijając po drodze apteczkę, po którą musiał wrócić, żeby opatrzyć Snowdenowi nie tę ranę, co trzeba, ziejącą, krwawą dziurę kształtu i wielkości piłki do rugby na zewnętrznej stronie uda, z nie uszkodzonymi, krwawoczerwonymi włóknami mięśni pulsującymi niesamowicie niby jakieś ślepe istoty żyjące własnym życiem, owalną, nagą ranę długości prawie jednej stopy, na widok której Yossarian jęknął z wrażenia i współczucia, jak tylko ją dostrzegł, i omal nie zwymiotował. A mały, drobny tylny strzelec leżał na podłodze obok Snowdena, nieprzytomny i tak blady, że Yossarian z obrzydzeniem doskoczył najpierw do niego.

Tak, na dłuższą metę bezpiecznie było latać z McWattem, ale nawet z nim Yossarian nie czuł się bezpiecznie, gdyż McWatt za bardzo lubił latać i wracając z lotu ćwiczebnego, w którym docierali nowego bombardiera z nowej załogi, jaką pułkownik Cathcart otrzymał po zaginięciu Orra, pognał lotem koszącym tuż nad ziemią. Poligon bombowy znajdował się po drugiej stronie wyspy i w drodze powrotnej McWatt przeciągnął brzuch powolnie lecącego samolotu tuż nad wierzchołkami gór, a potem, zamiast utrzymać wysokość, dodał gazu do oporu, przechylił się na skrzydło i ku zdumieniu Yossariana poszedł na maksymalnej szybkości w dół równolegle do powierzchni ziemi, radośnie kiwając skrzydłami i przeskakując z ciężkim, miażdżącym, ogłuszającym rykiem nad wszystkimi wzniesieniami i zagłębieniami pofałdowanego terenu jak pijana mewa nad wzburzonymi brązowymi falami. Yossarian zdrętwiał. Nowy bombardier siedział obok niego spokojnie, z uśmiechem oczarowania, pogwizdując z podziwu, i Yossarian miał ochotę wyciągnąć rękę i rozkwasić jego idiotyczną gębę, gdyż sam uchylał się i zasłaniał przed głazami, skałkami i chlaszczącymi gałęziami drzew, które wyskakiwały tuż przed nim i uciekały do tyłu rozmazanymi pasmami. Nikt nie miał prawa tak straszliwie narażać jego życia.

— W górę, w górę, w górę! — wrzeszczał rozpaczliwie do

McWatta, z jadowitą nienawiścią, ale McWatt podśpiewywał pogodnie w telefonie i prawdopodobnie nie słyszał. Yossarian płonąc z wściekłości i niemal łkając z żądzy zemsty rzucił się do tunelu i walcząc z ciągnącymi go w tył siłami grawitacji i bezwładności doczołgał się do głównego przedziału, wspiął się na pokład dowodzenia i stanął cały drżący za fotelem McWatta. Rozejrzał się rozpaczliwie za rewolwerem, matowoczarną automatyczną czterdziestką piątką, którą mógłby odbezpieczyć i przyłożyć McWattowi do podstawy czaszki. Ale rewolweru nie było. Nie było też noża ani żadnej innej broni, którą można by zadać cios lub pchnięcie, więc Yossarian zacisnął w dłoniach kołnierz kombinezonu McWatta, szarpnął nim i krzyknął, żeby szedł w górę, w górę. Ziemia nadal przepływała tuż pod nimi i ukazywała się nad głową na zmianę po obu stronach. McWatt spojrzał na Yossariana i roześmiał się wesoło, jakby Yossarian podzielał jego uciechę. Yossarian chwycił oburącz McWatta za grdykę i ścisnął. McWatt zesztywniał.

— W górę — rozkazał przez zęby Yossarian, niedwuznacznie niskim, nabrzmiałym groźbą głosem. — Albo cię zabiję.

McWatt zesztywniał czujnie, zmniejszył gaz i stopniowo zaczął się wznosić. Yossarian rozluźnił uchwyt, zsunął ręce z ramion McWatta i opuścił je bezwładnie. Nie czuł już złości. Było mu wstyd. Kiedy McWatt odwrócił głowę, Yossarian żałował, że te ręce należą do niego, i najchętniej gdzieś by je schował. Zwisały jak martwe.

McWatt przyjrzał mu się uważnie. Nie było to przyjazne spojrzenie.

— Chłopie — powiedział chłodno — z tobą musi być naprawdę niedobrze. Powinieneś wracać do kraju.

— Nie chcą mnie puścić — bąknął Yossarian odwracając wzrok i odczołgał się.

Zszedł z pokładu i usiadł na podłodze, zwiesiwszy głowę w poczuciu winy. Był cały mokry od potu.

McWatt wziął kurs prosto na lotnisko. Yossarian zastanawiał się, czy McWatt pójdzie teraz do namiotu operacyjnego do Piltcharda i Wrena i zażąda, żeby Yossariana nigdy już nie wyznaczano do jego załogi, tak jak swego czasu Yossarian poszedł do nich po kryjomu porozmawiać w sprawie Dobbsa, Huple'a i Orra, i bez powodzenia w sprawie Aarfy'ego. Nigdy dotąd nie dostrzegł na twarzy McWatta wyrazu niezadowolenia, zawsze widział go tylko w najlepszym humorze i teraz zastanawiał się, czy właśnie nie stracił jeszcze jednego przyjaciela.

Wysiadając z samolotu McWatt mrugnął do Yossariana uspokajająco, ale potem nie odezwał się do niego ani słowem, kiedy podczas drogi powrotnej w dżipie zabawiał nowego pilota i bombardiera pokpiwając z ich łatwowierności. Dopiero później, kiedy wszyscy czterej oddali spadochrony, rozstali się i już we dwójkę poszli do swojego rzędu namiotów, McWatt rozjaśnił uśmiechem swoją z rzadka usianą piegami, opaloną szkocko-irlandzką twarz i żartobliwie zajechał Yossariana pięścią w żebro, udając, że wyprowadza cios.

Yossarian uśmiechnął się przepraszająco i potrząsnął głową.

— Nie, chyba nie.

— Nie wiedziałem, że z tobą jest aż tak źle. O rany! Dlaczego komuś o tym nie powiesz?

— Wszystkim o tym mówię. Co z tobą, do cholery? Nigdy nie słyszałeś?

— Nie myślałem, że mówisz serio.

— A ty nigdy się nie boisz?

— Może powinienem.

— Nawet podczas akcji bojowych?

— Widocznie jestem na to za głupi — roześmiał się McWatt z zakłopotaniem.

— Grozi mi tyle różnych śmierci — dorzucił Yossarian — a ty musiałeś wymyślić jeszcze jedną.

McWatt uśmiechnął się znowu.

— Słuchaj, założę się, że naprawdę masz stracha, kiedy przelatuję nad twoim namiotem, co?

— Umieram ze strachu. Już ci to mówiłem.

— Myślałem, że narzekasz tylko na hałas. — McWatt wzruszył z rezygnacją ramionami. — E, co tam, było nie było. Chyba będę musiał przestać.

Ale McWatt był niepoprawny i chociaż przestał przelatywać nad namiotem Yossariana, to nigdy nie przepuścił okazji, żeby przelecieć z hukiem nad plażą, jak srogi, nisko lecący piorun, tuż nad tratwą i zacisznym grajdołkiem, w którym Yossarian pieścił się z siostrą Duckett albo grał w kierki, pokera lub bezika z Natelym, Dunbarem i Joem Głodomorem. Yossarian spędzał prawie wszystkie wolne popołudnia z siostrą Duckett i przychodził z nią na plażę za wąskim pasmem sięgających do ramienia wydm, oddzielających ich od miejsca, gdzie pozostali oficerowie i szeregowcy kąpali się nago. Nately, Dunbar i Joe Głodomór przychodzili tam również. Od czasu do czasu przyłączał się do nich McWatt i często Aarfy, który przychodził pękaty, w pełnym umundurowaniu, i nigdy nic z siebie nie zdejmował poza butami i czapką; Aarfy nigdy się nie kąpał. Pozostali mieli na sobie kąpielówki przez szacunek dla siostry Duckett, a także siostry Cramer, która niezmiennie towarzyszyła siostrze Duckett i Yossarianowi na plaży, siadając wyniośle osobno, w odległości dziesięciu jardów od nich. Nikt z wyjątkiem Aarfy'ego nie robił nigdy najmniejszych aluzji do nagich mężczyzn opalających się nieco dalej na plaży lub skaczących do wody z ogromnej pobielanej tratwy kołyszącej się na pustych beczkach po benzynie za piaszczystą łachą. Siostra Cramer siedziała osobno, ponieważ była zła na Yossariana i zawiodła się na siostrze Duckett.

Siostra Sue Anna Duckett nie ukrywała pogardy dla Aarfy'ego i to była jeszcze jedna z licznych cech, które pociągały w niej Yossariana. Pociągały go jej długie białe nogi i jędrny, kallipygiczny tyłeczek; często zapominał, że od pasa w górę jest wiotka i delikatna, przez co sprawiał jej niechcący ból w chwilach uniesienia, gdy ściskał ją zbyt gwałtownie. Lubił jej senną podatność, kiedy leżeli na plaży o zmroku. Z jej bliskości czerpał spokój i pociechę. Odczuwał nieprzepartą chęć nieustannego dotykania jej, utrzymywania stałego fizycznego kontaktu. Lubił obejmować luźno palcami jej nogę w kostce, kiedy grał w karty z Natelym, Dunbarem i Joem Głodomorem, lub delikatnie i czule pieścić czubkami paznokci pokrytą meszkiem skórę jej jasnego, gładkiego uda, albo półsennie, zmysłowo i prawie bezwiednie wsuwać swoją pełną szacunku dłoń posiadacza wzdłuż jej muszelkowatego kręgosłupa pod elastyczny pasek stanika dwuczęściowego kostiumu kąpielowego, który zawsze oblegał i ukrywał jej drobne piersi o długich sutkach. Lubił pogodną przymilność siostry Duckett i przywiązanie do niego, jakie z dumą demonstrowała. Joe Głodomór również odczuwał nieprzepartą chęć dotykania siostry Duckett i Yossarian nieraz osadzał go w miejscu groźnym spojrzeniem. Siostra Duckett flirtowała z Joem Głodomorem wyłącznie po to, żeby podniecić Yossariana, i jej okrągłe jasnobrązowe oczy błyskały przekornie, ilekroć dawał jej sójkę w bok albo kuksańca, żeby przestała.

Grali w karty na ręczniku, na podkoszulku albo na kocu, a siostra Duckett tymczasem, oparta plecami o wydmę, tasowała drugą talię kart. Kiedy nie bawiła się kartami, mrużyła oczy do małego kieszonkowego lusterka, malując tuszem swoje zawinięte, rudawe rzęsy w idiotycznej nadziei, że można je wydłużyć na stałe. Czasami udawało jej się podtasować karty albo schować jakąś kartę tak, że spostrzegali to dopiero w trakcie gry. Zaśmiewała się i promieniała ze szczęścia, kiedy rzucali ze złością karty i okładając ją boleśnie po nogach i ramionach wymyślali jej od najgorszych i ostrzegali, żeby przestała się wygłupiać. Trajkotała bez sensu, kiedy oni najbardziej usiłowali się skupić, i rumieniec dumy zalewał jej policzki, gdy tłukli ją jeszcze mocniej, każąc jej się zamknąć. Siostrę Duckett cieszyły takie objawy zainteresowania i potrząsała swoją krótką kasztanowatą grzywką z radości, kiedy Yossarian i jego koledzy poświęcali jej tak wiele uwagi. Świadomość, że tylu nagich chłopców i mężczyzn wyleguje się tuż po drugiej stronie wydmy, dawała jej swoiste poczucie ciepła i radosnego oczekiwania. Wystarczyło, żeby wyciągnęła szyję lub podniosła się pod jakimś pretekstem, a mogła zobaczyć dwudziestu albo i czterdziestu rozebranych mężczyzn opalających się lub grających w piłkę. Jej własne ciało było dla niej czymś tak dobrze znanym i nieciekawym, że nie mogła zrozumieć szaleńczego zachwytu, jaki budziło w mężczyznach, i tej gorączkowej i zabawnej potrzeby, żeby go dotknąć, natychmiast wyciągnąć rękę i przyciskać, ugniatać, szczypać i głaskać. Nie rozumiała pożądania Yossariana, ale chętnie wierzyła mu na słowo.

Wieczorami, kiedy Yossarian czuł się podniecony, zabierał na plażę siostrę Duckett oraz dwa koce i kochali się nie zdejmując ubrań, co sprawiało mu większą przyjemność niż igraszki ze wszystkimi zdrowymi, nagimi, zepsutymi dziewczynami w Rzymie. Często chodzili w nocy na plażę i nie kochali się, tylko leżeli drżąc pomiędzy dwoma kocami i tuląc się do siebie, aby odstraszyć przenikliwy, wilgotny chłód. Atramentowoczarne noce stawały się coraz zimniejsze i coraz mniej było gwiazd na stygnącym niebie. Tratwa kołysała się na widmowej ścieżce księżycowego blasku i miało się wrażenie, że odpływa w dal. W powietrzu czuło się wyraźnie zapowiedź chłodów. Wszyscy zaczynali budować piecyki i przychodzili w ciągu dnia do namiotu Yossariana podziwiać dzieło Orra. Siostrę Duckett wprawiało w zachwyt to, że Yossarian nie potrafił opanować rąk, kiedy byli razem, chociaż nie pozwalała mu ich wsuwać pod szorty, gdy ktoś mógł zobaczyć, nawet jeżeli jedynym świadkiem była siostra Cramer, która siedziała po drugiej stronie wydmy, zadzierając z dezaprobatą nos i udając, że nic nie widzi.

Siostra Cramer przestała się odzywać do siostry Duckett, swojej najlepszej przyjaciółki, z powodu jej romansu z Yossarianem, ale nadal wszędzie z nią chodziła, ponieważ była jej najlepszą przyjaciółką. Siostra Cramer nie aprobowała Yossariana i jego kolegów. Kiedy wstawali i szli pływać razem z siostrą Duckett, ona również wstawała i szła pływać, przy czym utrzymywała zawsze tę samą dziesięciojardową odległość i milczała wyniośle, okazując im pogardę nawet w wodzie. Kiedy oni śmiali się i chlapali, ona również śmiała się i chlapała; kiedy oni nurkowali, ona też nurkowała; kiedy płynęli na piaszczystą łachę i odpoczywali, siostra Cramer również płynęła na piaszczystą łachę i odpoczywała. Kiedy wychodzili z wody, ona też wychodziła, wycierała ramiona własnym ręcznikiem i siadała wyniośle osobno, na swoim osobnym miejscu, sztywno wyprostowana, a promienie słońca odbijając się od jej jasnoblond włosów tworzyły wokół jej głowy aureolę. Siostra Cramer gotowa była zacząć znowu rozmawiać z siostrą Duckett, pod warunkiem że siostra Duckett okaże skruchę i przeprosi. Siostra Duckett wolała, żeby wszystko zostało tak, jak jest. Od dawna już miała ochotę trzasnąć siostrę Cramer, żeby się wreszcie zamknęła.

Siostra Duckett uważała, że Yossarian jest cudowny, i próbowała na niego wpłynąć, żeby się zmienił. Lubiła patrzeć, jak drzemie leżąc na brzuchu i obejmując ją ręką lub patrzy leniwie, jak nie kończące się, łagodne, spokojne fale przybiegają niczym małe psiaki do brzegu, podskakują lekko na piasku i truchcikiem wracają do morza. Nie denerwowało jej jego milczenie. Wiedziała, że go nie nudzi, i starannie polerowała albo malowała paznokcie, podczas gdy on drzemał lub rozmyślał, a podmuchy ciepłego, południowego wiatru delikatnie głaskały piasek plaży. Lubiła patrzeć na jego szerokie, długie muskularne plecy pokryte zdrową, opaloną skórą. Lubiła doprowadzać go błyskawicznie do stanu wrzenia, przykrywając nagle ustami jego ucho i przesuwając dłoń wzdłuż jego brzucha. Lubiła rozpalić go i dręczyć aż do zmroku, a potem zaspokoić. I całować go z uwielbieniem za to, że sprawiła mu tak wielką rozkosz.

Yossarian nigdy nie czuł się samotny z siostrą Duckett, która umiała siedzieć cicho i była kapryśna akurat tyle, ile trzeba. Prześladował go i przygnębiał bezmiar oceanu. Siostra Duckett polerowała paznokcie, a on tymczasem rozmyślał ponuro o tych wszystkich, którzy umarli pod wodą. Musiało ich być już przeszło milion. Gdzie byli teraz? Jakie robaki żywiły się ich ciałami? Wyobrażał sobie straszliwą niemożność oddychania w tych niezliczonych litrach wody. Śledził wzrokiem małe rybackie łódki oraz wojskowe kutry kręcące się po morzu i nie mógł uwierzyć, że są prawdziwe; wydawało mu się nieprawdopodobne, żeby na ich pokładach płynęli dokądś ludzie normalnych rozmiarów. Spoglądał w stronę skalistej Elby i jego wzrok automatycznie szukał w górze puszystej, białej chmurki w kształcie rzepy, w której zniknął Clevinger. Patrzył na mglisty zarys włoskiego brzegu i przypominał mu się Orr. Clevinger i Orr. Co się z nimi stało? Yossarian stał kiedyś o zmroku na molo i widział, jak popychany falą przypływu koc z kępką wodorostów niespodzianie zwrócił ku niemu wzdętą twarz topielca; był to pierwszy nieboszczyk, jakiego widział. Zatęsknił za życiem i zachłannie sięgnął po ciało siostry Duckett. Przyglądał się każdemu pływającemu przedmiotowi z lękiem, że może on mieć jakiś związek z Orrem lub Clevingerem, i był przygotowany na najgorsze, nie na to jednak, co zrobił pewnego dnia McWatt, wyłaniając się nagle z wyciem motorów z dalekiej ciszy i przelatując z basowym, ogłuszającym rykiem wzdłuż brzegu nad podrygującą na falach tratwą, gdzie jasnowłosy, blady Kid Sampson, któremu nawet z tej odległości widać było żebra, podskoczył błaznując do lecącego samolotu dokładnie w chwili, gdy jakiś kapryśny podmuch wiatru lub może drobny błąd McWatta obniżył lot mknącego samolotu i śmigło przecięło go na pół.

Nawet ludzie, których tam nie było, pamiętali doskonale, co działo się potem. Przez rozrywający uszy, przytłaczający huk motorów usłyszeli wyraźne, krótkie, ciche „ciach!" i zostały tylko dwie blade, chude nogi Kida Sampsona, połączone jakoś przy krwawych, odrąbanych biodrach, które — jak się zdawało — stały na tratwie nieruchomo przez całą minutę, zanim wpadły do wody ze słabym, rozbrzmiewającym echem chlupotem, odwracając się tak, że widać było tylko groteskowe palce i gipsowobiałe podeszwy stóp.

Na plaży rozpętało się piekło. Nie wiadomo skąd zmaterializowała się nagle siostra Cramer i łkała histerycznie na piersi Yossariana, który objął ją ramieniem i pocieszał. Drugą ręką podtrzymywał siostrę Duckett, również drżącą i szlochającą, z długą, ostrą twarzyczką śmiertelnie pobladłą. Wszyscy na plaży dokądś biegli, a mężczyźni krzyczeli kobiecymi głosami. Pędzili w popłochu do swoich rzeczy i zgarniali je pospiesznie, spoglądając z ukosa na każdą łagodną, spienioną falę, w obawie, że rzuci im do stóp jakiś obrzydliwy, czerwony, okropny organ w rodzaju wątroby czy płuc. Ci, którzy byli w wodzie, rozpaczliwie starali się z niej wydostać, zapominając w pośpiechu, że umieją pływać, płacząc i walcząc z lepkim, kleistym żywiołem jak z przejmującą wichurą. Kid Sampson spadł w postaci deszczu. Ci, którzy zauważyli jego krople na swoich torsach i ramionach, wzdrygnęli się ze strachem i obrzydzeniem, jakby chcieli wyskoczyć ze swojej własnej nienawistnej skóry. Wszyscy biegli nieprzytomnie niczym spłoszone stado, rzucając za siebie udręczone, przerażone spojrzenia, wypełniając cieniste, szeleszczące zarośla zduszonymi jękami i krzykami. Yossarian poganiał przed sobą gorączkowo obie potykające się i zataczające kobiety, przynaglając je kuksańcami, i klnąc wrócił, żeby pomóc Joemu Głodomorowi, który zaplątał się w koc czy pasek od aparatu fotograficznego i zarył twarzą w błoto strumyka.

W eskadrze wszyscy już wiedzieli. Ludzie w mundurach też biegali i krzyczeli albo zdjęci przerażeniem stali w miejscu bez ruchu, jak sierżant Knight i doktor Daneeka, którzy ponuro wyciągali w górę szyje patrząc, jak pełen poczucia winy, przeraźliwie samotny samolot McWatta, kołysząc się z boku na bok, krąży powoli nabierając wysokości.

— Kto to? — krzyknął niecierpliwie Yossarian do doktora Daneeki, kiedy nadbiegł ciężko dysząc i kulejąc, z oczami płonącymi nieprzytomną, dziką udręką. — Kto jest w tym samolocie?

— McWatt — odpowiedział sierżant Knight. — Zabrał dwóch nowych pilotów na lot ćwiczebny. Doktor Daneeka też jest z nimi.

— Ja jestem tutaj — stwierdził doktor Daneeka dziwnym, przybitym głosem, rzucając niespokojne spojrzenie na sierżanta Knighta.

— Dlaczego on nie ląduje? — wołał Yossarian z rozpaczą. — Dlaczego on się wznosi?

— Pewnie boi się wylądować — odpowiedział sierżant Knight nie odrywając skupionego spojrzenia od wznoszącej się w puste niebo maszyny McWatta. — Wie, co go czeka.

McWatt wciąż nabierał wysokości, podciągając równomiernie swój buczący samolot powolną, owalną spiralą, która sięgała daleko nad wodę, kiedy leciał w kierunku południowym, i ponad brunatne zbocza gór, kiedy znowu okrążał lotnisko i kierował się na północ. Wkrótce przekroczył pięć tysięcy stóp. Jego motory były teraz ciche jak szept. Nagle rozkwitł pod nim biały puszek spadochronu. Po chwili otworzył się drugi spadochron i popłynął w ślad za pierwszym prosto w stronę pasa startowego. Na ziemi wszystko zastygło w bezruchu. Samolot kontynuował lot na południe mniej więcej przez trzydzieści sekund według tego samego schematu, znanego już teraz i łatwego do odgadnięcia, po czym McWatt przechylił maszynę na skrzydło i płynnie wszedł w wiraż.

— Jeszcze dwóch musi wyskoczyć — powiedział sierżant Knight. — McWatt i doktor Daneeka.

— Ja jestem tutaj, sierżancie — odezwał się żałosnym głosem doktor Daneeka. — W samolocie mnie nie ma.

— Dlaczego oni nie skaczą? — pytał sam siebie na głos sierżant Knight. — Dlaczego oni nie skaczą?

— To nie ma sensu — zawodził doktor Daneeka gryząc wargę. — To nie ma najmniejszego sensu.

Ale Yossarian nagle zrozumiał, dlaczego McWatt nie skacze, i pognał na oślep przez cały obóz za jego samolotem, wymachując rękami i krzycząc do niego błagalnie, żeby schodził do lądowania: McWatt, ląduj; nikt go nie słyszał, a tym bardziej McWatt, i z piersi Yossariana wydarł się potężny, spazmatyczny jęk, kiedy McWatt znowu zawrócił, pomachał skrzydłami na pożegnanie, pomyślał: a, co tam, było nie było, i wbił się w zbocze góry.

Pułkownik Cathcart był tak poruszony śmiercią Kida Sampsona i McWatta, że podniósł liczbę obowiązkowych lotów do sześćdziesięciu pięciu.

31

Pani Daneeka

Kiedy pułkownik Cathcart dowiedział się, że doktor Daneeka również zginął w samolocie McWatta, podniósł liczbę lotów do siedemdziesięciu.

Pierwszym człowiekiem w eskadrze, który stwierdził, że doktor Daneeka nie żyje, był sierżant Towser, poinformowany wcześniej przez dyżurnego z wieży kontrolnej, iż doktor Daneeka figuruje jako pasażer w książce lotów wypełnionej przez McWatta przed startem. Sierżant Towser otarł łzę i wykreślił nazwisko doktora ze spisu osobowego eskadry. Potem wstał i z drżącymi jeszcze wargami zmusił się do tego, aby zanieść tę smutną wiadomość Gusowi i Wesowi, dyskretnie unikając rozmowy z samym doktorem Daneeką, kiedy mijał jego wątłą, żałobną postać przycupniętą posępnie na krześle w przedwieczornym słońcu między namiotami kancelarii i ambulatorium. Sierżant Towser był przygnębiony; miał teraz na głowie dwóch zmarłych: nieboszczyka z namiotu Yossariana, Mudda, którego w ogóle nie było, i nowego nieboszczyka eskadry, doktora Daneekę, którego istnienie nie mogło budzić wątpliwości i który, według wszelkich oznak, zapowiadał się jako jeszcze poważniejszy problem administracyjny.

Gus i Wes wysłuchali sierżanta Towsera z wyrazem stoickiego zdziwienia i nie rozmawiali z nikim o swojej stracie, dopóki w godzinę później nie przyszedł sam doktor Daneeka, żeby sobie po raz trzeci tego dnia zmierzyć temperaturę i ciśnienie. Słupek rtęci zatrzymał się o pół stopnia poniżej normalnej temperatury doktora, która była i tak niższa od normalnej. Doktor Daneeka zaniepokoił się nie na żarty. Nieruchome, puste, drewniane spojrzenia dwóch szeregowców denerwowały go bardziej niż zwykle.

— Ludzie, co się z wami, do cholery, dzieje? — zwrócił im grzecznie uwagę w rzadkim przypływie rozdrażnienia. — Człowiek nie powinien chodzić stale z obniżoną temperaturą i zapchanym nosem. — Doktor Daneeka, litując się nad samym sobą, ponuro pociągnął nosem i poszedł zmartwiony w drugi koniec namiotu, aby przyjąć aspirynę i pigułki siarkowe oraz wypędzlować sobie gardło. Nisko opuścił swoją drobną, smutną główkę jaskółki i rytmicznie pocierał dłonie. — Zobaczcie, jaki jestem zimny. Czy na pewno nic przede mną nie ukrywacie?

— Pan nie żyje — wyjaśnił mu jeden z szeregowców.

Doktor Daneeka poderwał gwałtownie głowę z urazą i niedowierzaniem.

— Co to ma znaczyć?

— Pan nie żyje — powtórzył drugi. — Pewnie dlatego jest pan taki zimny.

— Tak jest. Widocznie był pan nieżywy już od dawna, tylko nie poznaliśmy się na tym.

— Co wy tu, do cholery, wygadujecie? — zapiał doktor Daneeka przenikliwie, czując, jak ogarnia go lodowate przeczucie nadciągającego nieuniknionego kataklizmu.

— To prawda — powiedział jeden z sanitariuszy. — Zgodnie z dokumentami pan poleciał z McWattem, żeby zaliczyć sobie godziny w powietrzu. Ponieważ nie wyskoczył pan ze spadochronem, więc musiał pan zginąć w samolocie.

— Tak jest — dodał drugi. — Powinien pan być zadowolony, że w ogóle ma pan temperaturę.

Doktor Daneeka miał kompletny zamęt w głowie.

— Czy wyście powariowali? — spytał. — Poskarżę się na wasze zachowanie sierżantowi Towserowi.

— To właśnie on nam o tym powiedział — odezwał się Gus albo Wes. — Departament Wojny powiadomi pańską żonę.

Doktor Daneeka jęknął i wybiegł z ambulatorium, żeby zaprotestować u sierżanta Towsera, który cofnął się przed nim z odrazą i poradził mu, żeby w miarę możności nie pokazywał się ludziom na oczy, dopóki nie zapadnie decyzja, co począć z jego szczątkami doczesnymi.

— Wiesz, on chyba naprawdę nie żyje — głosem pełnym szacunku wyraził swój żal jeden z sanitariuszy. — Będzie mi go brak. To był zupełnie miły gość, nie uważasz?

— Niewątpliwie — przyznał ze smutkiem drugi. — Choć

jestem zadowolony, że ten kutasina zginął. Miałem już powyżej uszu tego ciągłego mierzenia mu ciśnienia.

Pani Daneeka, żona doktora Daneeki, nie była zadowolona, że doktor Daneeka zginął, i naruszyła nocną ciszę Staten Island rozpaczliwymi krzykami i zawodzeniem, kiedy dowiedziała się z telegramu Departamentu Wojny, że jej mąż zginął na polu chwały. Kobiety przychodziły ją pocieszać, a ich mężowie składali kondolencje przez telefon i mieli w głębi serca nadzieję, że wkrótce przeprowadzi się gdzie indziej, uwalniając ich od obowiązku nieustannego współczucia. Biedna kobieta chodziła zupełnie nieprzytomna prawie przez tydzień. Powoli zdobyła się na bohaterski wysiłek zmierzenia się z najeżoną straszliwymi problemami przyszłością jej i dzieci. Kiedy już zaczęła przyzwyczajać się do myśli o swoim nieszczęściu, zwalił się jak grom z jasnego nieba listonosz przynosząc list zagraniczny z podpisem jej męża, zaklinający ją na wszystko, aby nie wierzyła żadnym złym wiadomościom na jego temat. Pani Daneeka osłupiała. Daty na liście nie mogła odcyfrować. Pismo było drżące i pośpieszne, ale styl przypominał jej męża i melancholijny, użalający się nad sobą ton też był znajomy, choć bardziej ponury niż zwykle. Pani Daneeka nie posiadała się ze szczęścia i nie mogąc powstrzymać łez radości po raz tysięczny całowała pomięty, brudny wojskowy papier listowy. Czym prędzej wysłała do męża radosną kartkę z prośbą o szczegóły oraz telegram informujący Departament Wojny o pomyłce. Departament Wojny odpowiedział jej urażony, że nie ma żadnej pomyłki i że padła niewątpliwie ofiarą żartu jakiegoś sadystycznego maniaka z eskadry męża. List do męża wrócił nie rozpieczętowany ze stemplem „Poległ".

Pani Deneeka została po raz drugi wdową, ale tym razem jej smutek złagodziło nieco zawiadomienie z Waszyngtonu, że jest jedyną spadkobierczynią wojskowej polisy ubezpieczeniowej męża na dziesięć tysięcy dolarów, która to suma zostanie jej wypłacona na każde żądanie. Wiadomość, że dzieciom i jej samej nie zagraża śmierć głodowa, wywołała na twarzy pani Daneeki dzielny uśmiech i stała się punktem zwrotnym w jej cierpieniach. Następnego dnia Urząd do Spraw Weteranów poinformował ją, że w związku ze zgonem męża przysługuje jej miesięczna renta do końca życia oraz zasiłek pogrzebowy w wysokości dwustu pięćdziesięciu dolarów. Do pisma załączony był czek na powyższą sumę. Stopniowo, nieubłaganie przyszłość rysowała się w coraz jaśniejszych barwach. W tym samym tygodniu nadszedł list z Ubezpieczalni Społecznej stwierdzający, iż na podstawie dekretu o ubezpieczeniu na starość i od śmierci współmałżonka należy jej się comiesięczny zasiłek dla niej i pozostających na jej utrzymaniu dzieci do lat osiemnastu oraz zasiłek pogrzebowy w wysokości dwustu pięćdziesięciu dolarów. Na podstawie tych urzędowych dokumentów stwierdzających śmierć męża zażądała wypłacenia jej trzech polis ubezpieczeniowych na życie po pięćdziesiąt tysięcy dolarów każda, jakie doktor Daneeka pozostawił; jej żądanie zostało uznane i szybko zrealizowane. Każdy dzień przynosił nowe niespodziewane bogactwa. Kluczyk do sejfu naprowadził ją na czwartą polisę ubezpieczeniową na życie o wartości pięćdziesięciu tysięcy dolarów oraz osiemnaście tysięcy dolarów w gotówce, od których nigdy nie zapłacono podatku i nigdy nie trzeba go będzie zapłacić. Loża braterska, do której należał doktor Daneeka, dała jej miejsce na cmentarzu. Drugie bractwo, którego był członkiem, przysłało jej dwieście pięćdziesiąt dolarów zasiłku pogrzebowego. Oddział zrzeszenia lekarzy dał jej zasiłek pogrzebowy w wysokości dwustu pięćdziesięciu dolarów.

Mężowie przyjaciółek zaczęli z nią flirtować. Pani Daneeka była wprost zachwycona takim obrotem rzeczy i ufarbowała sobie włosy. Jej fantastyczne bogactwo nadal rosło i musiała sobie codziennie przypominać, że wszystkie te setki tysięcy dolarów nie są warte złamanego grosza bez męża, z którym mogłyby wspólnie korzystać ze szczęścia. Zdumiewało ją, że tyle różnych organizacji chce przyczynić się do pochowania jej męża, który tymczasem u siebie na Pianosie przeżywał okropne chwile usiłując utrzymać się na powierzchni, i dręczony najczarniejszymi przeczuciami zastanawiał się, dlaczego żona nie odpowiedziała na jego list.

Doktor Daneeka stwierdził, że jest poddany w eskadrze ostracyzmowi i że lotnicy przeklinają jego pamięć najgorszymi słowami za to, że dostarczył pułkownikowi Cathcartowi pretekstu do zwiększenia liczby obowiązkowych lotów. Dokumenty świadczące o jego śmierci mnożyły się jak insekty i potwierdzały się nawzajem ponad wszelką wątpliwość. Nie dostawał pensji ani bonów żywnościowych do stołówki i żył wyłącznie dzięki filantropii sierżanta Towsera i Mila, mimo iż obaj uważali go za zmarłego. Pułkownik Cathcart nie chciał go przyjąć, pułkownik Korn zaś dał mu znać za pośrednictwem majora Danby'ego, że każe natychmiast spalić jego zwłoki, jeżeli tylko odważy się pokazać w sztabie grupy. Major Danby wyznał, że w sztabie są wściekli na wszystkich lekarzy z powodu doktora Stubbsa z eskadry Dunbara, niechlujnego lekarza o zwichrzonych włosach i obwisłym podbródku, który z rozmysłem, prowokacyjnie uprawiał podstępny sabotaż i zwalniał od lotów wszystkich mających za sobą sześćdziesiąt akcji bojowych, na odpowiednich formularzach, które sztab grupy z oburzeniem odrzucał, zaliczając z powrotem zdezorientowanych pilotów, nawigatorów, bombardierów i strzelców do personelu walczącego. Morale eskadry obniżyło się gwałtownie, a Dunbara trzymano pod stałym nadzorem. W sztabie grupy byli zadowoleni, że doktor Daneeka zginął, i nie mieli zamiaru żądać nikogo na jego miejsce.

W tych warunkach nawet kapelan nie mógł wskrzesić doktora Daneeki. Panika ustąpiła miejsca rezygnacji i doktor z każdym dniem coraz bardziej upodabniał się do chorego gryzonia. Worki pod jego oczami pociemniały i opustoszały, i snuł się bez celu w mrokach jak wszędobylski upiór. Nawet kapitan Flume cofnął się ze strachem, kiedy doktor Daneeka poszedł do lasu szukać u niego pomocy. Gus i Wes bezlitośnie nie wpuszczali go do ambulatorium, nie miał więc nawet termometru na pocieszenie i wtedy, dopiero wtedy uświadomił sobie, że właściwie z każdego punktu widzenia jest nieboszczykiem i że musi coś w tej sprawie zrobić cholernie szybko, jeżeli w ogóle chce mieć nadzieję ratunku.

Poza żoną nie miał nikogo, do kogo mógłby się zwrócić, nagryzmolił więc rozpaczliwie list, w którym błagał ją, aby zawiadomiła o jego sytuacji Departament Wojny i aby niezwłocznie zwróciła się do dowódcy grupy, pułkownika Cathcarta, który potwierdzi, że niezależnie od tego, co jej mówiono — pisał do niej on, jej mąż, doktor Daneeka, nie zaś nieboszczyk czy jakiś oszust. Pani Daneeka była wstrząśnięta głębią uczucia bijącą z tego prawie nieczytelnego krzyku duszy. Opadły ją wyrzuty sumienia i już gotowa była ulec, ale następny list, jaki tego dnia otworzyła, pochodził właśnie od pułkownika Cathcarta, dowódcy jej męża, i brzmiał następująco:

Szanowny(a) Panie, Pani lub Panno Daneeka:
Słowa nie potrafią wyrazić ogromu smutku, jakiego doświadczyłem, kiedy pana (pani) mąż, syn, ojciec lub brat poległ, został ranny lub zginął.

Pani Daneeka przeprowadziła się z dziećmi do Lansing w stanie Michigan nie pozostawiając adresu.

32

Yo-Yo i nowi lokatorzy

Yossarian miał ciepło w namiocie, kiedy nadeszły chłody i wieloryby chmur przepływały nisko po zmętniałym, brudnoszarym niebie prawie bez przerwy, jak burzące, ciemne stalowe stada bombowców B-17 i B-24 z baz lotnictwa dalekiego zasięgu we Włoszech w dniu wkroczenia do południowej Francji przed dwoma miesiącami. Wszyscy w eskadrze wiedzieli, że chude nogi Kida Sampsona zostały wyrzucone na mokry piasek, gdzie leżały i gniły jak sina, skręcona kostka szczęścia z kurczaka. Nikt nie chciał ich stamtąd zabrać, ani Gus i Wes, ani nawet ludzie ze szpitalnej kostnicy; wszyscy udawali, że ich nie widzą, że fala zabrała je gdzieś na południe, tak jak całego Clevingera i Orra. Odkąd pogoda się zepsuła, prawie nikt już nie wykradał się samotnie, żeby jak zboczeniec podglądać zza krzaków rozkładające się kikuty.

Skończyły się pogodne dni. Skończyły się łatwe loty. Był siekący deszcz i gęsta, przenikliwa mgła i ludzie latali nie częściej niż raz na tydzień, kiedy niebo się przejaśniało. W nocy zawodził wiatr. Karłowate, powykręcane drzewa trzeszczały i pojękiwały, zmuszając Yossariana do myślenia co rano, zanim się jeszcze w pełni obudził, o chudych nogach Kida Sampsona puchnących i rozkładających się z systematycznością zegara na mokrym piasku pod lodowatym deszczem w ciemne, zimne, wietrzne październikowe noce. Po nogach Kida Sampsona myślał o żałośnie skomlącym Snowdenie, który zamarzł na śmierć w ogonie samolotu i przez cały czas, kiedy Yossarian dezynfekował i bandażował mu nie tę ranę, co trzeba, ukrywał swoją odwieczną, niezmienną tajemnicę pod pikowaną pancerną kamizelką, a potem nagle wypuścił ją na podłogę. Wieczorem, żeby zasnąć, Yossarian liczył wszystkich mężczyzn, kobiety i dzieci, które znał, a które już nie żyły. Usiłował przypomnieć sobie wszystkich żołnierzy i wskrzeszał w pamięci obrazy wszystkich starych ludzi, których znał w dzieciństwie — wszystkie ciotki, wujów, sąsiadów, rodziców i dziadków, swoich i nie swoich, a także wszystkich tych śmiesznych, oszukanych sklepikarzy, otwierających swoje małe, zakurzone sklepiki o świcie i pracujących jak idioci do północy. Wszyscy oni też nie żyli. Liczba zmarłych stale rosła. A Niemcy nadal walczyli. Podejrzewał, że śmierć jest nieodwracalna, i po raz pierwszy przyszło mu do głowy, że może z nią przegrać.

Yossarian miał ciepło, kiedy nadeszły chłody, dzięki cudownemu piecykowi Orra i żyłoby mu się w ciepłym namiocie całkiem przyjemnie, gdyby nie wspomnienie Orra i to, że pewnego dnia wwaliła się do niego drapieżna gromada rozbawionych nowych lokatorów z dwóch pełnych załóg, których pułkownik Cathcart zażądał na miejsce Kida Sampsona i McWatta i które przysłano w niecałe czterdzieści osiem godzin. Yossarian wydał z siebie długi, chrapliwy jęk protestu, kiedy przywlókł się zmęczony po locie i zastał ich u siebie.

Było ich czterech i bawili się w najlepsze baraszkując przy rozstawianiu łóżek. Yossarian spojrzał tylko na nich i wiedział, że będą nie do zniesienia. Byli rozdokazywani, pełni zapału, tryskali energią i znali się wszyscy ze Stanów. Byli po prostu nie do pomyślenia. Byli hałaśliwi, zarozumiali, lekkomyślni i mieli po dwadzieścia jeden lat. Pokończyli studia i zaręczyli się z ładnymi, czystymi dziewczętami, których zdjęcia stały już nad zrobionym przez Orra cementowym kominkiem. Pływali motorówkami i grywali w tenisa. Jeździli konno. Jeden przespał się kiedyś ze starszą kobietą. Znali tych samych ludzi w różnych częściach Stanów i każdy chodził do szkoły z kuzynami któregoś z pozostałych. Słuchali sprawozdań z mistrzostw baseballowych i naprawdę obchodziło ich, kto wygra. Byli tępi; samopoczucie mieli znakomite. Cieszyli się, że zdążyli jeszcze na wojnę i że będą mogli poznać smak walki. Byli w trakcie rozpakowywania się, kiedy Yossarian ich wyrzucił.

Wykluczone, wyjaśnił twardym głosem Yossarian sierżantowi Towserowi, kiedy ten z wyrazem przygnębienia na swojej ziemistej, końskiej twarzy oznajmił Yossarianowi, że będzie ich musiał przyjąć. Sierżant Towser nie mógł zażądać nowego sześcioosobowego namiotu, skoro Yossarian sam zajmował cały namiot.

— Nie mieszkam sam — przypomniał Yossarian ponuro. — Mam u siebie nieboszczyka nazwiskiem Mudd.

— Bardzo proszę, panie kapitanie — powiedział błagalnie sierżant Towser z ciężkim westchnieniem, zerkając na czterech nowych oficerów, którzy zbici z tropu stali przy wejściu, przysłuchując się w niemym zdziwieniu. — Mudd zginął podczas ataku na Orvieto. Sam pan wie, bo leciał obok pana.

— To dlaczego nie zabierzecie jego rzeczy?

— Dlatego, że on do nas nie przybył. Kapitanie, proszę, niech pan już nie wyciąga tej sprawy. Może się pan przeprowadzić do porucznika Nately'ego, jeżeli pan woli. Mogę panu nawet przysłać żołnierzy do przeniesienia rzeczy.

Ale opuścić namiot Orra to znaczyłoby zdradzić Orra, narażając go na lekceważenie i pogardę kliki tych czterech prostaków, którzy tylko czekali, aby się tam wprowadzić. Poza tym byłoby niesprawiedliwe, gdyby te hałaśliwe, niedowarzone młokosy przyszły na gotowe i dostały najbardziej pożądany namiot na całej wyspie. Jednak sierżant Towser wyjaśnił, że takie są przepisy, i Yossarianowi nie pozostało nic innego, jak zrobić dla nich miejsce, przepraszając ich przy tym żałosnymi spojrzeniami, i ze skruchą udzielać im różnych pożytecznych wskazówek, podczas gdy oni wprowadzali się do jego samotni, czując się natychmiast jak u siebie w domu.

Stanowili najbardziej przygnębiającą grupę ludzi, z jaką Yossarian kiedykolwiek miał do czynienia. Nic nie mąciło ich doskonałego nastroju. Wszystko ich śmieszyło. Nazywali go żartobliwie „Yo-Yo", wracali podchmieleni w środku nocy i nieudolnie usiłowali zachowywać się cicho, ale co chwila na coś wpadali i wybuchali chichotem, a kiedy Yossarian klnąc siadał w łóżku, ogłuszali go radosnymi rykami, które miały wyrażać uczucia przyjaźni. Za każdym razem miał ochotę rozerwać ich na strzępy. Przypominali mu siostrzeńców Kaczora Donalda. Cała czwórka bała się Yossariana i prześladowała go nieustannie dokuczliwą hojnością, z irytującym uporem obsypując go drobnymi uprzejmościami. Byli lekkomyślni, smarkaczowaci, sympatyczni, naiwni, pyszałkowaci, pełni rewerencji i niesforni. Byli tępi; na nic się nie skarżyli. Podziwiali pułkownika Cathcarta i uważali, że pułkownik Korn jest dowcipny. Bali się Yossariana, ale ani trochę nie bali się siedemdziesięciu akcji bojowych wyznaczonych przez pułkownika Cathcarta. Byli czwórką sympatycznych dzieciaków, które znakomicie się bawiły doprowadzając Yossariana do szaleństwa. Nie mogli zrozumieć, że jest staroświeckim, dwudziestoośmioletnim dziwakiem, że należy do innego pokolenia, innej epoki, innego świata, że rozrywki go nudzą i szkoda mu na nie wysiłku, i że oni go też nudzą. Nie potrafił ich uciszyć, byli gorsi niż kobiety. Byli za głupi, żeby zastanawiać się nad sobą i wpadać w przygnębienie.

Zaczęli ich bezczelnie odwiedzać koleżkowie z innych eskadr, używając namiotu Yossariana jako meliny. Często nie było tam dla niego w ogóle miejsca. Co gorsza, nie mógł sprowadzać siostry Duckett. A teraz, kiedy nastały jesienne szarugi, nie mógł pójść z nią gdzie indziej! Tego nieszczęścia nie przewidział i miał ochotę porozłupywać swoim współmieszkańcom czaszki albo brać ich po kolei za kark i za tyłek i powyrzucać raz na zawsze w wilgotne, oślizgłe, wieloletnie zielsko rosnące między jego zardzewiałym urynałem z blaszanej miski z przebitymi gwoździem dziurkami w dnie a latryną eskadry z rosochatych sosen, która stała opodal niczym domek kąpielowy.

Zamiast jednak rozłupywać im czaszki począłpał w kaloszach i czarnej pelerynie przez deszcz i mrok poprosić Wodza White Halfoata, żeby przeprowadził się do niego i wypłoszył tych cholernych paniczyków i czyścioszków swoimi pogróżkami i świńskimi manierami. Jednak Wódz White Halfoat miał dreszcze i myślał już o przeprowadzce do szpitala, żeby tam umrzeć na zapalenie płuc. Instynkt podpowiadał mu, że wybiła jego godzina. Miał bóle w piersiach i chroniczny kaszel. Whisky już go nie rozgrzewała. A najgroźniejsze było to, że kapitan Flume wrócił do ich przyczepy. To już był niewątpliwie zły omen!

— On musiał wrócić — dowodził Yossarian, na próżno usiłując pocieszyć ponurego, barczystego Indianina, którego masywne brązowoczerwone oblicze gwałtownie osunęło się przybierając wypłowiały, wapiennoszary odcień. — Umarłby z zimna, gdyby chciał mieszkać w lesie przy takiej pogodzie.

— Nie, to by nie przygnało tego tchórza z powrotem — obstawał przy swoim Wódz White Halfoat. Postukał się w czoło z tajemniczym wyrazem twarzy. — Nie, mój panie. On coś wie. On wie, że zbliża się chwila, kiedy umrę na zapalenie płuc, ot co. I dlatego wiem, że wybiła moja godzina.

— A co mówi doktor Daneeka?

— Nie wolno mi nic mówić — wyjaśnił żałobnym głosem doktor Daneeka ze swego ciemnego kąta, a jego gładka, spiczasta, drobna twarzyczka miała żółwiowozielonkawy odcień w migotliwym blasku świecy. Wszystko przesiąknięte było zapachem pleśni. Żarówka przepaliła się przed kilkoma dniami, ale żaden z dwóch sanitariuszy nie mógł się zmobilizować i wkręcić nowej. — Nie wolno mi już zajmować się medycyną — dodał doktor Daneeka.

— On nie żyje — rozjaśnił się Wódz White Halfoat, zanosząc się ochrypłym śmiechem przez flegmę. — To naprawdę zabawne.

— Przestali mi nawet płacić pensję.

— To naprawdę zabawne — powtórzył Wódz White Halfoat. — Zawsze obrażał moją wątrobę, a teraz, patrzcie, co się z nim stało. Nie żyje. Zabiła go własna chciwość.

— Nie to mnie zabiło — zauważył doktor Daneeka głosem spokojnym i stanowczym. — Chciwość nie ma tu nic do rzeczy. Wszystkiemu winien ten cholerny doktor Stubbs, przez którego pułkownik Cathcart i pułkownik Korn uprzedzili się do lekarzy. Upierając się przy swoich zasadach doktor Stubbs kompromituje zawód lekarza. Jak nie będzie ostrożniejszy, to stowarzyszenie lekarzy zakaże mu praktyki w szpitalach.

Yossarian obserwował, jak Wódz White Halfoat ostrożnie przelewa whisky do trzech butelek po szampanie i chowa je do torby z przyborami do golenia.

— Czy nie mógłbyś po drodze do szpitala zajrzeć do mojego namiotu i strzelić któregoś z nich w pysk? — zastanawiał się na głos Yossarian. — Jest ich czterech i w końcu wygryzą mnie z mojego namiotu.

— Wiesz, podobna rzecz przydarzyła się kiedyś całemu mojemu plemieniu — zauważył rozbawiony Wódz White Halfoat ze zrozumieniem i aż przysiadł na łóżku ze śmiechu. — Dlaczego nie poprosisz kapitana Blacka, żeby wyrzucił tych chłopaków? On to lubi.

Yossarian skrzywił się kwaśno na sam dźwięk nazwiska kapitana Blacka, który wyżywał się na nowych lotnikach za każdym razem, kiedy wchodzili do jego namiotu po mapy lub jakieś informacje. Przypomniawszy sobie kapitana Blacka Yossarian natychmiast zmienił swój stosunek do współmieszkańców namiotu na dobrotliwy i opiekuńczy. To nie ich wina, że są młodzi i pełni radości, powtarzał sobie niosąc przez ciemność podrygujący snop światła swojej latarki. On też chciałby być młody i pełen radości. To nie ich wina, że są odważni, pewni siebie i beztroscy. Trzeba tylko cierpliwie poczekać, aż jeden i drugi zostanie zabity, a pozostali ranni, i zaraz zmienią się na lepsze. Przyrzekł sobie, że będzie dla nich bardziej wyrozumiały i tolerancyjny, ale kiedy wszedł ze swoim przyjaznym nastawieniem do namiotu, jęknął ze zdumienia i przerażenia widząc wielki pomarańczowy ogień ryczący na kominku. Piękne brzozowe polana Orra szły z dymem! Jego nowi lokatorzy zrobili z nich ognisko! Patrzył na te cztery nieczułe, rozpalone gęby i miał ochotę obrzucić ich najgorszymi słowami. Najchętniej stuknąłby ich wszystkich razem głowami, kiedy witali go głośnymi okrzykami radości, zapraszając łaskawie, żeby usiadł i częstował się ich kasztanami i pieczonymi kartoflami. I co z takimi robić?

A zaraz następnego ranka pozbyli się z namiotu nieboszczyka! Ot tak, od jednego zamachu! Wynieśli jego łóżko ze wszystkimi rzeczami w krzaki, rzucili i wrócili otrzepując dłonie jak po dobrze wykonanej pracy. Yossarian był oszołomiony ich bezczelną energią i zapałem, ich praktycznym, bezpośrednim podejściem do spraw. W jednej chwili energicznie zlikwidowali problem, z którym Yossarian i sierżant Towser szarpali się bezskutecznie od miesięcy. Yossarian poczuł lęk, że z nim mogą się załatwić równie szybko, pobiegł więc do Joego Głodomora i uciekł z nim do Rzymu, na dzień przed tym, jak dziwka Nately'ego wreszcie się wyspała i obudziła się zakochana.

33

Dziwka Nately'ego

W Rzymie tęsknił za siostrą Duckett. Zresztą nie miał nic innego do roboty, odkąd Joe Głodomór odleciał z pocztą. Yossarian tak bardzo tęsknił za siostrą Duckett, że zgłodniały błądził ulicami szukając Lucjany, której śmiechu i niewidzialnej blizny nigdy nie mógł zapomnieć, albo podchmielonej, rozczochranej, maślanookiej lafiryndy w przeładowanym białym staniku i rozchełstanej pomarańczowej, atłasowej bluzce, której Aarfy tak brutalnie wyrzucił przez okno samochodu pierścień z łososiową, nieprzyzwoitą kameą. Jakże pożądał obu tych dziewczyn! Szukał ich na próżno. Tak bardzo je kochał i jednocześnie wiedział, że nigdy ich już nie zobaczy. Dręczyła go rozpacz. Osaczyły go widzenia. Pragnął siostry Duckett z podniesioną sukienką, ze szczupłymi udami obnażonymi aż do bioder. Zerżnął chudą kurewkę z mokrym kaszlem, która go zaczepiła w zaułku między hotelami, ale nie było to wcale przyjemne, pognał więc do pokojów dla szeregowców do tłustej, przyjaznej pokojówki w cytrynowych majtkach, która nie posiadała się z radości na jego widok, ale nie potrafiła go podniecić. Położył się wcześnie i spał sam. Obudził się rozczarowany i zerżnął pyskatą, niską, pyzatą dziewczynę, którą zastał w mieszkaniu po powrocie ze śniadania, ale było to niewiele lepsze, więc jak tylko skończył, wyrzucił ją z łóżka i z powrotem zasnął. Drzemał do obiadu, a potem poszedł kupować prezenty dla siostry Duckett i chustkę dla dziewczyny w cytrynowych majtkach, która ściskała go z taką gargantuiczną wdzięcznością, że zaraz zachciało mu się siostry Duckett, więc znowu pobiegł pożądliwie szukać Lucjany. Zamiast niej znalazł Aarfy'ego, który wylądował w Rzymie, kiedy Joe Głodomór wrócił z Dunbarem, Natelym i Dobbsem, i który nie chciał wziąć tej nocy udziału w pijackiej wyprawie na ratunek dziwce Nately'ego, więzionej w hotelu przez grupę wyższych oficerów w średnim wieku za to, że nie chciała powiedzieć wujku.

— Mam się narażać na kłopoty po to tylko, żeby ją wyciągnąć z kłopotów? — zapytywał Aarfy wyniośle. — Ale nie powtarzaj Nately'emu, że tak powiedziałem. Powiedz mu, że musiałem pójść na spotkanie z pewnym bardzo ważnym członkiem mojej korporacji.

Wyżsi oficerowie w średnim wieku nie chcieli wypuścić dziwki Nately'ego, dopóki nie powie wujku.

— Powiedz wujku — mówili.
— Wujku — powtarzała.
— Nie, nie. Powiedz wujku.
— Wujku — mówiła.
— Ona wciąż nie rozumie.
— Wciąż nie rozumiesz? Nie możemy cię zmusić do powiedzenia wujku, jeżeli nie chcesz mówić wujku. Rozumiesz? Nie mów wujku, kiedy ci mówię, żebyś powiedziała wujku. Dobrze? Powiedz wujku.
— Wujku — powiedziała.
— Nie, nie mów wujku. Powiedz wujku.

Nie powiedziała wujku.

— Brawo.
— Bardzo dobrze.
— To już jest coś. A teraz powiedz wujku.
— Wujku.
— Niedobrze.
— Nie, tak też nic z tego. Po prostu nie wywieramy na niej żadnego wrażenia. To żadna zabawa zmuszać ją do mówienia wujku, kiedy jej jest wszystko jedno.
— Nie, jej naprawdę jest wszystko jedno. Powiedz noga.
— Noga.
— Widzicie? Jej naprawdę nie obchodzi, co robimy. My jej nie obchodzimy. Nic cię nie obchodzimy, prawda?
— Wujku.

Nie obchodzili jej ani trochę, co ich okropnie denerwowało. Potrząsali nią brutalnie za każdym razem, kiedy ziewała. Robiła wrażenie, że w ogóle nic jej nie obchodzi, nawet kiedy grozili, że ją wyrzucą przez okno. Były to całkowicie zdemoralizowane grube ryby. Ona zaś była znudzona, obojętna i bardzo chciało jej się spać. Pracowała od dwudziestu dwóch godzin i żałowała, że nie pozwolono jej odejść z dwiema innymi dziewczynami, z którymi orgia się zaczęła. Zastanawiała się mgliście, dlaczego chcieli, żeby się śmiała, kiedy oni się śmiali, i dlaczego chcieli, żeby sprawiało jej przyjemność, kiedy oni z nią mieli przyjemność. Wszystko to było dla niej bardzo zagadkowe i bardzo nieciekawe.

Zupełnie nie wiedziała, czego od niej chcą. Ilekroć osuwała się z zamkniętymi oczami, szarpali nią i kazali mówić wujku. Ilekroć powiedziała wujku, byli rozczarowani. Zastanawiała się, co znaczy „wujku". Siedziała na sofie w biernym, flegmatycznym otępieniu, z otwartymi ustami, całe jej ubranie leżało zmięte w kącie pokoju, i zastanawiała się, jak długo jeszcze ci nadzy mężczyźni będą siedzieć wokół niej i zmuszać ją do mówienia wujku w eleganckim hotelu, do którego dawna przyjaciółka Orra, chichocząc niepowstrzymanie z pijackich kawałów Yossariana i Dunbara, prowadziła Nately'ego i pozostałych członków improwizowanej ekspedycji ratunkowej.

Dunbar uszczypnął z wdzięcznością dawną przyjaciółkę Orra w zadek i przekazał ją Yossarianowi, który przyparł ją do framugi drzwi i trzymając obie ręce na jej biodrach ocierał się o nią lubieżnie, dopóki Nately nie odciągnął go od niej za ramię do błękitnego saloniku, gdzie Dunbar wyrzucał już wszystko, co się dało, przez okno na podwórze. Dobbs demolował meble stojakiem od popielniczki. Nagle w drzwiach stanął śmieszny goły facet z różową blizną po ślepej kiszce i ryknął:

— Co się tu dzieje?

— Masz brudne nogi — powiedział Dunbar.

Facet zasłonił sobie krocze obiema rękami i zniknął. Dunbar, Dobbs i Joe Głodomór nadal wywalali wszystko, co tylko dawało się ruszyć, przez okno wśród głośnych wrzasków radosnego upojenia. Wkrótce skończyli z walizkami i z ubraniem porozrzucanym po kanapach i właśnie zabierali się do plądrowania cedrowej szafy, kiedy drzwi do pokoju w głębi otworzyły się znowu i człapiąc bosymi stopami wkroczył władczo mężczyzna wyglądający bardzo dostojnie od szyi w górę.

— Hej, wy tam, skończcie z tym — rzucił tonem komendy. — Co tu wyrabiacie?

— Masz brudne nogi — powiedział Dunbar.

Facet zasłonił sobie krocze identycznie jak pierwszy i zniknął. Nately rzucił się za nim, ale zagrodził mu drogę pierwszy oficer, który przywlókł się z powrotem, trzymając przed sobą poduszkę jak striptizerka.

— Hej tam — ryknął gniewnie. — Przestańcie!

— Przestańcie — odpowiedział Dunbar.

— To ja mówię, żebyście przestali.

— To ja mówię, żebyście przestali — powiedział Dunbar.

Oficer tupnął gniewnie nogą, czując, że słabnie z bezsilnej złości.

— Czy umyślnie mnie przedrzeźniasz?

— Czy umyślnie mnie przedrzeźniasz?

— Bo cię spiorę — powiedział facet zamierzając się.

— Bo cię spiorę — ostrzegł go Dunbar chłodno. — Jesteś niemieckim szpiegiem i zaraz każę cię rozstrzelać.

— Niemieckim szpiegiem? Jestem amerykańskim pułkownikiem.

— Nie wyglądasz na amerykańskiego pułkownika. Wyglądasz jak grubas zasłaniający się poduszką. Gdzie masz mundur, jeżeli jesteś amerykańskim pułkownikiem?

— Wyrzuciliście go przed chwilą za okno.

— W porządku, panowie — powiedział Dunbar. — Zaprowadźcie tego głupka na posterunek. Zamknijcie go i wyrzućcie klucz.

Pułkownik zbladł ze strachu.

— Czy wyście wszyscy powariowali? Z jakiego jesteście pułku? Hej, wy tam! Wracajcie!

Ale odwrócił się za późno i nie zdążył zatrzymać Nately'ego, który dostrzegł swoją dziewczynę na sofie w drugim pokoju i skoczył w drzwi za jego plecami. Pozostali wdarli się za nim w sam środek gołych grubych ryb. Joe Głodomór wybuchnął na ich widok histerycznym śmiechem, z niedowierzaniem wskazując ich po kolei palcem, chwytając się za głowę i za boki. Dwaj krzepko zbudowani oficerowie ruszyli groźnie do przodu, ale zaraz dostrzegli wyraz złośliwej antypatii na twarzach Dobbsa i Dunbara i to, że Dobbs wciąż jeszcze wymachuje oburącz jak maczugą żelaznym stojakiem od popielniczki, którym demolował meble w saloniku. Nately był już przy swojej dziewczynie. Patrzyła na niego przez dłuższą chwilę nie poznając go. Potem uśmiechnęła się blado i oparła głowę na jego ramieniu, przymykając oczy. Nately był wniebowzięty; nigdy dotąd nie uśmiechnęła się do niego.

— Filpo — odezwał się spokojny, szczupły i zblazowany mężczyzna, który nawet nie ruszył się ze swego fotela. — Nie wykonujesz rozkazów. Kazałem ci ich wyrzucić, a ty poszedłeś i sprowadziłeś ich tutaj. Czy nie rozróżniasz tych dwóch czynności?

— Oni wyrzucili nasze rzeczy przez okno, panie generale.

— Nieźle. Mundury też? Bardzo sprytnie. Nie mając mundurów nie zdołamy nikogo przekonać, że jesteśmy starsi stopniem.

— Zapiszmy ich nazwiska, Lou, i...

— Daj spokój, Ned — powiedział szczupły mężczyzna z wyćwiczonym znużeniem. — Jesteś może zupełnie niezły, kiedy trzeba rzucać do walki dywizje pancerne, ale w sytuacjach towarzyskich jesteś prawie bezużyteczny. Prędzej czy później odzyskamy swoje mundury i wtedy znowu będziemy ich przełożonymi. Czy naprawdę wyrzucili nasze mundury? To było wspaniałe pociągnięcie taktyczne.

— Oni wyrzucili wszystko.

— Te z szafy też?

— Oni wyrzucili szafę, panie generale. To był ten huk, po którym myśleliśmy, że przyszli nas mordować.

— A teraz wyrzucę ciebie — zagroził Dunbar.

Generał pobladł z lekka.

— Dlaczego, u diabła, on się tak wścieka? — spytał Yossariana.

— To nie są żarty — powiedział Yossarian. — Radzę wam wypuścić tę dziewczynę.

— Bierzcie ją sobie, na Boga — wykrzyknął generał z ulgą. — Ona nas tylko wpędza w kompleksy. Mogłaby przynajmniej czuć do nas niechęć lub urazę za te sto dolarów, które jej zapłaciliśmy. Ale nawet na to się nie zdobyła. Wasz przystojny młody kolega sprawia wrażenie, jakby bardzo był do niej przywiązany. Zauważcie, jak długo zatrzymuje palce po wewnętrznej stronie jej ud podciągając jej pończochy.

Nately, przyłapany na gorącym uczynku, zapłonił się ze wstydu i zaczął ją ubierać nieco szybciej. Ona tymczasem smacznie spała oddychając głęboko, a nawet jakby cichutko pochrapując.

— Zaatakujemy ją teraz, Lou! — namawiał inny z oficerów. — Mamy przewagę liczebną i możemy ich okrążyć...

— Nie, Bill — odpowiedział generał z westchnieniem. — Jesteś może znakomity, kiedy trzeba pokierować manewrem okrążającym przy dobrej pogodzie i na równym terenie w stosunku do przeciwnika, który już rzucił w bój wszystkie swoje rezerwy, ale w innych sytuacjach nie zawsze myślisz tak jasno. Po co mielibyśmy ją zatrzymywać?

— Nasza pozycja strategiczna jest bardzo zła. Nie mamy żadnej odzieży i ten, kto będzie musiał zejść na dół i przejść przez hall, znajdzie się w bardzo niezręcznej i poniżającej sytuacji.

— Tak, Filpo, masz zupełną rację — powiedział generał. — I właśnie dlatego ty to zrobisz. Ruszaj.

— Nago?

— Możesz wziąć swoją poduszkę, jeżeli chcesz. I kup przy okazji papierosy, jak już zejdziesz na dół po moją bieliznę i spodnie.

— Ja wam wszystko przyślę — zaproponował Yossarian.

— O, widzi pan — westchnął Filpo z ulgą. — Nie będę musiał schodzić.

— Filpo, ty kretynie. Czy nie widzisz, że on łże?

— Łżesz?

Yossarian kiwnął głową i nadzieja Filpa legła w gruzach. Yossarian roześmiał się i pomógł Nately'emu wyprowadzić dziewczynę na korytarz i do windy. Nadal spała z głową na ramieniu Nately'ego, z twarzą uśmiechniętą, jakby śnił jej się cudowny sen. Dobbs z Dunbarem wybiegli na ulicę łapać taksówkę.

Dziwka Nately'ego otworzyła oczy, kiedy wysiadali z samochodu. Przełknęła sucho kilka razy podczas mozolnej wspinaczki po schodach, ale kiedy Nately rozbierał ją i kładł do łóżka, znowu spała w najlepsze. Przespała osiemnaście godzin i przez całe przedpołudnie następnego dnia Nately biegał po mieszkaniu i wszystkich uciszał, a kiedy się wreszcie obudziła, była w nim zakochana po uszy. W ostatecznym rachunku okazało się, że aby zdobyć jej serce, wystarczyło dać jej się porządnie wyspać.

Po przebudzeniu dziewczyna uśmiechnęła się z radością na widok Nately'ego i wyciągając powolnym ruchem swoje długie nogi pod szeleszczącym prześcieradłem, zaprosiła go gestem do łóżka z idiotycznym, rozanielonym wyrazem twarzy podnieconej kobiety. Nately zbliżył się do niej oszołomiony ze szczęścia i do tego stopnia ogarnięty zachwytem, że nie miał nic przeciwko temu, kiedy jej młodsza siostra przerwała mu znowu wpadając do pokoju i wskakując do łóżka między nich. Dziwka Nately'ego obsypała ją klapsami i przekleństwami, ale tym razem ze śmiechem i czułością. Nately zaś uszczęśliwiony odchylił się na poduszki obejmując je ramionami, czując się silny i opiekuńczy. Uznał, że tworzą cudowną grupę rodzinną. Mała, jak dorośnie, pójdzie na studia do Radcliffe albo Bryn Mawr, już on się o to zatroszczy. Nately wyskoczył z łóżka, żeby co sił w płucach oznajmić przyjaciołom o swoim szczęściu. Zwołał ich radosnym głosem do swego pokoju i kiedy nadbiegli, zatrzasnął im drzwi przed nosem. W ostatniej chwili przypomniał sobie, że jego dziewczyna jest nie ubrana.

— Ubierz się — rozkazał jej, gratulując sobie przytomności umysłu.

— *Perchè?* — spytała zaciekawiona.

— *Perchè?* — powtórzył z pobłażliwym uśmieszkiem. — Bo nie chcę, żeby cię oglądali nago.

— *Perchè no?* — spytała.

— *Perchè no?* — Spojrzał na nią zdumiony. — Bo inni mężczyźni nie powinni cię oglądać nago.

— *Perchè no?*

— Bo ja tak mówię! — wybuchnął Nately nie wiedząc, co odpowiedzieć. — Nie kłóć się ze mną. Ja jestem mężczyzną i masz robić to, co ci każę. Od tej chwili zabraniam ci raz na zawsze wychodzić z tego pokoju, jeżeli nie będziesz kompletnie ubrana. Zrozumiałaś?

Dziewczyna spojrzała na niego jak na szaleńca.

— Czyś ty oszalał? *Che succede?*

— Ja nie żartuję.

— *Tu sei pazzo!* — krzyknęła z niedowierzaniem i oburzeniem i wyskoczyła z łóżka. Powarkując niezrozumiale naciągnęła majtki i ruszyła do drzwi. Nately wyprostował się, aby zademonstrować pełnię męskiego autorytetu.

— Zabraniam ci opuszczać pokój w tym stroju — poinformował ją.

— *Tu sei pazzo!* — rzuciła mu zza progu, potrząsając głową z niedowierzaniem. — Idiota! *Tu sei un pazzo imbecille!*

— *Tu sei pazzo!* — powtórzyła jej chuda siostrzyczka ruszając w jej ślady tym samym wyniosłym krokiem.

— Wracaj tutaj — rozkazał jej Nately. — Tobie też zabraniam tak wychodzić!

— Idiota! — odpowiedziała mu siostrzyczka z godnością, kiedy mu się wymknęła. — *Tu sei un pazzo imbecille.*

Nately krążył przez chwilę wściekle po pokoju, a potem wypadł do saloniku, żeby zabronić swoim przyjaciołom patrzeć na jego dziewczynę, która w samych majtkach przyszła się na niego poskarżyć.

— Dlaczego? — spytał Dunbar.

— Dlaczego? — wykrzyknął Nately. — Dlatego, że jest teraz moją dziewczyną i nie powinniście jej oglądać, kiedy nie jest kompletnie ubrana.

— Dlaczego? — spytał Dunbar.

— Widzicie? — powiedziała dziewczyna wzruszając ramionami. — *Lui è pazzo!*

— *Si, è molto pazzo* — zawtórowała jej młodsza siostra.

— To każ jej się ubrać, jeżeli nie chcesz, żebyśmy ją oglądali — zaprotestował Joe Głodomór. — Czego, do diabła, chcesz od nas?

— Ona mnie nie chce słuchać — wyznał Nately nieśmiało. —

Dlatego odtąd będziecie musieli zamykać oczy albo patrzeć w inną stronę, kiedy będzie koło was przechodzić. Dobrze?

— *Madonna!* — krzyknęła dziewczyna ze złością, tupiąc nogą.

— *Madonna!* — powtórzyła jej młodsza siostra i też tupnęła.

— *Lui è pazzo* — zaobserwował Yossarian dobrotliwie. — Nie ulega najmniejszej wątpliwości.

— Hej, czyś ty zwariował? — zwrócił się do Nately'ego Joe Głodomór. — Jeszcze trochę i zabronisz jej chodzić pod latarnię.

— Od tej chwili zabraniam ci chodzić pod latarnię — powiedział Nately do swojej dziewczyny.

— *Perchè?* — spytała zaciekawiona.

— *Perchè?* — wrzasnął zdumiony. — Dlatego, że to nie wypada!

— *Perchè no?*

— Dlatego, że nie! — upierał się Nately. — Po prostu nie wypada, żeby taka miła dziewczyna zaczepiała obcych mężczyzn i spała z nimi. Dam ci tyle pieniędzy, ile potrzebujesz, żebyś nie musiała tego robić.

— A co mam robić przez cały dzień?

— Co masz robić? — spytał Nately. — To, co wszystkie twoje przyjaciółki.

— Moje przyjaciółki zaczepiają mężczyzn i śpią z nimi.

— To zmień przyjaciółki! Nie chcę, żebyś zadawała się z takimi dziewczynami. Prostytucja to coś bardzo złego! Każdy ci to powie, nawet on. — Nately z zaufaniem zwrócił się do starego, znającego życie człowieka. — Prawda?

— Mylisz się — odpowiedział stary. — Prostytucja daje jej okazję do poznawania nowych ludzi. Zapewnia jej świeże powietrze, wszechstronne ćwiczenia fizyczne i trzyma ją z dala od złego towarzystwa.

— Od dzisiaj — oświadczył Nately surowo swojej dziewczynie — zabraniam ci zadawać się z tym niegodziwym starcem.

— *Va fongul!* — odpowiedziała dziewczyna spoglądając z wyrazem udręki w górę. — Czego on ode mnie chce? — błagała potrząsając pięściami. — *Lasciami!* — prosiła i groziła. — *Stupido!* Jeżeli moje przyjaciółki są takie złe, to idź i powiedz swoim przyjaciołom, żeby nie robili z nimi bez przerwy fiki-fik!

— Od dzisiaj — powiedział Nately swoim przyjaciołom — powinniście przestać uganiać się za jej przyjaciółkami i ustatkować się.

— *Madonna!* — zawołali przyjaciele wznosząc umęczony wzrok ku niebu.

Nately zupełnie zwariował. Chciał, żeby wszyscy natychmiast zakochali się i pożenili. Dunbar mógłby ożenić się z oliwką Orra, a Yossarian mógł zakochać się w siostrze Duckett albo w kimś innym. Po wojnie mogli wszyscy znaleźć pracę u ojca Nately'ego, a ich dzieci mogłyby się razem bawić. Nately miał to wszystko dokładnie przemyślane. Miłość przeobraziła go w romantycznego idiotę i musieli zapędzić go z powrotem do sypialni, żeby załatwić z jego dziewczyną sprawę kapitana Blacka. Zgodziła się nie sypiać więcej z kapitanem Blackiem i nie oddawać mu pieniędzy Nately'ego, ale nie chciała odstąpić ani na krok od swojej zażyłości z ohydnym, niechlujnym, rozpustnym, zepsutym do szpiku kości staruchem, który obserwował rozwój romansu Nately'ego z nie ukrywanym szyderstwem i nie chciał przyznać, że amerykański Kongres jest najwspanialszym ciałem ustawodawczym na świecie.

— Od dzisiaj — rozkazał stanowczo Nately swojej dziewczynie — absolutnie zabraniam ci odzywać się do tego odrażającego starca.

— Co, staruszek też? — zawołała dziewczyna zdezorientowana i bliska płaczu. — *Perchè no?*

— Bo on nie lubi Izby Reprezentantów.

— *Mamma mia!* Co się z tobą dzieje?

— *È pazzo* — zauważyła filozoficznie jej młodsza siostra.

— *Si* — zgodziła się bez wahania starsza, szarpiąc oburącz swoje długie rude włosy. — *Lui è pazzo.*

Ale tęskniła za Natelym, kiedy go nie było, i była wściekła na Yossariana, kiedy z całej siły rąbnął Nately'ego pięścią w twarz, odsyłając go do szpitala ze złamanym nosem.

34

Święto Dziękczynienia

Wszystkiemu winien był sierżant Knight. To przez niego Yossarian złamał nos Nately'emu w Dniu Dziękczynienia, po tym jak cała eskadra pokornie podziękowała Milowi za fantastycznie wystawne jedzenie, którym oficerowie i szeregowcy opychali się bez końca przez całe popołudnie, oraz za rozdzielanie jak z rogu obfitości nie rozpieczętowanych butelek taniej whisky, które szczodrze wręczał każdemu, kto go poprosił. Jeszcze przed zapadnięciem zmroku widziało się wszędzie bladych jak prześcieradło młodych żołnierzy wymiotujących lub leżących nieprzytomnie na ziemi. Powietrze zrobiło się ciężkie. Inni rozkręcali się w miarę upływu godzin i chaotyczna, burzliwa uroczystość ciągnęła się dalej. Gwałtowne, rozpasane, pijackie saturnalia w sposób nie kontrolowany rozpełzły się po zagajnikach, docierając do klubu oficerskiego, do szpitala i stanowisk artylerii przeciwlotniczej na wzgórzach. Było wiele bójek na pięści i jedna na noże. Kapral Kolodny przestrzelił sobie nogę bawiąc się naładowanym pistoletem w namiocie zwiadu i pomalowano mu dziąsła i palce u nóg na fioletowo, podczas gdy leżał w pędzącej karetce brocząc obficie krwią. Ludzie z pociętymi palcami, rozbitymi głowami, skurczami żołądka i zwichniętymi kostkami przychodzili kulejąc ze skruchą do ambulatorium, gdzie Gus i Wes smarowali im dziąsła oraz palce u nóg na fioletowo i wydawali środki przeczyszczające do wyrzucenia w krzaki. Wesoła uroczystość przeciągnęła się do późna w nocy i ciszę raz po raz przeszrywały dzikie, tryumfalne wrzaski bawiących się i chorych. Co chwila rozlegały się odgłosy wymiotów, jęki, śmiech, powitania, pogróżki, przekleństwa i brzęk butelek rozbijanych o kamienie. Z oddali dobiegały fragmenty sprośnych piosenek. To było gorsze niż sylwester.

Yossarian położył się wcześnie ze względów bezpieczeństwa i wkrótce przyśniło mu się, że pędzi na złamanie karku w dół po nie kończących się drewnianych schodach, wystukując piętami głośne staccato. Na wpół obudzony uświadomił sobie, że ktoś strzela do niego z karabinu maszynowego. Szloch udręki i przerażenia uwiązł mu w gardle. Jego pierwszą myślą było, że to Milo znowu atakuje eskadrę, i stoczył się z łóżka na podłogę, gdzie leżał zwinięty w drżący kłębek, szepcząc modlitwy, z sercem walącym jak młot parowy, cały zlany zimnym potem. Nie było słychać huku samolotów. Z oddali dobiegał czyjś pijany, szczęśliwy śmiech. „Szczęśliwego Nowego Roku, Szczęśliwego Nowego Roku!" — wykrzykiwał wesoło tryumfalny i znajomy głos z góry pomiędzy krótkimi, ostrymi seriami z karabinu maszynowego i Yossarian zrozumiał, że ktoś dla kawału dobrał się do jednego z obwałowanych workami z piaskiem stanowisk karabinów maszynowych, jakie Milo po swoim nalocie na eskadrę rozmieścił na wzgórzach i obsadził swoimi ludźmi.

Yossarian zapłonął gniewem i nienawiścią, kiedy uświadomił sobie, że padł ofiarą nieodpowiedzialnego żartu, który zrujnował mu sen i zamienił go w skowyczący strzępek człowieka. Poczuł żądzę zabijania i mordowania. Jeszcze nigdy nie był tak wściekły, nawet wtedy, kiedy zacisnął dłonie na szyi McWatta, chcąc go udusić. Karabin odezwał się znowu. Krzyczano: „Szczęśliwego Nowego Roku!", i euforyczny śmiech toczył się ze wzgórz w ciemnościach jak pieśń czarownic. Żądny zemsty Yossarian wyskoczył z namiotu w dresie i pantoflach, wciskając magazynek z nabojami w rękojeść swojej czterdziestki piątki i odciągając zamek. Zwolnił bezpiecznik i był gotów do strzału. Wtedy usłyszał, że biegnie za nim Nately, żeby go powstrzymać, i woła go po nazwisku.

Karabin maszynowy znowu otworzył ogień z czarnego wzniesienia nad bazą samochodową i pomarańczowe pociski świetlne przemykały jak rząd nisko lecących myśliwców nad ciemnymi namiotami, omal nie ścinając wierzchołków. Między krótkimi seriami rozlegały się wybuchy dzikiego śmiechu. Yossarian czuł, jak gniew burzy się w nim niczym kwas; narażali jego życie na niebezpieczeństwo, dranie! Zaślepiony okrutnym gniewem i determinacją przebiegł z największą szybkością przez obóz eskadry, minął bazę samochodową i już wbiegł ciężko dysząc wąską, krętą ścieżką pod górę, kiedy wreszcie dogonił go Nately, który nadal wołał z troską w głosie: „Yo-Yo! Yo-Yo!", błagając go, żeby stanął. Objął go za ramiona usiłując powstrzymać. Yossarian odwrócił się gwałtownie i uwolnił z jego objęć. Nately powtórnie wyciągnął ręce i Yossarian z całej siły uderzył pięścią w sam środek delikatnej, młodej twarzy Nately'ego, i sypiąc przekleństwami cofnął ramię, żeby uderzyć jeszcze raz, ale Nately padł z jękiem i leżał skulony na ziemi, z głową ukrytą w dłoniach, a spomiędzy palców ciekła mu krew. Yossarian obrócił się na pięcie i pobiegł dalej nie oglądając się za siebie.

Wkrótce zobaczył karabin maszynowy. Dwie sylwetki zerwały się na odgłos jego kroków i uciekły w noc z drwiącym śmiechem, zanim zdążył tam dobiec. Spóźnił się. Ich kroki oddalały się, pozostawiając krąg worków z piaskiem pusty i cichy w rześkim, bezwietrznym blasku księżyca. Rozejrzał się dokoła zbity z tropu. Znowu dobiegł go z oddali szyderczy śmiech. Gdzieś blisko trzasnęła gałązka. Yossarian przyklęknął i czując chłodny dreszcz podniecenia wycelował. Usłyszał skradający się szelest liści po drugiej stronie worków z piaskiem i szybko wystrzelił dwa razy. Ktoś strzelił w odpowiedzi i Yossarian poznał ten strzał.

— Dunbar? — zawołał.

— Yossarian?

Opuścili swoje kryjówki i wyszli sobie naprzeciw na małej polance z wyrazem znużenia i rozczarowania, z bronią w opuszczonych rękach. Obaj drżeli z lekka na mroźnym powietrzu i sapali po wysiłku gwałtownej wspinaczki.

— Dranie — powiedział Yossarian. — Uciekli.

— Ukradli mi dziesięć lat życia — wykrzyknął Dunbar. — Myślałem, że to ten skurwysyn Milo znowu nas bombarduje. Jeszcze nigdy nie byłem tak przerażony. Chciałbym wiedzieć, co to za dranie.

— Jeden to był sierżant Knight.

— Chodźmy go zabić — powiedział Dunbar szczękając zębami. — On nie miał prawa tak nas straszyć.

Yossarian nie chciał już nikogo zabijać.

— Pomóżmy najpierw Nately'emu — powiedział. — Zdaje się, że coś mu zrobiłem tam na dole.

Ale na ścieżce nie było ani śladu Nately'ego, nawet kiedy Yossarian rozpoznał właściwe miejsce po krwi na kamieniach. Nie było go też w namiocie i zobaczyli go dopiero następnego ranka, kiedy zostali przyjęci w charakterze pacjentów do szpitala, po tym jak się dowiedzieli, że Nately leży tam od wczoraj ze złamanym nosem. Na jego twarzy odmalował się strach, zaskoczenie i radość, gdy weszli na salę człapiąc w pantoflach i szlafrokach za siostrą Cramer, która wskazała im łóżka. Nately miał wielki opatrunek na nosie i podsiniaczone oczy. Czerwienił się aż do zawrotu głowy w nieśmiałym zażenowaniu i mówił, że to jemu jest przykro, kiedy Yossarian przepraszał, że go uderzył. Yossarian czuł się okropnie: nie mógł patrzeć na zdemolowaną fizjonomię Nately'ego, chociaż widok był tak komiczny, że miał ochotę parsknąć śmiechem. Dunbarowi robiło się niedobrze od tej ich czułostkowości i wszystkim trzem ulżyło, kiedy niespodziewanie wpadł ze swoim wymyślnym aparatem fotograficznym i symulowanymi objawami zapalenia wyrostka Joe Głodomór, który chciał być blisko Yossariana, żeby robić zdjęcia, kiedy ten będzie podmacywał siostrę Duckett. I jego, i Yossariana czekało rozczarowanie. Siostra Duckett postanowiła poślubić lekarza — obojętnie jakiego, ponieważ wszyscy lekarze dobrze zarabiają — i nie chciała ryzykować w pobliżu człowieka, który pewnego dnia może zostać jej mężem. Joe Głodomór był wściekły i niepocieszony, dopóki — kto by się spodziewał! — nie wprowadzono kapelana w rudym welwetowym szlafroku, rozjaśnionego jak chuda latarnia morska, z promiennym uśmiechem samozadowolenia zbyt wielkiego, aby je można było ukryć. Kapelan przybył do szpitala z bólem serca, przyczynę którego lekarze upatrywali we wzdęciu, oraz z zaawansowanym przypadkiem wisconsinskiego półpaśca.

— A cóż to, u diabła, jest ten wisconsinski półpasiec? — spytał Yossarian.

— Lekarze też o to pytali! — rzucił kapelan z dumą i wybuchnął śmiechem. Nikt go jeszcze nie widział tak rozradowanego. — Wisconsinski półpasiec nie istnieje. Rozumiecie? Skłamałem. Zawarłem z lekarzami umowę. Obiecałem, że im powiem, kiedy mój wisconsinski półpasiec ustąpi, pod warunkiem że oni nie zrobią nic, aby go leczyć. Po raz pierwszy w życiu skłamałem. Czy to nie cudowne?

Kapelan zgrzeszył i czuł się dobrze. Zdrowy rozsądek podpowiadał mu, że kłamstwo i uchylanie się od obowiązków jest grzechem. Z drugiej strony każdy wie, że grzech to zło i że dobro nie może pochodzić ze zła. On tymczasem czuł się dobrze, więcej, czuł się zdecydowanie cudownie. A zatem wynikało z tego logicznie, że kłamanie i uchylanie się od obowiązków nie może być grzechem. Kapelan w przebłysku boskiego natchnienia opanował jakże użyteczną technikę dorabiania teorii do praktyki i był zachwycony swoim odkryciem. To był cud. Bez większego trudu można było przekształcić występek w cnotę, oszczerstwo w prawdę, impotencję w abstynencję, bezczelność w skromność, rabunek w filantropię, złodziejstwo w zaszczyt, bluźnierstwo w mądrość, brutalność w patriotyzm i sadyzm w wymiar sprawiedliwości. Każdy mógł to robić; rzecz nie wymagała specjalnych zdolności. Wystarczyło nie mieć charakteru. Kapelan ze zręcznością wirtuoza wyliczał całą gamę ortodoksyjnych grzechów, Nately zaś siedział w łóżku płonąc uniesieniem, oszołomiony tym, że stał się ośrodkiem takiej zwariowanej kompanii. Czuł się mile połechtany i jednocześnie niepokoił się, pewien, że wkrótce pojawi się jakiś surowy przełożony i wyrzuci ich wszystkich jak bandę włóczęgów. Ale nikt ich nie nachodził. Wieczorem w znakomitych humorach poszli całą paczką obejrzeć jakąś nędzną hollywoodzką bzdurę w technikolorze, a kiedy w znakomitych humorach całą paczką wrócili po obejrzeniu nędznej hollywoodzkiej bzdury, żołnierz w bieli był na swoim miejscu i Dunbar zaczął wrzeszczeć w ataku histerii.

— On wrócił! — wrzeszczał Dunbar. — On wrócił! On wrócił!

Yossarian stanął jak wryty, porażony zarówno niesamowitą pискliwością w głosie Dunbara, jak i znajomym, białym, patologicznym widokiem żołnierza spowitego od stóp do głów w gips i bandaże. W gardle Yossariana zabulgotał dziwny, drżący, mimowolny odgłos.

— On wrócił! — wrzasnął znowu Dunbar.

— On wrócił! — zawtórował mu zarażony jego strachem pacjent majaczący w gorączce.

Sala w mgnieniu oka zamieniła się w dom wariatów. Tłum chorych i rannych zaczął bełkotać niezrozumiale, biegać i skakać w przejściach, jakby w budynku wybuchł pożar. Pacjent z jedną nogą i z jednym szczudłem kuśtykał szybko w tę i z powrotem w panice krzycząc:

— Co się dzieje? Co się dzieje? Pali się? Pali się?

— On wrócił! — krzyknął mu ktoś w odpowiedzi. — Nie słyszałeś? On wrócił! On wrócił!

— Kto wrócił? — krzyczał ktoś inny. — Co się dzieje?

— Co to ma znaczyć? Co mamy robić?

— Czy to pożar?

— Wstawajcie i uciekajcie, do cholery! Wszyscy wstawajcie i uciekajcie!

Wszyscy zerwali się z łóżek i zaczęli biegać po sali. Facet z Wydziału Śledczego szukał rewolweru, żeby zastrzelić drugiego faceta z Wydziału Śledczego, który wpakował mu łokieć w oko. Na sali zapanował kompletny chaos. Pacjent majaczący w gorączce i ze zmiażdżonymi palcami upadł na podłogę i płakał z bólu, a inni potykali się o niego, zadając mu nowe rany w ślepej, śmiertelnej, panicznej kotłowaninie. „On wrócił!" — mruczeli, skandowali i wykrzykiwali histerycznie, biegając bez celu. „On wrócił, on wrócił!" Nagle pośrodku tego wszystkiego znalazła się siostra Cramer, która wymachując rękami jak policjant usiłowała rozpaczliwie przywrócić porządek i zalała się bezradnie łzami, kiedy jej wysiłki okazały się daremne.

— Uspokójcie się, błagam, uspokójcie się — nawoływała bezskutecznie, wstrząsana potężnymi szlochami.

Kapelan, blady jak upiór, nie miał pojęcia, co się dzieje, podobnie jak Nately, który nie odstępował Yossariana trzymając się jego łokcia, i Joe Głodomór, który szedł za nimi podejrzliwie, zaciskając kościste pięści i rzucając na boki przestraszone spojrzenia.

— Hej, o co chodzi? — dopytywał się Joe Głodomór. — O co tu, do cholery, chodzi?

— To ten sam facet! — odpowiedział Dunbar z naciskiem, przekrzykując ochrypły gwar. — Nie rozumiesz? To ten sam facet.

Yossarian uświadomił sobie, że on też powtarza: „To ten sam facet", drżąc z potężnego i złowróżbnego podniecenia, którego nie potrafił opanować, i w ślad za Dunbarem zaczął się przepychać do łóżka żołnierza w bieli.

— Tylko spokojnie, panowie — radził wszystkim niski, patriotycznie nastawiony Teksańczyk, uśmiechając się niepewnie. — Po co się tak denerwować? Moglibyście się uspokoić.

— To ten sam facet! — zaczęto mruczeć, skandować i wykrzykiwać.

Nagle znalazła się też siostra Duckett.

— Co się tu dzieje? — spytała.

— On wrócił! — pisnęła siostra Cramer wpadając jej w objęcia. — On wrócił, on wrócił, on wrócił!

Był to rzeczywiście ten sam człowiek. Stracił wprawdzie kilka cali wzrostu i przybrał nieco na wadze, ale Yossarian natychmiast go rozpoznał po dwóch sztywnych rękach i dwóch sztywnych, grubych, bezużytecznych nogach podciągniętych prawie pionowo w górę za pomocą napiętych linek i podłużnych ołowianych ciężarków zwisających nad nim z bloków oraz po czarnej, postrzępionej dziurze w bandażach nad ustami. Właściwie nic się nie zmienił. Ta sama cynkowa rurka wystawała z twardej, kamiennej masy nad jego pachwiną i była połączona z przezroczystym słojem na podłodze. Z takiego samego przezroczystego słoja zawieszonego na stojaku spływał płyn do otworu w zgięciu jego łokcia. Yossarian poznałby go na końcu świata. Zastanawiał się, kto to może być.

— Tam w środku nikogo nie ma! — wrzasnął niespodziewanie Dunbar.

Yossarian poczuł, że serce mu na ułamek sekundy zamarło i ugięły się pod nim nogi.

— Co ty wygadujesz? — zawołał z przerażeniem, wstrząśnięty nieprzytomnym, płonącym udręką wzrokiem Dunbara oraz obłędnym wyrazem straszliwego szoku i zgrozy na jego twarzy. — Czyś ty oszalał, czy co? Co to ma, do diabła, znaczyć, że tam nikogo nie ma?

— Wykradli go! — krzyknął Dunbar w odpowiedzi. — On jest w środku pusty jak figurka z czekolady. Zabrali go i zostawili tutaj same bandaże.

— Po co by mieli to robić?

— A po co w ogóle wszystko robią?

— Wykradli go! — krzyknął ktoś i cała sala zaczęła powtarzać: — Wykradli go! Wykradli go!

— Wracajcie do łóżek — błagała ich siostra Duckett odpychając Yossariana słabymi rękami. — Proszę was, wracajcie do swoich łóżek.

— Jesteś wariat! — krzyknął ze złością Yossarian do Dunbara. — Na jakiej podstawie, do cholery, wygadujesz takie rzeczy?

— A czy go ktoś widział? — spytał Dunbar z szyderczą napastliwością.

— Ty go widziałaś, prawda? — zwrócił się Yossarian do siostry Duckett. — Powiedz Dunbarowi, że ktoś tam jest w środku.

— Tam jest porucznik Schmulker — powiedziała siostra Duckett. — Jest cały poparzony.

— Czy ona go widziała?

— Widziałaś go, prawda?

— Widział go lekarz, który go bandażował.

— To go sprowadź. Który to lekarz?

Siostra Duckett zareagowała na to pytanie jękiem przestrachu.

— Tego doktora u nas nie ma! — zawołała. — Pacjenta przywieziono ze szpitala polowego.

— Widzisz? — krzyknęła siostra Cramer. — W środku nie ma nikogo!

— W środku nie ma nikogo! — wrzasnął Joe Głodomór i zaczął tupać nogami.

Dunbar przepchnął się do przodu i doskoczył wściekle do żołnierza w bieli, aby się przekonać osobiście, i przywarł płonącym, niecierpliwym okiem do czarnej strzępiastej dziury w pokrywie białych bandaży. Stał tak jeszcze pochylony, wpatrując się jednym okiem w mroczny, nieruchomy otwór ust żołnierza w bieli, kiedy wpadli lekarze i żandarmi i pomogli Yossarianowi odciągnąć go do łóżka. Lekarze mieli przy boku pistolety. Żandarmi karabinami odtrącali i odpychali tłum mamroczących pacjentów. Stały tam nosze na kółkach, na które żołnierza w bieli ostrożnie przeniesiono z łóżka i błyskawicznie wywieziono z sali. Lekarze i żandarmi chodzili między łóżkami zapewniając, że wszystko jest w porządku.

Siostra Duckett szarpnęła Yossariana za ramię i szepnęła mu ukradkiem, żeby przyszedł do pakamery na korytarzu. Yossarian ucieszył się. Pomyślał, że siostra Duckett postanowiła wreszcie mu się oddać, i zadarł jej spódnicę, gdy tylko znaleźli się w pakamerze, ale ona go odepchnęła. Miała pilną wiadomość na temat Dunbara.

— Oni chcą go zniknąć — powiedziała.

Yossarian nie zrozumiał i spojrzał na nią spod zmrużonych powiek.

— Co chcą? — spytał zdziwiony i roześmiał się niepewnie. — Co to ma znaczyć?

— Nie wiem. Słyszałam ich przez drzwi.

— Kogo?

— Nie wiem. Nie widziałam ich. Słyszałam tylko, jak mówili, że znikną Dunbara.

— Dlaczego chcą go zniknąć?

— Nie wiem.

— To się nie trzyma kupy. Tak się w ogóle nie mówi. Co to, u diabła, znaczy, że ma się kogoś zniknąć?

— Nie wiem.

— Jezu, ale mam z ciebie pożytek!

— Dlaczego się mnie czepiasz? — oburzyła się dotknięta siostra Duckett łykając łzy. — Chciałam ci tylko pomóc. Przecież to nie moja wina, że oni chcą go zniknąć. Nie powinnam ci nawet o tym mówić.

Yossarian wziął ją w ramiona i przytulił czule, ze skruchą.

— Przepraszam — powiedział całując ją z szacunkiem w policzek i pobiegł ostrzec Dunbara, którego nigdzie nie udało mu się znaleźć.

35

Milo militarysta

Po raz pierwszy w życiu Yossarian modlił się. Upadł na kolana
i modlił się do Nately'ego, żeby nie zgłaszał się na ochotnika do
dalszych lotów mimo zaliczenia obowiązujących siedemdziesięciu,
po tym jak Wódz White Halfoat zmarł na zapalenie płuc w szpitalu
i Nately zgłosił się na jego miejsce. Nately jednak nie chciał go słuchać.

— Muszę nadal latać — upierał się niezdecydowanie Nately
uśmiechając się półgębkiem — bo inaczej odeślą mnie do kraju.

— No więc?

— Nie chcę jechać do kraju, dopóki nie będę mógł zabrać jej
z sobą.

— Tak bardzo ci na niej zależy?

Nately kiwnął głową ponuro.

— Mógłbym nigdy już jej nie zobaczyć.

— To niech cię wyłączą z personelu latającego — nalegał
Yossarian. — Zaliczyłeś obowiązkową kolejkę, a na dodatku
lotniczym ci nie zależy. Może objąłbyś miejsce Wodza White
Halfoata, jeżeli potrafisz wytrzymać z kapitanem Blackiem?

Nately potrząsnął głową i zaczerwienił się w przypływie wstyd-
liwego upokorzenia i żalu.

— Nie chcą mi go dać. Rozmawiałem z pułkownikiem Kornem
i powiedział mi, że jak nie będę latać, to odeślą mnie do kraju.

Yossarian zaklął wściekle.

— To przecież jawna złośliwość.

— Nie mam nic przeciwko temu. Brałem udział w siedemdziesięciu akcjach i nawet mnie nie drasnęło. Myślę, że mogę
odbyć jeszcze parę lotów.

— Nie rób nic w tej sprawie, dopóki z kimś nie porozmawiam — zadecydował Yossarian i poszedł szukać pomocy u Mila, który zaraz potem udał się do pułkownika Cathcarta, aby ten umożliwił mu wzięcie udziału w nowych akcjach bojowych.

Milo niejednokrotnie już zasłużył sobie na pochwałę. Narażał się nieustraszenie na niebezpieczeństwo i krytykę sprzedając benzynę i łożyska kulkowe Niemcom, aby uzyskać godziwy zarobek i pomóc w utrzymaniu równowagi między rywalizującymi siłami. Z oddaniem sprawie wykraczającym znacznie poza obowiązki służbowe tak podniósł ceny w swoich stołówkach, że wszyscy oficerowie i szeregowcy musieli mu oddawać cały swój żołd. Alternatywą — mieli oczywiście alternatywę, ponieważ Milo brzydził się przymusem i występował w słowach jako gorący obrońca wolności wyboru — była śmierć głodowa. Stykając się z falą wrogiego oporu bronił swoich pozycji nie bacząc na własne bezpieczeństwo i reputację, bez zmrużenia oka powołując się na prawa popytu i podaży. A kiedy ktoś gdzieś powiedział nie, Milo ustępował pola, nawet w odwrocie mężnie broniąc historycznego prawa wolnych ludzi do płacenia tyle, ile muszą, za rzeczy, bez których nie mogą się obejść.

Milo został przyłapany na gorącym uczynku grabienia swoich rodaków i w rezultacie jego akcje poszły w górę jak nigdy dotąd. Udowodnił, że na jego słowie można polegać, kiedy pewien kościsty major z Minnesoty wydął wargi w buntowniczym proteście i zażądał swego udziału w syndykacie, który według zapewnień Mila należał do wszystkich. Milo stawił czoło wyzwaniu wypisując słowo „Udział" na pierwszym lepszym skrawku papieru, jaki mu wpadł w rękę, i wręczając go majorowi z wyrazem urażonej godności, która wzbudziła zazdrość i podziw prawie wszystkich znających go ludzi. Znajdował się u szczytu sławy i pułkownik Cathcart, który znał i podziwiał jego zasługi wojenne, był zdumiony pełną szacunku pokorą, z jaką Milo zjawił się w sztabie grup i zgłosił swoją nieprawdopodobną prośbę o bardziej niebezpieczne zadania.

— Chcesz uczestniczyć w akcjach bojowych? — zdumiał się pułkownik Cathcart. — Po jakie licho?

— Chcę spełnić swój obowiązek, panie pułkowniku. Nasz kraj toczy wojnę i chcę walczyć w jego obronie tak jak wszyscy — skromnie odpowiedział Milo, pochylając z pokorą głowę.

— Ależ, Milo, ty przecież spełniasz swój obowiązek — zawołał pułkownik Cathcart i zagrzmiał jowialnym śmiechem. — Nie znam nikogo, kto zrobiłby dla ludzi więcej niż ty. Kto dał im bawełnę w czekoladzie?

Milo powoli, ze smutkiem potrząsnął głową.

— W czasie wojny nie wystarczy być dobrym oficerem żywnościowym, panie pułkowniku.

— Ależ tak, Milo. Nie wiem, co cię napadło.

— Niestety nie, panie pułkowniku — nie zgodził się Milo nieco twardszym głosem, podnosząc swoje pełne oddania oczy na tyle, że skrzyżowały się ze wzrokiem pułkownika. — Niektórzy zaczynają szemrać.

— Naprawdę? Podaj mi tylko ich nazwiska, Milo. Podaj mi ich nazwiska, a ja dopilnuję, żeby brali udział we wszystkich najniebezpieczniejszych akcjach naszej grupy.

— Nie, panie pułkowniku, obawiam się, że oni mają rację — powiedział Milo znowu pochylając głowę. — Przysłano mnie tutaj jako pilota i powinienem mniej czasu poświęcać obowiązkom oficera żywnościowego, a częściej uczestniczyć w akcjach bojowych.

Pułkownik Cathcart był zdziwiony, ale nie stawiał przeszkód.

— Dobrze, Milo, skoro rzeczywiście tak uważasz, to jestem pewien, że wszystko da się załatwić. Od jak dawna jesteś w Europie?

— Od jedenastu miesięcy, panie pułkowniku.

— A w ilu akcjach bojowych uczestniczyłeś?

— W pięciu.

— W pięciu? — spytał pułkownik Cathcart.

— W pięciu, panie pułkowniku.

— W pięciu, tak? — Pułkownik Cathcart potarł w zamyśleniu policzek. — To niewiele, co?

— Niewiele, panie pułkowniku? — spytał Milo ostrzejszym tonem, podnosząc wzrok.

Pułkownik Cathcart natychmiast zrejterował.

— Wprost przeciwnie, Milo, to bardzo dobrze — poprawił się pośpiesznie. — To zupełnie nieźle.

— Nie, pułkowniku — powiedział Milo z przeciągłym, ciężkim, smutnym westchnieniem — to nie jest dobrze. Ale to bardzo miło z pana strony, że pan tak mówi.

— Ale to naprawdę nie jest źle, Milo. Zupełnie nieźle, jeżeli wziąć pod uwagę twój cenny wkład w innych dziedzinach. Pięć akcji, powiadasz? Tylko pięć?

— Tylko pięć, panie pułkowniku.

— Tylko pięć. — Pułkownik Cathcart przeżył moment okropnego przygnębienia, gdyż zastanawiał się, co Milo myśli naprawdę i czy nie skompromitował się w jego oczach. — Pięć to bardzo dobrze, Milo — zauważył z entuzjazmem, dostrzegając promień nadziei. — To daje średnio prawie jedną akcję na dwa miesiące.

I założę się, że nie wliczyłeś tego razu, kiedy zbombardowałeś nasz obóz.

— Wliczyłem, panie pułkowniku.

— Wliczyłeś? — spytał pułkownik Cathcart nieco zdziwiony. — Właściwie to wtedy nie leciałeś, prawda? O ile dobrze pamiętam, byłeś razem ze mną w wieży kontrolnej?

— Ale to była moja akcja — zareplikował Milo. — Ja ją zorganizowałem używając swoich samolotów i amunicji. Ja planowałem i nadzorowałem całość operacji.

— Ależ oczywiście, Milo, oczywiście. Wcale tego nie kwestionuję. Sprawdzam tylko podane przez ciebie liczby, żeby się upewnić, czy policzyłeś wszystko, do czego masz prawo. Czy wliczyłeś także ten raz, kiedy zawarliśmy z tobą umowę o zbombardowanie mostu w Orvieto?

— Nie, panie pułkowniku. Nie sądzę, abym miał do tego prawo, skoro byłem wówczas w Orvieto i kierowałem ogniem artylerii przeciwlotniczej.

— Nie widzę żadnej różnicy, Milo. Tak czy owak, to była twoja akcja. I to diablo dobra, muszę przyznać. Wprawdzie nie zniszczyliśmy mostu, ale za to mieliśmy piękne skupienie bomb. Pamiętam, jak wspominał o tym generał Peckem. Nie, Milo, stanowczo uważam, że powinieneś policzyć sobie nalot na Orvieto.

— Skoro pan pułkownik nalega...

— Stanowczo nalegam, Milo. Spójrzmy teraz... to daje razem sześć lotów i to jest diablo dobrze, Milo, diablo dobrze, naprawdę. Sześć lotów to jest wzrost o dwadzieścia procent w ciągu zaledwie kilku minut. Zupełnie nieźle, Milo, zupełnie nieźle.

— Jest wielu takich, co mają po siedemdziesiąt lotów — wskazał Milo.

— A czy któryś z nich wymyślił bawełnę w czekoladzie? Robisz i tak więcej, niż do ciebie należy.

— Ale im przypada cała sława i chwała — upierał się Milo tonem opryskliwym, ale graniczącym z płaczliwością. — Chcę, panie pułkowniku, być tam, gdzie wszyscy, i walczyć razem z nimi. Po to tu jestem. Ja też chcę zdobywać medale.

— Tak, Milo, oczywiście. Wszyscy chcielibyśmy spędzać więcej czasu w walce, ale ludzie tacy jak ty i ja służą inaczej. Spójrz choćby na mnie. — Pułkownik Cathcart roześmiał się pobłażliwie. — Pewnie nie wszyscy wiedzą, Milo, że ja sam uczestniczyłem tylko w czterech akcjach?

— Nie, panie pułkowniku — odpowiedział Milo. — Wszyscy

wiedzą, że uczestniczył pan tylko w dwóch akcjach. I że jedna z nich powstała przypadkowo, kiedy Aarfy zbłądził nad terytorium nieprzyjaciela, wioząc pana do Neapolu po zakup na czarnym rynku aparatu do chłodzenia napojów.

Pułkownik Cathcart zaczerwienił się zakłopotany i zrezygnował z dalszej dyskusji.

— W porządku, Milo. Nie mam dla ciebie dość słów uznania za to, co chcesz zrobić. Jeżeli to rzeczywiście takie dla ciebie ważne, to powiem majorowi Majorowi, żeby cię wyznaczył do najbliższych sześćdziesięciu czterech lotów, i będziesz miał siedemdziesiąt, tak jak wszyscy.

— Dziękuję, pułkowniku, bardzo dziękuję. Nie wie pan, co to znaczy...

— Nie ma o czym mówić, Milo. Doskonale wiem, co to znaczy.

— Nie, pułkowniku, obawiam się, że nie wie pan, co to znaczy — powiedział Milo z naciskiem. — Ktoś będzie musiał natychmiast przejąć ode mnie kierownictwo syndykatu. Są to bardzo skomplikowane sprawy, a mnie mogą w każdej chwili zestrzelić.

Pułkownik Cathcart rozpromienił się błyskawicznie na samą myśl i zatarł ręce z zachłanną lubością.

— Wiesz co, Milo, myślę, że pułkownik Korn i ja moglibyśmy zastąpić cię w prowadzeniu syndykatu — zaproponował niby od niechcenia, niemal oblizując się z hamowanego łakomstwa. — Nasze doświadczenie czarnorynkowe z dorodnymi pomidorami na pewno bardzo się przyda. Od czego zaczynamy?

Milo patrzył na pułkownika Cathcarta spokojnie, z wyrazem łagodności i szczerości.

— Dziękuję, panie pułkowniku, to bardzo ładnie z pana strony. Zacznijmy od diety bezsolnej dla generała Peckema i diety beztłuszczowej dla generała Dreedle.

— Wezmę tylko ołówek. Co dalej?

— Cedry.

— Jakie cedry?

— Libańskie.

— Libańskie?

— Mamy dostarczyć cedry libańskie do tartaku w Oslo, gdzie mają z nich zrobić gonty dla przedsiębiorcy budowlanego z Cape Cod. Płatne PO. Potem są banany.

— Banany?

— Płyną przez oceany. Mamy kilka statków z bananami w drodze do Holandii, żeby zapłacić za tulipany, które wysłaliśmy do Genewy, żeby zapłacić za sery, które mają pójść do Wiednia. Płatne ZG.

— Co to jest ZG?

— Płatne z góry. Tron Habsburgów się chwieje.

— Milo.

— I niech pan nie zapomni o galwanizowanym cynku w magazynach we Flint. Cztery ciężarówki galwanizowanego cynku trzeba dostarczyć do huty w Damaszku o dwunastej osiemnastego bm., *loco* pokład. Kalkuta, dwa procent, dziesięć dni, koniec miesiąca. Jeden messerschmitt konopi ma przylecieć do Belgradu za półtorej C-47 tych pseudodrylowanych daktyli z Chartumu, które udało nam się im wlepić. Z pieniędzy za portugalskie sardele, które odsprzedajemy w Lizbonie, niech pan zapłaci za egipską bawełnę, którą nam odsyłają z Mamaroneck, i kupi w Hiszpanii jak najwięcej pomarańczy. Za naranjas niech pan zawsze płaci gotówką.

— Co to są naranjas?

— Tak się nazywają pomarańcze po hiszpańsku, a to są pomarańcze hiszpańskie. I... aha. Niech pan nie zapomni o człowieku z Piltdown.

— O człowieku z Piltdown?

— Tak, o człowieku z Piltdown. Muzeum Smithsona nie może na razie wyłożyć sumy żądanej przez nas za drugi egzemplarz człowieka z Piltdown, ale spodziewają się śmierci pewnego bogatego i szacownego mecenasa i...

— Milo.

— Francja gotowa jest zakupić każdą ilość pietruszki i myślę, że zrobimy ten interes, gdyż franki przydadzą nam się na liry, na fenigi za daktyle, kiedy do nas wrócą. Zamówiłem też ogromny transport peruwiańskiego drzewa balsa do proporcjonalnego rozdziału na wszystkie stołówki syndykatu.

— Drzewo balsa? A co stołówki mają robić z drzewem balsa?

— Dzisiaj niełatwo jest kupić dobre drzewo balsa, pułkowniku. Sądzę, że po prostu nie wolno nam było przepuścić takiej okazji.

— Chyba nie — zgodził się niepewnie pułkownik Cathcart z miną człowieka cierpiącego na chorobę morską. — Sądzę, że cena była korzystna.

— Cena — powiedział Milo — była haniebna, potwornie wygórowana! Ponieważ jednak kupowaliśmy od firmy, która należy do nas, zapłaciliśmy bez szemrania. Trzeba dopilnować skór.

— Kur?

— Skór.

— Skór?

— Tak, skór. W Buenos Aires. Muszą być wygarbowane.

— Wygarbowane?

— Na Nowej Fundlandii. I wysłane do Helsinek płatne ZD

przed nadejściem wiosennych roztopów. Wszystko, co wysyłamy do Finlandii, musi pójść przed wiosennymi roztopami płatne ZD.

— Płatne z dołu? — odgadł pułkownik Cathcart.

— Dobrze, pułkowniku. Szybko pan chwyta. Potem są jeszcze piżamy.

— Piżamy?

— Trzeba je wysłać do Panamy, buty do Kalkuty, arbuzy do Tuluzy, liny na Filipiny oraz transport smaru do Dakaru.

— Milo.

— Mamy też węgiel dla Newcastle, pułkowniku.

Pułkownik Cathcart złapał się za głowę.

— Milo, dość! — krzyknął bliski płaczu. — To nie ma sensu. Jesteś, podobnie jak ja, niezastąpiony! — W największym zdenerwowaniu odsunął ołówek i wstał z fotela. — Milo, nie wolno ci zaliczać tych sześćdziesięciu czterech brakujących akcji. Nie wolno ci brać udziału w żadnych akcjach. Gdyby coś się stało, rozpadnie się cały system.

Milo skinął pogodnie głową, wyraźnie usatysfakcjonowany.

— Czy to znaczy, panie pułkowniku, że zabrania mi pan brać udział w akcjach bojowych?

— Milo, zabraniam ci brać udział w akcjach bojowych — oświadczył pułkownik Cathcart tonem surowym i nie znoszącym sprzeciwu.

— Ale to niesprawiedliwe, panie pułkowniku — powiedział Milo. — Jak będą wyglądać moje akta? Inni zdobywają sławę, medale i rozgłos. Dlaczego mam być poszkodowany? Tylko dlatego, że dobrze pracuję jako oficer żywnościowy?

— Masz rację, Milo, to jest niesprawiedliwe, ale nie widzę wyjścia.

— Może wyznaczylibyśmy kogoś, kto odbywałby moje loty za mnie?

— Chyba że wyznaczylibyśmy kogoś, kto odbywałby loty za ciebie — zaproponował pułkownik Cathcart. — Może tych strajkujących górników z Pensylwanii i Wirginii Zachodniej?

Milo potrząsnął głową.

— Za długo trzeba by ich szkolić. Ale dlaczego nie wziąć ludzi z naszej eskadry, panie pułkowniku? Ostatecznie wszystko to robię dla nich. Myślę, że w zamian chętnie zrobią coś dla mnie.

— No, to może wziąć ludzi z naszej eskadry? — wykrzyknął pułkownik Cathcart. — Ostatecznie wszystko to robisz dla nich. Myślę, że w zamian chętnie zrobią coś dla ciebie.

— Jak sprawiedliwość, to sprawiedliwość.

— Jak sprawiedliwość, to sprawiedliwość.

— Mogliby latać na zmianę, panie pułkowniku.

— Mogliby nawet latać za ciebie na zmianę.

— Na czyje konto?

— Na twoje, Milo. Jeżeli ktoś lecąc za ciebie zasłuży na odznaczenie, ty zostaniesz odznaczony.

— A jeżeli go zabiją?

— To umrze na swoje konto, oczywiście. Ostatecznie, Milo, jak sprawiedliwość, to sprawiedliwość. Jest tylko jedno ale.

— Będzie pan musiał zwiększyć liczbę obowiązkowych lotów.

— Będę musiał znowu zwiększyć liczbę obowiązkowych lotów i nie jestem pewien, jak ludzie to przyjmą. Są wciąż jeszcze rozżaleni, że podniosłem im normę do siedemdziesięciu lotów. Gdyby choć jeden oficer zgodził się latać więcej, pozostali poszliby może za jego przykładem.

— Nately zgodzi się latać dalej, panie pułkowniku — powiedział Milo. — Właśnie przed chwilą powiedziano mi w największym zaufaniu, że Nately zrobi wszystko, żeby pozostać w Europie ze względu na dziewczynę, w której się zakochał.

— Nately zgodzi się latać dalej! — oświadczył pułkownik Cathcart i klasnął głośno w dłonie na znak zwycięstwa. — Tak, Nately zgodzi się latać dalej. I tym razem naprawdę podniosę normę do osiemdziesięciu lotów i na dobre utrę nosa generałowi Dreedle. Będzie to też dobry sposób, żeby posłać tego cholernego szmaciarza Yossariana z powrotem do walki, gdzie go może w końcu zabiją.

— Yossariana? — Milo podrapał się w koniec swego ryżawobrązowego wąsa i przez jego proste, domowej roboty oblicze przebiegł skurcz głębokiej troski.

— Tak, Yossariana. Podobno rozpowiada wszystkim w koło, że zaliczył swoją kolejkę i że dla niego wojna się skończyła. Możliwe, że zaliczył swoje loty, ale zostały mu jeszcze twoje, prawda? Ha! Ha! Ha! Ale będzie miał niespodziankę!

— Panie pułkowniku, Yossarian jest moim przyjacielem — zaprotestował Milo. — Nie chciałbym za nic, aby z mojego powodu wysyłano go z powrotem do walki. Mam wobec Yossariana dług wdzięczności. Czy nie można by jakoś zrobić dla niego wyjątku?

— O nie, Milo — pułkownik Cathcart był wyraźnie oburzony podobną propozycją. — Żadnego kumoterstwa. Musimy zawsze wszystkich traktować jednakowo.

— Oddałbym Yossarianowi wszystko. — Milo nadal odważnie występował w obronie Yossariana. — Nie mogę mu jednak oddać wszystkiego, ponieważ nie mam wszystkiego. Będzie więc musiał zdać się na los szczęścia tak jak reszta?

— Jak sprawiedliwość, to sprawiedliwość.

— Tak jest, panie pułkowniku, jak sprawiedliwość, to sprawiedliwość — zgodził się Milo. — Yossarian nie jest lepszy od innych i nie ma prawa liczyć na jakieś szczególne przywileje, prawda?

— Tak jest, Milo. Jak sprawiedliwość, to sprawiedliwość.

Yossarian nie miał czasu, żeby się ratować przed udziałem w akcjach bojowych, nie miał czasu, żeby wyperswadować dalsze latanie Nately'emu ani nawet żeby umówić się z Dobbsem w sprawie zamordowania pułkownika Cathcarta, który późnym popołudniem wydał rozkaz podnoszący limit lotów do osiemdziesięciu, a następnego dnia o świcie nagle ogłoszono alarm i lotników zapędzono do ciężarówek, zanim dało się przygotować przyzwoite śniadanie, i zawieziono z maksymalną szybkością do namiotu odpraw, a stamtąd na lotnisko, gdzie terkoczące samochody cysterny pompowały jeszcze benzynę do samolotów, a zespoły zbrojmistrzowskie uwijały się jak w ukropie, wciągając tysiącfuntowe bomby burzące do komór bombowych. Wszystko odbywało się biegiem i gdy tylko cysterny odjechały, zapuszczono silniki.

Wywiad doniósł, że Niemcy chcą jeszcze tego ranka odholować uszkodzony włoski krążownik z suchego doku w La Spezia i zatopić go u wejścia do portu, aby uniemożliwić aliantom korzystanie z portu, kiedy zajmą miasto. Raz przynajmniej dane wywiadu okazały się prawdziwe. Długi okręt znajdował się pośrodku przystani, kiedy nadlecieli od zachodu i rozłupali go na drzazgi bezpośrednimi trafieniami ze wszystkich kluczy, co napełniło ich serca falą niezwykle przyjemnej solidarnej dumy, dopóki nie stwierdzili, że znajdują się w samym środku nawałnicy ognia przeciwlotniczego z dział ukrytych za każdym załomem wzgórz, wielką podkową otaczających przystań. Nawet Havermeyer zaczął stosować najdziksze uniki, na jakie go było stać, kiedy ocenił odległość dzielącą go jeszcze od granicy bezpieczeństwa, a Dobbs, pilotując jeden z samolotów jego klucza, zrobił zyg tam, gdzie miał zrobić zag, i wpadł na sąsiedni samolot odcinając mu ogon. Jego skrzydło oderwało się przy tym u nasady i samolot runął jak kamień, w jednej chwili niknąc z oczu. Nie było żadnego ognia ani dymu, żadnego złowieszczego dźwięku. Jedynie pozostałe skrzydło obracało się ciężko niczym mieszadło do cementu, kiedy samolot spadał dziobem w dół po linii prostej ze wzrastającą szybkością, aż zderzył się z wodą, która rozkwitła pieniście jak biała lilia wodna na granatowym morzu i zamknęła się z powrotem gejzerem lawendowych bąbelków, kiedy samolot zatonął. Wszystko trwało kilka sekund. Nie było żadnych spadochronów. A w tym drugim samolocie zginął Nately.

36

Piwnica

Kapelan omal nie przypłacił życiem śmierci Nately'ego. Kapelan Tappman w okularach na nosie siedział w swoim namiocie i coś pisał, kiedy zadzwonił telefon i zawiadomiono go z lotniska o zderzeniu w powietrzu. Wnętrzności momentalnie zamieniły mu się w suchą glinę. Drżącą ręką odłożył słuchawkę. Druga ręka też mu zaczęła drżeć. Nieszczęście było tak wielkie, że nie mieściło się w głowie. Dwunastu zabitych — jakie to straszne, jakie to potworne! Czuł, jak narasta w nim przerażenie. Modlił się żarliwie, żeby wśród ofiar nie było Yossariana, Nately'ego, Joego Głodomora i pozostałych jego przyjaciół, ale zaraz zganił się ze skruchą, gdyż modlić się o ich bezpieczeństwo znaczyło modlić się o śmierć innych, nie znanych mu nawet młodych ludzi. Było za późno, żeby się modlić, ale było to jedyne, co umiał robić. Serce waliło mu z hałasem, który zdawał się dochodzić skądś z zewnątrz, i wiedział, że nigdy już nie usiądzie w fotelu dentystycznym, nie spojrzy na lancet chirurga, nie będzie świadkiem wypadku samochodowego i nie usłyszy krzyku w nocy, żeby nie odczuć tego samego gwałtownego łomotania w piersi i lęku przed śmiercią. Nigdy nie będzie mógł obserwować bójki bez obawy, że zaraz zemdleje i roztrzaska sobie czaszkę o krawężnik albo że dozna śmiertelnego ataku serca lub wylewu krwi do mózgu. Zastanawiał się, czy jeszcze kiedyś ujrzy żonę i trójkę swoich małych dzieci. Zastanawiał się, czy w ogóle powinien zobaczyć się jeszcze z żoną, po tym jak kapitan Black zasiał w jego sercu tak poważne wątpliwości co do wierności i charakteru wszystkich kobiet. Uważał, że wielu innych mężczyzn mogłoby ją lepiej zaspokoić seksualnie. Kiedy teraz myślał o śmierci, myślał zawsze o swojej żonie, a kiedy myślał o żonie, zawsze myślał o tym, że może ją stracić.

Po minucie na tyle odzyskał siły, że wstał i poszedł z ponurą niechęcią do sąsiedniego namiotu po sierżanta Whitcomba. Pojechali dżipem. Kapelan zacisnął dłonie w pięści i oparł je o kolana, żeby mu się nie trzęsły. Zacisnął też zęby, usiłując nie słuchać ożywionej paplaniny sierżanta Whitcomba na temat tragicznego wydarzenia. Dwunastu zabitych oznaczało dwanaście następnych listów kondolencyjnych z podpisem pułkownika Cathcarta, które można było wysłać za jednym zamachem, co dawało sierżantowi Whitcombowi nadzieję, że artykuł o pułkowniku Cathcarcie ukaże się jeszcze w wielkanocnym numerze „The Saturday Evening Post".

Na lotnisku panowała grobowa, wykluczająca wszelki ruch cisza, jakby tępe, bezwzględne zaklęcie spętało jedyne istoty mogące mu się przeciwstawić. Kapelan był wstrząśnięty. Nigdy w życiu nie widział tak wielkiego, przerażającego bezruchu. Prawie dwustu zmęczonych, sponiewieranych ludzi trzymając spadochrony stało w ponurej, nieruchomej gromadzie przed namiotem odpraw, a ich twarze wyrażały różne odcienie oszołomienia i przygnębienia. Wyglądali, jakby nie chcieli odejść, nie mogli ruszyć się z miejsca. Kapelan zbliżając się odczuwał ogromne skrępowanie z powodu cichego odgłosu swoich kroków. Jego oczy pośpiesznie, gorączkowo przeszukiwały nieruchomy labirynt bezwładnych postaci. Wreszcie ku swojej wielkiej radości dostrzegł Yossariana, ale zaraz szczęka opadła mu powoli z nadludzkiego przerażenia, gdyż zauważył na twarzy Yossariana żywy, bolesny, zacięty wyraz dotkliwego cierpienia. Zrozumiał od razu skręcając się z bólu i potrząsając głową przecząco i błagalnie, że Nately nie żyje. Ta świadomość wprawiła go w stan odrętwienia. Z gardła wyrwał mu się szloch. Krew odpłynęła mu z nóg i przestraszył się, że zaraz upadnie. Nately nie żył. Wszelka nadzieja, że się pomylił, została zgaszona dźwiękiem nazwiska Nately'ego wyłaniającym się wyraźnie raz po raz z ledwie słyszalnego pomruku głosów, jaki nagle dotarł do jego świadomości. Nately nie żył: zabili chłopca. W krtani kapelana narastał skowyt, broda zaczęła mu się trząść, łzy napłynęły do oczu i zapłakał. Ruszył na palcach w stronę Yossariana, żeby przy jego boku opłakiwać Nately'ego i dzielić z nim swój niemy ból. W tym momencie jakaś dłoń chwyciła go brutalnie za ramię i ostry głos spytał:

— Kapelan Tappman?

Odwrócił się zdziwiony i zobaczył zażywnego, zadzierzystego

pułkownika z dużą głową, wąsami i gładką, rumianą cerą. Widział go po raz pierwszy w życiu.

— Tak. O co chodzi? — spytał. Palce zaciśnięte na jego ramieniu sprawiały mu ból i kapelan na próżno usiłował uwolnić rękę.

— Proszę z nami.

Kapelan cofnął się zaskoczony i przestraszony.

— Dokąd? Dlaczego? Kim pan jest?

— Niech ksiądz lepiej pójdzie z nami — z pełnym szacunku smutkiem odezwał się z drugiej strony kapelana chudy major o orlim profilu. — Reprezentujemy rząd i chcemy zadać księdzu kilka pytań.

— Jakich pytań? O co chodzi?

— Czy to pan jest kapelan Tappman? — spytał otyły pułkownik.

— To on — odpowiedział sierżant Whitcomb.

— Niech pan z nimi idzie — krzyknął kapitan Black z wrogim, pogardliwym uśmieszkiem. — Dobrze panu radzę, niech pan wsiada z nimi do auta.

Kapelan nie miał siły oprzeć się ciągnącym go rękom. Chciał wezwać na pomoc Yossariana, ten był jednak za daleko, żeby go usłyszeć. Niektórzy z bliżej stojących zaczynali spoglądać na niego z zaciekawieniem. Kapelan pochylił płonącą ze wstydu twarz i pozwolił się wepchnąć na tylne siedzenie sztabowego samochodu, gdzie posadzono go między grubym pułkownikiem o dużej, różowej twarzy i chudym, uroczystym, posępnym majorem. Odruchowo wyciągnął ku nim przeguby, myśląc przez chwilę, że będą chcieli go zakuć w kajdany. Trzeci oficer siedział już na przednim siedzeniu. Wysoki żandarm w białym hełmie i z gwizdkiem zasiadł za kierownicą. Kapelan nie odważył się podnieść wzroku, dopóki kryty samochód nie opuścił terenu lotniska, popiskując kołami na nierównym asfalcie drogi.

— Dokąd mnie zabieracie? — spytał kapelan głosem cichym ze wstydu i poczucia winy, wciąż jeszcze ze spuszczonym wzrokiem. Przyszło mu do głowy, że winią go za zderzenie w powietrzu i śmierć Nately'ego. — Co ja zrobiłem?

— Może byś tak zamknął jadaczkę i pozostawił nam zadawanie pytań? — powiedział pułkownik.

— Niech pan tak do niego nie mówi — włączył się major. Nie bądźmy brutalni.

— No to niech mu pan sam powie, żeby zamknął jadaczkę i pozostawił nam zadawanie pytań.

— Może ksiądz uprzejmie zamknie jadaczkę i pozostawi nam

zadawanie pytań — namawiał go grzecznie major. — Tak będzie dla księdza lepiej.

— Nie ma potrzeby tytułować mnie księdzem — powiedział kapelan. — Nie jestem katolikiem.

— Ja też nie, proszę księdza — powiedział major. — Jestem po prostu człowiekiem bardzo religijnym i lubię zwracać się per ksiądz do wszystkich duchownych.

— On nawet nie wierzy, że w okopach są ateiści — kpił pułkownik, rubasznie trącając kapelana w żebra. — Niech mu ksiądz powie, czy w okopach są ateiści.

— Nie wiem, panie pułkowniku — odpowiedział kapelan. — Nigdy nie byłem w okopach.

Oficer z przedniego siedzenia odwrócił szybko głowę z zadziornym wyrazem twarzy.

— W niebie też pan nigdy nie był, prawda? A jednak pan wie, że niebo istnieje, prawda?

— A może nie? — spytał pułkownik.

— Popełnił ksiądz bardzo poważne przestępstwo — powiedział major.

— Jakie przestępstwo?

— Jeszcze nie wiemy — powiedział pułkownik. — Ale dowiemy się. I jesteśmy pewni, że to coś bardzo poważnego.

Samochód z piskiem opon zjechał z drogi przy sztabie grupy, nieznacznie tylko zwalniając, i mijając parking zajechał pod tylne wejście. Trzej oficerowie i kapelan wysiedli. Idąc gęsiego sprowadzili go po chwiejnych drewnianych schodach do wilgotnego, ponurego pomieszczenia w piwnicy z niskim betonowym sufitem i gołymi kamiennymi ścianami. We wszystkich narożnikach wisiały pajęczyny. Ogromna stonoga przemknęła po podłodze do kryjówki przy rurze wodociągowej. Posadzono kapelana na twardym, prostym krześle przed małym, pustym stolikiem.

— Proszę, niech się ksiądz czuje jak u siebie w domu — zaprosił go serdecznie pułkownik i włączywszy oślepiający reflektor, skierował go wprost na twarz kapelana. Na stoliku położył pudełko zapałek i mosiężny kastet. — Chcemy, żeby czuł się ksiądz zupełnie swobodnie.

Kapelan wytrzeszczył oczy z niedowierzaniem. Zęby mu szczękały, czuł bezwład w rękach i nogach. Był jak sparaliżowany. Uświadomił sobie, że mogą z nim zrobić wszystko, co zechcą; ci brutale mogą go zatłuc tu w piwnicy i nikt nie ruszy nawet palcem, żeby go ratować, nikt być może z wyjątkiem religijnego i okazującego mu sympatię majora z ostrą twarzą, który właśnie odkręcił kran, żeby woda głośno kapała do zlewu, a potem położył na stole obok mosiężnego kastetu kawał grubej gumowej rury.

— Wszystko będzie dobrze, proszę księdza — dodał mu otuchy major. — Nie ma się czego obawiać, jeżeli ksiądz jest niewinny. Czego się ksiądz obawia? Przecież ksiądz jest niewinny, prawda?

— Jasne, że jest winny — powiedział pułkownik. — Winny jak cholera.

— Winny czego? — dopytywał się kapelan, czując coraz większe oszołomienie i nie wiedząc, kogo prosić o łaskę. Trzeci oficer nie miał żadnych dystynkcji i milczkiem trzymał się na uboczu. — Co ja zrobiłem?

— Właśnie zaraz się dowiemy — odpowiedział pułkownik popychając blok papieru i ołówek przez stolik ku kapelanowi. — Napiszcie nam swoje nazwisko, dobrze? Swoim własnym charakterem pisma.

— Moim własnym?

— Tak jest. Wszystko jedno, w którym miejscu. — Kiedy kapelan skończył, pułkownik wziął blok i porównał go z kartką wyjętą z tekturowej teczki. — Widzisz? — zwrócił się do majora, który stanął za nim i z powagą zaglądał mu przez ramię.

— Są różne — przyznał major.

— Mówiłem ci, że to on zrobił.

— Co zrobiłem? — spytał kapelan.

— To dla mnie wielki wstrząs, proszę księdza — oskarżył go major tonem głębokiego ubolewania.

— Ale co?

— Nie potrafię wyrazić, jak mnie ksiądz rozczarował.

— Czym? — dopytywał się kapelan gorączkowo. — Co ja zrobiłem?

— Tym — odpowiedział major i z wyrazem zniechęcenia i obrzydzenia rzucił na stolik blok, w którym kapelan napisał swoje nazwisko. — To nie jest charakter pisma księdza.

Kapelan zatrzepotał powiekami zdumiony.

— Ależ to jest mój charakter pisma.

— Nie. Znowu ksiądz kłamie.

— Ależ to ja pisałem! — krzyknął kapelan bliski rozpaczy. — Sam pan widział, jak to pisałem.

— O to właśnie chodzi — powiedział major z goryczą. — Sam widziałem, jak ksiądz to pisał. Nie może ksiądz zaprzeczyć, że sam to pisał. Nie można zaufać człowiekowi, który fałszuje charakter pisma.

— Kto tu fałszuje charakter pisma? — spytał kapelan zapominająć o strachu w przypływie gniewu i oburzenia, jaki w nim nagle zakipiał. — Czy pan oszalał? Co panowie wygadujecie?

— Prosiliśmy, żeby ksiądz napisał swoje nazwisko swoim własnym charakterem pisma, a ksiądz tego nie zrobił.

— Jak to nie? Czyim charakterem pisałem, jeżeli nie swoim?

— Kogoś innego.

— Kogo?

— Właśnie zaraz się dowiemy — zagroził pułkownik.

— Niech ksiądz się przyzna.

Kapelan spoglądał to na jednego, to na drugiego z narastającym powątpiewaniem i histerią.

— To jest mój charakter pisma — upierał się żarliwie. — Jeżeli to nie jest mój charakter pisma, to jak wygląda mój?

— Tak — odpowiedział pułkownik i z wyniosłą miną rzucił na stolik fotokopię listu wojskowego, w którym było zamazane wszystko prócz słów „Kocham Mary"', a cenzurujący go oficer dopisał: „Tęsknię za tobą tragicznie: A. T. Tappman, kapelan Armii Stanów Zjednoczonych". Pułkownik uśmiechnął się szyderczo patrząc, jak twarz kapelana oblewa się purpurą. — No i jak, kapelanie? Wiecie, kto to napisał?

— Nie — odpowiedział kapelan po dłuższej chwili, gdyż rozpoznał pismo Yossariana.

— Umiecie chyba czytać, prawda? — ciągnął pułkownik sarkastycznie. — Autor jest podpisany.

— Tam jest moje nazwisko.

— A więc wy jesteście autorem. Q.E.D.

— Ale ja tego nie napisałem. To nie jest mój charakter pisma.

— To znaczy, że znowu podrobiliście czyjś charakter pisma — odparł pułkownik wzruszając ramionami. — I to wszystko.

— Ależ to śmieszne! — krzyknął kapelan, nagle straciwszy cierpliwość. Zerwał się na równe nogi płonąc furią, z zaciśniętymi pięściami. — Mam tego dosyć! Słyszycie? Dopiero co zginęło dwunastu ludzi i nie mam czasu na wasze głupie pytania. Nie macie prawa trzymać mnie tutaj, a ja ani myślę się z tym godzić.

Pułkownik bez słowa pchnął kapelana w pierś, rzucając go z powrotem na krzesło, i kapelan nagle znowu był słaby i przestraszony. Major wziął do ręki gumową rurę i zaczął uderzać się nią znacząco po otwartej dłoni. Pułkownik podniósł pudełko zapałek, wyjął jedną zapałkę i przyłożył ją do draski, czekając z płonącymi oczami na następny przejaw buntu ze strony kapelana. Kapelan pobladł i skamieniał niezdolny do najmniejszego ruchu. Po chwili jaskrawy blask reflektora zmusił go do odwrócenia głowy; kapanie wody z kranu rozlegało się coraz głośniej i stawało się nieznośnie denerwujące. Kapelan pragnął dowiedzieć się, czego od niego chcą, żeby wiedzieć, do czego się przyznać. Obserwował z napięciem, jak trzeci oficer na sygnał pułkownika odrywa się od ściany i siada na stoliku tuż przed nosem kapelana. Jego twarz była pozbawiona wyrazu, oczy miał przenikliwe i zimne.

— Wyłączcie lampę — rzucił przez ramię niskim, spokojnym głosem. — Trudno z tym wytrzymać.

Kapelan posłał mu słaby uśmiech wdzięczności.

— Dziękuję. I kran też, jeżeli można prosić.

— Kran zostawcie — powiedział oficer. — To mi nie przeszkadza. — Podciągnął nieco nogawki spodni, jakby chciał zachować ich nienaganny kant. — Czy można wiedzieć — spytał obojętnie — jakie wyznanie ksiądz reprezentuje?

— Jestem anabaptystą.

— Nie sądzi ksiądz, że to dosyć podejrzana religia?

— Podejrzana? — naiwnie spytał zaskoczony kapelan. — Dlaczego?

— Po pierwsze, ja nic o niej nie wiem. Z tym musi się ksiądz zgodzić, prawda? Czy to nie jest dosyć podejrzane?

— Nie wiem — wyjąkał dyplomatycznie kapelan. Brak dystynkcji na mundurze oficera wprawiał go w zakłopotanie, gdyż nie bardzo wiedział, jak się do niego zwracać. Kto to jest? I jakie ma prawo poddawać go przesłuchaniu?

— Uczyłem się kiedyś łaciny, proszę księdza. Myślę, że dobrze będzie uprzedzić księdza o tym, zanim zadam następne pytanie. Czy słowo anabaptysta nie znaczy po prostu, że nie jest ksiądz baptystą?

— Nie, proszę pana. To znaczy dużo więcej.

— Czy ksiądz jest baptystą?

— Nie.

— Więc ksiądz nie jest baptystą?

— Nie.

— Nie rozumiem więc, po co ksiądz się o to sprzecza. Sam ksiądz to przyznał. Jednak fakt, że nie jest ksiądz baptystą, nie mówi nam jeszcze nic na temat tego, kim ksiądz jest, prawda? Może ksiądz być wszystkim lub niczym. — Pochylił się nieco, przechodząc na ostry, znaczący ton. — Może ksiądz być nawet Washingtonem Irvingiem, prawda?

— Washingtonem Irvingiem? — powtórzył kapelan zdumiony.

— Nie wygłupiajcie się, Washington — wtrącił się gniewnie

korpulentny pułkownik. — Dlaczego nie wyłożycie kawy na ławę? Wiemy, że ukradliście tego dorodnego pomidora.

Po krótkim szoku kapelan zachichotał z nerwową ulgą.

— Ach, więc o to chodzi! — zawołał. — Teraz zaczynam rozumieć. Ja nie ukradłem tego dorodnego pomidora, panie pułkowniku. Dał mi go pułkownik Cathcart. Może go pan nawet spytać, jeżeli mnie pan nie wierzy.

W drugim końcu pokoju otworzyły się drzwi i pułkownik Cathcart zjawił się w piwnicy, jakby wyszedł z szafy.

— Czołem, pułkowniku. On twierdzi, że pan dał mu tego dorodnego pomidora. Czy to prawda?

— Dlaczego miałbym mu dawać dorodnego pomidora? — odpowiedział pułkownik Cathcart.

— Dziękuję panu, pułkowniku. To wystarczy.

— Nie ma za co, pułkowniku — odpowiedział pułkownik Cathcart i wyszedł z piwnicy zamykając za sobą drzwi.

— No i co? Co ksiądz ma teraz do powiedzenia?

— On mi go dał! — wysyczał kapelan zawziętym i zarazem pełnym strachu szeptem. — On mi go dał!

— Chyba nie zarzuca ksiądz kłamstwa przełożonemu?

— Dlaczego przełożony miałby panu dawać dorodnego pomidora?

— Czy dlatego usiłował go pan podsunąć sierżantowi Whitcombowi? Dlatego że był kradziony?

— Nie, nie, nie — zaprotestował kapelan zastanawiając się rozpaczliwie, dlaczego tamci nie rozumieją. — Dałem go sierżantowi Whitcombowi, ponieważ nie wiedziałem, co z nim zrobić.

— To po co go ksiądz ukradł pułkownikowi Cathcartowi, jeżeli nie wiedział ksiądz, co z nim zrobić?

— Ja go nie ukradłem pułkownikowi Cathcartowi!

— Gdyby go ksiądz nie ukradł, to nie byłby ksiądz winien.

— Ja nie jestem winien.

— Nie przesłuchiwalibyśmy księdza, gdyby ksiądz nie był winien.

— Nie wiem — jęknął kapelan wyłamując palce i potrząsając opuszczoną, umęczoną głową.

— On myśli, że mamy za dużo czasu — warknął major.

— Proszę księdza — podjął oficer bez dystynkcji swobodniejszym tonem, wyjmując z otwartej teczki zapisany na maszynie arkusz żółtego papieru — mam tutaj podpisane zeznanie pułkownika Cathcarta stwierdzające, że pan mu ukradł tego dorodnego pomidora. — Odwracając arkusz przełożył go na drugą stronę teczki i wziął następną kartkę. — A tutaj mam notarialne oświadczenie sierżanta Whitcomba, który stwierdza, że poznał, iż pomidor jest kradziony, po sposobie, w jaki ksiądz usiłował się go pozbyć.

— Przysięgam na Boga, że go nie ukradłem — zarzekał się kapelan w udręce, bliski łez. — Daję panu moje najświętsze słowo, że to nie był kradziony pomidor.

— Czy ksiądz wierzy w Boga?

— Tak jest. Oczywiście, że wierzę.

— To dziwne, proszę księdza — powiedział oficer wyjmując z teczki następną żółtą kartkę zapisaną na maszynie — ponieważ mam tutaj w ręku inne oświadczenie pułkownika Cathcarta, w którym stwierdza on pod przysięgą, że odmówił ksiądz prowadzenia modłów w sali odpraw przed każdym lotem bojowym.

Kapelan przez chwilę spoglądał nieprzytomnie, ale zaraz skinął głową przypomniawszy sobie sprawę.

— To było niezupełnie tak, proszę pana — pośpieszył z wyjaśnieniem. — Pułkownik Cathcart sam zrezygnował z tego pomysłu, z chwilą kiedy uświadomił sobie, że szeregowcy modlą się do tego samego Boga co oficerowie.

— Co zrobił? — wykrzyknął oficer nie wierząc własnym uszom.

— Co za bzdury! — oświadczył rumiany pułkownik odsuwając się od kapelana z godnością i obrzydzeniem.

— Czy on liczy na to, że mu uwierzymy? — zawołał major z niedowierzaniem.

Oficer bez dystynkcji roześmiał się kwaśno.

— Czy ksiądz się aby nieco nie zagalopował? — spytał z pobłażliwym, nieprzyjaznym uśmiechem.

— Ależ to prawda! Przysięgam, że to prawda.

— Tak czy owak, nie ma to większego znaczenia — odpowiedział oficer nonszalancko i znowu sięgnął do otwartej teczki pełnej papierów. — Nie pamiętam już, czy w odpowiedzi na moje pytanie ksiądz powiedział, że wierzy w Boga?

— Tak jest. Tak powiedziałem. Wierzę w Boga.

— W takim razie to naprawdę bardzo dziwne, ponieważ posiadam tutaj inne oświadczenie pułkownika Cathcarta stwierdzające, iż powiedział ksiądz do niego, że ateizm nie jest karalny. Czy przypomina ksiądz sobie, żeby wygłaszał podobne zdanie wobec kogoś?

Kapelan kwinął głową bez namysłu, uważając, że w tej sprawie stoi na pewnym gruncie.

— Tak jest — powiedział — wypowiadałem takie zdanie. I to jest prawda. Ateizm nie jest karalny.

— Ale to jeszcze nie powód, żeby to rozgłaszać, prawda, proszę księdza? — odparował oficer cierpko i marszcząc czoło sięgnął do teczki po kolejną notarialnie potwierdzoną stronicę. — A tutaj mam inne złożone po przysięgą zeznanie sierżanta Whitcomba stwierdzające, że był ksiądz przeciwny jego planowi wysyłania listów kondolencyjnych z podpisem pułkownika Cathcarta do najbliższej rodziny poległych, rannych lub zaginionych żołnierzy. Czy to prawda?

— Tak jest, byłem temu przeciwny — odpowiedział kapelan. — I jestem z tego dumny. Te listy są nieszczere i nieuczciwe. Ich jedynym celem jest przysporzenie chwały pułkownikowi Cathcartowi.

— A co to za różnica? — odpowiedział oficer. — Ważne jest to, że przynoszą ulgę i pocieszenie rodzinom, które je otrzymują. Rozumowanie księdza jest dla mnie zupełnie niezrozumiałe.

Kapelana zatkało i nie miał pojęcia, co odpowiedzieć. Zwiesił głowę czując się przybity swoją nieumiejętnością wysławiania się i naiwnością.

Rumiany, zażywny pułkownik energicznie zrobił krok do przodu tknięty nagłym olśnieniem.

— A może by mu tak wytrząsnąć ten cholerny mózg? — zaproponował ze zdrowym entuzjazmem.

— Racja, można by mu wytrząsnąć ten cholerny mózg — zgodził się major o orlim profilu. — To tylko anabaptysta.

— Nie, najpierw musimy stwierdzić, że jest winny — powstrzymał ich leniwym ruchem dłoni oficer bez dystynkcji. Ześlizgnął się zręcznie ze stolika, przeszedł na drugą jego stronę i wsparty oburącz o blat wpatrywał się w kapelana. Oblicze oficera bez dystynkcji przybrało wyraz złowrogi i bardzo surowy, sprawiedliwy i groźny. — Księże kapelanie — oświadczył z urzędową powagą — niniejszym oskarżamy was o to, że jesteście Washingtonem Irvingiem i że dopuściliście się nieodpowiedzialnych i niedozwolonych wyskoków przy cenzurowaniu listów oficerów i szeregowców. Czy przyznajecie się do winy?

— Jestem niewinny. — Kapelan oblizał wyschnięte wargi suchym językiem i przesunął się na brzeżek krzesła, pochylony do przodu w pełnym napięcia oczekiwaniu.

— Winien — powiedział pułkownik.

— Winien — powiedział major.

— A więc jest winien — zauważył oficer bez dystynkcji i zapisał to słowo na nowej stronicy w teczce. — Księże kapelanie — kontynuował podnosząc wzrok — oskarżamy was także o popełnienie zbrodni i wykroczeń, o których jeszcze nie wiemy. Czy przyznajecie się do winy?

— Nie wiem. Skąd mogę wiedzieć, czy jestem winien, jeśli nie mówicie mi, o co jestem oskarżony?

— Jak możemy wam powiedzieć, jeżeli sami nie wiemy?

— Winien — zdecydował pułkownik.

— Jasne, że winien — zgodził się major. — Skoro to są jego zbrodnie i wykroczenia, to znaczy, że on je popełnił.

— A więc jest winien — zaintonował oficer bez dystynkcji i odszedł na bok. — Teraz należy do pana, pułkowniku.

— Dziękuję, to była czysta robota — pochwalił pułkownik i zwrócił się do kapelana. — Okay, kapelanie. Zabawa skończona. Może ksiądz spływać.

— Co mam zrobić? — nie zrozumiał kapelan.

— Zjeżdżaj stąd, powiedziałem! — ryknął pułkownik, gniewnie wskazując kciukiem za siebie. — Zmiataj stąd, do cholery.

Kapelan był zaszokowany gniewnymi słowami i tonem pułkownika i, ku swojemu zdumieniu i zaskoczeniu, głęboko dotknięty, że go puszczają wolno.

— Jak to, więc nie zostanę ukarany? — spytał z pretensją i zdziwieniem.

— Jasne, że cię ukarzemy. Ale na pewno nie pozwolimy ci tu sterczeć, kiedy będziemy decydować, jak i kiedy to zrobić. Dlatego wynoś się stąd. Zbieraj tyłek w troki.

Kapelan wstał niepewnie i zrobił kilka kroków.

— Więc mogę odejść?

— Na razie. Ale niech ksiądz nie próbuje opuszczać wyspy. Mamy księdza numer. I niech ksiądz nie zapomina, że obserwujemy go przez dwadzieścia cztery godziny na dobę.

Kapelanowi nie mieściło się w głowie, że mogą mu pozwolić odejść. Ruszył w stronę wyjścia niezwykle ostrożnie, oczekując, że w każdej chwili zostanie wezwany z powrotem ze znoszącym sprzeciwu głosem albo zatrzymany w pół kroku potężnym ciosem w ramię lub w głowę. Nie robili nic, aby go powstrzymać. Zatęchłym, mrocznym, wilgotnym korytarzem doszedł do schodów. Chwiejąc się na nogach i ciężko dysząc wyszedł na dwór. Gdy tylko poczuł się wolny, natychmiast przepełniło go uczucie wołającej o pomstę do nieba krzywdy moralnej. Był wściekły, był wściekły na potworności tego dnia, jak jeszcze nigdy w życiu. Przemknął przez obszerny, wypełniony echami hall budynku w nastroju krańcowego wzburzenia i mściwej urazy. Nie będzie tego dłużej tolerować, powtarzał w duchu, po prostu nie będzie tego dłużej tolerować. Dochodząc do wejścia ujrzał ku swej radości pułkownika Korna wbiegającego samotnie po szerokich stopniach. Kapelan głęboko zaczerpnął tchu i ruszył odważnie, aby przeciąć mu drogę.

— Panie pułkowniku, nie będę tego dłużej tolerować — wypalił z determinacją i zobaczył z przerażeniem, że pułkownik wbiega dalej po schodach nie zwracając na niego uwagi. — Panie pułkowniku!

Beczkowata, rozlazła postać jego przełożonego zatrzymała się, odwróciła i wolnym truchcikiem zbliżyła do niego.

— O co chodzi, kapelanie?

— Panie pułkowniku, chciałbym z panem porozmawiać o tej porannej katastrofie. To okropne, po prostu okropne!

Pułkownik Korn milczał przez chwilę, obserwując kapelana z błyskiem cynicznego rozbawienia w oku.

— Tak, kapelanie, to rzeczywiście było okropne — powiedział wreszcie. — Nie mam pojęcia, jak o tym zameldować, tak żeby nie mieli do nas pretensji.

— Nie to miałem na myśli — osadził go kapelan ostro, bez najmniejszego lęku. — Niektórzy z tych dwunastu ludzi mieli już na swoim koncie po siedemdziesiąt akcji bojowych.

Pułkownik Korn zaśmiał się.

— Czy byłoby to mniej okropne, gdyby wszyscy byli nowi? — spytał zjadliwie.

I znowu kapelan zapomniał języka w gębie. Amoralna logika za każdym razem zbijała go z tropu. Mówił dalej z mniejszą pewnością siebie i nieco drżącym głosem.

— Panie pułkowniku, to nie jest sprawiedliwe, żeby w naszej grupie zmuszać ludzi do odbywania osiemdziesięciu lotów, podczas gdy w innych grupach odsyła się ludzi do kraju po pięćdziesięciu albo pięćdziesięciu pięciu.

— Rozpatrzymy tę sprawę — powiedział pułkownik Korn z wyraźnym znudzeniem i ruszył w swoją drogę. — *Adios, padre.*

— Co to znaczy, panie pułkowniku? — nalegał kapelan głosem, w którym zabrzmiała natarczywość.

Pułkownik Korn zatrzymał się z nieprzyjemnym wyrazem twarzy i zszedł o stopień niżej.

— To znaczy, że zastanowimy się nad tym, *padre* — odpowiedział z sarkazmem i pogardą. — Nie chce pan chyba, żebyśmy robili cokolwiek bez zastanowienia, prawda?

— Nie, panie pułkowniku, chyba nie. Ale już się przecież nad tym zastanawialiście.

— Tak, *padre,* zastanawialiśmy się. Ale żeby zrobić panu przyjemność, pozastanawiamy się jeszcze trochę i jeżeli zmienimy decyzję, pan będzie pierwszą osobą, którą o tym zawiadomimy. A teraz, *adios.* — Pułkownik Korn obrócił się na pięcie i szybko zaczął się oddalać.

— Panie pułkowniku! — Na okrzyk kapelana pułkownik Korn zatrzymał się ponownie. Powoli zwrócił w stronę kapelana twarz z wyrazem ponurego zniecierpliwienia. Słowa wylewały się z kapelana niespokojnym strumieniem. — Panie pułkowniku, proszę o pozwolenie zwrócenia się z tą sprawą do generała Dreedle. Chcę udać się z protestem do sztabu skrzydła.

Grube, czarniawe policzki pułkownika Korna nadęły się niespodziewanie tłumionym śmiechem i odpowiedział dopiero po chwili.

— Dobrze, *padre* — odparł ze złośliwą uciechą, z trudem usiłując zachować powagę. — Ma pan moją zgodę na zwrócenie się do generała Dreedle.

— Dziękuję, panie pułkowniku. Sądzę, że powinienem pana uprzedzić, iż jak mi się wydaje, mam pewien wpływ na generała Dreedle.

— To ładnie, że mnie pan uprzedził, *padre.* A ja sądzę, że powinienem pana uprzedzić, iż nie zastanie pan w sztabie generała Dreedle. — Pułkownik Korn uśmiechnął się szyderczo, a potem zaniósł się tryumfalnym śmiechem. — Generał Dreedle odszedł, *padre,* a przyszedł generał Peckem. Mamy nowego dowódcę skrzydła.

Kapelana zatkało.

— Generał Peckem! — powtórzył.

— Tak jest, kapelanie. Czy ma pan jakieś chody u niego?

— Ależ ja w ogóle nie znam generała Peckema — zaprotestował żałośnie kapelan.

Pułkownik Korn zaśmiał się znowu.

— To wielka szkoda, *padre,* bo pułkownik Cathcart zna go bardzo dobrze. — Pułkownik Korn z lubością chichotał spokojnie przez chwilę, a potem urwał gwałtownie. — A nawiasem mówiąc, *padre* — ostrzegł zimno, tknąwszy kapelana palcem w pierś — skończyły się wasze konszachty z doktorem Stubbsem. Dobrze wiemy, że to on przysłał pana na skargę.

— Doktor Stubbs? — Zdumiony kapelan potrząsnął głową na znak protestu. — Nie widziałem się z doktorem Stubbsem, panie pułkowniku. Przywieźli mnie tutaj jacyś trzej obcy oficerowie, którzy bezprawnie zaciągnęli mnie do piwnicy, gdzie mnie przesłuchiwali i obrażali.

Pułkownik Korn ponownie tknął kapelana palcem w pierś.

— Pan dobrze wie, że doktor Stubbs opowiadał ludziom w swojej eskadrze, że nie muszą latać, jeżeli mają zaliczone siedemdziesiąt akcji. — Roześmiał się chrapliwie. — Teraz, *padre,* będą musieli latać dalej, gdyż przenosimy doktora Stubbsa na Pacyfik. Więc *adios, padre. Adios.*

37

Generał Scheisskopf

Dreedle odszedł, a przyszedł generał Peckem, ale nie zdążył jeszcze na dobre wprowadzić się do biura swego poprzednika, gdy jego wspaniały sukces militarny zaczął się walić w gruzy.

— Jaki generał Scheisskopf? — spytał nic nie podejrzewając generał Peckem sierżanta ze swojej nowej kancelarii, kiedy ten relacjonował mu rozkaz, który nadszedł rano. — Chyba pułkownik Scheisskopf?

— Nie, panie generale, generał Scheisskopf. Dzisiaj rano otrzymał awans na generała.

— Coś takiego! Scheisskopf? Generałem? W jakim stopniu?

— Generała porucznika, panie generale, i...

— Generała porucznika!

— Tak jest, panie generale, i życzy sobie, żeby pan generał bez uzgodnienia z nim nie wydawał żadnych rozkazów.

— Niech mnie cholera — zdumiał się generał Peckem, zakląwszy na głos chyba po raz pierwszy w życiu. — Cargill, słyszałeś coś takiego? Scheisskopfa awansowali na generała porucznika. Założę się, że to miał być awans dla mnie i dali mu go przez pomyłkę.

Pułkownik Cargill w zamyśleniu pocierał swój masywny podbródek.

— Dlaczego on nam rozkazuje?

Gładka, wygolona, dystyngowana twarz generała Peckema stwardniała.

— Właśnie, sierżancie — powiedział wolno, unosząc pytająco brwi. — Dlaczego on nam wydaje rozkazy, skoro on jest w Służbie Specjalnej, a my jesteśmy jednostką liniową?

— To jest jeszcze jedna zmiana wprowadzona dziś rano, panie generale. Wszystkie operacje bojowe podlegają teraz Służbie Specjalnej. Generał Scheisskopf jest naszym nowym przełożonym.

Generał Peckem wydał przenikliwy okrzyk.

— O Boże! — jęknął i całe jego wystudiowane opanowanie ustąpiło miejsca histerii. — Scheisskopf naszym przełożonym? Scheisskopf? — Zasłonił pięściami oczy w geście przerażenia. — Cargill, połącz mnie z Wintergreenem! Scheisskopf? Wszystko tylko nie Scheisskopf!

Wszystkie telefony rozdzwoniły się jednocześnie. Wpadł kapral i zasalutował.

— Panie generale, przyszedł ksiądz kapelan ze skargą na niesprawiedliwość w eskadrze pułkownika Cathcarta.

— Odprawić go, odprawić! Mamy dosyć własnych niesprawiedliwości. Co z tym Wintergreenem?

— Panie generale, dzwoni generał Scheisskopf. Chce natychmiast rozmawiać z panem generałem.

— Powiedzcie mu, że jeszcze nie przyszedłem. Wielki Boże! — Generał Peckem jęknął, jakby po raz pierwszy zdał sobie sprawę z rozmiarów klęski. — Scheisskopf? Przecież to kretyn! Kręciłem tym bałwanem, jak chciałem, a teraz on ma być moim przełożonym. O Boże! Cargill! Cargill, nie opuszczaj mnie! Co z tym Wintergreenem?

— Panie generale, były sierżant Wintergreen jest przy telefonie. Od rana usiłuje się połączyć z panem generałem.

— Nie mogę się dodzwonić do Wintergreena, generale — krzyczał pułkownik Cargill. — Jego telefon jest zajęty.

Generał Peckem, cały spocony, rzucił się do drugiego telefonu.

— Wintergreen!

— Peckem, ty skurwysynu...

— Wintergreen, słyszałeś, co oni zrobili?

— ...coś ty zrobił, głupi bydlaku?

— Oddali wszystko pod dowództwo Scheisskopfa!

Wintergreen piał ze strachu i wściekłości.

— Ty i twoje cholerne memoriały! Usłuchali cię i podporządkowali operacje bojowe Służbie Specjalnej.

— Niemożliwe! — jęknął generał Peckem. — Więc to dlatego? Moje memoriały? Dlatego przekazali dowództwo Scheisskopfowi? Dlaczego nie mnie?

— Bo nie jesteś już w Służbie Specjalnej. Przeniosłeś się i on został najstarszy stopniem. I wiesz, co on chce? Wiesz, co ten bydlak chce zrobić z nami wszystkimi?

— Panie generale, myślę, że lepiej będzie, jeżeli porozmawia pan z generałem Scheisskopfem — błagał zdenerwowany sierżant. — On chce z kimś rozmawiać.

— Cargill, porozmawiaj z Scheisskopfem za mnie. Ja nie mogę. Dowiedz się, czego on chce.

Pułkownik Cargill słuchał przez chwilę generała Scheisskopfa i zbladł jak płótno.

— Wielki Boże! — zawołał i słuchawka wypadła mu z dłoni. — Wiesz, co on chce? Chce, żebyśmy defilowali. Chce, żeby wszyscy defilowali!

38

Młodsza siostra

Yossarian chodził tyłem z rewolwerem przy biodrze i odmawiał udziału w dalszych lotach. Chodził tyłem, ponieważ co chwila odwracał się, aby się upewnić, że nikt się za nim nie skrada. Najmniejszy szelest za jego plecami był ostrzeżeniem, każdy spotkany człowiek — potencjalnym mordercą. Ani na chwilę nie wypuszczał z dłoni rewolweru i nie uśmiechał się do nikogo z wyjątkiem Joego Głodomora. Oświadczył kapitanowi Piltchardowi i kapitanowi Wrenowi, że więcej nie lata. Kapitan Piltchard i kapitan Wren opuścili jego nazwisko na liście wyznaczonych do udziału w najbliższej akcji i zameldowali o tym w sztabie grupy.

Pułkownik Korn roześmiał się spokojnie.

— Co to ma, do diabła, znaczyć, że on nie chce latać? — spytał z uśmiechem, podczas gdy pułkownik Cathcart zaszył się w kąt, aby oddać się ponurym rozmyślaniom nad złowieszczym sensem nazwiska Yossariana, które znowu wypłynęło, aby mu zatruwać życie. — Dlaczego nie chce?

— Jego przyjaciel Nately zginął w tym wypadku nad Spezią. Może dlatego.

— Co on sobie wyobraża, że jest Achillesem? — Pułkownik Korn był zadowolony z porównania i zanotował sobie w pamięci, żeby przy najbliższej okazji powtórzyć je w obecności generała Peckema. — Musi latać i koniec. Nie ma żadnego wyboru. Wracajcie i powiedzcie mu, że jak się będzie upierał, to zameldujecie nam o wszystkim.

— Już mu to mówiliśmy, panie pułkowniku. Bez żadnego skutku.

— Co na to major Major?

— Nigdy go nie widujemy. Zdaje się, że zniknął.

— Dobrze by było jego zniknąć! — burknął pułkownik Cathcart z kąta. — Tak jak zrobili z tym Dunbarem.

— Jest wiele sposobów załatwienia tej sprawy — uspokoił go z pewną siebie miną pułkownik Korn, po czym zwrócił się do Piltcharda i Wrena: — Zacznijmy od najłagodniejszego. Wyślijcie go na kilkudniowy odpoczynek do Rzymu. Może śmierć tego faceta rzeczywiście nieco nim wstrząsnęła.

Prawdę mówiąc, Yossarian omal nie przypłacił życiem śmierci Nately'ego, bo kiedy przyniósł tę wiadomość dziwce Nately'ego w Rzymie, ta wydała rozdzierający okrzyk rozpaczy i usiłowała zaszlytelować go na śmierć nożem do obierania kartofli.

— Bruto! — wyła w histerycznej furii, podczas gdy Yossarian wyłamywał jej ramię do tyłu i przekręcał stopniowo, dopóki nóż nie wypadł jej z dłoni. — Bruto! Bruto! — zaatakowała go błyskawicznie drugą ręką, rozdzierając mu policzek długimi paznokciami. Pluła mu z wściekłością w twarz.

— O co chodzi? — krzyknął czując piekący ból i oszołomienie i odepchnął ją tak, że przeleciała przez cały pokój pod przeciwległą ścianę. — Czego ty chcesz ode mnie?

Znowu rzuciła się na niego wywijając pięściami i rozbiła mu wargi do krwi potężnym ciosem, zanim zdążył złapać ją za ręce i obezwładnić. Miała dziko rozwiane wosy. Łzy lały się strumieniami z jej płonących nienawiścią oczu i szamotała się z nim szaleńczo w irracjonalnym napadzie wściekłości, warcząc, bluzgając przekleństwami i wrzeszcząc: „Bruto! Bruto!", ilekroć usiłował się odezwać. Yossarian nie spodziewał się po niej tak wielkiej siły i zachwiał się na nogach. Była prawie tego samego wzrostu co on i przez kilka nierealnych, pełnych przerażenia chwil uwierzył, że w swojej wariackiej determinacji pokona go, powali na ziemię i rozerwie bezlitośnie na strzępy za jakąś potworną zbrodnię, której nie popełnił. Chciał już wzywać pomocy, kiedy tak walczyli zapamiętale, stękając i sapiąc w zwarciu, ramię przy ramieniu, ale wreszcie dziewczyna osłabła i zdołał ją odepchnąć. Zaczął ją błagać, żeby mu pozwoliła mówić, przysięgając, że nie ponosi winy za śmierć Nately'ego. Znowu napluła mu w twarz, więc odepchnął ją z całej siły ze złością i obrzydzeniem. Ledwo ją puścił, skoczyła w stronę noża do kartofli. Rzucił się na nią i przetoczyli się kilka razy po podłodze, zanim udało mu się wyrwać jej nóż z ręki. Chciała pociągnąć go za nogę, kiedy wstawał, i zdrapała mu boleśnie kawał skóry z kostki. Skacząc z bólu na jednej nodze wyrzucił nóż przez okno. Gdy tylko poczuł się bezpieczny, z piersi wydarło mu się potężne westchnienie ulgi.

— A teraz pozwól, że ci coś wyjaśnię — zaczął jej tłumaczyć głosem dojrzałym, rozsądnym i szczerym.

Kopnęła go w jądra. Pszszsz! uszło z niego powietrze i padł na bok z przeraźliwym, zawodzącym krzykiem, i zwinął się w kłębek w potwornym cierpieniu, nie mogąc złapać tchu. Dziwka Nately'ego wybiegła z pokoju. Ledwo zdążył się pozbierać z podłogi, wpadła z kuchni z powrotem, uzbrojona w długi nóż do chleba. Jęk niedowierzania i przerażenia zamarł na wargach Yossariana, który nadal trzymając się obiema rękami za swoje pulsujące, płonące, delikatne wnętrzności rzucił się całym ciałem pod nogi dziewczynie, podcinając ją tak, że przeleciała nad nim i z głośnym trzaskiem wylądowała na łokciach. Nóż wypadł jej z dłoni i Yossarian wepchnął go głęboko pod łóżko. Usiłowała rzucić się po niego, ale schwycił ją za ramię i postawił na nogi. Znowu chciała kopnąć go w krocze, więc z dosadnym przekleństwem odepchnął ją od siebie. Straciwszy równowagę poleciała na ścianę i przewróciła krzesło na toaletkę pełną szczotek, grzebieni i słoiczków z kosmetykami, zrzucając je z hukiem na podłogę. Na drugim końcu pokoju spadł ze ściany obraz i szyba rozbiła się w drobny mak.

— Co ty chcesz ode mnie? — zapiał Yossarian rozgoryczony i zdezorientowany. — Ja go nie zabiłem.

Rzuciła w niego ciężką kryształową popielniczką, celując w głowę. Zacisnął pięści i chciał ją palnąć w brzuch, kiedy znowu go zaatakowała, ale przestraszył się, że może jej zrobić krzywdę. Chciał strzelić ją bardzo czysto w szczękę i wybiec z pokoju, ale nie mógł się dobrze przymierzyć, więc tylko odskoczył zręcznie w ostatniej chwili i popchnął ją silnie, kiedy przelatywała obok niego. Wyrżnęła mocno o przeciwległą ścianę. Zagradzała teraz sobą drzwi. Rzuciła w niego wielkim wazonem. Natychmiast potem zaatakowała go pełną butelką wina, trafiając prosto w skroń i zwalając półprzytomnego na jedno kolano. W uszach mu huczało, całą twarz miał zdrętwiałą. Przede wszystkim jednak był zażenowany. Czuł się głupio, ponieważ ona go mordowała, a on po prostu nie rozumiał, o co chodzi. Nie miał pojęcia, co począć. Wiedział tylko, że musi ratować życie, i kiedy zobaczył, że dziewczyna zamierza się butelką, żeby go rąbnąć po raz drugi, zerwał się i uprzedzając jej cios wyrżnął ją głową w brzuch. Siłą rozpędu leciał przez pokój popychając ją przed sobą, aż trafili na łóżko, które podcięło jej nogi, tak że upadła na materac, a Yossarian rozciągnął się jak długi na niej, między jej kolanami. Orała mu paznokciami szyję, a on przesuwał się wyżej po elastycznych wzgórzach i dolinach jej pełnego krągłości ciała, żeby przygnieść ją całkowicie i zmusić do uległości. Jego dłoń posuwała się uparcie wzdłuż miotającego się ramienia, aż w końcu dotarła do butelki z winem i wytrąciła ją z palców dziewczyny, która nadal z furią wierzgała, miotała przekleństwa i drapała. Usiłowała ugryźć go okrutnie i jej grube, zmysłowe wargi cofnęły się odsłaniając zęby jak u rozwścieczonego wszystkożernego zwierzęcia. Leżąc na niej zastanawiał się, jak teraz uciec, by nie narazić się na nowy atak. Czuł napięte mięśnie ud i uścisk kolan zaplecionych wokół jednej z jego nóg. Ze wstydem uświadomił sobie, że budzi się w nim pożądanie. Czuł zmysłowy dotyk ciała młodej kobiety prężącej się i pulsującej pod nim jak wilgotna, płynna, rozkoszna, niepokorna fala; jej brzuch i ciepłe, żywe, elastyczne piersi przywierały do niego słodką i niebezpieczną pokusą. Jej oddech palił. Nagle zdał sobie sprawę — mimo iż konwulsyjne wstrząsy pod nim nie osłabły ani na jotę — że ona już nie walczy, ale bez najmniejszych wyrzutów sumienia porusza biodrami w pierwotnym, przemożnym, ekstatycznie instynktownym rytmie erotycznego zapału i zapamiętania. Oddech uwiązł mu w gardle z zachwytu i zaskoczenia. Jej twarz — piękną teraz jak rozkwitły kwiat — wykrzywiał już inny grymas, tkanki pogodnie nabiegły krwią, a półprzymknięte oczy zamgliły się w obezwładniającym rozmarzeniu pożądania.

— Caro — szepnęła ochryple, jakby z głębi spokojnego i rozkosznego transu. — Ooooch, caro mio.

Zaczął gładzić jej włosy. Ona z dziką namiętnością przejechała ustami po jego twarzy. On lizał jej szyję. Ona otoczyła go ramionami. Poczuł, że tonie, wpada w miłosne uniesienie, a ona całowała go wciąż wargami, które były rozpalone i wilgotne, soczyste i twarde, wyrażając swoje uwielbienie nieartykułowanymi gardłowymi pomrukami ekstatycznego zapamiętania. Jedną ręką pieściła jego plecy, wsuwając ją zręcznie pod pasek od spodni, podczas gdy druga potajemnie i zdradziecko błądziła po podłodze w poszukiwaniu noża, aż go znalazła. Uratował się w ostatniej chwili. Ona wciąż chciała go zabić! Wstrząśnięty i zdumiony tym ohydnym podstępem wyrwał jej nóż z ręki i odrzucił daleko. Zerwał się z łóżka na równe nogi. Na jego twarzy malowało się osłupienie i rozczarowanie. Nie wiedział, czy rzucić się do drzwi prowadzących na wolność, czy paść na łóżko i zakochać się w niej, zdając się bezwolnie na jej łaskę. Uwolniła go od konieczności wyboru, gdyż niespodziewanie wybuchnęła płaczem. Znowu go zaskoczyła.

Tym razem płakała już wyłącznie z żalu, głębokiego, obezwładniającego, pokornego żalu, zapomniawszy całkowicie o Yossarianie. Jej rozpacz była nieodparcie wzruszająca, gdy tak siedziała pochyliwszy swoją rozwichrzoną, dumną, piękną głowę i bezwładnie opuściwszy ramiona, pogrążając się w coraz większym smutku. Tym razem jej ból nie mógł budzić wątpliwości. Wstrząsały nią potężne, rozdzierające łkania. Zapomniała o jego obecności, nic ją nie obchodził. Mógł najspokojniej opuścić pokój, postanowił jednak zostać, żeby ją pocieszyć i pomóc jej.

— Proszę — błagał ją, nie wiedząc, co powiedzieć, i obejmując ją ramieniem przypomniał sobie z dotkliwym smutkiem, jak brakowało mu słów i jaki był bezradny w samolocie, kiedy wracali znad Awinionu i Snowden skomlał bez przerwy, że jest mu zimno, a Yossarian miał mu do zaofiarowania jedynie: „Cicho, cicho. Cicho, cicho". — Proszę — powiedział ze współczuciem do dziewczyny. — Proszę, proszę.

Oparła się o niego i płakała, dopóki całkiem nie opadła z sił, i spojrzała na niego dopiero wtedy, kiedy widząc, że już skończyła, podał jej chustkę. Otarła policzki z lekkim, uprzejmym uśmiechem, po czym oddała mu chustkę szepcząc: „ Grazie, grazie", z nieśmiałą, pensjonarską układnością i nagle, bez najmniejszej oznaki zmiany nastroju, skoczyła mu z pazurami do oczu. Trafiła obiema rękami i wrzasnęła tryumfalnie.

— Ha! Assassino! — huknęła i rzuciła się radośnie po nóż, aby go dobić.

Na wpół oślepiony wstał i zatoczył się w jej stronę. Hałas za plecami zmusił go do spojrzenia za siebie. To, co zobaczył, zjeżyło mu włosy na głowie. Szła na niego z drugim długim nożem do chleba młodsza siostra dziwki Nately'ego.

— Nie — jęknął czując dreszcz przerażenia i wytrącił jej nóż silnym uderzeniem w nadgarstek. Miał już zupełnie dosyć całej tej groteskowej i niezrozumiałej awantury. Nie można było przewidzieć, kto jeszcze wpadnie do pokoju, aby rzucić się na niego z jeszcze jednym długim nożem, podniósł więc młodszą siostrę dziwki Nately'ego, pchnął ją na dziwkę Nately'ego, wyskoczył z pokoju i wybiegł z mieszkania na schody. Dziewczyny pognały za nim do hallu. Uciekając słyszał, jak ich kroki pozostają coraz bardziej w tyle i wreszcie cichną zupełnie. Z góry usłyszał łkanie. Yossarian obejrzał się za siebie w klatkę schodową i zobaczył dziwkę Nately'ego, która siedziała skulona na stopniach i płakała kryjąc twarz w dłoniach, podczas gdy jej pogańska, nieokiełznana siostra, wychylona niebezpiecznie przez poręcz, krzyczała wesoło: „Bruto! Bruto!", i wywijała nożem do chleba, jakby to była pasjonująca nowa zabawka, którą chciała jak najszybciej wypróbować.

Yossarian uszedł z życiem, ale oddalając się ulicą nadal oglądał się niespokojnie przez ramię. Ludzie przyglądali mu się jakoś dziwnie, co przejmowało go jeszcze większym lękiem. Szedł z nerwowym pośpiechem, zastanawiając się, co w jego wyglądzie tak przyciąga powszechną uwagę. Kiedy dotknął dłonią bolesnego miejsca na czole, palce zlepiła mu krew i zrozumiał. Otarł twarz i szyję chustką do nosa. Gdziekolwiek dotknął, na chustce zostawały nowe czerwone smugi. Cały krwawił. Pośpieszył do budynku Czerwonego Krzyża i zszedł po stromych, białych marmurowych schodach do męskiej toalety, gdzie przemył zimną wodą z mydłem i opatrzył swoje niezliczone widoczne rany, po czym wyprostował kołnierzyk koszuli i przyczesał włosy. Nigdy jeszcze nie widział twarzy tak podrapanej i poharatanej jak ta, która z wyrazem oszołomienia i zaskoczenia mrugała niepewnie z lustra. Czego, do licha, ona od niego chciała?

Kiedy wychodził z toalety, dziwka Nately'ego czekała w zasadzce. Zaczaiła się skulona przy ścianie na dolnych stopniach i spadła na niego jak jastrząb, z połyskującym srebrzyście rzeźnickim nożem w dłoni. Odparował jej atak uniesionym przedramieniem i trzasnął ją czysto w szczękę. Oczy zaszły jej mgłą. Złapał ją, zanim upadła, i posadził delikatnie. Potem wbiegł po schodach, wypadł na ulicę i przez następne trzy godziny biegał po mieście w poszukiwaniu Joego Głodomora, żeby wyjechać z Rzymu, zanim dziewczyna znowu go odnajdzie. Nie czuł się całkiem bezpieczny, dopóki samolot nie wystartował. Kiedy wylądowali na Pianosie, dziwka Nately'ego przebrana w zielony kombinezon mechanika czekała z rzeźnickim nożem dokładnie w miejscu lądowania i uratowało go jedynie to, że zadając mu cios w pierś pośliznęła się na żwirze w swoich skórzanych pantofelkach na wysokim obcasie. Zdumiony Yossarian wciągnął ją do samolotu i przygniótł do podłogi podwójnym nelsonem, podczas gdy Joe Głodomór wywoływał wieżę kontrolną prosząc o pozwolenie na powrót do Rzymu. Na lotnisku w Rzymie Yossarian wyrzucił ją z samolotu na pasie startowym i Joe Głodomór nawet nie wyłączając silników natychmiast wystartował z powrotem na Pianosę. Bojąc się odetchnąć Yossarian czujnie lustrował każdą mijaną postać, kiedy szli przez obóz do swoich namiotów. Joe Głodomór spoglądał na niego z dziwnym wyrazem twarzy.

— Czy aby jesteś pewien, że to wszystko ci się nie przywidziało? — spytał po chwili z wahaniem.

— Przywidziało mi się? Przecież byłeś tam razem ze mną? Dopiero co odwiozłeś ją do Rzymu.

— Może mnie też się to przywidziało. Dlaczego ona chce cię zabić?

— Ona mnie nigdy nie lubiła. Może dlatego, że złamałem mu nos, a może dlatego, że byłem jedynym człowiekiem, na którego mogła skierować nienawiść, kiedy się dowiedziała. Czy myślisz, że ona wróci?

Tego wieczoru Yossarian poszedł do klubu oficerskiego i siedział tam do późna. Wracając do swego namiotu wypatrywał wszędzie dziwki Nately'ego. Zatrzymał się dostrzegłszy ją w krzakach, zaczajoną z wielkim nożem w dłoni w przebraniu miejscowego wieśniaka. Yossarian bezszelestnie obszedł namiot na palcach i schwycił ją od tyłu.

— *Caramba!* — krzyknęła z wściekłością, ale choć broniła się jak żbik, wciągnął ją do namiotu i rzucił na podłogę.

— Hej, co się dzieje? — spytał sennie jeden ze wspólników.

— Trzymaj ją, dopóki nie wrócę — rozkazał Yossarian ściągając go z łóżka na nią i wybiegł z namiotu. — Trzymaj ją!

— Pozwólcie mi go zabić, a zrobię ze wszystkimi fiki-fik — zaproponowała.

Pozostali mieszkańcy namiotu na widok dziewczyny wyskoczyli z łóżek i usiłowali najpierw zrobić z nią fiki-fik, podczas gdy Yossarian gnał do Joego Głodomora, który spał w najlepsze jak niemowlę. Yossarian zdjął kota Huple'a z jego twarzy i brutalnie go obudził. Joe ubrał się błyskawicznie. Tym razem polecieli na północ i zawrócili nad Włochy daleko za liniami nieprzyjaciela. Gdy się znaleźli nad równym terenem, przypięli dziwce Nately'ego spadochron i wypchnęli ją przez luk awaryjny. Yossarian był pewien, że tym razem wreszcie się od niej uwolnił, i odetchnął z ulgą. Kiedy zbliżał się do swego namiotu na Pianosie i z mroku przy ścieżce wyłoniła się jakaś postać, zemdlał. Ocknął się na ziemi i niemal z utęsknieniem czekał na śmiertelny cios, który przyniesie mu ukojenie. Zamiast tego czyjaś przyjazna dłoń pomogła mu wstać. Była to dłoń pilota z eskadry Dunbara.

— Jak się czujesz? — spytał pilot szeptem.

— Nieźle — odpowiedział Yossarian.

— Widziałem, jak przed chwilą upadłeś. Myślałem, że coś się stało.

— Chyba zemdlałem.

— W naszej eskadrze krążą pogłoski, że odmówiłeś dalszego udziału w akcjach bojowych.

— To prawda.

— Potem przyszli ze sztabu i powiedzieli nam, że to nieprawda, że tylko żartowałeś.

— To kłamstwo.

— Czy myślisz, że ci to ujdzie na sucho?

— Nie wiem.

— Jak myślisz, co mogą ci zrobić?

— Nie wiem.

— Myślisz, że postawią cię pod sąd polowy za dezercję w obliczu nieprzyjaciela?

— Nie wiem.

— Mam nadzieję, że uda ci się wyjść z tego cało — powiedział pilot z eskadry Dunbara rozpływając się w mroku. — Daj znać, jak ci poszło.

Yossarian patrzył w ślad za nim przez kilka sekund, po czym ruszył do swego namiotu.

— Hej! — usłyszał po kilku krokach. Był to Appleby ukryty za pniem drzewa. — Jak się czujesz?

— Nieźle — powiedział Yossarian.

— Słyszałem, jak mówiono, że mają ci zagrozić sądem polowym za dezercję w obliczu nieprzyjaciela, ale że naprawdę tego nie zrobią, bo nie są wcale pewni, czy mogą cię o to oskarżyć. I jeszcze dlatego, że może ich to postawić w złym świetle wobec nowych przełożonych. Poza tym jesteś wciąż jeszcze wielkim bohaterem, bo zawróciłeś nad ten most w Ferrarze. Jesteś chyba największym bohaterem w całej jednostce. Pomyślałem, że dobrze będzie, jeżeli cię uprzedzę, że oni mają zamiar tylko straszyć.

— Dziękuję, Appleby.

— Odezwałem się do ciebie tylko dlatego, że chciałem cię ostrzec.

— Doceniam to.

Appleby z zażenowaniem wiercił czubkiem buta w ziemi.

— Przepraszam cię za tę bijatykę w klubie oficerskim.

— Nie ma o czym mówić.

— Ale nie ja zacząłem. Uważam, że to wszystko wina Orra, który uderzył mnie rakietką pingpongową w twarz. Dlaczego on to zrobił?

— Wygrywałeś z nim.

— A miałem nie wygrywać? Przecież po to się gra. Teraz, kiedy on nie żyje, nie ma już znaczenia, kto z nas lepiej gra w ping-ponga, prawda?

— Chyba nie.

— Przepraszam też, że robiłem tyle szumu o zażywanie atabryny w drodze do Europy. Ostatecznie, jak ktoś chce zachorować na malarię, to jego sprawa, prawda?

— Nie ma o czym mówić.

— Chciałem tylko spełnić swój obowiązek. Wykonywałem rozkazy. Zawsze mnie uczono, że należy wykonywać rozkazy.

— Nic nie szkodzi.

— Wiesz, powiedziałem pułkownikowi Kornowi i pułkownikowi Cathcartowi, że według mnie nie powinni cię zmuszać do dalszego latania wbrew twojej woli, na co oni powiedzieli, że bardzo się na mnie zawiedli.

Yossarian uśmiechnął się, ponuro rozbawiony.

— Wyobrażam sobie.

— Nie dbam o to. Do diabła, masz przecież siedemdziesiąt jeden lotów bojowych i to powinno wystarczyć. Czy myślisz, że ujdzie ci to na sucho?

— Nie.

— Słuchaj, przecież jeżeli oni ci na to pozwolą, to będą musieli pozwolić nam wszystkim.

— Dlatego właśnie nie mogą mi pozwolić.

— Jak myślisz, co ci mogą zrobić?

— Nie wiem.

— Czy myślisz, że postawią cię przed sądem polowym?

— Nie wiem.

— Masz stracha?

— Mam.

— Zgodzisz się latać dalej?

— Nie.

— Mam nadzieję, że uda ci się wyjść z tego cało — szepnął Appleby z przekonaniem. — Naprawdę.

— Dziękuję.

— Ja też nie jestem zbyt zadowolony, że muszę odbyć tyle lotów teraz, kiedy wygląda na to, że wojna jest wygrana. Dam ci znać, jak się czegoś dowiem.

— Dziękuję.

— Hej! — rozległ się czyjś stłumiony, rozkazujący głos z kępy bezlistnych niewysokich krzaków rosnących koło namiotu, gdy tylko odszedł Appleby. Siedział tam w kucki Havermeyer. Jadł sezamki, a jego pryszcze i rozszerzone, tłuste pory wyglądały jak ciemna łuska. — Jak się czujesz? — spytał, kiedy Yossarian podszedł bliżej.

— Zupełnie nieźle.
— Czy będziesz latać dalej?
— Nie.
— A jak cię będą zmuszać?
— Nie dam się.
— Masz stracha?
— Mam.
— Czy oddadzą cię pod sąd polowy?
— Pewnie spróbują.
— A co powiedział major Major?
— Major Major zniknął.
— Czy to oni go zniknęli?
— Nie wiem.
— Co zrobisz, jak postanowią ciebie zniknąć?
— Postaram się nie dać.
— Czy nie próbowali cię przekupić, żebyś tylko dalej latał?
— Piltchard i Wren obiecywali zorganizować wszystko tak, żebym dostawał najłatwiejsze loty.
— Ty, to brzmi zupełnie dobrze — ożywił się Havermeyer. — Żeby mnie coś takiego zaproponowali. Założę się, że nie przegapiłeś takiej gratki.
— Odmówiłem.
— Głupio zrobiłeś. — Na flegmatycznym, pozbawionym wyrazu obliczu Havermeyera nagle odmalowało się przerażenie. — Ty, przecież taka umowa była nieuczciwa w stosunku do nas wszystkich! Gdybyś ty miał wyłącznie spacerowe loty, to ktoś z nas musiałby latać za ciebie w tych niebezpiecznych, no nie?
— Tak jest.
— Ty, to mi się nie podoba — zawołał Havermeyer podnosząc się gniewnie z zaciśniętymi pięściami. — To mi się wcale nie podoba. To oni mają mnie zrobić w dupę tylko dlatego, że ty się boisz dalej latać, tak?
— Idź z tym do nich — powiedział Yossarian sięgając czujnie po rewolwer.
— Nie mam pretensji do ciebie — powiedział Havermeyer — mimo że cię nie lubię. Powiem ci, że ja też nie mam ochoty brać udziału w tylu akcjach. Czy jest jakiś sposób, żebym ja się też wykręcił?
Yossarian parsknął ironicznie.
— Weź rewolwer i maszeruj ze mną — zażartował.
Havermeyer potrząsnął głową w zadumie.
— Nie, to nie dla mnie. Postępując jak tchórz ściągnąłbym

hańbę na żonę i dziecko. Tchórza nikt nie lubi. Poza tym chcę po wojnie pozostać w Korpusie Rezerwy. Płacą za to pięćset dolarów rocznie.

— No to lataj dalej.

— Tak, chyba będę musiał. Ty, myślisz, że jest jakaś szansa, że skreślą cię z personelu bojowego i odeślą do kraju?

— Nie.

— Ale jeżeli cię odeślą i pozwolą zabrać kogoś z sobą, weź mnie, dobrze? Nie bierz kogoś takiego jak Appleby. Weź mnie.

— Dlaczego, u licha, mieliby zrobić coś takiego?

— Nie wiem, ale w razie czego pamiętaj, że ja cię prosiłem pierwszy, dobrze? I dawaj mi znać, jak ci leci. Będę co wieczór czekać na ciebie tu w krzakach. Jeżeli nic ci nie zrobią, to może ja też odmówię dalszego latania. Zgoda?

Przez cały następny wieczór różni ludzie wyskakiwali na niego z ciemności, żeby go spytać, jak się czuje, i ze znużonymi, zafrasowanymi obliczami żądali poufnych informacji, odwołując się do jakiejś patologicznej, konspiracyjnej więzi, o której istnieniu nic nie wiedział. Różni prawie mu nie znani osobnicy z jego eskadry wyskakiwali nagle nie wiadomo skąd i pytali go, jak się czuje. Nawet lotnicy z innych eskadr ściągali pojedynczo, żeby zaczaić się w ciemnościach i wyskoczyć mu przed nosem. Gdziekolwiek stąpnął nogą po zachodzie słońca, ktoś się tam już czaił, żeby wyskoczyć i spytać go, jak się czuje. Wyskakiwali na niego zza drzew i z krzaków, z rowów i z wysokiej trawy, zza rogów namiotów i zza błotników stojących przy drodze samochodów. Nawet jeden ze współlokatorów wyskoczył z pytaniem, jak mu leci, i potem błagał, żeby nie mówić o tym wyskoku pozostałym współlokatorom. Yossarian zbliżał się do każdej przyzywającej go, przesadnie ostrożnej postaci z ręką na rewolwerze, nigdy nie wiedząc, który z szepczących cieni przemieni się zdradziecko w dziwkę Nately'ego lub, co gorsza, w jakiegoś przedstawiciela władzy oficjalnie delegowanego z zadaniem bezlitosnego ogłuszenia go ciosem pałki. Zanosiło się na to, że będą musieli zrobić coś w tym rodzaju. Nie bardzo chcieli oddać go pod sąd polowy za dezercję w obliczu nieprzyjaciela, gdyż z odległości stu trzydziestu pięciu mil trudno mówić o obliczu nieprzyjaciela, a poza tym to właśnie Yossarian zburzył most w Ferrarze zawracając powtórnie nad cel i zabijając Krafta — prawie zawsze, kiedy liczył poległych, których znał, zapominał o Krafcie. Coś jednak musieli mu zrobić i wszyscy czekali ponuro, żeby zobaczyć, co to będzie za okropność.

W ciągu dnia wszyscy go unikali, nawet Aarfy, i Yossarian doszedł do przekonania, że są zupełnie innymi ludźmi przy świetle dziennym i w gromadzie niż w ciemnościach i pojedynczo. Nie zależało mu na nich ani trochę, kiedy szedł tyłem, z dłonią na rewolwerze, w oczekiwaniu nowych umizgów, pogróżek i pokus ze strony dowództwa grupy, ilekroć kapitanowie Piltchard i Wren przyjeżdżali z kolejnej pilnej narady u pułkownika Cathcarta i pułkownika Korna. Joe Głodomór gdzieś zniknął i jedynym człowiekiem, który się do Yossariana odzywał, był kapitan Black, zwracając się do niego wesołym, urągliwym głosem per „nasz bohater", ilekroć go zobaczył, a który wrócił z Rzymu pod koniec tygodnia z wiadomością, że dziwka Nately'ego zniknęła. Yossarian zmartwił się, poczuł ukłucie żalu i wyrzuty sumienia. Brakowało mu jej.

— Znikła? — powtórzył bezbarwnym głosem.

— Tak, znikła — roześmiał się kapitan Black, mrużąc ze zmęczenia swoje kaprawe oczy, z kanciastą twarzą porośniętą jak zwykle rzadką, rudawą szczeciną. Pięściami roztarł worki pod oczyma. — Pomyślałem sobie, że skoro już jestem w Rzymie, to mogę ją przerżnąć po starej znajomości. Wiesz, po prostu, żeby Nately nie przestał przewracać się w grobie, ha, ha! Pamiętasz, jak go zawsze drażniłem? Ale nikogo tam nie zastałem.

— Nie było od niej jakiejś wiadomości? — dopytywał się Yossarian, który nieustannie myślał o dziewczynie, zastanawiając się, czy ona bardzo cierpi, i czując się prawie samotny i opuszczony bez jej wściekłych, niepowstrzymanych napaści.

— Nie ma tam nikogo — zawołał kapitan Black radośnie, starając się uprzytomnić ten fakt Yossarianowi. — Nie rozumiesz? Nie ma nikogo. Rozpędzili całe towarzystwo.

— Nie ma nikogo?

— Tak jest. Wyrzucili ich na ulicę. — Kapitan Black znowu roześmiał się serdecznie, przy czym jego spiczaste jabłko Adama podskakiwało radośnie na wychudłej szyi. — Melina jest pusta. Żandarmeria zdemolowała całe mieszkanie i przegnała dziwki. Śmieszne, co?

Yossarian przestraszył się i zadrżał.

— Dlaczego oni to zrobili?

— A co to za różnica? — odpowiedział kapitan Black z szerokim gestem. — Przepędzili całe towarzystwo na ulicę. Jak ci się to podoba? Wszystkich.

— A co z jej młodszą siostrą?

— Przepędzili — zaśmiał się kapitan Black. — Wygnali razem z resztą dziewczyn. Prosto na ulicę.

— Ale przecież to jeszcze dziecko — zaprotestował gorąco Yossarian. — Ona nie zna nikogo w całym mieście. Co się z nią teraz stanie?

— A co mnie to obchodzi? — odpowiedział kapitan Black obojętnie wzruszając ramionami i nagle przyjrzał się Yossarianowi ze zdziwieniem i chytrym błyskiem wścibskiego podniecenia. — Hej, o co chodzi? Gdybym wiedział, że to cię tak zmartwi, powiedziałbym ci wcześniej, żeby popatrzeć, jak się tym gryziesz. Hej, dokąd idziesz? Wracaj! Wracaj i pogryź się trochę!

39

Wieczne Miasto

Yossarian oddalił się samowolnie z jednostki w towarzystwie Mila, który w samolocie lecącym do Rzymu kręcił z wyrzutem głową i świątobliwie wydymając wargi, księżowskim tonem poinformował go, że wstyd mu za niego. Yossarian kwinął głową. Yossarian robi z siebie dziwowisko chodząc tyłem z rewolwerem na biodrze i odmawiając udziału w dalszych lotach, powiedział Milo. Yossarian kwinął głową. Jest to nielojalne w stosunku do eskadry i sprawia kłopot jego przełożonym. Również Mila stawia w kłopotliwej sytuacji. Yossarian znów kiwnął głową. Ludzie zaczynają szemrać. To nie jest uczciwe ze strony Yossariana, żeby troszczyć się tylko o własne bezpieczeństwo, podczas gdy ludzie tacy jak Milo, pułkownik Cathcart, pułkownik Korn i były starszy szeregowy Wintergreen pracują ze wszystkich sił dla zwycięstwa. Lotnicy, którzy mają siedemdziesiąt lotów bojowych, zaczynają szemrać, niezadowoleni, że muszą zaliczyć osiemdziesiąt, i grozi niebezpieczeństwo, że niektórzy z nich mogą przypiąć rewolwery i zacząć chodzić tyłem. Morale podupada i winę za to ponosi Yossarian. Ojczyzna jest w niebezpieczeństwie; Yossarian zagraża tradycjom wolności i niepodległości przez to, że usiłuje z nich skorzystać.

Yossarian kiwał potakująco głową w fotelu drugiego pilota, starając się nie słuchać paplaniny Mila. Jego myśli zajmowała dziwka Nately'ego, a także Kraft i Orr, Nately i Dunbar, Kid Sampson i McWatt, i wszyscy biedni, głupi i chorzy ludzie, których spotkał we Włoszech, w Egipcie i w Afryce Północnej i o których wiedział, że są w innych częściach świata; Snowden i młodsza siostra dziwki Nately'ego też ciążyli na jego sumieniu. Pomyślał, że wie, dlaczego dziwka Nately'ego obarcza go odpowiedzialnością za śmierć Nately'ego i chce go zabić. A właściwie dlaczego nie? Świat jest dziełem ludzi, więc ona i wszyscy młodsi mają prawo winić jego i wszystkich starszych za każdą przeciwną naturze tragedię, jaka na nich spada; podobnie zresztą jak ona, mimo swego nieszczęścia, jest poniekąd odpowiedzialna za wszystkie spowodowane przez ludzi nieszczęścia, jakie spadają na jej młodszą siostrę i wszystkie inne młodsze od niej dzieci. Należy coś z tym w końcu zrobić. Każda ofiara jest winowajcą, każdy winowajca jest ofiarą i ktoś musi wreszcie kiedyś zbuntować się i spróbować rozerwać ten zasrany łańcuch dziedziczonych zwyczajów zagrażający wszystkim ludziom. W niektórych częściach Afryki dorośli handlarze niewolników nadal porywają małych chłopców i sprzedają ludziom, którzy ich patroszą i zjadają. Yossarian zdumiewał się, że dzieci mogą poddawać się tak barbarzyńskim praktykom nie zdradzając najmniejszych oznak strachu lub bólu. Uważał za rzecz oczywistą, iż godzą się na to ze stoickim spokojem. Gdyby było inaczej, rozumował, zwyczaj dawno by zaginął, gdyż nie wyobrażał sobie żądzy bogactwa lub nieśmiertelności tak wielkiej, by mogła żerować na cierpieniu dzieci.

Milo wypomniał mu, że jest aspołecznym typem, i Yossarian znów skinął głową. Nie jest dobrym kolegą, mówił Milo. Yossarian kiwał głową słuchając, jak Milo mówi, że skoro nie podoba mu się sposób, w jaki pułkownik Cathcart i pułkownik Korn dowodzą grupą, to powinien pojechać do Rosji zamiast siać zamęt tutaj. Yossarian powstrzymał się od uwagi, że pułkownik Cathcart, pułkownik Korn i Milo mogą wszyscy razem pojechać do Rosji, skoro nie podoba im się sposób, w jaki on sieje zamęt. Pułkownik Cathcart i pułkownik Korn są bardzo dobrzy dla Yossariana, mówił Milo. Czyż nie dali mu medalu po ostatnim ataku na Ferrarę i nie awansowali go na kapitana? Yossarian kiwnął głową. Czyż nie karmią go i nie płacą mu co miesiąc żołdu? Yossarian znowu kiwnął głową. Milo wyraził pewność, że będą dla niego wyrozumiali, jeżeli ich przeprosi, okaże skruchę i obieca zaliczyć osiemdziesiąt lotów. Yossarian powiedział, że przemyśli to sobie, po czym wstrzymał oddech i modlił się o bezpieczne lądowanie, podczas gdy Milo wypuszczał podwozie i schodził na pas startowy. To śmieszne, do jakiego stopnia znienawidził latanie.

Po wylądowaniu przekonał się, że Rzym leży w gruzach. Lotnisko zostało zbombardowane przed ośmioma miesiącami i spychacze zepchnęły bryły białego porozbijanego kamienia w płaskie hałdy po obu stronach bramy w siatce otaczającej lotnisko. Koloseum było zdewastowaną ruiną, Łuk Konstantyna zawalił się, a mieszkanie dziwki Nately'ego było przewrócone do góry nogami. Dziewczęta znikły i została tylko stara kobieta. Szyby w mieszkaniu były powybijane. Stara, okutana w swetry i spódnice, siedziała w ciemnym szalu na głowie z założonymi ramionami na drewnianym stołku przy elektrycznej kuchence i gotowała wodę w pogniecionym aluminiowym garnku. Mamrotała coś sama do siebie, kiedy Yossarian wszedł, i na jego widok zaczęła zawodzić.

— Odeszły — jęknęła, zanim jeszcze zdążył spytać. Objąwszy się ramionami kiwała się żałośnie na skrzypiącym stołku. — Odeszły.

— Kto?

— Wszystkie. Wszystkie biedne młode dziewczyny.

— Dokąd?

— Przed siebie... Wyrzucili je na ulicę. Odeszły wszystkie. Wszystkie biedne młode dziewczyny.

— Kto to zrobił? Kto je wypędził?

— Źli wielcy żołnierze w białych hełmach i z pałkami. I nasi *carabinieri*. Przyszli z pałkami i wyrzucili je. Nie pozwolili im nawet zabrać płaszczy. Biedactwa. Wypędzili je na mróz.

— Aresztowali je?

— Wypędzili. Zwyczajnie wypędzili.

— To po co to robili, jeżeli nie chcieli ich aresztować?

— Nie wiem — załkała stara kobieta. — Nie wiem. Kto się mną zajmie? Kto się mną zajmie teraz, kiedy odeszły wszystkie te biedne młode dziewczęta? Kto się mną zajmie?

— Musiał być jakiś powód — nalegał Yossarian uderzając pięścią w otwartą dłoń. — Nie mogli ot tak sobie włamać się tutaj i wszystkich wypędzić.

— Żadnego powodu — kwiliła staruszka. — Żadnego powodu.

— Jakim prawem?

— Paragraf dwudziesty drugi.

— Co? — Yossarian zdrętwiał z przerażenia i poczuł ciarki w całym ciele. — Co pani powiedziała?

— Paragraf dwudziesty drugi — powtórzyła stara potrząsając głową. — Paragraf dwudziesty drugi mówi, że mogą zrobić wszystko, czego nie możemy im zabronić.

— Co pani, u diabła, wygaduje? — wrzasnął na nią Yossarian zaskoczony i wściekły. — Skąd pani wie, że to paragraf dwudziesty drugi? Kto pani, do cholery, powiedział, że to paragraf dwudziesty drugi?

— Żołnierze z pałkami i w białych hełmach. Dziewczęta płakały i pytały: „Czy zrobiłyśmy coś złego?" Oni powiedzieli, że nie, i pałkami odepchnęli je od drzwi. „To dlaczego nas wyrzucacie?" — pytały dziewczęta. „Paragraf dwudziesty drugi" — odpowiedzieli. „Jakie macie prawo?" — mówiły dziewczęta. „Paragraf dwudziesty drugi". Powtarzali w kółko: „Paragraf dwudziesty drugi i paragraf dwudziesty drugi". Co to znaczy: „Paragraf dwudziesty drugi"? Co to jest ten paragraf dwudziesty drugi?

— Więc go wam nie pokazali? — spytał Yossarian tupiąc nogą w przystępie złości i frustracji. — Nie kazaliście go sobie przeczytać?

— Nie ma obowiązku pokazywania paragrafu dwudziestego drugiego — odpowiedziała stara. — Tak mówi prawo.

— Jakie prawo?

— Paragraf dwudziesty drugi.

— Niech to diabli! — zawołał Yossarian z goryczą. — Założę się, że takiego paragrafu w ogóle nie ma. — Rozejrzał się ponuro po pokoju. — Gdzie jest stary?

— Nie ma go — odpowiedziała posępnie.

— A gdzie jest?

— Nie żyje — odpowiedziała stara trzęsąc żałobnie głową i wskazała na swoją skroń. — Coś mu tam pękło. Trup na miejscu.

— Ale to niemożliwe! — zawołał Yossarian, gotów kłócić się zawzięcie, choć oczywiście wiedział, że to prawda, wiedział, że to logiczne i musi być prawdą: staruch znowu poszedł za większością.

Yossarian odwrócił się i z ponurą twarzą obszedł całe mieszkanie, zaglądając z beznadziejną ciekawością do kolejnych pomieszczeń. Ludzie z pałkami potłukli wszystko, co było ze szkła. Zerwane zasłony i pościel zrzucono na podłogę. Krzesła, stoły i szafki leżały poprzewracane. Połamali wszystko, co tylko się dało. Zniszczenie było totalne. Najdziksi wandale nie potrafiliby tego zrobić lepiej. Wszystkie szyby zostały wybite i ciemności wlewały się do wszystkich pokojów atramentowymi obłokami przez zdemolowane okna. Yossarian wyobrażał sobie ciężkie, miażdżące kroki wielkich żandarmów w białych hełmach. Wyobrażał sobie entuzjazm i złośliwą uciechę, z jaką czynili swoje dzieło zniszczenia, oraz ich świętoszkowate, bezlitosne poczucie słuszności i oddania sprawie. Wszystkie biedne młode dziewczyny odeszły. Odeszli wszyscy z wyjątkiem zapłakanej, okutanej w szarobure swetry i czarny szal starej kobiety, która niedługo także odejdzie.

— Odeszli — zaczęła zawodzić, kiedy Yossarian wrócił, nie dając mu dojść do słowa. — Kto się mną teraz zajmie?

Yossarian zignorował pytanie.

— A co z dziewczyną Nately'ego? — spytał. — Czy są od niej jakieś wiadomości?

— Odeszła.

— Wiem, że odeszła, ale może są od niej jakieś wiadomości? Czy ktoś wie, gdzie ona teraz jest?

— Odeszła.

— A jej młodsza siostra? Co się z nią stało?

— Odeszła — powiedziała stara nie zmieniając tonu.

— Czy panie rozumie, co ja mówię? — spytał Yossarian ostro, wpatrując się jej w oczy, aby sprawdzić, czy jest przytomna. — Co się stało z tą małą dziewczynką? — podniósł głos.

— Odeszła, odeszła — odpowiedziała stara opryskliwie, zirytowana jego uporem, a jej zawodzenie stało się głośniejsze. — Wyrzucili ją razem z innymi, wypędzili na ulicę. Nie pozwolili jej nawet zabrać płaszcza.

— Dokąd poszła?

— Nie wiem. Nie wiem.

— Kto się nią teraz zajmie?

— A kto się mną teraz zajmie?

— Ona przecież nikogo tu nie zna, prawda?

— Kto się mną teraz zajmie?

Yossarian położył starej na kolanach pieniądze — aż dziwne, ile krzywd starano się naprawiać dając pieniądze — i wyszedł z mieszkania, przez całe schody przeklinając wściekle paragraf 22, chociaż wiedział, że nic takiego nie istnieje. Paragraf 22 nie istniał, był o tym przekonany, ale jakie to miało znaczenie? Liczyło się to, iż wszyscy myśleli, że on istnieje, i to było znacznie gorsze, gdyż nie miało się przedmiotu ani tekstu, który można by wyśmiać, odrzucić, oskarżyć, skrytykować, zaatakować, poprawić, znienawidzić, obrzucić wyzwiskami, opluć, podrzeć na strzępy, stratować lub spalić.

Na dworze było zimno i ciemno; lepka, pozbawiona smaku mgła wisiała w powietrzu ściekając kroplami po dużych, szorstkich kamiennych blokach domów i piedestałach posągów. Yossarian pośpiesznie wrócił do Mila i odwołał wszystko, co mówił. Powiedział, że przeprasza, i wiedząc, że kłamie, obiecał latać tyle razy, ile mu każe pułkownik Cathcart, jeżeli tylko Milo użyje swoich wpływów w Rzymie i pomoże mu odnaleźć młodszą siostrę dziwki Nately'ego.

— Ona ma tylko dwanaście lat i jest dziewicą — tłumaczył Milowi gorączkowo. — Chcę ją odnaleźć, zanim będzie za późno.

Milo zareagował na jego żądanie wyrozumiałym uśmiechem.

— Mam taką dwunastoletnią dziewicę, jakiej szukasz — oświadczył tryumfalnie. — Ma naprawdę niecałe trzydzieści cztery lata, ale była wychowywana przez bardzo surowych rodziców na ubogiej w białko diecie i zaczęła sypiać z mężczyznami dopiero w wieku...

— Milo, ja mówię o małej dziewczynce! — przerwał mu Yossarian z rozpaczliwą niecierpliwością. — Nie rozumiesz tego? Ja nie chcę z nią spać. Chcę jej pomóc. Masz przecież córki. To jeszcze dziecko i jest sama jak palec w mieście, gdzie nie ma nikogo, kto by się nią zaopiekował. Nie chcę, żeby ją skrzywdzono. Czy rozumiesz, co ja mówię?

Milo rozumiał i był głęboko wzruszony.

— Yossarian, jestem z ciebie dumny — zawołał z niekłamanym uczuciem. — Naprawdę. Nie wiesz nawet, jak się cieszę, że istnieje dla ciebie nie tylko seks, że masz zasady. Rzeczywiście mam córki i doskonale cię rozumiem. Nie martw się. Znajdziemy tę dziewczynkę. Chodź ze mną i odszukamy ją, choćbyśmy mieli przewrócić całe miasto do góry nogami. Jedziemy.

Yossarian popędził autem sztabowym Mila z literami „M i M" do komendy policji, gdzie zobaczyli się z czarniawym, niechlujnym komisarzem z wąskim, czarnym wąsikiem i w rozchełstanym mundurze, który igrał z tęgą kobietą z podwójnym podbródkiem i brodawkami, kiedy weszli do jego gabinetu, i który powitał Mila z wyrazem miłego zaskoczenia, kłaniając się i trzaskając obcasami z obrzydliwą służalczością, jakby Milo był jakimś wytwornym markizem.

— Ach, *marchese* Milo — oświadczył z wylewną radością, wypychając za drzwi niezadowoloną grubą kobietę, nawet na nią nie patrząc. — Dlaczego nie uprzedził mnie pan o swoim przyjeździe? Urządziłbym dla pana wielkie przyjęcie. Proszę wejść, proszę, *marchese*. Ostatnio prawie pan do nas nie zagląda.

Milo wiedział, że nie ma ani chwili do stracenia.

— Jak się masz, Luigi — powiedział kiwnąwszy głową tak szybko, że mógł się wydać prawie niegrzeczny. — Luigi, potrzebuję twojej pomocy. Mój przyjaciel szuka dziewczynki.

— Dziewczynki, *marchese*? — odezwał się Luigi drapiąc się po twarzy w zamyśleniu. — W Rzymie jest dużo dziewczynek. Amerykański oficer nie powinien mieć z tym kłopotów.

— Nie, Luigi, nie zrozumiałeś. On musi natychmiast znaleźć dwunastoletnią dziewicę.

— A, teraz rozumiem — zauważył inteligentnie Luigi. — Z tym

może być nieco trudniej, ale jeżeli pójdzie na dworzec autobusowy, gdzie przyjeżdżają dziewczyny ze wsi w poszukiwaniu pracy...

— Nadal nie rozumiesz, Luigi — przerwał Milo z tak jawnym zniecierpliwieniem, że komisarz poczerwieniał, wyprężył się na baczność i w popłochu zaczął zapinać mundur. — Ta dziewczynka jest przyjaciółką, starą przyjaciółką rodziny, i chcemy jej pomóc. To jeszcze dziecko. Jest sama jak palec gdzieś tu w mieście i musimy ją odnaleźć, zanim ktoś zrobi jej krzywdę. Rozumiesz teraz? Luigi, to jest dla mnie bardzo ważne. Mam córkę w tym samym wieku co ta dziewczynka i najważniejszą sprawą na świecie jest teraz dla mnie uratowanie tego biednego dziecka, zanim będzie za późno. Pomożesz nam?

— *Si, marchese,* teraz rozumiem i zrobię wszystko, co w mojej mocy, żeby ją odnaleźć. Niestety dziś wieczorem prawie nie mam ludzi. Dzisiaj wszyscy zajęci są zwalczaniem nielegalnego handlu tytoniem.

— Nielegalny tytoń? — spytał Milo.

— Milo — bąknął cicho Yossarian z rozpaczą w sercu, natychmiast zrozumiawszy, że wszystko stracone.

— *Si, marchese* — powiedział Luigi. — Zyski z nielegalnego handlu tytoniem są tak wielkie, że szmugiel jest prawie nie do opanowania.

— I nielegalny handel tytoniem przynosi naprawdę tak wielkie zyski? — dopytywał się Milo z żywym zainteresowaniem, unosząc swoje rdzawe brwi i węszące chciwie.

— Milo — przywoływał go Yossarian — myśl o mnie, proszę cię.

— *Si, marchese* — odpowiedział Luigi. — Zyski z nielegalnego tytoniu są bardzo wysokie. Ten szmugiel jest narodowym skandalem, *marchese,* prawdziwą hańbą naszego narodu.

— Naprawdę? — zauważył Milo z zaaferowanym uśmiechem i ruszył w stronę drzwi krokiem lunatyka.

— Milo! — ryknął Yossarian i rzucił się gorączkowo, aby mu przeciąć drogę. — Milo, musisz mi pomóc.

— Nielegalny tytoń — wyjaśnił Milo z wyrazem epileptycznego pożądania, szamocząc się rozpaczliwie. — Puść mnie. Muszę zająć się nielegalnym handlem tytoniem.

— Zostań i pomóż mi ją odszukać — błagał Yossarian. — Możesz zacząć handlować nielegalnym tytoniem od jutra.

Lecz Milo był głuchy i parł naprzód spokojnie, ale niepowstrzymanie. Pocił się, oczy płonęły mu gorączką, jak opętanemu ślepą obsesją, a z rozedrganych warg kapała ślina. Pojękiwał z lekka, jakby odczuwał daleki, niewyraźny ból, i powtarzał w kółko: „Nielegalny tytoń, nielegalny tytoń". Yossarian przekonał się wreszcie, że wszelkie próby przekonywania go są beznadziejne, i zrezygnowany ustąpił mu z drogi. Mila jakby wywiało. Komisarz policji z powrotem rozpiął mundur i spojrzał na Yossariana z pogardą.

— Czego pan tu szuka? — spytał zimno. — Chce pan, żebym pana aresztował?

Yossarian opuścił pokój i zszedł po schodach na ciemną jak grób ulicę, mijając w hallu przysadzistą kobietę z brodawkami i podwójnym podbródkiem, która już szła z powrotem. Milo zniknął bez śladu. W żadnym oknie nie paliło się światło. Bezludny chodnik prowadził stromo pod górę przez kilka przecznic. Widział blask szerokiej alei za szczytem długiego, brukowanego kocimi łbami wzniesienia. Komisariat policji mieścił się prawie na samym dole; żółte żarówki nad wejściem migały w wilgotnym powietrzu jak mokre pochodnie. Siąpił zimny, drobny deszcz. Yossarian wolno ruszył pod górę. Po chwili doszedł do przytulnej, zacisznej, zapraszającej restauracji z czerwonymi pluszowymi kotarami w oknach i niebieskim neonowym napisem następującej treści: „Restauracja Tony'ego. Doskonałe jedzenie i napoje. Wstęp wzbroniony. Wstęp wzbroniony". Słowa niebieskiego neonu zdziwiły go nieco, ale tylko na chwilę. Nie było rzeczy tak nieprawdopodobnej, żeby wydawała się niemożliwa w tej dziwnej, zwichrowanej scenerii. Szczyty budynków uciekały na ukos w niesamowitej, surrealistycznej perspektywie i cała ulica sprawiała wrażenie przekrzywionej. Yossarian otulił się ciaśniej swoim ciepłym wełnianym płaszczem i postawił kołnierz. Noc przejmowała chłodem. Z mroku wyłonił się bosy chłopiec w cienkiej koszuli i cienkich, postrzępionych spodniach. Miał czarne włosy i potrzebował butów, skarpet i fryzjera. Jego schorowana twarz była smutna i blada. Jego stopy wydawały okropne, miękkie, plaskające dźwięki w kałużach na mokrym chodniku i Yossarian poczuł tak gwałtowną litość dla jego nędzy, że miał ochotę zmiażdżyć pięścią tę bladą, smutną, schorowaną twarz i wykreślić go z grona żyjących, gdyż przypominał mu o wszystkich bladych, smutnych i zabiedzonych włoskich dzieciach, które tej nocy potrzebowały butów, skarpet i fryzjera. Przypominał Yossarianowi o kalekach, o głodnych i zmarzniętych mężczyznach i kobietach i o wszystkich tych otępiałych, biernych, pełnych poświęcenia matkach, z nieruchomym wzrokiem karmiących tej nocy dzieci na dworze, z zimnymi, zwierzęcymi wymionami obnażonymi bez czucia na ten przenikliwy deszcz. Krowy. Jak na zawołanie minęła go karmiąca matka z dzieckiem zawiniętym w czarne łachmany i Yossarian miał ochotę ją również uderzyć, gdyż przypominała mu o bosym chłopcu w cienkiej koszuli i w cienkich, postrzępionych spodniach i o całej drżącej, ciemnej biedocie tego świata, który nigdy jeszcze nie zapewnił dość ciepła, żywności i sprawiedliwości swoim mieszkańcom, poza garstką ludzi przemyślnych i pozbawionych skrupułów. Co za cholerny świat! Zastanawiał się, ile ludzi jest pozbawionych środków do życia tej nocy nawet w jego zamożnym kraju, ile domów jest ruderami, ilu mężów pijanych i żon pobitych, ile dzieci jest dręczonych, wyzyskiwanych lub porzuconych. Ile rodzin głoduje nie mogąc sobie pozwolić na kupno żywności? Ile serc jest złamanych? Ile samobójstw zdarzy się tej właśnie nocy, ile ludzi zwariuje? Ile karaluchów i kamieniczników będzie tryumfować? Ilu zwycięzców przegrywa, ile sukcesów jest klęskami, ilu bogaczy biedakami? Ilu cwaniaków jest głupcami? Ile szczęśliwych zakończeń jest nieszczęśliwymi zakończeniami? Ilu prawych ludzi jest kłamcami, ilu odważnych tchórzami, ilu wiernych zdrajcami, ilu świętych było grzesznikami, ile ludzi obdarzonych zaufaniem zaprzedało duszę szubrawcom za parę groszy, ilu w ogóle nigdy nie miało duszy? Ile prostych dróg jest krętymi ścieżkami? Ile najlepszych rodzin jest najgorszymi rodzinami i ile zacnych ludzi jest niecnymi ludźmi? Gdyby tak dodać ich wszystkich, a potem odjąć, zostałyby może same dzieci i może jeszcze Albert Einstein, i gdzieś tam jakiś stary skrzypek albo rzeźbiarz. Yossarian szedł pogrążony w samotnym bólu, czując się wyobcowany i nie potrafiąc uwolnić się od dręczącego obrazu bosego chłopca z chorą twarzą, a kiedy skręcił w boczną uliczkę, od razu natknął się na alianckigo żołnierza, młodego porucznika o drobnej, bladej, chłopięcej twarzy, rzucającego się w konwulsjach. Sześciu innych żołnierzy z różnych krajów zmagało się z różnymi częściami jego ciała, usiłując mu pomóc i utrzymać go nieruchomo. Żołnierz wył i jęczał niezrozumiale przez zaciśnięte zęby, przewracając oczami.

— Uważajcie, żeby nie odgryzł sobie języka — rzucił bystro niski sierżant stojący obok Yossariana i siódmy żołnierz rzucił się w wir ciał, aby mocować się z twarzą chorego porucznika. Wreszcie zapaśnicy zwyciężyli i teraz spoglądali na siebie niepewnie, gdyż z chwilą unieruchomienia młodszego porucznika, nie wiedzieli, co z nim robić dalej. Spazm kretyńskiej paniki przebiegał z jednej nabrzmiałej z wysiłku brutalnej twarzy na drugą.

— Podnieście go i połóżcie na masce samochodu — powiedział

przeciągle kapral za plecami Yossariana. Wyglądało to na sensowną radę, więc siedmiu ludzi podniosło młodego porucznika i rozciągnęło go ostrożnie na masce zaparkowanego obok samochodu, nadal przytrzymując różne wyrywające się części jego ciała. Kiedy mieli go już rozciągniętego na masce samochodu, znowu popatrzyli na siebie niepewnie, bo znowu nie wiedzieli, co z nim robić dalej. — Zdejmijcie go z maski tego samochodu i połóżcie go na ziemi — przeciągnął ten sam kapral za Yossarianem. To również wyglądało na sensowną radę i zaczęli go przenosić na chodnik, ale zanim zdołali to zrobić, podjechał błyskający czerwonym reflektorem dżip z dwoma żandarmami na przednim siedzeniu.

— Co się tu dzieje? — krzyknął kierowca.

— On ma konwulsje — odpowiedział jeden z ludzi walczących z jedną z kończyn młodego porucznika. — Trzymamy go.

— To dobrze. Jest zatrzymany.

— Co mamy z nim zrobić?

— Trzymajcie go dalej! — krzyknął żandarm wybuchając ochrypłym śmiechem ze swego dowcipu i odjechał.

Yossarian przypomniawszy sobie, że nie ma przepustki, ominął roztropnie dziwną grupę i ruszył na stłumiony dźwięk głosów dobiegający z mrocznych ciemności w oddali. Szeroki schlapany deszczem bulwar oświetlały niesamowitym, migotliwym blaskiem rzadko rozstawione, niskie, spiralnie skręcone latarnie w aureolach brudnobrązowej mgły. Z okna nad głową usłyszał żałosny głos błagający: „Nie, nie. Bardzo proszę". Minęła go przygnębiona młoda kobieta w czarnym płaszczu przeciwdeszczowym, z opuszczoną głową i masą czarnych włosów na twarzy. Nieco dalej, przed Ministerstwem Spraw Publicznych, pijany młody żołnierz przypierał do żłobkowanej korynckiej kolumny pijaną damę, podczas gdy trzej jego pijani towarzysze broni obserwowali ich siedząc opodal na stopniach, każdy z butelką wina między nogami.

— Nie, nie. Proszę — prosiła pijana dama. — Chcę już iść do domu. Bardzo proszę. — Jeden z trzech siedzących zaklął wyzywająco i cisnął w Yossariana butelką, kiedy ten się obejrzał. Butelka roztrzaskała się daleko z głuchym, krótkim hukiem nie czyniąc mu najmniejszej szkody. Yossarian szedł dalej z rękami w kieszeniach tym samym nieśpiesznym, obojętnym krokiem. Słyszał, jak pijany żołnierz nalega uparcie:

— Nie wygłupiaj się, mała. Teraz moja kolej.

— Nie, nie — błagała pijana dama. — Bardzo proszę.

Za następnym rogiem, gdzieś głęboko w gęstym, nieprzeniknionym mroku wąskiej, krętej bocznej uliczki usłyszał tajemniczy, niewątpliwy odgłos odgarniania śniegu. Rytmiczne, pracowite, brzemienne wspomnieniami skrobanie metalowej szufli po betonie zjeżyło mu włosy na głowie, kiedy przekraczał złowróżbną uliczkę, przyśpieszył więc kroku, dopóki mrożący krew w żyłach, absurdalny dźwięk nie ucichł w oddali. Teraz już wiedział, gdzie jest; idąc prosto, wkrótce dojdzie do wyschniętej fontanny pośrodku bulwaru i do apartamentu dla oficerów o siedem przecznic dalej. Nagle widmowe ciemności przed nim rozdarł charczący, nieludzki odgłos. Żarówka narożnej latarni przepaliła się zatapiając pół ulicy ponurym mrokiem i przekrzywiając całą perspektywę. Po przeciwnej stronie skrzyżowania jakiś przechodzień okładał laską psa, jak człowiek bijący batem konie ze snu Raskolnikowa. Yossarian na próżno starał się nie widzieć i nie słyszeć. Pies skomlił i piszczał w zwierzęcej, bezrozumnej histerii; uwiązany na grubej lince wił się i pełzał na brzuchu nie usiłując się bronić, a mężczyzna mimo to walił go i walił swoją grubą, płaską laską. Przyglądała się temu gromadka gapiów. Jakaś przysadzista kobieta wystąpiła i poprosiła mężczyznę, żeby przestał.

— Pilnuj swego nosa — odburknął zamierzając się laską, jakby ją też chciał uderzyć, i kobieta wycofała się wstydliwie, zgnębiona i upokorzona. Yossarian przyśpieszył kroku, prawie biegł, aby uciec z tego miejsca. Noc była pełna okropności i wydawało mu się, że wie, co musiał czuć Chrystus idąc przez świat, jak psychiatra przez oddział pełen wariatów, jak ofiara przez więzienie pełne złodziei. Jaką ulgą musiało dla niego być spotkanie z trędowatym! Na następnym rogu mężczyzna bił brutalnie małego chłopca pośród nieruchomego tłumu dorosłych widzów, z których nikt nie usiłował interweniować. Yossarian aż cofnął się pod wpływem przyprawiającego o mdłości wspomnienia. Był pewien, że już kiedyś widział tę samą okropną scenę. *Déjà vu?* Złowieszczy zbieg okoliczności wstrząsnął nim, przejmując go zwątpieniem i lękiem. Była to ta sama scena, jaką widział przy poprzedniej przecznicy, chociaż różniła się od niej pod każdym względem. Cóż to się dzieje, u licha? Czy wystąpi przysadzista kobieta i poprosi mężczyznę, żeby przestał? Czy on zamierzy się na nią, a ona się wycofa? Nikt się nie ruszył. Dzieciak zawodził na jednej nucie półprzytomny z bólu. Mężczyzna przewracał go silnymi, głośnymi rozlegającymi się uderzeniami otwartą dłonią w głowę, a potem podrywał go na nogi, by go znowu powalić. Nikt z posępnego, zastraszonego tłumu nie był na tyle przejęty widokiem ogłuszonego, bitego chłopca, aby się wtrącić. Dziecko miało nie więcej niż dziewięć lat. Jakaś niechlujna kobieta płakała cicho w brudną ścierkę. Chłopiec był wycieńczony i powinien był iść do fryzjera. Jasnoczerwona krew ściekała z obu jego uszu. Yossarian przeszedł czym prędzej na drugą stronę szerokiej alei, żeby uciec od tego przyprawiającego o mdłości widoku, i stwierdził, że kroczy po ludzkich zębach zaścielających mokry, połyskliwy chodnik obok bryzgów krwi, która nie zastygła, gdyż ciężkie krople deszczu przeorywały ją jak ostre paznokcie. Wszędzie było pełno zębów trzonowych i połamanych siekaczy. Yossarian na palcach ominął groteskowe szczątki i zbliżył się do bramy, w której zaplakany żołnierz trzymając przy ustach zakrwawioną chustkę chwiał się podtrzymywany przez dwóch innych żołnierzy, oczekujących z ponurą niecierpliwością na wojskową karetkę, która wreszcie nadjechała ze szczękiem, z zapalonymi bursztynowymi światłami przeciwmgłowymi i minęła ich zwabiona awanturą na następnym skrzyżowaniu między samotnym włoskim cywilem z książkami a gromadą policjantów uzbrojonych w chwyty dżudo i pałki. Wrzeszczący i wyrywający się cywil był brunetem z twarzą białą ze strachu jak mąka. Jego oczy pulsowały w gorączkowej rozpaczy, trzepocząc jak skrzydła nietoperza, kiedy liczni potężni policjanci chwycili go za ręce i nogi i unieśli w górę.

— Ratunku! — wrzeszczał przenikliwie, z gardłem ściśniętym emocją, kiedy policjanci nieśli go do otwartych drzwiczek karetki. — Policja! Ratunku! Policja! — Drzwiczki zamknięto i zaryglowano i karetka odjechała. Była jakaś nieśmieszna ironia w żałosnej panice tego człowieka, wzywającego na pomoc policję, kiedy wokół niego pełno było policjantów. Yossarian uśmiechnął się krzywo na myśl o tym daremnym i humorystycznym wołaniu o pomoc, aż nagle uświadomił sobie, że okrzyk był dwuznaczny, że mogło to nie być wzywanie policji, lecz bohaterskie ostrzeżenie skazanego przyjaciela, skierowane znad grobu do każdego, kto nie jest policjantem z pałką, pistoletem i tłumem innych policjantów, którzy go poprą. Ten człowiek krzyczał: „Ratunku! Policja!" — chcąc może uprzedzić o niebezpieczeństwie. Na myśl o tym Yossarian przekradł się bokiem obok policjantów i omal nie wpadł na tęgą czterdziestoletnią kobietę, która przebiegała jezdnię, jakby miała nieczyste sumienie, rzucając ukradkiem mściwe spojrzenia w stronę osiemdziesięcioletniej staruszki ze spuchniętymi, zabandażowanymi kostkami, kuśtykającej za nią w beznadziejnej pogoni. Stara kobieta dreptała nie mogąc złapać tchu i mrucząc coś do siebie w rozterce i podnieceniu. Nie mogło być wątpliwości co do charakteru tej sceny; był to pościg. Tryumfująca pierwsza kobieta osiągnęła środek szerokiej alei, zanim ta druga dotarła do krawężnika. Nieprzyjemny, zadowolony uśmiech, z jakim oglądała się na zasapaną staruszkę, zdradzał złośliwą uciechę i lęk zarazem. Yossarian wiedział, że mógłby pomóc znajdującej się w opałach staruszce, gdyby ta tylko krzyknęła, mógł skoczyć i zatrzymać przysadzistą pierwszą kobietę, póki nie nadejdzie tłum policjantów, gdyby tylko ta druga kobieta dała mu pretekst wołaniem o pomoc. Staruszka jednak przeszła nie widząc go nawet, mamrocząc coś w straszliwym, tragicznym napadzie gniewu, i wkrótce pierwsza kobieta znikła w gęstniejących warstwach ciemności, a staruszka stanęła bezradnie na środku jezdni i zdezorientowana, samotna nie wiedziała, co ze sobą począć. Yossarian oderwał od niej wzrok i uciekł pełen wstydu, że nie zrobił nic, aby jej pomóc. Rzucając za siebie ukradkowe spojrzenia winowajcy, umykał w poczuciu klęski, z obawą, że stara może teraz zacząć ścigać jego, i z wdzięcznością myślał o dającym schronienie dżdżystym, płynnym, nieprzeniknionym, prawie gęstym mroku. Bandy... bandy policjantów — wszystko może prócz Anglii było w rękach band, band, band. Wszędzie panoszyły się bandy pałkarzy.

Kołnierz i ramiona płaszcza Yossarian miał zupełnie przemoczone. Skarpetki miał wilgotne i zimne. Kolejna latarnia nie paliła się, klosz był rozbity. Budynki i jakieś nieokreślone kształty przepływały obok niego bezdźwięcznie, niby unoszone niezmiennie na powierzchni cuchnącej, ponadczasowej rzeki. Minął go wysoki zakonnik z twarzą ukrytą całkowicie pod szorstkim, szarym kapturem, zasłaniającym nawet oczy. Z tyłu usłyszał kroki człapiące po kałużach i przestraszył się, że będzie to znowu bose dziecko. Otarł się o wychudłego, truposzowatego, smętnego mężczyznę w czarnym nieprzemakalnym płaszczu, z gwiaździstą blizną na policzku i lśniącym zniekształconym wgłębieniem wielkości jajka na skroni. Zmaterializowała się młoda kobieta w człapiących słomianych sandałach, z całą twarzą zeszpeconą ohydną różowobiałą oparzeliną zaczynającą się od szyi i przechodzącą krwistą, pofałdowaną masą przez oba policzki aż na czoło. Yossarian nie mógł na to patrzeć i zadrżał. Nikt jej nigdy nie będzie kochał. Czuł się podle; zapragnął położyć się z jakąś dziewczyną, którą mógłby kochać, która by go ukoiła, podnieciła i utuliła do snu. Na Pianosie czekała na niego banda pałkarzy. Dziewczyny rozpędzono. Hrabina i jej synowa już mu nie wystarczały; był już za stary na rozrywki, szkoda mu było czasu. Lucjana znikła, może już umarła, a jeżeli nie, to wkrótce umrze. Gdzieś się podziała piersiasta dziwka Aarfy'ego ze swoją sprosną kameą, a siostra Duckett wstydziła się go, ponieważ odmawiał udziału w dalszych akcjach bojowych, co groziło skandalem. Jedyną znaną mu w pobliżu dziewczyną była nieładna pokojówka z apartamentów oficerskich, z którą nikt nigdy nie spał. Na imię miała Michaela, ale lotnicy słodkimi, pieszczotliwymi głosami obrzucali ją najgorszymi wyzwiskami, a ona chichotała z dziecięcą radością, gdyż nie rozumiała angielskiego i myślała, że prawią jej komplementy i puszczają dobroduszne żarciki. Była zachwycona i oczarowana wszystkimi ich szalonymi wyczynami, których bywała świadkiem. Była zadowoloną z życia, prostoduszną, zapracowaną dziewczyną, nie umiała czytać i z trudem tylko potrafiła się podpisać. Miała proste włosy koloru przegniłej słomy, żółtawą skórę, oczy krótkowidza i nikt z lotników nigdy z nią nie spał, ponieważ nikt nie miał na nią ochoty, nikt z wyjątkiem Aarfy'ego, który ją zgwałcił raz tego właśnie wieczoru i potem trzymał ją w szafie na ubrania, zatykając jej dłonią usta, prawie przez dwie godziny, aż syreny ogłosiły godzinę policyjną i dziewczyna nie mogła już wyjść z domu.

Wtedy wyrzucił ją przez okno. Jej trup wciąż jeszcze leżał na chodniku, kiedy nadszedł Yossarian i grzecznie utorował sobie drogę przez krąg uroczystych sąsiadów z bladymi latarkami, którzy rozstępowali się przed nim obrzucając go pełnymi nienawiści spojrzeniami i wskazując z goryczą okna na drugim piętrze w swoich poufnych, ponurych, oskarżycielskich rozmowach. Yossarianowi serce podskoczyło ze strachu i przerażenia na żałosny, złowieszczy i krwawy widok zmiażdżonego ciała. Dał nura do hallu i wbiegł po schodach do mieszkania, gdzie ujrzał Aarfy'ego, który przechadzał się nerwowo z nadętym, nieco niepewnym uśmiechem. Aarfy był jakby nieswój, kiedy obracając w palcach fajkę zapewniał Yossariana, że wszystko będzie w porządku. Nie ma się czym przejmować.

— Zgwałciłem ją tylko raz — wyjaśnił.

Yossarian był wstrząśnięty.

— Przecież ty ją zabiłeś, Aarfy! Zabiłeś ją!

— Musiałem to zrobić, po tym jak ją zgwałciłem — odpowiedział Aarfy z wyższością. — Nie mogłem przecież pozwolić, żeby nas obgadywała, prawda?

— Ale dlaczego jej w ogóle dotykałeś, ty głupi bydlaku? — zawołał Yossarian. — Dlaczego, jak potrzebowałeś dziewczyny, nie wziąłeś sobie jakiejś z ulicy? Miasto roi się od prostytutek.

— O, co to, to nie... — pochwalił się Aarfy. — Nigdy w życiu nie płaciłem za te rzeczy.

— Aarfy, czyś ty oszalał? — Yossarian prawie nie mógł wydobyć słowa. — Zabiłeś dziewczynę. Wsadzą cię do więzienia!

— E, nie — odpowiedział Aarfy z wymuszonym uśmiechem. — Nie wsadzą starego, poczciwego Aarfy'ego do więzienia. Nie za zabicie tej dziewczyny.

— Wyrzuciłeś ją przez okno. Leży na ulicy.

— Nie ma prawa tam leżeć — odpowiedział Aarfy. — Jest już po godzinie policyjnej.

— Idioto! Czy ty nie rozumiesz, co zrobiłeś? — Yossarian miał chęć chwycić Aarfy'ego za tłuste, miękkie jak gąsienice ramiona i potrząsać nim tak długo, aż coś zrozumie. — Zamordowałeś człowieka. Wsadzą cię do więzienia. Mogą cię nawet powiesić!

— E, wątpię, żeby to zrobili — odpowiedział Aarfy z dobrodusznym chichotem, mimo narastających oznak zdenerwowania. W roztargnieniu rozsypywał okruchy tytoniu, obracając w krótkich paluchach główkę fajki. — Nie, mój drogi. Nie zrobią tego staremu, poczciwemu Aarfy'emu. — Znowu zachichotał. — To była tylko służąca. Wątpię, żeby zrobili zbyt wiele szumu o jedną biedną włoską służącą, kiedy codziennie giną tysiące ludzi. Nie myślisz?

— Posłuchaj! — zawołał Yossarian prawie z radością. Nastawił uszu i patrzył, jak Aarfy'emu krew odpływa z twarzy, gdy usłyszał w oddali zawodzenie syreny. Była to syrena policyjna, która przerosła prawie natychmiast w wyjącą, przeraźliwą napastliwą kakofonię przytłaczającego dźwięku, jaki wdzierał się do ich pokoju ze wszystkich stron naraz. — Aarfy, jadą po ciebie — powiedział przekrzykując hałas i poczuł nagły przypływ litości. — Przyjadą cię aresztować, rozumiesz? Nie możesz bezkarnie odebrać życia drugiemu człowiekowi, nawet jeżeli to jest tylko biedna służąca. Czy nie potrafisz tego zrozumieć?

— E, nie — upierał się Aarfy z niepewnym uśmiechem. — Oni jadą nie po mnie. Nie po starego, poczciwego Aarfy'ego.

Nagle pobladł. Osunął się na krzesło drżąc w otępieniu, a bezwładne, sflaczałe ręce trzęsły mu się na kolanach. Samochody zarzucając zatrzymały się przed domem. Reflektory natychmiast zaświeciły prosto w okna. Trzasnęły drzwiczki aut, rozległy się policyjne gwizdki i szorstkie, podniesione głosy. Aarfy zzieleniał. Potrząsał machinalnie głową z dziwnym, zastygłym uśmiechem, powtarzając monotonnie słabym, bezbarwnym głosem, że oni przyjechali nie po niego, nie po starego, poczciwego Aarfy'ego, nie, mój drogi, usiłując przekonać siebie samego, że to prawda, nawet wtedy, gdy ciężkie kroki zatupotały po schodach i na ich podeście, nawet gdy pięści czterokrotnie załomotały w drzwi z ogłuszającą, nieubłaganą siłą. Potem drzwi stanęły otworem i dwaj wielcy, twardzi, zwaliści żandarmi ze stalowymi oczami i kamiennymi, nie znającymi uśmiechu szczękami weszli, szybko przemierzyli pokój i aresztowali Yossariana.

Aresztowali Yossariana za przebywanie w Rzymie bez przepustki.

Przeprosili Aarfy'ego za najście i wzięli Yossariana między siebie, chwytając go pod pachy palcami twardymi jak stalowe kajdanki. Przez całą drogę na dół nie odezwali się do niego ani słowem. Dwaj inni wielcy żandarmi z pałkami i w białych hełmach czekali na dole przy zamkniętym samochodzie. Yossariana posadzono na tylnym siedzeniu i auto ruszyło z rykiem, torując sobie drogę przez deszcz i brudną mgłę do posterunku. Tam żandarmi zamknęli go na noc w celi z czterema kamiennymi ścianami. O świcie dali mu wiadro zastępujące latrynę i zawieźli go na lotnisko, gdzie dwaj następni ogromni żandarmi z pałkami i w białych hełmach czekali przy samolocie transportowym, który już rozgrzewał swoje silniki, kiedy podjechali, a na walcowatych, zielonych pokrywach silników drżały kropelki skroplonej pary. Żandarmi nie odzywali się także do siebie nawzajem. Nawet nie skinęli sobie głowami. Samolot leciał na Pianosę. Następni dwaj milczący żandarmi czekali na lotnisku. Było ich teraz ośmiu i wszyscy z regulaminową precyzją bez słowa zapełnili dwa samochody i pojechali z pomrukiem opon, mijając cztery obozy eskadr, do budynku sztabu grupy, gdzie jeszcze dwóch żandarmów czekało na parkingu. Okrążony całą dziesiątką wysokich, silnych, zdecydowanych, milczących ludzi Yossarian ruszył do wejścia. Ich kroki chrzęściły głośno zgodnym rytmem na wysypanej żużlem ścieżce. Miał uczucie, że idą coraz szybciej. Ogarnęło go przerażenie. Każdy z dziesięciu żandarmów był tak potężny, że mógł go zabić jednym uderzeniem pięści. Wystarczyło, aby ścisnęli wokół niego swoje masywne, twarde, zwaliste ramiona, a wyzionąłby ducha. Nie miałby najmniejszej szansy ratunku. Nie widział nawet, którzy z nich trzymają go pod pachy, kiedy szedł szybko między ich zwartym dwuszeregiem. Przyśpieszyli kroku i miał uczucie, że leci nie dotykając stopami ziemi, gdy tak kłusowali zdecydowanym rytmem po szerokich marmurowych schodach na górę, gdzie czekało jeszcze dwóch zagadkowych żandarmów o kamiennych twarzach, aby poprowadzić ich jeszcze szybciej wzdłuż długiej galerii otaczającej ogromny hall. Ich marszowy krok głucho dudnił na kamiennej podłodze, rozbrzmiewając w pustym wnętrzu budynku jak przeraźliwy, coraz to szybszy werbel, gdy z coraz to większą szybkością i precyzją zmierzali do pokoju pułkownika Cathcarta. Gwałtowny wicher paniki gwizdał Yossarianowi w uszach, gdy go wreszcie popchnięto ku zgubie do środka, gdzie pułkownik Korn, rozparty wygodnie tyłkiem na biurku pułkownika Cathcarta, powitał go miłym uśmiechem i powiedział:

— Odsyłamy was do kraju.

40

Paragraf 22

Oczywiście był w tym jakiś kruczek.

— Paragraf dwudziesty drugi? — spytał Yossarian.

— Oczywiście — odpowiedział uprzejmie pułkownik Korn, odprawiwszy imponującą świtę potężnych żandarmów beztroskim ruchem dłoni i z lekka pogardliwym kiwnięciem głowy. Jak zwykle czuł się najlepiej, kiedy mógł sobie pozwolić na cynizm. Jego kwadratowe szkła bez oprawy połyskiwały filuternym rozbawieniem, gdy przyglądał się Yossarianowi. — Ostatecznie nie możemy odesłać was do kraju tylko dlatego, że odmawiacie latania, a całą resztę zostawić tutaj, prawda? Nie byłoby to zbyt uczciwe w stosunku do nich.

— Masz rację jak cholera! — wybuchnął pułkownik Cathcart, który tupał ciężko tam i z powrotem po pokoju jak zdyszany byk, sapiąc i wydymając wargi ze złością. — Wiem, co chciałbym z nim zrobić. Chciałbym go związać jak prosiaka i wrzucić go do samolotu przed każdym lotem.

Pułkownik Korn dał znak pułkownikowi Cathcartowi, żeby był cicho, i uśmiechnął się do Yossariana.

— Muszę wam powiedzieć, że pułkownik Cathcart rzeczywiście ma przez was masę kłopotów — zauważył z impertynencką beztroską, jakby ten fakt nie sprawiał mu wcale przykrości. — Ludzie są niezadowoleni i morale zaczyna podupadać. I wszystko to wasza wina.

— To wasza wina — zaprotestował Yossarian — bo podnieśliście liczbę obowiązkowych lotów.

— Nie, to wasza wina, bo odmawiacie latania — odparł

pułkownik Korn. — Ludzie bez szemrania odbywali tyle lotów, ile żądaliśmy, dopóki sądzili, że nie mają innego wyjścia. Teraz daliście im nadzieję i poczuli się nieszczęśliwi. Więc cała wina spada na was.

— Czy on nie wie, że jest wojna? — spytał ponuro pułkownik Cathcart, nie patrząc na Yossariana i nadal chodząc po pokoju.

— Jestem pewien, że wie — odpowiedział pułkownik Korn. — Zapewne dlatego odmawia latania.

— Czy to nie ma dla niego żadnego znaczenia?

— Czy wiadomość, że jest wojna, może podważyć waszą decyzję niebrania w niej udziału? — spytał pułkownik Korn z sarkastyczną powagą, przedrzeźniając pułkownika Cathcarta.

— Nie, panie pułkowniku — odparł Yossarian, omal nie odpowiadając mu uśmiechem.

— Tego się obawiałem — zauważył pułkownik Korn z przesadnym westchnieniem, splatając dłonie wygodnie na czubku swojej gładkiej, łysej, szerokiej, lśniącej, opalonej głowy. — Prawdę mówiąc, musicie uczciwie przyznać, że nie działa się wam tu krzywda? Karmiliśmy was i płaciliśmy wam punktualnie. Daliśmy wam medal i nawet awansowaliśmy was do kapitana.

— W żadnym wypadku nie powinienem był robić go kapitanem — zawołał z goryczą pułkownik Cathcart. — Trzeba go było oddać pod sąd polowy, kiedy spaprał tę akcję na Ferrarę i nalatywał powtórnie.

— Mówiłem ci, żebyś go nie awansował — powiedział pułkownik Korn — ale nie chciałeś mnie słuchać.

— Wcale tego nie mówiłeś. Przecież to ty kazałeś mi go awansować.

— Mówiłem ci, żeby go nie awansować. Ale ty nie chciałeś mnie słuchać.

— Powinienem był cię posłuchać.

— Ty nigdy mnie nie słuchasz — z lubością powtarzał swoje pułkownik Korn. — Dlatego właśnie znaleźliśmy się w tych opałach.

— Dobra, dobra. Przestań mi suszyć głowę. — Pułkownik Cathcart wepchnął pięści głęboko w kieszenie i odwrócił się przygarbiony. — Zamiast czepiać się mnie, mógłbyś wymyślić, co z nim zrobić.

— Obawiam się, że będziemy musieli odesłać go do kraju. — Pułkownik Korn chichocząc tryumfalnie zwrócił się do Yossariana. — No, Yossarian, dla was wojna się skończyła. Odeślemy was do kraju. Prawdę mówiąc, nie zasłużyliście sobie na to i dlatego między innymi nie mam nic przeciwko temu. Ponieważ w danej chwili nie możemy sobie pozwolić na nic innego, postanowiliśmy odesłać was do Stanów. Postanowiliśmy zrobić z wami mały interes...

— Jaki interes? — spytał Yossarian z jawną podejrzliwością. Pułkownik Korn roześmiał się odrzucając głowę do tyłu.

— O, jest to zdecydowanie brudny interes, nie miejcie co do tego żadnych złudzeń. Coś absolutnie obrzydliwego. Ale zgodzicie się bardzo szybko.

— Niech pan nie będzie taki pewien.

— Nie mam najmniejszej wątpliwości, że się zgodzicie, mimo że interes cuchnie na milę. Aha, à propos. Nie mówiliście chyba nikomu, że odmawiacie udziału w dalszych lotach?

— Nie, panie pułkowniku — odpowiedział Yossarian pośpiesznie.

— To dobrze — kiwnął głową z aprobatą pułkownik Korn. — Podoba mi się to, jak kłamiecie. Możecie daleko zajść w tym świecie, jeżeli tylko znajdziecie w sobie dość ambicji.

— Czy on nie wie, że jest wojna? — ryknął nagle pułkownik Cathcart i z gwałtownym niedowierzaniem przedmuchał swoją cygarniczkę.

— Jestem pewien, że wie — odpowiedział zjadliwie pułkownik Korn — gdyż przed chwilą zwracałeś mu już uwagę na ten fakt. — Pułkownik Korn zrobił do Yossariana minę wyrażającą zniecierpliwienie, a w jego oczach zaświeciła się ciemno chytra, bezczelna pogarda. Uchwyciwszy obiema rękami skraj biurka pułkownika Cathcarta, uniósł swój sflaczały zadek i usiadł daleko na biurku, dyndając nogami w powietrzu. Kopał butami żółte dębowe drzewo, a jego błotnistobrązowe skarpety bez podwiązek zwisały obwarzankami, odsłaniając zaskakująco drobne, białe kostki. — Wiecie co, Yossarian — podjął przyjaźnie tonem swobodnej refleksji, ironicznej i szczerej zarazem — ja rzeczywiście mam dla was dużo podziwu. Jesteście człowiekiem inteligentnym o niezłomnych zasadach moralnych i zajęliście bardzo odważne stanowisko. Ja jestem człowiekiem inteligentnym, bez żadnych zasad moralnych, więc nikt lepiej ode mnie nie potrafi tego ocenić.

— Sytuacja jest krytyczna — stwierdził opryskliwie pułkownik Cathcart ze swojego kąta, nie zwracając uwagi na pułkownika Korna.

— Sytuacja jest rzeczywiście krytyczna — przyznał pułkownik Korn łagodnie kiwając głową. — Jesteśmy świeżo po zmianie dowództwa i nie możemy dopuścić do awantury, która postawiłaby nas w niekorzystnym świetle w oczach generała Scheisskopfa lub generała Peckema. Czy to miał pan na myśli, pułkowniku?

— Czy on nie ma za grosz patriotyzmu?

— Nie chcecie walczyć za ojczyznę? — spytał pułkownik Korn naśladując chrapliwy, napuszony ton pułkownika Cathcarta. — Nie chcecie oddać życia za pułkownika Cathcarta i za mnie?

Yossarian aż stężał w pełnym napięcia zaskoczeniu, słysząc te słowa.

— Co to ma znaczyć? — zawołał. — Co pan i pułkownik Cathcart macie wspólnego z moją ojczyzną? To są zupełnie różne rzeczy.

— Jak można je rozdzielić? — spytał pułkownik Korn z ironicznym spokojem.

— Słusznie — wykrzyknął pułkownik Cathcart z emfazą. — Jesteście albo z nami, albo przeciwko nam. Innej możliwości nie ma.

— Obawiam się, że pułkownik ma rację — dodał pułkownik Korn. — Jesteście albo z nami, albo przeciwko ojczyźnie. To jasne jak słońce.

— O nie, panie pułkowniku. Ja się na to nie dam nabrać.

Pułkownik Korn nic się nie przejął.

— Szczerze mówiąc, ja też, ale wszyscy inni dają się nabrać. Więc sami rozumiecie.

— Okrywacie hańbą swój mundur! — oświadczył pułkownik Cathcart wybuchając gniewem i po raz pierwszy zwrócił się twarzą do Yossariana. — Swoją drogą chciałbym się dowiedzieć, jakim cudem zostaliście kapitanem.

— Ty go awansowałeś — przypomniał słodkim głosem pułkownik Korn, tłumiąc chichot. — Nie pamiętasz?

— Nie powinienem był tego robić.

— Mówiłem, żebyś tego nie robił — powiedział pułkownik Korn — ale ty chciałeś mnie słuchać.

— Czy musisz mi to wypominać? — krzyknął pułkownik Cathcart marszcząc czoło i przyglądając się pułkownikowi Kornowi podejrzliwie przymrużonymi oczami, z pięściami zaciśniętymi na biodrach. — Powiedz, po czyjej ty właściwie jesteś stronie?

— Po twojej, oczywiście. A po czyjej stronie miałbym być?

— No to przestań się mnie czepiać, dobrze? Zejdź ze mnie, dobrze?

— Jestem po twojej stronie. Ja jestem patriotą do szpiku kości.

— No to postaraj się o tym nie zapominać. — Pułkownik Cathcart po chwili odwrócił się niechętnie, jakby nie do końca przekonany, i znowu zaczął się przechadzać po pokoju ugniatając w palcach swoją długą cygarniczkę. — Skończmy z nim — wskazał kciukiem na Yossariana. — Ja wiem, co chciałbym z nim zrobić. Chciałbym wyprowadzić go na dwór i zastrzelić. Oto, co chciałbym z nim zrobić. Tak by z nim postąpił generał Dreedle.

— Ale generał Dreedle odszedł od nas — przypomniał pułkownik Korn — i nie możemy wyprowadzić Yossariana na dwór i zastrzelić. — Teraz, kiedy spięcie między nim a pułkownikiem Cathcartem zostało rozładowane, pułkownik Korn znowu rozsiadł się swobodnie i stukał rytmicznie nogą u biurko pułkownika Cathcarta. — A więc zamiast tego odeślemy was do kraju — zwrócił się do Yossariana. — Zajęło to nam trochę czasu, ale wreszcie wymyśliliśmy cholerny plan wyprawienia was w taki sposób, aby nie wywołać zbyt wiele niezadowolenia wśród waszych kolegów, którzy tu zostaną. Czy to was satysfakcjonuje?

— Co to za plan? Nie jestem pewien, czy mi się spodoba.

— Wiem, że się wam nie spodoba — roześmiał się pułkownik Korn, znowu z zadowoleniem splatając dłonie na czubku głowy. — Wzbudzi w was odrazę. Jest rzeczywiście wstrętny i niewątpliwie będzie obrazą dla waszego sumienia. Ale zgodzicie się na niego bardzo prędko. Zgodzicie się, ponieważ umożliwi wam znalezienie się w kraju cało i zdrowo za dwa tygodnie, a także dlatego, że nie macie wyboru. Albo to, albo sąd polowy. Jedno z dwojga.

— Niech pan przestanie blefować, pułkowniku — żachnął się Yossarian. — Nie możecie mnie sądzić za dezercję w obliczu nieprzyjaciela. Postawiłoby to was w niekorzystnym świetle, a ja zostałbym najpewniej uniewinniony.

— Ale teraz możemy was oskarżyć o dezercję z jednostki, bo polecieliście do Rzymu bez przepustki. Potrafimy to zrobić bez pudła. Jeżeli się choć przez chwilę zastanowicie, to zrozumiecie, że nie mamy innego wyjścia. Nie możemy pozwolić wam chodzić sobie swobodnie, nie karząc was za jawną niesubordynację, bo wszyscy pozostali lotnicy również odmówiliby dalszego latania. Nie, możecie mi wierzyć. Jeżeli odrzucicie naszą propozycję, oddamy was pod sąd polowy, nie bacząc na fakt, że pociągnie to za sobą masę kłopotów i stanie się wielką plamą na honorze pułkownika Cathcarta.

Pułkownik Cathcart drgnął przy słowach „plama na honorze" i zupełnie nieoczekiwanie cisnął wściekle swoją wysmukłą cygarniczką z onyksu i kości słoniowej o drewniany blat biurka.

— Jezu Chryste! — krzyknął niespodziewanie. — Jak ja nie cierpię tej cholernej cygarniczki! — Cygarniczka odskoczyła od biurka, odbiła się rykoszetem od ściany, przeleciała przez parapet okna i spadła na podłogę niemal u jego stóp. Pułkownik Cathcart spoglądał na nią z gniewnym grymasem. — Zastanawiam się, czy ona rzeczywiście na coś mi się przydaje.

— Przydaje ci blasku w oczach generała Peckema, ale kompromituje cię w oczach generała Scheisskopfa — poinformował go pułkownik Korn z figlarnie niewinną miną.

— A któremu z nich powinienem się przypodobać?

— Obu.

— Jak mogę przypodobać się obu? Przecież oni się nawzajem nienawidzą. Jak mogę zyskać w oczach generała Scheisskopfa nie tracąc w oczach generała Peckema?

— Defilując.

— Tak, defilując. To jedyny sposób, żeby zyskać jego uznanie. — Pułkownik Cathcart skrzywił się ponuro. — Też mi generałowie! Kompromitują mundur. Jeżeli tacy ludzie jak ci dwaj mogą zostać generałami, to nie rozumiem, jak mnie się to może nie udać.

— Masz przed sobą wielką przyszłość — zapewnił go pułkownik Korn z całkowitym brakiem przekonania, a jego pogardliwe rozradowanie wzrosło jeszcze na widok nieprzejednanej wrogości i podejrzliwości na twarzy Yossariana, do którego zwrócił się z chichotem. — I tu jest pies pogrzebany. Pułkownik Cathcart chce zostać generałem, a ja chcę zostać pułkownikiem i dlatego musimy odesłać was do kraju.

— A dlaczego on chce zostać generałem?

— Dlaczego? Z tego samego powodu, dla którego ja chcę zostać pułkownikiem. Cóż innego możemy robić? Wszyscy nas uczą, że należy dążyć do rzeczy wyższych. Generał to coś wyższego niż pułkownik, a pułkownik to coś wyższego niż podpułkownik. Obaj więc dążymy. I powiem wam, Yossarian, macie szczęście, że tak jest. Trafiliście na idealny moment, sądzę zresztą, że uwzględniliście to w swoich wyliczeniach.

— Nic nie wyliczałem — odpowiedział Yossarian.

— Muszę przyznać, że podoba mi się to, jak kłamiecie — odpowiedział pułkownik Korn. — Czy nie będziecie dumni, że wasz dowódca dostanie awans na generała i że służyliście w jednostce, w której lotnicy mieli najwięcej lotów bojowych? Czy nie pragniecie, aby wasza jednostka była częściej wymieniana w rozkazach dowództwa i otrzymała więcej liści dębowych do Medalu

Lotnika? Gdzie jest wasz *esprit de corps*? Czy nie chcecie wzbogacać tej wspaniałej kroniki i latać nadal? Macie ostatnią szansę odpowiedzieć tak.

— Nie.

— A więc przypieracie nas do muru — powiedział pułkownik Korn bez cienia urazy.

— Powinien się wstydzić!

— ...i musimy odesłać was do kraju. Zrobicie tylko dla nas parę rzeczy i...

— Jakich rzeczy? — przerwał mu wojowniczo Yossarian, pełen najgorszych obaw.

— Och, parę drobnych, nieistotnych rzeczy. Prawdę mówiąc, nasza oferta jest niezwykle hojna. My wydamy rozkaz przenoszący was do Stanów, naprawdę to zrobimy, a wy w zamian będziecie musieli tylko...

— Co? Co będę musiał?

Pułkownik Korn zaśmiał się krótko.

— Polubić nas.

Yossarian zamrugał.

— Polubić was?

— Polubić nas.

— Polubić was?

— Tak jest — potwierdził pułkownik Korn kiwając głową, niezmiernie uradowany nie udawanym zdumieniem i oszołomieniem Yossariana. — Polubić nas. Przyłączyć się do nas. Być naszym kumplem. Mówić o nas dobrze tutaj i po powrocie do Stanów. Należeć do naszej paczki. Nie wymagamy chyba zbyt wiele, prawda?

— Chcecie po prostu, żebym was polubił? I to wszystko?

— To wszystko.

— To wszystko?

— Po prostu postarajcie się nas polubić.

Yossarian, przekonawszy się ku swojemu zdumieniu, że pułkownik Korn mówi poważnie, miał ochotę wybuchnąć śmiechem.

— To nie będzie takie łatwe — zadrwił.

— O, będzie to o wiele łatwiejsze, niż myślicie — odpowiedział równie ironicznie pułkownik, nie zrażony złośliwością Yossariana. — Sami będziecie zdziwieni, jak wam to łatwo przyjdzie, skoro raz zaczniecie. — Pułkownik Korn podciągnął swoje za luźne, obszerne spodnie. Głębokie czarne bruzdy oddzielające jego kwadratowy podbródek od policzków wygięły się powtórnie w grymas szyderczej, nieprzyzwoitej wesołości. — Widzicie,

Yossarian, będziecie mieli jak u Pana Boga za piecem. Damy wam awans na majora, a nawet jeszcze jeden medal. Kapitan Flume przygotowuje już płomienne komunikaty opisujące wasze bohaterstwo nad Ferrarą, waszą głęboką i niewzruszoną lojalność w stosunku do swego oddziału oraz wasze bezgraniczne poświęcenie przy wykonywaniu obowiązków. Notabene wszystko to są autentyczne cytaty. Będziemy was gloryfikować i wrócicie do kraju jako bohater odwołany przez Pentagon w celach propagandowo-reklamowych. Będziecie żyć jak milioner. Będą was traktować jak gwiazdora. Będziecie przyjmować defilady na swoją cześć i wygłaszać przemówienia zachęcające do kupowania obligacji pożyczki wojennej. Z chwilą gdy zostaniecie naszym kumplem, otwiera się przed wami cały nowy luksusowy świat. Czy to nie cudowne?

Yossarian przyłapał się na tym, że z zainteresowaniem słucha tych fascynujących szczegółów.

— Wolałbym nie wygłaszać przemówień — powiedział.

— No to dajmy spokój przemówieniom. Najważniejsze jest to, co powiecie ludziom tutaj. — Pułkownik Korn pochylił się i powiedział poważnie, już bez uśmiechu: — Nie chcemy, aby ktokolwiek w grupie dowiedział się, że odsyłamy was do kraju dlatego, że odmówiliście dalszego udziału w lotach. Nie chcemy też, żeby generał Peckem albo generał Scheisskopf przewąchał coś o jakichś tarciach między nami. Dlatego właśnie musimy zostać tak dobrymi kumplami.

— Co mam mówić ludziom, kiedy mnie będą pytać, dlaczego odmówiłem udziału w akcjach bojowych?

— Powiecie im, że poinformowano was w tajemnicy o przeniesieniu do kraju i nie chcieliście narażać życia w tej jednej czy dwu akcjach. Po prostu drobne nieporozumienie między przyjaciółmi, to wszystko.

— I uwierzą w to?

— Oczywiście, że uwierzą, kiedy zobaczą, jak bardzo się zaprzyjaźniliśmy, i przeczytają w biuletynach wasze pochwały pod adresem pułkownika Cathcarta i moim. Ludźmi się nie przejmujcie. Nie będzie trudności z przywróceniem wśród nich dyscypliny, jak tylko stąd wyjedziecie. Mogą być z nimi kłopoty, tylko dopóki wy tu jesteście. Rozumiecie, łyżka miodu może zepsuć beczkę dziegciu — zakończył pułkownik Korn ze świadomą ironią. — Wiecie, to mogłoby być rzeczywiście cudowne, moglibyście nawet natchnąć ich do odbywania większej liczby lotów.

— A gdybym tak zdemaskował was po przyjeździe do Stanów?

— Po tym jak przyjmiecie od nas medal, awans i wszystkie te fanfary? Nikt wam nie uwierzy, wojsko wam nie pozwoli, a poza tym po jakie licho mielibyście to robić? Nie zapominajcie, że będziecie należeć do paczki. Będziecie się cieszyć bogatym, przyjemnym, luksusowym, uprzywilejowanym życiem. Trzeba głupca, żeby odrzucił to wszystko dla jakichś tam zasad moralnych, a wy nie jesteście głupcem. Więc jak, umowa stoi?

— Nie wiem.

— Albo to, albo sąd polowy.

— Zrobiłbym świński kawał kolegom z eskadry, prawda?

— Ohydny — przyznał pułkownik Korn przyjaźnie i czekał obserwując Yossariana cierpliwie, z błyskiem głęboko osobistej radości.

— Ale co tam! — wykrzyknął Yossarian. — Jeżeli nie chcą więcej latać, to niech się postawią i zrobią coś w tej sprawie tak jak ja. Prawda?

— Oczywiście — przytaknął pułkownik Korn.

— Nie ma powodu, żebym narażał dla nich życie, prawda?

— Oczywiście, że nie.

Yossarian podjął decyzję z nagłym uśmiechem.

— Zgoda! — obwieścił radośnie.

— Doskonale — powiedział pułkownik Korn z nieco mniejszą serdecznością, niż tego Yossarian oczekiwał, i zsunąwszy się z biurka pułkownika Cathcarta stanął na podłodze. Obciągnął fałdy spodni i kalesonów, które zebrały mu się w kroku, i podał Yossarianowi do uściśnięcia obwisłą dłoń. — Witamy na pokładzie.

— Dziękuję, pułkowniku. Ja...

— Mów mi Blackie, John. Jesteśmy teraz przyjaciółmi.

— Dobrze, Blackie. Przyjaciele nazywają mnie Yo-Yo. Blackie, ja...

— Przyjaciele nazywają go Yo-Yo — zawołał pułkownik Korn do pułkownika Cathcarta. — Może mu pogratulujesz podjęcia rozsądnej decyzji?

— Podjąłeś naprawdę rozsądną decyzję, Yo-Yo — powiedział pułkownik Cathcart ściskając Yossarianowi dłoń z niezgrabnym zapałem.

— Dziękuję, panie pułkowniku. Ja...

— Mów mu Chuck — powiedział pułkownik Korn.

— Jasne, mów mi Chuck — powiedział pułkownik Cathcart z nienaturalnie serdecznym śmiechem. — Jesteśmy teraz wszyscy kumplami.

— Dobra, Chuck.

— „Wychodzą z uśmiechem" — powiedział pułkownik Korn zarzucając im ręce na ramiona i wszyscy trzej skierowali się do wyjścia.

— Może byś zjadł z nami kolację któregoś wieczora, Yo-Yo — zaprosił uprzejmie pułkownik Cathcart. — Może dzisiaj? W stołówce sztabowej.

— Z przyjemnością, panie pułkowniku.

— Chuck — poprawił z wyrzutem pułkownik Korn.

— Przepraszam, Blackie. Chuck. Nie mogę się przyzwyczaić.

— Nie szkodzi, przyjacielu.

— W porządku, przyjacielu.

— Dziękuję, przyjacielu.

— Nie ma o czym mówić, przyjacielu.

— Do zobaczenia, przyjacielu.

Yossarian czule pomachał na pożegnanie swoim nowym przyjaciołom i wyskoczył na korytarz, z trudem powstrzymując się, aby nie zaśpiewać na cały głos. Mógł wracać do kraju: postawił na swoim; jego akt buntu przyniósł rezultaty; był uratowany i nie musiał się nikogo wstydzić. W radosnym i zawadiackim nastroju ruszył ku schodom. Jakiś szeregowiec w zielonym kombinezonie zasalutował mu. Yossarian odsalutował zadowolony, spoglądając na żołnierza z zaciekawieniem. Twarz żołnierza była dziwnie znajoma. Zanim Yossarian opuścił rękę, szeregowiec w zielonym kombinezonie zmienił się nagle w dziwkę Nately'ego i rzucił się na niego w morderczym szale z oprawnym w kość kuchennym nożem, który trafił go w bok pod uniesioną ręką. Yossarian z krzykiem osunął się na podłogę, zamykając oczy z przerażenia na widok dziewczyny unoszącej nóż do nowego ciosu. Był już nieprzytomny, kiedy pułkownik Korn i pułkownik Cathcart wybiegli z pokoju i spłoszywszy dziewczynę uratowali mu życie.

41

Snowden

— Tnij — powiedział lekarz.

— Ty tnij — powiedział drugi lekarz.

— Żadnych cięć — powiedział Yossarian ciężkim, nieposłusznym językiem.

— Zobacz, kto się wtrąca — poskarżył się jeden z lekarzy. — Znalazł się doradca. No to jak, operujemy?

— Tu nie potrzeba operacji — poskarżył się drugi lekarz. — To mała rana. Wystarczy zatrzymać krwotok, zdezynfekować i nałożyć kilka szwów.

— Ale ja nigdy jeszcze nie miałem okazji do operowania. Który to jest skalpel? Czy to jest skalpel?

— Nie, skalpel to jest to drugie. Zaczynaj i tnij, jeżeli już musisz. Rób nacięcie.

— Czy tak?

— Nie tam, durniu.

— Żadnych cięć — odezwał się Yossarian, odczuwając przez rozpraszającą się mgłę nieświadomości, że ci dwaj obcy faceci gotowi są go pokrajać.

— Znalazł się doradca — poskarżył się sarkastycznie pierwszy lekarz. — Czy on będzie tak gadać przez całą operację?

— Nie możecie go operować, dopóki go nie przyjmę — powiedział rejestrator.

— Nie możesz go przyjąć, dopóki ja go nie wpiszę — powiedział gruby, gburowaty pułkownik z wąsami na ogromnej różowej twarzy, która pochyliła się tuż nad Yossarianem, promieniując palącym żarem, jak dno wielkiej patelni. — Gdzie się urodziliście?

Gruby i grubiański pułkownik przypominał Yossarianowi grubego i grubiańskiego pułkownika, który przesłuchiwał kapelana i uznał go za winnego. Yossarian widział go jak przez połyskliwą zasłonę. Powietrze było słodkie od duszącej woni formaliny i spirytusu.

— Na polu bitwy — odpowiedział.

— Nie, nie. W jakim stanie się urodziliście?

— W stanie niewinności.

— Nie, nie. Nie zrozumieliście mnie.

— Pozwólcie, że ja się nim zajmę — gorączkował się człowiek z twarzą jak toporek, głęboko osadzonymi, zjadliwymi oczami i wąskimi, złośliwymi ustami. — Cóż to, żarty sobie stroisz? — spytał Yossariana.

— On majaczy — powiedział jeden z lekarzy. — Pozwólcie nam lepiej wziąć go do środka i zająć się nim.

— Jeżeli majaczy, to zostawcie go tutaj. Może powie coś obciążającego.

— Ależ on wciąż obficie krwawi. Nie widzi pan? Może nawet umrzeć.

— Dobrze mu tak!

— Na nic lepszego nie zasłużył, szmatławy bydlak — powiedział gruby i grubiański pułkownik. — No dobra, John, gadaj! Chcemy znać prawdę.

— Wszyscy mówią mi Yo-Yo.

— Chcemy, żebyś nam pomógł, Yo-Yo. Jesteśmy twoimi przyjaciółmi i powinieneś mieć do nas zaufanie. Przyszliśmy tutaj, żeby ci pomóc. Nie zrobimy ci nic złego.

— Wsadźmy mu palce w ranę i powierćmy — zaproponował człowiek z twarzą jak toporek.

Yossarian opuścił powieki w nadziei, że pomyślą, iż stracił przytomność.

— Zemdlał — powiedział jeden z lekarzy. — Czy nie moglibyśmy zająć się nim teraz, dopóki nie jest za późno? On naprawdę może umrzeć.

— Dobrze, bierzcie go. Mam nadzieję, że bydlak umrze.

— Nie wolno wam nic z nim robić, dopóki go nie przyjmę — odezwał się rejestrator.

Yossarian udawał nieboszczyka leżąc z zamkniętymi oczami, podczas gdy rejestrator przyjmował go szeleszcząc jakimiś papierami, po czym przewieziono go powoli do dusznego, ciemnego pokoju z oślepiającymi reflektorami pod sufitem, gdzie ciężka woń formaliny i słodkawy zapach spirytusu były jeszcze silniejsze. Przyjemny, przenikający wszystko odór mącił w głowie. Czuł też eter i słyszał brzęk szkła. Z tajoną, egoistyczną uciechą przysłuchiwał się ochrypłemu posapywaniu dwóch lekarzy. Cieszyło go, iż mają go za nieprzytomnego i nie podejrzewają, że ich słyszy. Wszystko to bardzo go śmieszyło, dopóki jeden z lekarzy nie powiedział:

— Jak uważasz, czy powinniśmy uratować mu życie? Mogą mieć o to do nas pretensje.

— Zaczynajmy operację — nalegał drugi lekarz. — Otwórzmy go i zobaczmy, co on tam ma w środku. Stale skarżył się na wątrobę. Na tym zdjęciu jego wątroba jest jakaś dziwnie mała.

— To jest trzustka, ty kretynie. Wątroba jest tu.

— Nie. To jest serce. Założę się o pięć centów, że to jest wątroba. Zoperuję go i przekonamy się. Czy mam przedtem umyć ręce?

— Żadnych operacji — powiedział Yossarian otwierając oczy i usiłując usiąść.

— Znalazł się doradca — obruszył się jeden z lekarzy. — Czy nie można go jakoś uciszyć?

— Możemy dać mu narkozę. Eter jest tutaj.

— Żadnej narkozy — powiedział Yossarian.

— Znalazł się doradca — powiedział lekarz.

— Dajmy mu narkozę, a jak straci przytomność, będziemy mogli z nim robić, co chcemy.

Dali mu narkozę i stracił przytomność. Ocknął się z uczuciem pragnienia w separatce przesiąkniętej oparami eteru. Przy jego łóżku czuwał pułkownik Korn, siedząc spokojnie na krześle w swojej workowatej, wełnianej, oliwkowoszarej koszuli i spodniach. Obiema rękami masował łagodnie ścianki swojej graniastej łysej czaszki, a na jego smagłej twarzy z zarośniętymi policzkami zawisł ironiczny, flegmatyczny uśmiech. Pochylił się z uśmiechem, gdy Yossarian się obudził, i zapewnił go najbardziej przyjaznym tonem, że zawarty układ jest nadal ważny, jeżeli Yossarian nie umrze. Yossarian zwymiotował i pułkownik Korn przy pierwszym spazmie zerwał się na równe nogi i uciekł z obrzydzeniem, więc może rzeczywiście nie ma tego złego, co by na dobre nie wyszło, zastanawiał się Yossarian zapadając w duszące oszołomienie. Obudziła go brutalnie szponiasta dłoń. Odwrócił się, otworzył oczy i ujrzał nieznanego człowieka ze złą twarzą, który wydął wargi w złośliwym grymasie i pochwalił się:

— Mamy twojego kumpla, kolego. Mamy twojego kumpla.

Yossarian poczuł słabość w całym ciele i oblał się potem.

— Kto jest moim kumplem? — spytał, gdy zobaczył kapelana siedzącego na miejscu pułkownika Korna.

— Może to o mnie chodzi — odparł kapelan.

Ale Yossarian nie słyszał go i zamknął oczy. Ktoś dał mu łyk wody i odszedł na palcach. Zasnął i obudził się w znakomitym nastroju, który prysł, kiedy odwrócił głowę, aby uśmiechnąć się do kapelana, i zobaczył na jego miejscu Aarfy'ego. Z piersi Yossariana wyrwał się jęk, a jego twarz wykrzywił wyraz udręki i zniecierpliwienia, kiedy Aarfy zarechotał i spytał go, jak się czuje. Zrobił zdziwioną minę, kiedy Yossarian jego z kolei spytał, dlaczego nie siedzi w więzieniu. Yossarian zamknął oczy, żeby Aarfy sobie poszedł. Otworzył je, gdy Aarfy'ego już nie było, a na jego miejscu siedział kapelan. Yossarian roześmiał się na widok radosnego uśmiechu kapelana i spytał go, z czego on się, u licha, tak cieszy.

— Cieszę się przez wzgląd na ciebie — odpowiedział kapelan z nie udawaną radością i podnieceniem. — Dowiedziałem się w sztabie, że jesteś bardzo poważnie ranny i że będzie cię trzeba odesłać do kraju, jeżeli przeżyjesz. Pułkownik Korn mówił, że twój stan jest ciężki. Ale jeden z lekarzy powiedział mi, że rana jest w rzeczywistości bardzo lekka i że za dzień lub dwa będziesz mógł opuścić szpital. Nic ci więc nie grozi. To zupełnie nieźle.

Yossarian słuchał kapelana z olbrzymią ulgą.

— To dobrze — powiedział.

— Tak — przyznał kapelan i rumieniec psotnej uciechy wypełzał mu na policzki. — Tak, to dobrze.

Yossarian roześmiał się przypomniawszy sobie swoją pierwszą rozmowę z kapelanem.

— Wiesz, po raz pierwszy spotkaliśmy się w szpitalu. Teraz znowu jestem w szpitalu. Spotykamy się po raz pierwszy od dłuższego czasu i znowu w szpitalu. Gdzie się ukrywałeś?

Kapelan wzruszył ramionami.

— Dużo się modliłem — wyznał. — Staram się możliwie jak najrzadziej wychodzić z namiotu i modlę się, kiedy sierżant Whitcomb gdzieś wyjeżdża, żeby mnie nie przyłapał.

— Czy to coś pomaga?

— Pozwala mi nie myśleć o moich kłopotach — odpowiedział kapelan ponownie wzruszając ramionami. — I mam przynajmniej jakieś zajęcie.

— W takim razie to dobrze, prawda?

— Tak — zgodził się kapelan entuzjastycznie, jakby nigdy dotąd nie przyszło mu to do głowy. — Tak, myślę, że to dobrze. — Wiedziony nagłym impulsem pochylił się z niezręczną troskliwością.

— Słuchaj, czy mogę coś dla ciebie zrobić, dopóki tu jesteś? Przynieść ci coś?

— Na przykład zabawki, cukierki, gumę do żucia? — zakpił dobrodusznie Yossarian.

Kapelan uśmiechając się z zakłopotaniem znowu się zapłonił, a potem powiedział z szacunkiem:

— Na przykład książki albo coś innego. Chciałbym móc coś dla ciebie zrobić. Rozumiesz, wszyscy jesteśmy bardzo z ciebie dumni.

— Dumni?

— Ależ oczywiście. Narażałeś życie, żeby powstrzymać tego hitlerowskiego mordercę. To było bardzo szlachetne.

— Jakiego hitlerowskiego mordercę?

— Tego, który przyszedł zamordować pułkownika Cathcarta i pułkownika Korna. A ty uratowałeś im życie. Mógł cię zasztyletować na śmierć, kiedy z nim walczyłeś na galerii. Masz szczęście, że wyszedłeś z tego z życiem.

Yossarian parsknął sardonicznie, kiedy wreszcie zrozumiał.

— To nie był żaden hitlerowski morderca — powiedział.

— Ależ tak. Pułkownik Korn mówi, że tak.

— To była dziewczyna Nately'ego. I chodziło jej o mnie, nie o pułkownika Cathcarta i pułkownika Korna. Usiłuje mnie zabić, od chwili kiedy jej powiedziałem, że Nately nie żyje...

— Ale jak to możliwe? — zaprotestował kapelan siniejąc z urazy i frustracji. — Pułkownik Cathcart i pułkownik Korn obaj widzieli, jak uciekał. Oficjalny raport stwierdza, że powstrzymałeś hitlerowskiego mordercę, który chciał ich zabić.

— Nie wierz w oficjalne raporty — poradził Yossarian sucho. — To wynika z umowy.

— Z jakiej umowy?

— Umowy, którą zawarłem z pułkownikiem Cathcartem i pułkownikiem Kornem. Wypuszczą mnie do kraju jako wielkiego bohatera, pod warunkiem że będę wszędzie dobrze o nich mówił i nigdy nie będę ich krytykował za to, że każą pozostałym zaliczać większą liczbę lotów.

Kapelan był wstrząśnięty i aż uniósł się na krześle najeżony wojowniczym przerażeniem.

— Ależ to straszne. To jest przecież haniebna, skandaliczna umowa.

— Ohydna — odparł Yossarian wpatrując się drewnianym wzrokiem w sufit. — O ile pamiętam, uzgodniliśmy, że „ohydna" jest najwłaściwszym określeniem.

— Więc jak mogłeś na to przystać?

— Albo to, albo sąd polowy.

— O! — wykrzyknął kapelan z wyrazem najwyższej skruchy, zasłaniając sobie usta grzbietem dłoni, i niepewnie usiadł z powrotem. — Nie powinienem był nic mówić.

— Zamknęliby mnie w więzieniu z bandą kryminalistów.

— Oczywiście. Musisz robić wszystko, co uznasz za stosowne. — Kapelan kiwnął głową sam do siebie, jakby przesądzał sprawę, i zapanowało krępujące milczenie.

— Nie martw się — powiedział po dłuższej chwili Yossarian ze smutnym śmiechem. — Ja tego nie zrobię.

— Musisz to zrobić — nalegał kapelan pochylając się z troską — naprawdę musisz. Nie miałem prawa wpływać na ciebie. Naprawdę nie miałem prawa nic mówić.

— Wcale na mnie nie wpłynąłeś. — Yossarian z trudem przewrócił się na bok i pokręcił głową z udaną powagą. — Chryste, kapelanie! Wyobrażasz sobie taki grzech? Uratować życie pułkownikowi Cathcartowi! Tej zbrodni za nic nie chciałbym mieć na swoim sumieniu.

Kapelan podjął temat z ostrożnością.

— Więc co zrobisz? Nie możesz dać się im zamknąć w więzieniu.

— Będę latał dalej. Albo może zdezerteruję naprawdę i pozwolę im się złapać. Pewnie i tak by mnie złapali.

— I zamkną cię. Przecież nie chcesz iść do więzienia.

— No to będę latał aż do końca wojny. Ktoś z nas musi pozostać przy życiu.

— Ale możesz zginąć.

— No to nie będę więcej latał.

— I co zrobisz?

— Nie wiem.

— Zgodzisz się, żeby cię odesłali do kraju?

— Nie wiem. Czy na dworze jest upał? Tutaj jest bardzo gorąco.

— Na dworze jest bardzo zimno — odpowiedział kapelan.

— Wiesz — przypomniał sobie Yossarian — zdarzyła się zabawna rzecz, a może mi się to przyśniło. Wydaje mi się, że wszedł tutaj jakiś nieznajomy i powiedział, że mają mojego kumpla. Zastanawiam się, czy to było przywidzenie.

— Nie sądzę — poinformował go kapelan. — Zacząłeś mi o tym opowiadać, kiedy byłem tu wcześniej.

— A więc on to rzeczywiście powiedział. „Mamy twojego kumpla, kolego". Zachowywał się niezwykle napastliwie. Zastanawiam się, kto to jest ten mój kumpel.

— Chciałbym, żebyś mnie uważał za swojego kumpla — powiedział kapelan z pokorną szczerością. — I niewątpliwie mają mnie całkowicie w ręku. Tak mi powiedzieli podczas przesłuchania.

— Nie, nie sądzę, żeby ciebie mieli na myśli — uznał Yossarian. — Myślę, że to musiał być ktoś taki jak Nately albo Dunbar. Wiesz, ktoś, kto zginął na wojnie, jak Clevinger, Orr, Dobbs, Kid Sampson albo McWatt. — Yossarian urwał przestraszony i potrząsnął głową. — Właśnie sobie uświadomiłem — zawołał. — Przecież oni mają wszystkich moich kumpli. Zostałem tylko ja i Joe Głodomór. — Zadrżał z przerażenia na widok nagle pobladłej twarzy kapelana. — O co chodzi? — spytał.

— Joe Głodomór nie żyje.

— O Boże, nie! Podczas akcji?

— Umarł we śnie, dręczony koszmarem. Znaleziono na jego twarzy kota.

— Biedny skurwiel — powiedział Yossarian i zapłakał zasłaniając twarz. Kapelan odszedł bez pożegnania. Yossarian zjadł coś i zasnął. W środku nocy obudziło go potrząsanie za ramię. Otworzył oczy i ujrzał chudego, złośliwego osobnika w szpitalnym szlafroku i piżamie, który popatrzył na niego z paskudnym uśmiechem i drwiąco obwieścił:

— Mamy twojego kumpla, kolego. Mamy twojego kumpla.

Yossarian przestraszył się.

— O co ci, do cholery, chodzi? — spytał błagalnie, z narastającym lękiem.

— Przekonasz się, kolego. Przekonasz się.

Yossarian usiłował chwycić swego prześladowcę za gardło, ale ten bez trudu wyślizgnął się z zasięgu ręki i zniknął na korytarzu ze złowrogim śmiechem. Yossarian leżał drżąc cały, serce waliło mu jak młotem. Był skąpany w lodowatym pocie. Zastanawiał się, kto jest jego kumplem. W szpitalu panował mrok i idealna cisza. Nie mając zegarka nie wiedział, która jest godzina. Leżał z szeroko otwartymi oczami i wiedział, że jest przykutym do łóżka więźniem jednej z tych bezsennych nocy, które ciągną się przez całą wieczność, zanim rozpłyną się w przedświcie. Przyprawiający o drżenie chłód sączył się od stóp w górę. Yossarianowi było zimno i myślał o Snowdenie, który nigdy nie był jego kumplem, a tylko ledwo znajomym chłopcem, który został ciężko ranny i zamarzał na śmierć w kałuży jaskrawego żółtego światła padającego na jego twarz przez boczne okienko, kiedy Yossarian przeczołgał się nad komorą bombową do ogona samolotu, usłyszawszy, jak Dobbs zaklina przez telefon, żeby ratować strzelca, proszę, ratujcie strzelca. Yossarianowi żołądek podszedł do gardła, gdy po raz pierwszy ogarnął wzrokiem tę makabryczną scenę; poczuł absolutne obrzydzenie i zanim zszedł, stał przerażony przez kilka chwil na czworakach obok zapieczętowanego kartonu z tektury falistej, zawierającego apteczkę, w wąskim tunelu nad komorą bombową. Snowden leżał na wznak na podłodze, z rozrzuconymi nogami, nadal objuczony ciężką kamizelką przeciwodłamkową, hełmem, uprzężą spadochronu i kamizelką ratunkową. Niedaleko leżał nieprzytomny mały strzelec ogonowy. Rana, którą Yossarian ujrzał na zewnętrznej stronie uda Snowdena, mogła sądząc na oko pomieścić piłkę do rugby. Nie sposób było określić, gdzie kończyły się strzępy zakrwawionego kombinezonu, a gdzie zaczynało się poszarpane ciało.

W apteczce nie było morfiny, nie było dla Snowdena żadnej obrony przed bólem poza odrętwiającym szokiem samej ziejącej rany. Dwanaście ampułek morfiny ukradziono, wkładając na ich miejsce schludną karteczkę z napisem: „Dobro firmy M i M to dobro kraju. Milo Minderbinder". Yossarian sklął Mila i przytknął dwie aspiryny do zbielałych warg, które nie mogły ich przyjąć. Przedtem jednak pośpiesznie zacisnął przepaskę wokół uda Snowdena, gdyż nic innego nie przyszło mu na myśl w tych pierwszych gorączkowych chwilach, kiedy w głowie czuł kompletny zamęt, wiedząc, że musi działać umiejętnie, a jednocześnie bojąc się, że może rozkleić się zupełnie. Snowden obserwował go przez cały czas w milczeniu. Żadna arteria nie tryskała krwią, ale Yossarian udawał, że jest całkowicie pochłonięty zakładaniem przepaski, ponieważ zakładanie przepaski było czymś, co umiał robić. Pracował z pozorowaną zręcznością i spokojem, czując zamglony wzrok Snowdena. Odzyskał panowanie nad sobą, zanim skończył z przepaską, i natychmiast ją rozluźnił, aby zmniejszyć niebezpieczeństwo gangreny. Umysł miał teraz jasny i wiedział, jak dalej postępować. Przetrząsnął apteczkę w poszukiwaniu nożyczek.

— Zimno mi — powiedział Snowden cicho. — Zimno mi.

— Wszystko będzie dobrze, chłopcze — zapewnił go Yossarian z uśmiechem. — Wszystko będzie dobrze.

— Zimno mi — powtórzył Snowden słabym, dziecinnym głosem. — Zimno mi.

— Cicho, cicho — powiedział Yossarian, bo nie wiedział, co jeszcze powiedzieć. — Cicho, cicho.

— Zimno mi — skomlał Snowden. — Zimno mi.

— Cicho, cicho. Cicho, cicho.

Yossarian był przestraszony i ruszał się teraz prędzej. Znalazł wreszcie nożyczki i zaczął ostrożnie rozcinać kombinezon Snowdena wysoko nad raną, tuż przy pachwinie. Ciął grubą gabardynę w prostej linii dookoła uda. Mały tylny strzelec ocknął się, zobaczył Yossariana z nożyczkami i znów zemdlał. Snowden przekręcił głowę, aby lepiej widzieć Yossariana. Głęboko w jego słabnących, apatycznych oczach żarzył się przyćmiony blask. Yossarian nie rozumiejąc usiłował nie patrzeć na niego. Zaczął rozcinać nogawkę w dół, wzdłuż wewnętrznego szwu. Z ziejącej rany — czy to była oślizgła rura kości tam, w głębi krwawej, szkarłatnej masy, za niepokojąco drgającymi włóknami niesamowitego mięśnia? — krew spływała licznymi strumyczkami jak topniejący śnieg z dachu, tyle że lepki i czerwony, i natychmiast krzepnący. Yossarian rozciął nogawkę do końca i ściągnął ją ze zranionej nogi. Upadła na podłogę z mokrym plaśnięciem, ukazując skraj szortów, które piły krew jak spragnione. Yossarian był wstrząśnięty tym, jak woskowo i upiornie wyglądała obnażona noga Snowdena, jak odrażająco, jak trupio i ezoterycznie wyglądały puszyste, drobne, kręcone blond włosy na jego dziwnej białej łydce i piszczelu. Teraz zobaczył, że rana nie była tak duża jak piłka do rugby, lecz miała długość i szerokość jego dłoni i zbyt była poszarpana i głęboka, aby ją zobaczyć do dna. Obnażone mięśnie w środku drgały jak żywy befsztyk tatarski. Długie westchnienie ulgi wyrwało się z piersi Yossariana, gdy przekonał się, że życiu Snowdena nie zagraża niebezpieczeństwo. Krew zaczynała już krzepnąć i ranę należało po prostu zabandażować i opiekować się Snowdenem, dopóki samolot nie wyląduje. Wyjął z apteczki kilka pakiecików sulfanilamidu. Snowden drgnął, kiedy Yossarian przycisnął się do niego łagodnie, aby przewrócić go nieco bardziej na bok.

— Uraziłem cię?
— Zimno mi — zaskomlił Snowden. — Zimno mi.
— Cicho, cicho — powiedział Yossarian. — Cicho, cicho.
— Zimno mi. Zimno.
— Cicho, cicho. Cicho, cicho.
— Zaczyna mnie boleć — krzyknął nagle Snowden i wstrząsnął nim żałosny, gwałtowny skurcz.

Yossarian powtórnie gorączkowo przetrząsnął apteczkę w poszukiwaniu morfiny, ale znalazł tylko karteczkę Mila i buteleczkę aspiryny. Przeklinając Mila, podał dwie tabletki Snowdenowi. Nie miał wody do popicia. Snowden prawie niedostrzegalnym ruchem głowy odmówił przyjęcia aspiryny. Twarz miał bladą i obrzmiałą. Yossarian zdjął mu hełm i położył głowę na podłodze.

— Zimno mi — jęczał Snowden z półprzymkniętymi oczami. — Zimno mi.

Wokół jego warg pojawiła się siność. Yossarian zdrętwiał.

Zastanawiał się, czy pociągnąć za rączkę spadochronu Snowdena i okryć go nylonowymi fałdami. W samolocie było bardzo ciepło. Spojrzawszy niespodzianie w górę Snowden posłał mu blady, wyrażający chęć pomocy uśmiech i zmienił nieco pozycję bioder, tak że Yossarian mógł przystąpić do zasypywania rany sulfanilamidem. Zabrał się do pracy z nową wiarą we własne siły i optymizmem. W pewnym momencie samolotem mocno rzuciło w dziurze powietrznej i Yossarian aż podskoczył, kiedy sobie przypomniał, że swój spadochron zostawił w dziobie. Teraz już nic nie można było na to poradzić. Wysypywał pakiecik za pakiecikiem białego krystalicznego proszku na krwawą owalną ranę, aż nie było widać czerwieni, po czym zrobiwszy głęboki wdech i zacisnąwszy zęby, aby opanować strach, dotknął nagą dłonią dyndających strzępków schnącego ciała i zgarnął je do środka rany. Potem szybko przykrył całą ranę dużym opatrunkiem z waty i cofnął rękę. Uśmiechnął się nerwowo, kiedy skończyła się ta krótka tortura. Rzeczywisty kontakt z martwym ciałem nie był nawet w części tak odrażający, jak się spodziewał, i szukał pretekstu, aby jeszcze kilkakrotnie dotknąć rany palcami, utwierdzając się w przekonaniu o swojej odwadze.

Następnie przystąpił do umocowania opatrunku za pomocą rolki gazy. Przejeżdżając po raz drugi wokół uda Snowdena dostrzegł po wewnętrznej stronie małą dziurkę, przez którą odłamek wszedł — okrągłą, pomarszczoną ranę wielkości dwudziestopięciocentówki, o silnych brzegach i z czarnym rdzeniem zakrzepłej krwi. Yossarian posypał i tę ranę sulfanilamidem, po czym owijał gazą nogę, aż opatrunek trzymał się mocno. Resztę rolki odciął nożyczkami i koniec bandaża przeciął wzdłuż. Zawiązał wszystko zgrabnym, solidnym węzłem. Ze świadomością, że zrobił dobry opatrunek, przysiadł z dumą na piętach, otarł pot z czoła i odruchowo uśmiechnął się do Snowdena z sympatią.

— Zimno mi — jęknął Snowden. — Zimno mi.

— Wszystko będzie dobrze, chłopie — zapewnił Yossarian, poklepując go pocieszająco po ramieniu. — Panujemy nad sytuacją.

Snowden słabo potrząsnął głową.

— Zimno mi — powtórzył, a jego oczy były bez wyrazu i ślepe jak kamienie. — Zimno mi.

— Cicho, cicho — powiedział Yossarian czując przypływ zwątpienia i niepokoju. — Cicho, cicho. Niedługo wylądujemy i zajmie się tobą doktor Daneeka.

Snowden jednak nadal kręcił głową i wreszcie wskazał ledwie dostrzegalnym ruchem brody w dół, w kierunku swojej pachy. Yossarian pochylił się i zobaczył podejrzanego koloru plamę występującą na kombinezonie tuż nad wycięciem pachy kamizelki przeciwodłamkowej Snowdena. Yossarian poczuł, jak serce w nim zamarło, a potem zaczęło walić tak gwałtownie, że z trudem łapał oddech. Snowden miał drugą ranę pod kamizelką. Yossarian jednym ruchem rozpiął zatrzaski kamizelki Snowdena i usłyszał swój własny dziki wrzask, kiedy wnętrzności Snowdena wypłynęły na podłogę oślizgłą masą i płynęły nadal. Odłamek długości może trzech cali trafił go od drugiej strony tuż pod ramieniem, przeszedł na wylot i wyciągnął za sobą różnokolorowe wnętrzności przez gigantyczną dziurę w klatce piersiowej, którą wyrwał wychodząc. Yossarian wrzasnął po raz drugi przycisnąwszy obie ręce do oczu. Z przerażenia szczękał zębami. Zmusił się, żeby spojrzeć. Jak z rogu obfitości, pomyślał gorzko na widok wątroby, płuc, nerek, żeber, żołądka i kawałków duszonych pomidorów, które Snowden jadł tego dnia na obiad. Yossarian nie cierpiał duszonych pomidorów. Odwrócił się czując zawrót głowy i wzbierające mdłości. Tylny strzelec ocknął się, kiedy Yossarian wymiotował ścisnąwszy palące gardło, spojrzał na niego i z powrotem stracił przytomność. Yossarian słaniał się z wyczerpania, bólu i rozpaczy, kiedy skończył. Odwrócił się niepewnie do Snowdena, który oddychał coraz słabiej i szybciej i był coraz bledszy. Zastanawiał się, co można zrobić, żeby mu jakoś pomóc.

— Zimno mi — skomlił Snowden. — Zimno mi.

— Cicho, cicho — mruczał Yossarian automatycznie głosem tak cichym, że nikt go nie mógł usłyszeć. — Cicho, cicho.

Yossarianowi też zrobiło się zimno i nie potrafił opanować dreszczy. Czuł, jak całe jego ciało pokrywa się gęsią skórką, gdy spogląda z przygnębieniem w dół na bezlitosną tajemnicę Snowdena, która wreszcie wyszła na jaw, rozlewając się po brudnej podłodze. Nietrudno było odczytać proroctwo z jego wnętrzności. Człowiek jest istotą materialną, oto była cała tajemnica Snowdena. Wyrzućcie go przez okno, a spadnie. Podpalcie go, a spłonie. Przysypcie go ziemią, a zgnije, jak wszystkie inne odpadki. Człowiek bez ducha jest śmieciem. To była tajemnica Snowdena. Dojrzałość jest wszystkim.

— Zimno mi — powiedział Snowden. — Zimno mi.

— Cicho, cicho — powiedział Yossarian. — Cicho, cicho. — Szarpnął rączkę spadochronu Snowdena i okrył jego ciało białą nylonową płachtą.

— Zimno mi.

— Cicho, cicho.

42

Yossarian

— Pułkownik Korn mówił — zwrócił się major Danby do Yossariana z przymilnym, radosnym uśmiechem — że umowa nadal obowiązuje. Wszystko idzie jak najlepiej.

— Nie, wcale nie.

— Ależ tak — nalegał dobrotliwie major Danby. — Prawdę mówiąc, wszystko wygląda teraz znacznie lepiej. To był naprawdę szczęśliwy zbieg okoliczności, że ta dziewczyna omal cię nie zamordowała. Dzięki temu umowa będzie działać znakomicie.

— Nie mam żadnych umów z pułkownikiem Kornem.

Szampański optymizm majora Danby'ego ulotnił się natychmiast i jego twarz w jednej chwili pokryła się kropelkami potu.

— Jak to, przecież zawarliście umowę? — spytał z niepokojem, zbity z tropu. — Czy nie umawialiście się?

— Zrywam umowę.

— Ale przecież przypieczętowaliście ją uściskiem dłoni. Dałeś słowo dżentelmena.

— Cofam swoje słowo.

— O rany — westchnął major Danby i zaczął bezskutecznie osuszać swoje zafrasowane czoło złożoną białą chusteczką. — Ale dlaczego? Zaproponowali ci bardzo dobry interes.

— To jest brudny interes, Danby. To jest ohydny interes.

— O rany — major Danby zmarszczył się przeciągając dłonią po ciemnych, szorstkich włosach, których grube, krótko przycięte fale były teraz mokre od potu. — O rany.

— Danby, a ty nie uważasz, że to ohydne?

Major Danby zastanawiał się przez moment.

— Tak, myślę, że to jest ohydne — przyznał niechętnie. Jego okrągłe, wytrzeszczone oczy wyrażały ostateczną rozterkę. — A dlaczego zgodziłeś się na taką umowę, skoro ci nie odpowiadała?

— Zrobiłem to w chwili słabości — zażartował Yossarian z ponurą ironią. — Usiłowałem ratować życie.

— A teraz już nie chcesz ratować życia?

— Chcę i dlatego właśnie nie daję się zmusić do dalszych lotów.

— No to niech cię odeślą do kraju i nie będziesz się więcej narażał.

— Niech mnie odeślą dlatego, że przekroczyłem pięćdziesiąt akcji — powiedział Yossarian — a nie dlatego, że mnie pokiereszowała ta dziewczyna, albo dlatego, że okazałem się takim upartym skurwysynem.

Major Danby potrząsnął głową, z wyrazem szczerego strapienia na swojej twarzy okularnika.

— Musielibyśmy wtedy zwolnić prawie wszystkich. Większość ludzi ma przeszło pięćdziesiąt akcji. Gdyby pułkownik Cathcart zażądał tylu nowych, niedoświadczonych lotników z uzupełnień, na górze musielibyśmy się tym zainteresować. Wpadł we własne sidła.

— Jego sprawa.

— Nie, nie, nie, Yossarian — pośpieszył z wyjaśnieniem major Danby. — To twoja sprawa. Bo jak nie dotrzymasz umowy, to postawią cię pod sąd polowy, jak tylko wyjdziesz ze szpitala.

Yossarian zagrał mu na nosie i roześmiał się z radosnym uniesieniem.

— A właśnie, że nie! Nie zalewaj, Danby. Niechby tylko spróbowali.

— Dlaczego by mieli nie spróbować? — spytał major Danby mrugając ze zdziwieniem.

— Dlatego, że mam ich teraz w garści. Jest oficjalny raport stwierdzający, że zostałem zraniony przez hitlerowskiego zamachowca, który miał ich zabić. Wyglądałoby głupio, gdyby chcieli mnie po czymś takim oddać pod sąd.

— Ależ, Yossarian! — wykrzyknął major Danby. — Jest też inny oficjalny raport, który stwierdza, że zostałeś zraniony przez niewinną dziewczynę w związku z rozległymi spekulacjami na czarnym rynku, obejmującymi także akty sabotażu i sprzedaż tajemnic wojskowych nieprzyjacielowi.

— Inny oficjalny raport? — Yossarian był zaskoczony i srodze zawiedziony.

— Oni mogą sporządzić tyle oficjalnych raportów, ile zechcą, i wybrać ten, który im będzie potrzebny na daną okazję. Co to, nie wiedziałeś o tym?

— O rany — mruknął Yossarian zgnębiony, czując, jak krew odpływa mu z twarzy.

— Yossarian, zrób to, czego od ciebie chcą, i niech cię odeślą do kraju. Tak będzie najlepiej dla wszystkich.

— Tak będzie najlepiej dla Cathcarta, Korna i dla mnie, a nie dla wszystkich.

— Dla wszystkich — upierał się major Danby. — To rozwiąże cały problem.

— Czy to będzie najlepiej dla ludzi z naszej grupy, którzy będą musieli nadal latać?

Major Danby drgnął i na chwilę odwrócił głowę zażenowany.

— Yossarian — powtórzył — nikomu nie pomożesz tym, że zmusisz pułkownika Cathcarta do postawienia cię przed sądem polowym, który stwierdzi, iż jesteś winien wszystkich zarzucanych ci zbrodni. Pójdziesz do więzienia na długie lata i całe życie będziesz miał zrujnowane.

— O jakie zbrodnie mogą mnie oskarżyć?

— Nieudolność nad Ferrarą, niesubordynacja, odmowa wykonania rozkazu w obliczu nieprzyjaciela i dezercja.

Yossarian z namysłem wciągnął policzki.

— Więc mogą mnie oskarżyć o to wszystko, tak? Dali mi przecież medal za Ferrarę. Jak mogą mnie teraz oskarżyć o nieudolność?

— Aarfy przysięgnie, że ty i McWatt skłamaliście w swoim oficjalnym raporcie.

— Ten bydlak na pewno jest do tego zdolny!!

— Stwierdzą też — wyliczał major Danby — że jesteś winien gwałtu, rozległych spekulacji czarnorynkowych, sabotażu i sprzedaży tajemnic wojskowych nieprzyjacielowi.

— Jak mogą mi coś z tych rzeczy udowodnić? Przecież żadnej z nich nie zrobiłem.

— Ale oni mają świadków, którzy przysięgną, że zrobiłeś. Mogą zdobyć tylu świadków, ilu im będzie potrzeba, po prostu przekonując ich, że zniszczenie ciebie będzie działaniem dla dobra kraju. Zresztą poniekąd byłoby to działanie dla dobra kraju.

— W jaki sposób? — spytał Yossarian i uniósł się powoli na łokciu, powściągając wybuch gniewu.

Major Danby cofnął się nieco i znowu otarł czoło.

— Posłuchaj mnie, Yossarian — zaczął z przepraszającym zająknięciem — kompromitacja pułkownika Cathcarta i pułkownika Korna nie przysłużyłaby się sprawie zwycięstwa. Spójrzmy prawdzie w oczy, mimo wszystko nasza grupa ma niemałe osiągnięcia na swoim koncie. Gdybyś stanął przed sądem polowym i został uniewinniony, inni lotnicy też prawdopodobnie odmówiliby udziału w lotach. Pułkownik Cathcart byłby zdyskredytowany i sprawność bojowa jednostki mogłaby zostać zrujnowana. Więc w pewien sposób stwierdzenie, że jesteś winien, wsadzenie cię do więzienia byłoby działaniem dla dobra kraju, mimo że jesteś niewinny.

— Uroczo potrafisz przedstawić sprawę! — rzucił zgryźliwie Yossarian dotknięty do żywego.

Major Danby zaczerwienił się i zaczął się wiercić i mrugać zakłopotany.

— Proszę cię, nie miej do mnie pretensji — powiedział patrząc na Yossariana ze szczerą troską. — Wiesz, że to nie moja wina. Ja tylko usiłuję obiektywnie spojrzeć na sprawę i znaleźć jakieś rozwiązanie bardzo skomplikowanego problemu.

— Nie ja stworzyłem ten problem.

— Ale ty go możesz rozwiązać. Zresztą nie masz wyboru. Przecież nie chcesz latać.

— Mogę uciec.

— Uciec?

— Zdezerterować. Zwiać. Wypiąć się na cały ten cholerny bałagan i wziąć nogi za pas.

Major Danby był wstrząśnięty.

— Dokąd? Dokąd chcesz uciekać?

— Mogę bez trudu uciec do Rzymu i tam się ukryć.

— I żyć w strachu, że w każdej chwili mogą cię odnaleźć? Nie, nie, nie, nie. Byłoby to tchórzliwe i fatalne w skutkach. Ucieczka nigdy nie rozwiąże problemu. Proszę, uwierz mi. Chcę ci tylko pomóc.

— To samo mówił pewien uprzejmy tajniak, zanim postanowił wiercić mi palcem w ranie — zareplikował Yossarian sarkastycznie.

— Ja nie jestem tajniakiem — odparł major Danby z oburzeniem i krew znowu napłynęła mu do twarzy. — Jestem profesorem uniwersytetu, mam wysoce rozwinięte poczucie moralne i nie próbowałbym cię oszukać. Jestem niezdolny do kłamstwa.

— A co byś zrobił, gdyby ktoś z naszej grupy spytał cię, o czym rozmawialiśmy?

— Okłamałbym go.

Yossarian roześmiał się drwiąco i major Danby, chociaż wciąż jeszcze czerwony z zażenowania, odetchnął z ulgą, ciesząc się ze zmiany nastroju Yossariana. Yossarian przyglądał mu się z mieszaniną powściągliwej litości i pogardy. Usiadł w swoim łóżku opierając się plecami o wezgłowie, zapalił papierosa i uśmiechając się lekko z ironicznym rozbawieniem przyglądał się z drwiącym współczuciem wyraźnemu, krągłookiemu przerażeniu, jakie na zawsze odbiło się na twarzy majora Danby'ego w dniu ataku na Awinion, kiedy to generał Dreedle kazał go wyprowadzić na dwór i rozstrzelać. Grymas strachu utrwalił się głębokimi, czarnymi bliznami i Yossarian litował się nad tym łagodnym, moralnym, podstarzałym idealistą, podobnie jak litował się nad wszystkimi ludźmi, których wady nie były zbyt wielkie, a kłopoty zbyt poważne.

— Danby, jak ty możesz współpracować z takimi ludźmi jak Cathcart i Korn? Czy nie robi ci się na ich widok niedobrze? — spytał z wyrachowaną uprzejmością.

Major Danby był zaskoczony pytaniem Yossariana.

— Robię to dla ojczyzny — odpowiedział takim tonem, jakby to było oczywiste. — Pułkownik Cathcart i pułkownik Korn są moimi przełożonymi i jedynie wykonując ich rozkazy mogę się przyczynić do zwycięstwa. Współpracuję z nimi, ponieważ jest to moim obowiązkiem. A także dlatego — dodał znacznie ciszej, spuszczając oczy — że nie jestem człowiekiem zbyt energicznym.

— Ojczyzna cię już więcej nie potrzebuje — dowodził Yossarian bez gniewu — więc pomagasz wyłącznie im.

— Staram się o tym nie myśleć — przyznał szczerze major Danby. — Staram się skoncentrować wyłącznie na sprawie najważniejszej i zapomnieć, że oni też na tym korzystają.

— Wiesz, to jest właśnie mój problem — zadumał się Yossarian krzyżując ramiona. — Pomiędzy mną a każdą ideą znajduję zawsze Scheisskopfów, Peckemów, Kornów i Cathcartów. I to zmienia samą ideę.

— Musisz starać się o nich nie myśleć — poradził major Danby z przekonaniem. — I nie wolno ci przez nich zwątpić w ideały. Idee są dobre, tylko ludzie czasami są źli. Musisz starać się patrzeć z pewnego dystansu.

Yossarian odrzucił jego radę jednym sceptycznym ruchem głowy.

— Kiedy patrzę, obojętne z jakiego dystansu, widzę facetów, którzy zagarniają forsę. Nie widzę raju ani świętych, ani aniołów. Widzę ludzi, którzy robią forsę na każdym ludzkim odruchu i na każdej ludzkiej tragedii.

— Staraj się o tym nie myśleć — nalegał major Danby. — I staraj się nie przejmować.

— Tym się specjalnie nie przejmuję. Naprawdę denerwuje

mnie tylko to, że oni mnie mają za frajera. Oni myślą, że oni są ci sprytni, a cała reszta nas to frajerzy. I wiesz co, Danby, przed chwilą po raz pierwszy przyszło mi do głowy, że oni mogą mieć rację.

— O tym też staraj się nie myśleć — obstawał przy swoim major Danby. — Musisz myśleć wyłącznie o ojczyźnie i godności człowieka.

— Akurat! — powiedział Yossarian.

— Naprawdę. To nie pierwsza wojna światowa. Nie wolno ci zapominać, że toczymy wojnę z agresorami, którzy w razie zwycięstwa nie pozostawią przy życiu ani ciebie, ani mnie.

— Wiem o tym — odparł Yossarian sucho, krzywiąc się w nagłym przypływie rozdrażnienia. — Jezu Chryste, Danby, ja zapracowałem na ten medal, który dostałem niezależnie od tego, z jakiego powodu mi go dali. Uczestniczyłem w siedemdziesięciu cholernych akcjach bojowych. Nie mów mi, że trzeba walczyć w obronie ojczyzny. Przez cały czas walczyłem w obronie ojczyzny. Teraz mam zamiar powalczyć trochę w obronie samego siebie. Ojczyźnie już nic nie zagraża, a mnie owszem.

— Wojna się jeszcze nie skończyła. Niemcy posuwają się na Antwerpię.

— Niemcy zostaną rozbici w ciągu kilku miesięcy. A Japończycy za następne kilka miesięcy. Gdybym oddał życie teraz, zrobiłbym to nie dla ojczyzny, ale dla Cathcarta i Korna. Więc na razie oddaję swój celownik. Odtąd myślę tylko o sobie.

— Ależ, stary, pomyśl, co by się stało, gdyby wszyscy doszli do tego wniosku — odpowiedział major Danby pobłażliwie, z uśmiechem wyższości.

— Wówczas byłbym ostatnim idiotą, gdybym ja jeden myślał inaczej, no nie? — Yossarian wyprostował się z zagadkowym wyrazem twarzy. — Wiesz, mam dziwne uczucie, że odbyłem już z kimś identyczną rozmowę. To tak jak z kapelanem, który miał wrażenie, że wszystko przeżywa dwukrotnie.

— Kapelan chce, żebyś zgodził się na odesłanie do kraju — zauważył major Danby.

— Kapelan może się wypchać.

— O rany — westchnął major Danby z żalem, potrząsając głową. — On się trapi, że wpłynął na twoją decyzję.

— Wcale na mnie nie wpłynął. Wiesz, co mógłbym zrobić? Mógłbym zostać tutaj, w tym łóżku, i wegetować. Mógłbym wegetować sobie wygodnie i pozostawić decyzje innym.

— Musisz podejmować decyzje — zaprotestował major Danby. — Człowiek nie może wegetować jak jarzyna.

— Dlaczego?

W oczach majora Danby'ego pojawił się daleki, ciepły błysk.

— To musi być przyjemne, wegetować sobie jak jarzyna — przyznał z rozmarzeniem.

— To paskudne — odpowiedział Yossarian.

— Nie, to musi być bardzo przyjemne, kiedy się jest wolnym od wszelkich trosk i wątpliwości — obstawał przy swoim major Danby. — Myślę, że chciałbym wegetować jak jarzyna, nie podejmując żadnych ważnych decyzji.

— Jaką jarzyną chciałbyś być, Danby?

— Ogórkiem albo marchewką.

— Jakim ogórkiem? Ładnym czy brzydkim?

— Oczywiście ładnym.

— Ścięto by cię w kwiecie wieku i pokrajano do sałatki.

Twarz majora Danby'ego wydłużyła się.

— No to brzydkim — powiedział.

— Pozwolono by ci zgnić i użyto by cię na kompost dla ładnych ogórków.

— W takim razie nie chcę już być jarzyną — powiedział major Danby z uśmiechem smutnej rezygnacji.

— Danby, czy ja naprawdę muszę się zgodzić na ten wyjazd do kraju? — spytał Yossarian poważnie.

Major Danby wzruszył ramionami.

— To jedyny sposób, żeby wszystko uratować.

— To jest sposób, żeby wszystko stracić, Danby. Powinieneś to wiedzieć.

— Mógłbyś mieć prawie wszystko, co zechcesz.

— Nie chcę mieć wszystkiego, co zechcę — odparł Yossarian i w przystępie bezsilnego gniewu uderzył pięścią w materac. — Niech to szlag trafi, Danby! Na tej wojnie zginęli moi przyjaciele. Nie mogę wdawać się teraz w konszachty. To, że mnie ta cholera zraniła, było najlepszą rzeczą, jaka mi się kiedykolwiek przydarzyła.

— Wolisz iść do więzienia?

— A ty pozwoliłbyś się odesłać do kraju?

— Jasne, że tak! — oświadczył major Danby z przekonaniem. — Niewątpliwie tak — dodał po chwili nieco mniej pewnie. — Tak, myślę, że pozwoliłbym się odesłać do kraju, gdybym był na twoim miejscu — zdecydował niepewnie po paru chwilach bicia się z myślami. Potem z odrazą odwrócił głowę gwałtownym ruchem wyrażającym udrękę i wyrzucił z siebie: — Oczywiście, że pozwoliłbym się odesłać do kraju! Ale jestem tak okropnym tchórzem, że nie mógłbym być na twoim miejscu.

— Ale gdybyś nie był tchórzem? — dopytywał się Yossarian przyglądając mu się wnikliwie. — Przypuśćmy, że miałbyś dość odwagi, żeby się komuś przeciwstawić?

— Wówczas nie pozwoliłbym się odesłać do kraju — oświadczył major Danby z radosną energią i entuzjazmem wczuwając się w rolę. — Ale na pewno nie pozwoliłbym się też postawić przed sądem polowym.

— Latałbyś dalej?

— Nie, oczywiście, że nie. To byłaby całkowita kapitulacja. Poza tym mógłbym zginąć!

— Więc uciekłbyś?

Major Danby chciał dać dumną odpowiedź, ale nagle zatrzymał się, a jego półotwarte usta zatrzęsły się. Wydął wargi z wyrazem zmęczenia.

— Przecież wtedy chyba nie miałbym żadnej szansy?

Jego czoło i wyłupiaste białe gałki oczne znowu lśniły nerwowo. Bezwładne dłonie skrzyżował na kolanach i zdawało się, że nie oddycha, gdy tak siedział ze świadomością klęski wbijając wzrok w podłogę. Ciemne ukośne cienie zaglądały przez okno. Yossarian wpatrywał się w majora z powagą i żaden z nich nie drgnął nawet na odgłos samochodu hałaśliwie hamującego przed budynkiem i kroków biegnących pośpiesznie do wejścia.

— Tak, jest jedna szansa — przypomniał sobie Yossarian w spóźnionym przypływie natchnienia. — Milo mógłby ci pomóc. Jest ważniejszy od pułkownika Cathcarta i ma wobec mnie dług wdzięczności.

Major Danby potrząsnął głową.

— Milo i pułkownik Cathcart są teraz kumplami — powiedział bezbarwnym głosem. — Zrobił pułkownika Cathcarta wiceprezesem i obiecał mu eksponowane stanowisko po wojnie.

— W takim razie pomoże nam były starszy szeregowy Wintergreen — wykrzyknął Yossarian. — On nienawidzi ich obu i ta wiadomość doprowadzi go do pasji.

Major Danby znowu pokręcił głową ponuro.

— Milo i były starszy szeregowy Wintergreen połączyli się w zeszłym tygodniu. Wszyscy oni teraz są udziałowcami firmy „M i M".

— Więc nie mamy żadnych szans?

— Żadnych.

— Ani cienia szansy, co?

— Ani cienia szansy — potwierdził major Danby. Po chwili podniósł wzrok myśląc na głos. — Czy nie byłoby najlepiej, gdyby nas zniknęli tak jak innych, uwalniając nas od tych wszystkich przytłaczających problemów?

Yossarian powiedział, że nie. Major Danby przyznał mu rację melancholijnym kiwnięciem głowy, znowu spuszczając wzrok, i znowu nie mieli żadnej szansy, kiedy nagle na korytarzu zadudniły czyjeś kroki i krzycząc na cały głos wpadł do pokoju kapelan z elektryzującą wieścią na temat Orra. Był tak przejęty radosnym podnieceniem, że przez kilka pierwszych chwil nie można go było zrozumieć. W jego oczach błyszczały łzy uniesienia i Yossarian wyskoczył z łóżka z rykiem niedowierzania, kiedy wreszcie zrozumiał.

— Szwecja? — krzyknął.

— Orr?! — krzyknął kapelan.

— Orr? — krzyknął Yossarian.

— Szwecja! — krzyknął kapelan kiwając głową w radosnej ekstazie i nie panując nad sobą przeskakiwał z miejsca na miejsce uśmiechnięty, oszalały z zachwytu. — To cud! Mówię wam, że to cud! Znów wierzę w Boga. Naprawdę. Wyrzucony na brzeg w Szwecji po tylu tygodniach na morzu! To cud.

— Wyrzucony na brzeg, akurat! — stwierdził Yossarian i również podskakiwał i ryczał tryumfalnie ze śmiechu zwracając się do ścian, sufitu, kapelana i majora Danby'ego. — Jego wcale nie wyrzuciło na brzeg w Szwecji. On tam dopłynął! On tam dopłynął, kapelanie, on tam dopłynął.

— Jak to dopłynął?

— On to sobie zaplanował! To nie przypadek, że on wylądował w Szwecji.

— A, co mi tam! — Kapelan podskoczył z nie słabnącym zapałem. — To i tak jest cud, cud ludzkiej inteligencji i wytrwałości. Pomyślcie tylko, czego on dokonał! — Kapelan złapał się obiema rękami za głowę i pokładał się ze śmiechu. — Czy potraficie go sobie wyobrazić? — wykrzyknął z podziwem. — Czy możecie go sobie wyobrazić w tej żółtej łódce, jak wiosłuje nocą przez Cieśninę Gibraltarską tym malutkim niebieskim wiosełkiem...

— Jak ciągnie za sobą żyłkę z przynętą, rąbie surowe dorsze przez całą drogę do Szwecji i codziennie po południu robi sobie herbatkę...

472

— Jakbym go widział! — zawołał kapelan przerywając na chwilę taniec radości, aby złapać oddech. — To jest cud ludzkiej wytrwałości, powiadam wam. I od dzisiaj ja też będę taki! Będę wytrwały. Tak jest, będę wytrwały.

— On wiedział, co robi, od początku do końca! — cieszył się Yossarian, unosząc tryumfalnie obie pięści do góry, jakby w nadziei, że wyciśnie z nich jakieś rewelacje. Zakręcił się na pięcie stając twarz w twarz z majorem Danbym. — Danby, ty głupku! Więc jednak jest jakaś szansa. Nie rozumiesz? Może nawet Clevinger ukrywa się gdzieś w tej swojej chmurze, czekając, aż będzie mógł wyjść bezpiecznie.

— Co ty wygadujesz? — spytał major Danby zupełnie zbity z tropu. — O czym wy mówicie?

— Przynieś mi jabłek, Danby, i kasztanów też. Pędź, Danby, pędź. Przynieś mi rajskich jabłuszek i kasztanów, zanim będzie za późno, i nie zapomnij o sobie.

— Kasztany? Rajskie jabłuszka? Po jakie licho?

— Żeby sobie wypełnić policzki, oczywiście. — Yossarian wyrzucił obie ręce w górę gestem straszliwego i rozpaczliwego samopotępienia. — O, czemuż go nie słuchałem? Dlaczego mu nie ufałem?

— Czyś ty zwariował? — spytał major Danby ze zdumieniem i niepokojem. — Yossarian, czy możesz mi wytłumaczyć, o czym ty mówisz?

— Słuchaj, Orr to sobie zaplanował. Nie rozumiesz? Zaplanował to sobie od samego początku. Dawał się nawet zestrzeliwać dla nabrania wprawy. Każdy jego lot to była repetycja. A ja nie chciałem z nim latać! O, czemuż go nie słuchałem? Zapraszał mnie, a ja nie skorzystałem! Danby, przynieś mi też wystające zęby i zawór do reperacji, i głupio-naiwny wygląd, za którym nikt nie będzie podejrzewał przemyślności. Wszystko to będzie mi potrzebne. O, czemuż go nie słuchałem? Teraz rozumiem, co chciał mi powiedzieć. Wiem nawet, dlaczego tamta dziewczyna waliła go butem po głowie.

— Dlaczego? — spytał gwałtownie kapelan.

Yossarian odwrócił się błyskawicznie i błagalnym ruchem złapał kapelana za koszulę na piersi.

— Kapelanie, pomocy! Zdobądź mi ubranie. Pośpiesz się, proszę. Potrzebne mi jest natychmiast.

Kapelan odwrócił się z gotowością.

— Dobrze, zrobię to. Ale gdzie masz ubranie i jak je wydostać?

— Zastrasz albo zagadaj każdego, kto zechce cię zatrzymać. Zdobądź mi mundur! Musi być tu gdzieś w szpitalu. Niech choć raz w życiu coś ci się uda.

Kapelan z determinacją rozprostował ramiona i zacisnął zęby.

— Nie bój się, przyniosę ci mundur. Ale proszę cię, powiedz mi, dlaczego tamta dziewczyna waliła Orra butem po głowie.

— Bo jej za to zapłacił! Ale biła go za słabo i dlatego musiał wiosłować do Szwecji. Znajdź mi mundur, żebym mógł się stąd wydostać. Poproś siostrę Duckett, ona ci pomoże. Zrobi wszystko, żeby tylko się mnie pozbyć.

— Dokąd się wybierasz? — spytał major Danby z niepokojem, kiedy kapelan wybiegł z pokoju. — Co chcesz zrobić?

— Chcę uciec — oświadczył Yossarian ożywionym, raźnym głosem, rozpinając w pośpiechu guziki piżamy.

— Nie — jęknął major Danby i zaczął nerwowo ocierać okrytą potem twarz obiema dłońmi. — Nie możesz uciec. Dokąd chcesz uciekać? Dokąd można uciec?

— Do Szwecji.

— Do Szwecji? — zawołał major Danby ze zdumieniem. — Chcesz uciekać do Szwecji? Czyś ty zwariował?

— Orr to zrobił.

— Nie, nie, nie, nie, nie, nie — błagał major Danby. — Nie, Yossarian, nigdy tam nie dotrzesz. Nie możesz tam uciekać. Nie umiesz nawet wiosłować.

— Ale mogę dotrzeć do Rzymu, jeżeli będziesz trzymać gębę na kłódkę, kiedy stąd wyjdziesz, i dasz mi szansę zabrania się na samolot. Zrobisz to?

— Oni cię znajdą — dowodził major Danby rozpaczliwie. — Sprowadzą cię i ukarzą jeszcze surowiej.

— Tym razem będą musieli napracować się jak diabli, żeby mnie złapać.

— Popracują. A nawet jak cię nie znajdą, to co będziesz miał za życie? Zawsze będziesz sam. Nikt nigdy nie stanie po twojej stronie i stale będziesz żył pod groźbą zdrady.

— Teraz też tak żyję.

— Ale nie możesz ot tak wypiąć się na wszystkie swoje obowiązki i uciec — nalegał major Danby. — To objaw bierności. To eskapizm.

Yossarian roześmiał się lekceważąco i potrząsnął głową.

— Ja nie uciekam od swoich obowiązków. Ja uciekam do nich. To nie jest bierność, kiedy się ucieka ratując życie. Sam wiesz najlepiej, kto jest eskapistą. Na pewno nie ja i nie Orr.

— Może ksiądz do niego przemówi. On dezerteruje. Chce uciec do Szwecji.

— Cudownie! — ucieszył się kapelan, z dumą rzucając na łóżko poszewkę z ubraniem Yossariana. — Uciekaj do Szwecji. A ja zostanę tutaj i będę wytrwały. Tak jest, będę nękał i zadręczał pułkownika Cathcarta i pułkownika Korna przy każdej okazji. Nie boję się. Będę nawet zaczepiać generała Dreedle.

— Generał Dreedle odszedł — przypomniał Yossarian wciągając spodnie i pośpiesznie upychając koszulę za pasek. — Teraz jest generał Peckem.

Gadatliwa pewność siebie kapelana nie przygasła ani na moment.

— No to będę zaczepiał generała Peckema, a nawet generała Scheisskopfa. I wiecie, co jeszcze zrobię? Przy pierwszym spotkaniu wyrżnę w pysk kapitana Blacka. Tak jest, wyrżnę go w pysk. Zrobię to przy wszystkich, żeby nie mógł mi oddać.

— Czy wyście obaj zwariowali? — wybałuszając oczy zaprotestował major Danby ze strachem i oburzeniem. — Czyście potracili zmysły? Słuchaj, Yossarian...

— Powiadam wam, że to cud — obwieścił kapelan i chwyciwszy majora Danby'ego wpół walcował z nim, wysoko unosząc łokcie. — Prawdziwy cud. Skoro Orr dopłynął do Szwecji, to i ja mogę odnieść zwycięstwo nad pułkownikiem Cathcartem i pułkownikiem Kornem, jeżeli tylko będę wytrwały.

— Błagam, niech ksiądz się zamknie — poprosił grzecznie major Danby i uwolniwszy się z objęć kapelana poklepał spocone czoło drżącą dłonią. Pochylił się ku Yossarianowi, który wkładał buty.

— A co z pułkownikiem...

— Guzik mnie obchodzi.

— Ale to może...

— Niech diabli porwą ich obu.

— To może okazać się dla nich korzystne — ciągnął uparcie major Danby. — Pomyślałeś o tym?

— Jeżeli o mnie chodzi, to niech sobie dranie prosperują. I tak nie mogę im przeszkodzić, mogę tylko narobić im kłopotu uciekając. Mam teraz swoje własne obowiązki, Danby. Muszę dotrzeć do Szwecji.

— To ci się nigdy nie uda. To niemożliwe. To jest prawie geograficzne nieprawdopodobieństwo, żeby dostać się stąd tam.

— Do diabła, Danby, wiem o tym. Ale przynajmniej będę próbował. Jest w Rzymie dzieciak, któremu chciałbym uratować życie. Wezmę ją ze sobą do Szwecji, jeżeli uda mi się ją odnaleźć, więc nie będzie to zupełnie egoistyczne.

— To jest absolutne szaleństwo. Sumienie nigdy nie da ci spokoju.

— Bóg z nim — roześmiał się Yossarian. — Cóż warte jest życie bez wyrzutów sumienia? Prawda, kapelanie?

— Wyrżnę kapitana Blacka w pysk przy pierwszej okazji — przechwalał się kapelan, wypuszczając w powietrze dwa lewe proste i niezgrabny sierpowy. — O tak.

— Pomyślałeś o hańbie? — spytał major Danby.

— O jakiej hańbie? Hańbą jest to, co dzieje się tutaj. — Yossarian zawiązał mocno drugie sznurowadło i zerwał się na równe nogi. — No, Danby, jestem gotów. I co powiesz? Będziesz siedział cicho i pozwolisz mi zabrać się na samolot?

Major Danby patrzył na Yossariana w milczeniu z dziwnym, smutnym uśmiechem. Przestał się pocić i zupełnie się uspokoił.

— A co byś zrobił, gdybym próbował cię powstrzymać? — spytał siląc się żałośnie na żart. — Pobiłbyś mnie?

Yossarian był zdziwiony i urażony pytaniem.

— Nie, oczywiście, że nie. Dlaczego tak mówisz?

— Ja cię zbiję — pochwalił się kapelan wywijając pięściami tuż przed nosem majora Danby'ego. — Ciebie i kapitana Blacka, i może nawet kaprala Whitcomba. Czy to nie byłoby cudowne, gdybym nagle przestał się bać kaprala Whitcomba?

— Zatrzymasz mnie? — spytał Yossarian majora Danby'ego patrząc mu prosto w oczy.

Major Danby uskoczył przed kapelanem i zawahał się przez chwilę.

— Nie, jasne, że nie! — wyrzucił z siebie i nagle zaczął machać obiema rękami w stronę drzwi gestem przesadnego pośpiechu. — Jasne, że cię nie zatrzymam. Idź, jak Boga kocham, i pośpiesz się! Może potrzebujesz pieniędzy?

— Mam trochę pieniędzy.

— Weź jeszcze trochę — powiedział z żarem major Danby, entuzjastycznie wtykając Yossarianowi gruby plik włoskich banknotów i ściskając oburącz jego dłoń, zarówno po to, aby dodać ducha Yossarianowi, jak i po to, aby opanować drżenie własnych palców.

— W Szwecji musi być teraz pięknie — powiedział z tęsknotą. — Dziewczęta są takie urocze. I ludzie są tacy postępowi.

— Do widzenia! — zawołał kapelan. — Powodzenia. Ja zostanę tutaj i będę wytrwały. Spotkamy się po wojnie.

— Trzymaj się, kapelanie. Dziękuję, Danby.

— Jak się czujesz?

— Doskonale. Nie, prawdę mówiąc, bardzo się boję.

— To dobrze — powiedział major Danby. — To dowód, że jeszcze żyjesz. To, co cię czeka, nie będzie zabawne.

— A właśnie, że będzie — rzucił Yossarian kierując się do wyjścia.

— Mówię poważnie. Będziesz musiał rozglądać się od rana do wieczora. Oni poruszą niebo i ziemię, żeby cię złapać.

— Będę się rozglądać od rana do wieczora.

— Będziesz musiał stale uważać.

— Będę stale uważał.

— Uważaj! — krzyknął major Danby.

Yossarian odskoczył. Za drzwiami stała zaczajona dziwka Nately'ego. Nóż chybił o włos i Yossarian ruszył w drogę.

Spis rozdziałów

1. Teksańczyk 9
2. Clevinger 19
3. Havermeyer 25
4. Doktor Daneeka 35
5. Wódz White Halfoat 43
6. Joe Głodomór 55
7. McWatt 64
8. Porucznik Scheisskopf 73
9. Major Major Major Major 88
10. Wintergreen 111
11. Kapitan Black 118
12. Bolonia 125
13. Major... de Coverley 139
14. Kid Sampson 149
15. Piltchard i Wren 154
16. Lucjana 162
17. Żołnierz w bieli 174
18. Żołnierz, który wszystko widział podwójnie 186
19. Pułkownik Cathcart 197
20. Kapral Whitcomb 209
21. Generał Dreedle 220
22. Burmistrz Milo 236
23. Stary Nately'ego 251
24. Milo 263
25. Kapelan 280
26. Aarfy 300
27. Siostra Duckett 308

28. Dobbs   322
29. Peckem   335
30. Dunbar   348
31. Pani Daneeka   359
32. Yo-Yo i nowi lokatorzy   364
33. Dziwka Nately'ego   370
34. Święto Dziękczynienia   379
35. Milo militarysta   387
36. Piwnica   396
37. Generał Scheisskopf   410
38. Młodsza siostra   413
39. Wieczne Miasto   426
40. Paragraf 22   443
41. Snowden   453
42. Yossarian   464

Polecamy

JOSEPH HELLER
COŚ SIĘ STAŁO

Bohater powieści, Bob Slocum, jest człowiekiem, który osiągnął życiowy sukces – mieszka we własnej willi w eleganckiej dzielnicy, posiada trzy samochody, ma żonę, kochanki, trójkę dzieci, a przy tym jest człowiekiem młodym i przystojnym. Jego kariera zawodowa rozwija się zgodnie z oczekiwaniami, jego życie osobiste jest uporządkowane, Slocum powinien więc być szczęśliwy – a nie jest. Coraz bardziej przytłaczają go wszelkiego rodzaju frustracje i niepokoje, strach, poczucie izolacji.